Das Siegel der Borgia

Sarah Bower

Das Siegel der Borgia

Historischer Roman

Aus dem Englischen von Katharina Förs,
Bernhard Jendricke und Barbara Steckhan
(Kollektiv Druck-Reif)

Weltbild

Die englische Originalausgabe erschien 2008 unter dem Titel
The Book of Love bei Snowbooks Ltd., London.

Besuchen Sie uns im Internet:
www.weltbild.de

Quellen der Zitate
[1] Hilary Mantel, Reizklima, übersetzt von Silvia Morawetz, Frankfurt am Main 1995: Krüger-Verlag
[2] Pietro Bembo, Asolaner Gespräche, übersetzt von Michael Rumpf, Heidelberg 1992: Manutius Verlag
[3] Louise Glück, Averno, übersetzt von Ulrike Draesner, München 2007: Luchterhand Literaturverlag
[4] Pietro Bembo, Asolaner Gespräche, übersetzt von Michael Rumpf, Heidelberg 1992: Manutius Verlag
[5] T.S. Eliot, Das wüste Land, übersetzt von Ernst Robert Curtius, Frankfurt am Main 1983: Suhrkamp-Verlag

Übersetzung: Katharina Förs, Bernhard Jendricke und Barbara Steckhan (Kollektiv Druck-Reif)
Projektleitung: Gerald Fiebig
Redaktion: Sandra Lode
Umschlaggestaltung: *zeichenpool
Umschlagmotiv: Artothek (Frau); Getty Images (Hintergrund Stadt)
Satz: Lydia Kühn
Druck und Bindung: GGP Media GmbH, Pößneck
Printed in the EU
ISBN 978-3-86800-247-8

2012 2011 2010 2009
Die letzte Jahreszahl gibt die aktuelle Ausgabe an.

Danksagungen

Mein Dank gebührt vor allem Emma Barnes und sämtlichen Mitarbeitern von Snowbooks. Herzlichen Dank wie immer auch an Mary Allen, Mary-Jane Cullen und Sue Fletcher, an Bernardine Coverley und Ingrid Perrin sowie an meine Schriftstellerkollegen von Writers Without Walls: Harriet Carter, Karen Cheung, Claire Hynes, Gary Kissick, Claire MacDonald, Michelle Remblance, Iain Robinson und Barrie Sherwood, die mich mit Rat und Tat unterstützt haben. Danken möchte ich außerdem Stephanie Thwaites und nicht zuletzt Mark, der mit unendlicher Geduld sein Leben mit den Borgia geteilt hat.

Die Familie von

Rodrigo Borgia — 1 Bruder,

Papst Alexander VI

1431–1503

Pedro Luis *Isabella* *Girolama*

von Vannozza

Cesare

1475–1507

⚭ Charlotte d'Albret

Juan

1476–1497

⚭ Maria Enriquez

Linie der Herzöge von Gandia

Luisa

1500–1553

illegitim

Girolamo

illegitim

Camilla-Lucrezia

gestorben 1573

Rodrigo Borgia

- 2 Schwestern

Juana

ꝏ Pedro Guillen Lanzol
de' Romani

Giovanni

1498–1548

Rodrigo

1503–?

de' Cattanei

Lucrezia

1480–1519

ꝏ

(1) Giovanni Sforza
(2) Alfonso d'Aragona
(3) Alfonso d'Este

Jofré

1481–1517

ꝏ

(1) Sancia d'Aragona
(2) Maria de Mila

Linie der Fürsten
von Squillace

4 Söhne, 1 Tochter

Jofré

ꝏ Juana de Moncada

Angela Borgia Lanzol

ꝏ Alessandro Pio
da Sassuolo

Das Haus

Ugo
(unehelich)

Leonello
13. Marquis

Borso
1. Herzog von Ferrara

Ercole
1431–1505
2. Herzog
⚭ Eleanora d'Aragona

Lucrezia
(unehelich)

Isabella
1474–1539
⚭ Gian Francesco Gonzaga

Beatrice

Alfonso
1476–1534
3. Herzog
⚭ (1) Anna Sforza
(2) Lucrezia Borgia

Ercole
1508–1559
4. Herzog

Ippolito
1509–1572
(Kardinal)

der Este

Niccoló

12. Marquis von Ferrara

⚭

(1) Gigliola da Carrara

(2) Parisina Malatesta

(3) Ricciarda da Saluzzo

1 legitimer Sohn, 2 legitime Töchter und mindestens zehn weitere uneheliche Kinder

Ferrante

1477–1540

Giulio

1478–1561

Ippolito

1479–1520
(Kardinal)

Sigismondo

1480–1524

Eleanora

1515–1575

Francesco

1516–1578

Isabella

1519–1521

Für Kairo

Die Vergangenheit verändert sich natürlich nicht; sie liegt hinter dir, versteinert, unabänderlich. Was sich verändert, ist die Art und Weise, wie du sie siehst. Wahrnehmung ist alles. Sie macht aus Schurken Helden und aus Opfern Kollaborateure.

Hilary Mantel, Reizklima [1]

Nun ist der Lauf geändert meines Lebens.

Pietro Bembo, Asolaner Gespräche [2]

Prolog

Cachiquin, im zweiten Monat der Vanilleernte des Jahres 5281, das für die Christenmenschen das Jahr 1520 ist

Manchmal tanze ich allein zu einer Musik, die keiner außer mir hören kann. Wenn ich tanze, spüre ich den Herzschlag der Erde durch meine Füße und Beine, meine Lenden und meinen Bauch bis in meine Brust aufsteigen. Dann frage ich mich, ob auch du ihn unter jenem Stück Erdkruste, auf dem du stehst oder gehst oder liegst oder ebenfalls tanzt, spüren kannst. Denn immer wenn ich tanze, tanze ich mit dir.

Der Abschluss der Vanilleernte zieht stets viele Besucher an. Händler natürlich und die Vertreter der Königin, die die Preise festsetzen, aber auch jene, die eigens kommen, um die fliegenden Männer zu sehen. Der ausgewählte Baum ist gefällt und auf dem Dorfplatz aufgestellt worden, und Priester aller Bekenntnisse haben ihre Gebete über ihn gesprochen, ihn mit Weihrauch besprengt und mit Hühnerblut bestrichen. Man hat die Seile geprüft und letzte Hand an die federgeschmückten Umhänge und Kopfbedeckungen gelegt.

Ich schlafe in letzter Zeit schlecht, und heute Morgen war

ich schon vor Sonnenaufgang wach – verfolgt von der schönen, einsamen Melodie des *caporal,* der, gebeugt vom Wind und dem Gewicht des Himmels, hoch oben auf seiner Tribüne seine Flöte spielt.

So war ich bereits aufgestanden, als Gideon mit einem Reisenden aus Ferrara aus Villa Rica zurückkehrte. Der Boden war gefegt, und der Topf mit dem Mais stand schon auf dem Herd.

Gideon ging schnurstracks zu Xanat und dem Säugling, vielleicht aus Feingefühl, vielleicht, weil er sie vermisst hatte, und ließ mich mit dem Reisenden allein. Ich sage allein, obwohl vier oder fünf der älteren Kinder zugegen waren. Auch sie waren heute schon früh auf den Beinen, weil es der Tag der fliegenden Männer war.

Ich scheuchte sie alle hinaus, ehe ich den Reisenden nach Neuigkeiten ausfragte. Eigentlich unnötig. Keines von ihnen versteht Italienisch, und selbst wenn dies der Fall gewesen wäre, hatte ich nichts vor ihnen zu verbergen.

Doch ich wollte nicht, dass sie unser Gespräch hörten. Ich will mit niemandem zusammenleben, der durch meine Vergangenheit verunreinigt ist.

Der Reisende berichtete, die Herzogin sei tot. Mein erster Gedanke war, was sie wohl mit den Briefen aus Spanien getan hatte, doch dem Reisenden gegenüber erwähnte ich sie nicht. Ich hoffe, sie hatte noch genügend Zeit, sie zu vernichten.

Sie sei im vergangenen Sommer gestorben, sagte der Reisende, nach einer schweren Geburt. Die Schwangerschaften der Herzogin verliefen, aus welchem Grund auch immer, nie ohne Komplikationen.

Ich trauere nicht um sie, weil ich weiß, dass sie sich schon seit zwölf Jahren danach gesehnt hat, aus diesem Leben scheiden zu dürfen. Und ich bin selbst dem Tod zu nahe, um trauern zu können. Der Orangenbaum ist jetzt vier Jahre alt. Dieses Jahr hat er zum ersten Mal geblüht, was mir wie ein Zeichen erscheint.

Mein Körper ist verdorrt und verschrumpelt wie ein welkes Herbstblatt, immer mehr krümmt er sich, als wollte er in den Schoß zurückkehren, wieder eine Knospe sein, eine kleine Handvoll Leben. In Toledo, wo ich meine Kindheit verlebte.

Das Buch Esther

Da sprachen die Knappen des Königs,
die ihm dienten:
Man suche für den König Mädchen,
Jungfrauen von schöner Gestalt.

Das Buch Esther, Kapitel 2, Vers 2

1

Toledo, im Omer des Jahres 5252, das für die Christenmenschen das Jahr 1492 ist

Bisweilen ist mir, als hätte ich alle Hoffnung aufgegeben, dich jemals wiederzusehen, jemals frei zu sein oder mein Schicksal selbst in der Hand zu haben. Dann aber merke ich, dass ich im tiefsten Inneren doch daran festhalte. Wenn wir sagen, wir hätten alle Hoffnung fahren gelassen, so fordern wir die Schicksalsgöttin nur dazu heraus, uns zu widerlegen.

Als ich ein kleines Mädchen und meine Mutter noch am Leben war, nahm sie mich mit in die Synagoge meiner Geburtsstadt, wo wir mit den anderen Frauen und Mädchen hinter der Trennwand saßen und zuhörten, wie die Männer an Schabbat die Gebete sprachen. Manchmal benahmen sich die Frauen nicht so, wie ihre Ehemänner, Brüder und Väter es sich gern vorstellten. Da wurde gekichert und geflüstert, man rückte Stühle und tauschte Klatsch aus, Lippen formten unhörbar Worte, und Augenbrauen hoben sich. Von sirrenden Fächern stieg duftender Staub auf und tanzte in den Sonnenstrahlen, die sich in dem filigranen Steingitter zwischen uns und den Männern brachen. Um mich her eine Schar Frauen, die mir über Haar und Gesicht strichen und auf eine Weise wisperten und seufzten, wie ich es seitdem nur bei Menschen erlebt habe, die große Kunstwerke oder Naturwunder bestaunen.

Diese Aufmerksamkeit ängstigte mich, doch meine Mutter beantwortete meine Hilfe suchenden Blicke stets mit einem Lächeln. Wenn ich mich an sie kuschelte, meine Wange in ihre Taillenrundung schmiegte, strich auch sie mir übers Haar und nahm die Komplimente der anderen Frauen entgegen. So ein hübsches Mädchen, so blond, so zart, so blauäugig. Wäre ich bei ihrer Geburt nicht selbst zugegen gewesen, fügte meine Großtante Sophia hinzu, würde ich meinen, sie wäre ein Wechselbalg, besessen von einem *Dibbuk.* Und andere Kinder meines Alters, die Mädchen und kleinen Jungen, die ihre *Bar Mitzwa* noch nicht gefeiert hatten, sahen mich mit ernsten, dunklen Augen an, als sei ich, was immer Tante Sophia auch sagte, tatsächlich ein *Dibbuk,* ein böser Geist, ein Außenseiter. Ein schwarzes Schaf. Rachel Abravanel zog mich oft an den Haaren, zwirbelte sie fest um ihre Finger und zog so hartnäckig, dass ich meinen Kopf ganz nach hinten biegen musste, um nicht aufzuschreien und die Betenden zu stören.

Ein Jahr später, nachdem Rachel auf der Überfahrt von Sardinien nach Neapel ums Leben gekommen war, erzählte Señora Abravanel meiner Mutter wie gern ihre Tochter mich gehabt habe. Noch einmal viele Jahre später gelang es mir endlich, das Rätsel zu lösen, welch seltsamer Drang uns dazu treibt, diejenigen zu verletzen, die wir lieben.

Jedenfalls wusste ich schon ehe ich denken konnte, dass ich anders war, und im Monat Omer des Jahres 5252, den die Christen Mai 1492 nennen, gelangte ich zu der Überzeugung, am Leid der Juden schuld zu sein. Es war eine heiße

Nacht, und ich fand keinen Schlaf. Mein Zimmer ging auf den Innenhof unseres Hauses in Toledo hinaus, und unterlegt mit dem Plätschern des Springbrunnens drangen die Stimmen meiner Eltern zu mir hinauf.

»Nein!«, rief meine Mutter plötzlich, und der Laut jagte mir einen kalten Schauer der Furcht durch den Körper, so wie damals beim Purimfest, als mir der kleine Haim ein Stück Eis von hinten in den Kragen gesteckt hatte. Ich glaube, ich hatte meine Mutter noch nie zuvor laut werden hören; selbst wenn wir ungezogen waren, gab sie sich stets gelassen und behielt die Fassung, als hätte sie unser schlechtes Betragen bereits vorhergesehen und sich schon die passende Strafe zurechtgelegt. Zudem war es nicht Ärger, der ihre Stimme so schrill klingen ließ, sondern blanke Furcht.

»Leah, sei doch vernünftig. Mit Esther zusammen schaffst du es. Bleib hier, bis ich einen sicheren Ort gefunden habe und euch nachkommen lasse.«

»Vergib mir, Haim, aber das kommt nicht infrage. Wenn wir fort müssen, gehen wir gemeinsam, die ganze Familie. Wir stellen uns der Gefahr gemeinsam.«

»Der König und die Königin haben uns drei Monate gegeben, bis Schawuot. So lange stehen wir noch unter königlichem Schutz.«

Meine Mutter ließ ein verächtliches Lachen hören, das gar nicht ihre Art war. »Da können wir ja vorher noch Pessach feiern. Welch ein Hohn.«

»Das ist ihr Osterfest, es ist ihnen sehr heilig. Vielleicht haben Ihre Majestäten ja doch noch einen Rest Gewissen.« Ich hörte das Schulterzucken in der Stimme meines Vaters.

»König Ferdinands Gewissen reicht nicht weiter als bis zu den Anbetern des falschen Messias, das haben die Mauren schon zu spüren bekommen. Jahrhundertelang pflastern sie Straßen, bauen Wasserleitungen, beleuchten die Städte – und er lässt sie wegen einer Laune seiner Frau umbringen.«

»Und du willst wegen einer deiner Launen uns umbringen lassen? Bis das Edikt in Kraft tritt, bleiben uns noch drei Monate. Ich werde jetzt gehen und die Jungen mitnehmen, und du und Esther werdet nachkommen, ehe der dritte Monat verstrichen ist. So seid ihr ganz und gar sicher. Außerdem brauche ich dich hier, du musst den Verkauf unserer Besitztümer überwachen. Wem sonst könnte ich trauen?«

»Jetzt reicht es.« Ich hörte Holz über Stein kratzen, als meine Mutter von ihrem Stuhl aufsprang. Aus dem Fenster zu sehen, wagte ich nicht, aus Angst, ihre Wut könnte sich auch gegen mich richten. »Hier ist dein Teller. Ich fülle ihn jetzt und bringe ihn den Bettlern auf der Straße. Wenn du gehst, wirst du sterben.«

»Leah, Leah«, knurrte mein Vater versöhnlich. Porzellan zerbarst.

»Beweg dich nicht. Wenn du das Marzipan auf den Fliesen festtrittst, bekomme ich sie nie wieder sauber.« Dann brach meine Mutter in Tränen aus, und das Rinnsal meiner Angst wurde zu einem Strom kalten Schweißes. Als meine Amme nachsehen kam, warum ich weinte, glaubte sie, ich bekäme Fieber, und zwang mich, einen ihrer abscheulich schmeckenden Kräutertees zu trinken.

»Es tut mir leid, Haim«, hörte ich meine Mutter noch sagen, ehe der Tee seine Wirkung tat und ich einschlief. Mein Vater gab keine Antwort, und ich hörte nur noch Kleider aneinander rascheln und das leise, feuchte Geräusch von Küssen. Dann zog ich mir das Kissen über die Ohren.

*

Eine Woche später verließen mein Vater und meine drei Brüder Eli, Simeon und der kleine Haim gemeinsam mit etlichen weiteren Männern aus unserer Gemeinde Toledo in Richtung Italien. Viele der Regenten und Despoten in diesem aus zahlreichen Stadtstaaten und Herrschaftsgebieten bestehenden Land duldeten Juden bei sich und verfolgten argwöhnisch die Staatsführung von König Ferdinand und Königin Isabella, die ihnen verblendet erschien. Selbst das Königreich Neapel, das von Verwandten des spanischen Königs regiert wurde, nahm angeblich bereitwillig jüdische Flüchtlinge auf. Mein Vater jedoch beabsichtigte, sich in Rom niederzulassen. Der Papst wird bald sterben, erklärte er, und es gibt einen spanischen Kardinal, der bereit ist, viel Geld zu investieren, um sich dieses Amt zu erkaufen, sobald es frei wird. Dieser Kardinal Borja wird einen zuverlässigen Bankier brauchen. Wir wussten nicht recht, was ein Papst war oder ein Kardinal, und Borja klang für uns eher katalanisch als spanisch – und Katalanen sind so vertrauenswürdig wie Zigeuner –, aber im Lächeln meines Vaters lag eine solche Zuversicht, seine Zähne leuchteten so weiß aus dem Dickicht seines schwarzen Bartes, dass uns keine andere Wahl blieb, als zustimmend zu nicken, unsere Tränen herunterzuschlucken und ihm zu sagen: Bis bald in Rom.

*

Die Tage des Omer vergingen, ohne dass uns eine Nachricht erreichte. Es hieß, einige Juden seien bei dem Versuch, Spanien zu verlassen, von übereifrigen Untertanen des Königs ausgeraubt und totgeschlagen worden – insbesondere von solchen, die ihnen Geld schuldeten; manch einer sei in den Bergen ums Leben gekommen, weil Dorfbewohner ihm Obdach und Nahrung verweigert hatten. Wir hörten von Synagogen, aus denen Lagerhallen gemacht worden waren, und von Bauern, die auf unseren Friedhöfen ihre Schweine weiden ließen.

Doch gab es, wie meine Mutter immer wieder betonte, dafür keinerlei Beweise. Der König und die Königin hätten bis zum Ende des Omer den Juden Schutz zugesichert, und so lange seien sie in Spanien sicher wie eh und je.

Unser Haus erschien mir leer und still, besonders nachts, wenn ich im Bett lag und außer den Grillen nur die leisen Schritte meiner Mutter vernahm, die in den Fluren umherwanderte und auf Nachricht von meinem Vater wartete. Eines späten Nachmittags schließlich, als ich benommen aus der Siesta erwachte, hieß mich meine Mutter aufzustehen und trotz der Hitze so viele Kleider übereinanderzuziehen wie möglich. Dann gingen wir zu den Ställen hinter dem Haus, und ich sah erstaunt, wie meine Mutter ein Pferd sattelte. Ich hatte nicht gewusst, dass sie so etwas konnte. Dann warf sie dem Tier zwei Satteltaschen über den Rücken, hob mich hinauf und führte das Pferd zum Haupteingang, wo sie innehielt, um die *Mesusa* vom Torpfosten zu entfernen. Diese wickelte sie zusammen mit unserem Hausschlüssel in ihre *Ketuba* und verstaute das Päckchen in einer der Satteltaschen.

Inzwischen dämmerte es bereits, und da die Fackelträger schon lange nicht mehr in unser Viertel kamen, um die Straßenlaternen zu entzünden, wirkten die Menschen, die sich uns auf dem Weg zu den Stadttoren anschlossen, wie dem Halbdunkel entstiegene Schemen. Zu Fuß und zu Pferde zogen sie schweigend neben uns her, sodass in jener seltsamen, unheilvollen Stunde, zu der alles sich in etwas anderes verwandelt, nur gedämpfte Schritte und leises Hufklappern zu hören waren. Die Gebäude glichen Traumgebilden, gelegentlich schimmerten Mosaikfliesen und Messingbeschläge an Türen wie Treibgut in einem Meer von Dunkelheit.

Sobald wir das Judenviertel hinter uns gelassen hatten, schloss sich unsere Gruppe eng zusammen, und die Männer bildeten einen Schutzwall um die Frauen und Kinder. Wir hatten Gerüchte gehört, dass man Juden auf der Straße gesteinigt, in Misthaufen gestoßen und Nachttöpfe über ihren Köpfen ausgeleert habe. Wir hingegen blieben unbehelligt, obgleich ich zu spüren meinte, dass uns durch die Ritzen in den Fensterläden Blicke verfolgten.

Wenn meine Mutter gelegentlich etwas sagte, spürte ich es mehr, als dass ich es hörte. Die Schwingungen ihrer Stimme durchliefen meinen Körper, der sich an den ihren schmiegte.

»Möge der Allbarmherzige mir vergeben«, sagte sie zu jemandem, der neben uns ging, »aber ich hätte nicht auf Haim hören dürfen«. Sie hielt inne, wohl um sich zu vergewissern, dass ich eingeschlafen war. Ich rührte mich nicht und ließ die Augen geschlossen, und so fuhr sie fort: »Wenn sie schon sterben mussten, hätte ich doch wenigstens mit ihnen gehen können.«

»Und was ist mit deiner Tochter, Leah?«, ertönte eine Stimme aus der Dunkelheit. Ich wagte kaum zu atmen. Sterben? Hatte meine Mutter eine Nachricht erhalten? War das der Grund für unsere überstürzte Flucht? Waren sie alle tot oder nur einige? Lieber Gott, wenn einer meiner Brüder tot sein muss, dann lass es den kleinen Haim sein, damit ich nie wieder seine Quälereien ertragen muss. Wie sind sie gestorben? Wo? Was wird nun aus uns? Ich erstickte fast an einer Flut von Fragen, die über mich hereinbrach.

»Nur meiner Tochter zuliebe bin ich nicht mit Haim gegangen. Er sagte, wir würden durchkommen, weil Esther so blond und zart ist. Und jetzt ist die Schonfrist vorüber, ich habe gewartet und gewartet, aber vergebens. Nichts ist gekommen, kein Geld, nichts. Wie soll eine auf sich allein gestellte Frau mit einem kleinen Mädchen es bis nach Rom schaffen? Und was, wenn er nicht dort ist? Was dann?« Auch meine Mutter schien in Fragen zu versinken.

Viel mehr ist mir von dieser Reise nicht in Erinnerung, nur Dunkel, dann Licht, dann wieder Dunkel, keine Ahnung wie oft. Anfangs legten wir noch kleine Essenspausen ein, mit Brot und Aprikosen und kleinen, zimtgewürzten Fleischbällchen. Dann Hunger und Durst, bis ich glaubte, es nicht mehr ertragen zu können und ein Engel der Gleichgültigkeit kam und alle Qualen von mir nahm, sodass ich mich fragte, ob ich gestorben und das Paradies einfach nur dieses Nichts sei. Vom Land begaben wir uns auf See, tauschten Erdfurchen gegen Wellenkämme, das Schaukeln des Pferdes gegen das Schwanken eines Decks und das Schwappen von Ballastwasser. Und immerzu, wie der Chor in einem Schauspiel, die Worte: *nur meiner Tochter zuliebe.*

Am Verhalten meiner Mutter mir gegenüber änderte sich nichts. Sie war nach wie vor zwar nicht fröhlich, aber unverdrossen. Wann immer mir zu Anfang der Schiffsreise, ehe sich meine Beine an den Seegang gewöhnt hatten, übel wurde, ignorierte sie ihr eigenes Unwohlsein und hielt mir den Kopf, wenn ich mich über die Reling erbrach. Dann ließ sie mich mit Salzwasser gurgeln, denn das sei die beste Medizin. Sie hatte, davon war ich überzeugt, keine Ahnung, dass ich inzwischen wusste, wie sie wirklich über mich dachte.

*

Der Exodus meiner Mutter, der zwischen Licht und Dunkel begonnen hatte, endete entsprechend, nämlich zwischen Land und Meer am Strand bei Nettuno. Es war heiß, die Sommersonne brannte vom Zenit, ein weißer Feuerball am leeren Himmel. Am Strand Furchen aus welkem Blasentang und trockener weißer Sand, der unter unseren Füßen wegrieselte, als wir uns mit unseren Taschen und Truhen an Land kämpften. Schatten gab es keinen. So viele Passagiere waren krank geworden, dass der Kapitän in Panik geraten war und uns bei erstbester Gelegenheit abgesetzt hatte.

Ich saß neben meiner Mutter, fühlte mich elend und wartete darauf, dass sie sich erholte und mich für meine nackten Füße und den Riss in meinem Kleid schalt. Niemand sprach mit mir oder kümmerte sich um mich, alle waren zu beschäftigt damit, ihr Hab und Gut zu kontrollieren oder ihre eigenen Kranken zu versorgen. Ein paar Jungen wurden losgeschickt, um nach Trinkwasser oder Hilfe Ausschau zu halten. Ich grub meine Zehen in den Sand, hielt die Hand meiner Mutter und meinte, einen leisen Gegendruck zu spüren. Ich bildete mir ein, das Schnarren und Rasseln ihres Atems sei ein Versuch, mir etwas mitzuteilen.

Nach einer Weile setzte sich Señora Abravanel neben mich. Sie zog einen Kamm aus dem Gürtel und kämmte mir das Haar. Dabei erzählte sie mir von Rachel. Das war mir peinlich, und ich fragte mich, warum sie nichts unternahm, damit meine Mutter gesund wurde.

Plötzlich begannen sich die Lippen meiner Mutter zu bewegen, und ihr Kopf ruckte kaum merklich von einer Seite auf die andere, als versuchte sie, eine Fliege zu verscheuchen.

»Esther?« Ihre Stimme war so staubtrocken wie der Sand.

»Ja, Mama?«

»Wo bist du?« Sie tastete auf dem Sand umher, bis ihre Finger meine nackte Wade berührten, dann lächelte sie und die blauvioletten Risse in ihren Lippen dehnten sich.

»Ich glaube, sie sieht dich nicht«, sagte Señora Abravanel.

»Wieso nicht?«

Die Antwort blieb Señora Abravanel erspart, denn meine Mutter sprach weiter. »Ich habe nur für dich gelebt, mein Liebling. Ich war so stolz auf dich. Verzeih mir.«

Verzeihen? Was hatte ich ihr zu verzeihen? Wenn, dann war es an mir, um Verzeihung zu bitten, weil ich all das Unheil über uns gebracht hatte.

Señora Abravanel zupfte mich sanft am Arm. »Komm, Esther, wir können nichts mehr für sie tun. Señor Abravanel und ich werden für dich sorgen.«

Niemand sagte mir je wirklich, dass meine Mutter gestorben war, also hielt ich sie auch nicht für tot. Selbst dann nicht, als ich die Männer Totengebete für sie sprechen hörte und eine Münze auf ihre Augen legen sah, selbst als sie keinerlei Regung zeigte, als man ihr die Nägel schnitt und ein paar Haarsträhnen ausriss, um alles in ein Tuch zu wickeln, das man mir gab.

Als die Jungen bei ihrer Rückkehr berichteten, sie hätten ein Dorf entdeckt, rüsteten alle zum Aufbruch. Nur ich trödelte herum, damit Mama mich einholen könnte, wenn es ihr wieder besser ging. An der nächsten Wegbiegung, sagte ich mir, oder wenn ich die nächste Kuh oder Möwe oder Eidechse auf einem Stein entdeckte, würde ich mich umdrehen und sie herbeieilen sehen. So ließ ich also meine Mutter am Strand zurück, wo die Flut zu ihren Zehen hochkroch. Mit jedem Blick zurück wuchs meine Verzweiflung, doch die Abstände dazwischen machten es erträglich. Señora Abravanel ließ meine Hand nicht mehr los, und in Nettuno hielt man mich für ihre Tochter. Die Komplimente über meine blonden Haare nahm sie widerspruchslos hin.

Die Einwohner von Nettuno hatten Angst, wir könnten sie anstecken, und so gaben sie uns Essen, Wasser und Maultiere, damit wir schnell nach Rom weiterzogen. Ich saß vor Señor Abravanel, gleichsam in einer schwankenden Wiege aus seinem knochigen Leib und dem des Maultiers, und drückte die Ledertasche an mich, die Señora Abravanel mir gegeben hatte. Die Tasche roch ein wenig nach zu Hause. Señora Abravanel sagte, darin befinde sich unsere *Mesusa* und der Schlüssel zu unserem Haus, außerdem das Haushaltsbuch meiner Mutter, das ich brauchen würde, wenn ich eines Tages heiratete. Bis dahin, dachte ich, würde Mama uns ganz bestimmt eingeholt haben.

Rom mochte sich zwar für den Mittelpunkt der zivilisierten Welt halten, doch die Stadt war kleiner als Toledo. So war es nicht weiter schwierig, meinen Vater im jüdischen Viertel nahe dem Campo dei Fiori aufzuspüren. Sein valenzianischer Kardinal Borja war mithilfe seines Vermögens und des Finanzgeschickes meines Vaters tatsächlich Papst geworden. Das neu errichtete, von Gärten umgebene Haus meines Vaters war eines der größten im Viertel, ganz wie er es meiner Mutter und mir versprochen hatte, ehe er Toledo verließ.

Vermutlich freute er sich über unser Wiedersehen ebenso wie ich, und wahrscheinlich erschütterte ihn der Tod meiner Mutter, die er wohl auf seine Weise geliebt hatte, doch erinnern kann ich mich daran nicht. Irgendwo auf dem Weg von Nettuno hatte ich, durchgerüttelt auf dem Rücken eines Maultiers, mich selbst verloren, und es sollte lange dauern, bis ich wieder zu mir fand. Anfangs machte sich Eli, sechs Jahre älter als ich und somit fast schon ein Mann, wider alle Vernunft einen Spaß daraus, mich zu piesacken. Wo bleibt dein Kampfgeist, Esther? Du Memme! Na los, schlag zurück!

Ich tat es nicht. Ich wurde zu einem Ausbund jungfräulicher Tugendhaftigkeit. Meinem Vater machte ich keine Schande, er konnte in dieser Zeit in jeder Hinsicht stolz auf mich sein, während sein Stern am Himmel Papst Alexanders VI. immer höher aufstieg. Zusammen mit anderen jungen Römerinnen aus gutem Hause lernte ich bei den Nonnen des Klosters Santa Clara Musizieren und Sticken. Die Nonnen fanden offenbar nichts Sonderbares daran, ein jüdisches Mädchen zu unterrichten. Außerdem unterwies mich ein Rabbi in der Tora, und ein junger griechischer Scholar mit hungrigem Blick und der Schönheit eines Schwindsüchtigen brachte meinen Brüdern und mir Griechisch, Latein und Geometrie bei. Von den Mädchen in Santa Clara erfuhr ich, wie ich mich zu frisieren hatte, mir die Wangen rosig kneifen und meine Augen zum Strahlen bringen konnte, indem ich Rosenwasser hineinträufelte; und auch, dass der hungrige Blick des Scholaren wohl kaum von einem leeren Magen herrührte.

Obwohl mein Vater jedes Jahr an dem Tag, den er für den Todestag meiner Mutter hielt, getreulich die entsprechenden Rituale zelebrierte und an Jom Kippur zu ihrem Gedenken Kerzen brennen ließ, erwähnte er sie mir gegenüber niemals, und ich tat es ihm gegenüber ebenso wenig.

*

Eines Nachmittags Anfang des Monats, den ich September zu nennen gelernt hatte, im Jahr nach dem Ablassjahr, rief mich mein Vater, von geschäftlichen Erledigungen im Vatikan zurückgekehrt, in sein Arbeitszimmer. Er führte eine erfolgreiche Bank, ich sorgte im Haushalt für Ordnung. Die Räume wurden von der Tür her gekehrt, wir hatten getrennte Küchen für Fleisch und Milchspeisen, wir hielten uns an Fastenzeiten und begingen Festtage mit den vorgeschriebenen Ritualen, zündeten am Schabbat Kerzen an und hatten die *Mesusa,* die meine Mutter aus Toledo mitgenommen und die ich von Nettuno hergebracht hatte, am Torpfosten befestigt. Zu sagen, dass wir einander liebten, wäre eine Lüge; keiner von uns beiden hätte einem so unberechenbaren Gefühl wie der Liebe einen Platz in unserem wohlgeordneten Universum eingeräumt. Wir hielten einander im Gleichgewicht wie fein austarierte Waagschalen.

Als ich eintrat, saß mein Vater an seinem Schreibtisch, starrte auf einen Punkt zwischen der Tischkante und der Tür, in der ich stehen blieb, und spielte mit dem Ring an einem seiner breiten Finger.

»Schließ die Tür, Tochter, es zieht.«

Ich drückte die schwere, holzgetäfelte Türe zu und machte einen Knicks vor meinem Vater.

»Setz dich, Esther. Nein, hierhin.« Er erhob sich von seinem Schreibtisch und ging mit mir zu den beiden Polsterstühlen hinüber, die links und rechts des Kamins aus Porphyr standen. »Weißt du, dass Donna Lucrezia wieder heiraten wird?«, fragte er.

»Andernfalls müsste ich ja blind und taub sein. Der Kanonendonner aus Sant' Angelo zur Verkündung der freudigen Nachricht hat mir fast das Trommelfell zerrissen.« Aber dieser Freudensalut hatte dem überglücklichen Pontifex, diesem katalanischen Emporkömmling, keineswegs genügt, um anzuzeigen, dass seine uneheliche Tochter in eine der wichtigsten Familien Italiens, die der Este aus Ferrara, einheiraten würde. Er ließ auch die Glocke des Kapitols fast die ganze Nacht lang läuten und auf der Burg mit Pulverladungen bestückte Freudenfeuer entfachen, sodass die Brücke Sant' Angelo fast abgebrannt wäre. Tags darauf war Donna Lucrezia feierlich durch die Porta del Popolo zur Kirche Santa Maria gezogen, begleitet von dreihundert Reitern und vier Bischöfen.

»Drei Ehemänner und noch keine einundzwanzig Jahre alt. Das macht ihr so schnell keine nach.« Ich war fünfzehn, und meine Freundinnen in Santa Clara und ich wussten über die große weite Welt Bescheid. Wir kannten jeden Klatsch und Tratsch, und der hatte oft Donna Lucrezia, die Lieblingstochter des Papstes, zum Thema.

Ich war keineswegs verwundert, dass der Papst eine Tochter hatte. Unser Rabbi hatte neun Söhne, und mir wäre es unnatürlich erschienen, hätte ein Priester keine Familie gehabt.

»Sie hatte kein Glück mit ihren Ehemännern, das ist wahr«, sagte mein Vater vorsichtig.

Ich verkniff mir ein Grinsen. Selbst nach römischen Maßstäben war Donna Lucrezias Leben aufsehenerregend. Schon allein deswegen, weil sie bei der Geliebten ihres Vaters lebte, der hinreißenden Giulia Farnese, die nur drei Jahre älter als Lucrezia und mit einem ihrer Cousins verheiratet war. Donna Lucrezia hatte ihren ersten Gatten mit dreizehn geehelicht und sich vier Jahre später von ihm scheiden lassen, weil er angeblich impotent war. Laut Battista Farignola jedoch, deren älterer Schwester seinerzeit Donna Lucrezias Bruder Don Juan nachstellte, behauptete Lucrezia noch im sechsten Schwangerschaftsmonat, sie sei Jungfrau. Da niemals ein Kind präsentiert wurde, wusste man nichts Genaues.

»Seine Heiligkeit sagt, sie lebe sehr züchtig, seit sie Witwe geworden ist«, fuhr mein Vater fort und starrte mich so lange an, bis ich aufhörte zu grinsen.

Donna Lucrezias zweiter Gatte, Alfonso de Bisceglie, ein entfernter Verwandter König Ferdinands und, Lucia de Mantova zufolge, ein Bild von einem Mann, war etwa ein Jahr zuvor ermordet worden – böse Zungen behaupteten, von Donna Lucrezias ältestem Bruder, Herzog Valentino. Darüber verloren die Mädchen aber kein Wort, denn bei allem, was den Herzog betraf, hütete man besser seine Zunge.

»Und du solltest Leuten, die über dir stehen, mehr Respekt erweisen«, fügte mein Vater hinzu. Von wegen über mir stehen – Donna Lucrezias Vater mochte ja Papst sein, aber man erzählte, ihre Mutter sei bloß eine Tavernenwirtin, eine wohlhabende allerdings, für die das vergangene Ablassjahr, in dem Pilgerscharen aus aller Welt in die Stadt geströmt waren, sehr einträglich gewesen war.

»Ja, Papa.« Zweifellos fiel es meinem Vater nicht leicht, mir zu sagen, was er mir sagen musste, und ich wollte es ihm nicht noch schwerer machen.

»Herzog Ercole de Ferrara, ihr künftiger Schwiegervater, ist in jeder Hinsicht sehr geschickt«, fuhr er fort, »und hat für die Hand seines Sohnes und Erben einen hohen Preis festgesetzt. Ich soll Seiner Heiligkeit bei der Mitgift behilflich sein.«

Was hatte das mit mir zu tun? Ich wartete. Mein Vater räusperte sich. »Seine Heiligkeit war so gütig vorzuschlagen, dass du, Esther, bei Donna Lucrezia Hofdame wirst, sofern sie Gefallen an dir findet.«

»Ich, Papa? Ich soll nach Ferrara? Das ist am anderen Ende Italiens. Vielleicht sehe ich dich dann nie wieder. Unmöglich.« Ich beugte mich zu ihm hinüber, die Fäuste im Schoß geballt, die Schultern hochgezogen. Meine Augen forschten in seinem Gesicht, ob er das wirklich ernst meinte. Vielleicht stellte er nur meinen Gehorsam auf eine besonders harte Probe.

»Du müsstest dich natürlich taufen lassen.«

Wieder spürte ich die gleiche Angst vor dem Unbekannten wie fast zehn Jahre zuvor in Toledo, als ich gehört hatte, wie sich meine Eltern über das Vertreibungsedikt stritten. Seither, das merkte ich nun, hatte ich nie wieder Angst gehabt, jedenfalls keine richtige. Bis heute, und jetzt war ich zu alt, um mir einfach die Decke über die Ohren zu ziehen.

»Wie kannst du so etwas auch nur aussprechen?« Meine Stimme überraschte mich, so ruhig und gefasst war sie, trotz der Wut, die in mir zu kochen begann. Ich hörte mich an wie meine Mutter. Die Augen meines Vaters verrieten mir, dass auch er es bemerkt hatte.

»Bevor du dich in Zorn redest, Tochter, hör mir zu. Du bist jetzt fünfzehn. Wären wir noch in Toledo, wärst du wahrscheinlich schon verheiratet. Aber wir sind nicht dort, wir sind hier, und unser Volk ist in alle Winde verstreut. Ich muss an deine Zukunft denken. Niemand außer mir tut das.«

»Señora Abravanel wird einen Ehemann für mich finden, Papa«, unterbrach ich ihn, sprach aber auch nicht aus, was ich wirklich dachte. »Sie ist eine gute Heiratsvermittlerin. Für Eli lässt du sie ja auch die Wahl treffen, warum nicht für mich?«

»Bis Eli heiratet, wird noch viel Zeit vergehen. Josepha ist noch ein Kind. Und ein Sohn, das ist … nun, etwas anderes. Wenn du bei Donna Lucrezia bist, wird sie dir einen Gemahl unter den Adeligen suchen, einen Mann von Ansehen und Vermögen, der dich … schützt«, sagte er mit matter Stimme. »Herzog Ercole ist offenbar sehr angetan von dem Gedanken, dass seine Schwiegertochter eine konvertierte Jüdin in ihren Hofstaat aufnimmt, der sie religiöse Führung und Lehre angedeihen lassen kann. Er ist sehr fromm.«

Jetzt musste ich lachen, aber es war ein höhnisches und freudloses Lachen. »Ich? Ich soll von Lucrezia Borgia religiöse Unterweisung erhalten? Weißt du eigentlich, wie grotesk dieser Gedanke ist?«

»Seit dem Tod des Herzogs de Bisceglie geht sie jeden Tag zum heiligen Abendmahl, heißt es, und ihren Sohn hat sie persönlich den Katechismus gelehrt.«

Es war, als würde ich gegen eine Mauer anrennen. »Meine Mutter ist gestorben, weil sie Jüdin war. Was meinst du, was sie bei solchen Reden empfinden würde?« Ich hielt den Atem an und wartete, dass das Dach einstürzte. Ich konnte meinen Vater nicht ansehen, hörte aber, wie er nach Luft schnappte.

»Glaubst du, es ist für mich all diese Jahre über einfach gewesen«, fragte er leise, »mit anzusehen, wie du erwachsen und ihr immer ähnlicher wirst? Das ist nämlich der Fall, weißt du, trotz deiner blonden Haare und blauen Augen. Du sagst, deine Mutter sei gestorben, weil sie Jüdin war. Wenn das stimmt, glaubst du dann, sie würde wollen, dass dir das Gleiche widerfährt? Denn wir sind unter Christen niemals sicher, wie du weißt. Der Papst ist fast siebzig. Wer weiß, ob sein Nachfolger so zugänglich sein wird wie er? Wer weiß, ob es nicht zu einer weiteren Vertreibung kommt? Glaub mir, Esther, deine Mutter würde mich in dieser Sache unterstützen. Nutze deine Chance, geh weg von uns, solange du noch kannst.«

In mir tobte ein Krieg. Einerseits verlangte mein Vater, dass ich an meiner Kultur, meiner Erziehung, den Menschen, die ich mein Leben lang kannte, Verrat beging. Andererseits hatte ich zwar gewissenhaft unsere Sitten und Bräuche gepflegt, mir jedoch nie überlegt, ob ich die Überzeugungen teilte, die dahinter standen. Die Leidenschaft meiner Mutter und die nüchterne Sichtweise meines Vaters lieferten sich in meiner Seele eine Schlacht.

»Du kannst es dir bis heute Abend überlegen, wenn du willst«, bot mein Vater mit einem schmalen Lächeln an.

»Ich werde tun, worum du mich bittest, Papa.« Als hätte jemand es mir eingeflüstert, war ich mir plötzlich gewiss, dass ich nicht dazu bestimmt war, irgendwo an einem Strand zu sterben, barfuß und fieberblind, während ein zerlumptes Kind neben mir im Sand kauerte. Ich stand auf und wartete auf die Erlaubnis, zu gehen.

»Ich hatte euch geschrieben, dass ihr nachkommen sollt«, sagte er und massierte seine Stirn mit den Fingern. »Aber als ich erfuhr, dass das Schiff mit meinem Brief an Bord vor Korsika Schiffbruch erlitten hatte, war es zu spät. Ihr wart bereits losgezogen. Ich habe versucht, es ihr zu sagen, aber ich weiß nicht, ob sie mich hört.«

»Die Christen würden wahrscheinlich sagen, sie hört dich.« Ich beugte mich vor, um seine Wange zu küssen, und schmeckte Salz. Leise schloss ich die Tür hinter mir und überließ ihn seinen Tränen.

2

Auf dem Schiff aus Ostia machte es mir zunächst nichts aus, unter Deck in Ketten zu liegen, schließlich blieb mir auch gar nichts anderes übrig. Ich war zu erschöpft, um noch irgendetwas zu wollen, mein einziger Wunsch war, nicht mehr denken zu müssen. Vermutlich war ich sogar zufrieden, wer weiß, denn ich habe nie verstanden, was Zufriedenheit eigentlich ist, außer dass sie Abwesenheit bedeutet – Abwesenheit von Freude, Kummer, Ehrgeiz oder festen Vorstellungen.

Vor meiner Taufe traf ich mit Donna Lucrezia nur ein einziges Mal zusammen, als mein Vater mich in den berühmten Palast der Orsini am Fuße der Treppe von St. Peter brachte, wo sie mit ihrer Tante Adriana da Mila Orsini und Giulia Farnese wohnte. Letztere war Donna Adrianas Schwiegertochter, zugleich aber auch die Geliebte des Papstes.

Wir wurden im *piano nobile* empfangen, einem Raum von solchen Ausmaßen, dass selbst das mächtige Feuer im Kamin, auf dem man einen ganzen Ochsen hätte braten können, seine eisige Eleganz nicht zu erwärmen vermochte. Atemwölkchen stiegen vor meinem Gesicht auf. Ein livrierter Sklave schloss lautlos die Flügeltüren hinter uns, und Adriana da Mila bedeutete uns, näherzutreten.

Sie und Donna Lucrezia saßen beiderseits des Kamins in Polstersesseln. Donna Lucrezias kleiner Sohn, Rodrigo de Bisceglie, damals erst wenig mehr als ein Jahr alt, spielte zwischen den beiden auf einer Pelzdecke mit Holzpuppen, die wie Janitscharen gekleidet waren. Hinter Donna Lucrezias Sessel stand ein schwarzhäutiges Sklavenmädchen, so reglos, dass ich sie fast für eine Statue gehalten hätte. Ihre Wangen zierten kreisförmige Narbenmuster, doch sie trug ein prächtiges Kleid aus purpurroter Seide.

»Seid so freundlich, Ser Sarfati, dort zu warten, solange wir mit Eurer Tochter sprechen«, sagte Donna Adriana und deutete mit ihrer ringgeschmückten, von Leberflecken übersäten Hand auf eine Bank in der Mitte des Raums. Mein Vater verbeugte sich, gab mir einen Stups in den Rücken und setzte sich. Ich war so aufgeregt, dass mir trotz der Kälte der Schweiß ausbrach. Ich presste die Arme fest an den Körper und biss die Zähne zusammen, damit sie nicht klapperten. Du kamst so steif daher wie eine Marionette, meinte Donna Lucrezia Jahre später mit einem unterdrückten Lachen.

An jenem Morgen wirkte sie ernst und ziemlich müde. Die Flügel ihrer langen schmalen Nase und ihre großen grauen Augen waren gerötet, als habe sie sich erkältet oder geweint. Die Hand, die sie mir entgegenhielt, war fleischig und schlaff. Ich ergriff sie kurz und verbeugte mich so, wie es, nach den Worten meines Vaters, unter wohlerzogenen Christen Sitte war. Ihre Haut war so weich, dass ich sie kaum spürte, und ihre ungewöhnlich bleichen Knöchel hatten Grübchen wie die eines Kindes. Dann wandte ich mich Donna Adriana zu und machte vor ihr einen Knicks. Sie erwiderte ihn mit einer leichten Beugung ihres Kopfputzes, begleitet von einem sanften Perlenklicken.

»Sieh an«, sagte Donna Lucrezia, »Ihr seid blond. Verratet mir, ist das wirklich Eure natürliche Farbe?«

»Ja, Madonna.«

Seufzend strich sie sich mit der Hand übers Haar, das mit einem grünen, mit winzigen Rubinen besetzten Seidennetz gebändigt war. »Auch meines war einst von dieser Farbe. Aber als ich Rodrigo bekam, fiel es mir büschelweise aus und wuchs in dunklerem Ton nach. Jetzt muss ich es stundenlang der Sonne aussetzen. Ihr dürft Euch setzen. Catherinella, einen Hocker.«

Jetzt wurde klar, dass die Sklavin keine Statue war. Sie drehte sich um, griff nach einem niedrigen Schemel und stellte ihn hinter mich.

»Erzählt mir, wie weit Eure Ausbildung gediehen ist«, fuhr Donna Lucrezia fort. »Ich höre es stets mit besonderer Freude, wenn ein Geschöpf Eurer Abstammung zu Christus findet. Schließlich war auch er Jude.«

»Ich hoffe, eine gute Schülerin zu sein, Madonna. Ich habe das Apostolische Glaubensbekenntnis gelernt und die Sakramente, und natürlich meine … auch für die Juden gelten Gebote Moses.«

»Und Ihr könnt das Vaterunser aufsagen?«

»Ja, Madonna. *Pater noster qui es in caelis, sanctificetur nomen tuum …*«

»Ausgezeichnet. Ihr beherrscht also ein wenig Latein.«

»Und etwas Griechisch, Madonna.«

»Vermutlich auch Spanisch?«

»Leider nicht, Madonna. Ich war erst sechs, als wir Spanien verließen, und kann mich an diese Sprache kaum mehr erinnern.«

»Ich wurde zwar hier geboren, doch unter uns haben wir

immer unsere Sprache gesprochen. Meine Familie stammt aus dem Adel Valencias.«

Der leise Tadel in ihrer Stimme gab mir das Gefühl, mich rechtfertigen zu müssen. »Mein Vater pochte darauf, dass wir Italienisch lernten, damit wir uns gut in unsere neue Umgebung einfügen. Außerdem glaube ich nicht, dass wir beide uns auf Spanisch verständigen könnten, Madonna, denn meine Familie stammt aus Toledo. Demnach seid Ihr katalanischer Herkunft und wir kastilischer.«

»Tatsächlich? Ich fürchte, ich bin nicht sehr bewandert in der Geografie all der spanischen Lande, die sich seit den Entdeckungen des Ser Colon rundum auszubreiten scheinen«, erwiderte sie in frostigem Ton. Donna Adrianas Perlen klickten. Ein leises Knarzen der Lederbank, auf der mein Vater saß, verdeutlichte mir, dass ich die Grenzen der Schicklichkeit überschritten hatte. Doch obgleich mir bei diesem Gedanken das Herz schneller schlug, war es mir einerlei. Ich saß hier, weil mein Vater es wollte, nicht auf eigenen Wunsch.

»Wisst Ihr, dass die Römer uns *marranos* schimpfen, sobald ihnen etwas an uns missfällt? Ist es nicht ein schlechter Scherz, dass wir, die Familie des Heiligen Vaters, als heimliche Juden verunglimpft werden? Vielleicht sollten wir beide uns auf Hebräisch unterhalten, mein Kind?«

Jede Erwiderung, die mir einfiel, hätte entweder Donna Lucrezias Familie beleidigt oder meine eigene. Da lächelte sie plötzlich. Dieses Lächeln verwandelte sie, es schien sie von innen her zu erleuchten und nicht bloß ihr Gesicht zu zieren wie ein Bild, mit dem man einen Riss in der Wand verbirgt. Ihr Lächeln ließ mich an ihre Herzensgüte glauben.

»Sagt mir«, fuhr sie fort, »kennt Ihr Petrarca?«

Das wurde ja immer schlimmer. Tatsächlich hatte ich einige seiner Verse in den zerfledderten Abschriften gelesen, die unter den Mädchen in Santa Clara heimlich weitergereicht wurden. Da aber mein Vater hinter mir saß, mochte ich es nicht eingestehen. Gäbe ich jedoch der Dame keine ehrliche Antwort, würde sie mich nicht für ihren Hofstaat in Betracht ziehen, und all die Pläne, die mein Vater für mich hegte, wären zunichtegemacht.

»Und natürlich Dante.« Das war der Ausweg. Dante war weitaus achtbarer, obwohl empfohlen wurde, ihn nicht allzu kurz vor dem Zubettgehen zu lesen. Ich öffnete den Mund, um eine Anmerkung meiner Lehrer über den religiösen Symbolismus der Liebe des Poeten zu Beatrice zu zitieren, aber noch ehe ich etwas sagen konnte, fuhr sie fort: *»Lasciate ogne speranza, voi ch'intrate.«* Dann lachte sie verhalten auf. Ich sah sie an, und als sie den Kopf zu ihrer Tante wandte, trafen sich unsere Blicke. Donna Adriana hüstelte leise, was eher nach einer Warnung denn nach einem natürlichen Reflex klang. Meine Wangen glühten. Ich spürte die Missbilligung meines Vaters wie einen Pfeil, der sich in meinen Rücken bohrte. Auf keinen Fall, hatte er mir eingeschärft, dürfe ich einer so hochgestellten Dame wie Donna Lucrezia in die Augen sehen. Dies werde als Anmaßung aufgefasst.

Doch als sich unser beider Blicke begegneten, wusste ich, dass meine Ungehörigkeit nicht von Bedeutung war. Ein Funkeln lag in ihren grauen Augen. Sie lächelte. Sie mochte mich. Dafür hatte ich ihr keinen besonderen Grund gegeben, aber offenbar hatte sie in mir etwas entdeckt, eine Art Seelenverwandtschaft, auf die sie ansprach.

»Madonna«, sagte ich, ermutigt durch das, was ich in ihren Augen gelesen hatte. Erneut hüstelte Donna Adriana, und mein Vater holte hörbar tief Luft. Ich ließ mich aber nicht beirren. »Darf ich Euch eine Frage stellen?«

»Sollen wir dieser kühnen jungen Frau gestatten, eine Frage an uns zu richten?«, fragte sie ihren Sohn. »Warum nicht? Rodrigo meint, Signorina Esther dürfe es.«

»Was sind die Pflichten einer Hofdame, Madonna?«

»Nun, mein Kind, wie jede andere Frau muss sie vor allem warten. Auf einen Ehemann, auf die Geburt ihres Kindes, auf …«

»Ihr werdet Donna Lucrezia zu Diensten sein, wie es ihr genehm erscheint. Das ist alles, Mädchen«, unterbrach Donna Adriana.

Da ich meine Befragung für abgeschlossen hielt, wartete ich darauf, nun entlassen zu werden. Aber ehe noch ein weiteres Wort fiel, schwangen die Flügeltüren auf, und ein Schwall noch kälterer Luft strömte herein, der die Flammen im Kamin aufflackern ließ. Ein Bote in einer Livree aus karmesinrotem Samt und gelbem Satin schritt durch den *piano nobile,* als sei er sein Eigen. Er verbeugte sich vor den Damen und überreichte Donna Lucrezia ein gefaltetes und versiegeltes Stück Pergament. Als sie das Siegel erbrach und den Brief las, legte sich ein Hauch von Röte auf ihr blasses Gesicht.

»Eine Einladung zum Mahl heute Nachmittag«, sagte sie zu ihrer Tante, obgleich ihre geröteten Wangen und ihr strahlender Blick vermuten ließen, dass es sich um mehr als nur eine Einladung handelte. »Natürlich sagen wir zu«, erklärte sie dem Boten, der sich erneut verbeugte, um den Raum wieder zu verlassen. Als er sich umdrehte, sah ich, dass auf dem Rücken seiner Livree in Gold die Buchstaben CESARE eingestickt waren.

Donna Lucrezia erhob sich und reichte Catherinella ihren

Sohn. »Bring ihn in die Kinderstube. Ich muss mich ankleiden.«

Ich stand ebenfalls auf, bereit, entlassen zu werden.

»Euer Vater wird von uns hören«, erklärte mir Donna Adriana.

»Nein, wartet«, sagte Donna Lucrezia zu mir. Sie wirkte ganz aufgeregt. »Esther, wann soll Eure Taufe stattfinden?«

»Ich weiß nicht genau, Madonna.«

»Dann werde ich meinen Sekretär anweisen, mit dem Dekan von Santa Maria del Popolo ein Datum festzulegen. Ihr werdet ab sofort von meinem Kaplan Unterricht erhalten, und ich werde Eure Patin sein. Ich will einen Namen für Euch aussuchen … Donata. Donata Spagnola.«

»Ja, Madonna. Danke, Madonna.« Ich machte einen tiefen Knicks, aber sie winkte ab. Während ich zu meinem strahlenden Vater zurückkehrte und wir aus dem Raum geleitet wurden, hörte ich, wie Donna Lucrezia sich mit ihrer Tante über die Wahl ihrer Kleider beriet.

*

Zu meiner Schande muss ich gestehen, dass mich, je näher meine Taufe rückte, mehr die Frage des passenden Kleides beschäftigte als die Verfassung meiner Seele.

Zwar hatte ich Donna Lucrezia seit jener ersten Begegnung einen Monat zuvor nicht mehr gesehen, aber sie hielt Wort. Ihr Kaplan suchte uns täglich auf, und wenn er das Hoftor passierte, versuchte er ängstlich, möglichst großen Abstand zur *Mesusa* zu halten, bekreuzigte sich und murmelte Gebete. Er war ein furchtsamer Mann, der offenbar mehr Angst vor dem Allmächtigen hatte als Freude daran, ihm zu dienen. Ich versuchte dennoch, eine gute Schülerin zu sein, um meines Vaters willen und weil ich jenes verständnisvolle Funkeln in Donna Lucrezias Augen nicht vergessen hatte, als sie mich anblickte.

Einen Tag vor der Zeremonie erschien Catherinella, die schwarze Sklavin, an unserem Tor, begleitet von einem Lakaien, der ein mit Bändern verschnürtes Paket aus gelber Seide trug. Kaum war die Sklavin wieder fort, öffnete ich, noch im Vestibül, das Paket und ließ die seidene Umhüllung auf den Steinboden fallen. Es enthielt ein wunderschönes, in rotes Leder gebundenes Messbuch mit silbernen Beschlägen und filigranen Schnallen, außerdem ein weißes Taufgewand aus Batist mit einer fußbreiten Goldstickerei an den weiten Ärmeln und am Saum sowie einem spinnwebenfeinen Spitzenkragen. Zu diesem Kleid gehörte ein Umhang aus weißem Samt, gesäumt mit dem Pelz von Winterfüchsen und mit einer perlenbesetzten Spange am Kragen. Mariam, die aus Neugier in der Nähe geblieben war, nachdem sie die Boten am Tor empfangen hatte, verschlug es angesichts der Pracht der Gewänder den Atem, als ich sie aus dem Paket holte und ins Licht aus den bronzenen Wandhaltern hielt.

»Seid vorsichtig, mein Fräulein. Ihr möchtet doch nicht, dass sie mit Ruß beschmutzt werden.«

Mich jedoch beschäftigte vor allem, dass das Lampenlicht den feinen Batist fast ungehindert durchdrang.

Ich trug den Umhang und das Gewand in mein Zimmer und rief Mariam, mir zu helfen, denn ich hatte keine eigene Zofe.

Nachdem ich den Schrank geleert hatte, in dem meine Unterhemden und meine Wäsche aufbewahrt wurden, probierte ich jede Kombination von Unterwäsche aus, die ich zur Verfügung hatte. Schließlich wählten wir zwei Unterhemden aus Leinen und einen wollenen Unterrock. Darin sah ich zwar recht unförmig aus, aber zumindest würde ich nicht frieren, und mein Schamgefühl bliebe unangetastet.

Noch lange, nachdem Mariam wieder gegangen war, studierte ich in meinem Zimmer, wie sich mein Aussehen veränderte, wenn ich meinen Handspiegel in unterschiedlichen Winkeln vor mich hielt. Mein Vater hatte recht. Ich war nach meiner Mutter geraten. Was nicht hieß, dass ich mich nach so vielen Jahren noch deutlich an ihr Gesicht hätte erinnern können oder an bestimmte Eigenheiten, die mein Vater an mir wiederzuerkennen glaubte, etwa wenn ich mir das Schläfenhaar um den Finger wickelte oder die Hände in die Hüften stemmte, etwas, das Donna Lucrezia mir sicher abgewöhnen würde. Doch wenn ich meine Gesichtszüge genau betrachtete, sah ich in ihnen meine Mutter – die gleichen markanten Wangenknochen und die kleine gerade Nase, das gleiche, ein wenig kantig geratene Kinn und die runden, tief liegenden Augen, so ganz anders als bei meinen Brüdern, die an Eulen auf der Stange erinnerten, wenn sie nebeneinandersaßen.

Hatte Papa recht, als er sagte, dass sie gutgeheißen hätte, was ich tat, oder hatte er gelogen, um mich zu überreden? Oder hatte er seine Frau vielleicht nie richtig verstanden? Wie dem auch sei, für solche Gedankenspiele war es jetzt zu spät. Morgen zur Frühmesse würde die Tochter des Papstes meine zierliche Hand in ihre fleischige Hand nehmen und mich zur Unterwerfung unter ihren Vater führen. Morgen früh würde aus der Sicht Gottes Donna Lucrezia meine Mutter werden. Ich würde von meinen Sünden und den Sünden meines Volkes reingewaschen. Ich würde zu einer *tabula rasa* werden.

Als ich mich anschickte, die Kleider zu wechseln, klopfte es sanft, fast furchtsam an meine Tür.

»Wer da?«

»Papa.«

»Komm herein. Ich wollte mich gerade … umziehen«, stotterte ich, als ich sah, was für ein Gesicht er beim Anblick seiner Tochter im Taufgewand machte.

»Ich … äh …«, sagte er, sich räuspernd, »muss heute Abend außer Haus speisen, mit einem Abgesandten von Fugger. Ich werde wohl erst spät zurückkommen.«

»Du kannst mich dann ja wecken.« Wir wussten beide, dass wir uns lange Zeit nicht mehr wiedersehen würden. Er und meine Brüder durften weder an der morgigen Messe teilnehmen, noch konnten sie mich in Santa Maria in Portico besuchen. Und wer wusste schon, wie viel freie Zeit meine neuen Pflichten mir lassen würden, wenn überhaupt.

»Das möchte ich nicht.« Er trat auf mich zu und legte seine großen Hände auf meine Schultern. »Bestimmt willst du morgen möglichst gut aussehen, ohne Ringe unter den Augen.«

»Es ist nicht …« Beinahe hätte ich gesagt: meine Hochzeit.

»Gut, dass Donna Lucrezia dir so gewogen ist. Gut für unsere Zukunft. Deine Mutter wäre sehr stolz«, schloss er so überstürzt, als müsste er in kaltes Wasser springen oder eine bittere Arznei schlucken. Und noch bevor ich etwas erwidern konnte, machte er auf dem Absatz kehrt und ließ nichts zurück außer einem leisen Hauch von Ambra, mit der er seinen Bart zum Glänzen brachte.

Ich zog meine Taufkleider aus und legte sie auf die Reisetruhe, die am nächsten Morgen in den Palast Santa Maria gebracht werden würde. Es war eine fein gearbeitete Truhe, eigens für diesen Zweck angeschafft, bezogen mit rotem spanischen Leder und messingbeschlagen. Sie enthielt aus Zedernholz gefertigte Fächer für Wäsche, Haarbürsten, Gürtel und Schuhe sowie zwei schön gearbeitete Einsätze für Kleider. Irgendwo in dieser Mischung aus praktischer Planung und sorgfältiger Handwerkskunst lag die Seele von Donata Spagnola.

*

Die christliche Taufe ist ein seltsamer Ritus. Wir Juden legen bei der Feier unseres Glaubens großen Wert auf das Essen. An Pessach verspeisen wir Lammbraten mit Knoblauch und Rosmarin sowie Matzen-Kuchen, am Abend des Schabbat werden rote Eier mit Safranreis aufgetischt, und an Purim gibt es meine Lieblingsspeise – weil sie an die Königin Esther erinnert: *orejas de Haman* mit Sirup.

Nun aber war ich hier, benommen von einem alles durchdringenden Weihrauchduft und den matten Sopranstimmen des Knabenchors, gewaschen, geölt und gesalzen wie für den Bratspieß. Überall abstoßende, blutende Heilige, auf Wänden und Decken, auf Sockeln und aus Nischen hervorlugend. Ich kniete vor dem Altar, flankiert von Donna Lucrezia und einem Bischof, an dessen Namen ich mich nicht mehr erinnere und der meinen zweiten Paten, Donna Lucrezias Schwager Kardinal Ippolito d'Este, vertrat. Nun sollte ich Brot und Wein zu mir nehmen, im festen Glauben, dies seien der durch einen Kunstgriff des Priesters verwandelte Leib und das Blut Jesu Christi. Ich, eine Jüdin, die Fleisch stets nur dann verzehrt hatte, wenn alles Blut daraus entfernt war, ich, der es verboten gewesen war, auch nur ein Ei zu essen, wenn sich Blutsprengsel darin befanden. Ich betete, aber nicht zum Heiligen Geist, sondern darum, dass sich meine Kehle nicht weigern würde und es mich würgte.

Es regnete heftig an diesem Morgen, dazu blies ein bitterkalter Wind. Kardinal Vera, der die Zeremonie leitete, war daher froh, sie in der Kirche abhalten zu können und nicht draußen im Freien, wie ursprünglich vorgesehen. Vielleicht war das der Grund, weshalb der Heilige Geist beschlossen hatte, fernzubleiben. Nachdem der Kardinal die Teufelsaustreibung verkündet und mir den Schleier auf den Kopf gelegt hatte, führten mich Donna Lucrezia und der namenlose Bischof zum Altar. Wasser tropfte von den Spitzen meines offenen Haars, sickerte durch meine Kleider bis auf die Rückseite meiner Oberschenkel. Ich zitterte. Donna Lucrezia drückte meine Hand und lächelte in Richtung Altar. Vielleicht dachte sie, mein Zittern sei ein Zeichen göttlicher Ergriffenheit.

Ich kniete auf einem weißen Seidenkissen nieder. Nachdem ich das Glaubensbekenntnis und das Vaterunser aufgesagt hatte, spendete Kardinal Vera, dessen schlaffer, faltiger Hals an gut abgehangenes Wildbret erinnerte, das Sakrament. Brot und Wein, sagte ich mir, es sind nur Brot und Wein, als ich die kleine papierartige Hostie und den Wein hinunterschluckte, der in meiner Kehle einen brennenden Nachgeschmack hinterließ. Wie nur bringt Donna Lucrezia das jeden Morgen auf nüchternen Magen herunter, fragte ich mich. Ich blickte verstohlen zu ihr hinüber, sie kniete mit gesenktem Haupt neben mir, und ihre Lippen bewegten sich in einem stummen und offenbar leidenschaftlichen Gebet. Dann erhielt ich von ihr das Stichwort, mich zu erheben und zurück zur Pforte zu schreiten, während der Priester Segnungen und Gebete sprach.

Mir fiel auf, dass Battista Farignola und Isotta de Mantova unter den Anwesenden waren, doch sie schienen zu sehr damit beschäftigt, die Blicke einer Gruppe vornehm gekleideter junger Männer auf sich zu lenken, die gegen einen Pfeiler gelehnt ungeniert miteinander tuschelten, als dass sie mein Lächeln erwidert hätten.

Giulia Farnese zu übersehen wäre unmöglich gewesen. Sie war die liebreizendste Frau, die mir je begegnet war, mit Augen so warm wie Karamell und honigfarbenem Haar, in das unter einem goldfarbenen Schleier Ketten aus großen Perlen geflochten waren. Sie hielt einen molligen Jungen von etwa vier Jahren an der Hand, vermutlich ihr Sohn Giovanni, den man das Kind Roms nannte, wenngleich die meisten Leute ihn weniger vornehm als den mutmaßlichen Spross Papst Alexanders bezeichneten. La Bella Giulia schenkte mir ein Nicken, was hinter ihr eine Gruppe von überwiegend jungen Damen mit wachsamen Augen in Aufregung versetzte. Nur einer schienen die Rituale der Anpassung, die ich zu vollziehen hatte, damit mir das Wohlwollen der päpstlichen Mätresse zuteilwurde, gleichgültig zu sein. Gähnend hielt sie sich einen Muff aus Zobel vor den Mund, dann zwinkerte sie mir zu. Zuerst meinte ich, es mir nur einzubilden, doch schon bald fand ich heraus, dass ich richtig gesehen hatte.

Im Palast sollte ein Empfang für mich gegeben werden. Das klingt, als hätte man mich für sehr wichtig erachtet, doch das war natürlich nicht der Fall. An diesem Hof benötigte man für Feste keine großen Anlässe, und es sollte auch nur eine kleine Feier werden, ein Mittagsmahl mit anschließendem Tanz, um mich den übrigen Damen von Donna Lucrezia vorzustellen. Giulia Farnese war als Ehrengast geladen. Als ich im Palast eintraf, nahm mich die Sklavin Catherinella beiseite und scheuchte mich durch ein Gewirr von Gängen in ein kleines Zimmer in einem der oberen Stockwerke.

»Ihr zieht Euch um«, sagte sie in ihrem schleppenden, präzise artikulierten Italienisch. »Ich helfe Euch.«

Meine Reisetruhe stand am Fuß des Bettes, das zusammen mit einem Nachttisch und einem schlichten Holzstuhl die ganze Einrichtung des Zimmers darstellte. Jemand musste die Truhe geöffnet haben, denn mein bestes Kleid aus dunkelblauem Samt lag auf dem Bett ausgebreitet. Daneben eine *camorra* aus glänzend smaragdgrünem Brokat, gefüttert mit silbriger Seide, sowie eine Perlenkette mit einem Saphiranhänger.

»Von meiner Herrin«, sagte Catherinella.

Ich war stolz wie eine Taube beim Balztanz, dass Madonna Lucrezia mir solche Geschenke machte. Gewiss war das ein Zeichen besonderer Gunst. Damals wusste ich noch nicht, dass unter Menschen, deren Reichtum so sagenhaft und verschwenderisch ist wie derjenige der Familie Borgia in jenen Jahren, es die kleinen Präsente sind, die wirklich zählen, und nicht die überschwänglichen. Ein Reif aus einer Haarsträhne, eine leere Schatulle, die einst ein Gedicht enthielt. Ich war mir sicher, sobald ich den Bankettsaal betreten würde, würden sich alle Köpfe nach mir umdrehen, alle Gespräche verstummen und Donna Lucrezias Damen nur mit Mühe ihren Neid auf die neue Favoritin verbergen können, den aufgehenden Stern Donata Spagnola, die sich wie ein Phoenix aus der Asche der Esther Sarfati erheben würde. Oh, wie gründlich war sie ausgelöscht worden, jene junge Frau aus Toledo am anderen Ende der christlichen Welt, und wie durch und durch römisch war Donata in ihrem Samt und ihren Perlen.

Doch in Wirklichkeit löste sich nur eine einzige Person im Saal aus der Menge der Damen und Herren, die einherstolzierten wie Pfaue – die junge Frau mit dem Zobelmuff, die, wie ich jetzt erkannte, ein wenig älter war als ich und unzweifelhaft eine Borgia, mit der gleichen schlanken Nase und den großen Augen wie Donna Lucrezia. Nur standen sie bei ihr ein wenig zu eng beisammen.

»Ich bin Angela«, sagte sie und streckte mir die Hand entgegen. Sie hatte einen festen, trockenen Händedruck und einen offenen Blick. »Lucrezias Cousine. Genau gesagt, eine von ihnen. Es gibt da auch noch Geronima, aber sie ist so schrecklich ... spanisch. Immer schwarz gekleidet, immer in der Kirche, du weißt schon. Ach Gott, es tut mir leid, du bist ja selbst Spanierin. Aber eigentlich – Juden sind Juden, nicht wahr? Also bist du doch nicht so richtig spanisch.«

Und eigentlich auch nicht richtig jüdisch, dachte ich und wollte mich schon beleidigt fühlen, war aber entwaffnet von Angelas Freimütigkeit und ihrem warmherzigen Lächeln. »Sind denn Katalanen richtige Spanier?«, fragte ich.

»Oh Gott.«

Ich zuckte zusammen. Wie sorglos diese Christen den heiligen Namen im Munde führten.

»Wir Borgias sind in Wirklichkeit von allem etwas und gleichzeitig nichts«, fuhr Angela fort. »Die Römer sagen, wir seien *marranos,* und vermutlich haben sie recht.«

»Dann sind wir das also beide.«

Angela hielt noch immer meine Hand. Jetzt schüttelte sie sie fröhlich und sagte: »Und wir werden Freundinnen sein. Ich habe es so eingerichtet, dass wir zusammen ein Zimmer haben. Ich hoffe, du hast nichts einzuwenden.« Einzuwenden hatte ich nichts, aber es brachte mich ins Grübeln. Da ich keine engen weiblichen Verwandten hatte, war ich es nicht gewohnt, mein Bett mit jemandem zu teilen. Was, wenn Angela schnarchte, mit den Zähnen knirschte oder im Schlaf um sich trat? Was, wenn *ich* so etwas täte?

Selbst wenn Angela meine Bedenken erahnte, störten sie sie gewiss nicht. »Nun«, plapperte sie weiter, »wer ist jenes hochgewachsene Geschöpf, das da sein Bild im Spiegel bewundert? Eine Freundin von dir? Beherrschst du die *moresca?* Mein Cousin Cesare sieht es lieber, wenn Damen sie tanzen als Herren.« Sie hakte mich unter und bombardierte mich weiter mit Fragen, außer wenn sie mich zwischendrin jemandem vorstellte oder eine Frisur, die Weite eines Ärmels oder die dick aufgetragene Schminke einer Dame kommentierte.

Donna Lucrezia saß am Kopfende der Tafel, mit Giulia Farnese zu ihrer Rechten und Angela zu ihrer Linken. Ich durfte neben Angela Platz nehmen. Obgleich mir nun die Ehre zuteilwurde, nur eine Armlänge von Donna Lucrezia entfernt zu sitzen, wünschte ich mich möglichst weit weg von dort. Keiner durfte sein Essen anrühren, bevor wir an der hohen Tafel nicht von jedem Gericht einen Bissen gekostet hatten. Es wurden Flusskrebse aufgetragen, danach Kalbfleisch in Sahnesoße und mit Feigen gefülltes Spanferkel. Zwar sagte ich mir immer wieder, dass solche Speisen für mich keine Sünde mehr waren, doch war mir, als hätten sich mein Geist und mein Körper voneinander getrennt. Mein Gehirn befahl meinem Mund zu essen, aber meine Kehle verschloss sich und verbot mir zu schlucken. Mithilfe von reichlich Wein gelang es mir, einige Bissen hinunterzuwürgen, doch dann, als ich zu Isotta und Battista am anderen

Ende des Saals hinüberblickte, sah ich alles doppelt und begriff, dass ich betrunken war.

Mich dürstete nach Wasser, aber ich wagte nicht, danach zu verlangen. Also trank ich noch mehr Wein, und als die Speisen abgeräumt und Schüsseln mit Früchten aufgetragen wurden, begleitet von Platten mit gesüßtem Weißkäse, verspürte ich plötzlich Heißhunger. Auf meinem Teller häuften sich unschickliche Mengen von Granatapfelschalen und Kernen eingelegter Pfirsiche in Pfützen von Sirup, als Donna Lucrezia in die Hände klatschte und verkündete, wir würden nun in einen größeren Raum im Parterre umziehen, wo uns die Musiker erwarteten.

Ich versuchte, geradezustehen, aber mir war, als wäre ich wieder auf dem Meer, umtost von Böen, und das Deck unter meinen Füßen würde schlingern und wanken. In Mund und Nase schmeckte ich die aufdringliche Süße von Zuckerwasser. Da ich spürte, dass ich mich gleich würde übergeben müssen, stolperte ich in meiner Hast über die Bank, schubste einen der kleinen todernsten Pagen beiseite und stürzte aus dem Saal. Über das Dröhnen in meinen Ohren hinweg hörte ich Angela hinter mir herrufen: »Donata? Bist du wohlauf?«

Luft. Ich brauchte Luft. Ich musste einen Weg nach draußen finden, aber wir waren im ersten Stock, und ich hatte keine Ahnung, wo sich die Treppen befanden. Ein Fenster. Irgendetwas. Ich lief, machte kehrt, lief in die andere Richtung, stolperte über Teppichkanten, blieb mit dem Ärmel an einem Wandhalter hängen. Mein Mund war voller Galle. Zu spät. Es würgte mich, dass ich glaubte, mir würde es die Kehle zerreißen, ich fiel auf die Knie und erbrach mein Essen über den eleganten Seidenläufer, der in der Mitte des Marmorbodens ausgelegt war. Zu schwach, um aufzustehen, kroch ich von dem stinkenden Gesudel weg, das ich angerichtet hatte, und streckte mich auf dem Boden aus, die Stirn auf dem kühlen Marmor. Ich wollte nur noch schlafen, hatte aber keine Vorstellung, wie ich mein Bett in jenem kleinen Zimmer im alten Trakt des weitläufigen Palazzo finden sollte. Und wenn ich die Augen schloss, begann es, sich in meinem Kopf zu drehen, sodass ich fürchtete, mich erneut übergeben zu müssen.

Wie lange ich dort schon so gelegen hatte, als ich Schritte näherkommen hörte, vermag ich nicht zu sagen. Zunächst hoffte ich, es würde Angela sein oder eine von Donna Lucrezias Sklavinnen, ausgeschickt, um mich zu suchen. Ich würde natürlich in Ungnade fallen. Vielleicht schickte man mich sogar nach Hause zurück. Dieser Gedanke belebte mich wieder ein wenig, dann hörte ich Männerstimmen, die sich flüsternd unterhielten, worauf plötzlich schallendes Gelächter ertönte. Das Geräusch weicher Sohlen, begleitet vom eleganten Klirren gespornter Stiefel. Ich presste die Augen fest zusammen, denn in meinem trunkenen Kopf bildete ich mir ein, wenn ich sie nicht sehen konnte, würden auch sie mich nicht sehen.

Stille. Fackellicht vor dem zarten Schleiergeflecht meiner Augenlider. Weingeschwängerter Atem an meiner Wange, ein leichter Duft nach Jasminöl. Die Spitze eines jener Stiefel in meinen Rippen, aber sanft, vorsichtig, mich auf die Seite rollend. Dann die Angst, mich erneut übergeben zu müssen, als ein Schwall übel riechenden Atems mir ins Gesicht schlug und eine warme weiche Zunge über meine Nase leckte.

»Betrunken«, verkündete die Stimme des Stiefelträgers mit spöttischem Unterton. »Lass sie in Ruhe, Tiresias. Wenn sie so gut riecht wie ein Trüffel, gehört sie mir, du dummer Köter.«

»Kann keine Verletzung an ihr entdecken«, sagte die andere, weichere Stimme, die mir fast ins Ohr flüsterte. Sein Akzent klang nicht nach einem Römer. »Stinkt aber wie eine ganze Taverne.«

»Muss eines von Lucrezias Mädchen sein«, sagte der Stiefelträger. Ich schlug die Augen auf.

Neben mir kniete ein junger Mann in Kardinalsrobe, den einen Arm kameradschaftlich über die Schultern eines altersschwachen Jagdhundes mit milchig blauen, blinden Augen gelegt.

»Sie ist aufgewacht«, sagte er und lächelte mich an.

Die Schatten verschoben sich, als der Stiefelträger hinter seinem Hund in die Hocke ging, um einen genaueren Blick auf mich zu werfen. Dieser Mann war maskiert und ganz in Schwarz gekleidet. Selbst seine Hände, die locker auf den Knien lagen, steckten in schwarzen Samthandschuhen, und sein Haar bedeckte eine schwarze Kappe. Das Licht der Wandleuchte hüllte ihn in eine Aureole, sodass es schwierig war, Einzelheiten seines Gewandes oder der Maske zu erkennen.

»Ich hoffe«, sagte er, »dass nicht alle Damen meiner Schwester im gleichen Zustand sind wie Ihr. Kardinal Ippolito und ich waren auf dem Weg zum Tanzvergnügen, und es würde ein gehöriges Durcheinander geben, wenn ihr alle betrunken umfallen würdet.«

Herzog Valentino. Ich schloss erneut die Augen, presste die Zähne zusammen und hoffte, dass ein derart geschickter Mörder in der Lage wäre, mich schmerzlos aus dem Leben zu befördern, so wie es koschere Fleischer machen.

Nichts geschah. Ich schlug die Augen auf und wünschte, ich wäre tot. Denn jetzt hatte mein berauschter Geist erfasst, dass nicht nur der Herzog mich betrunken am Boden liegend gefunden hatte, sondern auch Kardinal Ippolito d'Este, der Mann, der mir zum Paten bestellt worden war.

»Versucht, Euch aufzusetzen«, sagte der Kardinal.

»Es tut mir leid, vergebt mir, ich …«

»Schon gut. Cesare, nehmt sie am anderen Arm, dann stellen wir sie auf die Beine. Sie braucht frische Luft.«

Die beiden packten mich links und rechts an den Ellbogen, der Kardinal mit seiner fein manikürten Pranke, der Herzog mit harten, knochigen Fingern unter ihren Handschuhen. Während er sich kurz abmühte, eine Spore aus dem Saum meiner *camorra* zu befreien, warf ich einen verstohlenen Blick auf sein Gesicht. Der schönste Mann Italiens, hatten die Mädchen in Santa Clara immer gesagt, wobei ich nicht weiß, ob eines dieser Mädchen ihn tatsächlich jemals aus der Nähe erblickt hatte. Da er jetzt eine Maske trug, waren nur sein sorgfältig gestutzter, kastanienbrauner Bart und seine blassen, aber dennoch kraftvoll wirkenden Lippen zu sehen. Mir schoss durch den Kopf, dass er die Maske – in Form eines Schmetterlings, aus schwarzem Samt mit goldenen Borten und Perlen – deshalb trug, weil an ihm selbst die Schönheit gefährlich war. Hatte er womöglich Angst, sich selbst ins Gesicht zu sehen?

Als ich stand, schien mir das Blut aus dem Kopf zu strömen, um sich in meinen Füßen zu sammeln und sie so schwer zu machen, dass ich unter weiteren überschwänglichen Entschuldigungen taumelnd gegen den Kardinal stieß.

»Nicht doch«, erwiderte er schalkhaft, »es ist mir ein Vergnügen«. Er legte seinen Arm um meine Taille, als der Herzog meinen Ellbogen losließ. Ich dachte an meinen Vater und seine guten Absichten und spürte, wie mir Tränen in die Augen traten.

»Donata!« Es war Angela. Der Name des Herrn sei gelobt.

»Donata?«, wiederholte der Kardinal.

»Ja, Eure Eminenz.« War das die richtige Anrede? Ich hoffte es.

»Vergebt mir, mein Kardinal, Cousin Cesare«, rief Angela im Herbeieilen und entbot ihnen einen tiefen Knicks. Der Kardinal streckte ihr seine freie Hand entgegen, und sie küsste seinen Ring. Während der Herzog ihr half, sich wieder zu erheben, und dabei mit seinen Lippen ihre Wange streifte, sah sie unverwandt und mit gespielter Sittsamkeit durch die gesenkten Lider hindurch den Kardinal an.

»Donna Angela«, tadelte sie der Kardinal, »ich muss Euch bitten, künftig besser auf mein Patenkind achtzugeben«.

»Kommt, Ippolito«, sagte der Herzog, »für heute haben wir unsere gute Tat getan«. Das war sein Schlusswort, doch offenbar schwebten ihm nun Taten ganz anderer Natur vor, und dass mich ein merkwürdiger Schauer durchfuhr, lag nicht nur an der kalten Luft in diesem Korridor. Als Angela mich erbeben sah, legte sie einen Arm um mich. »Schlafenszeit für dich, meine junge Dame. Du hast für heute Abend mehr als genug gefeiert.«

»Wird Donna Lucrezia mich jetzt verstoßen?«, fragte ich unter Tränen und fürchtete die Antwort darauf so sehr, wie ich auf sie brannte.

Angela lachte. »Guter Gott, nein. Schlimmstenfalls erhältst du eine Rüge von Donna Adriana, bestenfalls wird Lucrezia einfach amüsiert sein. Elisabetta Senese verwechselte einmal den Heiligen Vater mit einem Sitzkissen und setzte sich auf seinen Schoß. Er war entzückt und schenkte ihr daraufhin einen großen Vorrat an seidenen Bodenkissen, die aus den Gemächern von Prinz Djem stammten. Ihre Kemenate sieht nun aus wie ein Harem.«

»Wer ist Prinz Djem?«

»Ach, er ist schon seit Jahren tot. Djem war der Bruder des Sultans, und der Sultan bezahlte für seinen Aufenthalt hier, damit er ihn nicht umbringen musste. Offenbar regeln die Osmanen die Thronfolge auf diese Weise. Sie bringen ihre Brüder um. Wir alle liebten Djem, vor allem Cesare, aber Djem liebte Juan am meisten.« Sie hielt inne. Ich spürte ihren abwägenden Blick auf mir. »Und ich meine *lieben* wörtlich. Juan war schön wie ein Mädchen. Da sind wir.«

Angela führte mich ins Zimmer, tastete nach der Bettkante und schob mich auf die Matratze, während sie in einer kleinen Wandnische nach dem Kästchen mit den Zündsteinen tastete, die sie dort am Fuße eines hölzernen Kruzifixes aufbewahrte. Ermutigt durch den Umstand, dass ich ihr Gesicht nicht sehen konnte, fragte ich:

»Was ist mit Don Juan geschehen?« Obwohl ich zum Zeitpunkt seines Todes noch ein ganz kleines Mädchen gewesen war, hatte selbst ich mitbekommen, dass in ganz Rom Gerüchte umgingen, als sein verstümmelter Körper von einem Fischer aus dem Tiber gezogen wurde. Immer wieder fiel dabei der Name Valentino. Es hieß, die beiden Brüder hätten sich um die Gunst ihrer Schwägerin, der Prinzessin Sancia von Aragón, gestritten. Oder darüber, dass Juan, obwohl zum Soldatendienst ungeeignet, zum Gonfaloniere der Kirche ernannt worden sei, während Cesare, damals Kardinal von Valencia, ausersehen war, seinem Vater auf den Stuhl des heiligen Petrus zu folgen. Für den Mord am Lieblingssohn des Papstes wurde niemals ein Schuldiger gefunden, daher wucherten die Gerüchte wie Unkraut.

Angela entzündete die Kerze auf dem Nachttisch. Sie beugte sich über mich, mit großen, ernsten Augen, um die ein Schatten der Erschöpfung lag, den ich bisher nicht wahrgenommen hatte. Dann ergriff sie meine Hände und drückte sie an meine Knie. »Donata, ich möchte deine Freundin sein. Du bist hübsch, von flinkem Verstand und kannst dich hier sehr nützlich machen. Aber es gibt einige Fragen, die du nicht stellen darfst, und einige Dinge, die du vielleicht siehst, aber für dich behalten musst. Und was Juan angeht –«, fügte sie hinzu, während sie sich aufrichtete und einen leichteren Ton in ihre Stimme legte, als sei an diesem Mord überhaupt nichts Rätselhaftes, »das waren die Orsini. Sie haben es auf uns abgesehen, seit Onkel Rodrigo im Jahre 1493 Virginio Orsini ins Gefängnis werfen ließ, weil er zu den Franzosen übergelaufen war. Virginio starb im Kerker, aber die Orsini glaubten, Onkel Rodrigo habe ihn umbringen lassen. Deshalb rächten sie sich an Juan. Somit ist die Ehre allseits wiederhergestellt, und die Sache hat ein Ende.«

Natürlich war die Ehre keineswegs wiederhergestellt, der Kreislauf der Vendetta nimmt nie ein Ende. Ich frage mich, ob Angela wirklich ein Wort von dem glaubte, was sie sagte, oder mich einfach nur schützen wollte.

Angela half mir beim Ausziehen, dann steckte sie mich ins Bett. Die mit Wolle und Pferdehaar gefüllte Decke fühlte sich für meinen schlimmen Magen und benebelten Kopf weich an wie ein Federbett. Angela tupfte sich ein wenig Rosenwasser aus einem Fläschchen auf dem Nachttisch hinter die Ohren, verkündete, sie werde zur Tanzgesellschaft zurückkehren, und wünschte mir eine gute Nacht.

»Ich nehme die Kerze mit«, sagte sie, und mit dem plötzlichen Einbruch völliger Dunkelheit in dem kleinen Zimmer, das nunmehr mein Zuhause war, fiel ich in einen tiefen traumlosen Schlaf. Ich bemerkte nicht, wann Angela zu Bett ging.

*

Am nächsten Morgen musste ich Donna Lucrezia beim Aufstehen nicht zu Diensten sein, nach dem Mittagsmahl aber wurde ich zu ihr in den kleinen Salon mit Blick auf die Treppe von St. Peter gerufen, wo sie ihre Privataudienzen abhielt. Donna Lucrezia wirkte, als habe sie wenig geschlafen; rote Flecken zeichneten sich auf ihren Wangen ab, und ihre Augen schimmerten wie Mondlicht auf einem See. Obwohl sie in einen Pelzumhang gehüllt war, zitterte sie immer wieder, als habe sie sich ein Fieber zugezogen. Donna Adriana war bei ihr, und diese eröffnete auch das Gespräch, wobei ihre Wangen vor Empörung bebten.

»Meine Schwiegertochter, Donna Giulia, war enttäuscht, dass man Euch ihr gestern Abend nicht vorstellen konnte.«

Ich senkte den Kopf, aus Furcht, die Damen könnten mein Erröten sehen.

»Ebenso Seine Seligkeit, mein Vater«, fügte Donna Lucrezia in einem Ton hinzu, der Glas hätte zum Zerspringen bringen können. »Er hat uns mit seiner Anwesenheit überrascht und geehrt.«

»Habt Ihr dazu nichts zu sagen, Mädchen?«

»Es tut mir aufrichtig leid. Ich bin an Wein nicht gewöhnt, und auch nicht an solch üppige Speisen, und dann die Aufregungen des gestrigen Tages … Es wird nicht wieder vorkommen«, schloss ich zaghaft.

Schweigen. Die Rufe der Händler, die auf der Treppe der Basilika Pasteten und Medaillons mit Heiligenbildern feilboten, drangen, gedämpft durch das Fensterglas, zu uns herein. Donna Lucrezia warf stirnrunzelnd einen Blick hinaus, ihre sorgfältig gezupften Augenbrauen zogen sich zusammen.

»Immerhin habt Ihr auf diese Weise meinen lieben Bruder Cesare kennengelernt«, sagte sie und verwendete dabei die katalanische Form seines Namens, obwohl sie Italienisch mit mir sprach. »Ich war geneigt, streng mit Euch zu sein, aber sowohl er als auch Kardinal Ippolito haben ein gutes Wort für Euch eingelegt, also werde ich Gnade walten lassen. Ich hatte beabsichtigt, Euch drei neue Kleider für meine Hochzeitsfeier schneidern zu lassen, doch jetzt werden es nur zwei sein, zum Ausgleich der Kosten für den Ersatz des Läufers, den Ihr ruiniert habt. Zusammen mit der *camorra,* die ich Euch zur Taufe gab, und dem weißen Samtmantel sollte das genügen, so möchte ich meinen, damit ich mich Eurer nicht schämen muss.«

»Aber …«

Donna Adrianas Augenbrauen hoben sich bedrohlich. »Ich sagte dir ja, du hättest dieses Mädchen eingehender prüfen sollen«, sagte sie zu Donna Lucrezia in gespieltem Flüsterton. »Nun spricht sie schon wieder ungefragt.«

»Meine Entscheidung gefällt Euch nicht?«, wollte Donna Lucrezia wissen.

»Nein, Madonna, ich meine … Ihr seid sehr großherzig. Ich dachte, Ihr würdet mich zu meinem Vater zurückschicken.«

»Und genau das hättet Ihr Euch gewünscht.« Das war keine Frage, sondern eine Feststellung, vorgetragen in leisem, mitfühlendem Ton. »Oh meine Liebe.« Donna Adriana legte ihrer Nichte warnend die Hand auf den Arm, aber Donna Lucrezia fuhr unbeirrt fort: »Wir müssen lernen, das zu wollen, was unsere Väter wollen.«

*

Die folgenden Wochen verflogen zwischen Kleiderproben und kosmetischen Behandlungen, kleinen heftigen Qualen mit Stecknadeln und Haarzupfen. Doch bei alledem vernachlässigte Donna Lucrezia, die zweifellos wusste, dass die Abgesandten des Herzogs Ercole ihr Tun mit Argusaugen verfolgten, keineswegs ihre Pflichten als meine Patin. Sie war zur Regentin des Vatikan ernannt worden, solange der Papst und Herzog Valentino eine Inspektionsreise zu den Wehranlagen von Nepi und Civita Castellana unternahmen. Dennoch fand sie die Zeit, mich jeden Morgen zur Messe zu begleiten und mir beizubringen, wie man auf richtige Weise die Knie beugt, sich bekreuzigt und die trockene Hostie in den Mund nimmt, die diese Kannibalen als Leib Christi bezeichnen. Auf ihre heitere, lächelnde und tüchtige Art schien sie keinerlei Zweifel zu hegen, dass sie mit dem unscheinbaren Mann glücklich sein würde, dessen Bildnis sie an einer Goldkette an ihrem Gürtel überall bei sich trug.

Nur bei unseren wöchentlichen Besuchen im Badehaus entspannte sie sich und erlaubte sich gutmütige Spötteleien über Don Alfonsos gebrochene Nase und seinen unelegant kurzen Haarschnitt. Von den schlimmen Gerüchten, er sei durch die französische Krankheit wahnsinnig geworden und leide unter heftigen Anfällen von Niedergeschlagenheit, bei denen er nackt wie am Tage seiner Geburt durch die Straßen Ferraras tobe, wollte sie nichts hören.

Das Badehaus war der Mode entsprechend äußerlich wie eine Tempelruine gestaltet, mit geborstenen Marmorsäulen und drallen Venusstatuen, deren Nasen man absichtlich abgeschlagen hatte, im Inneren jedoch war es mit allen neuartigen Einrichtungen ausgestattet. Ein Hypokaustum unter dem Fußboden hielt das Wasser in dem tiefen marmornen Becken warm, auf dessen mit Tüchern bedeckten Stufen wir uns rekelten. Catherinella und eine weitere schwarze Sklavin sorgten in einem zweiten, kleineren Raum für wohlriechende Dämpfe, indem sie Eimer voll Wasser auf ein Bett aus glühenden Kohlen schütteten, in dem Sandelholz und Lavendel glimmten. Vom Palast durch Hibiskusranken abgeschirmt und in Dampfschleier gehüllt, kicherten und klatschten wir und tauschten Vertrauliches aus.

In diesem dufterfüllten Beichtstuhl konnte es schon geschehen, dass die eine Frau über ihren zu dicken Bauch oder ihre zu kleinen Brüste jammerte, während andere sich über die Schwierigkeit ausließen, den Geliebten dazu zu bewegen, sich dort seiner Zunge zu bedienen, wo er selbst lieber ein anderes Körperteil einsetzte. Meist saß ich neben Angela, die mir Erklärungen zuflüsterte.

»Von der Zunge eines Mannes kann man nicht schwanger werden, und sie kann auch nicht das Jungfernhäutchen durchstoßen. Außerdem verschafft sie einem viel größeres Vergnügen.«

Dies war vielleicht nicht gerade der Unterricht über geschlechtliche Dinge, den meine Mutter für mich gewünscht hätte, aber meine Mutter war schon lange tot. Zu meiner Schande muss ich heute sagen, dass ich damals keine Scham empfand, nur eine drängende Neugier, die ebenso von meinen größer werdenden Brüsten und der unberührbaren Stelle zwischen meinen Beinen wie von meinem Kopf herzurühren schien. Meine neue liebe Freundin verstand dies anscheinend sehr wohl, wenn sie mich, umhüllt von Dämpfen, an ihren üppigen Leib mit seiner goldschimmernden Haut zog und mir über Arm oder Oberschenkel streichelte.

In unserem Zimmer hing ein kleiner rechteckiger Spiegel, eingefasst in einem schlichten Silberrahmen, gerade groß genug, dass wir unser Gesicht darin betrachten konnten. Gelegentlich bat mich Angela, den Spiegel von der Wand zu nehmen und ihn so zu halten, dass sie mit einer Nagelschere ihre Schamhaare stutzen konnte. Sie dirigierte mich, wie ich den Spiegel halten sollte, ein wenig weiter rechts oder etwas höher, oder ihn auf den Nachttisch stellen und dafür die Kerze heben sollte, damit sie bessere Sicht hatte. Ich erfüllte diese Aufgabe ohne Fragen, da ich zu stolz war, um Angela einzugestehen, dass mir ihr Tun sonderbar und unanständig erschien. Eines Abends, als sie mit der Pinzette ein widerspenstiges Haar herausgezupft hatte, sodass aus ihrer Leiste Bluttröpfchen quollen, und wir uns beeilen mussten, um Donna Lucrezia beim Ankleiden für einen Empfang im Vatikan zu helfen, fragte ich sie:

»Warum tust du das nur?«

»Um meiner Sünden willen«, erwiderte sie mit einem lebhaften Lachen. Dann zog sie ein Gesicht, das ernst gewirkt hätte, wären nicht die verräterischen Grübchen gewesen, die das Lächeln auf ihren Wangen hinterließ, wie ein Kopf einen Abdruck auf dem Kissen. »Ippolito gefällt es.«

»Ippolito? *Kardinal* Ippolito? Du willst sagen, du bist …?« Sie hatte kürzlich einige Nächte nicht in ihrem Bett verbracht und mir erklärt, sie habe sich um Donna Lucrezia gekümmert, der unwohl gewesen sei.

»Du hast mir einen großen Gefallen getan, als dir so übel wurde.«

»Und du hast ihn …? Aber ihr seid doch nicht verheiratet.«

»Er ist geschickt.« Sie ließ ihre Hände über ihre unvornehm vollen Brüste, ihre Hüften und die Wölbung unter ihrem Bauchnabel gleiten. »Sehr geschickt«, wiederholte sie. »Und wenn einmal sein frommer Vater stirbt, was nicht mehr lange dauern kann, denn er ist alt wie Methusalem, kann Cousine Lucrezia einen willfährigen Mann für mich finden, einen wie diejenigen, mit denen ihre Mutter verheiratet war. Die meisten Männer sind zufrieden, wenn man ihnen für einen anständigen Preis Hörner aufsetzt.«

Ich staunte. Offenbar hatte Angela von dem Augenblick an, als ihr Blick über meinen am Boden liegenden Körper hinweg dem des Kardinals begegnete, beschlossen, eigene Zukunftspläne zu schmieden.

»Kein Wort darüber«, sagte Angela. »Nicht, solange wir nicht unsere Füße unter dem Tisch in Ferrara haben.«

»Nein, gewiss nicht. Aber …«

»Aber was?«

»Denk bloß an Monna Vannozza.«

»Das tue ich. Vier Kinder mit Onkel Rodrigo, und immer noch genießt sie seinen Schutz, obwohl sie jetzt alt und hässlich ist. Sie hat im Leben ausgesorgt.«

»Aber Lucrezia hasst sie, Juan ist tot und Jofré …«

»Cesare betet sie an. Das ist schon einiges wert.«

Ich fragte mich, was »einiges« bedeuten könnte, hielt es aber für klüger, nichts zu sagen, nicht einmal Angela gegenüber. Sie war zwar meine Freundin, aber von Cesares Geblüt.

»Oh, schau nicht so streng drein«, fuhr Angela fort.

»Wenn du den Mund so verkneifst, bekommst du Falten. Du wirst doch nicht einen Mund haben wollen, der aussieht wie ein Hundearsch, so wie der meiner Cousine Geronima.«

Diese Vorstellung vertrieb meine Pein, und ich musste kichern. Auch Angela begann zu lachen und krümmte sich dabei so, dass ein kleiner Blutstropfen am Rand ihrer Scham verschmierte.

»Ich mache dich sauber«, stieß ich keuchend hervor und versuchte, mich wieder zu fangen, »oder würde dein Geliebter dich noch mehr mögen, wenn du dich um seinetwillen folterst?« Ich setzte mich auf, spuckte auf mein Taschentuch und beugte mich Angela entgegen, aber bevor ich ihre kleine Wunde säubern konnte, schlang sie ihre Arme um mich und küsste mich mitten auf den Mund. Ihre Zungenspitze huschte flatternd über meine Lippen.

»Auch du brauchst einen Geliebten«, sagte sie, ließ mich los und legte einen Finger auf meinen Mund.

»Ich werde schon von Glück reden können, überhaupt einen Ehemann zu bekommen, wenn wir uns jetzt nicht sputen, um der Herrin behilflich zu sein«, sagte ich und hoffte, dass sie das Zittern in meiner Stimme nicht bemerkte.

»Dann schnell, hilf mir, mich anzuziehen.« Und sie begann, im Takt wilder Tanzschritte durch das kleine Zimmer zu wirbeln und dabei Unterhemd und Strümpfe aufzulesen. Sie war das schönste Wesen, das ich je gesehen hatte. Damals wäre ich für sie gestorben.

3

Rom, im Oktober des Jahres 1501

Ich spüre deinen Körper so deutlich, als würden wir noch immer für Papa tanzen, damals, als deine Taille schmal war und meine Knochen noch nicht im Wind von den Bergen schmerzten. Hör doch. Ich rede wie ein alter Mann, der sich wehmütig an seine erste Liebe erinnert – was du gewiss warst und noch immer bist.

Seite an Seite lagen wir auf Angelas Bett, eng aneinandergeschmiegt, um uns zu wärmen. Der Oktober neigte sich dem Ende zu, und nur selten drang Sonnenlicht in unser Zimmer, das auf einen Innenhof im alten Zentrum des Palastes führte. Angela, die eine übel riechende Paste aus Taubenblut, frischem Käse und mit Milch vermengten gemahlenen Pfirsichkernen und Kieseln auf ihr Gesicht aufgetragen hatte, weil das, davon war sie überzeugt, ihre Haut klärte, lag auf dem Rücken. Ich hatte mich mit dem Kopf am Fußende gebettet und meine geschwollenen Füße auf ihren Kissen hochgelegt, damit sie sich vom übermäßigen Tanzen in ungeeigneten Schuhen am Abend zuvor erholen konnten.

In dieser Zeit vor unserer Abreise reihte sich eine Veranstaltung zur Feier von Donna Lucrezias Hochzeit an die andere. Jeden Tag gab es auf den Plätzen der Stadt Spektakel – Pferderennen, lebende Bilder, Darbietungen von Gauklern, Komödianten und Poeten, die die Tugenden von Donna Lucrezia und Don Alfonso sowie ihrer Familien priesen. Gnadenloser Kanonendonner vom Castel Sant' Angelo zerriss die Luft.

Heute Abend wollte Herzog Valentino für seine Schwester in seinen Privatgemächern ein Fest ausrichten. Zumindest bestand dort, hatte Angela gemeint, als uns die Einladung überbracht wurde, größere Aussicht, etwas Gutes zu essen zu bekommen. Vom Grafen wusste man, dass er im Gegensatz zu seinem Vater exzellente Speisen und guten Wein durchaus zu schätzen wusste. Und wir durften uns geehrt fühlen, hinzugebeten worden zu sein; nicht alle von Donna Lucrezias Hofdamen waren zu dieser privaten Feier im intimen Rahmen geladen, denn mit etwa fünfzig Gästen war es eine Feier in eher kleinem Kreis.

»Wie du bei dem Gestank der Paste unter deiner Nase an Essen denken kannst, ist mir ein Rätsel.« Die Mischung von Blut und Käse war mir doppelt zuwider, meine Sinne konnten sich offenbar nur langsam auf das Christentum einstimmen.

»Nun sei doch nicht so ernst, Donata. Und erspar mir das Reden. An meinem Mund bröckelt es schon.« Einen Augenblick lang schwiegen wir, hörten nur das leise Zischen des Talgs unserer Kerzen und einmal ein Klirren, gefolgt von lauten Stimmen von der anderen Seite des Hofes, wo die Palastküchen lagen. »Donata. Das ist so ein gewichtiger Name«, sagte Angela plötzlich. »Und so fromm. Du brauchst einen Spitznamen.«

»Und was ist mit Angela? Ist das etwa nicht fromm?«

»Ganz und gar nicht. Engel sind einfach nur da, Geschenke aber kosten Mühe, und man muss sich dafür bedanken und all das. Außerdem war Luzifer auch ein Engel. Engel sind nicht immer nur gut.«

»Welchen Namen also hast du für mich im Sinn? Etwa Luzifer?«

»Das weiß ich noch nicht. Mir wird schon einer einfallen. Jetzt hilf mir lieber, das abzuwaschen. Wir sollten nicht zu spät bei Cousin Cesare erscheinen. Ich bin so gespannt, was La Fiammetta heute tragen wird.«

Ich beschäftigte mich in Gedanken mit der berüchtigten Fiammetta, der rothaarigen florentinischen Kurtisane und gegenwärtigen Favoritin des Herzogs, während ich Angela beim Abwaschen der Schönheitsmaske half. Trotzdem fragte ich mich, was unser Rabbi sagen würde, könnte er mich jetzt sehen, so unwiderruflich besudelt an Körper und Geist. Dann aber merkte ich, dass es mich nicht kümmerte. Ich mochte zwar eine Ausgestoßene sein, doch als ich jetzt Angelas reine Haut unter meinen Fingern spürte, empfand ich ein Zugehörigkeitsgefühl, das ich in Toledo zurückgelassen zu haben glaubte.

*

Wenn er überhaupt irgendwo wohnte, lebte der Herzog nicht in seinem Palast San Clemente im alten Stadtteil Borgo, der sich, soweit ich wusste, in ständigem Umbau befand, sondern in einer Zimmerflucht im Vatikan direkt über den Gemächern seines Vaters. Seine Räume hatten einst dem Prinzen Djem gehört, und trotz des ironischen Geschenks des Heiligen Vaters an Elisabetta Senese war viel von der orientalischen Opulenz erhalten geblieben, mit der sich der türkische Prinz umgeben hatte. Wir aßen an niedrigen Tischen, auf Kissen ruhend wie die früheren Bewohner. Mit Vanille und Sandelholz aromatisierte Kerzen schimmerten auf reich verzierten Messingständern, und ihr schwerer sinnlicher Duft wurde von Vorhängen aus dunklem Samt im Raum gehalten.

Männer und Frauen speisten gemeinsam; junge Herren vom Hof des Herzogs, von denen ich einige wiedererkannte, und eine Handvoll jüngerer Kardinäle, massive Blöcke von Scharlachrot zwischen den rauschenden, schimmernden Seiden und dem Brokat der Damen, von denen ich viele noch nie gesehen hatte, obwohl sie sich hier offenbar wie zu Hause fühlten. Donna Lucrezia ruhte neben ihrem Vater, der wegen seines Alters und seiner hohen Stellung in einem reich verzierten Sessel saß und einen Fuß auf ein Kissen gelegt hatte, während der andere, der gichtgeplagte, auf den Schultern eines kleinen, vor ihm knienden schwarzen Knaben ruhte.

Der Herzog selbst hingegen war nicht zu sehen, er blieb dem gesamten Mahl fern. Erst als die Diener nach dem Obst die Tische abräumten und die Musikanten raschelnd ihre Notenblätter aufschlugen, um zum Tanz aufzuspielen, schwangen plötzlich die hohen Flügeltüren auf, und er betrat hinter zwei Pagen in rotgelber Livree den Raum. Am Arm führte er eine hochgewachsene rothaarige Frau, die nur La Fiammetta sein konnte. Der Herzog, wie immer in schlichtes Schwarz gekleidet und mit nur sehr wenig Schmuck angetan, wirkte neben ihr fast wie ein Schatten, wenn das Licht der Duftkerzen nicht gerade auf ihn fiel. Sie war eine strahlende Erscheinung mit milchweißer Haut und aufrechter Haltung und erinnerte mich an die klassischen Marmorstatuen, die die neuen Fassaden der großen Paläste wie Santa Maria zierten. Abgesehen von ihrem tiefen Ausschnitt und ihrem gewagten Schminkstil hätte man sie eher für eine Dame von Welt halten können als für eine Kurtisane.

Wir erhoben und verbeugten uns in einem recht unordentlichen Spalier, da jene, die bereits mehr getrunken hatten, als für sie gut war, über die Kissen stolperten. La Fiammetta kniete vor seiner Seligkeit nieder und küsste seinen Ring, dann beugte sie sich über Donna Lucrezias Hand. Uns andere jedoch bedachte sie mit hoheitsvoller Verachtung. Herzog Valentinos Frau und seine Tochter lebten am Hof Frankreichs, Pfänder, wie manche sagten, für das Wohlverhalten ihres Gatten. La Fiammetta war die Königin Roms. Der Herzog führte sie zu einem Kissen neben Donna Lucrezia, die sich beeilte, ihr Platz zu machen, doch die Luft zwischen ihnen schien kalt und frostig, als könnten Licht und Wärme der Duftkerzen nicht zu ihnen vordringen. Freundinnen waren sie zweifellos keine.

Der Herzog stellte sich hinter seinen Vater und war mit ihm schon bald in ein angeregtes Gespräch vertieft. Sie steckten die Köpfe zusammen, der Arm des Herzogs ruhte auf der Rückenlehne des Sessels, während das Schoßäffchen auf seiner Seligkeit herumturnte, soweit es seine goldene Kette zuließ. Laut auflachend stieß der Herzog dann plötzlich den Affen zur Seite, richtete sich auf und ließ den Blick durch den Raum schweifen. Und mit einem Gefühl, als würde unter meinen Rippen ein aufgeregter Vogel in seinem Käfig flattern, stellte ich fest, dass sein Blick auf mir verweilte.

Vielleicht wollte er ja nur seine Cousine begrüßen, die neben mir saß. Aber nein. Mit wenigen langen, leichtfüßigen Schritten durchquerte er den Raum und neigte sich in einer angedeuteten Verbeugung über mich. Unbeholfen rappelte ich mich auf die Füße. Nachdem ich mich zwischen den Kissen und Angelas Röcken hervorgewühlt hatte, brachte ich sogar einen annehmbaren Hofknicks zustande.

»Nun, Signorina Donata, heute steht Ihr sicherer auf den Beinen als bei unserer letzten Begegnung.«

Ich spürte, wie meine Wangen zu glühen begannen, als sei mein Kopf in einen Topf kochendes Wasser getaucht worden. Kardinal Ippolito, der an Angelas anderer Seite saß, kicherte leise. Mir fiel keine Erwiderung ein, doch irgendetwas musste ich antworten, um nicht unhöflich zu erscheinen.

»Es war ein sehr bewegender Tag für mich gewesen, Euer Gnaden. Ich bedauere meine … meinen Mangel an Haltung.«

»Ja, manchmal hat die heilige Mutter Kirche diese Wirkung auf einen Menschen.« In seinen Worten schwang so heftige Verachtung mit, dass ich mich selbst vergaß, den Kopf hob und ihm ins Gesicht sah.

Ich hatte den Herzog bisher noch nie ohne Maske gesehen. Angela hatte mir erklärt, er würde, eitel wie er war, sein Gesicht verdecken, weil es von den Narben der Franzosenkrankheit entstellt war. Ich hätte nicht sagen können, ob dem so war oder welchen Anblick er bot, außer dass er jünger war, als ich erwartet hatte. Und ich wusste in nicht einmal der Dauer eines Atemzuges, dass sein Gesicht das Prisma war, durch das ich von nun an die Welt sehen, die Elle, an der ich die Schönheit eines jeden anderen Gesichtes messen würde. Und dass er meine Gefühle erfasste, und dass – zumindest in diesem einen Augenblick – seine Schönheit ein Geschenk war, das er nur mir allein machte.

Don Cesare nahm meine Hand und streifte die Innenfläche mit den Lippen. Er trug keine Handschuhe, und so entdeckte ich auf dem Rücken seiner rechten Hand eine Brandnarbe, ein unscharfes graues, von brennendem Pulver verursachtes Mal unterhalb des Mittelfingers. Von all den Erinnerungen, die ich in meinem Herzen trage, ist mir diese die teuerste. Es zeigte mir, dass er ein Mensch und verletzlich war. Ein Mensch, den man lieben konnte.

»Wollt Ihr mit mir tanzen, Donata?«

»Wenn es meine Herrin gestattet, Euer Gnaden.«

»Oh, das wird sie sicher. Und auch, dass Ihr mich Cesare nennt.«

Ich spürte Angelas Augen auf mir ruhen, amüsiert, neugierig und auch ein wenig besorgt. Ich wollte sie ansehen, doch Cesare hielt meinen Blick ebenso fest wie jetzt meine Hand, mit einer leisen, köstlichen Zärtlichkeit. Ermutigt sagte ich zu ihm:

»Wenn Ihr mit mir tanzen wollt, mein Herr ... Cesare, müsst Ihr mich freigeben. Zwischen mir und der Tanzfläche steht noch der Tisch.«

»Steigt hinauf. Er wird doch wohl nicht zu hoch für Euch sein?« Er lächelte wie ein kleiner Junge. Weiße Zähne blitzten auf. »Oder seid Ihr in körperlicher Ertüchtigung weniger geübt als in geistiger?«

Weil ich mir nicht sicher war, worauf er anspielte, erwiderte ich: »Ich glaube, eher umgekehrt«. Dann gab ich dem sanften Zupfen an meinem Ärmel nach und stieg auf den Tisch. In der Umgebung des päpstlichen Sessels brandete Gelächter auf, ein Schwall von Applaus drang zu uns, als Cesare mit beiden Händen meine Taille umfasste und mich herunterhob.

Paare fanden sich zusammen und nahmen hinter uns Aufstellung. Die Pavane sollte, so hatte mein Tanzlehrer mir erklärt, in würdiger Anmut ausgeführt werden, das Paar in zwei Armlängen Abstand, wobei sich nicht mehr als die Handflächen berührten. Cesare hatte offenbar einen anderen Tanzlehrer gehabt; die Pavane, wie er sie tanzte, zeigte zweifellos Anmut, aber nur wenig Würde. Als ich ihm meine Hand reichte, verflocht er seine Finger in meine; als ich zu einer Drehung ansetzte, umfasste er meine Taille und flüsterte mir zu, wie wunderbar schmal sie sei; als er mich herumwirbelte, hielt er mich so eng, dass ich Wein und Nelken in seinem Atem roch, seinen Herzschlag spürte und fühlte, wie sich die Muskeln seiner Lenden strafften, seine Erregung, die mich mehr entzückte, als dass sie Scham in mir auslöste. Während wir tanzten, hielt er mich unentwegt mit seinem dunklen Blick gefangen. Das Verlangen in seinen Augen war unübersehbar. Mich beunruhigte die Ahnung, dass es genau das war, was ich sehen sollte; dass er diese natürlichen Regungen, die ihren Ursprung im Herzen haben und sich in den Augen zeigen, mit der gleichen Ungezwungenheit unter Kontrolle halten konnte, mit der er auch die Regeln der Pavane brach.

»Wie Ihr die Pavane tanzt, ist höchst … eigenwillig, mein Herr«, sagte ich in dem Versuch, unseren Diskurs auf das rechte Maß an Schicklichkeit zurückzubringen.

»Habt Ihr etwas dagegen einzuwenden?« Für die Dauer eines Herzschlags hielt er inne, die Brauen überrascht in die Höhe gezogen.

»Wenn wir uns beim Tanzen nicht an die Regeln halten, erweisen wir der Musik nicht den gebotenen Respekt. Und ist uns die Musik nicht vom Allmächtigen gegeben, um ihn damit zu preisen? Ficino sagt …«

»Soso, Ficino. Ihr seid also ein gebildetes Mädchen.« Er kniff mich in die Taille. »Gut. Meine noble Schwester sollte von klugen Frauen umgeben sein, denn sonst ist sie wie eine Prinzessin, die sich in Lumpen kleidet.«

»Die durch den Gegensatz dann nur noch prächtiger in ihrer Schönheit erstrahlt.«

»Wollt Ihr jetzt Euren Zeichenlehrer zitieren? Noch mehr von diesem Schlagabtausch, und ich verliere den Boden unter den Füßen und …« – er senkte die Stimme zu einem Flüstern, sodass ich die Worte, seinen heißen Atem, an meinem Ohr mehr spürte als hörte – »… sinke hilflos in Eure Arme. Hat man Euch schon einmal gesagt, dass Eure Ohrläppchen die Farbe von *lokum* haben? Ich kann ausgezeichnetes *lokum* zubereiten. Eines Tages werde ich es Euch zeigen.« Mit seinen ebenmäßigen Zähnen knabberte er an meinem Ohrläppchen, als wäre es sein Rosenkonfekt.

Mir wurde klar, dass es sich bei den mir unbekannten Frauen um weitere ehrbare Dirnen handelte, Kurtisanen wie La Fiammetta, die in von ihren reichen Liebhabern eingerichteten Häusern diskret ihrem Gewerbe nachgingen. Vielleicht war ich nicht besser als sie, doch das machte mir nichts aus. Schwindelig vom Tanzen, berauscht vom Verlangen, dachte ich nicht weiter als bis zum nächsten Augenblick, in dem er den Arm um mich legen und mich an sich ziehen würde. La Fiammetta konnte sich trollen und ihr Gold zählen. Cesare gehörte mir. Gewiss liebte er mich mehr als sie. Ich war schließlich noch Jungfrau, und hatte er nicht einst in Capua alle Jungfrauen umzingelt und sie in einen Turm gesperrt, um sich mit ihnen zu vergnügen?

Und dann war ich allein. Die Musik hatte geendet, und obwohl sich die Welt weiter um mich drehte, verharrte ich, auf mich gestellt, im Mittelpunkt ihrer Bewegung. Cesares sinnlicher Reiz auf meinem Körper verblasste. So rasch er mich erkoren hatte, war ich von ihm auch wieder verlassen worden. Er durchquerte den Raum und nahm zwischen seiner Geliebten und Donna Lucrezia Platz, legte eine Hand auf La Fiammettas Knie und lehnte den Kopf an die Schulter seiner Schwester. Inzwischen nahmen Diener die Kandelaber von den Tischen auf und platzierten sie in Abständen am Rand der Tanzfläche. Angela winkte mir zu, an meinen Platz zurückzukehren. Einige der Kurtisanen nahmen, schnatternd wie Papageien in einem Wald von Lichtern, ungezwungen zwischen den Kandelabern Aufstellung zu einem nächsten Tanz. Als das Orchester eine Sarabande anstimmte, ging ich zu Angela hinüber.

Die Frauen auf der Tanzfläche dachten nicht daran, sich die Hand zu drücken, wenn sie bei einer Figur zusammenkamen, vielmehr nestelten sie gegenseitig an den Schnüren ihrer Mieder oder an ihren Rockhaken, sie wanden sich und stiegen im Takt der Musik aus den Kleidern. Eine solche Sarabande hatte ich nie zuvor gesehen, und ich schlug verlegen den Blick nieder. Hilfe suchend wandte ich mich Donna Lucrezia zu. Doch ich fand nicht Donna Lucrezias Augen, sondern die ihres Bruders. Natürlich. Was sonst hatte ich im Sinn gehabt?

Kühn lächelte ich ihn an. Er aber machte mir mit einer gebieterischen Kopfbewegung klar, dass ich die tanzenden Kurtisanen ansehen sollte und nicht ihn. Mein Lächeln gefror zunächst, dann verlosch es. Daran also fand er Gefallen – nicht daran, mich zu lieben, sondern mich mit dieser Darbietung nackten Fleisches zu demütigen. Vielleicht aber interessierte ihn selbst das nicht weiter, denn als ich den Blick wieder zur Tanzfläche wandte, drehte er sich fort, richtete seine gesamte Aufmerksamkeit auf La Fiammetta und ließ die

Hand mit der Brandnarbe in ihren Ausschnitt gleiten. Durch den Schleier meiner Tränen starrte ich auf das entblößte, wogende rosa-braune Fleisch der Tänzerinnen.

Weitere Diener, allesamt angetan mit Cesares Livree mit dem Geviert und seinem Schriftzug auf dem Rücken, betraten den Raum. Sie brachten große flache Schalen mit *maroni,* die sie auf den Boden streuten wie der Bauer sein Saatgut. Die Huren ließen sich auf die Knie nieder und machten sich daran, die Esskastanien aufzusammeln. Einige nahmen die Kastanien einfach mit den Händen auf und schoben sie sich in den Mund, andere leckten sie genüsslich mit der Zunge vom Boden, wieder andere rollten die *maroni* an den Rand der Tische und klemmten sie sich in ihre weiblichen Körperöffnungen. Dann knieten sie sich vor die jungen Männer aus Cesares Hofstaat und forderten sie auf, sich zu bedienen. Unter begeistertem Beifall von Cesare und seinem Vater taten sie das dann auch, je nach Belieben mit der Hand oder mit dem Mund.

Obwohl die Musikanten unablässig weiterspielten, erstarrten die Zuschauer zu völliger Reglosigkeit, sodass man fast meinen konnte, es herrsche Stille. Männer und Frauen verbargen ihre Erregung hinter einer sorgfältig einstudierten Maske. Denn nachdem sie sich die Bäuche mit Kastanien vollgeschlagen hatten, begannen die Männer von Cesares Hof mit den Huren auf dem Tanzboden zu kopulieren. Der Heilige Vater rief ihnen Anweisungen zu und feuerte sie an, wie es beim Jahrmarkt die Besitzer von Preisboxern tun, die vom Rande der Piazza aus zusehen. Die Zuschauer auf ihren Kissen wurden immer unruhiger. Hände glitten in Falten von Seide und Leinen, ein Rascheln legte sich über die Unterhaltungen, hin und wieder ertönte ein tiefes Stöhnen oder ein gelegentliches Grunzen. Der verstörende intime Geruch von Moschus, durchsetzt mit abgestandenem Schweiß und dem Kampfer der zerwühlten Kleider, mischte sich mit dem exotischen Duft der Kerzen. Abgestoßen und fasziniert zugleich fragte ich mich, ob ich die Einzige war, deren Hände noch in ihrem eigenen Schoß lagen.

Angela streichelte entrückt und in sich versunken Ippolitos Leistengegend, wie ich mit einem Seitenblick feststellte, während er die Finger in ihr Mieder geschoben hatte. Vorsichtig wandte ich den Blick zu Donna Lucrezia. Zwar fürchtete ich, was ich zu sehen bekommen würde, zugleich aber hoffte ich, sie sei zu abgelenkt, um zu bemerken, wenn ich mich davonstahl. Sie aber saß immer noch kerzengerade da, als sei ihr Mieder zu eng gebunden und schnüre ihr die Luft ab. Don Cesare neben ihr und seine Mätresse waren in einen tiefen Kuss versunken. Dann aber schien es, als würde La Fiammetta meine Augen auf sich spüren, denn sie sah in meine Richtung und bedachte mich mit einem gequälten Blick, der sich für immer in meine Erinnerung einbrannte. Bis ich ihn verstand, sollten jedoch noch viele Jahre vergehen.

Cesare befreite sich plötzlich aus La Fiammettas cremeweißen Gliedern und gab den Musikanten das Zeichen, ihr Spiel zu beenden. Die Paare auf dem Tanzboden begannen, sich voneinander zu lösen. Cesares junge Männer strichen sich mit dümmlicher Miene die Kleider glatt, die Gesichter rot, als seien sei vom Familienpriester mit einem Dienstmädchen erwischt worden. Die Dirnen ließen sich beim Ankleiden mehr Zeit, unter leisem Scherzen und verstohlenem Gelächter halfen sie einander beim Schnüren und glätteten sich gegenseitig die Haare.

Plötzlich klopfte es an die Türen und Meister Burchard,

der päpstliche Zeremonienmeister, betrat den Raum. Nachdem er sich verbeugt hatte, tauschte er mit Cesare ein paar Worte. Wie er so dastand in seinen sauberen Gewändern, mit dem weißen, auf die Brust fallenden Bart, erinnerte er mich an meinen Vater. Glühender Unwillen sammelte sich in meiner Brust, Wut auf mich selbst, weil ich mich so rückhaltlos auf meines Vaters Pläne für mein Vorankommen eingelassen hatte, dass ich mich jetzt mehr nach einem Blick aus Cesares dunklen Augen sehnte als nach einem reinen Herzen oder einem ruhigen Gewissen. Wütend aber war ich auch auf seinen Ehrgeiz, der so weit ging, dass er meine Mutter und mich verlassen hatte, um in Rom sein Glück zu suchen. Er war schuld. Nur er.

Pagen trugen unterdessen silberbeschlagene Truhen herein, die sie vor Cesare, Donna Lucrezia und seiner Seligkeit abstellten. Dann öffneten sie die Deckel und knieten sich daneben. Cesare verkündete, die Preise würden an jene gehen, die sich in den Augen seiner selbst, seiner ehrenwerten Schwester und des Heiligen Vaters als die wackersten Akteure bei den Dirnen erwiesen hatten. Sollte Uneinigkeit herrschen, fügte er mit einem halb schmutzigen, halb höhnischen Grinsen hinzu, würde La Fiammetta das letzte Urteil zustehen, da sie auf diesem Gebiet wohl die größte Erfahrung besaß. Die Verteilung der seidenen Wämser, der Hüte, der spanischen Lederstiefel und der bestickten Hemden an die Gewinner wurde von Applaus und Pfiffen begleitet.

Obwohl das Fest wahrscheinlich noch bis in die Morgenstunden dauern würde, erhob sich Donna Lucrezia nach der Preisverleihung zum Gehen. Wir folgten ihr zur Tür, nicht ohne vor dem Papst und Cesare den geziemenden Hofknicks gemacht zu haben. Er wird mir ein Zeichen geben, dachte ich, er muss doch würdigen, was auf dem Tanzboden zwischen uns geschehen ist. Doch viele andere Paare hatten seit unserer Pavane weit mehr geteilt als wir, und Cesare schien eher daran interessiert, die Kartentische aufstellen zu lassen, als die Hofdamen seiner Schwester für die Nacht zu verabschieden. Ich war so in meiner Enttäuschung gefangen, dass ich nicht bemerkte, wie Angela sich fortstahl. Wieder einmal war ich allein in unserem Zimmer, kämpfte im Schein einer einsamen Kerze mit den Miederschnüren, bebte unter den Decken vor Kälte in meinem Hemdchen, das noch immer nach Vanille und Sandelholz und etwas anderem, etwas Wildem und Scharfen roch.

*

Am schlimmsten waren die Nächte. Während der Tagesstunden mit ihren immer zahlreicheren Feiern anlässlich der näherrückenden Hochzeit blieb mir keine Zeit zum Nachdenken oder zum Schwelgen in Erinnerungen. Am Morgen nach der Messe setzten wir uns gewöhnlich zu Donna Lucrezia in ihre Privatgemächer und widmeten uns der Stickerei. Nahezu täglich waren wir dann zu einem förmlichen Mittagsmahl eingeladen, dem sich zu Ehren der Gäste aus Ferrara veranstaltete Schauspiele und Unterhaltungen anschlossen. Kardinal Ippolito hatte mittlerweile seinen Bruder Don Ferrante zu Gast. Dem Heiligen Vater war so sehr daran gelegen, die Familie seines künftigen Schwiegersohns zu beeindrucken, dass Cesare, so sagte das Gerücht, sogar von seinem Nachtlager aus Abordnungen empfing, weil er so ausgelaugt war.

Doch obwohl wir Abend für Abend todmüde vom Tanzen ins Bett sanken und gerade noch ein paar Sätze über die stillen Bilder, das Bankett, die Darbietungen der Akrobaten und Kastraten wechseln konnten, fand ich keinen Schlaf. Das Pochen in meinem Kopf, die Schmerzen in meinen Füßen waren nichts gegen die Lust, die in meinem Innern loderte. Oft kamen mir dann die Tränen. Und ich zweifelte an meinem Verstand. Wie konnte man sich nach etwas sehnen, was man nie gehabt hatte?

Ich blieb viel allein. Sobald wir Donna Lucrezia beim Zubettgehen aufgewartet hatten, strich mir Angela zum Abschied über die Hand und schlüpfte dann leise hinaus, um sich mit ihrem Geliebten zu treffen. Wäre ich nicht so sehr in meiner Sehnsucht gefangen gewesen, hätte ich bemerkt, dass ihre Affäre sie mittlerweile in gefährlichem Maße beanspruchte. Angela war unvorsichtig geworden, sie ging manchmal sogar am helllichten Tag zu ihm, wenn Donna Lucrezia Briefe schrieb oder Bittsteller empfing und mehr auf die Hilfe ihres Sekretärs angewiesen war als auf uns. Und wenn Angelas Gedanken sich nicht allein um Ippolito gedreht hätten, hätte sie schon früher bemerkt, was in mir vorging.

»Was hast du?«, fragte sie eines Abends, als ihr Monatsfluch sie zur Keuschheit zwang. »Leidest du noch immer unter Heimweh oder so etwas?«

Ich dachte an Cesares Kompliment über mein Haar. So hell, hatte er gemurmelt. Als Jungfer trug ich es damals noch offen, mit nur einem schmalen Silberreif aus dem Gesicht gehalten. »Nein«, erwiderte ich. »Angela, ist das wahr, was man sich über die Jungfrauen in Capua erzählt?«

»Aha«, sagte sie, als sie verstand, worauf ich hinauswollte. »Diese Frage musste ja kommen.« Sie lachte auf. »Es war wohl eher so, dass sich mein Cousin Cesare im Turm verschanzen musste, um sich vor den Nachstellungen der gierigen Jungfern zu retten, als anders herum.«

»Ja. Das kann ich mir vorstellen.«

Ich hörte, wie Angela seufzte. Dann raschelten die Bettdecken und Zündsteine klickten aneinander. Im aufflammenden Kerzenschein musste sie sehen, wie geschwollen meine Augenlider waren und wie gerötet meine Nase war.

»Komm mal her«, sagte sie, während sie die Hand ausstreckte. Ich setzte mich neben sie aufs Bett und umschlang meine Knie. Angela legte mir den Arm um die Schultern. »Tu dir das nicht an. Er ist es nicht wert.«

Sie log.

An jenem Tag hatte Cesare auf dem Sankt Petersplatz einen Stierkampf ausgerichtet, den wir uns vom Balkon über dem Eingangsportal von Santa Maria ansahen. Ein kalter Regen wurde vom Fluss zu uns getrieben, die Tröpfchen stachen wie Nadeln in unsere Gesichter, doch die Menschen hatten sich vom Wetter nicht abhalten lassen.

Die Hufe der im Kreis laufenden Stiere und Pferde hatten den Platz aufgewühlt. Flaggen und Banner flatterten knatternd im Wind und heizten die Glut der Stiere an, die, aufgestachelt durch das Werk der *picadors* und *bandilleros* bereits vor Wut schäumten. Cesare, zu Fuß und lediglich mit einem schmalen Degen bewaffnet, erlegte jeden der Stiere eigenhändig. Einzig durch seine raschen Bewegungen und seine Treffsicherheit triumphierte er über die Kraft und Schlauheit der Tiere. Er vollführte mit den Stieren einen Tanz, er wand sich und wich zur Seite, er reizte sie und lockte sie vor seinen Degen, bis er dessen schlanke Schneide tief zwischen den Schulterblättern versenken konnte, an der Stelle, wo der gerade Weg zum Herzen beginnt.

Auf diese Weise, mit Anmut, Präzision und ungerührter Kaltblütigkeit, erlegte er vier Stiere. Nach jedem Todesstoß schnitt er ihnen ein Ohr ab und machte es seiner Schwester zum Geschenk. In einem Etui aus schwarzem Samt und auf einem schmalen goldenen Tablett ließ er es ihr von einem Zwerg auf unseren Balkon bringen. Er selbst blieb unten und verbeugte sich vor Madonna. Nackt bis zur Taille, die Haut schimmernd von Schweiß und Regen, das Haar mit einem schwarzen Band zu einem dicken Zopf geflochten, beschmiert mit Lehm und Blut, glich er eher einem der Wilden aus der Neuen Welt, die ich auf einem Gemälde gesehen hatte.

Niemand außer mir, so glaube ich, sah ihn noch an, nachdem Donna Lucrezia sein Geschenk entgegengenommen und er sich abgewandt hatte. Niemand außer mir, so meine ich, merkte, wie er den Rücken straffte und die Schulterblätter zusammenzog, als wünschte er sich Flügel, als würde er sich am liebsten vom Boden lösen, um zu einem anderen Ort zu fliegen.

»Doch, das ist er. Ich liebe ihn. Dessen bin ich mir ganz gewiss.«

Sie lachte schnaubend auf. »Nein, das bist du nicht. Du hast nur einmal mit ihm getanzt, mehr nicht.«

»Und wie lange hast du Ippolito gekannt, ehe du …«

»Das ist keine Liebe, du dumme Gans. Das ist ein Jucken, das gestillt werden muss.«

»Aber bei mir ist es kein Jucken, sondern ein furchtbarer Schmerz.«

»Dann sag mir, wo es dir wehtut.« Sie strich mir über die Brust. »Hier?« Ich hielt den Ausschnitt meines Nachthemds zusammen; mein Leib sollte einzig und allein Cesare gehören. Aber Angela drückte mich, die flache Hand auf mein Brustbein gelegt, in die Kissen und ließ ihre Finger über meinen Bauch wandern. Unten angekommen hielt sie inne, die Wärme außen begegnete der Wärme innen. »Oder hier?«, wisperte sie. Ihre Hand glitt tiefer, ihre wissenden Finger fanden den Weg. Ich versuchte, die Beine zusammenzupressen, doch statt dessen öffneten sie sich. Sie hob mein Nachthemd und streichelte mich, meinen Bauch, meine Schenkel, die Falten und Verwerfungen meines verborgenen Fleisches, das leise aus dem haarigen Dickicht aufschrie.

»Da bist du wirklich eine Jüdin«, sagte sie.

Dann fanden ihre Finger jene Stelle, von der, so schien es, meine Pein ausging, denn als sie darüberstrich, schmerzte es so köstlich, dass ich wider Willen den Rücken durchbog und beinahe einen Schrei von mir gegeben hätte, den Angela jedoch mit ihren Lippen auf meinem Mund erstickte. Aber Schmerz ist nicht das richtige Wort, denn hätte sie von ihrem Tun abgelassen, wäre das noch qualvoller gewesen. Und dann schien mir plötzlich, als wären mir nicht nur die Kleider, sondern auch die Haut vom Körper geschält worden, als lägen meine Nervenenden frei, um im warmen Hauch von Angelas Atem, ihrem Schweiß und ihrem geliebten Tuberoseparfüm zu singen. Ich wollte sie aufhalten, aber aus meinem Mund kamen nur tierische Laute. Doch sie schien mich zu verstehen, denn sie strich mein Nachthemd glatt und streckte sich still neben mir aus, die großen dunklen Borgia-Augen auf mich gerichtet, das rötlich schimmernde Haar auf dem Kissen mit meinem verstrickt.

»Und wie fühlst du dich jetzt?«, fragte sie leise.

»Frei«, antwortete ich, ohne es mir überlegt zu haben.

»Siehst du?«

Doch kaum hatte ich das Wort ausgesprochen, war es mir schon entglitten, und an seine Stelle traten Scham, Schuldgefühle und ein Verlangen nach Cesare, das mir vorkam wie der Hunger nach einem erneuten Erleben des Geschehenen – oder vielleicht auch nach Marzipan. Müde, wie ich war, konnte ich meine Sinne nicht mehr richtig ordnen.

»Dann schlaf jetzt, du dumme Gans«, murmelte Angela, während sie mir einen Kuss auf die Stirn drückte. »Die Welt ist groß und schlecht.«

Im Halbschlaf fiel mir ein, dass wir den zehnten Tag des Monats Tevet hatten, an dem die Juden im Angedenken an die Belagerung Jerusalems durch König Nebukadnezar fasten. Ein Tag tiefer Buße, der an den Beginn unserer Vertreibung erinnern soll, die erst ein Ende finden wird, wenn uns Gott ausreichend hat leiden lassen, um Seine Enttäuschung zu verwinden. Wie froh durfte ich sein, mit vollem Bauch schlafen zu gehen, dachte ich, als ich mich in meine seltsam nach Salz, Eisen und Zwiebeln riechenden Decken vergrub und dabei an das Fest mit den Esskastanien dachte.

4

Rom, im Dezember 1501

Ich hätte sie auf jede beliebige Weise benutzen können, passiv, wie sie war, aber ich tat es nicht. Es wäre mir keine Freude gewesen.

Eines Morgens kurz vor Weihnachten, als ich Donna Lucrezia gerade beim Ankleiden für einen Ausritt nach Tivoli half, kam ein Bote mit einer Nachricht für mich.

»So, so«, sagte Madonna und schnappte sich das Kuvert, ehe der Bote es mir übergeben konnte, »unsere kleine Donata hat also einen Galan. Ihr seid ein stilles Wasser, Donata, Eure Patin zu hintergehen und Geheimnisse vor ihr zu haben.«

»Ich versichere Euch, Madonna, es ist mir ebenso ein Rätsel wie Euer Gnaden.«

»Vielleicht ist es von einem Mann aus Ferrara, der Euch schon länger heimlich verehrt und nun glaubt, heute Morgen sei ihm das Glück gewogen«, sagte Elisabetta Senese, jene Dame, die den Heiligen Vater einst mit einem Sitzkissen verwechselt hatte.

»Nein«, sagte Donna Lucrezia in einem Ton, der Kristall zum Zerspringen hätte bringen können. »Dahinter steckt keinerlei Geheimnis. Es ist die Handschrift des Herzogs.«

Die anderen Frauen verstummten. Ich streckte die Hand nach der Botschaft aus. Mir war, als sei ich die Einzige, die sich noch bewegen und sogar atmen konnte, als läge der Palast plötzlich in einem Dornröschenschlaf, und nur ich sei dem Bann auf wunderbare Weise entronnen. Nicht einmal Donna Lucrezia rührte sich. Den auf cremefarbenem Pergament geschriebenen Brief hielt sie zwischen Daumen und Zeigefinger in die Höhe, sodass er gerade außerhalb meiner Reichweite war.

»Darf ich ihn bitte sehen, Madonna?« Oh, wie kühn kann uns die Leidenschaft werden lassen! Donna Lucrezia blinzelte mehrmals, genau wie mein Vater, wenn man ihn aus seinem Mittagsschlaf weckte.

»Natürlich«, sagte sie mit matter Stimme. »Er gehört Euch.«

Das Pergament fühlte sich steif und glatt an. Ich entfaltete es und fuhr mit dem Daumen über Cesares Wappen, das oben in das Blatt geprägt war. Der listenreiche Stier der Borgia, die Schlüssel von Sankt Peter, die französischen Lilien. Bei den Lilien, dem Emblem seiner französischen Gattin, verharrte mein Daumen. Ob er sie wohl liebte? Ob er sie vermisste? Ob er alles in seiner Macht Stehende getan hatte, um sie aus der strengen Obhut von König Louis zu befreien?

»Und? Was schreibt er?«

»Er ... er fragt, ob sein Reiter beim Pferderennen morgen meine Farben tragen darf, Madonna. Und ob ich es mir gemeinsam mit ihm ansehen will.« Schamhitze breitete sich in mir aus. Zusammen mit der Röte, die mir ins Gesicht schoss, hätte sie genügt, um den Raum auch ohne Feuer zu erwärmen.

»Nun, wir werden sowieso alle zusehen. Schließlich ist hier am Platz der Zielpfosten.«

»Ja, Madonna.«

»Gut, das also wäre geklärt. Ihr werdet entsprechend antworten.«

»Ja, Madonna.« Für mein Empfinden allerdings war überhaupt nichts geklärt. Ich warf einen raschen Blick zu Angela hinüber, die gerade Madonnas kurzen Umhang ausbürstete. Sie zuckte mit den Schultern. Ich nahm das Tablett mit den Handschuhen auf, damit Madonna sich das passende Paar aussuchen konnte.

*

»Ihr habt mir keine Antwort gegeben.« Er wartete im Stallungshof, als wir mittags von unserem Ausflug zurückkehrten. Gegen die Kälte war er in einen zobelgesäumten Umhang gehüllt, den er bis über den Mund hochgezogen hatte, und seine schwarze Samtmütze saß tief in der Stirn, allerdings, so mutmaßte ich, mehr um eine Blessur zu verhüllen, die er sich beim Stierkampf zugezogen hatte, als zum Schutz gegen das Wetter.

»Madonna sagt, wir sehen uns sowieso alle das Rennen an, da es beim Obelisken enden soll. Ich wollte Euch schreiben, aber dazu war keine Zeit.«

Cesare bedachte seine Schwester, die plötzlich, als hätte er ihren Namen gerufen, ihr Gespräch mit Don Ferrante unterbrach, mit einem wütenden Blick.

»Hat Madonna auch gesagt, ob mein Reiter Eure Farben tragen darf?« Während er diese Frage stellte, ließ er Donna Lucrezia nicht aus den Augen.

»Das hat sie nicht, Euer Gnaden.«

»Dann möchte ich jetzt etwas von Euch haben, ehe sie eine Entscheidung trifft. Das hier wird genügen.« Beim Reiten hatte ich einen Schleier an meiner Kappe befestigt, um mein Gesicht vor Sonnenstrahlen und Wind zu schützen. Geschickt löste er ihn und schob den hellen Flor in seinen Ärmel. »Und das.« Seine Lippen streiften die meinen, so schnell und so leicht, dass ich nicht einmal sicher war, es mir nicht eingebildet zu haben. Nur dass meine Einbildung, geschärft durch Angelas Unterweisungen, nicht so keusch geblieben wäre.

Mittlerweile hatte uns Don Ferrante in seinen Gemächern zu gewärmtem Wein und Kuchen eingeladen. Also eilten wir hinter Donna Lucrezia her, um uns für diesen Tagesabschnitt umzukleiden.

Später erzählte mir Angela, dass Don Ferrante mich mit besonderer Aufmerksamkeit bedacht hatte. Sogar meine Tasse hatte er persönlich gefüllt, anstatt diese Aufgabe einem seiner Sklaven zu überlassen. Mir war das nicht aufgefallen. Viel mehr erstaunte mich, dass ich überhaupt etwas getrunken hatte, schließlich bestand die Gefahr, dass der Wein den Eindruck von Cesares Kuss fortspülte. Ich sollte Don Ferrante zuvorkommend begegnen, denn er war unverheiratet und nach Don Alfonso der zweite Aspirant auf eines der ältesten und mächtigsten Herzogtümer Italiens. Doch ich tänzelte weiter auf der Startlinie meines Lebens, so wie Cesares Pferd morgen über den Campo dei Fiori tänzeln würde.

»Du bewegst dich am Rande des Abgrunds«, sagte Angela scharf, »und darum werde ich mich mit Ippolito treffen und ihm sagen, dass sein Bruder ein Auge auf meine beste Freundin geworfen hat. Ippolitos Wort hat nämlich Gewicht bei Donna Lucrezia.«

Donna Lucrezia. Ich dachte an ihre eisige Miene, als ich Cesares Nachricht bekam, an ihren kühlen, grauen Blick, der auf uns ruhte, als er mich küsste. »Nein!«, schrie ich Angela an, die gerade eine karmesinrote Paste auf ihren Lippen verteilte. »Ihr wird jede Möglichkeit recht sein, mich von Cesare fernzuhalten. Bitte, Angela, sag nichts.« Unsere Blicke begegneten sich im Spiegel.

»Ich will dir nur helfen, Donata. Wir sind Freundinnen, mehr als das. Aber untergehen will ich nicht mit dir. Auf diese Weise kann ich dir nämlich keine Hilfe sein.«

»Ich weiß nicht, wovon du sprichst.«

»Das wird sich bald ändern, fürchte ich. Und, wie sehe ich aus?« Sie richtete sich auf und wandte mir das Gesicht zu. Da sie die Bänder am Ausschnitt ihres Hemdes gelöst hatte, war der Ansatz ihrer Brüste zu sehen, und ihr Haar trug sie jetzt offen. Ihre Lippen waren scharlachrot wie die Roben der Kardinäle.

»So wirst du deinem Liebsten gefallen«, sagte ich.

Sie lächelte und machte sich auf den Weg nach draußen, blieb aber mit der Hand am Türriegel noch einmal stehen. »Und ich hoffe, du gefällst deinem«, sagte sie. »Glaub mir, das hoffe ich wirklich. Ich würde sogar darum beten, wenn es etwas wäre, worum man beten könnte. Ippolito sage ich erst einmal nichts.«

*

Hell brach der Morgen des Rennens an. Als ich die Fensterläden öffnete und die Küchendämpfe einsog, die zur Abwechslung nach Hühnerbrühe rochen und mich an daheim erinnerten, kehrte Angela stöhnend selbst diesem schwachen, durch die hohen Mauern des Innenhofes gedämpften

Dämmerlicht den Rücken zu. Wieder einmal hatte sie sich erst in den frühen Morgenstunden in unser Zimmer geschlichen. Doch die Spatzen zwitscherten munter, und in dem Himmelsquadrat, das man von unserem Fenster aus sah, zeigte sich kein Wölkchen. An diesem Tag war keine Zeit für Katerstimmung oder Heimweh. Ein ganz anderer Schmerz verknotete mir den Magen, sodass ich mein Frühstück nicht anrühren konnte. Mir war, als würde ich irgendwo unter der Decke schweben und mir selbst zusehen, wie ich auf Donna Lucrezias Bettkante saß und das von ihr gewählte Mieder ausbesserte. Er würde nach mir schicken, ganz bestimmt, denn er war nicht der Mann, der sich widerstandslos den Launen seiner Schwester beugte.

»Donata«, sagte Donna Lucrezia, als ich letzte Hand an ihre Frisur legte und einen quadratisch geschliffenen Smaragd von der Größe einer Gemme mit einem Seidenband an ihrer Stirn befestigte, »ich möchte, dass Ihr noch ein Weilchen mit mir hier bleibt. Ich habe heute Morgen für meinen Schwiegervater einen Auftrag auszuführen. Das Pferderennen werden wir dadurch wohl leider versäumen, aber ich glaube, der Herzog plant noch weitere Rennen, das Vergnügen entgeht uns also nicht gänzlich.«

»Ja, Madonna.«

»Ihr anderen könnt gehen. Donata, Ihr begleitet mich in die Sala delle Donne. Ich bin mir sicher, Ihr werdet Euch nicht langweilen.«

Die Sala delle Donne, deren Name von den Wandgemälden mit Szenen aus dem Leben tugendhafter Frauen herrührte, lag neben dem *piano nobile,* wo ich Madonna zum ersten Mal begegnet war. Damals war ich noch ein ganz anderer Mensch gewesen. Sorgfältig hob ich Madonnas

Schleppe an, als sie auf dem goldenen, throngleichen Sessel Platz nahm, den sie für öffentliche Audienzen benutzte. Dann schickte sie Catherinella los, »die Nonne zu holen«.

Die Nonne kam in Begleitung eines Priesters, ihrer Äbtissin und zweier weiterer Nonnen, alle in die schwarz-weiße Ordenstracht der Dominikaner gekleidet. Ich erschauderte, was Madonna, wie ich hoffte, nicht bemerkte. Ich kam nicht dagegen an, denn für eine spanische Jüdin, selbst wenn sie wie ich schon als kleines Kind aus dem Land geflohen war, gab es keinen erschreckenderen Anblick als die Elstern der Inquisition. Aber die Nonne war klein von Wuchs, wirkte gebrechlich und wurde von den beiden anderen Schwestern gestützt, als könnte sie nicht alleine stehen. Ihre Hände und ihre nackten Füße waren von schmutzigen Bandagen verhüllt, was, wie ich befürchtete, auf eine Lepraerkrankung hindeuten konnte. Während sie sich näherte, glitt Donna Lucrezia von ihrem Sessel, kniete nieder und bedeutete Catherinella und mir, es ihr nachzutun. Es kostete mich alle Selbstbeherrschung, zu der ich fähig war, nicht das Gesicht zu verziehen, als die Nonne ihre verbundenen Hände zum Segen auf meinen Kopf legte.

»Ihr lasst uns eine große Ehre angedeihen, Schwester Osanna«, sagte Madonna, während sie sich aufrichtete. »Ich hoffe, Eure Reise war nicht zu mühevoll, und Ihr fühlt Euch wohl in Santa Maria.«

»Noch wohler würde ich mich fühlen, wenn die Kirche nicht auf den Grundmauern eines heidnischen Tempels erbaut worden wäre«, gab Schwester Osanna mit überraschend fester Stimme zurück.

Donna Lucrezia beugte ehrfurchtsvoll den Kopf. »Nehmt Ihr eine kleine Erfrischung?«

»Nur ein wenig Wasser. Ich faste, bis ich zu meinen Schwestern nach Mantua zurückkehre.«

Bei diesen Worten blickte Donna Lucrezia fassungslos in die Runde. »Aber hat Euch denn niemand gesagt …? Wisst Ihr denn nicht, warum Ihr hier seid?«

»Ich höre nur auf Gott, meine Tochter.«

»Wir haben versucht, es ihr zu erklären, aber …« Die Äbtissin zuckte mit den Schultern und sah den Priester auffordernd an, doch dieser schüttelte bloß den Kopf. Auch er war ratlos.

»Ich verstehe.« Donna Lucrezia rutschte auf ihrem Sessel ganz nach vorn. Ihr Gesichtsausdruck verhärtete sich. Zu beiden Seiten ihrer schmalen Nase zeigten sich weiße Flecken, und ihre Augen funkelten. »Wisst Ihr, wer ich bin, Schwester?«

Anstelle einer Antwort ließ Schwester Osanna einen Klagelaut hören, der im Raum nachhallte. Sie fiel auf die Knie, beugte sich vor, als litte sie Schmerzen, und hielt sich mit ihren bandagierten Händen die Seiten.

Donna Lucrezia schien unbeeindruckt. »Ich bin die Tochter des Heiligen Vaters, Papst Alexander, der Euren Orden in seiner Gnade von den ketzerischen Lehren des Fra Girolamo in Florenz reingewaschen hat. Ihr könnt mich also anhören, nicht wahr?«

Schwester Osanna schaukelte stöhnend auf den Knien vor und zurück. Sie griff sich an die Ohren, als wollte sie sie abreißen. »Der Teufel führt mich in Versuchung«, klagte sie, »oh, wie mich der Teufel quält!« Dann, immer noch auf den Knien, doch nun bewegungslos und aufrecht, sagte sie mit ruhiger, wohltönender Stimme: »Aber er wird nicht triumphieren. ›Und aus seinem Munde ging ein scharfes Schwert, dass er damit die Heiden schlüge.‹ Ich werde der Stimme Gottes folgen, meine Tochter.«

Donna Lucrezia wirkte erleichtert. »Ich habe Euch nach Rom kommen lassen, damit Ihr mich nach Ferrara begleitet, Schwester. Mein erlauchter Schwiegervater Herzog Ercole schätzt Eure große Frömmigkeit schon seit Langem, denn Ihr tragt die Male der Passion unseres Herrn und seid mit der Gabe der Weissagung gesegnet. Er wünscht, dass Ihr Schwester Lucia da Narni in dem Hause, das er ihr errichtet hat, Gesellschaft leistet.« Sie schwieg einen Augenblick, damit ihre Worte ihre Wirkung tun konnten. Schwester Lucia da Narni war berühmt für ihre Prophezeiungen, und Herzog Ercole hatte unter Aufbietung aller, darunter auch ungewöhnlicher Mittel das Wunder vollbracht, sie aus ihrem Kloster in Viterbo nach Ferrara zu locken.

Jetzt verstand ich auch die Bedeutung der Bandagen. Schwester Osanna trug offenbar die Stigmata, die geheimnisvollen Wunden an Händen, an Füßen und am Leib, die angeblich den Verletzungen gleichen, die Christus von den Römern zugefügt wurden. Oder vielleicht von den Juden.

Schwester Osanna nickte, gefügig wie ein Lamm, seit Donna Lucrezia an das Schicksal Girolamo Savonarolas erinnert hatte.

»Dann sind wir uns ja einig«, sagte Donna Lucrezia.

»Gottes Wege sind unergründlich, *madama.*«

»Das sind sie, Schwester, das sind sie fürwahr. Und nun erhebt Euch und kommt näher.« Der Priester und die Äbtissin wechselten einen fragenden Blick, als Schwester Osanna tat, wie ihr geheißen, und Donna Lucrezia fortfuhr: »Seht Ihr dieses Mädchen an meiner Seite? Sie wurde als Jüdin geboren, doch dank der Gnade unseres Erlösers und der Fürsprache der Heiligen hat sie zu Jesus Christus gefunden. Wäre es nicht ein großartiger Beweis Seiner Barmherzigkeit mit einer Sünderin, wenn Ihr sie die Male schauen ließet?«

Ich erschrak zu Tode, aber nach einem Seitenblick auf Donna Lucrezia erstarben die Widerworte in meinem Mund. Donna Lucrezia war eine Frau von aufrichtiger Frömmigkeit, glich jedoch ihrem Vater in der Hinsicht, dass zwar ihr Herz bei den Engeln weilte, ihre Füße jedoch fest am Boden blieben. Sie hatte also noch weitere Gründe dafür gehabt, mich hier festzuhalten, als die niedere *conversa* von ihrem glorreichen Bruder zu trennen.

Auf ein Nicken der Äbtissin hin traten die beiden anderen Nonnen vor und begannen, die Bandagen von Schwester Osannas Händen und Füßen zu entfernen. Schwester Osanna stand da wie ein braves Kind und hob die Füße oder drehte die Hände, um den Nonnen die Arbeit zu erleichtern. Immer blutigere Verbände kamen zum Vorschein, und ein scharfer Fäulnisgeruch bewog Donna Lucrezia, ein Taschentuch aus ihrem Ärmel zu ziehen und es sich vor Mund und Nase zu halten. Ich wollte den Blick abwenden, schaffte es aber nicht. Durch wiederholtes Schlucken versuchte ich, ein Würgen zu unterdrücken. Dann machten sich die Nonnen an Schwester Osannas Seite zu schaffen und öffneten eine Reihe von Häkchen, die im Saum ihrer Tracht verborgen gewesen waren.

Plötzlich wurden wir alle durch einen Tumult draußen vor der Tür abgelenkt. Wir hörten laute Stimmen, das Schlurfen und Scharren weicher Schuhe auf dem gebohnerten Fußboden, dann ein dumpfes Geräusch, als sei etwas gegen die Tür geprallt, und ein Rütteln am Riegel.

Cesare stürmte in den Raum, dicht gefolgt von einem

weiteren Mann, der zwar einen Kopf kleiner, doch von äußerst kräftiger Statur war. In seinem Gesicht, das mit den vielen Pockennarben an einen Granatapfel erinnerte, funkelten zwei harte Augen wie Markasit in einem gespaltenen Stein.

»Da ist ja dieser treulose kleine Fratz!«, rief Cesare, während er mich böse anstarrte. Tiresias bellte zustimmend und starrte mich ebenfalls an, obwohl er vollkommen blind war. Cesare warf meinen Schleier zu Boden und fuhr fort: »Na, ich hoffe, es freut Euch zu hören, dass wir gesiegt haben. Das Pferd der Mantuaner lag anfangs zwar lange in Führung, warf aber irgendwo bei der Pyramide im Borgo seinen Reiter ab.«

»Weil es von irgendetwas in der Menge erschreckt worden war«, knurrte das Narbengesicht. Ich überlegte, wer dieser Mann wohl sein mochte, der Herzog Valentino ungestraft unterbrechen durfte.

»So ist es«, fügte Cesare mit einem boshaften Lächeln hinzu.

»Lieber Himmel, Herzog, Don Michele, was hat diese Störung zu bedeuten? Besitzt Ihr denn gar keinen Funken Ehrfurcht? Seht diese Frau.« Donna Lucrezia deutete auf Schwester Osanna. Don Michele fiel wie vom Blitz getroffen auf die Knie und bekreuzigte sich mit ausladenden Gesten. Cesare hingegen funkelte seine Schwester bloß wütend an.

»Du wusstest, dass ich Signorina Donata eingeladen hatte. Welcher Teufel hat dich geritten, dass du meine Pläne durchkreuzt?«

Donna Lucrezia hatte kaum den Mund zu einer Antwort geöffnet, als Schwester Osanna sich von uns ab- und Cesare zuwandte, der dicht hinter ihr stand. Die Zornesröte wich aus Cesares Wangen, er wurde so bleich wie Schwester Osannas Nonnenschleier. Sein Hund duckte sich, legte den Kopf auf die Pfoten und begann zu winseln.

»Die Königreiche der Menschen sind nichts als Strohfeuer«, verkündete Schwester Osanna mit ihrer seltsam festen Stimme. »So hell du auch brennst, so gänzlich wirst du ausgelöscht werden. Hüte dich, kleiner Herzog, hüte dich vor dem Großen Rächer.«

Cesare schwankte. Es sah aus, als würde er ohnmächtig werden. Ich sprang von meinem Hocker auf, um ihm zu Hilfe zu eilen, doch Schwester Osanna hob, obgleich sie mir den Rücken zugewandt hatte, in einer gebieterischen Geste die Hand, wobei die abfallenden Verbände eine blutverkrustete Stichwunde enthüllten. Als wäre ich gegen eine unsichtbare Mauer gerannt, blieb ich wie gelähmt stehen. Plötzlich schien es im Raum kalt geworden zu sein, es war, als fröstelten selbst die Porträts an den Wänden.

Cesare bewegte die Lippen, doch kein Laut drang aus seinem Mund. Er wagte einen zweiten Anlauf. »Achtundzwanzig«, flüsterte er schließlich heiser.

»Zwanzig«, entgegnete Schwester Osanna. Aus irgendeinem Grund brachte ihn das zum Lachen.

»In diesem Punkt schmeichelt Ihr mir, Schwester«, sagte er, ein Satz, der den Bann brach. Schwester Osanna kehrte Cesare – fast verachtungsvoll, wie mir schien – den Rücken zu.

»Meine Verbände«, sagte sie im Kommandoton zu den beiden Nonnen. Diese jedoch zögerten, fragend blickten sie erst ihre Äbtissin, dann Donna Lucrezia an. Als Donna Lucrezia nickte, begannen sie, Schwester Osannas Wunden wieder zu verbinden.

»Kommt«, sagte Cesare, während er mir die Hand entgegenstreckte. »Man hat das Wildschweinrennen bis zu meiner Rückkehr unterbrochen. Jetzt werdet Ihr nichts mehr verpassen.« Hatte ich recht gesehen, oder war Don Micheles Hand wirklich ein wenig näher zum Griff eines der Dolche gewandert, die in seinem Gürtel steckten?

»Madonna?«

»Ihr könnt gehen, Donata. Da Schwester Osanna uns nach Ferrara begleiten wird, werdet Ihr noch hinreichend Gelegenheit haben, aus ihrer Frömmigkeit Nutzen zu ziehen.«

Ich versuchte zu erkennen, welche Wirkung diese Neuigkeit auf Cesare hatte, doch es war, als spiele Schwester Osanna für ihn keine größere Rolle als jede andere Nonne, der er auf den Straßen oder in den Audienzräumen des Vatikan begegnen mochte. Nachdem er mich untergehakt hatte, begann er, mit Don Michele Wettquoten auszutauschen. Mit einem wohligen Schauer nahm ich die Wärme seines Körpers wahr. Er führte mich durch Flure und Gänge und dann eine Treppe hinunter, bis wir zu einer kleinen, unscheinbaren Tür gelangten, die ich nie zuvor gesehen hatte. Don Michele schloss mit einem Schlüssel auf, den Cesare ihm gab, trat beiseite und ließ uns durchgehen. Cesare zog den Kopf ein, um nicht am Türbalken anzustoßen. Aus einem der niedrigen, verwinkelten Flure im ältesten Teil des Palastes Santa Maria kamen wir in das nach Weihrauch duftende Gewölbe der Basilika. Nun hallten Cesares und Don Micheles Sporenstiefel und meine eigenen Schritte durch das Kirchenschiff, als wir hinter dem Altar zu einer zweiten kleinen Tür gingen.

»Wie viele Stunden habe ich hier auf den Knien verbracht«, bemerkte Cesare, während er in seiner Gürteltasche nach einem weiteren Schlüssel suchte. »Sie tun mir schon weh, wenn ich nur daran denke. Wisst Ihr, dass ich einmal Kardinal gewesen bin?«

Und ob ich das wusste. Der Skandal, als Cesare kurz nach der Ermordung von Don Juan seiner religiösen Berufung entsagt hatte, um anstelle seines Bruders das Kommando über das päpstliche Heer zu übernehmen, war in ganz Rom Tagesgespräch gewesen, besonders aber in meinem Studierzimmer in Santa Clara.

»Was für eine Zeitverschwendung«, fügte er kopfschüttelnd hinzu. Doch ehe ich ihn fragen konnte, wie er das meinte, öffnete sich die zweite Tür und gab den Blick auf Treppen und Korridore frei, die besser beleuchtet waren als die in Santa Maria, mit Böden aus Marmor und Gobelins an den Wänden. Ich vermutete, dass wir uns im Vatikan befanden, und wirklich stiegen wir nur einen Augenblick später aus einem Fenster im ersten Stock auf eine kurze Laufbrücke, die zu einer vor dem Palast für den Papst und seine Gäste errichteten Tribüne führte.

Als wir neben dem Sessel des Papstes auf die Tribüne traten, blieb mir beim Lärm der Menge, den ich fast als Schlag in die Magengrube empfand, beinahe die Luft weg. Dicht gedrängt warteten die Zuschauer hinter den hölzernen Absperrungen darauf, dass das Rennen begann. Der große Platz schien in Flammen zu stehen, denn an jedem Fenster, an jedem Dachsims hingen die Flaggen der Borgia und der Este – seidene Stiere wüteten, und Adler spähten nach Beute.

Cesare blieb stehen, um der Menge zu danken. Dabei hielt er meine Hand fest in der seinen, sodass ich gezwungen war, an seiner Seite zu bleiben. Don Michele stand dicht hinter mir, wie ich aus seinem Knoblauchatem schloss, der sich über den starken Geruch nach frischem Holz und Parfüms legte, mit denen die Gäste ihren Schweißgeruch zu überdecken trachteten: Rosenöl, Sandelholz, Bergamotte und Lavendel. Ich fühlte mich fehl am Platz und ausgeliefert. Ich hatte noch nicht einmal den Ring des Heiligen Vaters geküsst; sicher würde ihm eine solche Beleidigung nicht entgehen, auch wenn er gegenüber dem lockeren Leben in Santa Maria in Portico gewöhnlich tolerant war.

Cesare lächelte nicht, winkte nicht und verbeugte sich nicht, sondern stand einfach nur da und wartete auf die Ruhe, die, wie er wusste, irgendwann eintreten würde. Seine Züge zeigten den Gleichmut, der auch für die von ihm bevorzugten Masken typisch war.

Der Trubel legte sich innerhalb weniger Sekunden, nur die Rufe der Devotionalienhändler und der Verkäufer von auf kurzen Holzspießen gebratenen Hähnchen spannen noch lockere Geräuschfäden über den Platz. Cesare wandte sich an Don Michele: »Wie lange braucht man im Galopp zum Campo, Michelotto?«

Die Antwort bekam ich nicht mit. Michelotto. Natürlich, darauf hätte ich auch selbst kommen können. Keinem anderen als Michelotto hätte Cesare die Schlüssel zu den Geheimtüren anvertraut; man nannte den *condottiere* aus Navarra auch seine linke Hand, weil Cesare, wann immer er einen finsteren Plan hegte, die Ausführung Michelotto überließ. Nicht zuletzt war unter den Opfern auch der Herzog von Bisceglie gewesen, hieß es. Selbst der Papst fürchtete Michelotto, denn seinen eigenen Sohn zu fürchten, brachte er nicht über sich.

»Das Wildschweinrennen beginnt in zwanzig Minuten«, verkündete Cesare mit kaum erhobener Stimme, aber so deutlich, dass man ihn überall auf dem Platz hören konnte.

»Und bis dahin werden meine Diener, um die Verzögerung wiedergutzumachen, mit Kuchen und Wein zu euch kommen.«

Augenblicklich waren die Männer in der gelbroten Livree, die große Tabletts mit Kuchen und irdene Krüge trugen, von Menschentrauben umringt.

Erst jetzt nahm Cesare seinen Platz auf der mit Kissen gepolsterten Bank neben dem Sessel seines Vaters ein. Dieser war ein aus Eiche geschnitztes, mit rotem Leder bezogenes Ungetüm, und die unter ihm liegenden Tribünenplanken knarzten bedenklich, wann immer Seine Heiligkeit seine Körpermasse verlagerte. Ich saß zur Rechten Cesares, an meiner anderen Seite Michelotto, noch schwer atmend von seinem schnellen Ritt zum Campo dei Fiori, um das Rennen zu eröffnen. So nah war ich Papst Alexander noch nie gewesen. Unter dem Vorwand, meinen Rock glätten zu wollen, beugte ich mich vor und erhaschte einen Blick auf ihn.

In seinem Gesicht, das von einer straffen weißen Samtkappe und dem Hermelinkragen seines Umhangs eingerahmt war, zeigten sich die Widersprüche, die offenbar sein Leben bestimmten und alle, die mit ihm zu tun hatten, zur Verzweiflung trieben. Sein Mund zwischen den ausladenden, glatt rasierten Wangen war voll und sinnlich, doch er besaß die tief unter fleischigen Brauen liegenden Augen eines reichen Bauern und statt der Blässe, die mit Gebet und Versenkung gewöhnlich einhergeht, die kräftige Gesichtsfarbe eines Mannes der Tat.

Obwohl er seiner Berufung gottesfürchtig nachging, vertrat er die Auffassung, die weltliche Macht seines Amtes solle seiner spirituellen Bedeutung gleichkommen. Und als Oberhaupt einer Kirche, die von ihren Priestern ein Leben im

Zölibat verlangte, sah er keinen Widerspruch darin, den schwertführenden Arm seines Sohnes und den Leib seiner Tochter zu benutzen, um seine Ziele zu erreichen. Ich bemerkte, dass der Papst Cesares Hand ergriffen hatte und dass Cesares den Kopf seinem Vater zuneigte, der schnell und eindringlich auf Katalanisch auf ihn einredete und dabei unentwegt die Hand seines Sohnes hart gegen die geschnitzte Armlehne seines Sessels drückte. Auf der gegenüberliegenden Seite des Platzes, wo Donna Lucrezia mittlerweile zu ihren restlichen Hofdamen in der Loge über dem Haupteingang von Santa Maria gestoßen war, muss sich ein Bild gegenseitiger Zuneigung geboten haben.

Ein fernes Dröhnen ließ die Luft erzittern. Mit einem Schlag wurde es still, und alle wandten die Köpfe zum Südende des Platzes, wo die Eber erscheinen würden, ehe sie zum Zielpfosten neben Caligulas Obelisken rannten. Plötzlich fiel mir auf, dass ich die einzige Frau unter lauter Männern war. Alle anderen Damen, abgesehen von Donna Lucrezias Hofstaat, hatten sich hinter einem von Handläufen aus Seil gesäumten Laufsteg versammelt. Ich presste meine im Schoß liegenden Hände zusammen und starrte sie an. Mir kam es vor, als würden die Augen aller Männer auf mir ruhen, obwohl sie, wie ich wusste, den Blick auf den Ort geheftet ließen, wo die Tiere auf den Platz drängen würden und, während das Dröhnen anschwoll wie ein Donnergrollen, in geballten Fäusten Wettscheine umklammerten.

»Dort oben«, flüsterte Cesare ganz nah an meinem Ohr, denn sonst hätte ich ihn vielleicht nicht verstanden, »wird Julius Cäsars Asche aufbewahrt. Was meint Ihr, ist auch sein Geist bei uns? Lacht er über unsere Spiele?«

Während ich noch zu der goldenen Kugel an der Spitze

des Obelisken hinaufsah, erhoben sich Wolken braunen Staubs über den uralten Ziegeldächern des Borgo und legten sich über die Piazza. Dann stürmte der erste Eber auf den Platz. Er quiekte und warf den Kopf, versuchte den Zwerg auf seinem Rücken abzuschütteln, der sich mithilfe seiner kräftigen, krummen Beine und eines mit einem Ring an der Schnauze des Ebers befestigten Zügels oben hielt. Das wütende Tier drehte in Richtung der Absperrung direkt unterhalb von Donna Lucrezias Aussichtspunkt ab. Mit einem vereinten Keuchen, das klang, als seufzte ein Meer, sanken die Zuschauer in ihre Sitze zurück. Der Eber hieb seine Stoßzähne in die Bohlen und katapultierte den Reiter über die Absperrung. Einige Zuschauer jedoch fingen ihn auf und warfen ihn zurück auf die Piazza.

Inzwischen waren noch etliche weitere Eber auf den Platz gestürmt. Auf einigen hatten sich die Reiter halten können, andere waren schon reiterlos. Einer, an dessen Stoßzähnen blutige Stofffetzen hingen, griff schweißdampfend und mit angstgeröteten Augen den unglücklichen Reiter an, den die Menge zurück in die Bahn geworfen hatte, und spießte ihn auf. Er wurde von den übrigen Tieren niedergetrampelt, und das Rennen endete in einem barbarischen Durcheinander, denn die Eber liefen nicht mehr bis zum Ziel weiter, sondern begannen, ihr Opfer zu verspeisen.

»Nicht zu glauben«, sagte der Papst und lehnte sich in seinem Sessel zurück. Die Tribüne knarzte leise. Michelottos gewölbter Brust entstieg ein hohes Lachen, wie das eines Wahnsinnigen.

»Sieh nur«, sagte Cesare und stieß ihn in die Rippen. »Sieh nur die beiden da mit dem Bein. Fünfhundert *scudi,* dass der Gestreifte es kriegt.«

»Die Wette gilt«, gab Michelotto zurück. »Sollen wir den Sieger zum Abendessen verspeisen? Ein Eber mit einem Männerbein im Bauch, das wäre mal was Neues.«

»Für heute Abend habe ich andere Pläne.« Zwar sah er mich nicht an, doch seine Hand griff nach meinem Knie, und es war eindeutig, was er meinte. Ich hatte das Gefühl, mein Schädel sei geplatzt wie ein zu schnell gekochtes Ei, und wurde von allen möglichen widersprüchlichen Empfindungen bewegt. Abscheu über den Anblick des mordenden Ebers wetteiferte mit der Faszination, die Tod und Sterben auf Lebende ausüben. Die Erniedrigung, ohne Begleitperson unter Männern zu sitzen, in der Öffentlichkeit die Hand eines Mannes auf meinem Knie zu haben, verblasste gegenüber einer unbestimmten, verwegenen Erregung, in Cesares Aura von Unbesiegbarkeit gefangen zu sein.

Von irgendwo ganz tief in mir, von jener Stelle vielleicht, die Angela mit ihren liebenden Fingern so geschickt zu berühren wusste, kam ein kraftvolles Verlangen, das mich zwang, mein Bein langsam näher an seines zu rücken und nichts dagegen zu unternehmen, dass er seine Hand an meinem Schenkel höher rutschen ließ, bis sich einer seiner Ringe in einem losen Faden meiner grünen *camorra* verfing. Ich schloss die Augen, um den Lärm in meinem Kopf zum Schweigen zu bringen. Meine Wangen glühten, mein Herz schlug hart gegen die Rippen. All meine Sinne waren erfüllt vom Duft des Jasminöls, mit dem er seinen Bart parfümiert hatte, und von einem gefährlichen, wilden Moschusgeruch, den der Jasmin nicht recht überdecken konnte.

»Das müsst Ihr Euch ansehen«, sagte er mit leicht drohendem Unterton, der sich wie eine Klinge in meinen Traum bohrte. Ich öffnete die Augen und warf einen Blick zu ihm hinüber, aber er sah geradeaus, den Mund zu einem nicht zu deutenden Lächeln verzogen.

Unter dem halbherzigen Jubel der Menge, die das schreckliche Schauspiel offenbar nicht sehr vergnüglich fand, stolperten einige schwarz gekleidete Männer auf den Zielpfosten zu. Einer fiel hin, kämpfte sich aber gleich wieder auf die Füße und rieb sich dabei die Handflächen an der Seite ab. Betäubt vom Jasminduft fragte ich mich zunächst nur, wie man in der Lage gewesen sein mochte, die Wildschweine zusammenzutreiben, ehe sie zu wüten begannen, und wer wohl zum Sieger erklärt worden war. Als ich meine Sinne dann wieder beieinanderhatte, überkam mich eine Mutlosigkeit, die ich körperlich spüren konnte, eine bittere Mischung aus Schuldgefühlen und Erkenntnis. Wie töricht ich gewesen war!

Diese Männer waren Juden. Jetzt sah ich ganz deutlich die gelben Sterne, die vorn an ihre Kleider geheftet waren, und, schlimmer noch, ich erkannte einige der staubbedeckten, vor Erschöpfung verzerrten Gesichter. Daniel Cohen, der Sohn des Schusters, der meine Reisetruhe angefertigt hatte, Isaac ibn David, dessen Geigenspiel meinem zurückhaltenden Vater Tränen zu entlocken vermochte. Und, schlimmer als alles andere: Der Mann, der jetzt auf den Knien lag und im Dreck nach der Brille tastete, ohne die er überhaupt nichts sah, der sich unter den Hohnrufen der Zuschauer beim Zielpfosten duckte, war mein eigener Bruder, Eli.

Bilder wirbelten vor meinem geistigen Auge, als würde auch ich rennen, schneller und schneller in immer kleiner werdenden Kreisen. Ich lief, doch irgendetwas entkam mir, so schnell ich auch rannte. Bevor ich es gefunden hatte, würden all meine Adern platzen. Das viele Licht, der Lärm, die Menschenmassen. Wie sollte ich hier finden, was ich suchte?

Ich versuchte aufzustehen, ich wollte fort, doch Cesare verstärkte den Druck seiner Hand auf meinem Knie. Seine Finger gruben sich durch die Schichten meiner Kleider in mein Fleisch. Michelotto zu meiner anderen Seite ergriff schweigend meinen Oberarm.

»Habt Ihr etwa keinen Spaß?«, wollte Cesare wissen. Er lehnte sich noch weiter zu mir herüber und zischte mir ins Ohr: »Kleine Esther Sarfati, habt Ihr etwa geglaubt, ich sei so sentimental wie König … wie auch immer er hieß? Seht Ihr diese vielen Leute? Sie würden Euch genauso in Stücke reißen wie diese elenden Schweine den Zwerg. Und mich auch. Wir sind beide *marani.* Aber mich dulden sie, weil ich ihnen Vergnügen biete und die Feinde von ihren Stadttoren fernhalte. Und Euch mögen sie momentan ganz gern, weil Ihr hübsch seid und neben mir sitzt. Da haben sie was zu tratschen in ihren schmierigen Tavernen und an ihren hässlichen kleinen Feuerstellen. Ich weiß, dass Euer Vater uns geholfen hat, all dies zu erwerben, doch jetzt, wo wir es besitzen, hat sich das Blatt gewendet. Jetzt seid Ihr auf mich angewiesen.«

Irgendjemand hatte angefangen zu schreien. Eine Frauenstimme. *Lass mich los! Lass mich los!* Menschen wandten die Köpfe. Schreie stiegen zum Sonnendach empor, brachen durch die gestreifte Seide, strebten weiter nach oben in den hellblauen Himmel, einer, noch einer und noch einer. Ein Schwarm von Schreien. Meine Schreie.

»Lass sie los, Michelotto, allmählich langweilt sie mich.« Und ich schwebte hinter meinen Schreien her, mitgerissen vom Klang meiner Stimme. Mein Arm pochte, meine Beine waren in ihrer plötzlichen Freiheit leicht wie Luft. Sie hoben mich von der Bank, trugen mich die Laufplanke entlang ins

Vatikangebäude, durch die Geheimtür, die Michelotto offen gelassen haben musste, zurück in die Basilika, deren wuchtige Klarheit mich schließlich innehalten ließ. Ich fiel auf die Knie und versuchte zu beten, zu irgendeinem Gott, der bereit wäre, mich anzuhören und mir einen Weg aus dem Durcheinander zu weisen, in dem ich mich befand. Geißele mich, flehte ich, schick einen verirrten Eber, der mich frisst, oder Michelotto mit einem Dolch. Angst hatte ich keine; ich war jetzt schon gegeißelt, zerrissen, ins Herz getroffen.

*

Ich erinnerte mich an nichts mehr bis zu dem Augenblick, als ich auf meinem eigenen Bett erwachte. Angela saß auf der Kante, eine Schüssel auf dem Schoß, in der etwas dampfte, das nach fauligen Blättern roch.

»Trink das«, sagte sie.

»Nein.«

»Du bist ohnmächtig geworden. Deine Blutung hat eingesetzt. Das hier wird dir helfen.«

»Was so schlecht riecht, kann nicht helfen.« Ich dachte an Elis zerbrochene Augengläser, an das Bein des Zwerges in seinen Kniehosen, das aussah wie ein Stück zum Kochen eingewickeltes Fleisch, an die wohlgesetzten, grausamen Worte von Cesares kleiner Rede … »Nichts kann helfen.«

Mit einem Seufzer nahm Angela ein gefaltetes Pergament vom Nachttisch. »Das hier ist gekommen.« Mit zusammengepressten Lippen sah sie zu, wie ich die Botschaft öffnete und mit dem Daumen über die eingeprägten Insignien fuhr. Stiere, Schlüssel, Lilien.

Ihr werdet mir verzeihen, hatte er geschrieben. *Ich war nicht ich selbst. Wie Ihr wisst, hatte mich die Nonne meiner*

Schwester irgendwie durcheinandergebracht. Manchmal bin ich krank. Ihr werdet verstehen, auch Ihr seid nicht Ihr selbst.

Valentino

»Weißt du, wie er dich jetzt nennt?«, fragte Angela, nachdem sie mir das Pergament abgenommen und es kopfschüttelnd gelesen hatte. »La Violante, die Frau, die Versprechen bricht.«

»Ach, wirklich?« Es gefiel mir, dieses hübsche Wort mit der hässlichen Bedeutung. »Dann habe ich ja jetzt meinen Spitznamen. Wie du vorausgesagt hast.«

5

Rom, an Epiphanias 1502

Ich habe immer gewusst, dass ich ohne dich nicht leben kann. Das ist so unabänderlich wie der Sonnenaufgang im Osten oder meine fünf Finger an jeder Hand.

»Soll ich dir den Weg mit Mondkieseln markieren, Lucrezia, damit du wieder nach Hause findest?«

Donna Lucrezia schenkte dem Infanten Roms ein mattes Lächeln und strich ihm mit den Fingerspitzen über die Wange. Ihre Fingernägel an seiner wächsernen Haut schimmerten perlmuttrosa.

»Sie wird künftig in Ferrara leben, Giovanni«, wandte der Heilige Vater mit vor Rührung brüchiger Stimme ein, »aber wir werden sie dort besuchen, ganz bestimmt.«

Ich sah, wie Cesare schluckte. Oh, ich wurde sehr geschickt darin, ihn heimlich zu beobachten. Ich spürte, wenn er einen Raum betrat, selbst wenn ich ihm den Rücken zukehrte, denn dann schienen die Kerzen auf einmal heller zu leuchten oder ein süßer Duft hereinzuschweben. Ich wurde von ihm angezogen, so sagen die Platonisten, wie die Seele von der Schönheit.

Dann atmete Cesare tief aus, fuhr sich mit den Fingern

durchs Haar und löste sich von der Wand, an der er gelehnt hatte, abseits der rund um den Kamin in Madonnas kleinem Wohngemach versammelten Familienmitglieder. Er trat ans Fenster und blickte hinaus. Ich fragte mich, was er wohl dachte, wenn er die Treppe von Sankt Peter sah, auf der die Meuchelmörder über den letzten Gatten seiner Schwester hergefallen waren, aber aus seiner Miene konnte ich so wenig lesen wie aus den Schriften der Mauren, die, wie es heißt, von hinten nach vorne schreiben. Seine Haltung verriet nichts anderes als Ungeduld.

Da ich hinter Madonnas Sessel stand, konnte ich selbst nicht aus dem Fenster blicken, aber ich vernahm das Getöse von draußen, das selbst durch die Glasscheiben drang. Das Gefolge der neuen Herzogin von Ferrara war zu groß, um sich im Hof von Santa Maria zu versammeln, deshalb fand es sich auf dem großen Platz vor der Basilika ein.

»Also dann«, sagte Cesare, »wir müssen los«.

»Aber …«

»Papa, wenn niemand dort unten für Ordnung sorgt, wird es Nacht, bevor wir aufbrechen, und es beginnt bereits zu schneien. Violante, bringt die Kinder zu ihrer Zofe, wenn ich bitten darf, und kommt nicht zurück. Wir haben familiäre Dinge zu besprechen.« Er nahm Giovanni bei der Hand und führte ihn zu mir. Einen Augenblick lang waren wir einander so nah, dass ich jeden Stich der Goldstickerei auf seinem schwarzen Samtwams erkennen konnte und den Jasminduft roch. Wie gern hätte ich ihm ins Gesicht gesehen, aber da ich es nicht wagte, heftete ich meinen Blick auf seine Hand, auf den Brandfleck und die Spitzen seiner sehnigen Finger, die in der weichen Mulde der Faust seines kleinen Bruders lagen.

»Ich will aber hierbleiben«, greinte Giovanni. »Ich gehöre auch zur Familie. Lass mich hierbleiben, Cesare.«

»Sei folgsam, dann verspreche ich, dir später Bellas Welpen zu zeigen.«

»Wann später?« Er zog an Cesares Fingern. Wann später? Kam Cesare denn nicht mit uns nach Ferrara? Hatte er nicht eben davon gesprochen, dass »wir« vor Einbruch der Dunkelheit aufbrechen müssten?

»Wenn ich es sage. Es ist ein Versprechen zwischen Ehrenmännern, und ich würde doch wohl nicht Schande über mich bringen, indem ich es breche?«

Nein, dachte ich, und mir wurde ein wenig bange.

»Nein. Na gut.« Er ließ Cesare los und legte seine Hand in die meine. Seine Haut war immer noch warm von Cesares Hand, aber ich musste sie loslassen, um Rodrigo vom Schoß seiner Mutter hochzuheben.

»Wartet noch kurz«, sagte sie. Sie streichelte ihrem Sohn den Rücken, küsste ihn aufs Haar und kniff ihm mit den Fingerspitzen leicht in die Nase, was ihn zum Lachen brachte. Cesare trat hinter ihren Sessel und legte ihr die Hand auf die Schulter. Seine Knöchel spannten sich und wurden weiß, als er zudrückte. Mit flehendem Blick wandte sie sich zu ihm um. Er nickte, dann sahen die beiden mich an. Ihrer beider Augenpaare bewegten sich in solchem Einklang, als hätten sie es geprobt, ihrer beider Mienen ähnelten einander so sehr, dass die eine das Spiegelbild der anderen hätte sein können. Einen Augenblick lang meinte ich, sie versuchten, mir etwas zu sagen, doch da zupfte mich Giovanni am Ärmel. »Komm schon«, bettelte er, »sonst wird es zu spät für die Welpen, wenn wir warten, bis die Großen mit ihrem Reden fertig sind.« Da war der Bann gebrochen, und ehe ich seine wahre Gestalt hatte erkennen können, war verschwunden, was immer ich an Unsichtbarem wahrgenommen hatte.

*

Unter den Hofdamen, die Donna Lucrezia begleiteten, war ich die Einzige, die jemals außerhalb Italiens gewesen war, doch das zählte kaum, da ich mich fast nicht mehr daran erinnerte. Die meisten der Damen waren nie weiter als bis nach Tivoli oder zu den Bädern von Stigliano gekommen. Doch falls sie sich vor der Reise fürchteten, ließen sie es sich nicht anmerken. Schließlich waren wir eine Hochzeitsgesellschaft, obschon eine solch große, dass wir mehr wie eine Stadt auf Wanderschaft erschienen, mit all unseren Köchen und Schneidern, unserem Schmied und Sattler und mit Alonso, dem Goldschmied, der sich nie die Hände wusch aus Furcht, er könnte sich dabei Goldkörnchen abspülen. Drei Bischöfe begleiteten uns und darüber hinaus die beiden Kaplane Donna Lucrezias.

Einhundertfünfzig Wagen waren gekauft, gebaut oder von den reicheren römischen Familien ausgeliehen worden, um diesen Hofstaat zu befördern, ganz zu schweigen von den Pferden, Maultieren und Ochsen, deren Anzahl meine Rechenkünste weit überstieg. Als Don Ferrantes Hofstaat zu unserer Gesellschaft stieß, zählten wir, wie man mir sagte, mehr als eintausend Seelen. Selbst der riesige schlammige Platz vor Sankt Peter reichte nicht aus, um ein heilloses Gedränge zu verhindern. Maultiere bissen sich gegenseitig in den Nacken, Pferde scheuten und brachen Stallburschen die Knochen, und selbst ansonsten vernünftige Leute drängelten sich mit ausgestreckten Ellbogen um die besten Plätze unter den Fenstern des Vatikan, von wo der Papst seiner geliebten Tochter zum Abschied winkte.

Als sich schließlich der Zug von dem Platz aus in Bewegung setzte und die engen Straßen des Borgo durchquerte, mussten die von Cesare zu unserem Geleit bereitgestellten Soldaten mit den Schäften ihrer Hellebarden die Gaffer zur Seite stoßen, um uns einen Weg zu bahnen. Lange bevor wir das Stadttor erreicht hatten, wurden wir in der Vorhut und somit auch die an der Spitze zwischen Ippolito und Cesare reitende Donna Lucrezia von der übrigen Gesellschaft abgeschnitten, weil sich auf der Brücke von Sant' Angelo ein Ochsenkarren verkeilt hatte. Cesare schickte einen Bewaffneten los, der nachsehen sollte. Als der Tross immer länger auf sich warten ließ, während der Schneefall stärker und stärker wurde und der Himmel sich zusehends verdüsterte, wendete Cesare sein Pferd, um sich selbst ein Bild von der Lage zu verschaffen. Ich versuchte, seinen Blick zu erhaschen, als er mich passierte, aber er sah ungerührt an mir vorbei. Mit verärgert verkniffenem Mund hielt er die Augen angestrengt auf die Stelle gerichtet, wo der Grund für unseren ungewollten Halt zu vermuten war. Ein kalter Schauder durchfuhr mich. Ich wickelte meine Zügel um den Sattelknauf und steckte die Hände in meinen Muff aus Luchsfell. Was, wenn er wirklich nicht mit uns kam? Was dann?

»Sie müssen erst das vermaledeite Geländer abreißen, damit der Karren durchkommt«, rief er Ippolito bei seiner Rückkehr zu. Daher stiegen wir alle von unseren Pferden und wanderten ziellos hin und her, verärgert und frierend, mit nassen Füßen und einem peinlichen Gefühl, wie Reisende, die eine Gastfreundschaft zu lange in Anspruch genommen haben.

Endlich war der Karren wieder frei, und als er quietschend in einer Wolke aus Atemwölkchen und dampfenden Ochsenleibern herbeigerollt kam, setzen wir unseren Weg zum Stadttor fort. Dort hielten wir ein weiteres Mal. Ippolito beugte sich über Donna Lucrezias Hand und wünschte ihr eine glückliche Reise, dann ritt er zu seinem Bruder hinüber, um mit ihm zu sprechen. Cesare lehnte sich aus dem Sattel, nahm Madonnas Hände in die seinen und küsste sie auf beide Wangen. Noch während sie einander hielten und ihre schmalen karmesinroten Handschuhe in seinen schwarzen Samthandschuhen geradezu leuchteten, sagte er:

»Streu die Mondkiesel aus, *cara mia,* damit ich dich finden kann.« Sie lachten, dann wendeten Cesare und Ippolito ihre Pferde Richtung Stadt. Ich warf rasch einen Blick auf Angela. Tränen liefen ihr übers Gesicht, aber sie schien sich nicht zu wundern. Sie musste schon die ganze Zeit gewusst haben, dass Ippolito nicht mit uns kommen würde. Von Cesares Absichten hingegen hatte sie wohl nichts geahnt, sonst hätte sie es mir gewiss gesagt. Vielleicht war es für alle eine Überraschung. Vielleicht hatte er die Entscheidung erst heute Morgen getroffen, als er Giovanni versprochen hatte, ihm die Welpen zu zeigen.

Vielleicht hatte er eigens, weil ich in Hörweite stand, mit Madonna Italienisch gesprochen, damit ich seine Worte verstehen konnte. Ja, das war es. Er hatte darin eine Botschaft an mich versteckt, aber ich wusste nicht, wie ich sie entschlüsseln sollte.

Als die beiden Männer an uns vorbeiritten, zügelte Ippolito fast unmerklich sein Pferd und nickte Angela zu, die ihrerseits leicht den Kopf neigte. Cesare hingegen tat nichts anderes, als sich mit seiner schwarz behandschuhten Hand den Schnee aus den Augen zu wischen, dann gab er seinem Pferd die Sporen und ritt weiter, bahnte sich seinen Weg durch den Zug auf die beschädigte Brücke und den Vatikan zu. Kein einziges Wort an mich, nicht einmal ein rascher Blick.

Aber er hatte mit Madonna über die Mondsteine gescherzt. Wie das schlaue Kind in dem Märchen wollte er einen sicheren Weg zurück zum Schatz finden.

*

Zwei Wochen nach unserem Aufbruch aus Rom erreichten wir Urbino. Dort bezogen wir den Herzogspalast, weshalb Herzog Guidobaldo und seine Frau gezwungen waren, in einem Kloster außerhalb der Stadtmauern Unterkunft zu suchen. Obwohl wir in dem Palast zusammengepfercht waren wie eine Schiffsladung Sklaven und wir Hofdamen auf dem Boden im Vorzimmer von Donna Lucrezia schlafen mussten, allein mit unseren Umhängen als Bettzeug, erschien mir dieser Ort fast wie das Paradies auf Erden. Nach den Anstrengungen der Reise wäre mir wahrscheinlich jedes Quartier, an dem die Aussicht bestand, mehr als eine Nacht zu verbringen, wie der Himmel vorgekommen.

Am Abend unserer Ankunft in Urbino, als wir von der Stadt den Schlossberg hinaufzogen, schimmerten die Palastmauern rosafarben im Licht Tausender Fackeln. Der Palast, erbaut an einer steilen, in der Dunkelheit fast unsichtbaren Felskante, schien in der Luft zu schweben. Als am folgenden Morgen die Sonne kurz zum Vorschein kam, was sie nur selten tat, erstrahlten die Marmorarkaden rund um den Haupthof, als wären sie mit Diamanten besetzt. Während der Palast von Santa Maria von Kunstwerken und Altertümern überquoll, zeugte in Urbino alles von erlesenem Geschmack und Einfallsreichtum. Zwischen den Gemälden gab es Raum zum Atmen, und zwischen den Statuen im Park waren buchsbaumgesäumte Wege und Wandelgänge mit Limonenbäumen angelegt, die Zweige ineinander verflochten.

*

Donna Lucrezia zu Ehren sollte ein Ball stattfinden, aber ich sah ihm mit gemischten Gefühlen entgegen. Vielleicht würde Cesare zu diesem Anlass erscheinen. Niemand von uns wusste, wo er war. Er hätte ebenso gut in Neapel oder Mailand sein können oder sich gerade mit Herzog Guidobaldo in seinem Kloster bei der Stadtmauer unterhalten. Andererseits hatte ich in unseren verschiedenen provisorischen Unterkünften schlecht geschlafen. Von den harten Böden, den klumpigen Strohlagern und den langen Ritten taten mir alle Knochen weh. Tags zuvor hatte zudem meine Monatsblutung eingesetzt, ich fühlte mich aufgedunsen, war schlecht gelaunt und hatte einen Pickel am Kinn, der pochte wie eine Trommel. Kein Zweifel, dass ich Milch zum Gerinnen und Spiegel zum Erblinden bringen konnte. Falls Cesare erschien, würde ich einfach einen Zoll enger geschnürt werden und den ganzen Abend meine Gesichtsmaske aufbehalten müssen, auch wenn sie mir die Luft zum Atmen nahm.

Da mir vom Geschnatter der Frauen, die sich wie aufgescheuchte Hühner auf engem Raum für das Fest zurechtmachten, der Kopf dröhnte, flüchtete ich ins Freie.

Herzogin Elisabetta hatte einen kreisförmigen Rosengarten anlegen lassen, vertieft gelegen und in fünf Felder unterteilt, die für die fünf Teile des Madrigals standen. In der

Mitte liefen sie in einer zierlichen, säulenumkränzten Rotunde zusammen, ein ideales Plätzchen für ein Stelldichein, geschickt verborgen vor neugierigen Blicken aus dem Haus. Ich schlenderte eine Weile dahin, lauschte dem Klang meiner Schritte auf den Kiespfaden zwischen den Beeten und dem Gesang eines einsamen Rotkehlchens, das zwischen den knorrigen Zweigen der beschnittenen Rosenbüsche trällerte. Dann setzte ich mich in die Rotunde, genoss mein Alleinsein und die kalte Luft, die durch meine Kleider drang und die unzähligen Flohstiche kühlte, die ich mir während der Reise zugezogen hatte.

Die Zeit verging, und ich beobachtete, wie der Himmel dunkler wurde. Ich musste dort länger gesessen haben, als es mir vorkam, daher beschloss ich, wieder hineinzugehen, bevor Madonna nach mir rufen ließ. Aber ich konnte mich nicht rühren. Ein Gefühl, das ich zuerst wie den Druck von Händen auf meinen Schultern empfand, durchdrang mich bis hinunter in mein Becken, als würde mich ein heißer Stein auf der Bank festhalten. Der süße Duft von Jasmin umschmeichelte meine Nase und machte mich schwindelig. Er war in der Nähe, ich wusste es. Gleich würde ich seine energischen Schritte auf dem Kies hören und ihm in die Arme sinken, an diesem geheimen Ort im Herzen des Madrigals.

»Schau nur, welch eine vornehme Dame.«

»Wie schön ihr Geficht ift.«

»Wie elegant fie tanft.«

»Nein, nein, nein, du Schweinearsch. Elegant fage ich. Du fagst, wie gut fie tanft, und ich fage …«

»… unbeholfen wie ein Elefant.«

»Unbeschreiblich elegant.«

Ein Furz, laut wie eine Trompete. »Unbeschreiblich elegant, meinft du? Ich glaube nicht. Oh … Vergebung, meine Dame, wir dachten, wir feien hier allein.«

»Hier ist auch niemand«, sagte ich. »Außer mir.«

Gatto und Perro, Madonnas spanische Zwerge.

»Wir proben gerade«, erklärte Perro.

»Für Madonnaf Tanf beim Ball«, fügte Gatto hinzu, immer noch mit dem kastilischen Lispeln in seinem Italienisch. »Wir gehen hinter ihr her und loben ihren Tanf.«

»Ist Madonna schon zum Ankleiden bereit?«, fragte ich, während ich die Rotunde verließ, »oder ist Don Cesare noch bei ihr?«

»Don Cesare? Er würde es nicht wagen, hier aufzukreuzen.«

»Nicht nach dem Vorfall mit Dorotea Caracciolo.« Die Hofnarren hatten ins Spanische gewechselt.

»Sprich langsam. Was war das für ein Vorfall?«

»Donna Dorotea war Hofdame bei Herzogin Elisabetta. Eine umwerfende Frau in jeder Hinsicht. Don Cesare versprach, ihr sicheres Geleit durch die Romagna auf dem Weg zu ihrem Gatten in Venedig zu geben, aber stattdessen hat er sie entführt.«

»Vermutlich ver…«

Gatto stieß seinen Gefährten in die Rippen.

»Bis sie tot war«, ergänzte Gatto matt.

»Schlimm«, sagte Perro, der Jungen mochte. »Nun sieh bloß, du böses, böses Kätzchen, du hast Violante erschreckt.«

»Nein, nein, mir geht es gut«, sagte ich. Zugleich versuchte ich, das Zittern in meiner Stimme zu unterdrücken und den Blick starr auf etwas zu heften, damit ich nicht in Tränen ausbrach. »Ich gehe jetzt wohl besser. Ihr erzählt doch niemandem, dass ihr mich hier allein angetroffen habt, oder? Andernfalls …«

»Andernfalls was?« Gatto stemmte die Hände in die Hüften und wölbte herausfordernd seinen Bauch vor. Der Anblick war so komisch, dass mir das Herz ein wenig leichter wurde.

»Andernfalls petze ich bei Madonna, dass ihr behauptet, sie tanze wie ein Elefant.« Flugs raffte ich die Röcke und lief vor den beiden Hofnarren davon, die sofort in kindlicher Manier hinter mir herjagten. Am Fuß der Treppe, die zu Donna Lucrezias Gemächern hinaufführte, hielten sie an und verbeugten sich vor Angela, die dort auf mich wartete.

»Eben wollte ich nach dir suchen. Wo hast du gesteckt? Sie kann die Kette nicht finden, die Don Ferrante ihr geschenkt hat, und sie kocht vor Wut.«

»Ich glaube, sie liegt in der Schmuckschatulle. Du weißt schon, die schwarze, die sie von ihrem Vater bekommen hat.« Ich packte sie an den Oberarmen und drehte sie zu mir herum, damit sie mich ansehen musste. »Angela, war Cesare hier?«

Angela seufzte. »Nein, meine Liebe. Soweit ich weiß, ist er immer noch in Rom und versucht, ein Heer für seinen nächsten Feldzug auszuheben. Aber warum fragst du?«, wollte Angela wissen. Sie machte sich von mir los und rieb sich die Arme.

»Weil ich mir sicher bin, dass er im Rosengarten war.«

»Wann?« Angela sah mich skeptisch an. Cesare besaß über die ganze Romagna verteilt Stationen zum Auswechseln der Pferde, wo die schnellsten Tiere bereitstanden. So konnte er geschwinder reisen als sonst jemand. Und er liebte Überraschungen, von ungeplanten Festen bis hin zu militärischen Blitzangriffen.

»Eben jetzt.« Wir starrten einander an, dann schüttelte Angela den Kopf.

»Ich war den ganzen Nachmittag mit Lucrezia zusammen und habe ihr die Schläfen massiert. Sie leidet unter einer ihrer Kopfschmerzattacken. Cesare wäre nicht hierhergekommen, ohne sie aufzusuchen. Du hast deine Blutung, nicht wahr? Das muss es sein. Dabei leidet man zuweilen unter Sinnestäuschungen.«

»Aber …« Alles, was noch kurz zuvor so klar gewesen schien, zerstob in Verwirrung. Was hatte ich gesehen? Nur einen Schatten. Doch der Jasminduft war immer noch in meiner Nase und haftete auf meiner Haut.

»Du bist müde, meine Liebe. Das sind wir alle. Du musst aufhören, an ihn zu denken. Hat er dir je einen Beweis seiner Gunst geschenkt? Hat er dir seit unserer Abreise aus Rom je geschrieben? Nein. Es wurde noch keine Frau geboren, die ihn halten konnte, außer der Schicksalsgöttin, falls dir das ein Trost ist.« Arme Angela. Aus ihren Worten sprach die Vernunft, aber was Cesare betraf, zählte für mich die Vernunft nicht. Jedes Mal, wenn Kuriere eintrafen und Briefe mit seinem Siegel brachten, flammte in mir Hoffnung auf, und jedes Mal, wenn sich herausstellte, dass sie nur für Donna Lucrezia, Don Ferrante oder die mitreisenden Edelleute seines Hofs bestimmt waren, tröstete ich mich mit den beiden Nachrichten, die ich von ihm in Rom erhalten hatte. Eigentlich las ich sie gar nicht, sondern liebkoste die Zeilen und Buchstaben in seiner Handschrift mit meinen Fingern und Augen.

»Hat Ippolito dir etwa geschrieben?«, fuhr ich sie an. Sofort taten mir meine Worte leid, als sie kurz wie gepeinigt das Gesicht verzog.

»Ich bat ihn, es bleiben zu lassen. Du weißt doch, ich möchte alles vermeiden, was unsere Pläne durchkreuzen könnte, solange wir uns noch nicht in Ferrara niedergelassen haben.«

Ich machte mich daran, vor ihr die Treppe hinaufzusteigen. »Leider ist es so, dass du nicht weißt, wie es sich anfühlt, wenn man wirklich verliebt ist. Wüsstest du es, dann würdest du verstehen, dass wir keine Briefe brauchen. Wir … er … er ist einfach bei mir, und das genügt.«

»Ach, deshalb trägst du die Nachricht, die er dir geschickt hat, ständig in deinem Korsett bei dir. Warte, ich möchte deinen Rock abbürsten, er ist voller Blütenblätter.« Sie holte tief Luft und ließ ein anerkennendes Brummen hören. »Ich liebe den Winterjasmin, wie er bei Sonnenuntergang seinen ganzen Duft verströmt. Er ist eine Pflanze, die Hoffnung macht.«

*

Von Urbino zogen wir weiter nach Osten Richtung Pesaro, ins Herrschaftsgebiet Cesares, und von da an bis nach Bologna war seine Gegenwart überall spürbar. Sämtliche Straßen waren geebnet und ausgebessert, und in jeder seiner Städte, die wir besuchten, wurden wir überschwänglich von Scharen von Kindern in seiner Livree begrüßt, die Olivenzweige schwenkten und »Herzogin, Herzogin, Lucrezia, Lucrezia!« riefen.

In Cesena verdoppelte Don Ferrante die Wachen für seine Schwägerin, nachdem Gerüchte aufgekommen waren, Dorotea Caracciolos Gatte plane, Donna Lucrezia zu entführen, um mit ihr die Freilassung seiner Frau zu erpressen. Don Ferrante hielt sein Pferd meist in der Nähe ihrer Sänfte, nur gelegentlich ließ er sich zurückfallen, um die Wachen zu überprüfen und sich lange und ausführlich mit deren Offizier zu besprechen, der mir für diese Aufgabe viel zu jung erschien. Wir reisten so schnell, wie er es ermöglichen konnte, nach Forli, Faenza und schließlich nach Imola, wo Donna Lucrezia darauf bestand, einen zusätzlichen Tag Aufenthalt einzulegen, um sich das Haar zu waschen und uns allen Gelegenheit zur Erholung zu geben, bevor wir nach Bologna kämen, wo alles hinter uns läge, was Madonna auch nur im Entferntesten als ihre Heimat bezeichnet hätte.

Die Tage der Haarwäsche verliefen meist so wie unsere Zusammenkünfte im Badehaus in den Gärten von Santa Maria in Portico. Und der Dampf aus den großen Kupferkesseln mit heißem Wasser, in die wir unsere Krüge tauchten, um Madonnas Haar zu spülen, schuf die gleiche vertrauliche Atmosphäre. In dem feinen Nebel, der von uns nur Schemen erkennen ließ, fühlten wir uns stark genug, Geheimnisse preiszugeben. Da wir ganz damit beschäftigt waren, Madonnas Haar ins Wasser zu tauchen, ohne dass ihr Kopf nass wurde, und jede einzelne Strähne gleichmäßig mit der Bleichpaste aus Safran, geschlagenem Eiweiß und Zitronensaft zu bestreichen, brauchten wir einander nicht in die Augen zu sehen.

In Imola jedoch war es ganz anders. Madonna schwieg die meiste Zeit, außer wenn sie sich gereizt beschwerte, dass das Wasser zu heiß oder zu kalt sei, dass es geziept habe oder ihr Hemd nass geworden sei. Die eigentliche Haarwäsche, zuerst mit einer gewöhnlichen weißen Seife aus Venedig, dann noch einmal mit einer Duftseife aus Rosenöl, hatten wir bereits beendet. Nun rieben wir Madonnas Haar mit Handtüchern trocken, um anschließend die Bleichpaste aufzutragen. Doch mit einem Mal riss Madonna den Kopf hoch und starrte auf die Schüssel mit der klebrigen orangefarbenen Paste, als wäre sie beleidigt worden.

»Es ist nicht genügend Eiweiß beigemischt«, fauchte sie.

»Aber Madonna, wir haben die gleiche Anzahl von Eiern genommen wie sonst auch.« Wie üblich wusste Elisabetta Senese nicht, wann sie den Mund zu halten hatte. Angela sah mich an und verdrehte die Augen, wofür ich dankbar war; seit unserer Unterhaltung in Urbino über die Briefe hatte zwischen uns eine gespannte Stimmung geherrscht.

»Dann waren die Eier eben zu klein«, erwiderte Madonna. »Violante!«

»Ja, Madonna.«

»Lauft in die Küche und holt weitere Eier. Und zwei Schüsseln zum Trennen.« Donna Lucrezia kehrte ihre hausfrauliche Ader heraus.

Warum ich, dachte ich, wusch mir die Hände im Kupferkessel und wischte mir den Schaum des Suds an dem alten Tuch ab, das ich mir umgebunden hatte, um mein Gewand zu schützen. Wie sollte ich wissen, wo sich in der *rocca* von Imola die Küche befand?

»Ja, Madonna.« Da mir niemand sagte, wo ich die Küche finden konnte, verbeugte ich mich und machte mich auf die Suche. Erst als ich die Tür zu Donna Lucrezias Kammer hinter mir schloss, fiel mir ein, dass auch sie sich noch nie zuvor in diesem Palast aufgehalten hatte. Da Imola ihrem Bruder gehörte, hatte ich mir eingebildet, sie kenne sich hier aus.

Ich weiß nicht, wie lange ich schon durch die steinernen Flure gewandert war, deren dicke, grob behauenen Mauern eilig und nachlässig hinter Teppichen und Gobelins versteckt worden waren, als mich ein Lichtschein aus einer offenen

Tür zu einem hohen Raum mit einem hohen Bogenfenster an seinem anderen Ende führte. Da ich Stimmen hörte, trat ich ein. Offenbar war ich in eine Art Waffenkammer geraten, die aber mehr der Zurschaustellung als einem praktischen Nutzen zu dienen schien. Gegen die frühe Dunkelheit des Wintertags waren Fackeln entzündet worden. Ihr flackerndes Licht spiegelte sich auf den Rüstungen, die an Gestellen in den Ecken des Raumes aufgehängt waren.

Im Raum befanden sich zwei Menschen, ein Mann und eine Frau. Obwohl sie mir den Rücken zukehrten, erkannte ich an der ungezwungenen Art, wie sie die Köpfe zusammensteckten und sich an den Ellbogen berührten, dass sie einander mehr waren als bloße Bekannte. Ich wollte mich flugs zurückziehen, aber es war schon zu spät; sie hatten meine Anwesenheit bemerkt.

»Monna Violante«, sagte Don Ferrante und drehte sich zu mir um. »Ich bin überrascht, Euch hier anzutreffen. Seid Ihr an Waffen interessiert?«

»Ich habe mich verlaufen, Euer Gnaden«, antwortete ich kläglich. »Ich suche die Küche.«

»Ach so«, sagte er. »Vielleicht können wir helfen? Ihr seid doch hier schon einmal gewesen, nicht wahr?« Er hatte dabei die Frau angesprochen, doch sie gab keine Antwort, sondern blickte ungerührt auf eine Rüstung besonderer Art, der man einen Ehrenplatz direkt unter dem Fenster eingeräumt hatte. Welch unhöfliches Benehmen, dachte ich und besah mir ihr Kleid, das aus einem billigen Material gefertigt schien, einem Stoff von grellem Purpur. So etwas passte eher zu einer Dirne als zu einer Dame. Verlegen und auch ein wenig beleidigt starrte auch ich nun unverwandt auf diese Rüstung.

Sie war prächtig anzusehen, verziert mit ziselierten, vergoldeten Rosenranken, an denen jede Blüte, jedes Blatt und jeder Dorn aufs Feinste herausgearbeitet war. Doch schien sie für einen Ritter angefertigt worden zu sein, der an einer Missbildung litt. Außerdem waren ihre einzelnen Bestandteile sehr klein und eher auf die Größe eines Jungen als auf einen erwachsenen Mann zugeschnitten. Der Brustpanzer wies eine seltsame Ausbuchtung auf und ging in eine sehr schmale Taille über.

Don Ferrante bemerkte, dass ich die Rüstung betrachtete. »Sehr schön, nicht wahr?«, sagte er und legte seiner Begleiterin sanft die Hand auf den Rücken. »Wir haben sie gerade bewundert.«

Die Frau machte immer noch keine Anstalten, meine Anwesenheit zur Kenntnis zu nehmen, ebenso wie Don Ferrante es weiterhin unterließ, mich ihr vorzustellen. Dadurch blieb mir keine andere Wahl, als so zu tun, als sei sie gar nicht zugegen, was jedoch schwierig war, solange Don Ferrantes Hand in inniger Vertrautheit auf ihrer schmalen Taille ruhte. Deshalb widmete ich meine Aufmerksamkeit wieder der Rüstung.

»Ja, sehr schön«, stimmte ich zu, »aber von seltsamer Form. Wisst Ihr, für wen sie angefertigt wurde?«

Zu meiner Überraschung lachte Don Ferrante. »Natürlich weiß ich es. Sie gehörte La Sforza. Sie trug sie bei der Belagerung von Forli. Seht Ihr die kleinen Haken dort an der oberen Platte?« Er deutete auf einen Stahlreif direkt unter dem Brustpanzer. »Offensichtlich waren sie dazu gedacht, einen Rock einzuhaken, wenn sie es wollte.«

Ich hatte Caterina Sforza nur einmal kurz gesehen, im Ablassjahr, als sie in Cesares Triumphzug als seine Gefangene in Rom vorgeführt wurde. Caterina Sforza saß auf einem Pferd direkt hinter ihrem Bezwinger, eingehüllt in einen dunklen Umhang mit Kapuze, flankiert von zwei Reitern, die ihr Tier an den Zügeln hielten. An Händen und Füßen war sie mit goldenen Ketten gefesselt wie einst Zenobia. Das kam mir wieder in den Sinn, als Don Ferrante leise sagte:

»Sie ist die Einzige, die ihn jemals in einen offenen und ehrlichen Kampf gezwungen hat.«

Ich warf ihm einen raschen Blick zu, unsicher, ob seine Bemerkung für meine Ohren bestimmt war. Die Dame in seiner Begleitung hingegen schien keine solchen Zweifel zu haben.

»Er hat beim Artilleriebeschuss persönlich das Kommando geführt«, sagte sie. Weil ihre Stimme leicht kratzig klang, fragte ich mich, ob sie vielleicht krank war. »Einen ganzen Tag und eine ganze Nacht lang ohne Pause. Er wollte nicht einmal aufgeben, als eine Kanone zu früh zündete und ihm die Hand versengte. Es war unglaublich. Ich werde seinen Anblick nie vergessen, die vom Rauch tränenden Augen, sein Hemd, das wie eine zweite Haut an ihm klebte und aus dem er einen Streifen herausriss, um sich die Hand zu verbinden. Er sah aus wie … wie Hephaistos.«

»Oh, ein lahmer Vergleich«, spöttelte Don Ferrante.

»Ich wusste nicht, dass hier eine Dame anwesend ist«, sagte ich, aber als ich sah, wie Don Ferrante rot anlief, sein Begleiter mich böse anfunkelte und sein Adamsapfel über seinem Perlenhalsband zornig auf und ab hüpfte, weil er sich bemühte, den Mund zu halten, wünschte ich, ich hätte es ebenfalls getan. Verlegen trat Don Ferrante von einem Bein auf das andere und räusperte sich.

»Vittorio weiß, wo die Küche ist«, sagte er. »Wie Ihr Euch gedacht haben werdet, war er hier schon einmal.«

Vittorio? Nun erkannte ich den jungen Offizier der Wache wieder, mit dem sich Don Ferrante während der Reise so ausgiebig unterhalten hatte. Seine dunklen Bartschatten hatte er mit einer dicken Schicht Bleipuder abgedeckt, auf die Wangen Rouge aufgetragen und die Lippen karmesinrot geschminkt. Nun sah ich auch, dass sein Kleid unförmig gebauscht an seiner kantigen Jungenfigur herunterhing.

»Aber Ihr habt mir die ganze Zeit so viel Aufmerksamkeit geschenkt«, stieß ich hervor und vergaß alle Zurückhaltung beim Anblick Vittorios mit seinem grellen Purpurgewand und seiner Halskette aus irgendwelchen billigen, funkelnden Steinen über den hervortretenden Schlüsselbeinen. »Benutzt Ihr mich vielleicht als eine Art ...« – wütend deutete ich auf die Waffen und Rüstungen um uns herum – »eine Art Ablenkungsmanöver?«

Zu meinem Erstaunen fing Don Ferrante an zu lachen. Selbst Vittorios knochiges Gesicht bekam weichere Züge, als er sich scheu lächelnd von ihm an der Hand nehmen ließ.

»Eine solche benötige ich wohl kaum«, sagte Don Ferrante. »Meine Vorlieben sind in Ferrara wohlbekannt, und solange ich taktvoll vorgehe, wird mich niemand den Obrigkeiten melden. Ihr müsst einfach hinnehmen, meine Liebe, dass selbst die Klatschbasen in Rom nicht alles wissen.«

»Aber warum ...?«

»Weil ich Euch mag, möchte ich gern Euer Freund sein. Wir sind uns in vielerlei Hinsicht ähnlich. Ihr seid Jüdin, ich bin Sodomit, und beide werden wir toleriert, aber nicht vorbehaltlos angenommen. Und wir sind bequeme Sündenböcke, falls einmal ein Brunnen vergiftet wird, die Pest ausbricht oder eine Missernte eintritt. Wir Außenseiter sollten zusammenstehen, denn unser Leben kann sehr gefährlich sein.«

Ich war sprachlos. Wie konnte Don Ferrante, der stets den richtigen Ton oder die richtige Geste fand, um dem anderen die Befangenheit zu nehmen, ihn zu bezaubern oder zum Lachen zu bringen, einen solch unsittlichen und beleidigenden Vergleich ziehen? »Ihr vergesst, mein Herr, dass ich getauft bin.«

»Aber ich habe gesehen, wie Eure Hand zögert, wenn sie in der Messe das Kreuz schlagen soll. Und, mein Kind, Ihr nuschelt Euer Glaubensbekenntnis herunter, als würde man Euch zwingen, Blutwurst zu essen.«

Das konnte ich nicht bestreiten. Doch es rechtfertigte keineswegs seinen Vergleich. »Mein Volk ist das von Gott auserwählte, mein Herr, während Menschen Eures Schlages …«

»Vergesst nicht das Beispiel der Griechen.« Das klang wie ein leicht dahingesagter Einwand, aber ein abwehrender Ton in seiner Stimme verriet mir, dass ich ihn beleidigt hatte, was ich bedauerte.

»Ich möchte damit sagen«, fuhr Don Ferrante, nun in sanfterem Ton, fort, »dass wir nichts dagegen tun können, wie andere uns sehen. Dies haben wir beide gemeinsam, und das ist, wie ich hoffe, eine Grundlage für Verständnis.«

»Vergebt mir, Don Ferrante. Die Bibel verdammt Eure … Gewohnheiten. Aber da sie davon spricht, räumt sie immerhin ein, dass es sie gibt. Ich muss glauben, dass wir alle Gottes Kinder sind, nehme ich an. Euer Angebot der Freundschaft …«

»… würde Euch mehr zur Ehre gereichen, wenn ich Euch helfen würde, die Küche zu finden?« Wir mussten alle lachen.

»Madonnas Laune wird sich gewiss nicht verbessern, wenn ich nicht bald mit den Eiern zurückkomme«, sagte ich.

Don Ferrante nickte. Mit seiner heiseren Jungenstimme erklärte mir Vittorio, wo ich die Küche finden würde, und zu meiner Erleichterung bot er mir nicht seine Begleitung an.

*

Am nächsten Morgen ließen wir die Grenze von Cesares Reich hinter uns und zogen weiter nach Bologna und Bentivoglio, von wo aus wir mit dem Boot nach Torre del Fossa reisen sollten. Dort würde Madonna mit Don Alfonso zusammentreffen. Doch in Bentivoglio änderten sich unsere Pläne; wenn ich heute darauf zurückblicke, muss ich sagen, dass alles sich änderte.

Es dämmerte bereits, als wir in der Stadt eintrafen. Ich war müde und sehnte mich nach nichts mehr, als meinen schmerzenden Hintern aus dem Sattel heben und auf ein Strohlager oder eine gepolsterte Bank betten zu können. Ich hoffte, unsere Unterkunft würde nicht zu spartanisch sein und Madonna uns nicht zu lange beanspruchen, bevor sie selbst schlafen ging.

Kaum hatten wir Madonna aus ihren Reisekleidern geholfen, stürmte unser Gastgeber Annibale Bentivoglio in ihr Gemach, ohne sich von den kleinen, vor der Tür postierten Pagen davon abhalten zu lassen. Auf die knappste nur mögliche Weise entschuldigte er sich für sein ungehöriges Benehmen und berichtete stammelnd, dass aus Norden kommende Reiter gesichtet worden waren, vermutlich Don Alfonso d'Este mit seinem Gefolge.

»Wie, sie kommen hierher?« Das Wenige an Gesichtsfarbe, was Donna Lucrezia nach einem langen Tag auf der Straße geblieben war, sammelte sich in zwei fiebrigen Flecken auf ihren Wangen. Ihre Augen schienen zu glühen. Es war schwer zu sagen, ob sie über Don Alfonsos Aufdringlichkeit erzürnt, von dem unerwarteten Ereignis belebt oder einfach nur vor Erschöpfung fiebrig war. »Das kann er nicht tun«, sagte sie, als sei dadurch der Sache ein Ende gesetzt. »Seht mich doch nur an.«

Mit aller Galanterie, die ihm zur Verfügung stand, verbeugte sich Don Annibale tief und erwiderte: »Ich sehe nichts, was Don Alfonso oder sonst einem Mann missfallen könnte, *madama.«* Da ich damals über Männer noch nicht sehr viel wusste, stimmte ich ihm innerlich zu.

Jene, die die Schönheit Donna Lucrezias gepriesen haben, waren meist Poeten oder Abgesandte, die ihre Herren beeindrucken wollten, oder Bittsteller, die sich für ihre Freigebigkeit dankbar erweisen wollten. Und natürlich der eine Mann, der sie blind und wahrhaftig liebte. Aber sie war wirklich bezaubernd und von flinkem Verstand, sie wusste, wie man einem Mann zulächelte und ihn unter gesenkten Lidern ansah, sodass er glaubte, sie brauche den Vergleich mit Helena von Troja nicht zu scheuen. Sie war von Natur aus sehr anmutig, beim Gehen glitt sie dahin, und beim Tanzen schien sie auf Wolken zu schweben. Natürlich kleidete sie sich mit dem gleichen erlesenen, angeborenen Sinn für Geschmack, den sie mit ihrer übrigen Familie teilte, sodass ihre Gestalt und ihre Erscheinung selbst in der düstersten Trauerkleidung noch beeindrucken konnten. Sogar jetzt, mit Schlammspritzern am Saum ihres Gewandes, mit Haaren, die ihr feucht an der Stirn klebten, und Ringen unter den Augen, groß wie Blutergüsse, schien mir, dass sich Don Alfonso kaum über sie hätte beklagen können.

»Wenn er kommt, kommt er eben«, sagte Angela, deren Verwandtschaft mit Donna Lucrezia ihr die Freiheit gab, offener zu sprechen als wir Übrigen. »Er ist Euer Gemahl. Wir sollten das Beste daraus machen.«

Donna Lucrezia seufzte tief. »Natürlich«, sagte sie, während sie sich bückte, um aus einer Reisetruhe am Boden einen Handspiegel herauszuholen. »Wo, Don Annibale, könnte ich ihn wohl am besten empfangen?« Sie fing an, ihr Haar glatt zu bürsten, das sich bei feuchtem Wetter leicht kräuselte.

Don Annibale zuckte mit den Schultern. »Mein Haus ist leider nur klein, *madama.* Dafür gibt es nur die Empfangshalle.«

»Sehr gut. Ihr dürft Don Alfonso sagen, dass ich ihn in Kürze dort erwarte.«

Don Annibale verbeugte sich und zog sich zurück, worauf in der kleinen Turmkammer hektisches Treiben einsetzte. Schließlich schickte Donna Lucrezia alle Damen außer Angela und mir fort; auch die Sklavin Catherinella durfte bleiben. Donna Lucrezia würde Don Alfonso vermutlich eine Stunde warten lassen können, was als erschreckend knappe Zeitspanne erschien, um sie für ihr erstes Zusammentreffen mit ihrem neuen Gemahl anzukleiden.

Zum Glück wählte sie ein einfaches Kleid in ihrer Lieblingsfarbe, einem dunklen Maulbeerbraun, mit schlichten Spitzenärmeln. Darunter trug sie ein einfaches Hemd aus weißem Leinen, dessen hochgeschlossener Kragen von einer Perlenbrosche zusammengehalten wurde. Diese stammte aus den Hochzeitsgeschenken der Este, die ihr Ippolito bei der Heirat überreicht hatte, als ausgerechnet Don Ferrante dazu auserkoren war, als Stellvertreter seines ältesten Bruders zu fungieren. Mit ihrem offenen Haar, das sie seit unserer Abreise aus Imola in Zöpfen getragen hatte und das ihr deshalb nun in leichten Wellen über Schultern und Rücken floss, verkörperte sie durch und durch die sittsame, jungfräuliche Braut. Don Annibale schickte zu unserer Begleitung einen Pagen herbei, aber bevor sie ihre Kammer verließ, sandte Donna Lucrezia nach Schwester Osanna. Niemand wusste, ob sie im Schloss oder in der Stadt untergebracht war, doch als die Nonne schließlich erschien, wies uns Madonna aus dem Zimmer und verbrachte einige Minuten allein mit ihr.

Danach machten wir uns auf den Weg in die Empfangshalle. Lampen und Kerzen waren entzündet, Platten mit Brot und Käse, Räucherschinken und Obst auf einem langen, talgbespritzten Tisch zur Erfrischung der Reisenden bereitgestellt worden. Diese hatten sich um den Kamin am anderen Ende des Raumes versammelt, eine schnatternde Schar groß gewachsener Männer in groben Gewändern, mit Hunden zu den Füßen, während sich Pagen mit Weinkrügen in der Hand zwischen ihnen hindurchschlängelten.

Nachdem der Page unser Erscheinen angekündigt hatte, löste sich einer der Männer aus der Gruppe am Kamin und kam uns mit weit ausholenden, energischen Schritten und einigen gescheckten Jagdhunden an seinen Fersen quer durch die Halle entgegen. Seine rechte Hand hatte er in galanter Manier auf sein Herz gelegt – eine Geste, die zu seiner stämmigen Figur und seinem schlichten Gewand gar nicht zu passen schien.

»Darf ich Euch Don Alfonso d'Este vorstellen«, sagte Don Annibale, der zu uns eilte. Don Alfonso verbeugte sich. Mir fiel auf, dass sein kurzes, dicht gewelltes Haar am Scheitel schütter wurde. Donna Lucrezia, die ihren Blick sittsam gesenkt hielt, vollführte einen tiefen Knicks.

»Donna Lucrezia Borgia«, sagte Don Annibale, als Donna Lucrezia ihrem Mann die Hand zum Kuss darbot.

Scheinbar eine Ewigkeit lang stand Don Alfonso wie erstarrt da und blickte finster auf Donna Lucrezias Kopf hinab. Der Geruch von Talg und feuchten Hundeleibern schnürte mir die Kehle zu, sodass mir schwindelig wurde. Aus irgendeinem Grund gefiel sie ihm nicht. Man würde uns nach Rom zurückschicken, den ganzen langen Weg zurück durch das Winterwetter, und die Erniedrigung würde ebenso schwer auf uns lasten wie unser Gepäck. Ich würde Cesare nicht wiedersehen. Er würde mir nicht mehr begegnen wollen.

Mit einer linkischen Bewegung tauschte Don Alfonso die rechte Hand über seinem Herzen gegen die linke aus, sodass er nun Donna Lucrezias Hand ergreifen und sie aus ihrem Knicks hochziehen konnte. Er selbst blieb ein wenig vornübergebeugt stehen wie ein Mensch, der verschnaufen muss oder sich eine Wunde am Bauch hält. Dabei wirkte Don Alfonso mit seinen breiten Schultern und seiner aufbrausenden Art recht gesund. Aber vielleicht war dies nur der äußere Anschein, und in Wahrheit fraß von innen her schon die Franzosenkrankheit an ihm. Ich versuchte, Angelas Blick zu erhaschen, aber sie schien das Schauspiel gar nicht wahrzunehmen, sondern schaute ganz versonnen zu der Gruppe von Männern am Kamin hinüber. Vielleicht hoffte sie, Ippolito unter ihnen zu entdecken.

»Euer Diener, Madonna«, sagte Don Alfonso. Er hatte eine barsche Stimme und sprach mit ausgeprägt nördlichem Akzent.

»Im Gegenteil, mein Herr, ich bin *Eure* Dienerin, so der

Vertrag zwischen unseren Familien noch gilt.« Donna Lucrezia sah ihrem Gemahl direkt in seine schlauen blauen Augen und lächelte. Zweifellos verstand er sehr gut, was sie mit ihrer Erwiderung ausdrücken wollte, aber offenbar wusste er nicht recht damit umzugehen. Plötzlich krümmte er sich zusammen und hielt sich beide Hände vor die Brust. Donna Lucrezia keuchte erschreckt auf. Er gab ein merkwürdiges Wimmern von sich.

Als Don Alfonso sich wieder aufrichtete, hielt er in beiden Händen ein sich windendes, weiches Bündel. Dieses streckte er Donna Lucrezia entgegen. »Ich habe Euch ein Geschenk mitgebracht.«

Mir blieb fast das Herz stehen. Erneut versuchte ich, Angela ein Zeichen zu geben, aber sie starrte immer noch unverwandt zum Kamin hinüber. Obgleich Donna Lucrezia unter Männern aufgewachsen war, die die Jagd liebten, fand sie Hunde abscheulich. Sie seien laut, schmutzig und ihre Flöhe würden sie zum Niesen bringen, schimpfte sie.

»Ein Schoßhündchen«, ergänzte Don Alfonso, was meine Befürchtungen bestätigte. Donna Lucrezia stand wie versteinert da und entbot ihm ein maskenhaftes Lächeln. »Habe seine Mutter von einem Inder bekommen, den ich in Venedig getroffen habe.«

»Das ist sehr …«

»Hier, nehmt ihn, damit er sich an Euch gewöhnen kann, dann wird er später einmal sehr folgsam sein. Hunde mögen es, geführt zu werden. Sind ja eigentlich Wölfe, versteht Ihr.«

Donna Lucrezia sah nicht so aus, als würde sie verstehen, aber sie kannte ihre Pflicht und ließ sich von Don Alfonso den kleinen Hund reichen. Vorsichtig hielt sie ihn unter den Vorderbeinen. Wie er so aus ihren Händen herabhing, erschien er größer, seine Läufe wirkten kräftiger und sein Gesicht mit der Stupsnase deutlicher ausgeformt.

»Giulio sagte, er würde euch gefallen«, redete Don Alfonso unverdrossen weiter. »Hat gesagt, Frauen mögen so etwas.« Er deutete mit dem Kopf auf die Gruppe Männer am Kamin. »Mein Bruder, Giulio.«

Einer der Männer nickte grüßend zurück, und nun begriff ich, weshalb Angela ihrer Herrin oder Don Alfonso überhaupt keine Aufmerksamkeit schenkte. Man erkannte sofort, dass sie Brüder waren, sie hatten die gleiche lange Nase mit einem Knick am Rücken, als sei sie gebrochen und schlecht gerichtet worden. Damit aber endete auch schon die Ähnlichkeit. Während Don Alfonso sein mittelbraunes Haar kurz gestutzt trug, hatte Don Giulio eine wilde blonde Mähne. Don Alfonsos Augen waren von der blassblauen Farbe eines Wintertages, die Augen seines Bruders hingegen veilchenblau und mit Wimpern geschmückt, die so dicht waren, dass jedes Mädchen neidisch geworden wäre. Er war glatt rasiert, und seine Wangen hatten die flaumige rosa Frische eines Pfirsichs. Im Gegensatz zu Don Alfonsos schmalen, prüde herabgezogenen Lippen hatte Don Giulio einen Mund wie Ippolito, mit vollen Lippen, sinnlich und wie zum Küssen gedacht. Kein Wunder, dass Angela ihren Blick nicht von ihm ließ. Unter anderen Umständen wäre wahrscheinlich auch ich bezaubert gewesen.

»Ich danke Euch, mein Herr. Euer Bruder ist sehr aufmerksam. Ihr habt offenbar mit all Euren Brüdern großes Glück. Vor allem mit Don Ferrante, der uns auf unserer Reise eine Bastion der Stärke war. Und Monsignore Ippolito natürlich, der ein guter Freund meines Bruders, des Herzogs ist.« Sie musste von Angela und Ippolito gewusst haben, ließ sich aber nicht das Geringste anmerken, und Angela schien nicht bemerkt zu haben, dass der Name ihres Geliebten gefallen war.

»Sie wurden beide vom gleichen Kardinalskollegium zu Kardinälen ernannt, glaube ich«, sagte Don Alfonso, der ein wenig verwirrt klang, aber die Verwirrung sofort zu seiner Zufriedenheit auflöste, als er fortfuhr: »Denke, das schafft eine gewisse Kameradschaft. Wie das halt so unter Männern ist, die sich gemeinsam die ersten Sporen verdient haben. So was in der Art, oder?«

»Gewiss habt Ihr recht«, bestätigte Madonna eifrig.

»Also, Weib, wollt Ihr Euch nicht ein wenig zu mir setzen? Meiner Treu, wenn wir erst einmal in Ferrara sind, werden wir vor lauter Feiern kaum Zeit haben, uns näher kennenzulernen.« Er schob die Hand unter Donna Lucrezias Ellbogen, worauf sie nicht wusste, wohin mit dem Schoßhund. Sie sahen aus wie ein Paar, das sich unsicher an einigen neuen Tanzschritten versuchte, bis ich vortrat und Madonna das Hündchen abnahm. Erst jetzt schien Don Alfonso mich überhaupt wahrzunehmen.

»Donnerwetter ...«, sagte er und einen schrecklichen Augenblick lang dachte ich, nach den in Ferrara herrschenden Regeln zu dreist gehandelt zu haben. Donna Lucrezia sah ich an, dass sie diese Befürchtung teilte. Aber Don Alfonso fuhr fort: »... Ihr ähnelt Euch wie zwei Erbsen in einer Schote.«

Donna Lucrezia sah nicht nur erleichtert, sondern wirklich erfreut aus. Schließlich war ich rund sechs Jahre jünger als sie und hatte ein schöner geformtes Gesicht. Die arme Madonna litt an ihrem fliehenden Kinn, das sie von ihrem Vater geerbt hatte. Im Grunde war es nur das Haar, in dem wir uns ähnelten, obwohl meines nicht gebleicht war.

»Das ist Monna Violante«, sagte sie. »Sie ist zwar noch nicht lange bei mir, dennoch schätze ich sie sehr. Sie und meine Cousine Donna Angela sind unzertrennlich.«

»Komischer Name«, meinte er.

»Ein Spitzname. Mein Bruder hat ihn ausgesucht«, entgegnete Donna Lucrezia. Ich las auf Don Alfonsos Gesicht die gleiche Mischung aus Ohnmacht und Ablehnung, die ich schon oft an Don Ferrante wahrgenommen hatte, sobald Cesare erwähnt wurde. Nachdem Don Alfonso seine Miene zu einem Lächeln verwandelt hatte, wandte er sich an mich.

»Nun, es wäre unhöflich, zu fragen, wie Ihr ihn bekommen habt, aber ich bin mir gewiss, Ihr werdet in Ferrara nichts mehr tun, das einen solchen Namen verdient.«

»Sie hat noch nie etwas getan, das dies verdient hätte«, entgegnete Donna Lucrezia ruhig. »Der Name ist ein Scherz, nichts weiter, in Anerkennung von Monna Violantes Rechtschaffenheit.« Dann entbot sie Don Alfonso ihren Arm und ließ sich von ihm durch die Halle zum Kamin geleiten. Auf einen Wink Don Alfonsos hin zogen sich die übrigen Männer zurück, damit er und seine Braut ungestört waren.

Angela und ich setzten uns nebeneinander auf eine Bank am Tisch. Gelegentlich gelang es mir, einen Blick zu Donna Lucrezia und Don Alfonso hinüberzuwerfen, aber meist war ich damit beschäftigt, den kleinen Hund davon abzuhalten, auf den Tisch zu springen, wo ihn die Speisen lockten. Das Hündchen war nicht sehr stark, aber erstaunlich wendig.

»Sie scheinen sich zu verstehen«, sagte ich zu Angela. Ich hoffte, sie teilte meinen Eindruck, dass Donna Lucrezia trotz des Hundes die galante Geste ihres Gatten, ihr noch vor den offiziellen Zeremonien in Ferrara seine Aufmerksamkeit zu erweisen, zu schätzen wusste. Und dass Don Alfonso, was immer man ihm berichtet haben mochte, von Madonnas schicklichem und bescheidenem Auftreten freudig überrascht war.

»Schön«, erwiderte sie und sah kurz zu den beiden hinüber, bevor ihr Blick wieder zu Don Giulio wanderte, angezogen wie Eisen von einem Magneten. »Oh mein Gott«, flüsterte sie. Sie packte mich am Ärmel, weshalb ich den Hund loslassen musste, der nun zwischen den Speisen herumhüpfte, »sie kommen zu uns«.

Es war nicht zu verkennen, dass sich die Männer unserem Tisch näherten, ganz allmählich und nach wie vor miteinander plaudernd, ohne in unsere Richtung zu blicken, damit weder ihr Herr noch Donna Lucrezia ihre Unschicklichkeit bemerken würden.

Von uns unbemerkt hatte sich Don Ferrante zu der Gruppe gesellt und stellte uns ihnen vor. Dabei blieb er zwischen uns und Don Alfonsos Männern stehen, als wäre er unsere Anstandsdame. Die Männer verbeugten sich, wir machten einen Knicks, dann standen wir verlegen im Kreis, plauderten über unsere Reise, das Wetter, die jeweiligen Vorzüge einer Reise nach Ferrara über Land und per Boot, den bevorstehenden Karneval und wie er in Rom und in Ferrara gefeiert wurde.

Angela sagte kein Wort. Meine weltgewandte, gebildete Freundin, die mit so viel Geschick Ippolito für sich gewonnen hatte, stand neben mir wie ein Bauernkind, zupfte sich verlegen am Rock, starrte auf den Boden, auf die Wandteppiche, auf den Hund, der auf dem Tisch zwischen den Tellern herumsprang, kurzum auf alles andere als das, wohin sie am liebsten geblickt hätte, nämlich in Don Giulios wunderschöne, veilchenblaue Augen.

6

Ferrara, im Februar 1502

Und niemals, niemals einfach nur glücklich …

Da Herzog Ercole verwitwet war, sollte seine Tochter Isabella, die Markgräfin von Mantua, Donna Lucrezia empfangen. Wie von den Umständen her zu erwarten, erfüllte Donna Isabella diese Aufgabe mit wenig Freude. An ihrem Hof hatten viele Zuflucht gefunden, die von Cesare aus der Romagna verbannt worden waren, darunter auch Madonnas erster Gemahl, Giovanni Sforza. Sie machte wenig Hehl aus ihrem tiefen Missfallen über die Brautwahl ihres Bruders und ihrer Abneigung gegen Madonna, die ihr als Herzogin von Ferrara nun auf dem Heimatboden den Rang ablaufen würde.

Don Alfonso und Donna Lucrezia hatten zwar beschlossen, den letzten Abschnitt nach Ferrara auf der Straße zurückzulegen, doch als Donna Isabella, begleitet von Don Giulio, in Malalbergo zu uns stieß, bestand sie darauf, dass wir per Boot weiterreisten.

»So werden wir uns verspäten«, beschwerte sich Don Alfonso und funkelte seine Schwester an.

»Aber ich bin schon bei Morgengrauen aufgestanden, um

Euch den *bucintoro* zu bringen«, entgegnete Donna Isabella, während sie in einer dramatischen Geste mit einem müden Augenaufschlag zu ihrem Bruder aufsah. Sie war klein und rundlich, hatte rötliches Haar und verbarg ihre unmodischen Locken in Frisuren, die es an Pracht mit der von Donna Adriana durchaus aufnehmen konnten. Sie hatte einen kleinen, verkniffenen Mund, eine plumpe, dicke Nase, aber schöne Augen. Und sie wusste ihre Vorzüge zu ihrem Nutzen einzusetzen.

Obwohl sich Donna Lucrezia in der Öffentlichkeit betont fröhlich gab, war uns in ihrem Umkreis bewusst, dass sie diese Begegnung fürchtete.

»Mir wäre es lieber, wenn sie ihren Gatten mit dieser Aufgabe betraut hätte«, murmelte sie, als Angela, Geronima und ich ihr beim Ankleiden halfen. Leise stimmten wir ihr zu. Wir hatten Don Francesco in Rom kennen und außerordentlich schätzen gelernt, trotz seiner wulstigen Lippen und seiner Nase, die aussah, als sei sie von einem schlecht gezielten Fußball zerschmettert worden. Gewöhnlich zeigte er ein Stirnrunzeln, weil er eitel war und meinte, dass seine Glupschaugen dadurch weniger auffielen, doch seine Leidenschaft für Vergnügungen konnte er nicht verbergen. Man sagte, er würde Donna Isabella hassen, weil sie Verstand hatte und ihn auch benutzte, und sich zahlreicher Mätressen sowie auch einiger seiner hübscheren Pagen bedienen.

»Vielleicht …« – Madonna hob die Arme und wandte uns den Rücken zu, damit Angela ihr Mieder schnüren konnte – »… finden wir eine Gelegenheit, sein Fehlen anzusprechen. Als leise Mahnung, was meinen Angetrauten zustoßen kann, wenn sie das Missfallen meines Vaters erregen. Oder das meines Bruders.« In ihrer Stimme schwang leise Ironie mit, was sie offenbar nicht ganz hatte verhindern können. »Mein Gott, Mädchen, nicht so fest. Wollt Ihr, dass ich Isabella Gonzaga ohnmächtig zu Füßen sinke?«

*

»Sie sieht aus wie eine aufgetakelte Kröte«, flüsterte mir Angela später zu, als sich die beiden Frauen am schlammigen Flussufer lächelnd umarmten. Wir hielten uns im Hintergrund, und während uns der eisige Wind Schneeregen ins Gesicht blies, versuchte Angela, Don Giulios Blick aus den violett schimmernden Augen zugleich anzuziehen und auszuweichen. Die braune Ebene, die sich vor uns erstreckte, wirkte düster und traurig.

Bei Torre del Fossa stiegen wir aus. Am Ufer des Kanals erwartete uns Herzog Ercole mit seinem gesamten Hofstaat. An der Spitze des Wachturms, der dem Dorf seinen Namen gegeben hatte, blitzte das Wappen der Este. Der Wind trug Gesprächsfetzen und Musik vom *bucintoro* des Herzogs herüber, dessen prächtige Galionsfigur, der doppelköpfige Adler der Este, fast ebenso hoch aufragte wie der Turm. Einige vierschrötige, schlichte Bauern wischten sich die Schneeflocken aus den Augen, als ihre neue Herzogin in einem goldgewirkten Gewand mit purpurroten Satinärmeln, das Haar funkelnd von Diamanten und Eiskristallen und mit einer taubeneigroßen Perle auf der bebenden Brust im Schlamm niederkniete, um ihrem Schwiegervater die Hand zu küssen. Wir hielten den Atem an. Don Ercole half Madonna hoch, küsste sie auf beide Wangen und verzog die schmalen Lippen zu einem Lächeln. Dann winkte er Catherinella herbei, damit sie ihrer Herrin den Schmutz von den Röcken klopfte. Wir atmeten vorsichtig aus.

Donna Lucrezia gesellte sich nun zum Herzog auf seine Barke, während wir in der anderen folgten. Sie ließen sich von den Musikern und Dichtern des herzoglichen Hofes mit Lobgesängen auf die Familien Este und Borgia unterhalten. Wir in der zweiten Barke blieben uns selbst überlassen, tranken heißen, gewürzten Wein und sahen, begleitet vom Ächzen und Platschen der Ruder, die trostlose Landschaft an uns vorbeiziehen. Mein spanisches Herz lechzte nach Farbe. Als ich zu Angela hinübersah, fragte ich mich, ob sie das Gleiche empfand, doch sie wirkte so in sich versunken, dass sie von der Umgebung wohl kaum etwas wahrnahm. Daher betrachtete ich die Ansammlung von Schatten, die sich hinter dem Gitterwerk der Uferpappeln am Horizont abzeichneten. Bei genauerem Hinsehen erkannte ich in den Schemen einen Klotz mit vier rechteckigen Türmen – mein erster Blick auf das Schloss der Este, das mein Zuhause werden sollte. Es wirkte trostlos, abweisend und unsagbar kalt.

»Man meint fast, Parisina Malatesta weinen zu hören«, sagte Angela erschaudernd. Parisina und ihr Geliebter Ugo d'Este, der ihr Stiefsohn und zugleich Herzog Ercoles ältester Bruder gewesen war, genossen in jenen Tagen nahezu die gleiche Berühmtheit wie Dantes Paolo Malatesta und Francesca di Rimini. Heute aber ist der Kerker, in dem die beiden gefangen gehalten und von Herzog Niccoló hingerichtet wurden, bekannt für andere Häftlinge, während Ugo und Parisina nahezu in Vergessenheit geraten sind.

*

»Als Erstes wird er Euch sicher zeigen, wo bei den Hinrichtungen der Richtblock stand.« Donna Isabellas Stimme verriet eine Mischung aus Bitterkeit und Triumph, als sie auf die

Rubine und Diamanten der Kette starrte, die einst ihrer Mutter gehört hatte und die nun Madonnas schlanken Hals schmückte. Wir standen auf der langen Treppe, die vom Haupthof des Corte Vecchio nach oben führte, wo der Savi und andere bürgerliche Würdenträger warteten, um ihre Begrüßungsansprachen zu halten. Donna Isabella stand auf der obersten Stufe, sodass Donna Lucrezia gezwungen war, zu ihr aufzusehen.

Sie musste gehört haben, dass Madonnas Pferd, aufgeschreckt durch ein plötzliches lautes Geräusch, während des Einzugs in die Stadt gescheut und sie abgeworfen hatte. Und zweifellos hatte es sie erzürnt, dass es Madonna gelungen war, dieses Missgeschick zu ihrem Vorteil zu nutzen, denn nachdem man ihr wieder auf die Füße geholfen hatte, rief sie der Menge im holprigen Dialekt der Einheimischen zu:

»Seht ihr, ich liebe sogar den Boden Ferraras.«

Die Umstehenden klatschten, jubelten und schwenkten die in Don Alfonsos Farben Rot und Weiß gehaltenen Wimpel. Jemand feuerte sogar eine Arkebuse ab, und der Herzog bestand darauf, dass Madonna ihren Weg auf bequemere Weise fortsetzte, damit sie nicht noch einmal abgeworfen wurde. Falls Donna Isabella gehofft hatte, Donna Lucrezias Liebreiz und ihr Glück, mit denen sie sich so elegant aus der Affäre gezogen hatte, seien damit erschöpft, stand ihr eine weitere Enttäuschung bevor.

»Ich glaube, der Gatte der Dame hat Ugo und Parisina unterhalb des Torre Marchesana eingekerkert, wo meine Wohnstatt sein wird«, erklärte sie ungerührt. »Mein Gemahl hat mich bereits darauf vorbereitet, dass mir sein Vater diesen Ort zeigen wird und die Kerkerpforten sehr niedrig sind.« Sie lachte die wie erstarrt wirkende Donna Isabella schelmisch an und umarmte sie schwesterlich. »Vielleicht meint er, mir stoße besonders leicht etwas zu und ich sei in Gefahr, mir den Kopf anzuschlagen.« Dabei tippte sie an ihr Diadem.

*

Herzog Ercole schlug vor, Madonnas römische Damen sollten sie beim Besuch der Hinrichtungsstätte begleiten, wo die dunklen Flecken auf einer der Bodenplatten einfach nur Feuchtigkeit, aber auch das ineinandergeflossene Blut des unglückseligen Liebespaares sein konnten.

Wir begannen unseren Besuch noch recht wohlgemut. Drei Nächte waren seit unserer Ankunft vergangen, und Donna Lucrezia hatten uns gegenüber zwar nichts verlauten lassen, doch sie schien mit ihrem Gatten zufrieden. Was man auch immer über ihn gehört haben mochte, über sein Trinken, seine Hurerei, die vielen Stunden in seiner Gießerei oder am Brennofen seiner Töpferei, die immer einmal wieder den nördlichen Teil des Schlossparkes in Brand setzten, so hatte er es an Aufmerksamkeit gegenüber seiner Gattin offenbar nicht fehlen lassen. Jeden Abend machte er sich auf den kurzen Weg durch die Galerie, die den Corte Vecchio mit dem Schloss verband. Dort traf er sich mit Madonna zu einem Abendessen in trauter Zweisamkeit und kehrte erst bei Morgengrauen in seine eigenen Gemächer zurück. An Madonnas trägem Lächeln, wenn wir ihr beim Ankleiden halfen, und an den dunklen Schatten unter ihren Augen, die wir mit Bleipulver und Veilchenöl verbargen, schlossen wir, dass Don Alfonso bei seinen Dirnen die eine oder andere erfreuliche Kunstfertigkeit gelernt hatte. Sie gewann sogar so viel Zuneigung zu ihrem Schoßhund, dass sie ihm einen Namen gab. Sie nannte ihn Alfonsino oder kurz Fonsi.

Ungeachtet Herzog Ercoles erzieherischer Absicht, deretwegen er uns Ugos und Parisinas Hinrichtungsstätte zeigen wollte, war unser Abstieg auf den Leitern zum Kerker mit viel Gekicher und Tändelei verbunden. Da wir unsere Röcke raffen mussten, bekamen die jungen Männer, die unten zu unserer Hilfestellung auf uns warteten, allerlei Fesseln, Schenkel und sogar Knie zu sehen. Doch der Frohsinn ließ nach und erstarb, als wir durch die schimmelige, enge Pforte traten, den schmalen, schleimigen Gang durchquerten und schließlich vor dem Verlies standen, das nicht viel breiter war als die Schleusen, mit denen der Wasserstand im Schlossgraben geregelt wurde. Hier also hatte Ugo d'Este seinem Vater getrotzt, seinen Beichtvater zum Teufel geschickt und sein Leben der Liebe geopfert.

Der Herzog bot Madonna seinen Arm, sie aber schüttelte leicht den Kopf, nahm eine Fackel und trat unter dem niedrigen Türsturz mit gebeugtem Kopf allein in das Verlies.

Als sie wieder herauskam, war sie bleich. Im Schein der Fackeln schimmerten Schweißtropfen auf ihrer Stirn, und ihre Miene war ernst und unergründlich. Wie bei einer Maske zog sie die Aufmerksamkeit auf ihre Augen, in deren dunklen, weiten Pupillen ich fast meinte, die Geister der zu Tode gemarterten Liebenden zu sehen. Doch dann war der Moment vorüber, und höfliches Lachen ertönte in den nasskalten Gemäuern, als sie sagte:

»Nur gut, dass keiner der beiden die Gefangenschaft an diesem Ort allzu lange ertragen musste. Zorn und Mitgefühl Eures Vaters haben sich wohl ebenso glücklich vereint wie das Blut der Verräter, Euer Gnaden.«

Ich habe mich oft gefragt, ob sie sich in den folgenden Jahren an diese Worte erinnerte. Selbst wenn sie sie später bedauert haben sollte, an diesem Tag zumindest erfüllten sie bei Herzog Ercole ihren Zweck. Zu Donna Isabellas Verdruss beschenkte er Donna Lucrezia nun mit dem Familienschmuck, den ihr Ippolito bei ihrer Vermählung in Stellvertretung noch vorenthalten hatte. Don Ercole war von ihr gefesselt, was nicht nur an ihrer Schlagfertigkeit lag, sondern auch an ihrem Verhandlungsgeschick, Schwester Osanna nach Ferrara zu holen, und an ihren ausgezeichneten Kenntnissen in der Kunst der Falknerei. Für Angela war die Großzügigkeit des Herzogs allerdings ein Beweis dafür, wie gut sich Donna Lucrezia mit Männern verstand. Ich als Tochter meines Vaters hielt die Juwelen hingegen nur für eine vorübergehende Leihgabe, im Gegensatz zu Madonnas Mitgift, jenes Geld, mit dem sie die Kosten ihres Hofstaates bestreiten sollte und das noch immer in einer festen Truhe in Herzog Ercoles Schatzkammer lagerte.

»Diese Isabella ist eine solche Heuchlerin«, sagte Angela, als wir in unserem Zimmer allein waren. »Wusstest du, dass ihr ältester Sohn Luisa versprochen ist?«

»Luisa?« Wen meinte sie damit?

»Ja, Luisa. Cesares Tochter.«

Natürlich, das Kind musste ja einen Namen haben. Zweifellos hatte ich ihn zuvor schon einmal gehört, doch weder von ihr noch von seiner Frau etwas wissen wollen. Die Herren aus Cesares Hofstaat, die uns nach Ferrara begleitet hatten, waren nach wie vor bei uns im Schloss, für den Karneval, hatte ich mir eingeredet, nur für den Karneval. Doch wenn dem so wäre, hätte der Herzog sie längst fortgeschickt, damit sie sich in Herbergen oder in den Häusern der bessergestellten Bürger einquartierten. Herzog Ercole ging äußerst knauserig mit den Ausgaben für seinen Haushalt um, außer sie betrafen sein Orchester, seine Nonnen oder seine Schar von langhaarigen, blauäugigen Perserkatzen.

Cesares Herren hielten sich weiterhin im herzoglichen Schloss auf, weil man die Ankunft seiner Frau, der Prinzessin Charlotte, und ihrer Tochter erwartete, und man in Ferrara, wenn man nicht gerade mit den Venezianern liebäugelte oder den Kaiser aufmerksam im Blick behielt, seine Interessen mit denen Frankreichs abstimmte. Ob Cesare zu diesem Anlass nach Ferrara kommen oder seine Frau in Rom oder irgendwo in der Romagna treffen würde, wusste niemand.

»Ach«, sagte ich. Charlotte d'Albret galt als eine der schönsten Frauen Frankreichs. Sie war eine Cousine der Königin, tugendhaft und ihrem Gatten treu ergeben, obwohl er seit ihrer Vermählung kaum vier Monate bei seiner Frau verbracht hatte. Was sonst ließ sich noch über sie sagen?

»Ich würde gern wissen, ob sie hier erscheint. Charlotte, meine ich. Vielleicht zum Karneval. Ein jeder Ausländer möchte gern einmal den Karneval in Italien erleben.«

*

Aber Charlotte kam nicht zum Karneval. Das Wetter in den Alpen, so hieß es, habe ihre Reise verhindert.

»Warum ist sie dann nicht übers Meer gereist?«, fragte Angela. »Ich hätte sie gern einmal gesehen.«

»Vielleicht kommt Cesare trotzdem.«

»Ja, vielleicht.«

Aber er kam nicht. Nur seine Frau, schien es, hätte ihn nach Ferrara locken können.

So musste ich mich damit begnügen, vom Balkon über dem großen Bogengang, der vom Corte Vecchio auf die Piazza führte, den Possen seiner Herren zuzusehen.

Wenn wir uns weit genug über die Brüstung lehnten, konnten wir einen Blick auf die Bronzestatue von Herzog Borso auf der einen Seite des Bogendurchgangs erhaschen. Man hatte ihr eine spitze Papiermütze mit einem Federbusch aus Pferdehaar aufgesetzt. Und wenn wir die Hälse zur anderen Seite reckten, erblickten wir seinen Vater, Herzog Niccoló, vor dessen ernstem Gesicht die Maske eines mit grob geschnitzten Holzhörnern gekrönten Hahnreis prangte. Niemand wusste, wer die Säulen unter den Statuen hinaufgeklettert war und sich über Borsos Scharfsinn mit einer Narrenkappe lustig machte oder die Stadt an die Untreue von Niccolós Frau erinnerte, doch es geschah jedes Jahr aufs Neue. Und obwohl Herzog Ercole ein stolzer Mann war, versuchte er nie, den Übeltäter zu finden oder die Verkleidungen zu entfernen, und das Volk liebte ihn dafür.

*

Die Entbehrungen der Fastenzeit zogen sich für uns in die Länge, denn Herzog Ercole weigerte sich weiterhin, Madonna ihr Brautgeld auszuhändigen. Mehrere ihrer spanischen Musiker waren bereits gezwungen gewesen, nach Rom zurückzukehren, da ihr die Mittel für deren Unterhalt fehlten. Madonna hoffte womöglich, dass der Heilige Vater erfuhr, zu welchen Einschränkungen seine Tochter gezwungen war, und dem alten Herzog mit der Exkommunikation drohen würde, wenn er die Truhen nicht aufschloss. Doch was immer sie auch hoffte, sie hielt entschlossen daran fest, die neuen Umstände mit ihrem Lächeln, ihrem Liebreiz und ihrer Duldsamkeit zu meistern, und falls sie sich in den Schlaf weinte, erfuhren wir es nicht, weil Nacht für Nacht Don Alfonso bei ihr war.

Unsere Tage waren geprägt von den Gottesdiensten, denen sich gewöhnlich ein Besuch bei Schwester Osanna in ihrem neuen Domizil im Kloster Santa Caterina anschloss.

»Ich nehme an, Schwester Osanna wird sich noch besser einleben, wenn sie ein vertrautes Gesicht sieht«, meinte Donna Isabella, die uns einmal begleitete. »Gewiss ist es eine Ehre für ganz Mantua, dass Euer Hoheit ihr so viel Aufmerksamkeit schenkt. Ich habe mich aber oft gefragt, ob sie das Reisen gut übersteht.«

»Als wir hierher unterwegs waren, wirkte sie recht zufrieden«, entgegnete Donna Lucrezia, während wir im Klosterhof darauf warteten, dass man uns den Kutschenschlag öffnete. »Meint Ihr nicht auch, Violante?« Wieder einmal hatte Madonna mich zur Begleitung gewählt, da dies meine Erziehung zur Christin fördern sollte, aber auch, weil sie mir dann die Betreuung von Fonsi überlassen konnte, den sie mittlerweile überallhin mitnahm.

»Kein Zweifel, unsere Freude hat sich auf sie übertragen, Madonna.«

Donna Lucrezia schenkte mir ein schwaches, aber dankbares Lächeln. Sie wirkte blass, die runden Wangen waren leicht eingefallen. Jetzt glich sie Cesare in einem Maße, dass ich sie kaum ansehen konnte. Wie gut, dass meine Stellung verlangte, den Blick meist zu Boden zu richten.

»Wie auch immer«, entgegnete Donna Isabella und schob sich ein glasiertes Minzblättchen in den Mund. »Ich hatte den Eindruck, sie würde wieder mit ihren Prophezeiungen beginnen. Durch die ganze Aufregung hätte sie einen Rückschlag erleiden können. Man hätte ihr ein wenig mehr Zeit geben sollen, wenn man mich fragt.«

Ein Funkeln in Donna Lucrezias Augen verriet mir, dass

sie ähnlich dachte wie ich, nämlich dass Donna Isabella ihre Meinung in der Regel freigiebig und wohl auch ungefragt kundtat.

Der Kutscherjunge stellte einen Tritt vor den Schlag, und ich trug das Hündchen hinunter, damit es sich erleichtern konnte. Dann half ich Donna Lucrezia beim Aussteigen, während Catherinella ihre Schleppe ordnete. Seit zwei oder drei Wochen hatte Madonna keinen rechten Appetit mehr und wirkte schwach. Sie habe sich verkühlt, beharrte sie, wahrscheinlich als Folge des Wetterumschwungs. Doch wir Hofdamen vermuteten eher, dass sie schwanger war. Schließlich hatte ihr Don Alfonso jede Nacht beigewohnt, und offensichtlich hatten die beiden die Zeit nicht damit verbracht, Karten zu spielen, wie Angela mit unverkennbarer Eifersucht in der Stimme feststellte. Es wurden bereits Wetten abgeschlossen, und wir Damen warteten ebenso aufmerksam auf Madonnas nächste Monatsblutung wie jene, die zwar einen Liebhaber, aber keinen Gatten hatten.

Eine Novizin leitete uns in den Empfangsraum der Nonnen, der durch ein schmiedeeisernes Gitter in zwei Hälften geteilt war. Auf unserer Seite gab es Polstersessel und einen Krug Wein sowie einen Teller mit ungesüßten Haferkeksen, den Catherinella für uns hielt. Auf der anderen Seite des Gitters hockte Schwester Osanna auf einem Schemel und nippte Wasser aus einem irdenen Becher, um die nagenden Hungergefühle der Fastenzeit zu betäuben. Neben ihr saß die ebenfalls Stigmata tragende Schwester Lucia da Narni, die von Herzog Ercole mit der Aussicht auf ein neues prächtiges Kloster aus Viterbo nach Ferrara gelockt worden war.

»Sie wirkt kränklich«, sagte Donna Isabella. Zuerst dachte ich, das gelte Donna Lucrezia, und wunderte mich über ihre Unverblümtheit. Dann sah ich, dass sie ihren Blick durch das Gitter auf Schwester Osanna gerichtet hielt.

»Ob sich die Wunden entzündet haben? Könnt Ihr es sehen, Lucrezia?« Donna Isabella verdrehte den Kopf, wobei ihre Perlenkette in der Speckfalte zwischen Hals und Schulter verschwand. »Der Verband sieht jedenfalls sauber aus. Etwas anderes hätte ich auch nicht erwartet. Schwester Lucia setzt höchste Maßstäbe. Macht sich jeden Abend daran, eigenhändig den Kirchenboden zu wischen, außer sie ist in einer ihrer Trancen. Nicht wahr, Schwester?«

Donna Isabella, deren rundliche Finger bereits zur Dose mit den Minzblättern gewandert waren, besann sich eines Besseren und wandte sich stattdessen den Haferkeksen zu. Zugleich richtete Schwester Osanna ihren Blick fest auf Donna Lucrezia und sagte mit ihrer lauten, ausdruckslosen Stimme: »Du musst auf die Grundfesten achten, meine Tochter. Es mag sein, dass man dort Feuer legt. Gib ihm keine Luft zum Brennen.«

Ich hatte Angst, wie Madonna in ihrem gebrechlichen Zustand dies aufnehmen würde, doch sie runzelte nur die Stirn, als habe man ihr ein Rätsel vorgesetzt, zu dem ihr die Lösung fehlte.

»Vielleicht meint sie mich mit ihren Worten«, vermutete Donna Isabella hoffnungsvoll unter einem Sprühregen von Krumen, die die Aufmerksamkeit des kleinen Hundes auf meinem Schoß weckten. Aber Schwester Osanna nahm sie kaum wahr. Ihre Augen, fiel mir auf, lagen flach in den Höhlen wie Pfützen silbrigen Wassers.

Eine fiebrige Röte erschien auf Donna Lucrezias Wangen, und Ärger blitzte in ihren Augen auf. »Das glaube ich nicht«, erwiderte sie. »Denn Schwester Osanna hat ihre Prophezeiungen in meinem Beisein in Rom verkündet.« Sie hatte ihre Worte sorgfältig gewählt, doch wenn sie ihrer Gereiztheit nachgab, bestand die Gefahr, dass sie mehr verriet, als beabsichtigt.

Als Donna Isabella fragend die Augenbrauen hochzog, fühlte ich mich zu einer Bemerkung verpflichtet, was immer sie auch für Folgen haben mochte. »Sie hat meiner Dame versichert, dass ihre Ehe mit Don Alfonso glücklich und fruchtbar sein wird, Madonna.« Gut, jetzt war es gesagt, doch zumindest hatte ich Cesare davor bewahrt, dass man die Einzelheiten jener seltsamen Begegnung zwischen ihm und Schwester Osanna in Rom ausbreitete, deren Zeugin ich gewesen war.

Ich wartete auf Donna Lucrezias Zurechtweisung für meine Kühnheit, doch sie blieb aus. Donna Isabella hingegen zog die Augenbrauen noch ein wenig höher. »Das kann man ja wohl kaum eine Prophezeiung nennen«, schnaubte sie verächtlich.

»In Anbetracht der Abneigung Eurer Familie gegen unsere Verbindung würde ich es eher ein Wunder nennen.« Donna Lucrezias Erwiderung folgte so rasch und hart, als hätte sie einen französischen Tennisball geschlagen.

Da gab Donna Isabella klein bei. »Wie auch immer. Allerdings erstaunt es mich, dass Ihr Euren Damen solche Freiheiten erlaubt. Ihr hättet nicht anstelle Eurer Herrin das Wort ergreifen dürfen, Mädchen.«

»Monna Violante und ich sind von gleicher Denkungsart, nicht nur in dieser Angelegenheit, sondern auch in vielen anderen.« Donna Lucrezia wandte mir ihren Blick zu, und als ich dessen Kraft spürte und die Freimütigkeit in ihren grauen Augen sah, war mir, als würde man einen lange abgedunkelten Raum wieder dem Tageslicht öffnen. Natürlich hatte sie von Anfang an gewusst, wie es zwischen Cesare und mir stand. Anders konnte es gar nicht sein. Und sie hatte deshalb nichts gesagt, weil es nichts zu sagen gab.

An jenem Abend speiste Donna Lucrezia zwar wie gewöhnlich gemeinsam mit Don Alfonso, doch diesmal schlief sie allein. Wir Hofdamen rätselten ausgiebig, welche Ausrede sie gegenüber ihrem Gemahl gebraucht hatte und ob sie der Wahrheit entsprach.

Mitten in der Nacht wachte ich auf. Zunächst meinte ich, ich sei von einer der Klosterglocken geweckt worden, die zur Morgenandacht rief, doch dann drang das verzweifelte Schluchzen einer Frau an mein Ohr, so herzerreißend, dass es mich aus den Träumen gerissen hatte. Das Geräusch kam aus der Richtung von Donna Lucrezias Ankleidezimmer, das von Angelas und meiner Kammer nur durch eine zweiflügelige Tür getrennt war.

Ich hüllte mich in meinen Morgenrock, entzündete an der Glut unseres Feuers eine Kerze und sah nach meiner Herrin. Sie saß an dem Tisch, auf dem gewöhnlich ihre Schönheitsmittel und Parfüms standen, aber nun lag dies alles auf dem Boden. Madonna hatte den Kopf auf die Hände gestützt, zwischen ihren Ellbogen lag ein kleines, mit Goldfäden verziertes und samtgefüttertes Kästchen, das wohl einmal ein Schmuckstück enthalten hatte. Sie starrte so angestrengt hinein, dass ich fürchtete, sie habe etwas verloren oder etwas sei ihr gestohlen worden.

»Madonna?«

Sie schien nicht überrascht, mich zu sehen. »Ich habe geträumt«, erklärte sie, während sie sich mir zuwandte. Ihre Augen waren verquollen, und ihre Nase lief. »Von Ugo und

Parisina.« Zähneklappernd vor Kälte brachte sie kaum die Worte heraus. Ich zog meinen Morgenrock aus und legte ihn ihr über die Schultern.

»Ich kann das nicht, Violante. Ich dachte, ich könnte, aber es geht nicht.« Wieder ließ sie den Kopf auf die Hände sinken, umklammerte Strähnen ihres gelösten Haares und ließ ihre Tränen in die geöffnete Schatulle fallen. »Auf Schritt und Tritt werde ich beobachtet. Wisst Ihr, warum ich hier in diesem Zimmer bin? Weil ich herausgefunden habe, dass eines der Felder in der Deckenverkleidung meines Schlafgemachs lose ist.«

»Dann sollte das wohl repariert werden, Madonna.«

Sie fasste sich wieder ein wenig, war nun aber eher empört als betrübt. »Und was befindet sich über meinem Schlafgemach? Der Dachboden. Wo mein Gemahl seine Fernrohre zum Beobachten der Gestirne aufgestellt hat. Zumindest dachte ich das.« Sie wischte sich mit dem Handrücken über die Nase. Ich fing an, die Fläschchen und Gläser vom Boden aufzuheben, denn mir war kalt, und ich musste etwas tun, um mich aufzuwärmen. Doch als ich die Schatulle zur Seite schieben wollte, griff sie schnell danach und drückte sie an ihre Brust, als enthielte sie etwas weit Kostbareres als ihre Tränen.

»Was kann Schwester Osanna mit ihren Worte heute Nachmittag nur gemeint haben?«, fragte sie.

»Ich weiß es nicht, Madonna. Vielleicht, dass Ihr nach Kräften danach streben müsst, Eurer Ehe stabile Grundfesten zu geben.«

»Ich fürchte, es war nicht so einfach und zugleich auch viel scharfsinniger«, sagte sie und starrte über die sich überschneidenden Lichtkegel unserer Kerzen in die Dunkelheit. Dann klappte sie die Schatulle zu und wandte sich wie jemand, der gerade eine Entscheidung getroffen hatte, zu mir um. »Wenn ich es richtig verstehe, hatte sie recht, und ich muss stets auf die Grundfeste achten. Es ist … ja, es ist, wie es ist, Violante.« Die Schatulle nach wie vor an die Brust gepresst, streckte sie die freie Hand nach mir aus und hielt mich am Ärmel meines Nachthemds fest. »Was immer künftig auch geschehen mag, wir dürfen nie vergessen, dass unter all dem hier, unter dem neuen Schmuck der Räume, dem eleganten Mobiliar, der Musik und allem anderen, das Verlies mit den beiden Liebenden ist.«

Ich schauderte.

»Nein, nein. So meinte ich es nicht. Keine Geister, sondern die Liebe. Die Macht der Liebe. Versteht Ihr?«

Ich nickte, aber ich verstand kein Wort. Ich wünschte mir nur noch das Ende dieses Gesprächs herbei, damit ich zu Angela unter die Decken kriechen und mir an ihren weichen Waden die Füße wärmen konnte. »Lasst mich Euch helfen, Madonna. Ich bringe Euch wieder ins Bett.«

»Nun gut. Aber blast die Kerzen aus. Für den Fall, dass er mich beobachten lässt.«

»Soll ich Euch das abnehmen?« Ich legte die Hand auf die Schatulle, doch sie umklammerte sie nur noch fester.

»Ist schon gut. Darum kümmere ich mich selbst. Aber eins noch, Violante.«

»Ja, Madonna?«

»Wenn mir etwas zustoßen sollte, müsst Ihr dafür sorgen, dass Cesare sie bekommt. Er wird wissen, was es damit auf sich hat.« Sie hielt inne, aber ihre Lippen bewegten sich, als könnte sie sich nicht entscheiden, ob sie noch etwas sagen oder es lieber für sich behalten sollte. »Diese kleine Schatulle enthält mein ganzes Leben«, meinte sie schließlich. Dann gähnte sie, als hätte sie damit ihre letzten Kräfte aufgebraucht. Weil ich nichts zu erwidern wusste, blies ich wie gewünscht die Kerzen aus und führte sie zurück in ihr Schlafgemach.

Da ich meine Kerze im Ankleidezimmer nicht wiederfinden konnte, stolperte ich blind in mein Bett. Ich kroch nicht zu Angela unter die Decke, weil ich sie nicht aufwecken wollte, um ihr nicht von meinem Gespräch mit Donna Lucrezia berichten zu müssen. Über unsere Begegnung sprach ich mit niemandem. Als wir am nächsten Morgen Donna Lucrezia ankleideten und bei Wein, Wasser und frischen weißen Brötchen darüber schwatzten, was der Tag bringen würde, verhielten wir uns beide so, als hätte das Gespräch nie stattgefunden.

*

Kurz vor Beginn der Karwoche traf Ippolito aus Rom ein. Er führte einen Tross von Gepäck mit sich, der fast ebenso lang war wie jener, der uns nach Ferrara begleitet hatte. Auf dem Balkon der Camera Dal Pozzolo, wo wir gewöhnlich beim Nähen saßen und tratschten, wenn wir für Donna Lucrezia keine offiziellen Pflichten zu erfüllen hatten, sprang Angela auf und hüpfte wie ein kleines Mädchen umher. Es dauerte fast eine Stunde, bis der ganze Zug von Maultieren, Wagen, Ochsenkarren und Kisten auf Tragen, die umherschwankten wie ein Tabernakel, die Piazza überquert hatte.

Schon vorher hatte sich Ippolito zu uns auf den Balkon gesellt, nachdem er erfahren hatte, dass sich sein Vater auf der Jagd im Barco befand. Offenbar zog er unsere Gesellschaft der seiner Brüder vor. Als man sein Kommen meldete, stürmte Angela wie ein Wirbelwind auf ihn zu und warf sich in seine Arme, sodass er ein wenig wankte und benommen lächelte. Da Angela die jüngste Verkleinerung von Madonnas Hofstaat im Gegensatz zu Cousine Geronima und Donna Adriana unbeschadet überstanden hatte, die beide gezwungen gewesen waren, in Begleitung von Cesares Herren nach Rom zurückzukehren, hielt sie ihre Stellung in Ferrara offenbar für ausreichend stark, um alle Zurückhaltung fahren zu lassen.

Vielleicht aber hatte sie auch einen anderen Grund, ihre Zuneigung so offen zur Schau zu stellen. Dass sie nicht mehr von Giulio sprach, beruhte gewiss nicht darauf, dass er es an Aufmerksamkeit mangeln ließ. Ich hatte die beiden zwar noch nie allein gesehen, doch mir war aufgefallen, dass er bei der Messe gern einen Platz in ihrer Nähe suchte, stets bereit war, ihr beim Anlegen eines Gürtels zur Hand zu gehen, ein ihr entglittenes Buch aufzuheben oder ihre Laute mit neuen Saiten zu beziehen, wenn sie über die vom Spielen schmerzenden Finger klagte. Aus ihren Unterhaltungen war nichts anderes als der übliche höfliche Ton herauszuhören, doch ihre Körper sprachen eine ganz andere Sprache. Aber bevor sie nicht zu einem Einverständnis gefunden hatten, würde sich Angela die Zuneigung des Kardinals nicht verscherzen wollen.

»Ach«, rief Ippolito, »was für eine Begrüßung. Sagt mir, wo ist Eure Herrin? Ich muss sie unverzüglich dafür tadeln, dass ihre Damen es an Schicklichkeit mangeln lassen.« Dabei bebte seine Stimme leicht vor Überraschung und Freude. Er tat mir leid. Mehr noch, ich verspürte eine unheilvolle Ahnung, den Drang, ihn zu warnen, obwohl ich nicht wusste, wovor.

»Meine liebe Patentochter! Geht es Euch gut? Ihr wirkt ein wenig … geistesabwesend. Es liegt doch wohl nicht wieder am Wein, hoffe ich?« Ich war dazu verdammt, bei jeder Begegnung mit Ippolito aufs Neue in Verlegenheit gebracht zu werden, doch ich verbarg meine Verärgerung darüber. Er meinte es nicht böse, im Gegenteil, mit diesem Scherz wollte er mir zeigen, dass er mir vergeben hatte.

»Ach, es ist ihr Herz, das leidet, nicht ihr Magen«, neckte mich Angela, die den Kardinal untergehakt hatte und deren Rock mit seiner Soutane verschmolz.

»Noch immer? Nun, dafür wüsste ich ein Heilmittel.« Dabei klopfte er auf eine Ledertasche an seinem Gürtel. »Doch zunächst muss ich meine Schwägerin Donna Lucrezia sprechen. Wo steckt sie? Oder ist sie etwa auch auf der Jagd?«

»Nein, sie ist heute im Bett geblieben. Sie konnte ihr Frühstück nicht bei sich behalten. Wir glauben, sie ist …« Angela wölbte die freie Hand vor dem Bauch, ehe sie, den Mund an Ippolitos Ohr, leise flüsterte, *»enceinte.«*

»Nun, das hört man gern. Und so rasch. Wie es aussieht, ist mein Bruder seinen Pflichten gewissenhaft nachgekommen.«

»Oh ja, gewissenhaft.« Angela wiederholte das Wort so betont, als würde aus ihrem hübschen Mund Evas Schlange zischen.

Ein Heilmittel, dachte ich, den Blick auf Ippolitos Ledertasche geheftet. Ein Brief, das muss es sein, ein Brief von Cesare. Warum gibt er ihn mir nicht gleich? Warum möchte er erst Donna Lucrezia sprechen?

»Ich werde nachsehen, ob sie in der Lage ist, Euch zu empfangen«, erklärte ich und erhob mich mit solcher Hast, dass der Kragen, den ich bestickte, in einem Gewirr von Nadeln und bunten Fäden zu Boden fiel. Als ich zur Tür eilte, hörte ich Angela lachen.

Obwohl es leicht nach Erbrochenem und nach ungelüfteten Laken roch, empfand ich die Stille im Schlafgemach beruhigend. Die Vorhänge am Bett waren zurückgezogen, die am Fenster jedoch nicht. Catherinella stand neben der Bettstatt und fächerte ihrer Herrin mit einem paddelartigen Fächer Luft zu. Der Schoßhund lag in Donna Lucrezias Armbeuge und schnarchte leise.

»Wie fühlt Ihr Euch, Madonna?«

Sie winkte matt, und Catherinella hörte auf zu fächeln.

»Soll ich die Fensterläden öffnen? Die Luft ist ziemlich abgestanden, und draußen ist ein schöner Morgen.«

Stirnrunzelnd schüttelte sie den Kopf. »Ich habe furchtbare Kopfschmerzen, Violante.« Sie klang wehleidig wie ein kleines Mädchen.

»Es gibt Neuigkeiten, die Euch hoffentlich aufmuntern werden, Madonna. Kardinal Ippolito ist aus Rom eingetroffen und hat Briefe mitgebracht. Er würde Euch gern aufsuchen.«

»Ich habe mich bereits gefragt, was es mit diesem Lärm auf sich hat.« Donna Lucrezia lächelte, und ich meinte zu sehen, dass ihre Wangen wieder ein wenig Farbe bekamen. »Vermutlich hat er wieder so wenig Gepäck dabei wie üblich?«

»Das Ende seines Zuges hat wahrscheinlich noch nicht einmal das Stadttor passiert, Madonna.« Wir lachten. Fonsi wurde wach und wedelte mit seinem kleinen buschigen Schwanz.

»Nun«, sagte Donna Lucrezia, während sie sich ein wenig aufrichtete, »ich glaube, heute Morgen werde ich mich nicht noch einmal übergeben. In meinem Magen ist bestimmt kein einziger Tropfen mehr.«

»Das ist doch ein gutes Zeichen.« Mir war nicht entgangen, dass sich ihre Übelkeit auf die Vormittage beschränkte.

»Das wollen wir hoffen, meine Liebe.« Mehr wollte sie offenbar nicht dazu sagen. »Catherinella, hol mir frisches Wasser, damit ich mich waschen kann, und teile dem Kardinal mit, dass ich ihn in einer halben Stunde empfangen werde.« Ich runzelte die Stirn, denn Madonna ließ sich für ihre Morgentoilette in der Regel viel Zeit.

»Nein, lieber in einer Stunde, Catherinella. Bis dahin wird er sich bestimmt zu beschäftigen wissen.«

Eine Stunde, noch eine Stunde. »Soll ich den Hund ausführen, Madonna?«

»Nein, bleibt hier und helft mir bei der Toilette. Und lasst Licht herein. Ich werde mehr als das brauchen, um schicklich auszusehen. Und meine Briefe zu lesen.«

Frei zu sprechen fiel mir leichter, wenn ich ihr den Rücken zuwandte. Als ich die Vorhänge festband, folgte mein Blick einer umherjagenden Schwalbe am klaren, blassen Himmel über dem glitzernden Wasser des Schlossgrabens. Es wehte nur eine leichte Brise. »Seine Eminenz gab mir zu verstehen, dass er auch für mich einen Brief mitgebracht hat«, sagte ich. Ich hörte die Betttücher rascheln, Seide knistern und einen sanften Aufschlag, als Madonna sich aufrichtete und der Hund auf den Boden hinabsprang.

»Von Herzog Valentino?« Zuneigung klang in ihrer Stimme mit, ob für ihn oder mich, konnte ich jedoch nicht sagen. Donna Lucrezia schlug die Decken zurück und schwang die Füße auf den Boden.

»Ja.«

»Ich hoffe, er hat Euch geschrieben«, sagte Donna Lucrezia und tätschelte mir die Hand, als ich ihr auf die Beine half.

Weil ihr zum Ankleiden, wie sie meinte, die Kraft fehlte, ließ sie sich die Haare lediglich zu einem Zopf flechten, den sie sich über die Schulter legte, und empfing Ippolito in einem Sessel, in einen violetten Samtumhang gehüllt. Dazu trug sie ebenfalls violette Pantoffeln in türkischem Stil. Während sie Nettigkeiten über Madonnas Gesundheit und Ippolitos Reise austauschten, wartete ich so gespannt, dass ich kaum die Beine stillhalten konnte. Die hohe Kunst der Konversation kann uns gelegentlich als unsägliche Zeitverschwendung erscheinen. Schließlich hatte Madonna Erbarmen mit mir.

»Habt Ihr mir Briefe mitgebracht?«, fragte sie.

»Ja.« Ippolito schnallte die Tasche los und zog ein Bündel Pergamente hervor, deren Siegel wie eine Traube leuchtend bunter Wachsfrüchte herabhingen. »Von Seiner Heiligkeit, der noch immer den Tränen nahe ist, sobald Euer Name fällt, und der Euch tadelt, dass Ihr ihm nicht jeden Tag schreibt. Und dieser ist von Monna Vannozza. Von Eurer ehrenwerten Mutter.«

Madonna blickte den Brief ihrer Mutter missbilligend an und legte ihn neben ihrem Sessel auf den Boden.

»Und hier sind die von Eurem erlauchten Bruder.«

Das Bündel enthielt drei Briefe. Donna Lucrezia fächerte sie auf wie ein Kartenblatt, zog einen heraus und hielt ihn mir entgegen. »Ich glaube, das ist, worauf Ihr gewartet habt, Violante.«

»Danke, Madonna.« Ich musste all meine Willenskraft aufwenden, um ihn nicht aufzureißen und aus dem Zimmer zu laufen. Ich schob ihn in meine Rocktasche, wo eine steife

Ecke des Pergaments an meinem Oberschenkel scheuerte, wann immer ich mich bewegte.

»Ihr dürft ihn ruhig lesen«, sagte Donna Lucrezia.

»Danke, Madonna, aber ich … ich möchte lieber warten.«

»Ich glaube, Fonsi würde gern ausgeführt werden.« Es stimmte, der Hund beschnüffelte die Zimmerecken, als würde er nach einer Stelle suchen, an der er sich erleichtern konnte. »Vielleicht bringt Ihr ihn besser nach draußen, ehe er sich im Beisein des Kardinals schlecht benimmt. Und schickt mir auf dem Weg Donna Angela herein.«

»Danke, Madonna.« Nachdem ich Fonsi auf den Arm genommen und den Knicks vergessen hatte, flog ich geradezu aus dem Raum, stürmte wie ein Wirbelwind die Treppe hinunter, steckte rasch den Kopf in die Camera Dal Pozzolo, um Angela zu Madonna zu schicken, und lief schließlich in den Garten. Aber auch hier fand ich kaum Ruhe. Don Alfonso hatte mit der Renovierung des ursprünglich für seine Mutter gebauten Badehauses begonnen, und nun tummelten sich hier die Handwerker. Ohne ihre Neckereien zu beachten, eilte ich in den Laubengang und setzte mich auf eine der Marmorbänke, die dort standen.

Ich zog den Brief aus meiner Tasche und betrachtete ihn. Die Sonne malte ein Spiel aus Licht und Schatten auf meine Hände, das steife Pergament und das Siegel an dem purpurroten Band, das es zusammenhielt. Meine Finger glitten über die Adresse, hielten an einem Klecks inne, wo das »l« zum »a« überging, und kratzten mit dem Nagel an einem verirrten Tropfen Siegelwachs. Nicht gerade die ordentlichste Handschrift, dachte ich, und in mir wallte ein solches Liebesgefühl auf, dass ich den Gärtner anlächelte, der Fonsis Hinterlassenschaften mit einer Schaufel wegräumte.

Meine Finger waren schweißnass, als ich das Siegel erbrach. Cesare hatte lange geschwiegen, und gewöhnlich galt sein Schweigen als Auftakt zum Aufblitzen eines Mörderdolches im Mondschein oder dem lautlosen Rieseln von Gift in ein Glas. Was hatte Cesare mir zu sagen?

Meine Dame,

Nun, das war kaum die Art, wie ein heißblütiger Liebhaber den Brief an seine Angebetete beginnen würde.

meine erlauchte Schwester, Herzogin Lucrezia, deren Wünschen ich mich in allem füge, hat darauf bestanden, dass ich Euch schreibe, um Euch aus Eurem Elend zu befreien. Natürlich schmeichelt es mir, angeblich eine solche Macht über Euren Seelenfrieden zu besitzen. Ich bin mir jedoch gewiss, dass alles Leid, unter dem Ihr seit Eurer Abreise aus Rom leidet, eine Folge der Trennung von Euren Freunden und Eurer Familie sowie der Härten einer Reise im tiefsten Winter sein muss. Doch nun, da Ihr, Gott sei Dank, sicher in Ferrara eingetroffen seid, wird sich Eure Stimmung in dieser hübschen, wohlhabenden Stadt sicherlich gehoben haben, und Ihr werdet meinen Brief vergessen, kaum dass Ihr ihn gelesen habt.

Hier war eine Lücke zwischen den Zeilen, eine Pause zum Luftholen. Vielleicht hatte er sein Schreiben an dieser Stelle beiseitegelegt und es später fortgeführt.

Violante, meine Schwester ermahnt mich, Euch die Wahrheit über mich zu berichten. Ihr hättet dies durch Eure Treue verdient. Beginnen wir mit der Wahrheit über meine Schwester.

Der Grund, weshalb sie und meine ehrbare Mutter jede Begegnung von Angesicht zu Angesicht vermeiden, liegt darin, dass sie dickköpfig wie Esel sind und keine Widerrede dulden. Ich bin zu sehr beschäftigt, um mich auf einen Streit mit Donna Lucrezia einzulassen, deshalb bemühe ich mich, ihrem Willen nachzugeben. Was Ser Castiglione sicherlich gutheißen würde, hat er mir doch oft vorgeworfen, ich würde mich der List meines Charmes bedienen, um die schimpfliche Tatsache zu verbergen, dass ich kein richtiger Höfling bin, der sich von ganzem Herzen und mit gezückter Klinge dem Dienst am schöneren Geschlecht verschrieben hat. Ich lasse es ihm durchgehen, da er mich für meinen Einfallsreichtum beim Ersinnen von Streichen lobt.

Womöglich ist die Aufgabe, mit der Eure Herrin mich betraut hat, doch nicht so entmutigend wie befürchtet. Und schon sind zwei Wahrheiten auf dem Tisch. Dass es Dinge gibt, die ich höher schätze als die Liebe einer Frau und dass ich trickreich bin. Ich kann es Euch aufzählen, Violante. Ich kann Euch sagen, dass ich Ordensgeneral und Herrscher eines auf Prinzipien der Zweckmäßigkeit gründenden säkularen Staates bin, dass meine Mutter aus einer Familie von Malern stammt und mein Vater ein Abkömmling des Königshauses von Aragón ist. Dass ich einst die Soutane eines Priesters trug, aber nie zu einem solchen geweiht worden bin, dass keine Beichte, die ich hörte, je aus freiem Willen abgelegt wurde, und dass die Gewährung der Absolution nicht der Macht des Priesters, sondern dem Urteil der Nachwelt obliegt. Und in der unverbrüchlichen Gewissheit, dass Ihr nicht in der Lage seid, den einen vom anderen zu unterscheiden, kann ich Euch sagen, dass ich darauf achte, meine Freunde in der Nähe zu haben und meine Feinde noch näher. Meine Solda-

ten bewundern mich, meine Untertanen bezahlen pünktlich ihre Steuern, mein Vater aber fürchtet mich. Ich kann ein Hufeisen mit bloßen Händen geradebiegen, und Ihr habt mich Stiere töten sehen, und dennoch bin ich krank. Die Krankheit schwelt in mir wie ein Feuer im Herzen einer feuchten Heumiete, sie tickt in der Nacht wie eine Totenuhr in den Dachbalken.

Ich könnte Euch sagen, dass ich einsam war, ein Geständnis, das Euer Herz milde stimmen würde, aber das wäre nicht wahr. Ich sehe mein Herz, müsst Ihr wissen, als eine Insel in einem kalten See. Ist der See zugefroren, kann man sich ihr nähern, läuft aber Gefahr zu stranden. Und die Insel ist kein sonnendurchfluteter Wald, durch den das Einhorn streift, sondern eine feindliche Wüste, bewohnt von Basilisken. Ich kann mich nicht damit abgeben, Jungfrauen zu verführen, Violante.

Aber Galen sagt, das Herz ist nichts anderes als eine Art Blasebalg, der das Blut durch unseren Körper schickt, und Galen war der Arzt von Soldaten. Wenn das stimmt, dann frage ich mich, wer den Blasebalg antreibt. Gott? Mein Wille? Oder eine blinde, taube, stumme Kraft ohne Verstand, die aus einem Basilisken einen Basilisken macht und aus einem Einhorn ein Einhorn und die Planeten auf ihrem ewigen Orbit kreisen lässt. Das ist eine Wahrheit, deren Enthüllung sich lohnen würde.

Es gibt so vieles, mit dem ein Mann sich beschäftigen könnte, wenn er alt und ruhig geworden ist. Wisst Ihr, dass vor zwei Jahren ein Deutscher an der Universität von Bologna lehrte, die Erde würde um die Sonne kreisen? Ein interessanter Gedanke. Wenn wir nicht im Mittelpunkt des göttlichen Universums stehen, wozu sind wir dann auf Er-

den? Vielleicht sind wir einfach nur ein Zufallsprodukt, das Ergebnis eines göttlichen Wurfes der Würfel. Wie Cäsar am Ufer des Rubikon sagte: alea iacta est. *Unser Schicksal ist das, was wir aus ihm machen.*

Der Rubikon dieser Tage ist ein enttäuschendes Rinnsal. Ich nehme an, Ihr habt ihn nicht wahrgenommen, als Ihr ihn auf Eurer Reise nach Norden überquert habt. Aber überquert habt Ihr ihn, und so sind auch für Euch die Würfel gefallen.

Ich fürchte, dass ich mit diesem Brief nicht das erreicht habe, was meine Schwester erhoffte, aber mehr kann ich Euch nicht sagen. Ich habe keinen Gefallen am Schreiben. Seht selbst, welch unsauberes Gewirr von Zeilen, verzwickt wie eine schlecht gezeichnete Landkarte. Ich fühle mich nur dann wohl, wenn ich zur Tat schreiten kann, denn die Tat spricht eine eindeutige Sprache. Daher bitte ich Euch, eher die Tatsache meines Schreibens zu würdigen als meine Worte, die ich auf diesem Blatt aufgespießt habe wie ein Naturforscher seine Insekten.

Die größte Wahrheit ist, dass ich Euch nicht die Wahrheit sagen kann. Ich kann Euch nur mit aller Ehrlichkeit, die mir zu Gebote steht und die Ihr nach Donna Lucrezias Dafürhalten verdient habt, versichern, dass es mir nicht freisteht, eine Frau zu lieben. Aber wäre dem so, wärt Ihr vielleicht jene Frau. Eines Tages, so fürchte ich, werdet Ihr wissen, warum.
Euch zu Diensten in allem, was mir möglich ist.
Valentino

Seine Worte ergaben für mich keinen Sinn. War er betrunken, als er sie schrieb? Oder krank, wie er angedeutet hatte? Nach dem einleitenden Absatz hatte sich seine Handschrift zweifellos verändert, dort, wo die Lücke zwischen den Zeilen klaffte und wo sich aller Wahrscheinlichkeit nach die meisten Antworten verbargen. Später war sie zur Seite geneigt, weniger sorgfältig, es fehlten Buchstaben, einige Worte waren abgebrochen, als wäre seine Hand über die Seiten geeilt, um mit seinen Gedanken Schritt zu halten.

Ich sah auf und betrachtete versonnen das Spiel des Sonnenlichts auf den frühlingsgrünen Weinranken. Tief atmete ich den reinen, heilsamen Duft des blauscheckigen Rosmarins ein und wartete auf die Tränen. Doch alles, was mir in den Sinn kam, waren zwei Zeilen von Dante:

… und nur dadurch leidend,
dass ohne Hoffnung wir in Sehnsucht leben.

Das war das Schicksal, das der Dichter den Ungetauften, also meinem Volk, zugedacht hatte.

Ich aber war getauft, war jung, verliebt und voller Leben. In diesem Leben kann die Sehnsucht ohne Hoffnung ebenso wenig überleben wie eine Kerzenflamme ohne Luft. Gewiss erwies er mir mit seinen von Herzen kommenden, ehrlichen und ungekünstelten Worten eine Ehre. Und hatte er nicht geschrieben, er würde mich lieben, wenn es ihm möglich wäre? Wenn er gegenwärtig dazu nicht frei war, dann konnte sich das doch sicher ändern. Womöglich wollte er mir den Schmerz eines Verlustes ersparen, solange er noch gezwungen war, für die Sicherheit seines Staates zu kämpfen. Wenn ich die Geduld behielte und mich nicht erschüttern ließe, würde er vielleicht eines Tages zu mir kommen. Und so erwiderte ich Donna Lucrezias fragenden Blick mit zuversichtlicher Miene, als ich in ihr Gemach zurückkehrte. Es schien sie zu beruhigen; sie hatte weit größere Sorgen als die Tändelei ihres Bruders mit einer ihrer Hofdamen.

Später an jenem Tag, als wir uns in unserem Zimmer für das Abendessen zurechtmachten, das Madonna für ihren Schwiegervater geben wollte, sah Angela mich prüfend an.

»Nun?«, fragte sie, unterbrach sich aber gleich selbst, weil sie wissen wollte, ob ihr Ausschnitt züchtig genug sei. »Was hat er geschrieben?«

»Er sagt …« Ja, was hatte er gesagt? Ich warf einen Blick auf meine Reisetruhe, wo ich den Brief in einem der losen Fächer versteckt hatte. »Er hat geschrieben, er würde mich lieben, wenn er dazu in der Lage wäre.«

Angela runzelte die Stirn. »Wirklich? Das hat er geschrieben?«

»Warum denn nicht?«

»Weil ich ehrlich gesagt erstaunt bin, dass er das Wort Liebe überhaupt buchstabieren kann. So etwas hat er noch nie …«

»Du bist ja auch nur seine kleine Cousine. Warum sollte er mit dir über die Liebe sprechen?« Ich spürte, dass ich vor Abwehr rot anlief und sich zwischen meinen Brüsten und in den Achselhöhlen Schweiß sammelte.

»Violante?«

»Ja?«

»Ach … nichts. Was hältst du von La Fertella? Ist er nicht umwerfend komisch? Wie schön, dass Ippolito ihn gefunden hat.« Ippolito hatte La Fertella als Geschenk für Donna Lucrezia mitgebracht. Er war ein kleiner, zarter Mann mit schwarzen, vogelflinken Augen und einer schmalen Kinnpartie, die fast völlig von seinen dünnen, flinken Lippen ausgefüllt wurde. Als Hofnarr lag seine Stärke weniger in Hänseleien und Streichen wie bei Gatto und Perro, als in Zaubertricks und Pantomimen. Donna Lucrezia fand ihn entzückend.

»Freust du dich, Ippolito zu sehen?« Ich hatte Angela den Rücken zugewandt, um in meiner Schmuckschatulle nach der Kette zu suchen, die Donna Lucrezia mir zur Taufe geschenkt hatte. Als Angela nicht antwortete, drehte ich mich um und sah über ihre Schulter hinweg ihr Gesicht in dem Spiegel, den sie in der Hand hielt. In dem kurzen Augenblick, in dem sie sich unbeobachtet glaubte, las ich in ihrem Gesicht die Panik und die Verwirrung eines Kindes, das sich verlaufen hatte. Offenbar waren die Dinge mit Don Giulio schon viel weiter gediehen, als ich gedacht hatte. Als sie merkte, dass ich ihr Spiegelbild betrachtete, lächelte sie.

»Was wirst du tun, wenn Cesare kommt? Wirst du dich ihm hingeben?«

»Will er denn kommen? Er hat nichts dergleichen erwähnt.«

»Cesare spricht nie über das, was er vorhat. Du kennst ihn ja. Er sagt nicht einmal seinem Leibdiener, wann er ihm das Rasierwasser bringen soll, so verschwiegen ist er. Aber es heißt, dass er in Kürze eintreffen wird, und du musst dir darüber klar werden, was du tun willst, ehe er in einer dunklen Ecke an deinem Ohrläppchen nagt und du feucht wirst.«

Allein schon bei diesem Gedanken zogen sich meine Brustwarzen zusammen, und ich spürte den vertrauten Druck zwischen meinen Schenkeln, den Angela mit ihren geschickten Fingern so gut zu lösen verstand. Ich trat hinter sie, ließ die Arme um ihre Taille gleiten und legte die Wange an ihren Rücken, sodass ich die gekreuzten Bänder ihres Mieders spüren konnte. Als ich die flachen Hände auf die

Rundung ihres Bauches legte, zögerte sie zunächst und ließ mich kurz gewähren, dann aber erstarrte sie. Sie stieß meine Arme fort und schnellte herum.

»Hör auf damit«, sagte sie. »Wir sind keine Kinder mehr. Und das ist kein Spiel.«

»Es ist wegen Giulio, nicht wahr?« Ich machte mich wieder an meiner Schmuckschatulle zu schaffen.

»Es ist wegen Cesare und dir«, entgegnete sie nachdrücklich. »Ich kenne meinen Cousin und weiß, dass er sich nicht an der Nase herumführen lässt. Je verschlagener ein Mann, so scheint mir, desto mehr schätzt er bei anderen die Geradlinigkeit. Und wenn er dir von Liebe geschrieben hat, dann meint er damit gewiss etwas anderes, als einander Sonette und Blumensträuße zu schenken. Du musst ihn verstehen, sonst … nun, wer weiß, was sonst geschieht.«

»Aber was, wenn ich bei meiner Eheschließung nicht mehr Jungfrau bin?« Für Angela war eine solche Frage gewiss belanglos, denn durch ihre Verwandtschaft mit dem Heiligen Vater wäre sie auf jeden Fall eine vorteilhafte Partie. Ich hingegen würde, bar aller Familienbande, keine andere Mitgift erhalten als das, was mir Donna Lucrezia gewährte, und nichts Wertvolleres vorzuweisen haben als meine Tugend.

»Zunächst einmal«, sagte Angela, setzte sich aufs Bett und klopfte auf den Platz neben sich, »kann außer einem Mann noch alles Mögliche andere das Jungfernhäutchen zerstören«.

Ich dachte an ihre schlanken, kräftigen und wissenden Finger. Allerdings hatte ich bei unseren Spielen nie geblutet.

»Das Reiten zum Beispiel«, fuhr sie fort. »Außerdem können wir auf vielerlei Möglichkeiten zurückgreifen. Ein wenig Hühnerblut auf den Laken zum Beispiel. Ich habe sogar von einer Paste gehört, die man innen aufträgt und so einen Eindruck erweckt, von dem sich die meisten Männer täuschen lassen. Woraus sie besteht, weiß ich allerdings nicht, aber ich wette einen Golddukaten, dass Tante Adriana sich damit auskennt. Du musst dir immer vor Augen führen, dass dein Gemahl dich einfach für tugendhaft und schön und in allem geschickt halten will, angefangen vom Teekochen bis hin zum perspektivischen Zeichnen. Ansonsten würde er nämlich als Narr gelten, der ein schlechtes Geschäft gemacht hat. Verstehst du?« Sie gab mir einen Kuss auf die Nasenspitze. »Du bist eine ängstliche, dumme Gans. Keine Sorge. Wenn Cesare dich in sein Bett holen will, dann koste es aus. Andere Frauen tun das ja auch, hat man mir gesagt. Lerne von ihm. Wenn du dann einmal heiratest, kennst du einige Schliche, die deinen Gemahl vergessen lassen, wann und wo du sie erlernt hast.«

»Wie klug du bist!« Obwohl Angela aufstand und zur Eile beim Ankleiden von Madonna mahnte, weil Herzog Ercole nicht schlafen konnte, wenn er sein Abendessen später als zur zweiundzwanzigsten Stunde einnahm, blieb ich noch einen Augenblick sitzen. Ich träumte von berauschender Leidenschaft, von Cesares Küssen, von seinem Körper unter schwarzem Samt und weißem Leinen, von den Narben, die sich ihm eingebrannt hatten, und den Geschichten, die sie erzählten, wie es sich anfühlen würde, wenn …

»Beeil dich!« Angela ergriff meine Hände und zog mich hoch. Als sie mich aus dem Zimmer schob, warf ich noch einmal einen Blick auf meine Reisetruhe, in der der Brief lag, brüchiges Pergament neben dunkelrotem Satin.

Ich habe diesen Brief noch heute; er ist der zweitwichtigste, den ich je bekam. Manchmal, wenn ich allein im Haus bin, hole ich ihn aus meinem zinnbeschlagenen Seekoffer, in dem ich ihn aufbewahre, und halte ihn zwischen beiden Handflächen, um seine Erinnerungen zu wärmen. Verblasst, mit Eselsohren und einem Riss an einer der Falzstellen, das Siegel zerbröselt, sein Band ausgefranst und braun geworden, mit Wasserflecken eines Ozeans, den Cesare nie gesehen hat, liegt er neben dem wichtigsten Brief meines Lebens. Jener veranlasste mich zu handeln, Cesares Brief brachte mich zum Träumen. Wie anders wäre mein Leben wohl verlaufen, hätte das Gegenteil stattgefunden? Wenn auch ich nicht so lange gelebt hätte, um den Ozean sehen zu können?

Welch ein Segen, dass wir nicht in die Zukunft blicken können.

7

Ferrara, Ostern 1502

Die Liebe ist einfach und tief, wie das Meer, wenn niemand es ansieht.

Madonna fiel am Karfreitag während eines Passionsspiels in der Kathedrale in Ohnmacht, gerade als Christus durch den Schlund einer Schlange aus Papiermaché in die Hölle hinabfuhr. Nach diesem Vorfall gab es keinen Zweifel mehr an ihrem Zustand. Nachdem der Arzt des Herzogs sich mit Madonnas Arzt beraten und erklärt hatte, dass um Weihnachten ein Kind zur Welt käme, erwarteten wir, dass sich Don Alfonso seltener blicken lassen würde. Er hatte seine Schuldigkeit getan und würde sich wie vor seiner Hochzeit auf Reisen vergnügen und seinen Ausschweifungen hingeben.

Doch zu meiner Überraschung machte er es sich zur Angewohnheit, die erste Stunde des Nachmittags mit seiner Frau zu verbringen, ihr Gesellschaft zu leisten, wenn sie sich auf einer Liege in der Camera Dal Pozzolo neben dem Fenster zum Park ausruhte. Wenn er neben ihr saß und ihre fleischige, unglaublich weiße Hand in seiner Pranke hielt, unterhielt er sich auf die ihm eigene alberne und unbeholfene Weise mit ihr.

Manchmal wurde Don Alfonso bei seinen Besuchen von einem seiner Brüder begleitet, niemals jedoch von Don Sigismondo, dem die Franzosenkrankheit das Hirn erweicht hatte und der zu sehr damit beschäftigt war, einen Militärschlag gegen die Ratten vorzubereiten, die in der Umfriedung des Schlossgrabens hausten und seinen Worten zufolge einen Putsch gegen die Este planten. Am meisten Spaß hatten wir, wenn Ferrante kam. Obgleich Herzog Ercole an seinem zweiten Sohn fast verzweifelte und von ihm behauptete, er sei nichts weiter als ein geckenhafter Höfling, brachte er uns stets zum Lachen. Er hatte einen grausamen Humor, trug seine scharfen Spitzen jedoch so lakonisch vor, dass sie sich anhörten wie höfliche Schmeicheleien.

Ferrantes Entschlossenheit, seine Schwägerin in ihrer erzwungenen Untätigkeit aufzuheitern, ließ ihn besonders mir ans Herz wachsen, denn ich wusste, dass Vittorio mit Cesares übrigen Männern nach Rom zurückgekehrt war, und konnte sehr gut nachvollziehen, wie einsam sich Ferrante ohne ihn fühlen musste. Ich hätte ihn darauf angesprochen, doch dazu ergab sich keine Gelegenheit.

Kardinal Ippolito versorgte uns mit Klatschgeschichten aus Rom, den weltlichen wie den geistlichen, was ohnehin fast auf das Gleiche hinauslief. Die gesellschaftliche Saison verlängere sich offenbar inzwischen bis weit über Ostern hinaus, sagte er mit einem schnellen Seitenblick auf Donna Lucrezia, denn Herzog Valentino bleibe in der Stadt, obgleich das Wetter immer besser werde und die Truppen, die er vor den Toren Roms stationiert habe, langsam unruhig würden. Spanien und Frankreich lägen erneut im Streit über Neapel, und diese Situation wollten sich Cesare und sein Vater zweifellos zunutze machen, nur wie? Das wusste offenbar nicht einmal der Papst, der wie jeder andere darüber klagte, seinen Sohn kaum zu Gesicht zu bekommen, da dieser stets erst im Morgengrauen zu Bett ging, tagsüber schlief und schließlich nach Einbruch der Dunkelheit und in Verkleidung seine Gemächer verließ. Gerüchten zufolge litt er wieder an der Franzosenkrankheit, die sein Gesicht entstellte, doch andere bemerkten eine wachsende Unruhe in Florenz und kamen ins Grübeln.

All diesen Geschichten lauschte Donna Lucrezia aufmerksam, ihren kleinen Hund auf dem Schoß und ihren Gatten an der Seite. »Wie unbillig von Euch, mich in Sorge über die Gesundheit meines Bruders zu versetzen, wo ich doch selbst so geschwächt bin«, beschwerte sie sich, als Ippolito geendet hatte. »Geschrieben hat er mir nichts von alledem, seine Briefe sind fröhlich und voll des Lobes für meinen lieben Gatten.« Sie lächelte Don Alfonso verliebt an, woraufhin dieser den Hund hinter den Ohren zu kraulen begann. Zwar verfolgte auch ich seine Schilderungen mit großem Interesse, doch es entging mir nicht, dass er und Ippolito einen kurzen Blick wechselten, als wollten sie sagen: Was immer sie weiß, auf diese Weise bekommen wir es nicht heraus.

Kam Don Giulio zu Besuch, griff Don Alfonso stets zu seiner Viola. Die Brüder waren samt und sonders gute Musiker, doch Giulio übertraf sie alle; er beherrschte zahlreiche Instrumente und sang wie ein Engel. Wenn er sich nicht hinter der Musik hätte verstecken können, wäre er wohl gar nicht gekommen. Sobald er und Angela sich zusammen in einem Raum befanden, benahmen sie sich wie mondsüchtige Kälber. Sie erröteten und erblassten abwechselnd, starrten einander minutenlang verzückt an, um sich fast panikartig abzuwenden, wenn sich ihre Blicke zufällig kreuzten. Donna

Lucrezia brachte Don Giulio spanische Lieder bei und begleitete ihn gern auf ihrer Gitarre. Dabei vollführte sie mit ihren bestrumpften Füßen Tanzschritte auf dem hochgestellten Fußende ihres Ruhebettes. Wurde sie müde, reichte sie die Gitarre an Angela weiter, die auch recht manierlich spielte – kaum zu glauben, wenn man sah, wie ihre Finger auf den Saiten umhertasteten, während Don Giulios klare Tenorstimme erklang. Er sang mit geschlossenen Augen; vielleicht war das sein Geheimnis, doch ich bezweifelte es. Nur weil man den geliebten Menschen nicht sieht, verlangsamt sich weder der Herzschlag noch neigt sich der Geist mehr der Vernunft zu.

Eines Nachmittags gegen Ende April kam Herzog Ercole selbst zu Besuch und erklärte, er wolle Madonna unter vier Augen sprechen. Die schwarze Sklavin dürfe zugegen bleiben, um für ihr Wohlergehen zu sorgen, wir anderen jedoch seien entlassen. Ich ging direkt in Angelas und meine gemeinsame Kammer und fand sie dort zusammengerollt auf dem Bett liegend, die Knie fast bis zum Kinn hochgezogen. Sie zitterte trotz der Schwüle an diesem Tag, und in der übel riechenden Luft sirrten Mücken.

Schon tags zuvor hatte sie über Magenkrämpfe und Fieber geklagt. Ich hatte es nicht ernst genommen, wahrscheinlich hatte sie etwas Falsches gegessen. Am Vorabend waren Meeresfrüchte serviert worden, die meinem Empfinden nach ungenießbar rochen. Allerdings reagierte meine jüdische Nase oft überempfindlich auf Speisen, die als verboten zu erachten ich als Kind gelernt hatte. Ich bereitete ihr ein Brechmittel aus Wein und Antimonpulver, das ich von Don Alfonsos Leibarzt erbat, und nachdem sie sich übergeben hatte, begleiteten wir Donna Lucrezia zu dem Rennen, das zur Feier des

Sankt Georgstages im Barco stattfand. Angela blieb ungewöhnlich still, ihr Gesicht war blass und verkniffen. Sie beteiligte sich auch nicht, als wir um kleine Münzen und Haarnadeln wetteten, was Madonna durchaus gestattete, da sie es nicht als Sünde ansah, um geringe Einsätze zu spielen. Selbst als es zwischen dem siegreichen Reiter, der natürlich Donna Lucrezias Farben trug, und dem Mann zum Streit kam, dessen Pferd als Erstes, allerdings reiterlos, das Ziel erreicht hatte, blieb sie jämmerlich und verschlossen sitzen und wiegte sich, die Hände über dem Bauch verschränkt, vor und zurück. Am Abend schließlich konnte sie ihr Unwohlsein nicht mehr verbergen, und Donna Lucrezia, die sich besorgt zeigte, gab ihr frei.

»Geht mit ihr mit, Violante«, wies sie mich an. »Ihr kennt Euch in der Arzneikunst bestimmt ein wenig aus. Bei Eurem Volk gehört dies doch zur Bildung, nicht wahr?« Ich hatte zwar von Mariam ein paar praktische Kniffe gelernt, wusste aber kaum mehr als Donna Lucrezia selbst. Viele *Gojim* halten sämtliche Juden für Ärzte, da Ärzte gewöhnlich die einzigen Juden sind, die Zugang zu ihren Häusern erhalten.

»Ja, Madonna«, erwiderte ich und eilte zu Angela.

Wir hatten eine unruhige Nacht. Angela stöhnte und krümmte sich vor Schmerz; immer wieder stand sie auf, um sich zu erleichtern, doch die erhoffte Besserung trat nicht ein. Auch der Tagesanbruch brachte keine Veränderung. Ich war sicher, dass eine Vergiftung die Ursache war, sei es durch verdorbene Nahrung oder Schlimmeres. Ob Ippolito ihre Gefühle für Giulio bemerkt hatte? Doch Angela beharrte darauf, dass sich die Schmerzen eher wie die Vorboten ihrer Monatsblutung anfühlten. Allerdings seien sie heftiger als sonst und kämen auch zur falschen Zeit.

»Könnte es sein, dass du schwanger bist?«, fragte ich und versuchte ihr, auf der Bettkante sitzend, ein wenig Wein einzuflößen. Ihre Wangen wurden, sofern das überhaupt möglich war, noch eine Spur bleicher.

Sie nickte verzagt. »Ich habe versucht aufzupassen, aber ein Missgeschick ist eben schnell einmal geschehen.«

»Angela, du hast doch nicht etwa ein verbotenes Mittel geschluckt?« Sie verzog das Gesicht und wollte mir widersprechen, doch ich hob die Hand, damit sie schwieg. »Ich will dir keine Standpauke halten. Aber wenn du etwas eingenommen hast, musst du es mir sagen, damit ich ein Gegengift besorgen kann.«

»Ich bin so töricht. Was soll ich jetzt bloß tun, Violante?« Von einem weiteren Krampf geschüttelt, rollte sie sich auf der Seite zusammen und biss in ihr Kissen.

»Du musst mir sagen, was du genommen hast.«

»Ich weiß es nicht. Ich habe es von einer Frau in der Via delle Volte bekommen. Irgendwelche getrockneten Blätter.«

»Hast du die Verpackung noch? Ist noch etwas davon übrig?«

Angela schüttelte den Kopf, zog die Knie an die Brust und kniff vor Schmerz die Augen zusammen. »Hab es verbrannt. Niemand darf es erfahren.«

»Dass du schwanger bist oder dass du versucht hast, eine Fehlgeburt zu bewirken?«

»Ich weiß nicht.«

Ich war ratlos. »Du hast doch immer gesagt, du hättest nichts gegen ein Kind, sobald wir uns in Ferrara eingelebt hätten.«

»Ja, aber jetzt ist alles anders.«

»Wegen Giulio.«

Sie nickte. »Ich liebe ihn, Violante, ich will ihn heiraten. Wenn er mich ansieht, fühle ich mich … rein, unbefleckt, wie neugeboren. Wie könnte er mich weiterhin so ansehen, wenn ich mit Ippolitos Kind im Bauch daherkommen würde?«

»Er muss es erfahren. Dieses Gefühl hast nur du, Angela, er teilt es nicht. Das bildest du dir nur ein.«

»Ja natürlich, du weißt ja über Liebe und Einbildung ausgezeichnet Bescheid«, fuhr sie mich an und vergaß einen Augenblick lang ihre Schmerzen. »Für dich gibt es so etwas nur in der Welt der Fantasie.«

Ich dachte an Cesares Brief ganz unten in meiner Truhe und zog Kraft aus der Erinnerung an seine Worte. Angela tat mir leid, darum antwortete ich ruhig: »Um mich geht es hierbei nicht. Du bist diejenige, die in Nöten steckt. Hast du mit Giulio gesprochen? Hast du einen Plan, wie du dich aus der Sache mit Ippolito lösen kannst?«

Wieder schüttelte sie den Kopf. »Ich habe Lucrezia gesagt, wie ich empfinde. Mit Giulio unter vier Augen zu sprechen ist unmöglich, da er so viel Wert darauf legt, mich so zu behandeln, wie es sich gebührt.« Bei diesen Worten lachte sie bitter, ehe eine erneute Schmerzattacke ihr Gesicht verzerrte. »Und Ippolito ist eifersüchtig. Ehrlich gesagt, ich habe Angst vor ihm und vor dem Einfluss, den er auf Don Alfonso hat. Die beiden stehen sich von allen Brüdern am nächsten.«

»Und was sagt Lucrezia?«

»Dass ich mir höhere Ziele stecken und Ferrante heiraten soll.«

»Aber Ferrante ist an ehelichen Pflichten nicht interessiert.«

»So ist es. Heirate Ferrante und sei Giulios Geliebte, rät sie mir. Auf diese Weise würden Giulios uneheliche Kinder Ferrantes rechtmäßige Erben, und alle wären glücklich.«

»Und was Ippolito betrifft, hat sie keine Meinung?«

»Über ihn habe ich mit ihr nie gesprochen, darum tut sie, als wüsste sie nichts von uns.«

»Vielleicht solltest du ihrem Rat folgen und sie eine Ehe mit Ferrante arrangieren lassen. Er würde dich, falls nötig, vor Ippolito beschützen.«

»Aber das ist es nicht, was ich will. Ich möchte noch einmal ganz von vorn anfangen. Giulio … ist wie ein Engel, mit seinen großen dunkelblauen Augen und dieser Stimme. Unvorstellbar, ihm einen solch faulen Kompromiss zuzumuten.«

Noch ehe ich etwas entgegnen konnte, stöhnte Angela auf, und ihr Gesicht wurde noch bleicher. Als der Schmerz nachließ, schob sie sich eine Hand zwischen die Schenkel und streckte sie mir dann entgegen. Ihre Finger waren blutverschmiert. Mit einem schwachen Lächeln sagte sie: »Wenigstens wirkt es.«

Da klopfte es leise an die Tür. Draußen stand Catherinella, ein wenig außer Atem.

»Kommt«, sagte sie.

»Was ist los, Catherinella?«

»Häuptling ruft Euch.« Mit ›Häuptling‹ meinte sie vermutlich den Herzog.

»Aber Donna Angela geht es nicht gut. Sie kann nicht kommen.«

»Nur Ihr. Die Jüdin, sagt er, dann meine Herrin sagen, Monna Violante. Klingt zornig.« Sie zuckte mit den Schultern und murmelte etwas in ihrer Muttersprache.

»Angela«, sagte ich und fischte meine Schuhe unter dem

Bett hervor. »Sag mir, wo ich diese Frau finde. Vielleicht kann sie helfen.«

»Irgendwo in der Nähe von San Paolo.«

»Ich gehe zu ihr, sobald mich Lucrezia nicht mehr braucht.«

»Sag ihr nichts.«

»Nur, wenn unbedingt nötig«, versprach ich. Denn würde Angela sterben, könnte ich Madonna nicht im Glauben lassen, ihre Cousine sei vergiftet worden. Keiner von uns durfte sich sicher fühlen, ehe Madonna von einem Sohn entbunden war.

*

Als ich die Camera Dal Pozzolo betrat, stand neben Herzog Ercole eine junge Frau, die ich noch nie gesehen hatte. Bei dem Knicks, mit dem ich ihn begrüßte, bemerkte ich, wie sie unter ihrem nicht besonders prächtigen scharlachroten Wollrock unruhig die Füße bewegte.

»Das ist Fidelma«, sagte Donna Lucrezia, ohne einen Versuch zu machen, sich aus den Kissen aufzurichten, an denen sie lehnte. Sie klang gereizt und verärgert.

»Sie wird Donna Angela ersetzen«, fügte der Herzog hinzu. »Ihr werdet sie unter Eure Fittiche nehmen, Monna Violante. Sie ist wie Ihr eine getaufte Jüdin.«

Wie es mir gelang, irgendetwas von dem zu verstehen, was der Herzog sagte, weiß ich nicht. Angela ersetzen? Was dachte er sich eigentlich? Wie konnte er bloß? Angela war unersetzbar. Hatten die Este sie doch vergiftet, und der wahre Grund ihrer Krankheit war gar nicht das Mittel, das ihr das alte Weib in der Via delle Volte verkauft hatte? Aber weshalb? Vielleicht war Herzog Ercole zur Überzeugung gelangt, seine

Schwiegertochter, dieser suspekte Emporkömmling aus dem Hause Borgia, ließe sich nur dann zu einer seinem Erben würdigen Gattin machen, wenn man sie vollständig von ihrer Familie abschnitte. Donna Adriana und Cousine Geronima waren schon fort; jetzt war Angela an der Reihe.

Die schöne, fröhliche Angela, der ich so selbstverständlich mein Herz öffnen durfte, als ich in Donna Lucrezias Hofstaat eintrat, und die sich so geduldig meine liebeskranken Schwärmereien über Cesare angehört hatte … Cesare. Würde der Herzog auch ihn von Ferrara fernzuhalten versuchen? Gewiss war durch die Heirat seiner Schwester mit Don Alfonso die Lage entschärft, denn dass Cesare in dem Herzogtum einmarschierte, solange seine geliebte Lucrezia hier herrschte, war unwahrscheinlich. Für einen Augenblick war mir ein wenig leichter ums Herz, bis mir wieder einfiel, in welchem Zustand ich Angela zurückgelassen hatte, zusammengekrümmt vor Bauchkrämpfen, die ihr der Versuch eingetragen hatte, ihr ungewolltes Kind abzutreiben. Ich schämte mich für meine selbstsüchtigen Gedanken.

Wenn sie überlebte, wie könnte sie dann nach Rom zurückkehren, in Ungnade gefallen und aus Donna Lucrezias Obhut verbannt? Wenn sie das Kind verlor, war ihr Ippolito zu nichts verpflichtet. Und selbst wenn sie es behielt, würde die feindselige Haltung seines Vaters ihr gegenüber es ihm schwermachen, sein uneheliches Kind anzuerkennen. Und was Giulio oder Ferrante betraf … Plötzlich erkannte ich, welche Absicht der Herzog verfolgte, und dass es ihm weitaus mehr um das Wohlergehen seiner Söhne ging, als darum, die Oberhand über Donna Lucrezia zu behalten.

Ich warf einen abschätzenden Blick auf Fidelma. Mit ihrer hageren Gestalt, der flachen Brust, dem ausgeprägten Nasenhöcker und der fahlen Gesichtsfarbe würde sie wohl kaum die Zuneigung gewinnen, die Angela genossen hatte, weder bei Ippolito noch bei Giulio. Und auch nicht bei mir. Ich wusste, dass ich mich den Anweisungen des Herzogs fügen musste, aber es widerstrebte mir zutiefst.

Mein ganzes Leben hatte ich Männern gehorcht, die Macht über mich hatten. Auf Verlangen meines Vaters war ich in Toledo geblieben, bis es für eine sichere Reise zu spät war und ich Zeugin des einsamen, unnötigen Todes meiner Mutter am Strand von Nettuno werden musste. Von meinem Glauben und meiner Familie hatte ich mich dieser Borgia wegen mit ihrem gefährlichen Liebreiz, ihren einleuchtenden Lügen und ihrer unmenschlichen Religion losgesagt. Selbst meinen scheußlichen Spitznamen hatte ich hingenommen, weil ein Mann ihn mir gab.

Mein Name. Mein wahrer Name.

Ich sank vor Herzog Ercole auf die Knie und beugte den Kopf bis zum Boden. Wäre er nicht schnell zurückgewichen, hätte ich ihm die Stiefel geküsst.

»Euer Durchlaucht«, begann ich, während ich mich aufrichtete. Der Herzog ließ ein würgendes Keuchen vernehmen, sein Gesicht hatte die Farbe von *melanzane* angenommen. Erlitt er jetzt einen Schlaganfall?

Da jedoch nichts geschah, war ich gezwungen fortzufahren. »Ihr wisst, dass mein Name nicht Violante ist. Er ist nur ein Spitzname, und wie er entstanden ist, tut hier nichts zur Sache. In Wahrheit heiße ich Esther. Ich kenne Euch als einen frommen Menschen, also muss ich Euch an Esthers Geschichte nicht erst erinnern. Ich erniedrige mich vor Euch wie Königin Esther vor König Ashaver mit der Bitte, es Euch noch einmal zu überlegen.«

Donna Lucrezia und Catherinella hinter mir verstummten. Es war so still, dass ich das Blut in meinen Adern rauschen hörte und das Schaben des Fingernagels, als sich Herzog Ercole am Kinn kratzte.

»Fahrt fort«, sagte der Herzog mit einem leicht amüsierten Unterton, der meine Entschlossenheit fast ins Wanken gebracht hätte.

Verzweifelt versuchte ich, mich an die Anweisungen meines Rhetoriklehrers zu erinnern. Keine Zeit für *dispositio, elocutio* oder *pronuntiatio.* Ich musste geradewegs zur *actio* schreiten und hoffen, dass mich die Aufrichtigkeit meiner Gefühle zum Erfolg führte. »Ich kann Euch weder ein Bankett bieten noch einen anderen Liebesdienst erweisen, mit dem eine Königin ihren König erfreut. Der einzige Reichtum, den ich Euch zu Füßen legen kann, mein Gebieter, ist meine Liebe zu meiner Herrin. Ihretwegen erkühne ich mich, sie glücklich sehen zu wollen. Donna Angela ist ihre Schwester in jeder Hinsicht, wenn auch nicht von Geburt, sie ist ihre engste Verwandte und Vertraute. Euer Gnaden, Ihr seid mit so vielen Brüdern und Schwestern gesegnet, dass es unmöglich ist, sie alle zu zählen. Sie sind wie die Sterne am Himmel und der Sand am Meeresstrand.« Ich hoffte, er werde die Anspielung auf die Bibel bemerken, auch wenn sie aus einem der Bücher stammte, die eher zu den unseren als denen der Christen zählten. »Meine Herrin hingegen hat nur drei Brüder, und einer von ihnen ist bereits tot. Darum flehe ich Euch an, raubt ihr nicht auch noch Donna Angela.«

Ich warf einen raschen Blick auf Herzog Ercole, um herauszufinden, welchen Eindruck ich machte. Seine Miene war von kühler Duldsamkeit wie die eines Erwachsenen, der die Darbietung eines Kindes über sich ergehen lassen muss, das ihm nicht besonders am Herzen liegt. Ich konnte nur hoffen, dass seine ehrgeizigen Pläne für sein Geschlecht auf lange Sicht schwerer wogen als seine unmittelbare Sorge um seine Söhne. »Insbesondere jetzt, in ihrem Zustand. Wartet zumindest, bis sie Don Alfonsos Sohn und Erben zur Welt gebracht hat.«

»Ich fürchte, es wird Donna Lucrezia mehr belasten, wenn Donna Angela in Ferrara bleibt, als wenn sie fortgeht«, sagte der Herzog mit einer Offenheit, die ich nicht erwartet hatte.

»Verehrter Vater …«, begann Donna Lucrezia, doch ich bedeutete ihr mit einer Geste zu schweigen. Wenn der Herzog schon so verdutzt war, dass er seine Karten offenlegte, musste ich meinen Vorteil nutzen, ehe er die Fassung wiedergewann. Donna Lucrezia mochte mich wegen meiner Respektlosigkeit bestrafen, doch die Strafe würde wohl eher milde ausfallen, wenn es mir gelang, Angelas Sache erfolgreich zu vertreten.

»Ich kann mir nichts vorstellen, was Madonna mehr belasten würde, als von ihrer geliebten Cousine getrennt zu werden, Euer Gnaden, aber wenn ich Euch damit nicht überzeugen kann, so bedenkt Folgendes: Vor Euren Augen seht Ihr das Wunder nicht nur einer, sondern zweier Jüdinnen, die zu Christus gefunden haben und über die Gelegenheit frohlocken, für die Gottlosigkeit ihrer Rasse zu büßen. Gewiss habt Ihr der Kirche an Erntedank viele Gaben vermacht. Die wahrhaftigste und wertvollste Gabe jedoch wäre es, von Herzen Mitgefühl für Eure Schwiegertochter walten zu lassen, der Ihr die große Verantwortung anvertraut habt, Fidelma und mir den Weg zur Erlösung zu weisen. Bedenkt, mein Herr, dass der Allmächtige über Altardecken und Reliquien hinweg bis ins Herz des Menschen blickt und keine Gabe wertschätzt, so selten oder schön sie auch sein mag, wenn sie nicht mit aufrichtigem Herzen gegeben wird.«

Ich verstummte. Mein Herz schlug mir bis zum Hals, ich fühlte mich elend und zittrig, und als mich der Herzog mit vor Ergriffenheit unsicherer Stimme bat, mich zu erheben, befürchtete ich, meine Beine könnten mich im Stich lassen. Langsam und vorsichtig balancierend wie ein Seiltänzer stand ich auf.

»Seht mich an, Mädchen.« Ich hob den Kopf und sah in seine hellen, hervortretenden Augen, deren Weiß gelblich schimmerte und die vom Alter geschwollen waren. Mit einer Würde, deren sich ein christlicher Märtyrer nicht hätte zu schämen brauchen, wartete ich darauf, dass das Urteil über mich gesprochen wurde.

»Ihr habt Eure Worte gut gewählt«, sagte er, »und weise. Und Ihr habt recht. Ich habe mich durch naheliegende und wahrscheinlich unerhebliche Dinge von dem ablenken lassen, was wirklich wichtig ist. Donna Angela mag in Ferrara bleiben, und Fidelma vertraue ich bis auf Weiteres Eurer besonderen Obhut an, denn ich glaube, sie kann von Euch viel darüber lernen, was es bedeutet, Christin zu sein. Und«, fügte er hinzu und verzog dabei die schmalen Lippen zu etwas, das ein Lächeln sein mochte, »Hofdame zu sein«. Dann verbeugte er sich vor Madonna und schickte sich an zu gehen. Sein Page beeilte sich, ihm die Tür zu öffnen.

»Brava, brava«, rief Donna Lucrezia und klatschte in die Hände, sobald die Tür sich hinter ihm geschlossen hatte. »Oh, Violante, kommt her und lasst Euch küssen.« Über ihre Liege gebeugt, ließ ich mich von ihr umarmen.

»Ich habe gehofft, Ihr könntet ihn überzeugen«, sagte sie, als sie mich schließlich losließ. »Er ist gar nicht das Scheusal, als das er sich gern gebärdet. Denkt nur daran, wie fürsorglich er war, als mich kurz nach unserer Ankunft beim Willkommenszug mein Pferd abwarf. Sofort ließ er ein Maultier für mich bringen. Im Grunde ist er eine fürsorgliche Seele.«

»Ich bin froh, dass es mir gelungen ist, an seine weiche Seite zu appellieren, Madonna. Wir würden Donna Angela wohl beide sehr vermissen.«

»Fidelma, haltet Euch ein wenig abseits. Ich möchte etwas Vertrauliches mit Monna Violante besprechen.«

Fidelma machte einen Schritt zurück, trat dabei auf ihren Rocksaum und geriet ins Straucheln. Madonna und ich wechselten einen Blick, dann rollte Madonna mit den Augen. »Mit der werden wir noch unsere liebe Mühe haben«, flüsterte sie. »Nun sagt mir, meine Liebe, wie geht es Angela?« Nach kurzem Zögern fügte sie hinzu: »Ist sie schwanger?«

»Madonna, ich …«

»Ach, Mädchen, glaubt Ihr denn, ich wüsste von nichts? Sie war mit Ippolito schon im Bett, lange bevor wir Rom verlassen haben, und ich nehme an, dass sie seit seiner Ankunft in Ferrara wieder damit begonnen hat. Oder ist es der andere? Der schöne Bastard. Ich könnte ihr keinen Vorwurf machen. Er sieht wirklich umwerfend aus. Wäre er nicht mein Schwager, könnte ich selbst in Versuchung geraten. Und was ist mit Euch, Violante? Hat Don Giulio Euch abspenstig machen können, oder haltet Ihr immer noch meinem Bruder die Treue?«

»Das wisst Ihr doch, Madonna«, gestand ich. Nie zuvor hatte sie so freimütig mit mir gesprochen, und ich war ihr die gleiche Offenheit schuldig.

»Sein Brief … hat Euch ermutigt?«

»Er hat mich jedenfalls nicht entmutigt.«

»Nun, das ist …« Offenbar suchte sie nach dem richtigen Wort. »Gut«, sagte sie schließlich, doch um Mund und Augen lag ein zweifelnder Ausdruck. »Doch jetzt sprechen wir über Angela«, fuhr sie fort und bewegte dabei ein wenig den Kopf, als wollte sie Regentropfen abschütteln. »Gehe ich recht in meinen Vermutungen über die Gründe ihrer Unpässlichkeit?«

»Ja, Madonna, und wenn Ihr bitte …«

»Und der Vater?«

»Kardinal Ippolito, sagt sie.«

»Glaubt Ihr das?«

»Ja, das tue ich.«

»Nicht, dass es eine Rolle spielen würde. Es ist so oder so eine böse Geschichte.«

»Ich halte es für wahrscheinlich, dass sie eine Fehlgeburt erleidet, Madonna. Das würde die böse Geschichte wohl ein wenig entschärfen.«

Donna Lucrezia musterte mich mit ihren ernsten grauen Augen. »Eine seltsame Ausdrucksweise habt Ihr zuweilen«, sagte sie, »für ein junges Mädchen.«

»Ich muss zurück zu ihr, Madonna, es geht ihr wirklich schlecht.«

Wieder zögerte sie, ihr Blick forschte in meinem Gesicht, als könnte sie dort die Lösung für Angelas Problem finden. »Folgendes wird geschehen«, sagte sie schließlich. »In Kürze werde ich nach Belriguardo in Herzog Ercoles Landresidenz umziehen. Dort ist die Luft gesünder, gerade jetzt, wenn es heiß wird. Don Giulio wird uns begleiten und anschließend nach Mantua weiterreisen, um Donna Isabella zu besuchen. Angela wird nicht reisefähig sein, ich werde sie also in Eurer Obhut zurücklassen. Habe ich mich deutlich ausgedrückt?

Mein Gemahl wird als Gesandter den französischen Hof aufsuchen, begleitet von Ippolito. In Ferrara bleiben also nur Ferrante und natürlich Sigismondo. Auf Ferrante habt Ihr, glaube ich, durchaus Einfluss, denn er schätzt Euch. Hoffen wir, dass sich Angelas Zustand bei unserer Rückkehr ein wenig verbessert hat.«

»Ich werde für sie tun, was ich kann, Madonna.« Wir verstanden einander, Donna Lucrezia und ich. Nach und nach gewöhnten wir uns daran, ohne unsere Wurzeln zu existieren, wie Schnittrosen in Vasen mit Zuckerwasser.

*

Die Via delle Volte hatte ihren Namen von den vielen hohen, windschiefen Häusern, deren aneinandergrenzende Obergeschosse über der Straße ein Gewölbe bildeten. Ursprünglich die Hauptstraße des Händlerviertels, war sie gewöhnlich Tag und Nacht erleuchtet; an vielen Häuserfronten waren Wandleuchter befestigt, die meisten zerbeult und verrostet. Als Herzog Ercole die alte Stadtmauer im Norden abriss, um Raum für ein neues Viertel zu schaffen, zogen die wohlhabenderen Händler aus ihren engen, dunklen Häusern in die modernen Palazzi, die an den Barco grenzten. Die Via delle Volte, die stellenweise eher einem Tunnel glich als einer Straße, war jetzt ein heruntergekommener Tummelplatz für Halsabschneider und Taschendiebe, billige Huren und alte Hexen, die ihnen mit Aphrodisiaka und Abortiven halfen, im Geschäft zu bleiben. Hierhin ging eine Dame nicht unbegleitet, und ich konnte mich über die Verzweiflung, die Angela hergetrieben haben musste, und über meine eigene Verwegenheit nur wundern.

Während ich, die Kapuze tief ins Gesicht gezogen, als wäre

ich eine verschleierte Mohammedanerin, und mit schwertgleich erhobener Fackel auf die Kirche San Paolo zueilte, sehnte ich Mariam herbei. Ich hatte keine Stelzenschuhe angezogen, weil man darin nicht laufen, ja nicht einmal schnell gehen kann, und so waren meine Schuhe schnell durchweicht von dem übel riechenden Brei aus Urin, Exkrementen und verfaultem Gemüse, von dem die Gossen überquollen.

Als ich die Kirche erreicht hatte, musste ich meinen Schritt verlangsamen und nach Zeichen Ausschau halten, die auf das Haus einer Hexe hindeuteten, doch ich hatte keine Ahnung, wie diese aussehen könnten. Vielleicht Kräuterbündel am Türpfosten? Geheimnisvolle Schnitzereien am Türsturz, verzauberte Steine? Ich wusste nicht weiter.

Plötzlich fühlte ich mich völlig erschöpft, meine nassen Füße waren eiskalt, und so lehnte ich mich gegen die hohe, fensterlose Kirchenmauer, ohne auf den abblätternden Putz zu achten, der meinen Umhang beschmutzte. Die Kapuze rutschte mir vom Kopf, als ich den Blick zu dem schmalen Lichtstreifen zwischen den Gebäuden hob. Meine Glieder zitterten so sehr, dass ich fürchtete, einer schrecklichen Krankheit zu erliegen, die ich mit der verpesteten Luft eingeatmet hatte. Der Gestank von Tod und Verderben stach mir in die Nase.

Ich tauchte meine Fackel verkehrt herum in einen zerbeulten Wandleuchter neben einem verfallenen Durchgang. Da lösten sich die rostigen Eisenbeschläge, und die Fackel fiel zischend in die Gosse. Das verstärkte nur noch den Gestank, bis ich schließlich würgen musste und Galle erbrach. Eine Ratte huschte über meinen Fuß. Als ich mich wieder aufrichtete, war das wenige Licht, das zwischen den dunklen, feuchten Mauerbogen zu mir drang, plötzlich verschwunden und auf meine Schulter legte sich eine Hand, schwer und breit, mit festem Griff. Die Hand eines Mannes. Und auf einmal hatte ich keine Angst mehr. Wut packte mich. Man würde mich vergewaltigen, wahrscheinlich ermorden. Der Schatz, den ich für Cesare, meinen Liebsten, aufbewahrt hatte, würde mir geraubt, und vielleicht müsste ich sterben, ohne je erfahren zu haben, wie es wäre, bei ihm zu liegen.

»Hände weg«, schrie ich und trat nach den Schienbeinen des Fremden, während ich mich wand, damit er meine Schulter losließ. »Ich bin nicht allein. Es sind noch andere Leute bei mir. Nehmt Euch in Acht.« Ein scharfes, schmerzvolles Zischen verriet mir, dass mein Tritt sein Ziel gefunden hatte. Er nahm die Hand von meiner Schulter, doch meine Haut brannte an den wunden Stellen, die ich mir im Gerangel zugezogen hatte.

»Violante?«

Diese Stimme kannte ich. Während ich meine Kapuze wieder hochzog und meinen Umhang glatt strich, sah ich in die ungläubigen Augen von Don Giulio.

»Was um Himmels willen tut Ihr denn hier?«, fragte er. Es klang aufgebracht, doch sein Blick war von Sorge verdunkelt. »Das ist kein Ort für eine junge Dame. Wenn ich daran denke, was Euch hätte zustoßen können, hätte ich Euch nicht gefunden, läuft mir ein Schauer über den Rücken. Was denkt sich Eure Herrin bloß dabei, Euch so ohne Begleitung herumlaufen zu lassen?«

»Sie weiß nichts davon«, sagte ich kleinlaut.

»Aha, verstehe, Ihr seid auf der Suche nach Fabrikanten von Liebeszaubern. Ein Mittel vielleicht, das an Herzog Valentino ausprobiert werden soll? Ich verstehe, dass Ihr dieses Geheimnis Donna Lucrezia lieber nicht anvertrauen wollt.«

Mit einem mitfühlenden Lächeln trat er beiseite, um einem mit Feuerholz beladenen Esel Platz zu machen. Zu meinem Erstaunen hob der Bengel, der das Tier führte, seinen Stock zum Gruß, und Don Giulio nickte ihm zu. »Ich interessiere mich für die Wissenschaft der Chemie«, erklärte er. »Der Vater dieses Jungen, ein Mann, der im Wald lebt, kennt sich gut mit den chemischen Eigenschaften von Pflanzen aus. Ich komme wegen meines Gartens hierher«, fügte er hinzu.

»Und ich … wegen Angela.« Don Giulios breites, offenes Gesicht strahlte eine solche Aufrichtigkeit aus, dass es unmöglich war, ihn zu belügen. Vielleicht konnte dieser Mann, der im Wald lebte, ja helfen. Besser, Angela fiel bei Don Giulio in Ungnade, als dass sie starb, weil ich versagt hatte.

»Warum, brauche ich wohl nicht zu fragen.« Ein bitterer Zug entstellte einen Moment lang seinen schönen Mund.

»Sie … sie hat von einer Hexe in der Nähe von San Paolo etwas bekommen, sagt sie. Und jetzt … oh Giulio, sie ist furchtbar krank. Ich habe Angst, dass sie stirbt. Ich wollte diese Frau aufsuchen, um herauszubekommen, was sie ihr gegeben hat und ob es ein Gegengift gibt.«

»Bringt mich zu ihr.« An den Diener gewandt, der ihn begleitete, sagte er: »Geh zu mir nach Hause und sag Ser Pandolfo, er soll sofort ins Schloss kommen. Er findet mich im Torre Marchesana, in den Gemächern der Herzogin. Ser Pandolfo ist mein Leibarzt«, erklärte er.

»Ihr seid sehr gütig, mein Herr.«

»Es ist ganz einfach, Violante. Ich liebe sie. Nichts, was sie getan hat, könnte mir größere Schmerzen bereiten als der Gedanke, weiter auf der Welt zu bleiben, nachdem sie sie verlassen hat.«

*

Als Giulio und ich das Zimmer betraten, schien mir, als sähe sie ein wenig besser aus. Immerhin hatte sie genug Kraft, um Widerspruch dagegen zu erheben, dass ich Giulio unangekündigt mitbrachte. Catherinella saß bei ihr. Das Bett war frisch bezogen, ihr Haar gebürstet und ihr Gesicht gewaschen. Offenbar hatten sie einander viel zu sagen, also entließ ich Catherinella und ging selbst hinaus in den Hof, um auf das Eintreffen Ser Pandolfos zu warten. Als ich in Begleitung des Arztes und eines Dieners zurückkehrte, der seine Tasche mit Schröpfköpfen und Lanzetten trug, schien Angela zu schlafen. Auf ihrem Gesicht lag ein sanftes Lächeln, ihre und Giulios Finger waren ineinander verschlungen.

»Ich glaube, das Schlimmste hat sie hinter sich«, flüsterte Giulio, kaum dass wir eingetreten waren. »Aber ich bleibe hier bei ihr. Ich muss Ferrante benachrichtigen, damit er mich auf der Reise nach Belriguardo vertritt. Sobald ich kann, reite ich dann direkt nach Mantua.«

Tags darauf ging es ihr schon so gut, dass sie sich aufsetzen und etwas Hühnerbrühe zu sich nehmen konnte. Unterdessen las Giulio ihr vor. Nachmittags stimmte sie sogar mit ein, als er und ich zum Zeitvertreib Lieder sangen. Jetzt, da Donna Lucrezia Ferrara verlassen hatte, beschloss Giulio, Angela zu sich in seinen Palast zu nehmen, bis sie genesen war. Ich sollte sie als Anstandsdame begleiten. Giulios Palast lag am Corso degli Angeli, im Herzen der Neustadt, wo die Straßen breit waren und viele Parks und Gärten für gute Luft sorgten. Wir wählten gerade die Gewänder aus, die wir mitnehmen wollten, und trieben dabei den Haussklaven an den Rand der Verzweiflung, da wir uns immer wieder umentschieden, als Angela plötzlich über Kopfschmerzen klagte und mich bat, die Fensterläden zu schließen; das Tageslicht sei ihr unerträglich. Als ich ihr das Haar aus dem Gesicht strich, fühlte ich, dass ihre Stirn geradezu glühte.

»Ich schicke den Sklaven um Wasser«, sagte ich. Angela hatte so viel Blut verloren, dass ihr Körper in der Sommerhitze Mühe hatte, die kühlen, feuchten Körpersäfte wieder zu bilden, die uns Frauen von Natur aus gegeben sind, wie Aristoteles lehrt. »Und schick einen Boten zu mir«, wies ich den Sklaven an. »Ich werde an Giulio schreiben und ihm erklären, dass du heute doch noch nicht reisefähig bist. Vielleicht morgen.«

Doch wir sollten auch am nächsten Tag nicht reisen.

»Sumpffieber«, verkündete Giulio unmittelbar nach seiner Ankunft mit Ser Pandolfo im Schlepptau, der seine Instrumententasche trug. Seine Stimme klang trostlos, und als er, an den Türrahmen gelehnt, einen langen Seufzer tat, schien er vor meinen Augen zu altern. »Tut, was Ihr könnt«, sagte er zu seinem Arzt, obwohl wir beide wussten, dass man wenig anderes tun konnte, als zu warten und zu hoffen.

»Betet Ihr für sie?«, fragte mich Giulio am dritten oder vierten Tag unserer Krankenwache. Inzwischen war sie ruhig geworden, fast bis zur Ohnmacht erschöpft von anfallsweisem Erbrechen und Fieberschüben, während derer sie nicht bei sich war, sich im Bett hin und her warf, die Augen rollte, jaulte und kreischte wie eine läufige Katze.

»Zu wem denn? Man hat mich gelehrt, der Gott der Christen sei barmherzig und verzeihend. Soll das vielleicht seine Barmherzigkeit und Verzeihung sein, was er Angela antut?«

»Ihr habt zu viel Zeit in Gesellschaft von Valentino zugebracht.« Giulios gezwungenes Lachen verbesserte die Stimmung nicht. »Ich hoffe, Ihr sprecht nicht so, wenn mein Vater zuhört.«

Ich hätte mir am liebsten auf die Zunge gebissen. Wie unbedacht und gedankenlos ich daherredete! Um Giulio nicht ansehen zu müssen, machte ich mich an Angelas Decken zu schaffen. Er ergriff meine Hand, als ich ihr Bett glatt strich, und rollte unter meiner Handfläche die Finger ein. »Betet für sie«, bat er. »Die Gebete, die am schwersten fallen, bedeuten Gott am meisten.«

Woher wollte er das wissen? Doch seine sanfte, direkte Art weckte in mir den Wunsch, ihm zu Gefallen zu sein, und so versprach ich, zu beten. Ich würde nicht in Madonnas Kapelle im Torre Marchesana gehen, denn in dem kleinen, überladenen und fensterlosen Raum bekam ich Platzangst, und der Weihrauchgeruch zusammen mit dem vergoldeten höhnischen Grinsen der Heiligen waren zu viel für meinen Geist. Nein, ich würde die Marienkapelle der Kathedrale aufsuchen und mich in das Bildnis versenken, das ich für mich die Madonna der Fremden nannte.

Darauf hatte mich Catherinella gebracht. Donna Lucrezia besuchte gern Gottesdienste in der Marienkapelle, denn wie ihr Vater verehrte sie die Heilige Jungfrau in ganz besonderem Maße. Und sie umgab sich gern mit ihrer kleinen Schar von Heiden, die sie Gott zuführen wollte. Fidelma machte viel Wesens um ihre Frömmigkeit, beherrschte die Gebete wortgetreu und wusste ganz genau, wann sie sich erheben oder niederknien musste. Catherinella stand dann wie immer hinter Madonna, aufrecht und reglos wie die Säulen, die das Dachgewölbe trugen, und ihre auf einen Punkt in mittlerer Entfernung gerichteten Augen schienen nicht einmal zu blinzeln. Ich selbst war meist abgelenkt, denn ich beobachtete gern aus dem Augenwinkel die übrigen Menschen in der Kathedrale.

Eines Morgens während der Fastenzeit jedoch, als es in der Kathedrale noch ungewöhnlich ruhig war, machte ich mir einen Spaß daraus, Catherinellas Bewegungen zu verfolgen. Während ich im schwachen, stauberfüllten Licht das bläulich schimmernde Weiß in Catherinellas Augen beobachtete, geschah es, dass mein Blick dem ihren folgte, der dem gerahmten Bildnis der Jungfrau mit Kind galt. Die Jungfrau trug eine prächtige Krone und einen Umhang aus Blattgold, und ihr Gesicht war, wie das des Kindes auf ihrem Arm, schwarz. Erst da bemerkte ich das leise Lächeln und den Ausdruck heimlicher Gemeinsamkeit, mit dem Catherinella die schwarze Königin im goldenen Gewand betrachtete.

Ich weiß nicht, was sie schwarz machte. Vielleicht trübte ein Pigmentmangel oder der Rauch der vielen Kerzen, die außer in der Fastenzeit vor ihr brannten, unseren Blick auf ihre wahre Erscheinung. Vielleicht hatten in vergangener Zeit die Gläubigen sie berühren können, und ihr Gesicht war durch deren Schweiß, den Schmutz der Münzen und den widerlichen Atem der Bettler dunkel geworden. Aus der Sicht unseres himmlischen Vaters sind wir nämlich alle Bettler. Dass sie schwarz war, tröstete mich, gab es mir doch das Gefühl, dass im Hause des christlichen Gottes auch für seltsame Wesen wie Catherinella und mich Platz war. Es erinnerte mich daran, dass Maria eine jüdische Mutter wie meine eigene gewesen war.

Zu ihr wollte ich jetzt gehen und ihr von Angela erzählen. Doch es kam ein wenig anders. Giulios Bemerkung noch frisch im Kopf, stand ich vor dem kleinen Bildnis in der tiefen Einfassung und dachte an Cesare. Möglicherweise war also alles, was danach geschah, meine Schuld. Ich sandte die falschen Gebete zum Himmel, und die schwarze Madonna erhörte sie.

*

Angela wurde zusehends schwächer. Irgendwann fand Ser Pandolfo keine Venen mehr, um sie zur Ader zu lassen, also setzte er Schröpfköpfe auf ihren Rücken. Als die Male zu eitern begannen, warf Giulio ihn hinaus. Zuweilen war Angela klar bei Sinnen, im nächsten Augenblick jedoch wieder vom Fieber verwirrt, ihr Geist schlug Purzelbäume, denen zu folgen wir Mühe hatten. So bat sie um Wasser, um uns sofort darauf zu beschuldigen, ihr Skorpione an die Lippen gesetzt zu haben. Die Streifen, die das Sonnenlicht auf ihr Bett zeichnete, hielt sie für Gitterstäbe, und in den Schatten des Kerzenscheins an den Wänden sah sie die Geister ihrer längst verstorbenen Eltern beim Tanz.

»Sie stirbt«, flüsterte Giulio, und seine Wangen waren nass von Tränen.

»Wir sollten Donna Lucrezia benachrichtigen«, entgegnete ich.

*

Der Fackelträger öffnete die Tür und trat mit abgewandtem Kopf angewidert beiseite. Donna Lucrezia marschierte ungerührt an ihm vorbei und brachte den Geruch von frischer Luft, Pferden und warmem Staub in unsere übel riechende Düsternis. Zu meiner Bestürzung sah ich, dass sie venezianische Kniebundhosen und Sporen an den derben Stiefeln trug, in der behandschuhten Hand sogar noch eine kurze Peitsche. Sie musste verrückt sein, jetzt noch zu reiten, da ihr Kind in weniger als fünf Monaten zur Welt kommen sollte. Und noch dazu in diesem Tempo. Kaum zwanzig Stunden zuvor war Giulios Bote nach Belriguardo aufgebrochen. Wenigstens weilte Don Alfonso noch im Ausland und erfuhr das nicht.

»Gott sei Dank seid Ihr rasch gekommen.« Giulio sprang auf, um sie zu begrüßen, sodass sein Gesicht unvermittelt im Schatten verschwand und im gelblichen Schein der Laterne auf Angelas Nachttisch nur noch seine Hände mit den bis zur Kuppe abgenagten Nägeln zu sehen waren, die nach Donna Lucrezias Händen griffen.

»Wie lange ist sie schon in diesem Zustand?« Donna Lucrezia versuchte tapfer, Ruhe zu bewahren, doch das Zittern in ihrer Stimme zeigte, wie erschüttert sie war und wie wütend, dass man sie nicht eher gerufen hatte.

»Wir haben sie so gut gepflegt wie möglich. Aber viele hier am Hof sind krank, selbst die Ärzte.«

»Natürlich habt Ihr Eurer Bestes getan«, sagte Donna Lucrezia nun sanfter, als wollte sie ein gereiztes Kind beruhigen. Sie setzte sich neben Giulio auf Angelas Bett und strich ihrer Cousine das verfilzte Haar aus der Stirn. »Doch jetzt müsst Ihr Euch ausruhen, damit sie Euch lächeln sieht, sobald sie zu sich kommt. Inzwischen werden Violante und ich für sie sorgen.« Hofdamen sind schließlich nur Bedienstete in prächtigen Gewändern; sie brauchen keinen Schlaf.

Giulio erhob sich, schien jedoch unschlüssig. Er machte sich auf den Weg zur Tür, dann zögerte er. »Ich liebe sie, Lucrezia. Wenn sie durchkommt, möchte ich Euch höflichst um die Erlaubnis bitten, sie zu heiraten.«

»Obwohl …?«

»Sie hat das Kind verloren.«

»War es von Euch?«

Er schüttelte unglücklich den Kopf. »Ich wollte sie nicht zu meiner Mätresse machen. Aber ich hätte für das Kind gesorgt. Alles, was zu Angela gehört, ist mir wertvoll. Alles.« Die Liebe in seinem Blick, als er auf das Bett sah, erfüllte mich mit Zuneigung zu ihm, wiewohl versetzt mit einem Stich Eifersucht, so wie Essig die Süße von Erdbeeren noch stärker zur Geltung bringt.

Kaum hatten wir die Laken gewechselt, hörten wir Schritte im Korridor. In der Annahme, Giulio sei zurückgekehrt, öffnete ich. Doch herein schritt Herzog Ercole und schubste mich mit solchem Ungestüm beiseite, dass ich zu Boden fiel. Donna Lucrezia hatte bereits die ersten Kerzen ausgeblasen, denn das Grau des Himmels verblasste schon zu Aquamarin, und erstes Vogelgezwitscher drang zu uns herein. Im matten Zwielicht wirkte das Gesicht des Herzogs uralt, seine Wangen sahen gelblich und schlaff aus, und sein Schildkrötenhals, der aus dem Pelzkragen seines Morgenrockes ragte, war von Falten und Runzeln durchzogen.

»Als ich erwachte und fragte, was die Unruhe zu bedeuten habe, hoffte ich, mein Diener hätte es falsch verstanden«, sagte er, die hellen Augen fest auf Donna Lucrezia gerichtet. Keine Einzelheit entging ihnen, weder ihre verschmutzten Kleider noch ihr wirres Haar oder ihr von Erschöpfung gezeichnetes Gesicht. Bisher hatte er in ruhigem Ton gesprochen, doch nun wurde seine Stimme lauter und barsch vor Ärger. »Wie konntet Ihr so unverantwortlich handeln? Ihr seid doch nicht dumm. Ihr müsstet wissen, dass es einen, aber auch nur einen einzigen Grund dafür gibt, dass wir Euch in diesem Hause dulden – weil Ihr bewiesen habt, dass Ihr in der Lage seid, gesunde Söhne zur Welt zu bringen.«

Madonna zuckte zusammen. Zweifellos versetzte ihr die

Erinnerung an ihren geliebten Rodrigo, der Hunderte von Meilen entfernt in Neapel im Hause seiner Tante, der Prinzessin Sancia, weilte, einen Stich. Doch sie entgegnete bloß: »Ich dachte, es gäbe noch einen weiteren.« Sie sprach leise.

»Und zwar?«, fragte der Herzog und rieb sich das Ohrläppchen.

»Ich dachte«, wiederholte Madonna, nun mit lauterer Stimme, »dass der Sohn meines Vaters ebenso ein Grund für meine Eheschließung war wie meine etwaigen eigenen Söhne.«

Mein Herz machte einen Satz, und ich wandte den Blick ab. Es war, als zwinge man mich, einem Folterritual beizuwohnen, bei dem Opfer und Täter in einer Art Totentanz immer wieder die Rollen wechseln.

»Glaubt Ihr, wir wären auf den Schutz eines Schaukelpferdgenerals angewiesen, wie Euer Bruder einer ist, *madama?* Wir, die Este, die seit zweihundert Jahren das Kriegshandwerk betreiben?«

Donna Lucrezia zuckte mit den Schultern. »Es gibt Frauen von edlerer Geburt als ich, die Don Alfonso hätten Söhne schenken können. Allerdings wohl nur wenige, die so reich sind. Ihr wart so gütig, dem Gesuch meines Vaters stattzugeben. Und obgleich ich mein Bestes getan habe, Eurem Sohn eine gute Gattin und Euch eine gute Schwiegertochter zu sein, habt Ihr mir sehr klar zu verstehen gegeben, dass Ihr keinerlei Zuneigung zu meiner Person empfindet.« Eine Frau von geringerem Niveau hätte es an dieser Stelle vielleicht mit Tränen versucht oder die Drohung mit Cesare deutlicher formuliert, doch Donna Lucrezia tat keins von beidem. Sie ließ ihre Worte einfach wirken, damit der Herzog daraus seine eigenen Schlüsse zog.

»Wenn Ihr doch bloß in gewissen Angelegenheiten etwas nachgiebiger wäret.« Er schlug nun einen bettelnden Ton an und unterdrückte seine Wut. »Was beispielsweise Euren Hofstaat betrifft, die Schicklichkeit Eurer Gesellschafterinnen.« Eidechsengleich glitt sein Blick zu Angela, deren Zähne trotz des warmen Morgens und der vielen Bettdecken inzwischen krampfartig aufeinanderschlugen. Ich stand vorsichtig auf und hoffte, der Herzog würde mich nicht bemerken. Ich musste Wärmepfannen holen und weitere Decken, damit sie das Fieber ausschwitzen konnte. Doch er gebot mir mit einer scharfen Geste seiner flachen Hand, zu bleiben, wo ich war.

Donna Lucrezia hob das Kinn und strich sich das Haar aus der Stirn. »Das Kind, das sie trug, war auch Euer Enkelkind, Euer Gnaden.«

Ich schloss die Augen. Wenn ich nicht sah, was passierte, geschah es vielleicht nicht.

Als ich die Augen wieder öffnete, sah ich, dass Herzog Ercoles Faust sich öffnete und schloss, als versuchte er, eine Schlange zu erwürgen.

»Erinnert Ihr Euch noch Eurer Ankunft hier?«

»Es ist noch nicht lange her, Euer Gnaden.«

»Ich habe Euch den Ort gezeigt, an dem Herzogin Parisina wegen ehelicher Untreue hingerichtet wurde, vollzogen mit ihrem Stiefsohn. Das geschah nicht zu Eurem Vergnügen, *madama,* sondern zu Eurer Erbauung und der Eurer … Damen.« Das letzte Wort, gewürzt mit reichlich Sarkasmus, spuckte er in Angelas Richtung aus.

»Und mit wem genau soll meine Cousine untreu gewesen sein? Weder Don Giulio noch seine Hochwürden, der Kardinal, sind verheiratet. Allerdings sollte der Kardinal, das versichere ich Euch, dies auch tunlichst unterlassen.«

Der Herzog schnaubte. »Das ist ein starkes Stück aus dem Munde der Tochter eines Papstes.«

Ich hoffte, sie würde weder Giulios ehrbare Absichten noch Angelas wahre Gefühle für ihn erwähnen. Etwas sagte mir, dass die Stimmung des Herzogs sich durch die Aussicht auf eine zweite Schwiegertochter aus dem Hause Borgia nicht bessern würde. Aber ich hätte mir keine Gedanken zu machen brauchen.

»Und doch ist sie gut genug für Euren Sohn und Erben, Euer Gnaden. Vielleicht liegt Euch sein moralisches Wohlergehen ja weniger am Herzen als das des Kardinals. Durch den einen sichert Ihr Euch Eure Stellung in dieser Welt, durch den anderen erkauft Ihr Euch einen Platz unter den Heiligen.« Mit einem resignierten Lächeln blickte sie auf ihren Bauch und sagte, als spreche sie zu dem Kind darin: »Nun, wir alle werden von unseren Vätern benutzt. Das ist der Lauf der Welt. Aber manchmal scheint mir, wir gleichen mehr den Karten denn dem Geld, um das gespielt wird. Wir haben unser eigenes, von den Spielern unabhängiges Schicksal. Du, mein Kleines, hast dein eigenes Schicksal, das von meinem unabhängig ist, sogar schon, ehe die Nabelschnur zwischen uns durchschnitten wird. Wie denkt Ihr darüber, Euer Gnaden?«

Der Herzog räusperte sich und starrte auf seine Füße. Vielleicht errötete er sogar, auch wenn der Hauch Farbe, der in seine grauen Wangen zurückkehrte, ebenso gut der aufgehenden Sonne zu verdanken sein konnte und nicht unbedingt bedeutete, dass er sich unbehaglich fühlte. Doch Donna Lucrezia hatte einen Trumpf ausgespielt, und das Ass trug sie immer noch im Leib. Wer außer Don Alfonso konnte schließlich dem Herzog einen Erben schenken? Ippolito, der Bräutigam der Kirche? Sigismondo mit seinem von der Franzosenkrankheit erweichten Hirn oder Ferrante mit seinem Harem junger Männer? Nur Giulio, und der gehörte nicht zur legitimen Linie.

»Was braucht Ihr?«, brummte er finster und bezog mich mit einer Kopfbewegung in die Frage mit ein. »Ich werde Hilfe schicken. Jemanden, der sich um Donna Angela kümmert, während Ihr Euch ausruht. Ihr müsst Euch ausruhen«, insistierte er mit einem wütenden Blick auf Donna Lucrezia.

»Ihr habt recht, Vater, doch vielleicht würdet Ihr mich später zu Schwester Osanna begleiten. Mein Astrologe hat mir versichert, dass es ein Junge wird, aber ich würde gern die Meinung der Schwester dazu hören.« Ihr Lächeln war so süß wie Schimmel auf einer Traube.

Herzog Ercole lächelte zurück, und nur ich sah, wie Donna Lucrezia die Schultern hängen ließ, sobald sich die Tür hinter ihm geschlossen hatte.

»Geht jetzt in Euer Gemach«, sagte ich. »Ich werde bei Angela bleiben.«

Sie gähnte und nickte wie ein Kind, das die Müdigkeit gefügig gemacht hat. An der Tür blieb sie stehen und tastete nach der Rückenschnürung ihres Korsetts.

»Ich kann nicht …«

»Lasst mich den oberen Teil öffnen, Madonna, den Rest schafft Ihr alleine.«

»Violante?«, fragte sie über die Schulter, während ich mit den Korsettschnüren beschäftigt war.

»Ja, Madonna?«

»In welcher Sprache träumt Ihr?«

»Ich … ich weiß nicht, Madonna. Ich kann mich nicht erinnern.«

»Ich träume in Katalanisch. Seltsam, nicht wahr, wenn man bedenkt, dass ich in Italien zur Welt gekommen bin? Angela ist inzwischen der einzige Mensch, der mir nahe ist und dem es ebenso ergeht. Und der in meiner Nähe lebt, meine ich.« So erfuhr ich, dass es noch jemanden gab.

Als sie gegangen war, schloss ich die Fensterläden, um die übel riechende Luft auszusperren, die von den Sümpfen aufstieg, wenn die Sonne schien. Nachdem ich die Bettdecken um die zitternde Angela fester gesteckt hatte, machte ich mich auf die Suche nach einem Diener, der mir die benötigten Dinge bringen konnte. Dann fiel mir ein, dass Mariam »ein paar Sachen, die man unbedingt braucht« ganz unten in meine Truhe gepackt hatte, als ich von zu Hause nach Santa Maria in Portico aufbrach. Bestimmt gab es darunter etwas, das gegen Fieber half.

Aber ich war so müde, dass ich nicht mehr denken konnte, und je mehr ich mein Gedächtnis nach ihrer Verwendbarkeit durchforstete, desto weniger wollte mir einfallen. Ich schaffte es lediglich, ein paar der getrockneten Lavendelblätter auf Angelas Kissen zu streuen, damit sie entspannt schlief. In meiner Ungeduld, den Rest von Mariams Geheimnissen wieder wegzupacken, damit ihr Anblick mich nicht an mein Versagen erinnerte, stieß ich eines der Glasfläschchen um. Dabei löste sich der Stöpsel und der Inhalt ergoss sich in meine Truhe. Ich griff schnell nach Cesares Brief, doch die ausgelaufene Substanz war ohnehin so zähflüssig, dass sie sich nur langsam auf dem roten Seidenfutter verteilte. Nelkenöl, dachte ich und sog den holzigen, würzigen Duft ein, während ich das Gefäß wieder verschloss, hilft gegen Zahnschmerzen. Und dann, den zerknitterten Brief in der anderen

Hand, überlegte ich, ob Mariam wohl auch ein Mittel gegen ein wundes Herz eingepackt hatte.

Fast ein halbes Jahr war es jetzt her, dass ich Cesare zuletzt gesehen hatte. Als ich mit unserer Gruppe an der Porta Pinciana gewartet hatte, um durchgelassen zu werden, war er an mir vorbeigeritten, ohne mich eines Blickes zu würdigen. Ich sollte mir eingestehen, dass ich ihm nichts bedeutete, nicht mehr als jedes andere hübsche Mädchen, das angesichts seines guten Aussehens und seiner hohen Stellung aus dem Häuschen geriet.

Und doch, ich hatte seinen Brief, in dem er klar und deutlich schrieb, wenn er irgendjemanden lieben würde, dann mich. Ich wollte es gar nicht so genau wissen, warum er wohl nicht frei war, sondern begnügte mich mit vagen Vermutungen, die damit zu tun hatten, dass er verheiratet und außerdem Soldat war, also jederzeit sterben oder zum Krüppel werden konnte. Eine wahre Geliebte musste das verstehen. Sie musste sich in Geduld und Langmut üben und durfte ihrem Geliebten nicht mit Forderungen zusetzten oder versuchen, ihn an sich zu binden. Außerdem war er, wenn er nicht frei war, mich zu lieben, auch nicht frei für die Liebe zu einer anderen. Zu La Fiammetta oder der entführten Dorotea Caracciolo. Also zog ich einen Stuhl an Angelas Bett, fuhr mit dem Daumen über das zerknitterte Blatt, befühlte die Knicke und die schwungvollen Einkerbungen seiner Feder in dem Pergament und wappnete mich für das Warten darauf, dass mein Schicksal sich wendete.

Ich musste eingeschlafen sein, denn das Nächste, an was ich mich erinnere, ist eine Stimme, tief und heiser, die mit der Beharrlichkeit einer Feile an meinem Ohr kratzte.

»Violante? Violante?«

Ich schrak hoch und starrte Angela an. War es ein Todesröcheln, das mich aus meinem erschöpften Halbschlaf gerissen hatte? Hinter den Fensterläden hatte sich die Dunkelheit herabzusenken begonnen, und ich musste mich anstrengen, um sie zu sehen.

»Warum bist du nicht in Belriguardo?«, fragte sie mit einer Stimme, die zwar schwach, aber vollkommen klar klang. »Oder bist auch du jetzt in Ungnade gefallen – mitgefangen, mitgehangen?« Sie versuchte zu lächeln und zog dann die Stirn in Falten, weil ihre trockenen Lippen bei dieser Anstrengung aufsprangen. Einen Augenblick lang brachte ich kein Wort heraus. Ich saß einfach nur da, und Tränen der Erleichterung und des Selbstmitleids liefen über mein Gesicht und tropften auf Cesares Brief, den ich umklammert hielt.

»Was ist los?«, fragte Angela beharrlich, und ihr Blick wanderte zwischen meinen nassen Wangen und dem Brief hin und her. »Hat er wieder geschrieben? Hat er etwas gesagt, was dich aufgeregt hat?«

»Du bist krank gewesen. Darum bin ich hier. Giulio hat eine Nachricht geschickt, dass du im Sterben liegst. Deshalb ist Donna Lucrezia zurückgekommen … das war gestern, glaube ich. Ich hatte deine Pflege übernommen, und nun sieh mich bloß an …« Mehr konnte ich nicht sagen.

»Gibt es Wasser?«, fragte sie. »Mein Mund schmeckt wie der Boden eines Schweinestalls.«

Ich schenkte Wasser ein und hielt es ihr an die Lippen. »Der Ehrfurcht gebietende Blick ins Antlitz des Todes hat also deine Zunge nicht gereinigt.«

Sie nippte von dem Becher und sank dann zurück in die Kissen. »Giulio war hier, sagst du?«, fragte sie mit einem Lächeln, das bis in jeden Winkel ihres schmalen, blassen Gesichtes zu dringen schien. »Weißt du, ich erinnere mich an fast gar nichts, außer dass ich die ganze Zeit sein Gesicht sehen konnte. Ich habe von der Farbe seiner Augen geträumt, bei Tageslicht und bei Kerzenschein, und er hat nach Honig geduftet.«

»Bis Madonna eintraf, war er ununterbrochen bei dir. Sie hat ihn dann zu Bett geschickt. Er war am Ende. Soll ich jemanden losschicken, um ihn wissen zu lassen, dass das Schlimmste überstanden ist?«

»Jetzt noch nicht. Ich sehe bestimmt schrecklich aus.«

»Du weißt, dass Giulio das einerlei ist.«

»Ich kann ihn jetzt nicht empfangen«, sagte sie, und es klang endgültig, doch dann fügte sie hinzu: »Aber er fehlt mir.«

»Kannst du dir nicht vorstellen, dass er dich in schlimmerem Zustand gesehen hat, als du noch im Fieberwahn lagst? Liebevoll wie eine Mutter hat er dich versorgt.« Noch während ich es sagte, merkte ich selbst, wie dumm und bedeutungslos dieser Satz war. Mütter sind böse und ärgerlich, enttäuscht, weil sie das Leben ihrer Kinder nicht stellvertretend leben und ihre Fehler nicht für sie machen können. Mütter sterben. »Und er wird nicht erfreut darüber sein, dass du ihn nicht sehen willst. Er wird sich zurückgewiesen fühlen.«

»Wie kannst du, was meine Herzensangelegenheiten betrifft, so klug und weise sein und gleichzeitig wie eine Motte im Licht jede Orientierung verlieren, wenn es um deine eigenen geht?«

Ich wusste es nicht. Woher auch?

*

Nachdem das Fieber gebrochen war, erholte sich Angela rasch, und so wurde die Rückkehr von Madonnas Hofstaat nach Belfiore geplant. Madonna hatte gehofft, wieder nach Belriguardo reisen zu können oder in das Sommerhaus in Medelana, und Ippolitos Ärzte hielten auch beide Orte für Angelas Genesung zuträglich, doch Giulios Ärzte rieten dazu, den Reiseweg kürzer zu halten. Belfiore, auf einer Insel im Barco gelegen und noch innerhalb der Stadtgrenzen, aber abseits der Hitze und der stinkenden Luft des alten Viertels, in dem das Schloss lag, erschien ihnen als die beste Möglichkeit. Außerdem hatte der Herzog gerade Pietro Bembo zugesagt, er könne in Belriguardo in Ruhe an seinen Gedichten arbeiten, und die Muse eines so großen Dichters durfte nicht durch das Geschnatter von Frauen und ihrer Dienerschaft abgeschreckt werden.

Die weiße Marmorfassade von Belfiore spiegelte sich an dem Nachmittag unserer Überfahrt so vollkommen im stillen Wasser des Sees, dass man die Spiegelung für ihren ertrunkenen Zwilling hätte halten können, ein von bienenfleißigen Wassernymphen erbautes Ebenbild. Doch Madonna nahm schon vor unserem Eintreffen eine ablehnende Haltung ein, da dort auf einer Reihe von Fresken die Leistungen von Herzogin Eleanora, der Mutter ihres Gatten, gewürdigt wurden. Alles schön und gut, fauchte sie, daran gemahnt zu werden, dass die Herzogin wie sie selbst Spanierin war und wie sie selbst dem Königshaus Aragón entstammte, aber ständig vor Augen zu haben, wie die Herzogin im Schach, in der Musik und im Tanz brilliert hatte, würde ihr auf Magen und Geist schlagen. Dann lachte sie. Brilliert habe sie auch in der Kunst der Schlemmerei; offenbar sei die Herzogin, wie auch ihre Tochter Donna Isabella, sehr fett gewesen.

»Glaubt Ihr«, flüsterte sie und wartete auf mich, um mit mir zusammen durch die Räume mit den besagten Fresken im Westflügel des Palastes zu schlendern, die jetzt im letzten Glanz der Sonne leuchteten, ehe sie im See versank, »dass der alte Ercole sie nach Hundeart besteigen musste? Oder meint Ihr, seine Männlichkeit ist lang genug, dass dieser Bauch nicht im Weg war?« Seit Angelas Krankheit ging sie auf schmeichelhafte Weise vertraulich mit mir um, denn sie war überzeugt, ich hätte ihre Cousine auf irgendeine Art geheilt.

Ich lachte.

»Was ist so lustig?«, wollte Angela wissen und drehte sich in dem Rollstuhl um, in dem ich sie schob. »Wie ich es verabscheue, hier unten bei den Hunden und Zwergen gefangen zu sein!«

Ich beugte mich hinunter, erklärte es ihr und fügte hinzu: »Du und Madonna, ihr wisst sicher mehr über die männlichen Este und ihre Fähigkeiten als ich, meine Liebe.«

Angela erging sich in Bezug auf Giulio in lebhaften Beteuerungen ihrer Tugendhaftigkeit, was ihre Cousine mit fröhlichem Spott quittierte. Mit kleinen Details aus dem Intimleben von Don Alfonso versuchte sie, Angela ebenfalls zu Enthüllungen zu verführen. Erneut hallte Gelächter von der rundlichen Herzogin Eleanora und ihrem Hof wider.

*

Der Frühling wurde zum Sommer, und wir hatten uns in Belfiore schon häuslich eingerichtet. Mit fortschreitender Schwangerschaft wuchsen Donna Lucrezias Kraft und ihre Zuversicht, sie werde das Kind austragen und Don Alfonso den Sohn schenken, der ihre Stellung als rechtmäßige Erbin der allgegenwärtigen Herzogin Eleanora festigen würde.

Auch Angelas Gesundheit stabilisierte sich allmählich, wenn auch langsam, denn ihr Blut hatte durch das auf ihre Fehlgeburt folgende Fieber gelitten. Sie blieb dünn und schwach, konnte außer Brühe und heißer Milch nichts zu sich nehmen und benötigte sehr viel Ruhe. Unser Tagesablauf war entspannt. Wir unternahmen Kahnpartien auf dem See und hörten abends Musik im Park. Abgesehen von den Gauklern, unseren Geistlichen und Fonsi dem Hund waren wir Frauen unter uns, und so liefen wir meist in lockeren Gewändern ungezwungen umher und zwängten uns nur gelegentlich zu einem der sehr seltenen feierlichen Anlässe in unsere Korsetts.

Don Alfonso blieb am französischen Hof, und so war Don Giulio der einzige Mann von Stand, der uns regelmäßig besuchte und der, hätte sein Vater es zugelassen, sicher auch geblieben wäre. Oft nicht einmal von einem Ruderer begleitet, schlüpfte er diskret vom alten Landungssteg auf der Stadtseite, wohin nach Jagdausflügen im Barco das erlegte Wild gebracht wurde, zu uns herauf.

Eines Morgens, als ich in der Dachloggia an meinem Teil einer Altardecke für die Kathedrale arbeitete, die Donna Lucrezia als Dankesgabe für Angelas Genesung versprochen hatte, hob ich kurz den Blick, damit sich meine Augen von der konzentrierten Arbeit erholen konnten, und sah im Garten Angela und Giulio. Die Loggia wies nach Nordosten, also nicht gen Ferrara, daher hatten wir sein Boot von hier aus nicht kommen sehen können. Angela lag auf einer mit Kissen bedeckten Marmorbank im Schatten eines Kastanienbaumes. Von Zeit zu Zeit, wenn die Morgenbrise vom See in die Zweige fuhr, legten sich seine Blätter wie ein Schleier vor ihr Gesicht. Giulio saß, ein aufgeschlagenes Buch auf dem

Schoß, neben ihr auf einer der Armlehnen. Die Edelsteine auf dem Einband funkelten mitunter, wenn er es in die Hand nahm und vermutlich daraus vorlas. Vielleicht war ich deshalb aufmerksam geworden.

Ich beneidete sie um das einfache Glück, im sonnigen Garten sitzen und ihrem Geliebten lauschen zu können, die Sonne in seinem Haar zu riechen, zu spüren, wie die Wärme seines Körpers den intimen Raum zwischen ihnen füllte und die einzigartige Melodie seiner Stimme zu genießen. Doch da bemerkte ich, dass ich mich nicht mehr an den Klang von Cesares Stimme erinnern konnte; mir war, als hätte ich einen Treuebruch begangen.

»Legt die Arbeit doch eine Weile beiseite, Violante, und gönnt Euren Augen eine Pause.« Erst als Donna Lucrezia mich ansprach und die Musiker, die uns mit Laute und Theorbe unterhalten hatten, aufhörten zu spielen, spürte ich, dass meine Augen voller Tränen waren. Madonna hatte wohl gemerkt, dass ich sie mir gerieben hatte. Der Rücken der Hand, in der ich die Nadel hielt, war glitschig nass; ich hätte mir das Auge ausstechen oder Tränenspuren auf der Altardecke hinterlassen können.

»Ja, Madonna.« Ihr mildes, herzliches Lächeln verschwamm vor meinem Blick.

»Geht und holt Cousine Angela. Die Genesung lässt sie faul werden.«

*

Ich lief die vier Treppen in den Garten hinunter, den hechelnden Fonsi im Schlepptau. Angela und Giulio waren nicht mehr allein. Kardinal Ippolito, dessen scharlachroter Ornat im Sonnenglanz zu pulsieren schien, hatte sich zu ihnen gesellt. Giulio hatte sein Buch beiseitegelegt und sich erhoben. Die beiden Brüder stritten sich offenbar. Da ich nicht in einen Familienzwist geraten wollte, packte ich den kleinen Hund und zog mich hinter ein Geißblattspalier zurück, das an den Knotengarten grenzte. Ich wollte nicht lauschen, aber die lauten Stimmen waren nicht zu überhören.

»Wenn ich schon bei dieser Hitze über den See fahre, will ich gefälligst, dass man mir zuhört!«, schrie Ippolito. So ähnlich musste es sich angehört haben, wenn er im Kinderzimmer von seinen Brüdern und Schwestern links liegen gelassen wurde. »Unser Vater befiehlt, dass du nach Ferrara zurückkehrst.«

»Ach, er versucht doch ständig, mich von hier wegzuholen. Das meint er nicht ernst.« Giulio ließ sich nicht aus der Ruhe bringen; ihm war in diesem Sommer nichts wichtiger als Angela und ihre Genesung.

»Diesmal schon. Es ist eine Gesandtschaft aus Florenz eingetroffen, und es wird ein Familienrat stattfinden.«

»Aber ich gehöre ja gar nicht so richtig zur Familie, nicht wahr? Beraten will er sich mit dir und mit Ferrante. Sogar Sigismondo würde er eher zurate ziehen als mich.«

Ippolitos Soutane raschelte über den Kies, als er unruhig hin und her stapfte. »Sei nicht so starrsinnig, Giulio. Du weißt, dass er dich liebt.«

»Natürlich liebt er mich. Er hat meine Mutter geliebt, und zwar mehr als deine, wage ich zu behaupten. Aber das bedeutet nicht, dass er meine Meinung wertschätzt. In meinen Adern fließt kein königliches Blut aus dem Hause Aragón.«

»Giulio, ich muss mit dir unter vier Augen sprechen.«

Giulio lachte. Es klang so barsch und ungewohnt, dass

Fonsi sich winselnd in meinen Armen zu winden begann. »Wir drei haben doch wohl keine Geheimnisse voreinander.«

»Giulio …« Angelas Stimme klang schwach und traurig.

»Es ist mein Ernst. Alles, was du mir zu sagen hast, darf Donna Angela gern hören.«

»Angela … meine Liebe.« Die zärtliche Anrede hörte sich aus Ippolitos Munde seltsam an. Ich war überrascht, denn mir schien es bei diesem Streit keineswegs darum zu gehen, dass Herzog Ercole alle seine Söhne brauchte, um einen Gesandten aus Florenz zu empfangen. »Nicht, dass ich Geheimnisse vor dir haben möchte … schließlich haben wir … gemeinsam gelitten.« Seine Worte klangen wie von Dornensträuchern gepflückt. Wieder lachte Giulio höhnisch, und der Hund wand sich in meinen Armen. »Es geht nicht um dich«, fuhr Ippolito mühsam fort. »Sondern um deine … Familie.«

Nun war es an Angela, aufzulachen. Dabei schien mir ihre Stimme kräftiger als in den ganzen vergangenen Wochen. »Aha, ich verstehe«, sagte sie in einem Ton, der mir wie die Sonne den Rücken wärmte. »Was hat er diesmal angestellt, mein Cousin? Ist er in Florenz einmarschiert?«

»Was weißt du?«, fuhr Ippolito sie an. »Was hat er dir erzählt?«

»Hände weg von ihr«, rief Giulio.

»Nichts«, sagte Angela. »Ihr seid dümmer, als ich dachte, wenn Ihr glaubt, Cesare würde sich mir anvertrauen. Seine Pläne hütet er so eifersüchtig wie ein Jude sein Geld.«

Ich zuckte zusammen.

»Siehst du?«, höhnte Ippolito. »Sie mag es, wenn sie ein bisschen hart angepackt wird. Das schärft bloß ihren Verstand.«

Darauf ertönte ein scharfer Knall, gefolgt von einer Stille, die ein wenig zu lang dauerte. Ich umklammerte die Schnauze des Hundes, damit er zu winseln aufhörte.

»Verdammt, das war ein Zahn«, nuschelte Ippolito wie ein alter Mann nach einem Schlaganfall.

»Frag unsere neue Herzogin, Ippolito, sie bekommt von ihrem Bruder mehr Briefe als von unserem. Bestimmt steht darin auch etwas über seine Pläne, denn was hat er sonst im Leben als seine Gier, sich Italien einzuverleiben?«

»Du glaubst, er würde losschlagen, während Alfonso und unser Schwager Gonzaga am französischen Hof sind? Du bist ein Narr. Er ist von Louis abhängig. Von ihm stammt die Hälfte seiner Armee und auch das Geld, um sie zu bezahlen.«

»Selbst wenn Alfonso und Francesco bei Louis Gehör finden, ist Valentino angeblich bereit, noch überzeugendere Mittel aufzufahren.«

»Ach, was für ein Unsinn. So etwas hätte vielleicht meinem verstorbenen Cousin Juan ähnlich gesehen, nicht aber Cesare.«

»Ach ja?«, beharrte Ippolito, der Angelas Versuch, Cesares Tugendhaftigkeit zu verteidigen, vollkommen ignorierte. »Wer sagt das? Ferrantes Küchenmädchen?«

Wie eine dicke, schlüpfrige Forelle wand sich Fonsi aus meinen Armen, plumpste zu Boden und galoppierte so schnell ihn seine Stummelbeine trugen, zu Angela und Giulio. Mir blieb nichts anderes übrig, als ihm zu folgen und zu hoffen, sie würden nicht merken, dass ich den gesamten Wortwechsel mitbekommen hatte. Angela kauerte sich nieder, um den Hund zu streicheln, sah jedoch zu mir hoch. Zwar lagen ihre Augen im Schatten der breiten Krempe ihres Sonnenhutes, aber die feinen Linien, die die Krankheit um ihren Mund in die Haut gezeichnet hatte, verzogen sich fast unmerklich. Also wusste sie, dass ich alles gehört hatte. »Es tut mir leid«, flüsterte sie. »Wegen des Judenwitzes«, fuhr sie auf mein verständnisloses Stirnrunzeln hin fort.

Ich bückte mich nach dem Hund. Als ihr Gesicht dem meinen so nahe war, wie die Hutkrempe es zuließ, sagte ich: »Es hat mich nicht gekränkt.« Ich erhob mich und bemerkte, dass Giulio mich finster anstarrte, während er seine verletzten Knöchel in der anderen Hand wiegte.

»Sie muss alles mit angehört haben«, sagte er zu seinem Bruder, der nun neben ihn trat. Er rieb sich die Wange, die bereits so angeschwollen war, dass sein sorgfältig gestutzter Bart wie schief gewachsen aussah. Blut rann ihm aus dem Mund und malte einen Fleck auf seine Brust, der noch dunkler war als seine scharlachrote Soutane. Ohne Giulio eines Blickes zu würdigen, stellte sich Ippolito so nah vor mich hin, dass ich das Blut in seinem Atem riechen konnte.

»Seid Ihr Valentinos Spionin, Mädchen?« Er sprach undeutlich mit schiefem Mund. Aus Angst, er könnte handgreiflich werden, drückte ich Fonsi wie ein Schutzschild an mich. »Ihr könnt sicher sein, von nun an behalte ich Euch im Auge. Und solltet Ihr vorhaben, ihm eine Nachricht zu schicken, so denkt daran, wie leicht sich ein Bote in unseren Sümpfen verlaufen kann. Ihr tätet gut daran, auch Eure Herrin daran zu erinnern. Giulio, das Boot geht in zehn Minuten. Sei dort.«

Ich drehte mich zum Haus hin um, doch Giulio, der der Aufforderung seines Bruders keine Beachtung schenkte, packte mich fest an der Schulter und zwang mich, ihm ins Gesicht zu sehen.

»Ist das wahr?«

»Dass ich Herzog Valentinos Spionin bin? Nein, Giulio, das ist nicht wahr.« Bis jetzt hatte es mich in trügerische Hochstimmung versetzt und mir geschmeichelt, dass Ippolito annahm, Cesare würde mir so sehr vertrauen, dass er mich als Spionin benutzte. Nun aber, als Giulio diese Möglichkeit ernsthaft erwog, wurde mir schmerzlich bewusst, wie lächerlich diese Vorstellung war. »Wenn er heute Nachmittag in Ferrara einmarschierte, würde ich es höchstwahrscheinlich erst nächste Woche erfahren«, fügte ich hinzu und spürte, wie die schwarze Galle in mir hochstieg. Der sorgenvolle Ausdruck in Angelas Augen, ihren Borgia-Augen, bewirkte, dass mir noch unwohler wurde.

»Aber Ihr bekommt seine Briefe an die Herzogin zu sehen?«, beharrte er.

»Sie bekommt davon so viel zu sehen wie wir anderen auch«, fuhr Angela barsch dazwischen. »Sie sieht gerolltes Pergament und ein rotes Siegel an einem purpurnen Band. Was zwischen meiner Herrin und ihrem Bruder ausgetauscht wird, kann man nur erraten.« Ich spürte, dass sie log, hatte aber keine Ahnung, worin die Lüge bestand. Jedenfalls war ich dankbar für ihr Eingreifen; dadurch stand ich nicht mehr ganz wie eine Närrin da. Ich nickte zustimmend.

»Jetzt müssen wir uns um deine Hand kümmern, ehe sie völlig steif wird.«

Mit einem unanständigen Scherz über das Steifwerden von Gliedern ließ Giulio sich wegführen, sodass ich zu meiner Stickerei zurückkehren konnte, den verwaisten Fonsi im Schlepptau.

Mir war einerlei, ob Cesare Florenz, Mailand, Venedig oder gar das Heilige Römische Reich eroberte. Ich hoffte einzig und allein, dass er alles, was er plante, ein für alle Mal hinter sich brachte und herkam, um diesen langweiligen Hof von Ferrara mit Scherzen, Intrigen, spanischer Musik und nächtelangem Kartenspiel zu erfüllen. Wenn ich die Augen schloss, blitzte das Bild seiner Zungenspitze zwischen den weißen Zähnen auf, und ich konnte den Duft seines Haares riechen, das ihm den Rücken hinunterfloss. Jasmin, Oliven, die salzige Luft von Ostia, wo der Wind von Westen wehte, dazu irgendetwas Geheimnisvolles und Wildes, das nur er hatte, sein eigentliches Ich vielleicht. Oder wurde meine darbende Erinnerung nur von Hungerfantasien heimgesucht?

Nun, mein Wunsch ging in Erfüllung, allerdings, wie das bei allen besonders dringlichen Wünschen zu sein pflegt, nicht ganz so, wie ich es mir vorgestellt hatte.

*

Obwohl wir uns während der heißesten Stunden des Tages alle in unsere Räume zurückzogen, kam Angela nicht zu mir ins Zimmer. Wahrscheinlich widmete sie Giulios verletzten Knöcheln ihre ungeteilte Aufmerksamkeit. Keinen Augenblick lang kam mir in den Sinn, dass Giulio Ippolitos Anweisung, in die Stadt zurückzukehren, gefolgt sein könnte; als unehelicher Sohn einer innig geliebten Mätresse war er schwer zu greifen.

War es Angelas dringliches Flüstern, das mich weckte, oder ihre Hand, die an meiner Schulter rüttelte wie an einem schwergängigen Riegel? Oder war ich bereits Sekunden zuvor zu mir gekommen, aufgeschreckt durch den Missklang von Schreien, Verwünschungen, zerschellendem Glas und splitterndem Holz?

»Violante. Wach auf. Ich brauche deine Hilfe. Lucrezia.«

»Was ist passiert?« Meine Augen waren geschwollen und

voller Sand, mein Kopf fühlte sich an, als sei pelzige Erde durch den Mund hereingesickert.

»Sie hat einen Brief von Cesare erhalten.«

Mein Herz ballte sich zusammen wie eine Faust. »Ist er tot?«

»Lieber Gott, gib mir Kraft! Ich sagte *von* ihm, nicht *über* ihn.«

»Entschuldige, entschuldige.« Ich schüttelte den Kopf und rieb mir die Augen. Von irgendwoher draußen auf dem Flur drang Donna Lucrezias Katalanisch an mein Ohr.

»Er hat Urbino eingenommen.«

»Urbino?«

»So ist es«, sagte Angela. Die Betroffenheit, die ich aus meiner Stimme nicht verbannen konnte, hatte sie gründlich missverstanden. »Er hat den Bogen ganz und gar überspannt. Guidobaldo ist ein beliebter Herrscher. Gütiger Himmel, er war sogar einst Onkel Rodrigos Standartenträger. Und seine Frau ist Donna Isabellas Schwägerin. Lucrezia schäumt vor Wut. Wenn es uns nicht gelingt, sie zu beruhigen, mache ich mir Sorgen um das Kind.«

Doch obgleich ich automatisch mein Mieder schnürte, in die Schuhe fuhr und Angela hinterhereilte, kreisten meine Gedanken um mich und mein seltsames Erlebnis im Palastgarten von Urbino. Hatte ich es gewusst? Hätte ich erzählen sollen, was ich wusste? Niemand hätte mir geglaubt. Man hätte mich, wie Angela es tat, als mondsüchtiges Mädchen abgetan, das an unerwiderter Leidenschaft erkrankt war.

Donna Lucrezia schritt in dem breiten Bogengang vor der Tür zu ihren Privatgemächern auf und ab. Die sinkende Sonne warf lange Gitterstäbe aus Schatten, die sie immer und immer wieder überquerte, eine Gefangene der Wut, die ihren

Körper schüttelte, als sei sie von einem Dämon besessen. Das Haar hing ihr in die Augen, ihre Kleider waren zerrissen und die Handrücken von blutigen Kratzern übersät.

»Sie ist verrückt geworden«, flüsterte ich Angela zu. »Wir können nichts tun. Wir müssen ihren Arzt holen. Oder einen Priester«, fügte ich hinzu und merkte selbst, wie ich errötete.

Angela schüttelte den Kopf. »Wir müssen sie einfach nur beruhigen. Nimm du ihren einen Arm, ich nehme den anderen. Wenn wir sie bloß dazu bringen können, lange genug stehen zu bleiben, damit wir vernünftig mit ihr reden können.«

Ich zweifelte daran, dass bloße Vernunft eine Wirkung auf sie haben würde, sprang jedoch trotzdem auf Madonna zu, als sie ihre Schritte in meine Richtung lenkte, und versuchte, einen ihrer fuchtelnden Arme zu ergreifen. Kaum sah sie mich, blieb sie wie angewurzelt stehen.

»Ihr«, knurrte sie mit der unheimlichen Stimme einer kämpfenden Katze. Sie senkte den Arm und deutete auf mich, stach mir mit einem Finger, dessen Nagel so zersplittert war wie der eines Spülküchenmädchens, in die Brust. »Kommt mit mir.«

Ich sah Angela an. Sie zuckte mit den Schultern. Zu Tode verängstigt, folgte ich Donna Lucrezia in ihre Gemächer.

Die Räume sahen aus wie nach einer Plünderung. Vorhänge waren von den Fenstern gerissen und lagen zwischen Kleidungsstücken, Schmuck und noch mehr Glas- und Tonscherben auf dem Boden verstreut. Blutige Fußspuren überzogen alles wie ein böser Hautausschlag.

»Wisst Ihr, was er getan hat?«, fuhr sie mich an, ehe ich auch nur Zeit hatte, die Tür des kleinen Vestibüls zu schließen, in das ich ihr gefolgt war.

»N… nein, Madonna.« Warum fragte sie mich das? Wusste sie, was in Urbino vorgefallen war, oder war es nur eine rhetorische Frage?

Es war, als hätte sie meine Antwort gar nicht gehört. »Er hat es versprochen«, fuhr sie jetzt fast im Flüsterton fort, und ihr Kopfschütteln verriet eine abgrundtiefe, erschöpfte Traurigkeit. Dann kreischte sie: »Du hast es versprochen!«, und hielt dabei den Blick so starr auf mich gerichtet, dass ich einen Augenblick lang verzweifelt versuchte, mich an ein Versprechen zu erinnern, das ich gegeben und nicht gehalten hatte. Erst dann wurde mir bewusst, dass sie mich überhaupt nicht wahrnahm.

»In Nepi. Du hast es versprochen, du hast geschworen, du würdest nicht eingreifen.« Wieder begann sie, auf und ab zu gehen und fügte neue Blutspuren zu denen hinzu, die auf den abgerissenen Vorhängen bereits trockneten. Dabei zerrte sie an ihren Ohren und an ihrem wirren Haar, als wohnte in ihrem Kopf ein fremder Körper, den sie auf diese Weise herauszureißen trachtete. »Warum lasst ihr mich nicht in Frieden? Lasst mich, ich komme schon zurecht, ich schaffe das. Vertraut mir. Ist es wegen des Jungen? Ist es deswegen?«

Als sie den Jungen erwähnte, wurde sie plötzlich ruhig. Sie war also, stellte ich erleichtert fest, durch die Nachricht aus Urbino nicht so verstört, dass sie ihre Verantwortung für das ungeborene Kind vergessen hätte. »Es ist zu früh«, sagte sie und blickte mir starr in die Augen, die Hände über der Erhebung ihres Bauches gefaltet.

»Habt Ihr Schmerzen, Madonna? Vielleicht solltet Ihr Euch hinlegen.«

Ihre Augen zuckten durch den Raum, als sehe sie das Chaos zum ersten Mal, und sie sagte: »Ich will Euch etwas zeigen.« Damit hob sie einen abgerissenen Wandbehang hoch und legte das Schreibpult frei, in dem sie ihre Korrespondenz aufbewahrte. Das Möbel, das jetzt nur noch auf drei intakten Beinen stand, wackelte, als das Gewicht des Wandbehangs weggenommen wurde, und ein in der Mitte gefaltetes Pergament glitt zu Boden. Donna Lucrezia bückte sich mühsam, hob es auf und reichte es mir.

»Lest!«, befahl sie.

Das Dokument war in einer mir nicht bekannten, doch ebenmäßigen und sorgfältigen Handschrift verfasst, der Schrift eines Sekretärs.

»Lest!«, wiederholte Donna Lucrezia. »Lest laut vor!«

»Dieser Herrscher«, las ich, »ist wahrhaft trefflich und glorreich, und im Krieg gibt es kein Unterfangen, das so groß wäre, dass es ihm nicht gering erscheinen würde. In seinem Streben nach Ruhm und Herrschaft ruht er niemals und scheut weder Ermattung noch Gefahr. Er trifft an einem Ort ein, ehe man es weiß …«

»Ja, ja, das reicht. Er hat sich einen Scherz erlaubt, versteht Ihr.«

Ich runzelte verständnislos die Stirn. Donna Lucrezia seufzte und erklärte: »Es ist ein Bericht der florentinischen Gesandtschaft, die in Urbino zu ihm kam. Er hat den Boten abfangen und den Bericht abschreiben lassen. Wie er sagt, hat er ihn mir zur Erheiterung geschickt, damit ich sehe, wie leicht es ihm gefallen sei, die ›jungfräulichen Republikaner‹, wie er sie nennt, zu betören. Ihr seht, Violante, er nimmt überhaupt nichts ernst. Was soll ich bloß tun?«

»Ihr müsst ihm schreiben und ihm die Meinung sagen, Madonna. Wenn er begreift, wie sehr er Euch verletzt hat, wird er sich aus Urbino zurückziehen, da bin ich ganz sicher.«

Obwohl ihre Tränen salzige Rinnen durch die Kratzer auf ihren Wangen zogen und ich mich wunderte, dass sie keinerlei Brennen zu spüren schien, lachte sie darüber. »Wenn er auch nur im Mindesten Rücksicht auf mich nehmen würde, hätte er Urbino nicht eingenommen. Die Montefeltri gehören jetzt zu meiner Familie, und sie sind gezwungen worden zu fliehen, mit nichts als den Kleidern, die sie am Leib trugen, sagt Donna Isabella, die sie bei sich aufgenommen hat.«

»Auch Cesare gehört zu Eurer Familie, Madonna«, wagte ich zu entgegnen.

»Cesare ist …« Nun begann sie wirklich zu weinen, ihre gierigen, würgenden Schluchzer drohten alle Luft in dem Raum aufzubrauchen. Es dunkelte bereits. »Der Teufel selbst«, wimmerte sie und dehnte dabei die Silben so sehr, als wollte sie den Schwanz des Teufels mit Worten malen. Dann begann sie erneut, wortlos auf und ab zu laufen, sich zu kratzen, sich die Haare zu raufen und etwas über Nepi vor sich hin zu murmeln. Ohne auf eine Erlaubnis zu warten, machte ich mich davon, um Hilfe zu holen.

»Warum spricht sie dauernd von Nepi?«, fragte ich Angela, als wir uns eilends auf die Suche nach Madonnas Dienern machten, die sich feige verdrückt hatten und die wir nun zurückscheuchten, damit sie wieder Ordnung schafften.

»Nepi?« Angela wirkte verwirrt. »He, du, hol Madonnas Kaplan. Und den Arzt. Na los!«, brüllte sie einen dürren Jungen an, den ich mit Ferrante gesehen zu haben glaubte. »Nepi«, wiederholte sie, als dämmerte es ihr langsam. »Dorthin ist Lucrezia mit dem kleinen Rodrigo geflohen, nachdem dessen Vater ermordet worden war. Jeder wusste, dass Cesare Alfonso de Bisceglie getötet hat. Nicht eigenhändig, aber so gut wie. Michelotto«, formte sie mit den Lippen, unwillens, den furchteinflößenden Namen in den lauen Abend von Belfiore hinauszusprechen. »Lucrezia hat es das Herz gebrochen. Sie hat geschworen, nie wieder ein Wort mit Cesare zu wechseln. Wenige Wochen später machte Cesare auf seinem Weg nach Cesena, wo er sich seiner Armee anschließen wollte, in Nepi Station. Niemand weiß, was dort geschehen ist, jedenfalls kehrte Lucrezia ganz aufgeräumt und mild gestimmt nach Rom zurück, und das Leben ging weiter, als hätte Alfonso niemals existiert.« Sie zuckte mit den Schultern. »Mehr fällt mir dazu nicht ein.«

*

Dann hörten Donna Lucrezias Tobsuchtsanfälle auf, und sie wartete sanftmütig wie ein Kind, das unartig gewesen ist und nun die Scharte auszuwetzen versucht, bis die Diener ihre Räumlichkeiten wiederhergestellt hatten – Möbel und abgerissene Wandteppiche mussten, soweit möglich, repariert und das Übrige in einem Feuer neben dem Misthaufen hinten im Stallungshof verbrannt werden. Doch sie war eindeutig nicht mehr ganz bei sich. Bei der Beichte in der herzoglichen Kapelle fiel sie in Ohnmacht. Ihr Arzt verkündete, sie habe Fieber, und ließ sie deshalb zur Ader. Außerdem verschrieb er mindestens eine Woche strikte Bettruhe. Madonna jedoch wollte davon nichts wissen und bestand darauf, sofort nach Ferrara zurückzukehren. Zweifellos hatte Angela ihr von den Unstimmigkeiten zwischen Ippolito und Giulio erzählt, und da ihr Gatte am französischen Hof in Mailand weilte und Herzog Ercole sich wegen Cesares Überfall auf Urbino ebenfalls nach Mailand aufmachte, war sie entschlossen, ihre Stellung als Herzogin abzusichern.

»Und wenn die Reise das Kind gefährdet, Madonna?«,

protestierte ich, während ich das Einpacken ihrer Garderobe beaufsichtigte. Sie lag auf dem Bett, die geschwollenen, in purpurfarbene Seidenstrümpfe gehüllten Füße so rund und glänzend wie *melanzane*.

»Wenn ich das Kind verlieren muss, dann in Ferrara«, gab sie zurück. »In diesem Stadium der Schwangerschaft wird man schon erkennen, dass es ein Junge gewesen wäre«. Das Wetter hatte umgeschlagen. Flaches, graues Licht drang durch feinen Nieselregen, wie farblich abgestimmt auf ihre Blässe und die entschlossenen Furchen, die sich von ihrem Mund zum Unterkiefer hinabzogen. Ihren Vater hatte ich selten ohne ein Lächeln auf dem Gesicht gesehen, doch wenn er ruhte, sah er genau so aus, fleischig und unbarmherzig, sentimental und gewissenlos. Ich beschloss, nichts mehr zu sagen. Aus dem einen oder anderen Grund würde Gott schon über Donna Lucrezia wachen.

8

Ferrara, im August 1502

Du bist meine erste und letzte und einzige Liebe.

Es fing bei einem Knaben des herzoglichen Kirchenchors an. Wir besuchten eine Messe zum Gedenken eines der unzähligen Heiligen, die zu ehren uns oblag.

Ich kann mich noch daran erinnern, dass die weihrauchgeschwängerte Luft in der Kapelle an diesem heißen Tag schier unerträglich drückend war. Ich versuchte, mich auf den Gottesdienst zu konzentrieren, doch mein Blick blieb immer wieder an zwei Dingen hängen: an den dunklen Schweißflecken unter den Armen des Chorleiters, die beim Dirigieren im Rhythmus der Musik auftauchten und wieder verschwanden, und an ein winziges tanzendes Staubflöckchen im gleißenden Sonnenlicht, das aus den Kapellenfenstern hereindrang.

Plötzlich entstand Unruhe im Chor. Ein Junge, dessen bleiches Gesicht vor Schweiß glänzte als sei es aus poliertem Elfenbein, sank erst auf die Knie und kippte dann zu Boden. Die Musik geriet ins Stocken. Mit raschen, energischen Handbewegungen brachte der Chorleiter seine Sänger wieder in Takt. Zwei Ministranten, um deren Beine sich ihre spitzenbesetzten Messgewänder schlangen, zogen den Jungen die Pforte hinaus zum Baptisterium. Unser Gottesdienst ging weiter, als wäre nichts geschehen, und ich fühlte mich nun wohler. Es schien, als wäre meine zuvor verspürte Mattigkeit auf den Chorknaben übergegangen. Als wir später von seinem Tod erfuhren, erfasste mich plötzlich ein unerklärliches Schuldgefühl, fast so, als wäre er für mich gestorben.

Von da an hörten wir von immer mehr Toten. Die Krankheit begann wie ein Sumpffieber, mit Schweißausbrüchen, Zittern und Gelenkschmerzen, aber schon Stunden später mussten sich die davon Befallenen so heftig übergeben, dass es ihnen die inneren Organe schier zerriss, bis sie schließlich aus sämtlichen Körperöffnungen bluteten. Zwar wurde die Verbindung zwischen dem Schloss und dem Corte Vecchio gesperrt und Weihrauch vor dem Tor verbrannt, trotzdem rieten die Ärzte Donna Lucrezia erneut eindringlich, die Stadt zu verlassen. Sie jedoch ließ nach Don Alfonso schicken, der sich in Mailand aufhielt, denn sie war entschlossen, erst seinen Rat einzuholen.

Er und sein Vater trafen ungefähr zwei Wochen nach dem Tod des Chorknaben in Ferrara ein, als bereits jeden Morgen vor den Behausungen vieler ärmerer Einwohner die Toten mit Leichenkarren eingesammelt wurden und eine Gruppe unerschrockener Franziskanermönche begonnen hatte, am Rande der Kalkgruben, die für die Verstorbenen vor der Porta degli Angeli ausgehoben worden waren, Massenbestattungen abzuhalten.

Don Alfonso ließ wissen, dass er umgehend zu seiner Gemahlin eilen würde, nachdem er sich mit den Ratsherren der Stadt verständigt habe, wie man das Leid der Bewohner lindern und die weitere Verbreitung der Krankheit eindämmen könne. Das schenkte uns drei bis vier Stunden Zeit, Mittel zur Vertuschung der Kratzer zu ersinnen, die noch immer Madonnas Gesicht verunstalteten. Angela empfahl Bleipulver – aber nicht zu dick aufgetragen, warnte ich, sonst würde Don Alfonso womöglich glauben, Madonna sei ebenfalls am Fieber erkrankt. Elisabetta Senese machte sich mit Stößel und Mörser daran, eine Paste aus Bleipulver, Karmin und Rosenöl anzurühren, die Madonnas natürlicher Hautfarbe entspräche. Lucrezia selbst zog sich zu meinem Unbehagen für eine Stunde zu einer vertraulichen Unterredung mit Fidelma zurück.

Als Don Alfonso in Madonnas Gemächern erschien, steckte er noch in seinen Reisekleidern, hatte sich aber bereits notdürftig Gesicht und Hände gewaschen sowie Umhang und Stiefel vom gröbsten Schmutz gesäubert. Wie bei einer halb ausradierten Zeichnung eines Künstlers hatte er etwas Unsauberes, Unfertiges an sich. Sein Blick war unstet, und er verzog sorgenvoll den Mund. Als Madonna in Fidelmas Begleitung aus ihrem Ankleidezimmer kam, um in die Camera Dal Pozzolo zu gehen, war ihr Gesicht unverschleiert und ungeschminkt. Angela neben mir stockte der Atem, und sie zog sich ihre Kapuze noch tiefer ins Gesicht. Don Alfonso starrte seine Frau an. Ihre Hand, die er zum Kuss ergriffen hatte, verharrte wie leblos in seiner Pranke mit den schmutzigen Fingernägeln. Nachdem er sich wieder gefasst hatte, verbeugte er sich und streifte mit seinem Bart Madonnas Handrücken, dann richtete er sich auf und funkelte uns Umstehende wütend an, als wünschte er, dass uns die Mauern verschluckten.

»Was zum Teufel hast du mit deinem Gesicht gemacht, Weib?«, polterte er los. »Sieht aus, als wärst du in einer Taverne in eine Rauferei geraten. Oder haben dich Sigismondos

Ratten angefallen?« Er lachte unsicher auf. Donna Lucrezia lächelte wie die Heilige Jungfrau, blieb aber still.

»Nun?«, sagte Don Alfonso. Madonna blickte ängstlich zu Fidelma hinüber. Was immer sie geplant haben mochten, war gewiss der Situation nicht angemessen. Es bleibt mir nichts anderes übrig, dachte ich, als auf meinen Status als Angelas Retterin und Cesares Geliebte zu vertrauen und auf diesem Fundament aus Lügen und Wunschdenken eine Wahrheit zu errichten.

»Meine Herrin war über die Untaten des Herzogs der Romagna gegen Eure Familie in Urbino so aufgebracht, dass sie sich diese Wunden aus Kummer selbst zugefügt hat.« Ich ließ ihn selbst die Schlüsse ziehen, was die Gründe für diesen Kummer sein mochten; dass sie Kummer hatte, entsprach jedenfalls der Wahrheit.

»Ich habe Euch nicht erlaubt zu sprechen, Violante. Doch was sie sagt, ist wahr, mein Gemahl.« Sie kniete nieder und hielt sich dabei an Fidelma fest. »Vergib mir. Ich hätte mir denken müssen, dass dir mein jetziger Anblick missfällt.«

»Steh auf, Frau.« Erleichtert merkte ich, wie sein schroffer Ton in rührselige Weinerlichkeit überging, und als er Fidelmas Hand beiseiteschob, um Madonna selbst aufzuhelfen, wurde mir warm ums Herz. Wir können ihre Füße weiterhin verborgen halten, dachte ich und erwog eilig die nächsten Schritte, denn er wird nicht das Bett mit ihr teilen, ehe das Kind geboren ist.

Die Eheleute speisten gemeinsam zu Abend, danach brach Don Alfonso jedoch zu einer Besprechung mit seinem Vater, Ferrante und Giulio auf, um einen Schlachtplan gegen das Fieber zu entwerfen. Die ganze Stadt wurde unter Quarantäne gestellt. Während es bis dahin den Juden zumeist erlaubt gewesen war, unter Ferraras Christen frei zu leben und zu arbeiten, mussten sie sich nun auf Befehl des Herzogs in dem alten Viertel rund um die Synagoge einfinden. Dies sei zu ihrer eigenen Sicherheit und zum Schutz ihres Eigentums, wie er sagte, denn womöglich würde man den Juden vorwerfen, schuld an der Epidemie zu sein, und über sie herfallen.

»Genau das Gleiche hat Königin Isabella in ihrem Verbannungsedikt auch behauptet«, sagte ich zu Fidelma, als wir von der Loggia des Corte Vecchio aus dem herzoglichen Herold lauschten, der heiser und von heftigen Hustenanfällen unterbrochen auf dem Stadtplatz den herzoglichen Beschluss verkündete.

»Es ist eine vernünftige Vorsichtsmaßnahme«, erwiderte Fidelma. »Und es beweist Mitgefühl, christliche Seelen nicht einer Versuchung auszusetzen, die sie in Gefahr brächte, ohne die Gnade der Absolution zu sterben.« Die Priester weigerten sich aus Angst vor Ansteckung, die Häuser der Kranken zu betreten. Ippolito hatte sich sofort erboten, nach Rom zu reisen, um beim Papst die Billigung zu erwirken, dass auch Laien die Absolution erteilen dürften. Gewiss würden wir diese Erlaubnis bekommen, aber bisher hatten wir noch keine Nachricht.

»Wieso seid Ihr hier? In Diensten Donna Lucrezias, meine ich. Wenn es Euch mit Eurem Glaubenswandel so ernst ist, wäre ein Leben im Kloster dann für Euch nicht passender?«

»Ich habe mit meinem Vater eine Abmachung getroffen. Er ist Goldschmied. Er sagte, wenn ich denn Christin werden wollte, sollte ich zumindest ihm ein wenig von Nutzen sein. Er hat für Donna Isabella Gonzaga in Mantua gearbeitet, und sie hat ihn an Donna Lucrezia weiterempfohlen, aber weil die beiden Damen einander nicht mögen, versprach er sich mehr Erfolg davon, dass er mich nach Ferrara sandte. Wir können uns unser Schicksal nicht aussuchen. Denkt bloß an den heiligen Paulus oder an Christus selbst. Wir müssen Gottes Werk dort tun, wo es auf uns wartet.«

*

Tag und Nacht lag die Stadt unter einer Glocke aus schmutzig gelbem Rauch, der nach verfaulten Eiern stank. Man konnte kaum glauben, dass dies die Luft reinigen sollte. Die Flut roter Kreuze auf den Eingangstüren der Häuser unterschied nicht nach Rang und Namen ihrer Bewohner. Dick wie Blut tropfte die Farbe von den verzierten Bronzetoren der Adligen wie von den massiven Eisengittern an den Häusern der Kaufleute und von den zerlumpten Tierhäuten vor den Eingängen der Elendsbehausungen. Die Tavernen waren morgens, mittags und nachts überfüllt mit Kranken, Sterbenden und Leidgeschlagenen, die dort ihr Los zu vergessen suchten.

Der Verbindungsweg zwischen dem Corte und dem Schloss blieb gesperrt. Die Küchenpforte, durch die Essen und Trinken ins Haus gelangten, wurde jeden Tag abgewaschen, und alle Dienerschaft, die mit Getreidesäcken und Weinfässern, Olivenkrügen und Behältnissen mit Salzfisch in Berührung kam, musste Gazemasken über Mund und Nase tragen. Verboten waren Frischfleisch, Obst und Gemüse, das in der verseuchten Luft gereift war. Da auch Milch und Eier untersagt waren, lernten wir, mit wenig mehr auszukommen als der *polenta,* die auch die Bauern aßen. Niemand durfte die herzoglichen Residenzen betreten oder verlassen, selbst Briefe wurden verbrannt. Doch das Fieber war findig und überlistete uns in einem fort. Ende Juli wurde die Hofdame

Giuliana Cecharella, ein sittsames Mädchen mit großem Geschick für Näharbeiten, tot in ihrem Bett aufgefunden.

Am gleichen Abend klagte Madonna über Schmerzen im Unterleib.

»Dort, wo einmal meine Taille war«, sagte sie im Jammerton und versuchte, die Symptome als Blähungen abzutun, verursacht durch die einseitige Ernährung mit dem immergleichen Maisbrei. Doch ich hatte Angst um sie. Man sah förmlich, wie die Körpersäfte in ihr rangen und wie sehr sie Giulianas Tod bedrückte, die einsam und ohne Absolution gestorben war und deren Leichnam man zusammen mit irgendwelchen Tagelöhnern und Habenichtsen in die Schwefelgrube geworfen hatte. Und gleichzeitig strahlte Madonna die tiefe Freude einer Frau aus, die kurz vor der Niederkunft steht. Wenn sich das Kind in ihrem Bauch bewegte, verschwand die stumpfe Leere aus ihren Augen, und ihr Gesicht leuchtete vor freudiger Erwartung.

Da ihre Ärzte selbst im Krankenbett lagen, bot ich Madonna an, in dieser Nacht in ihrem Schlafgemach zu bleiben, und sie legte keinen Widerspruch ein. Obwohl ich mir aus einigen Decken auf dem Fußboden behelfsmäßig ein ausreichend bequemes Lager zurechtgemacht hatte, schlief ich nur wenig. Die Nacht war die beste Zeit während des Fiebers, denn dann kühlte die Luft ab, die Feuer erloschen und man konnte wieder freier atmen. Es machte mir nichts aus, zwischen den Federbetten wach zu liegen und dem Gesang der Nachtschwalben, dem Schrei der Eulen und dem Getrappel von Mäusen unter den Dielen zu lauschen. Welch tröstlicher Gedanke, dass diese wilden Kreaturen lebten, ohne etwas von uns und unserem Leid zu wissen. Meine eigene Bedeutungslosigkeit machte mir Mut – denn wenn ich selbst so unwichtig war, galt dies vielleicht umso mehr für den Schmerz in meinem Herzen, der in diesem Fall irgendwann einmal erträglich werden würde.

Oder sogar völlig abklingen. Dieser Gedanke riss mich aus meiner Schläfrigkeit. Ohne diesen Schmerz würde ich ebenso wenig weiterleben können wie ohne die Luft zum Atmen oder ohne das Wasser gegen meinen Durst. Wenn ich in Zufriedenheit versänke, würde die Liebe in mir verblassen und ersterben, und ich wäre wieder gewöhnlich und nichts weiter als eine junge Frau von guter Herkunft und geringem Vermögen, dazu ausersehen, für meine Herrin an jenem Netz mitzuweben, das ihr in ihrem neuen Leben Einfluss und Sicherheit verschaffen sollte. Nur meine Liebe zu Cesare unterschied mich von all den anderen. Meine Familie, mein Glaube, sogar meine Sprache waren mir genommen worden, und ich hatte nur diese eine Liebe dagegen eingetauscht. Wenn ich zuließ, dass sie verging, was mochte dann an ihre Stelle treten? Womöglich würde ich mich selbst nicht wiedererkennen.

Fest entschlossen, diesen unentbehrlichen Schmerz am Leben zu erhalten, lag ich wach. Erst als ich hörte, wie Donna Lucrezia sich übergab, dachte ich schlagartig nicht mehr an Cesare. Ich kämpfte mich aus meinem Stapel Decken, eilte an ihr Bett, schob den Vorhang beiseite und kniete mich neben sie, um ihr den Kopf zu halten, bis der Brechanfall vorüber war. Das Mondlicht, das in Streifen durch die Fensterläden drang, verlieh Catherinellas schwarzer Haut einen sanften Schimmer, als sie sich geräuschlos aus der Dunkelheit löste und neben mir niederkauerte, eine Schüssel in Händen. Als Donna Lucrezias Krämpfe abgeklungen waren, entzündete ich die Kerze neben ihrem Bett, und zu dritt besahen wir uns das Erbrochene, ob es Spuren des schwarzen Fieberblutes enthielt.

»Das Licht ist zu schwach«, sagte ich.

»Zum Abendmahl gab es Blutwurst«, sagte Madonna, und bei der Erinnerung daran würgte es sie erneut.

»Ich schicke Catherinella nach einem Arzt«, sagte ich. »Gewiss sind sie nicht alle krank.«

»Besser, sie holt einen Priester.« Tränen liefen Madonna über ihre bleichen, aufgedunsenen Wangen. »Warum musste das nur alles geschehen?«, fragte sie weinerlich.

Daran war Cesare schuld, dachte ich voller Wut, und während der Zorn wie Galle in mir hochstieg, fragte ich mich, warum stets alles auf ihn zurückgehen musste. Wäre er nicht in Urbino eingefallen, wären wir immer noch in Belfiore und damit in sicherer Entfernung von dem Fieber. Als ich die Schüssel beiseitestellte und Madonna einen Schluck Wasser anbot, den sie sofort wieder erbrach, überlegte ich, ob ich ihn liebte oder hasste und ob sich das überhaupt unterscheiden ließ.

»Los«, befahl ich Catherinella, »hol einen Arzt!«

»Aber die Herrin sagt …«

»Sie benötigt keinen Priester. Nicht jeder stirbt gleich.«

Während sich die Sklavin entfernte und man ihre nackten Füße über die gebohnerten Holzdielen gleiten hörte, sagte Madonna: »Es ist vorbei mit mir, nicht wahr, Violante?«

»Nein, Madonna, natürlich nicht …« Doch als ich ihren starren, hoffnungslosen Blick sah, versiegten mir die Worte. »Ich weiß es nicht«, gab ich zu.

»Seht unter mein Bett. Dort ist eine Schatulle. Holt sie hervor.«

Ich wusste, was sie meinte, ein kleines Behältnis aus

abgenutztem Leder mit Messingbeschlägen und einem Schloss, dessen Schlüssel Madonna an einer Kette um den Hals trug. Ich zog es unter dem Bett hervor und legte es ihr sachte in den Schoß. Die Kette mit dem Schlüssel verfing sich in ihren Haaren, aber sie wehrte meine Hilfe ab; niemand außer ihr habe je diesen Schlüssel berührt. Niemand außer ihr könne dorthin gehen, wohin auch immer sie gehen werde. Mit einem leisen Triumphlaut bekam sie die Kette frei, streifte sie sich über den Kopf und schloss die Schatulle auf. Ich hoffte, die gleichgültige Miene, die uns Hofdamen abverlangt wurde, bewahrt zu haben, aber innerlich brannte ich vor unschicklicher Neugier. Was war in der Schatulle? Liebesbriefe? Ein geheimer Schatz aus Gold und Diamanten? Eine Phiole mit Gift als letzter Ausweg?

Zuerst dachte ich, sie sei leer, aber dann, als das Kerzenlicht unter den gebogenen Deckel fiel, entdeckte ich darin das kleine filigrane Kästchen, das ich in jener Nacht kurz nach unserem Besuch im Verlies von Ugo und Parisina schon einmal gesehen hatte. Instinktiv warf ich einen raschen Blick zur Decke hoch. Gab es auch hier eine falsche Täfelung? Wenn ja, war sie jedenfalls verschlossen. Madonna nahm das Kästchen aus der Schatulle, hielt es kurz in ihrer Handwölbung und betrachtete es lächelnd, als berge ihr verschlungenes Drahtgeflecht eine köstliche Erinnerung.

»Vergesst nicht, was ich Euch gesagt habe, Violante. Im Falle meines Todes müsst Ihr es Cesare übergeben, zusammen mit …« Da versagte ihr die Stimme, sie blinzelte mehrere Male, dann fuhr sie fort: »… zusammen mit meiner schwesterlichen Ehrerbietung und Zuneigung.«

Ich suchte angestrengt nach einem Vorwand, um sie fragen zu können, warum dies für sie so wichtig war, aber mir fiel nichts ein, bevor Catherinella zusammen mit einem von Don Alfonsos Ärzten zurückkam, der verschlafen, zerzaust und verängstigt aussah.

Es schien, dass Donna Lucrezia, bereits geschwächt durch ihre Schwangerschaft und die Sorge um Angela, diese jüngste Attacke auf ihre Gesundheit nicht überleben würde, aber Don Alfonso war entschlossen, sie mit allen Mitteln zu retten. Da ich im Ruf stand, eine Heilerin zu sein, und man mich wohl auch für ersetzbar ansah, da ich bloß eine *conversa* war, hieß man mich Tag und Nacht bei Madonna bleiben. Don Alfonso selbst ließ sich ein Bett in ihr Ankleidezimmer stellen, um rasch zur Stelle zu sein, falls sich nachts ihr Zustand verschlimmerte. Tagsüber hielt er sich bei ihr auf, wann immer seine Pflichten es zuließen, und war stets zugegen, wenn sie Essen zu sich nahm.

Sobald sich die Nachricht im Palast verbreitet hatte, begannen sich die Aasgeier zu versammeln. Gian Luca Pozzi zum Beispiel, den Herzog Ercole zu Madonnas Stellvertreterhochzeit nach Rom gesandt hatte und der ihr seither hinterherschnüffelte in der Hoffnung, von ihr in seinem Bemühen um einen Kardinalshut unterstützt zu werden, als Lohn für seine vorteilhaften – oder zumindest nicht feindseligen – Berichte über sie an seinen Herrn. Oder dort, abgesondert in einer Ecke, mit funkelnden Augen gleich einer Katze im Dunklen, Francesco Troche, bekannt als der Erfüllungsgehilfe des Papstes. Gelegentlich raunte er seinem katalanischen Landsmann Francesco Remolins etwas zu, der aus Urbino mit der Nachricht gekommen war, dass Camerino vor Cesares Truppen kapituliert hatte. Die Herrscher von Camerino waren auch mit den Este verwandt.

Die Familie versammelte sich, der Herzog in Begleitung

von Schwester Osanna und einem Schwarm seiner eigenen Lieblingsnonnen, die wehklagten und sich die Kleider zerrissen und Seiner Gnaden versicherten, ein Wunder werde seinen ungeborenen Enkel schützen. Ferrante brachte den neuesten Klatsch und Bücher mit Bibelversen mit und weinte kurz an meiner Schulter. Selbst Sigismondo kam seine Schwägerin besuchen und versicherte ihr, das Fieber sei eine weitere Verschwörung der Ratten, doch er habe die Angelegenheit fest im Griff.

Wenn der Bischof von Venosa, Lieblingsarzt Seiner Heiligkeit, das Schlafgemach aufsuchte oder verließ, schritt er durch die Menge wie Moses durchs Rote Meer, mit eilfertigen Helfern im Gefolge, die abgedeckte Schüsseln und Tabletts mit Bechern und Lanzetten für den Aderlass trugen. Jedes Mal, wenn er herauskam und die Wartenden mit geduldiger, ängstlicher, neugieriger oder forschender Miene sich ihm zuwandten, sah er noch feierlicher und selbstgefälliger drein als zuvor. Jedes Mal, wenn sich die Tür hinter ihm schloss, wurden wieder im Flüsterton Mutmaßungen ausgetauscht und Komplotte geschmiedet. Das Seufzen und Raunen war wie das Wispern von Dämonen im Äther.

Eines Nachmittags schließlich, als es Madonna ein wenig besser zu gehen schien und ich mich in meinem Zimmer umgezogen und ein wenig ausgeruht hatte, war bei meiner Rückkehr die Menge verschwunden. Stattdessen hielt Michelotto da Corella, gekleidet im Gewand eines Ritters des heiligen Johannes, vor ihrem Schlafgemach Wache.

»Sieh an, sieh an«, sagte er und legte einen Ausdruck in sein narbiges Gesicht, der wohl ein Lächeln sein sollte, »die kleine Jüdin. Eine hübsche Dreingabe für meinen Herrn.«

»Er ist hier?« Mir stockte der Atem, und der Boden unter

meinen Füßen begann zu schwanken wie das Deck eines Schiffes. Michelotto nickte. Am liebsten hätte ich ihn geküsst, obwohl er nach Knoblauch und ranziger Butter stank und Zähne hatte wie ein altes Pferd.

»Aber er darf nicht gestört werden.« Er straffte die Schultern und legte die rechte Hand mit auffälliger Geste auf seinen Schwertknauf.

»Donna Lucrezia erwartet mich.« Mir klopfte das Herz bis zum Halse, und ich konnte nichts dagegen tun. »Ihr müsst wissen, ich bin für ihre Pflege zuständig.«

»Jetzt gerade nicht«, sagte Michelotto mit einem abscheulich höhnischen Grinsen. »Ihr wartet hier, bis Ihr gerufen werdet. Aber bevor Ihr es Euch zu gemütlich macht, könntet Ihr mir etwas Wein bringen. Und zu essen. Wir waren schon fast in Mailand, als er sich entschlossen hat herzukommen, und wir haben nicht einmal angehalten, um die Pferde zu wechseln.«

»Wir haben kaum etwas hier. Seit dieses Fieber herrscht, sind wir in der Stadt eingesperrt. Seid Ihr ohne Schwierigkeiten durch das Tor gekommen?«

»Natürlich, wir sind doch Johanniter, seht Ihr?« Er deutete auf das weiße Kreuz, das seinen Waffenrock zierte. »Wir sind gekommen, den Kranken zu helfen.«

Cesare, dachte ich, und mir war, als würde ich vor Freude platzen. Am liebsten hätte ich laut gejubelt. »Ich will versuchen, in unserer Küche etwas zu finden. Weiter gehe ich allerdings nicht weg.«

»Habt wohl Angst, dass er Euch wieder stehen lässt? Ihr werdet Euch daran gewöhnen müssen, Mädchen.«

»Nein, ich möchte nur nicht zu weit entfernt sein, wenn meine Herrin mich braucht.«

»Hol Torella, Michelotto! Schnell!« Cesares Stimme, hell und stark wie Sonnenlicht, mit ihrem leichten spanischen Einschlag. Ich war darauf nicht vorbereitet, so hatte ich es mir nicht erträumt. Aber zumindest war mein Hemd sauber und mein Haar frisiert. Ich machte einen Knicks und wartete mit gesenktem Blick, dass er mich ansprach.

»Violante. Gott sei Dank. Kommt mit.« Keine Begrüßung, keine Überraschung; als hätten wir uns erst gestern zuletzt getroffen.

»Mein Herr.« Nun konnte ich endlich zu ihm aufsehen. Sein Gesicht war kalkweiß und starr wie eine Maske, sogar seine Lippen waren weiß, und sein Bart grau vom Straßenstaub. Angst flackerte in seinen Augen, doch ich konnte nicht sagen, ob er sich vor dem ängstigte, was er in Madonnas Gemach gesehen hatte, oder ob er fürchtete, dass seine Gefühle ihn überwältigen könnten. Er drehte mir den Rücken zu und ging wieder in das Schlafgemach, hielt mir aber mit der flachen Hand hinter sich die Tür offen. Er trug keine Handschuhe, und seine Fingernägel waren schmutzig. Seine Hand zitterte leicht. Am liebsten hätte ich sie berührt, ihre Wärme gespürt und über den Fächer der kleinen Knochen vom Handgelenk bis zu den Fingerspitzen gestreichelt.

Das leise tierische Knurren und Gurgeln kam mir erst nach und nach zu Bewusstsein, so sehr war ich von Cesares plötzlicher Nähe nach den Monaten des Sehnens abgelenkt und benommen. Ich folgte ihm auf den Fersen und wäre fast gegen ihn geprallt, da er hinter der Tür plötzlich stehen blieb. Als ich mich an ihm vorbeischob, um an Madonnas Bettstatt zu treten, streifte ich an Schulter und Hüfte sein Johannitergewand, und mir war, als würde mich die Wärme seines Körpers verbrennen.

Madonna hatte im Bett gelegen, als ich sie verlassen hatte, nun lag sie auf der Decke, eingehüllt in ihren Morgenrock, der ihr von der Schulter gerutscht war und aufklaffte, sodass ein Bein zu sehen war. Ihr Rücken war derart durchgebogen, dass ich fürchtete, ihre Wirbelsäule könnte brechen. In ihren Augen war nur noch das Weiße zu sehen, Schaum lief ihr übers Kinn, und das unwirkliche Knurren kam tief aus ihrem lang gereckten Hals. Fonsi, der wie gewöhnlich neben ihr auf dem Bett saß, kläffte wie von Sinnen.

»Wir sprachen gerade miteinander, und da …«

»Was? Ich verstehe nicht.«

Er versuchte es noch einmal, konnte sich aber über das ohrenbetäubende Gebell hinweg nicht verständlich machen. Da packte er den Hund am Genick, dass dieser aufjaulte, was mich zusammenzucken ließ. »Still jetzt«, fuhr er ihn an, gab ihm einen Schlag auf die Nase und setzte ihn schließlich am Fußende des Bettes ab, wo er mucksmäuschenstill liegen blieb, die Schnauze auf den Pfoten. Wie gern wäre ich Cesares Hund, dachte ich, dann würde ich zu seinen Füßen liegen, seinen Geruch einatmen, ließe mich je nach seiner Laune treten oder küssen und würde dankbar seine Zuwendungen empfangen.

»Das übersteigt meine Fähigkeiten«, sagte ich, »sie braucht einen Arzt.«

»Ich habe Torella mitgebracht. Sie wirkte zuerst recht munter, deshalb habe ich ihn zu Bett geschickt. Er ist Gewalttouren zu Pferd nicht so gewöhnt wie Michelotto und ich. Michelotto!«, rief er in Richtung Tür. »Wo zum Teufel bleibt Torella? Wie lang dauert es denn, in diesem verdammten Stall jemanden zu finden?«

Keine Antwort.

»Ihr müsst mir helfen«, sagte ich zu ihm. Jetzt war keine Zeit mehr für Höflichkeit, und falls er mich als anmaßend empfand, konnte er mich ja nach Belieben bestrafen, sobald dieser Notfall hier vorbei war. Auf die eine oder andere Weise. »Wir müssen sie auf die Seite legen. Dahin. Ihr haltet sie fest, während ich die Kissen übereinanderlege, damit sie nicht zurückrollen kann. Und ihre Zunge. Bei der Fallsucht, heißt es, beißen sich die Kranken die Zunge ab.«

Cesare hielt seine Schwester an der Seite dermaßen fest, als wären sie beide durch die Hitze ihres Fieber miteinander verschmolzen. »Sie hat keine Fallsucht«, sagte er, während ich hastig im Raum nach einem Riemen oder Stöckchen suchte, um ihr die Zunge festzuklemmen.

»Das Fieber bewirkt manchmal so etwas. Das habe ich schon bei anderen gesehen.«

Nichts. Parfümfläschchen, Haarbürsten, Becher mit Schildlauspaste, edelsteinbesetzte Gürtel und Hutnadeln. Was wir brauchten, war aber …

»Euer Schwertgurt. Gebt mir Euren Schwertgurt.« Das Schwert hatte er bereits abgenommen und in eine Ecke gestellt. Doch er stand wie erstarrt da. »Den Schwertgurt«, kreischte ich und streckte mich übers Bett, direkt vor sein Gesicht. Da erwachte er aus seiner Erstarrung, straffte sich und versuchte, den Gurt abzunehmen, doch er verhedderte sich und nestelte hilflos daran herum. Ich lief zu ihm hinüber, quetschte mich zwischen ihn und den Gurt, sodass unsere Schenkel und Unterleibe aneinandergepresst waren wie in einer Karikatur der Wollust, derer wir uns weder gänzlich gewahr bewusst noch unbewusst waren. Nachdem ich den Gurt gelöst hatte, stieg ich aufs Bett, kniete hinter Donna Lucrezia nieder und schob ihr den Lederriemen in den Mund. Sie warf den Kopf in den Nacken und bockte wie ein widerspenstiges Pferd, das sich gegen die Kandare wehrt. Um sie zu beruhigen, streichelte ich ihr den Rücken. Da erst bemerkte ich, dass das zerknitterte Bettzeug unter ihr durchnässt war.

»Sie hat das Fruchtwasser verloren«, sagte ich und drehte mich zu Cesare um.

»Das ist zwei Monate zu früh.« Wir sahen einander mit der Ruhe völliger Hoffnungslosigkeit an. Selbst Donna Lucrezia wurde ruhig. Mit einem langen, schaudernden Seufzer ging ihr Anfall zu Ende, dann lag sie da, als würde sie schlafen, befreit von den Wehen, als wüsste sogar das Kind, dass man nichts mehr tun konnte. Cesare blinzelte und schüttelte den Kopf, als wollte er einen bösen Traum verjagen.

»Torella!«, schrie er. »In Gottes Namen, wo seid Ihr, Mensch?«

Da kam Gaspare Torella durch die Tür, in der Hand einen Kanten Brot und ein Stück Käse. Cesare hielt, wie ich wusste, große Stücke auf ihn, seit Torella ihn von der Franzosenkrankheit kuriert hatte. Anschließend hatte Torella mit dem begeisterten Einverständnis seines Patienten eine Abhandlung über dessen Heilkur geschrieben. Und als sein wachsender Ruhm ihm auch Vermögen eintrug, hatte er seinem jungen Gönner eine mit Gold und Emaille verzierte Pillendose für die Arzneien aus Schöllkraut und Aloe geschenkt, die er täglich zu den Mahlzeiten einnehmen musste, um von einem Rückfall verschont zu bleiben.

Cesare stürzte sich geradezu auf Torella und schlug ihm die Reste seiner Mahlzeit aus der Hand.

»Christus sei Dank. Wir haben nur miteinander geredet, und da bekam sie plötzlich diesen … diesen Anfall und jetzt …«

»Ja, ja, Euer Gnaden. Seid so freundlich und setzt Euch ruhig hin, solange ich meine Untersuchung durchführe. Monna Donata, wollt Ihr mir dabei zur Hand gehen?« Torella hielt nichts von Spitznamen. Ich vermute, es gehört zum Geschäft eines Arztes, hinter Masken zu blicken.

Als ich die Kissen entfernte und Madonna wieder auf den Rücken drehte, erwachte sie mit einem schmerzlichen Stöhnen und griff sich an den Unterleib.

»Nein«, wimmerte sie und sah mich mit ihren grauen Augen flehentlich an, »Bitte, nein.«

»Euer Fruchtwasser ist ausgelaufen, Madonna.«

Als Cesare sie sprechen hörte, sprang er von dem Sessel hoch, in dem er gekauert hatte, und machte sich an seinem Schwert zu schaffen, dessen lose Schnallen gegen die Scheide klapperten. Er kniete neben dem Bett nieder und ergriff ihre Hand, wodurch Torella gezwungen war, eben diese Hand, an der er gerade den Puls fühlen wollte, loszulassen und auf die andere Seite zu wechseln. Er tat es mit fast väterlicher Geduld, während Cesare leise und leidenschaftlich, aber hastig in Katalanisch auf seine Schwester einredete. Sie nickte und lächelte, dann aber setzte eine neue Wehe ein, worauf sie sich mit schmerzverzerrtem Gesicht und zusammengekniffenen Augen von ihm wegdrehte. »Du musst jetzt gehen«, flüsterte sie auf Italienisch, »du bist hier nur im Weg. Du kannst wiederkommen und deinen neuen Neffen ansehen, wenn alles vorüber ist.«

Er versuchte zu widersprechen, aber sie blieb unnachgiebig.

»Es wird sie nur noch mehr bedrücken, wenn sie weiß, dass Ihr Zeuge ihrer Qualen seid«, sagte ich. »Geht zu Don Alfonso. Er wird Gesellschaft nötig haben.« Und ich berührte seine Wange mit meinen Fingerspitzen, als wäre das für mich das Natürlichste der Welt.

»Ja. Danke.«

Don Alfonso zu finden, war nicht schwierig. Er lief vor dem Schlafgemach auf und ab wie ein angeketteter Tanzbär. Ich überließ Madonnas Gemahl und ihren Bruder ihrer tränenreichen Umarmung und kehrte an ihr Bett zurück.

*

Das Kind kam gegen Abend zur Welt, als es vor dem Fenster des Schlafgemaches allmählich dunkelte und man die Vögel auf ihrem Weg zum Schlafplatz kaum mehr von den Aschewölkchen unterscheiden konnte, die von den Scheiterhaufen aufstiegen. Bei der letzten Wehe bäumte sich Donna Lucrezia noch einmal auf und knurrte wie ein Hund, dann glitt ihre Tochter in einer Lache aus Blut und Schleim heraus. Madonna lag ohnmächtig da, als ich mich bemühte, sie zu säubern und ihr zwischen die kraftlosen Schenkel Leinenstreifen zu binden, die das Blut aufsaugen sollten. Instinktiv wartete ich darauf, dass das schrille Schreien des Neugeborenen einsetzen und das Geläut zum Angelusgebet übertönen würde, aber zugleich ahnte ich, dass es tot war. Torella begutachtete den kleinen, in einer flachen Silberschale liegenden Körper, drehte ihn auf Bauch und Rücken, hielt ihn hoch ins schwindende Licht und erklärte schließlich, dass das Kind schon seit mehreren Tagen tot sein müsse.

»Nichts mehr zu machen«, sagte er und reichte mir die Schale. Er hatte sie nicht abgedeckt, das war nicht seine Aufgabe. »Ich werde es Don Alfonso sagen, wenn Ihr mich zu ihm bringt.«

Da stand ich nun, nickte wie eine Schwachsinnige und

wiegte die Schale in meinen Armen. »Ich rufe die Mädchen, damit sie das Bettzeug wechseln, und Catherinella, sie soll ihr das Haar kämmen, bevor … sie muss für ihn so gut aussehen wie möglich.«

»Monna Donata«, sagte Torella in noch sanfterem Ton zu mir, »sie liegt im Sterben. Es bleibt nicht mehr viel Zeit, fürchte ich. Holt Don Alfonso. Und ihren Priester.«

»Don Cesare auch?«

Torella lächelte resigniert. »Auch Don Cesare«, willigte er ein. »Deckt die Schale zu«, sagte er, als ich bereits zur Tür eilte.

Ich setzte die Schale auf einem Tisch ab und sah das Kind an, das nach all den Monaten banger Sorge und sorgfältiger Vorbereitung leicht wie ein enthäutetes Kaninchen in die Welt geglitten war. Und plötzlich war ich froh, dass dieses Mädchen tot war, denn so konnte es niemals derart verändert werden, wie ich verändert worden war und ihre Mutter und jede Frau in dieser Welt der Männer.

»Gebt es einem der Diener, damit er es wegschafft«, sagte Ser Torella und fügte, da er mein Zögern missdeutete, hinzu: »Es ist nichts, es wurde nicht getauft, also bedarf es keiner Zeremonie.«

Aber irgendwie musste dieses Todes doch gedacht werden, dieses winzig kleinen Mädchens, dessen Ankunft in der Welt so innig und liebevoll herbeigesehnt worden war. Ein paar Worte, ein Lächeln, eine Berührung. »Ich werde es selbst tun. Besser, die Dienerschaft erfährt nichts davon, bevor Don Alfonso es weiß. Ich mache es, dann hole ich ihn.«

Ser Torella nickte. »Vernünftiges Mädchen.«

Ich würde sie auf einen der Totenkarren legen. So würden über ihrem Leichnam zumindest noch ein paar Worte gesprochen. Bei der Kathedrale wartete stets ein Karren, an der Porta di Guidizio, durch die man die Toten aus der Kirche schaffte und zur Bestattung brachte.

Ich hatte noch nicht einmal überlegt, wie ich den Torwächter beschwatzen könnte, für mich die Zugbrücke herabzulassen, als ich in der unwirklichen Stille des rundum abgeschlossenen Hofes meinen Namen rufen hörte.

»Violante!«

In der zunehmenden Düsternis, verstärkt noch vom Rauch der letzten Scheiterhaufen an diesem Tag, klang die Stimme unheimlich und körperlos, sie schien von überall und nirgendwoher zu kommen.

»Was macht Ihr hier draußen so ganz allein?« Cesare. Oh Gott, nein, nicht jetzt. Ich drückte die Schale noch fester an mich, als könnte ich sie unter meinem Kleid verstecken. Was sollte ich antworten, wenn er mich fragte? Doch als er aus der Dunkelheit auftauchte und ich sein Gesicht sah, die tiefen Furchen zwischen seinen Brauen, den angespannten, fast flehenden Ausdruck seiner dunkel geränderten Augen, wusste ich, dass es nichts zu sagen gab. »Warum seid Ihr nicht bei Eurer Herrin?«, fragte er in einem Ton, der zwischen Hoffnung und Furcht schwankte. »Ist das Kind schon geboren?«

Der Schalenrand drückte mir gegen die Rippen. Vielleicht würden sich meine Knochen teilen und das Kind verschlucken, wenn ich nur fest genug dagegen presste. »Ja, mein Herr. Ich habe nach Euch gesucht ... und nach Don Alfonso natürlich.«

»Hier draußen? Alfonso beobachtet Vögel. Auf dem Dach, mit seinen Ferngläsern und einem Krug Wein.« Ich dachte an das lose Deckenpaneel in Madonnas Schlafgemach. Dann weiß er es also schon, dachte ich erleichtert.

»Aber Ihr seid doch hier«, sagte ich zu meiner Verteidigung.

»Habe etwas frische Luft gebraucht.« Er hüstelte spöttisch, aber ohne jeden Anflug guter Laune.

»Sprecht, habe ich einen neuen Neffen? Wie geht es meiner Schwester?«

»Mein Herr … Cesare«

»Erzählt. Redet endlich.« Er packte mich an den Schultern und schüttelte mich. Ich hielt mit aller Kraft die Schale fest. Sein Atem roch nach Wein und Übernächtigung.

»Das Kind wurde tot geboren.«

Abrupt ließ er die Arme sinken. Ich warf rasch einen Blick auf die Schale. Als er es bemerkte, hob er das Tuch an einer Ecke an. Ich zuckte zurück, umklammerte die Schale, aber er ließ sich nicht abhalten.

»Ein Mädchen«, sagte er und deckte die Schale sorgsam wieder zu. »Gut. Hätte sie in diesem Stadium einen Sohn verloren, hätte es für uns katastrophale Folgen haben können.«

Wie konnte er bloß so kaltherzig sein? In meinem Inneren brach etwas in Stücke. »Ihre Tochter«, schrie ich, »Eure Nichte. Tot!« In diesem Augenblick hasste ich ihn. »Wärt Ihr nicht gewesen, hätte sie ihr Kind, egal welchen Geschlechts, ungestört ausgetragen. Wärt Ihr nicht in Urbino eingefallen, wäre sie nie krank geworden. Sagt, seid Ihr aus Sorge um sie oder aus Eigennutz gekommen?«

»Das ist ein und dasselbe«, erwiderte er und sah mich an, als hätte er mich jetzt erst erkannt. »Torella hätte Euch nicht beauftragen dürfen, das da wegzuschaffen.« Selbst jetzt, in Tränen aufgelöst, nahm ich in seinem Tonfall etwas wahr, das mich um Ser Torella bangen ließ. »Gebt es mir.«

Ich hielt die Schale so fest, wie ich konnte. »Was wollt Ihr damit?«

»Gebt es mir.« Er entwand mir die Schale, stieg auf die Vorschanze an der Zugbrücke und kippte ihren Inhalt in den Schlossgraben, sodass der kleine Leichnam unter dem Leinentuch hervorrutschte wie einer der Toten auf See, die man mithilfe eines Brettes bestattet. Er blieb eine Weile stehen, eine dunkle Silhouette, und blickte aufs Wasser hinab. Da der Leichnam nicht versinken wollte, bückte er sich schließlich nach einem Stein auf dem Wehrgang. Als der Stein sein Ziel traf und Donna Lucrezias Tochter langsam versank, wurde in mir eine Erinnerung wach.

Don Juan. Es hatte einen Zeugen gegeben, fiel mir ein, einen Wächter, der nachts am Flussufer auf eine Ladung Holz aufgepasst und beobachtet hatte, wie Don Juans Leichnam von einem Pferderücken in den Tiber gelassen wurde. Der Reiter, ein gut gekleideter Mann, der Handschuhe mit edelsteinbesetzten Stulpen trug, hatte Steine auf den sich bauschenden Umhang des Toten werfen müssen, damit die Leiche unterging.

Cesare stieg von der Vorschanze, und als er aus ihrem Schatten heraustrat, war er nur mehr ein Mann in Hemdsärmeln, mit bloßen Händen und müdem, verschlossenem und traurigem Blick.

»Habt Ihr Euch etwas gewünscht?«, fragte ich ihn. Er sah mich verständnislos an. »Als Ihr den Stein geworfen habt«, fügte ich hinzu.

»Ach so.« Ich war mir sicher, dass er erst jetzt an einen Wunsch dachte, und überlegte, weshalb er überhaupt auf meine Frage einging, statt mich einfach anzulügen. »Ja«, sagte er, »aber bevor ich ihn Euch verrate, müsst Ihr mir sagen, was Ihr gemeint habt. Mit Eurer Bemerkung zu Urbino.« Das war keine Bitte, auch wenn er es leicht dahingesagt hatte.

»Ihr wüsstet es, wenn Ihr sie gesehen hättet. Sie heulte und schrie, raufte sich die Haare und zerkratzte sich das Gesicht. Sie hat sogar die Vorhänge heruntergerissen und den Großteil der Möbel in Belfiore entzweigeschlagen.«

Ich war restlos überrascht, als Cesare zu lachen anfing. »Das hat sie tatsächlich getan, das kleine Kätzchen? Nun gut, sie muss eben lernen, mir mehr zu vertrauen.«

Auf meiner Stirn und Oberlippe bildeten sich Schweißtröpfchen. Ich wischte mir die Hände am Rock ab und spürte, wie die feuchte Haut zwischen meinen Brüsten im Windhauch der heraufziehenden Nacht kribbelte. Er trat einen Schritt auf mich zu und presste seinen Körper, nur mit Hemd und Bundhose bekleidet, an mich.

»Nun kennt Ihr meinen Wunsch«, flüsterte er. Ich rang um Luft, und mein Herz raste wie ein Wahnsinniger in einer Zelle. Ich hob den Kopf, sog den Duft von Jasmin, Schweiß und Staub ein und ließ den Blick auf der schmalen Krümmung seines Mundes ruhen. Ich öffnete mich wie eine Seerose, wie eine erblühte Rose …

»Ihr müsst zu ihr. Ser Torella sagt, es wird nicht mehr lange dauern.« Zitternd, als wäre auch ich vom Fieber befallen, wandte ich mich ab. Jetzt war nicht die Zeit für so etwas.

»Sie liegt im Sterben? Sie wird nicht sterben, Violante, Ihr werdet es verhindern.« Er packte mich am Arm, mehr wie ein Kerkermeister als wie ein Geliebter, und drehte mich in Richtung des Torre Marchesana. »Sagt ihr … sagt ihr, Guidobaldo de Urbino hat geplant, Camerino zu Hilfe zu eilen.« Durch den Ärmel hindurch spürte ich seine Zerbrechlichkeit, und plötzlich erkannte ich, dass die enorme Körperkraft, die er in Ringkämpfen gegen Bauern, beim Verbiegen von Hufeisen oder Enthaupten von Stieren zur Schau stellte, auch nichts weiter als Theater war – eine Maske mehr. Der Gedanke gab mir Selbstvertrauen. Donna Lucrezia würde nicht sterben, ich würde sie retten. »Sagt es ihr selbst«, erwiderte ich.

*

Als wir ihr Schlafgemach betraten, schien es zunächst, als würde sich keine Menschenseele um Donna Lucrezia kümmern. Man hatte frische Bettlaken aufgezogen und ihre Brüste verbunden, um den Milchfluss zu hemmen, aber sie war immer noch ohnmächtig, die Wangen fahl, die Lider blau unterlaufen und die Mundwinkel von Blutergüssen durch Cesares Schwertgurt entstellt, mit dem wir ihre Zunge festgebunden hatten. Cesare ging zu ihr, legte sich neben sie aufs Bett, den Kopf ganz nah an ihrem, und sprach leise auf sie ein. Er nahm einige seiner dunkelroten und ihrer blassgoldenen Haarsträhnen, die sich auf dem Kissen vermischten, und fing an, sie zu flechten. Eine solche Vertraulichkeit schien nicht für meine Augen bestimmt, daher begann ich, mich im Zimmer nützlich zu machen und die Hinterlassenschaften Ser Torellas aufzuräumen. Wo steckte er überhaupt? Hatte er sie einfach so liegen gelassen und war gegangen? Erst jetzt bemerkte ich Catherinella. Sie saß an Madonnas Frisiertisch. Er stand hinter der Tür, was erklärte, warum ich sie nicht schon eher bemerkt hatte. Ein goldenes Diadem mit Edelsteinen funkelte in ihrem Kraushaar, Ketten hingen ihr vor der Brust.

»Was fällt dir ein?«, rief ich.

»Madonna im Sterben«, erwiderte sie. Gerade als ich die

Hand hob, um sie zu schlagen, fiel mein Blick auf ihr vom Kerzenschein erhelltes Bild im Spiegel aus poliertem Silber, und ich sah plötzlich nicht mehr die Sklavin vor mir, die die Ohnmacht ihrer Herrin ausnutzte, sondern meine Madonna der Fremden.

»Betest du für sie, Catherinella?«, fragte ich nun in sanfterem Ton, aber bevor sie antworten konnte, stürzte sich Cesare auf sie und riss ihr das Diadem vom Kopf, zusammen mit ein paar Locken, die sich um den Goldreif geschlungen hatten. Die Sklavin schrie auf.

»Wo ist Ser Torella?«, herrschte er sie an und hielt dabei sein Gesicht so nah an das ihre, dass sie zurückzuckte, als hätte er sie versengt.

»Weggegangen.«

»Wohin?« Er packte sie an den Haaren und bog ihr den Kopf so weit in den Nacken, dass ich die Knochen knacken hörte.

»Don Alfonso suchen«, wimmerte sie.

»Und er hat dir aufgetragen, bei deiner Herrin zu wachen. So befolgst du also Anweisungen – indem du stiehlst, was ihr gehört.« Seine Stimme war kaum mehr als ein Flüstern. Er zog sie hoch, drehte sie zu sich und riss ihr die Ketten vom Hals. Sie glitten ihm durch die Finger und landeten rasselnd auf der Kommode. Catherinella fing an, in ihrer eigenen Sprache etwas zu stammeln. Als Cesare sie aus dem Raum schleifte, verlor sie ihre bestickten Satinpantoffeln. Ihre breiten schwarzen Zehen kratzten über den Teppich.

»Michelotto!«, rief Cesare zur Tür hinaus. »Kommt her!«

Das Dröhnen schneller Schritte, das Klirren von Schwert und Sporen.

»Don Cesare?« Es klang atemlos.

»Steckt sie irgendwohin, wo sie sicher verwahrt ist, bis ich Zeit habe, mich mit ihr zu befassen.«

»Sehr wohl, Don Cesare.«

*

Als Ser Torella in Don Alfonsos Begleitung zurückkam, der völlig aufgelöst wirkte und blutunterlaufene Augen hatte, war Donna Lucrezia bereits wieder bei Bewusstsein. In ruhigem, sachlichem Ton sprach Cesare mit ihr über das tot geborene Kind. »Dein Schoß ist dafür gemacht, Söhne zu gebären«, schloss er und beugte sich vor, um ihr die Hand zu küssen. Deshalb sah er nicht das traurige Lächeln, mit dem sie seine Worte quittierte.

Gegen Morgen befand Ser Torella, Madonna sei stark genug für einen Aderlass. »Es ist ein Wunder«, sagte er an mich gewandt, während er in einer Schatulle nach der passenden Lanzette suchte. »Ihr besitzt die Gabe, Monna Donata, daran besteht kein Zweifel.«

»Ihr seid ein guter Arzt, *messer.*« Es sprach sehr für Ser Torellas ärztliches Können, dass er das Selbstvertrauen und die Geistesgröße besaß, einzuräumen, dass es so etwas wie geborene Heiler gab, auch wenn ich es für unwahrscheinlich hielt, dass ich zu ihnen zählte. Die meisten Ärzte taten eine solche Begabung als Hexerei oder Ammenmärchen ab. »Und ich glaube auch, dass die Hingabe ihres Gatten und Herzog Valentinos dazu beigetragen haben, dass Madonna wieder zu Kräften kam.«

Madonna nickte und lächelte zustimmend, obwohl ihr offensichtlich nicht ganz wohl dabei war, als sie sah, wie Ser Torella die Klinge ins Licht hielt und an seinem Daumen ihre Schärfe prüfte.

»Ist es wirklich nötig, sie zur Ader zu lassen, Mann?«, fragte Cesare, als könnte er ihre Gedanken lesen.

»Je eher das schlechte Blut abfließen kann, das sich während ihrer Schwangerschaft angesammelt hat, umso schneller wird sie wieder gesund und kann mit ihrem Mann das Bett teilen. Andernfalls könnte ihr Schoß Schaden nehmen.«

»Lass Ser Torella seine Arbeit verrichten«, wandte Donna Lucrezia sanft ein, wobei ihr die Worte ein wenig undeutlich über die zerschundenen Lippen kamen.

Der Arzt beschloss, sie am rechten Fuß zur Ader zu lassen. Er hieß mich einen niedrigen Schemel ans Bett stellen, auf den Madonna ihren Fuß so lagern konnte, dass er niedriger lag als der übrige Körper, was das Abfließen des Blutes erleichtere. Aber Ser Torella hatte Mühe, eine geeignete Ader zu finden. Schließlich ließ er Cesare ihren Fuß halten, und die ganze Zeit über erzählte er Witze und amüsante Anekdoten über Leute in Rom, die wir kannten – über den mürrischen Meister Burchard, über Kardinal Piccolomini, der bereits auf die Neunzig zuging und während der Messe gern zu schnarchen pflegte, über Don Diego Lopez de Haro, den spanischen Gesandten, dem Juan Borgia bei einem Ringkampf die Nase gebrochen hatte und der nun immer sprach, als habe er eine Erkältung.

Das brachte uns auf Prinz Djem.

»Der liebe Djem«, seufzte Madonna. »Erinnert Ihr Euch an die Zeit mit ihm? Wie gnadenlos Juan ihn immer aufzog. Er betete Juan ja an, und Juan war ein schrecklicher Schäker.« Zwar war ihre Bemerkung eindeutig an mich gerichtet, doch sie blickte immer wieder unruhig zu Cesare hinüber. Mir fiel ein, dass sie einmal gesagt hatte, Cesare habe Djem geliebt, doch er zeigte wenig Respekt vor dem Angedenken an seinen

Freund, als er nun die Backen aufblies und sein Kinn an den Hals drückte, um den beleibten Prinzen nachzuäffen.

»Nehmt doch ein Schlückchen Mohnsaft, meine Lieben«, stieß er zischend und keuchend hervor, »der wirkt viel besser als jeder Kräutersud«.

»Djem ließ in einem Winkel des Gartens beim Belvedere besondere Mohnblumen anpflanzen«, erklärte Donna Lucrezia, »aus Samen, die ihm sein Bruder, der Sultan, geschickt hatte. Wenn man den Saft trank, sah man …« Ihre Stimme wurde immer leiser, dann fragte sie: »Was hast du gesehen, Cesare?«

»Die Zukunft«, erwiderte er mit einem abweisenden Lachen, dann brachte er die Rede auf den griechischen Sekretär des Heiligen Vaters, einen Mann namens Podocario, der im Alter taub geworden war.

»Nun«, sagte Ser Torella, stellte die Schüssel mit dem Blut zur späteren Begutachtung beiseite und wischte die Klinge mit einem weichen Tuch sauber, »müsst Ihr ruhen, Madonna. Vielleicht möchtet Ihr, dass Don Alfonso bei Euch bleibt, bis Ihr eingeschlafen seid?« Es war ein heikler Vorschlag. Ser Torella wusste sehr wohl, dass ihr Cesare als Gesellschaft lieber gewesen wäre, aber vielleicht wusste er auch, dass ich Cesare zum Gehen überreden könnte. Cesare zögerte.

»Wir werden uns nicht weit entfernen«, versprach ich ihm. »Kommt, mein Herr, geht mit mir in den Orangengarten.« Die Orangenbäume wuchsen in Töpfen aus Blei und Terrakotta auf einer Dachterrasse über dem Schlossgraben beim Torre Leone. Von Madonnas Gemächern aus erreichte man sie über einen kurzen Arkadengang zwischen den beiden Türmen.

»Hört auf, mich ›mein Herr‹ zu nennen«, befahl Cesare und hakte sich in kameradschaftlicher Manier bei mir unter, als wir den Gang durchquerten. »Wir beide haben letzte Nacht gemeinsam eine Schlacht geschlagen. Nun sind wir gleichgestellt.«

»Das ist sehr republikanisch gedacht – für einen Herzog«, neckte ich ihn, ermutigt durch seine Ungezwungenheit. Stauden von Lavendel und Rosmarin säumten den Weg. Sie waren so gestutzt und beschnitten, dass sie die Form der Kelche, Schwerter, Münzen und Stäbe eines Kartenspiels hatten. Cesare zupfte von der Spitze eines Schwertes einen Stängel Rosmarin ab, zerrieb ihn zwischen den Fingern und hielt sie mir an die Nase. Ich sog den scharfen, warmen Duft ein und spürte, wie meine Nerven vor neuer Energie knisterten.

»Die Herrschaft des Volkes ist durchaus empfehlenswert«, sagte Cesare. »Meine Städte in der Romagna haben alle einen eigenen Ältestenrat. Er ernennt die Richter und dergleichen. Sie dürfen sogar in bestimmtem Umfang eigene Wehren aufstellen. Ich habe festgestellt, dass Männer weit besser kämpfen, wenn es ihr eigenes Zuhause und ihre eigenen Familien sind, die sie beschützen.«

»Aber die Städte selbst gehören Euch nach wie vor.«

»Wie Ihr wisst, Violante, habe ich mir als Soldat einen großen Ruf erworben. Das liegt daran, dass mein Vater liebend gern Siegeszüge ausrichtet. Er will, dass die Römer mich als eine Art heutigen Cäsar ansehen. Aber um die Wahrheit zu sagen – die meisten dieser Städte haben sich mir aus freien Stücken ergeben und waren froh, die Willkürherrschaft ihrer Tyrannen abzuschütteln. Ich habe mit ihnen verhandelt, denn genau das tun Generäle, wenn sie etwas taugen, sie vermeiden wenn möglich die Schlacht. Die Städte sind mir treu ergeben, weil meine Steuern nützlichen Zwecken dienen, meine Rechtsprechung sich an die Gesetze hält und meine Möglichkeiten, bei Missernten Getreide aufzukaufen, fast unbegrenzt sind. Geld und eine gute Verwaltung. Wenn Ihr die Schriften Cäsars lest, was mein Vater vermutlich seit Kindertagen nicht mehr getan hat, werdet Ihr feststellen, dass er dasselbe sagt. Alles Übrige ist nur Fassade. Auch das mögen die Leute.«

Etwas klang nicht ganz wahr an diesem praktizierten Utopia, das er mir schilderte. »Was werdet Ihr mit Catherinella tun?«, fragte ich.

»Mit wem?«

»Der Sklavin.«

»Wieso? Kümmert Euch das?« Er wandte mir mit einem lüsternen Lächeln den Kopf zu. »Ist das also Euer Preis, das Leben der Sklavin? Nicht mehr?«

»Ich weiß nicht, was Ihr meint.«

»Natürlich wisst Ihr es. Jeder hat seinen Preis. Ich werde sie verschonen, wenn Ihr es wünscht.«

Ich fühlte mich erniedrigt und war wütend, dass er mir die Verantwortung für Catherinellas Schicksal aufzubürden versuchte. Ein Teil von mir wusste, dass das eben seine Art war, aber ein anderer Teil von mir sträubte sich dagegen. Ich wollte, dass er meiner Liebe wert wäre. »Ihr solltet sie Eurer Schwester wegen verschonen«, sagte ich. »Was mich betrifft – ich liebe Euch ohnehin.« Nun war es geschehen. Die Worte waren heraus. Nicht so, wie ich es mir ausgemalt hatte, mit Tränen und jungfräulichem Schauder. Nicht klebrig vor Wollust, sondern barsch vor Empörung. Wenn er meiner wert wäre, begriff ich, wenn er nobel und versöhnlich, aufrichtig und selbstlos wäre, würde er mich nicht im Mindesten faszinieren. Der Vorrat an Liebe in mir verschob sich ein wenig, weg von mir und hin zu Cesare.

Er lehnte sich an das Geländer neben dem Gang und blickte auf die Kathedrale. »Leon Battista Alberti«, sagte er. »Er hat den Campanile erbaut«, fügte er hinzu, als er meinen fragenden Blick sah. »Der Mann, der sagt, es gäbe keine Regeln. Keine, die man brechen kann, und keine, die uns leiten, sondern nur jeden Einzelnen von uns allein mit seinem eigenen Schöpfertum.«

Ich legte meine Hand auf seinen Rücken. Seine roten Locken leckten wie Flammen an meinen Fingerspitzen.

Kein Rauch, kein Schwefel. Es brannten keine Feuer. Die Luft war vollkommen klar, das bemerkten wir beide gleichzeitig. Wir wandten uns einander zu, bereit, etwas zu sagen, aber es fiel kein Wort. Dies ist der Augenblick, an dem sich die Zeit verlangsamt und schließlich stehen bleibt, und der Augenblick, an dem sich der Lauf meines Lebens für immer verändert.

*

Lippen, die eben noch sprechen wollten, vereinen sich im Kuss. Zungen, die geneckt und gelockt, getadelt, entschuldigt und erklärt haben, kennen nun mehr bloß noch die stumme Sprache der Anziehungskraft. Vielleicht, weil ich so müde bin, gebe ich mich diesem Kuss hin und beobachte mich zugleich dabei, schwebe außerhalb meiner selbst irgendwo in dieser ungewohnt klaren Luft, die mir meine Absichten ganz unverhüllt zeigt. Unter unserer Seide und unserem Leinen unterscheiden wir uns kaum von den Hunden, die in der Gosse kopulieren, denke ich, und bei diesem Gedanken brandet eine Welle schmutziger Wollust heran, die meinen Körper an Cesares Körper presst und mich von Vernunft, Schicklichkeit und gesundem Menschenverstand wegspült. Ihre Wucht drückt mir die Augen zu, mein Atem strömt mir aus den Lungen und fließt in die seinen.

Und gerade, als ich glaube, von meiner Ekstase überwältigt zu werden, da all meine Organe sich verflüssigt zu haben scheinen, rettet er mich. »Danke«, sagt er und löst sich aus dem Kuss, hält mich aber nach wie vor fest, so fest, dass ich immer noch verloren bin in der Landschaft seines Gesichts. Aus dieser Nähe ist es die Landschaft eines Geometers, lauter Ebenen und Winkel, und ich sehe sie noch immer vor mir, trotz all der Jahre und des Ozeans, die dazwischenliegen, ich sehe sie mit den Augen des Herzens, das nichts vom Vergehen der Zeit weiß.

»Wofür?«, frage ich in dem Jetzt des Damals, als ich ein Mädchen war.

»Dass Ihr Lucrezia das Leben gerettet habt.«

»Das war nicht ich. Ser Torella hat sie gerettet. Ihm müsst Ihr danken.«

Er nimmt seine Hand von meiner Taille und macht eine abwehrende Bewegung. »Er wird seine Belohnung bekommen. Ich habe zwei schöne Maultiere für ihn. Die Besten, die es gibt. Aus Poitou. In Frankreich«, fügt er hinzu, als er merkt, dass ich nicht weiß, wo Poitou liegt.

»Dort lebt Eure Frau.« Als ich mich das sagen höre, wünschte ich, ich könnte die Worte zurückholen.

Er seufzt erschöpft auf. »Violante, habe ich Euch nicht schon einmal gesagt, dass ich keine Zeit für buhlende Jungfrauen habe? Euer Gewissen ist Eure Angelegenheit, nicht meine.«

»Und Euer Gewissen?«

»Ich habe keines. Wusstet Ihr das nicht?« Plötzlich grinst er und streichelt mich sanft, liebkost mein Ohrläppchen mit den Zähnen. »Ich bin ein Ungeheuer«, brummt er sanft, »ich verwandle mich bei Vollmond in einen Wolf und bereite mir ein Festmahl aus den Herzen all jener, die dumm genug sind, sich in mich zu verlieben. Ich brate sie, zusammen mit *trompetti de morte.«*

»Meines müsst Ihr mit Rosmarin verspeisen«, sage ich zu ihm, mein heißer Atem an seinem Hals. Denn Rosmarin ist das Gewürz der Sonne, es macht das Herz leicht und reinigt den Geist. Damit ich mir nichts darüber vormache, was ich hier gerade tue.

»Und mit Orangen.« Er nimmt mich an der Hand und führt mich in den Orangengarten, bahnt sich einen Weg zwischen den Bäumen in ihren Kübeln und den kleinen Kohlebecken hindurch, mit deren Feuer sie den Winter über warm gehalten werden. Ihre Früchte reifen zu unterschiedlichen Zeiten, deshalb schwebt ihr Duft ebenso wie der ihrer Blüten in der Luft, vermischt mit dem Geruch der heißen Steine und dem Summen der Bienen, die zwischen den wächsern weißen Blüten umherschwirren. An der rückwärtigen Mauer des Gartens befindet sich eine Loggia, darin, unter einem Brokatbaldachin versteckt, eine breite Steinbank mit Kissen aus Satin und Samt, prall und schimmernd wie Obst auf einer Auslage am Markt.

Cesare führt mich unter die weißen Marmorarkaden in den bläulichen Schatten der Loggia, der die Augen in den Palastfenstern wie von Zauberhand blendet und die geschwätzigen Zungen auf der Piazza bändigt. Nichts zählt mehr außer den geschmeidigen Bewegungen seiner Finger und der Wärme seiner Hand, die sich an die meine schmiegt.

Er nimmt den Stapel Kissen und verteilt sie über die Bank. Er tut es scheinbar nachlässig, doch es geschieht mit Bedacht und Überlegung. Mich fasziniert, wie er durch seine anmutige Gestalt selbst eine so gewöhnliche Tätigkeit in eine Art körperliche Poesie verwandeln kann. Jedes Mal, wenn er eines der Kissen nimmt, sich dreht und in der Hüfte beugt, ist es wie die Strophe eines Gedichtes. Die Kissen, so kommt mir in den Sinn, sind seine Reimwörter, und dabei muss ich lächeln. Mein Lächeln unterbricht sein Tun, weil er selbst nun auch lächeln muss.

Er streckt mir die Hand entgegen, diejenige mit dem Brandmahl. Ich gehe auf ihn zu und schlinge meine Arme um seine Hüften, aber er nimmt meine Hände und drückt ihre Innenflächen gegen seine Brust. Sein Hemd ist aufgeschnürt, daher liegt nun Haut auf Haut, und das schweißnasse Haar auf seiner Brust ringelt sich um meine Finger, knotet uns zusammen. Das Haar ist dunkel, es hat nichts Rötliches an sich, und sein Herz schlägt ganz gleichmäßig im Vergleich zu meinem, das mir wie rasend gegen den Brustkorb pocht.

Mit einem Mal erstarre ich vor Erwartung und Unsicherheit. Ich spüre, wie meine Handflächen schweißnass werden, und bete, dass es ihm nicht auffällt. Aber er bemerkt es.

»Was ist denn los?«, fragt er.

Meine Wangen glühen im Feuer seines Blickes. »Ich … ich bin weder La Fiammetta noch die Prinzessin Sancia …«

Er legt zwei Finger auf meine Lippen. Ich schmecke den Kampfer, mit dem man die Kissen vor Motten schützt. »Ihr seid mir wertvoller als diese beiden. Das wisst Ihr doch, oder?«

Ich nicke. Ich weiß es, doch ich verstehe nicht, warum, da

ich doch keine Stadt besitze, kein Land, keinen Namen oder Titel noch irgendwelche Liebeskünste außer denen, die mich Angela gelehrt hat. Wissen ohne zu verstehen genügt nicht, um mich zu entspannen. Mit einem bitteren schmalen Lächeln hebt er mich hoch, einen Arm unter meinen Schultern, den anderen unter meinen Kniekehlen, und bettet mich sanft auf die Kissen.

»Wovor hast du dann Angst?«, fragt er und zieht sich das Hemd über den Kopf. Sein Brusthaar hat die Form eines Kelches, dessen Stiel unter seinen Rippen zusammenläuft. »Woran denkst du?«, versucht er es noch einmal, als ich nicht antworte. Ich sage es ihm. Er lacht und setzt sich neben mich. »Zeige es mir.«

Ich hebe die Hand an einen Punkt neben seiner linken Brustwarze, der dunkel ist wie eine Maulbeere. Ich beobachte meine Hand, als würde sie jemand anderem gehören; sie ist durch das Licht über dem Baldachin violett gefleckt. Als ich die Konturen des Kelches mit meiner Fingerspitze nachzeichne, den Wölbungen seiner Rippen bis hinunter zu seinem flachen, muskulösen Bauch folge, zuckt Cesare zusammen und lacht. Er ist kitzlig, wird mir klar, und mein Herz schlägt Purzelbäume. Doch als mein Finger dort innehält, wo der Stiel des Kelches unterhalb seines Nabels weiterführt, ist er wieder todernst.

»Hör nicht auf«, sagt er und schnürt seine Bundhose auf. Befreit von der Einengung scheint sein Geschlecht sich meiner Hand entgegenzurecken. »Wie du siehst, bist du der Magnet der Begierde«, murmelt er, aber meine Hand ist gelähmt, als hätte sie ihr eigenes Schamgefühl, ganz unabhängig davon, was mein Gehirn ihr zu befehlen versucht, und dieser Kampf in mir lässt mich am ganzen Körper erzittern.

Und Cesare, der von Kampf etwas versteht, lehnt sich zurück, streift sich die Stiefel ab, streckt sich dann neben mir auf den Kissen aus und beginnt mit langsamen, sicheren Bewegungen mein Mieder aufzuschnüren. Da ich mich in Eile habe ankleiden müssen, trage ich kein Korsett. Ich liege da, die Arme steif an meinem Körper, die Fäuste geballt, die Fingernägel graben sich mir in die Handflächen, und ich spüre nichts anderes als sein Geschlecht, das in die Senke zwischen meinem Bauch und meinem Venushügel drückt. Er löst den Kragen meines Unterhemdes und küsst meine Brüste, erst die eine, dann die andere, zeichnet mit seiner Zungenspitze einen Kreis um jede Brustwarze. Ich denke an Angela.

»Wusstest du«, murmelt er, »dass Don Cristobal Colon, der Gouverneur der indischen Inseln, einmal an Königin Isabella schrieb, die Erde habe die Form einer weiblichen Brust und der Garten Eden sei ihre Brustwarze.«

Ich überlege nicht, woher er das weiß. Die Begierde strömt von meiner Kehle hinab zu Teilen von mir, die bisher verborgen waren und jetzt auf meinen Konquistador mit seinen weisen Händen und seinem verwegenen Lächeln warten. Er verändert seine Lage ein wenig, gleitet mit der Hand unter meine Röcke, drückt meine Schenkel auseinander und erkundet diese neue Welt.

»Du glaubst doch gar nicht an den Garten Eden«, erinnere ich ihn.

»Oh doch, das tue ich«, versichert er mir, und ich denke an Don Cristobal, und dass ich die ganze Erde bin, umschlossen von der Hand meines Geliebten.

Seine Finger streicheln und forschen, aber sie finden ihr Ziel nicht, und ich möchte es ihm zeigen, hinabgreifen und seine Berührung lenken, aber ich weiß nicht wie. Ich möchte ihn glücklich machen, ich möchte, dass er mich liebt, daher verstelle ich mich, winde mich und seufze und glaube, dass er sich täuschen lässt. Plötzlich lässt er von mir ab und steht auf. Er streift sich die restlichen Kleider vom Leib und stellt sich vor mich hin. Da packt mich das Verlangen, zu lachen.

Er sieht so albern aus, albern und verletzlich, mit seinem Geschlecht, das dick und derb vor mir aufragt, das dunkle Fleisch von knorpeligen Adern durchzogen. Es scheint gar nicht zu seinem feingliedrigen, langen, sehnigen Körper zu gehören, zu dieser Haut, die makellos ist bis auf die kleine rote Narbe in Form einer Rosette direkt über seinem Schamhaar. Nichts ist auf diesem Körper eingezeichnet, selbst in seiner Nacktheit ist er ein Rätsel. Ich beiße mir auf die Lippen und versuche angestrengt, an etwas Ernstes zu denken. Er kniet sich zwischen meine Beine, schiebt mir die Röcke bis zur Hüfte hoch, öffnet mich mit zwei Fingern und gleitet in mich.

Das ist unmöglich. Er ist zu groß. Er wird mich entzweireißen, alles in mir wird zerreißen und zerfetzt werden. Der Schmerz ist tief und stechend, jäh und intensiv, aber wo genau, kann ich nicht sagen. Ich stöhne, werfe den Kopf hin und her, presse die Augen zusammen. Erneut werde ich missverstanden, da er noch tiefer in mich fährt. Nun verändert sich etwas. Meine Oberschenkel spreizen sich weit, meine Hüften heben sich den seinen entgegen, ich bin ganz Gier, nichts als ein Mund, der saugt und speichelt. Er erschaudert, gibt ein gedämpftes Stöhnen von sich, das ich an meinem Hals spüre, und liegt auf einmal still. Ich spüre, wie seine Haut die meine kühlt, ich fühle mich wie ein Kind, dem man eine Zuckerstange hinhält, um sie schnell wegzuziehen, wenn es danach greift. Ich hole tief Luft, versuche mein Blut zu bremsen, mein Herz zu bändigen, meine um Cesares Hüften geschlungenen Beine zu lösen, ihn gehen zu lassen.

Nach einer Weile stützt er sich auf einen Ellbogen und sieht mich forschend an. »Stimmt etwas nicht?« Er wartet, aber ich weiß nicht, wie ich antworten soll, also zieht er seine eigenen Schlüsse. »Erst jetzt denkst du an die Folgen, nicht?«, neckt er mich und kitzelt mich am Bauch.

»Das ist es nicht. Angela sagt, niemand wird beim ersten Mal schwanger.«

Daraufhin sieht er mich ungläubig an, sagt aber nur: »Was ist es dann?« Ich merke, wie ihm etwas dämmert. »Es hat dir nicht gefallen, stimmt's? Ja, ja. Was kann ich zu meiner Entschuldigung sagen? Ich wollte dich so sehr, weißt du, und habe dich schon so lange gewollt, und ich bin überreizt durch die Krankheit meiner Schwester … Aber Entschuldigungen sind nicht das, was du willst, oder?« Er streichelt über mein Schamhaar, erforscht erneut, was es verbirgt.

»Es macht nichts.« Wirklich nicht. Weil sein Verlangen mir eine Ahnung davon verschafft hat, was Macht bedeutet. Ich sehe ihm ins Gesicht, in sein Stirnrunzeln, das zwischen seinen Augenbrauen zwei Furchen ungleicher Länge gezogen hat. Das Zucken seiner Mundwinkel verrät Unschlüssigkeit. Wir sind, und sei es auch nur hier und jetzt, gleichgestellt. Mehr als das.

»Lüg mich nicht an.« Er zieht die Hand aus meinem Schoß zurück und leckt sich die Finger. »So etwas tut Fräulein Möse nicht.«

Ich streiche ihm eine Haarsträhne über seine Schulter zurück, und als ich seine feuchte Haut berühre, habe ich das unwirkliche, flüchtige Gefühl, dass wir miteinander verschmolzen sind und ich ihn verstehe. »Wirklich«, sage ich, »es macht nichts«.

Offenbar befriedigt, dass ich die Wahrheit sage, macht er es sich wieder auf unserem Kissenlager bequem. Er zieht mich zu sich heran, bis mein Kopf auf seiner Brust ruht, mein Ohr über seinem Herzen liegt und seine Stimme meine Schädelknochen vibrieren lässt. »Ich erzähle dir jetzt von Urbino«, sagt er. »Und wenn ich damit fertig bin, werden wir bereit sein, einander noch einmal zu lieben. Dann werde ich besser sein, versprochen.« Ich frage mich, ob er spüren kann, dass ich lächle.

Während er spricht, streichelt er mir übers Haar, in langen Bogen gleitet seine Hand meinen Rücken hinab bis zur Erhebung meiner Hinterbacken, wo er sie einen Augenblick ruhen lässt, um dann von Neuem zu beginnen.

»Erinnerst du dich noch«, fängt er an, und darin liegt fast die gleiche Zauberkraft wie in »Es war einmal …« – »erinnerst du dich noch, wie die Franzosen im Jahre 1494 Rom besetzt haben?«

»Nur vage. Ich war damals noch sehr klein.«

»Nun, ich war neunzehn und gerade zum Kardinal ernannt worden. Ich hatte die Doktorwürde in kanonischem Recht, aber kein Schwert. Juan war in Spanien, Lucrezia bei ihrem Gatten, dem Sforza, in Pesaro, Jofré … nein, ich weiß nicht mehr genau, wo er steckte, und überhaupt war er damals noch ein Kind. Also gab es nur Papa und mich und eine Handvoll alter Kirchenmänner. Wir mussten nach Sant' Angelo flüchten. Dorthin nahm Papa auch Giulia Farnese und meine Mutter mit. Während die Frauen sich angifteten und mein Vater zusammen mit den übrigen Kardinälen plante, wie sie mit Charles verhandeln könnten, sah ich mir dessen Armee genauer an. Das größte Heer, das man in Italien je gesehen hatte. Mit so einer Armee im Rücken konnte selbst ein geifernder Zwerg wie Charles alles durchsetzen, was er wollte. Und ich war eingesperrt in diesem schrecklichen Sant' Angelo mit seinen dicken Mauern. Weißt du, Violante, wenn ich nur daran dachte, was ich mit einer solchen Armee alles anstellen könnte, zitterten mir vor Erregung Arme und Beine. Und zwar so sehr, dass ich über meine neue, leuchtende Kardinalsrobe stolperte und meine Mutter mich ausschimpfte, weil ich mich so tölpelhaft anstellte.«

Eine Woge der Zuneigung für den ungeschickten, täppischen Jungen, den er beschreibt, erfasst mich, und ich hebe den Kopf von seiner Brust und küsse ihn.

»Wofür war denn das?«, fragt er amüsiert.

»Einfach so. Sprich weiter. Du hast noch nichts von Urbino erzählt.«

»Sei nicht so ungeduldig. Wir haben keine Eile.«

»Man wird bald nach uns suchen. Was glaubst du, welche Stunde wir haben?«

Er sieht sich um, in welchem Winkel die Schatten stehen. »Die dreizehnte oder vierzehnte. Aber die Sonne kommt allmählich heraus. Wo war ich stehen geblieben?«

»Dass deine Mutter dich gescholten hat.«

»Plus ça change«, sagt er wehmütig. »Nun ja, vielleicht hast du davon gehört, weil es eine jener frei erfundenen Geschichten ist, die man über mich erzählt: Mein Vater soll mit Charles als Bedingung für dessen Abzug unter anderem ausgehandelt haben, dass ich und Djem ihm als Geiseln überlassen werden, als Unterpfand, damit alle sich wohl verhalten.

Ich bin aber bei erstbester Gelegenheit geflohen. Papa und ich hatten uns nämlich etwas ausgedacht …«

»Ich weiß. Wir haben in der Schule oft darüber geredet. Wir haben überhaupt ziemlich oft über dich geredet. Meine Freundinnen sind zu meiner Taufe ja hauptsächlich deshalb gekommen, weil sie hofften, dort einen Blick auf dich zu erhaschen. Aber du warst gar nicht dabei.«

»Ach, ich hatte damals noch keine Ahnung, wie schön du bist. Sonst hätte ich deinetwegen vielleicht sogar eine Kirche betreten.« Er nimmt mein Haar zwischen seine Finger und legt es an seine Lippen. Dann ballt er die Faust und beginnt zu ziehen und hört erst auf, als er an meinem Zischen merkt, dass er mir wehtut. »Aber Djem haben sie umgebracht«, sagt er in einem Ton, so stumpf und zugleich gefährlich wie schlecht geschmiedeter Stahl.

»Donna Lucrezia sagt, er sei an Fieber gestorben.«

»Er wurde vergiftet, das steht fest. Charles begriff, dass mein Vater und ich von vornherein meine Flucht geplant hatten, als er sah, dass mein Gepäck nichts außer Steinen und leeren Truhen enthielt. Also wollte er Papa eins auswischen, indem er ihm die Quelle des Geldes wegnahm, das Papa vom Sultan für Djems Aufenthalt bekam. Djem war stark wie ein Elefant, er wäre nie so leicht einem Fieber erlegen.«

»Du hast ihn sehr gemocht, nicht wahr?«

»Er ließ uns wir selbst sein. Du hast keine Ahnung, wie selten so etwas unter meinesgleichen ist.«

Ich denke an mich, an mein helles Haar, meine drei Namen und an die Sprache, in der ich manchmal träume, die ich aber nicht mehr verstehe, aber ich sage nichts, weil ich herausfinden will, wie Cesare ist, wenn er ganz bei sich selbst ist.

»In seinen Gemächern fühlte man sich wie in einem Traum. Er wohnte in einer Art Zelt. Von der Decke hingen Seidenbahnen, aufgetakelt wie Segel, und der Boden war voller Kissen, dazwischen kleine Tischchen mit geschwungenen Beinen, beladen mit Zuckerwerk.«

Ich sehe hinauf zu dem Baldachin über uns, spüre die Seide und den Samt unter meiner Haut, gelegentlich das leichte Piksen loser Federn. Vielleicht sieht Djem uns gerade zu, von dort, wohin die Muselmanen auch gehen mögen, wenn sie sterben.

»Er verbrannte Weihrauch, weil er den Duft mochte, und nicht, um sich bei irgendeinem Gott lieb Kind zu machen, der ihm sowieso herzlich egal war. Er brachte uns bei, wie man in einem Bronzetopf über dem Feuer in seinem Kamin Lokum kocht, und ermutigte uns, Mohnsaft zu trinken, weil im Mohnsamen allerlei Geheimnisse verschlossen seien, die nur durch die Wärme unseres Magens eröffnet werden könnten. Lucrezia hat nie verstanden, warum man nicht einfach den Duft der Blüten einatmen konnte, aber die duften ja gar nicht. Djems Tod werde ich den Franzosen nie vergeben.«

»Aber sie sind doch deine Verbündeten. Deine Frau ist Französin.«

»Warum fängst du immer wieder von meiner Frau an? Sie ist nichts weiter als meine Frau, und die Franzosen sind nicht meine Verbündeten, sondern mein Mittel zum Zweck, sie und die Spanier. Eines will ich dir über meinen Aufenthalt in Frankreich sagen, eine einzige Sache nur.«

Mein Herz beginnt, schwer zu pochen, als würde jemand in meinem Inneren Wäsche klopfen. Ich weiß nicht recht, ob ich von ihm etwas über Frankreich hören möchte.

»Dort habe ich etwas begriffen. Wahrscheinlich aus dem

räumlichen Abstand heraus, der eine Art geistige Perspektive ermöglicht, wenn du so willst. Ich habe begriffen, wenn Italien jemals etwas anderes sein möchte als ein Spielball für die Könige von Frankreich und Spanien, dann muss es selbst ein Staat werden, mit einem eigenen König.«

»Der du wärst?«

Er zuckt mit den Schultern. »Das spielt keine Rolle. Was eine Rolle spielt, ist das hier.« Er dreht den Kopf zu mir, sieht mich an, wühlt sich immer tiefer zwischen die Kissen, und mir wird bewusst, dass er bald am Ende seiner Geschichte angelangt sein wird, denn ich spüre, dass er wieder zur Liebe bereit ist. Ich schlinge meine Arme um seine Hüften und ziehe ihn an mich heran.

»Ich habe Urbino eingenommen, weil es machbar war«, flüstert er, »weil ich es wollte, weil ich nie wieder Gefangener von jemandem sein werde. Ich gehorche keinem anderen Willen mehr als meinem eigenen.« Er ist nun auf mir, sein Haar umhüllt uns beim Küssen wie ein Schleier, und ich öffne mich dem süßen Druck seiner Begierde …

»Don Cesare?«

Im Nu ist er auf den Beinen, zieht sich das Hemd über den Kopf und schüttelt sich das Haar aus dem Gesicht. »Michelotto.«

Die Zeit beginnt, sich wieder zu bewegen.

*

Mit gekreuzten Beinen lehnte Michelotto an einer der weißen Marmorsäulen der Arkaden und stellte die Miene eines Mannes zur Schau, der so etwas schon oft genug gesehen hatte. Cesares Schwertgurt hing über seiner Schulter, daran das Schwert und die Sporen; der schwarze Waffenrock der

Ritter des heiligen Johannes, in dem Cesare in einem anderen Leben nach Ferrara gekommen war, lag zusammengefaltet über seinem Arm. Während ich zwischen den Kissen nach meinen Kleidern tastete, sagte er:

»Salvatore ist hier. Sagt, er habe eine Nachricht von Kardinal Orsini an Vitelozzo abgefangen. Und er hat die Beurteilung der Wehranlagen von San Leo, um die Ihr Leonardo gebeten habt.«

»Dann geht es also los. Gut. Stechen wir das Geschwür ein für alle Mal auf.«

Michelotto beäugte mich argwöhnisch, während Cesare sich Strümpfe und Hosen überstreifte. »Das macht nichts«, gab Cesare auf die unausgesprochene Frage seines Gefolgsmannes zur Antwort. In der Tat machte es nichts, denn ich hatte keine Ahnung, wovon Michelotto gesprochen hatte, wenngleich bald schon ganz Italien ebenfalls davon sprechen sollte.

Michelotto warf ihm den Waffenrock zu. Er zog ihn sich über den Kopf und trat aus der Loggia. Als er sich das Schwert umgürtete, drehte er sich zu mir um und sagte: »Bestellt meiner Schwester ein Lebewohl von mir. Sagt ihr … sagt ihr, wir werden Weihnachten zusammen feiern.«

Dann grinste er, warf mir einen Kuss zu, und fort war er.

*

Ich weiß nicht, wie lange ich so liegen blieb, halb nackt, in der Loggia. Mein Körper schmerzte vor enttäuschtem Verlangen, doch wenn ich meine Glieder streckte, fühlten sie sich schwer und träge an wie unter Wasser. Es war drückend schwül geworden, aber mein Schweiß war kalt, und an der Stelle, wo Cesares Samen aus mir herausgeronnen war, war auf meiner rechten Hinterbacke ein feuchter, klebriger Fleck zurückgeblieben, der sich ebenfalls kühl anfühlte. Das war es, was mich aufschreckte, der Gedanke, dass ich mit meinem jungfräulichen Blut Donna Lucrezias Kissen befleckt hatte. Was würde geschehen, wenn sie es entdeckte? Schamesröte stieg mir ins Gesicht. Ich drehte mich auf die Seite und spähte über meine Schulter. Gott sei Dank, weder auf der Haut noch auf den Kissen waren irgendwelche Blutspuren, und mir fiel ein, was Angela über das Reiten gesagt hatte und einiges andere, was wir zusammen gemacht hatten. Meine Jungfräulichkeit hatte sich wie ein Dieb davongeschlichen, ohne Spuren zu hinterlassen.

Ich suchte meine Kleider zusammen und machte mich ans Anziehen, glättete mein zerknittertes Hemd und schnürte mein Mieder, so gut ich konnte, obwohl meine Finger nicht recht gehorchen wollten. Voller Hast nestelte ich daran herum, denn es machte mich nervös, mich nackt an diesem Ort zu befinden, an dem zu sein ich kein Recht hatte. Gleichzeitig erregte es mich auch, weil ich nun zur Frau geworden war, in den Armen des Mannes, den ich anbetete und der jede Frau haben konnte, die er wollte, und sie sich auch nahm. Aber er hatte mich auserwählt und mit seinem Innersten gefüllt, bis ich glaubte, vor Erregung zu bersten.

Donnergrollen. Die Götter, so schien es, waren skeptisch. Ich lächelte trotzig, als ich mir die Schuhe band und die ersten Tropfen auf die ledrigen Blätter der Orangenbäume klatschten und den Innenhof mit dunklen Flecken sprenkelten.

Ich konnte kaum erwarten, Angela alles zu erzählen, oder doch vielleicht nicht alles. Es gibt zwischen Liebenden Dinge, die wie die antiken Malereien auf den Wänden der

Katakomben unter den Straßen Roms zu Staub zerfallen, sobald man sie ans Tageslicht bringt. Wie könnte ich Angela erklären, dass sich der eigentliche Wandel in mir nicht durch den körperlichen Akt seines Eindringens, sondern durch die Macht seiner Worte vollzogen hatte? Den furchterregenden Valentino erzählen zu hören, dass er einst ein täppischer Junge war, der seiner Mutter auf die Nerven fiel und eine Schwäche für türkisches Zuckerwerk hatte, war, als explodierte er ein zweites Mal in mir. Das Kind im Manne hatte eine Frau aus mir gemacht.

Herumtrödelnd wie das schwachsinnige, schielende Mädchen, das im Frühling an der Porta Mare Veilchen verkaufte, machte ich mich auf den Weg zurück zum Torre Marchesana. Es regnete inzwischen in Strömen, die leere Piazza lag wie unter einem Schleier aus Wasser, das von den Arkaden herunterschoss. Plötzlich nahm ich bislang unbekannte Schmerzen in meinem Körper wahr, die Muskeln in meinen Oberschenkeln taten mir weh, meine Lippen fühlten sich wie aufgeplatzt an, und mein Kinn brannte, zerkratzt von Cesares Bart. Und in meiner Möse spürte ich ein Brennen, das man eigentlich nicht als bloßen Schmerz beschreiben konnte. Er war gegangen, er hatte nichts versprochen, und nun lehrte mich mein Körper, wie sich Verlust anfühlt.

Ein Donnerschlag direkt über mir, der zwei Schwäne aus dem Schlossgraben erschreckt davonflattern ließ, brachte mich wieder zur Besinnung. Meine Füße waren klatschnass und meine Schuhe vermutlich ruiniert. Schlimmer noch, gewiss war inzwischen meine Abwesenheit bemerkt worden. Ich musste versuchen, heimlich in mein Zimmer zu schleichen und mich umzuziehen, ohne dass mich jemand sah. Mit etwas Glück wären alle anderen noch zu sehr damit beschäftigt, Donna Lucrezia zu umsorgen, um mich zu bemerken. Doch gleichzeitig hoffte ich, dass Angela in unserem Zimmer war, damit ich alles beichten konnte, während ich mich abtrocknete.

»Nun, meine Liebe, das ist ja ein feines Wetter für einen Spaziergang zwischen den Orangen.« Ferrante, der am Ende des Ganges in der offenen Tür stand. »Ich wollte Eurer Herrin mein Mitleid aussprechen, aber sie war sehr gereizt, denn ihr dienstbarer Engel war verschwunden. Sie sagte, Herzog Valentino habe sich unerklärlicherweise davongemacht, ohne ihr Lebewohl zu sagen, und Ihr wärt gänzlich unauffindbar. Ich versuchte, es damit zu erklären, dass Ihr Euch vielleicht ausruhen würdet, aber jemand hatte Euch gesehen. Klatsch ist wie der Geruch von gekochtem Kohl – er dringt bis in den letzten Winkel des Hauses. Ich muss sagen, Ihr seht … nun, jedenfalls solltet ihr nicht mehr so lächeln, wenn Ihr Madonna gegenübertretet. Sie hat schließlich gerade ein Kind verloren. Und noch etwas solltet Ihr wissen, ehe Ihr zu ihr hinaufgeht. Es gibt einen weiteren Verlust. Die Sklavin, Catherinella.«

Über allem, was geschehen war, hatte ich Catherinella völlig vergessen.

»Sie hängt in einem Käfig am Torre Leone«, fuhr Ferrante in gleichgültigem, ungerührtem Ton fort. »Um den Hals hat man ihr eine Holztafel gehängt, auf der steht: ›Catherinella, Sklavin, zur Schau gestellt auf Befehl des erlauchten Don Alfonso wegen Respektlosigkeit gegenüber seiner erlauchten Gemahlin, Herzogin Lucrezia.‹«

Wir starrten einander an; beide wussten wir nur zu gut, wessen Befehl hinter dem von Don Alfonso stand. »Es ist eine unergründliche Liebe, die sie füreinander empfinden,

Euer *innamorato* und seine Schwester«, sagte Ferrante und wandte den Blick ab.

»Wie lange muss sie dort hängen?«

»Bis sie tot ist. Das wird bei dieser Hitze nicht lange dauern, so ganz ohne Wasser. Dafür sei Gott gedankt.«

Jeder hat einen Preis, hatte er gesagt.

»Aber es regnet doch. Wir müssen sie herunterholen.«

Ferrante sah mich an, als wäre ich nicht bei Sinnen. »Violante, seid vernünftig. Das ist unmöglich. Man würde uns entdecken. Alfonso würde die Sklavin gewiss töten lassen und auch uns bestrafen.«

»Was kann er uns schon antun? Er ist noch nicht Herzog, erinnert Euch. Außerdem wissen wir beide, dass nicht er es war, der diese Strafe verhängt hat, auch wenn es so auf der Tafel steht. Wir tun es. Ihr müsst jemanden finden, der uns hilft. Wie wäre es mit Vittorio?«

Ferrante seufzte. »Vittorio ist ein Geschöpf Cesares, Violante. Ich nehme das hin, weil er gewisse … Eigenheiten besitzt, denen ich nicht widerstehen kann. Cesare weiß das. Deshalb hat er ihn auserkoren, Donna Lucrezia nach Ferrara zu eskortieren.«

»Gott, Ferrante, Ihr seid ein solches … ein solches Weib! Ich werde mir selbst jemanden suchen und es ohne Euch tun. Ein paar von Madonnas Lakaien. Genau. Sie wird uns beschützen, selbst vor Cesare.«

»Glaubt Ihr das wirklich?«, fragte er leise. »Und was war mit Urbino?« Seine Frage überraschte mich. Aus irgendeinem Grund wäre ich nie auf den Gedanken gekommen, dass Ferrante sich für Politik interessieren könnte. Er wartete einen Augenblick, aber als ich nichts zur Antwort gab, fuhr er fort: »Ich habe eine Idee. Es ist ein fauler Kompromiss, fürchte ich, aber Alfonso würde Euch sagen, dass darin meine Stärke liegt.«

»Was habt Ihr im Sinn?«, wollte ich wissen.

»Fragt nicht, mein Kind.«

Ich bin kein Kind mehr, wollte ich herausplatzen, aber Ferrante hatte es einfühlsam gesagt, nicht bevormundend, deshalb hielt ich meine Zunge im Zaum. Ich musste ihm vertrauen.

»Geht jetzt zu Eurer Herrin. Ich bin sicher, die Ablenkung durch die Berichte über Eure … Abenteuer wird ihre Genesung befördern.«

Ich blieb noch einen Augenblick an der Tür stehen und sah Ferrante hinterher, wie er Richtung Orangengarten davonstapfte, die Schultern gestrafft und doch nur ein Schatten seiner selbst. Cesare hinterließ überall seine Spuren wie ein böser und zugleich bezaubernder Geist. Warum liebte ich ihn? Genauso gut hätte ich mich fragen können, weshalb mein Herz schlug oder meine Lungen atmeten.

*

Am Morgen danach, als unsere Gesellschaft den Platz überqueren wollte, um in der Kathedrale einer Dankesmesse für Madonnas Genesung beizuwohnen, versperrte uns eine Schar Schaulustiger den Weg. Sie gafften zu dem Käfig mit der Sklavin hinauf, deuteten mit den Fingern und gaben Gemurmel von sich. Und anstatt stillzustehen, wogte die Menge aufgeregt hin und her. Selbst die Straßenhändler, die sonst von den am Turm hängenden Gefangenen kaum Notiz nahmen, reckten die Hälse nach Catherinellas Käfig, ohne auf die fingerfertigen Bettlerjungen zu achten, die sich mit Äpfeln, Aprikosen oder heißen Kürbistorten von den Marktständen davonmachten. Ich spähte ebenfalls nach oben, erblickte aber nichts als die Holzplanken des Käfigbodens, durch dessen Ritzen kleine gelbe Lichtpunkte drangen. Daraufhin sah ich zu Ferrante hinüber, der neben Don Alfonso stand, sein Messbuch an die Brust gepresst. Er wich meinem Blick aus und zupfte seinen Bruder am Ärmel, um ihn zum Weitergehen zu bewegen. Doch Don Alfonso schickte bereits einen seiner Edelleute los, der nachsehen sollte, was hier vor sich ging.

Gerade als der Chor das Te Deum beendete, verbreitete sich die Nachricht in der Kirche wie ein Lauffeuer. Die Sklavin war tot. Irgendwie hatte sie sich einen langen Strick beschafft, mit dem sie sich an dem großen Bolzen am Käfigdach, der zur Befestigung der Kette diente, erhängt hatte. Don Alfonsos feister Nacken unter seinem kurz geschorenen Haar glühte rot. Ferrante neben ihm hielt den Kopf gesenkt, als sei er tief ins Gebet versunken. Hoffentlich hat der Allbarmherzige ihm vergeben, dass er seine unsterbliche Seele für die Würde einer Sklavin aufs Spiel setzte.

Das Buch der gebrochenen Versprechen

Sie weiß durchaus, dass die Erde
von Müttern betrieben wird, so viel steht fest.
Sie weiß auch, dass sie nicht länger ist,
was man ein Mädchen nennt.
Was Einkerkerung angeht, glaubt sie,
dass sie, als Tochter, von Anfang an
eine Gefangene war.

Louise Glück: Persephone, die Wandernde [3]

1

Ferrara, im September 1502

Ich gab dir nichts als eine leere Truhe und einen geborgten Vers.

Ich hätte noch Glück gehabt, meinte Angela.

»Wenigstens ist dein Gesicht nicht betroffen«, sagte sie, während sie sich aufrichtete und die Kerze ausblies, bei deren Schein sie meine Scham untersucht hatte. Ich hatte zunächst geglaubt, ich hätte mich nur verkühlt. Das wäre nicht weiter verwunderlich gewesen, wenn man bedachte, dass ich bei dem Gewitter bis auf die Knochen nass geworden war und anschließend bei Donna Lucrezia hatte sitzen müssen, um ihr, soweit ich dazu in der Lage war, zu erklären, warum ihr Bruder, der Herzog, Ferrara verlassen hatte, ohne mehr zu versprechen, als zu Weihnachten wiederzukommen. Aber Weihnachten, so hatte sie mit neu gewonnener Kraft geklagt, über die ich mich, müde und frierend, nicht freuen konnte, sei zu spät. Sie brauche ihn jetzt, wo sie den Este gegenübertreten und ihre Fehlgeburt, noch dazu die einer Tochter, verantworten müsse.

Dann hatte Angela gemerkt, dass ich mich kratzte. Ich wusste nicht, was schlimmer war, die Schmerzen, die urplötzlich in meine Arme und Beine einschossen, sodass ich mich die ganze Nacht im Bett herumwälzte, oder das Jucken und Brennen zwischen meinen Beinen, das mich in dunkle Ecken, hinter Wandschirme, Türen oder die Rankgitter im Park trieb, wo ich mich heimlich kratzen konnte.

»Ich habe mir nur die Nieren verkühlt«, erwiderte ich, während ich mich auf die Ellbogen stützte.

»Dann sieh selbst«, entgegnete Angela. Sie gab mir einen kleinen Spiegel, den ich zwischen den Beinen ausrichtete, bis ich meine Scham betrachten konnte. Ein kleines, mit gelblichem Eiter gefülltes Geschwür saß auf den Schamlippen, hart und gefühllos, wenn ich es berührte. »Zweifellos hat er dir ein kleines *memento amoris* hinterlassen.«

»Ich dachte, er sei geheilt.« Meine Stimme klang kläglich.

»Du hast doch nicht etwa gedacht, er habe sich seit Torellas berühmten Quecksilberbädern mönchischer Tugenden befleißigt, du dumme Gans? Wahrscheinlich muss er sich jetzt ebenfalls mit einem neuen Ausbruch abplagen.« *Krankheit schwelt in mir wie das Feuer im Herzen einer feuchten Heumiete, sie tickt in der Nacht wie die Totenuhr in den Dachbalken.*

»Wenn doch Torella nur noch bei uns wäre.«

»Ach, wir werden uns schon zu helfen wissen. Wir brauchen einen Frosch. Oder ein Huhn, das ist einfacher zu beschaffen. Das Wichtigste ist, es vor Donna Lucrezia geheim zu halten. Wenn sie dich nicht als rein und unberührt ausgeben kann, wird sie mit ihren Heiratsplänen für dich nicht mehr so gut vorankommen.« Denn seit ihrer Genesung gab es für Madonna nichts Wichtigeres mehr, als für uns alle einen guten Mann zu finden, einen Mann aus Ferrara, um ihre Stellung, die durch ihre Fehlgeburt gelitten hatte, wieder ein wenig zu festigen. Und dabei hatte sie Angelas uneingeschränkte Unterstützung, da nun auch Donna Lucrezia offen für ihre Vermählung mit Giulio eintrat.

»Einen Frosch?«

»Einen lebendigen Frosch, in zwei Hälften geteilt und auf die entzündeten Stellen gelegt. Oder ein Huhn.«

»Auf die gleiche Weise angewandt?«

»Ja. Das ist eines von Ippolitos Heilmitteln«, gestand sie. »Und es scheint zu wirken, denn ich bin nicht befallen.«

»Aber ist es nicht schon lange her, dass du bei ihm gelegen hast?« Ippolito war das letzte Mal vor Ausbruch des Sumpffiebers in Ferrara gewesen, und schon damals hatte ich den Eindruck gehabt, dass Angela auf seine Aufmerksamkeiten immer weniger einging. Jetzt wurde sie rot und drehte den Spiegel in den Händen, den ich ihr zurückgegeben hatte, ehe ich meine Röcke glatt strich.

»Das ist nicht so einfach.« Mehr sagte sie nicht.

*

Wir unternahmen mehrere Versuche, mithilfe von Blumentöpfen und einem kleinen Keschernetz einen Frosch zu fangen. Doch alle unsere Bemühungen schlugen fehl, und wir mussten uns ein Huhn besorgen. Eine blutige Angelegenheit, denn es musste entzweigeschnitten und auf die befallenen Stellen gelegt werden, solange es noch lebte. Da ich mich flach auf dem Boden ausgestreckt hatte, um nicht die Laken zu beschmutzen und die Wäscherinnen zu Fragen zu veranlassen, die Röcke bis zur Taille hochgezogen und die Beine gespreizt hielt, konnte ich Angela kaum helfen, das widerspenstige Tier zu bändigen. Dass sie sich Falknerhandschuhe übergezogen hatte, um ihre Hände vor Schnabelhieben und Kratzern zu schützen, machte die Sache nicht einfacher.

Außerdem wusste sie nicht, wie lange das sterbende Tier auf die Geschwüre gedrückt werden musste. Bis es kalt ist, meinte Don Ferrante, der uns den Stulpenhandschuh besorgt hatte und draußen vor der Tür Wache hielt. Den anderen Hofdamen konnten wir nicht trauen, denn da wir Madonnas Lieblinge waren, standen sie uns eher ablehnend gegenüber. Wir einigten uns auf eine Lösung. Angela hielt das flatternde blutige Bündel aus Fleisch und Federn an meine Scham, bis es sich nicht mehr regte, bis der Blutfluss aufhörte und es fraglos tot war. Dann warf sie es ins Feuer. Beim Gestank der brennenden Federn musste ich würgen, als ich aus den beschmutzten Unterröcken stieg und meine Oberschenkel wusch.

*

Ob es nun auf Glück beruhte oder auf Angelas Heilkünsten, die Hühnerkur schlug an, und während der Herbst fortschritt und wir begannen, uns auf die kurze Karnevalszeit vor dem Advent zu freuen, fühlte ich mich ausgesprochen wohl. Mein Appetit, der seit meiner Aufnahme in Donna Lucrezias Hofstaat mit seinen christliche Essgewohnheiten eher bescheiden gewesen war, wuchs ins Unermessliche. Eines Tages, als ich mir auf der Piazza Akrobaten ansah, aß ich so viele Zuckermandeln und süßen Käse, dass Angela mir zuflüsterte, man müsse bald fürchten, unser Podest könne zusammenbrechen, und Fidelma sich die Frage erlaubte, ob ich in Erwartung der Fastenzeit des Advents auf Vorrat essen wollte wie ein Kamel vor der Durchquerung der Wüste.

Als der Schneider kam, um uns die neuen Gewänder anzupassen, die uns Madonna zu Weihnachten schenken wollte, stellte er nach einem Blick in seine Aufzeichnungen fest, dass meine Taille um eine halbe Handbreit dicker geworden war. Auch meine Brüste hatten eine weiblichere Schwere angenommen, und unterhalb meines Kinns zeigte sich ein kleines Fettpolster, ähnlich dem, wie Angela mit einem unergründlichen Blick bemerkte, das Donna Lucrezia von ihrem Vater geerbt hatte.

Manchmal benehmen wir uns auf eine bestimmte Art und Weise, ohne zu wissen, warum. Sobald ich erkannt hatte, dass ich mit dem vielen Essen die Leere füllen wollte, die Cesare mit seiner Abreise hinterlassen hatte, konnte ich – obwohl ich noch immer zu den ungewöhnlichsten Tages- und Nachtzeiten hungrig wurde – das Nagen in meinem Bauch nicht mehr von der Herzenssehnsucht trennen, mit der ich auf ein Zeichen von ihm wartete. Als es nicht kam, tröstete ich mich mit endlosen Aufzählungen meines schmalen Vorrats an Erinnerungen, bis Angelas Augen glasig wurden, ihr Lächeln gefror und sie mechanisch wie ein Uhrwerk nickte. Ich dachte mir Entschuldigungen für ihn aus. Zunächst sandte er mir kein Zeichen, weil er sich mit dem französischen Hof nach Mailand begeben hatte. Vielleicht war seine Gemahlin dort, und selbst wenn nicht, war es, da sie eine Cousine der Königin war, womöglich nicht leicht, einen Brief an mich abzusenden, ohne dass man seine Untreue bemerkte. Und als wir aus seinen Briefen an seine Schwester und Don Alfonso erfuhren, dass er in die Romagna zurückgekehrt sei, geschah es, weil er ein viel beschäftigter Mann war, der noch einiges bewerkstelligen musste, ehe er zu Weihnachten wieder nach Ferrara kam.

Nur einmal bekam ich eine Nachricht von ihm. Ein aus

Imola gesandter Brief an Madonna enthielt eine kleine Zeichnung auf grobem Pergament. Sie zeigte ein Brustbild von Cesare mit dem gewohnt beherrschten Gesichtsausdruck, herabgezogenen Mundwinkeln, die Augen überschattet von den langen dichten Wimpern. Die Buchstaben seiner verkrampften, ungelenken Handschrift malten geisterhafte Schatten auf seine Wangen und durchzogen seinen Bart.

Bitte gib dies an Violante, las Madonna vor. *Mein Ingenieur Leonardo hat die Zeichnung angefertigt, während ich eine Karte studierte, die er für mich von Imola angefertigt hat, als sei er auf dem Rücken eines großen Vogels über die Stadt hinweggeflogen. Er lässt mich aussehen wie einen Propheten des Alten Testaments, von daher sollte es unsere kleine Israelitin zu schätzen wissen. Dieser Leonardo leistet mir gute Dienste. Neulich, als wir in Gesellschaft zu Abend aßen und Sperulos jüngste Ode auf meine Verdienste vorgesetzt bekamen, ließ er am Tisch eine Eidechse los, an deren Rücken er kleine, aus Papier gefertigte und mit dem roten und gelben Geviert meiner Livree versehene Flügel angebracht hatte. Daraufhin brach ein Tumult los, die meisten der Damen schrien und verließen eilends den Raum, und Ramiro stach Torrigiano in die Hand, als er versuchte, die Echse auf dem Tisch aufzuspießen. Als ich mich bei Leonardo später erkundigte, ob er froh sei, dass sein Rivale nun für einige Wochen von seinen Aufgaben als Bildhauer befreit sei, erwiderte er lediglich, ihm sei aufgefallen, dass ich am Einschlafen gewesen sei – der Saal war voller Menschen, das Feuer loderte heftig, der Wein war schwer und, um ehrlich zu sein, Sperulos Schilderung vom Fall dieser Stadt klang reichlich zahm für meine Ohren – und deshalb habe er sich einen Scherz ausgedacht, um mich aufzuwecken.*

Mit einem gelegentlichen Lächeln oder auch Stirnrunzeln las Madonna leise weiter. So blieb mir Zeit, mich mit Grübeleien über die Frauen zu plagen, die Cesare am Rande erwähnt hatte. Mit einem elenden Gefühl starrte ich auf die Zeichnung, die ich umklammert hielt, diesen pergamentenen Ersatz für die warme Haut des Geliebten, diese Rückführung des Feuers in seinen Adern auf von Kohle gezogene Linien.

Donna Lucrezia, dachte ich, brauchte kein Bildnis ihres Bruders, für sie wurde er durch seine Worte lebendig. Mit seinen Briefen begannen sie einen ausgedehnten privaten Austausch, als blieben sie einander irgendwie körperlich gegenwärtig, obwohl sie viele Meilen und das mit den beginnenden Adventsfeierlichkeiten immer schlechter werdende Winterwetter trennten. Sie hätte meine Einsamkeit nicht verstanden, selbst wenn sie ihr aufgefallen wäre.

Aber das tat sie nicht. Madonna war vollauf damit beschäftigt, ihre durch den Verlust ihrer Tochter geschwächte Stellung wieder zu festigen und verbrachte die Abende und Nächte mit ihrem Gemahl und die Tage in Gesellschaft seiner Brüder. Und obwohl sie sich wie zuvor an Don Ferrantes Witz und Giulios Gesang erfreute, galt nun ein Großteil ihrer Aufmerksamkeit Ippolito, der mittlerweile mit vielen Neuigkeiten aus dem Vatikan zurückgekehrt war.

Rodrigo und Giovanni, die beiden Buben, hätten bezaubernd ausgesehen in den Samtkappen, die sie ihnen geschickt hatte, und sich maßlos über den Papagei gefreut. Der Heilige Vater sei, Gott sei es gelobt, nach wie vor bei bester Gesundheit und von scharfsinnigem Geist wie eh und je. Sein Stolz auf seine Kinder habe nicht gelitten, obwohl er Donna Lucrezias Verlust bedauerte und sich gegenwärtig über Don

Valentinos rätselhaftes Schweigen und seine Tatenlosigkeit recht oft ereifern könne. Aus Donna Lucrezias Gesprächen mit Ippolito erfuhr ich, dass die Festung San Leo im Herzogtum Urbino im Oktober gegen Cesare rebelliert und sich eine Gruppe seiner Feinde in La Magione, einem Bollwerk der Orsini, gegen ihn verbündet hatten. Cesare jedoch tat offenbar nichts anderes, als in der Umgebung von Imola auf die Jagd zu gehen und sich mit Leonardo in Scherzen zu messen.

Ich hatte Angst um ihn. Am liebsten hätte ich mich Donna Lucrezia anvertraut, um von ihr zu hören, Cesare habe die Dinge in der Hand und sei seinen Feinden stets einen Schritt voraus. Doch aus ihren beherrschten Zügen und dem zweifelnden Lächeln las ich, dass sie ebenso im Dunkeln tappte wie ihr Vater. Dann fiel mir ein, was Michelotto über San Leo gesagt hatte, als er uns im Orangengarten überraschte, und ich erkannte, dass sich die Verhältnisse geändert hatten. Zum ersten Mal wusste ich mehr über Cesares Pläne als seine teure Schwester, ja sogar mehr als der Papst. Ich hütete mein Wissen wie einen Schatz, es war mein Trost, mein Schild. Donna Lucrezia gegenüber sprach ich nicht darüber, denn wenn ich es mit ihr teilte, würde es seine Macht verlieren. Sie würde mir Fragen stellen, die ich nicht beantworten konnte. Und womöglich würde sie zu dem Ergebnis kommen, ich sei zum Verrat an Cesare fähig, und ihn dann vor mir warnen, worauf er die Verbindung zu mir abbrechen würde. So blieb ich bei meinem Entschluss und redete mir ein, ich hätte nichts zu fürchten.

*

Am Weihnachtsmorgen fiel von einem schmutziggelben Himmel eine dünne Schicht feuchter Schneeflocken, genug, um die Farben der Stadt zu dämpfen, aber nicht ausreichend, um das Auge mit einer funkelnden weißen Decke zu erfreuen. Zwar war am Heiligen Abend zu Don Ferrantes großer Freude Cesares junger Offizier Vittorio eingetroffen, doch von seinem Befehlshaber hatten wir keine Nachricht.

Wir besuchten die Messe in der Kathedrale, wo Ippolito über die Widerrechtlichkeit des Zensus predigte, der die heilige Familie nach Bethlehem geführt hatte. Was er damit sagen wollte, blieb niemandem verborgen. Wir alle wussten, dass der Papst den Klerus kürzlich mit neuen Steuern belegt hatte – wie es hieß, um Cesare die Aufstellung einer weiteren Armee zu ermöglichen. Wir beobachteten Madonna aus den Augenwinkeln. Mit einem Ausdruck unergründlicher Würde saß sie neben ihrem Gemahl und hielt seine Hand. Auf dem Rückweg mussten wir uns durch eine Menschenmenge kämpfen, die sich auf der Piazza zusammengefunden hatte und einem Bettelmönch lauschte, der sich über die Demut des Kindes in der Krippe ausließ.

Etwa in der Mitte der Piazza zögerte Fidelma plötzlich und wandte sich zu dem Mönch um, der auf der Ladefläche eines Karrens stand. Elisabetta Senese, die hinter ihr herging, lief in sie hinein und verlor das Gleichgewicht. Nachdem ihr ein kichernder Vittorio und ein mondgesichtiger Jüngling, der Elisabetta wie ein Hündchen folgte und der später an den Blattern starb, wieder hochgeholfen hatten, schlug sie Fidelma ins Gesicht, weil ihr neues Weihnachtsgewand ruiniert war. Bei der Aussicht auf einen Streit zerstreute sich die Gemeinde des Mönches rasch, und der blickte zu uns herüber, um zu sehen, was geschehen war. Fidelma, die Elisabettas Ohrfeige und den roten Fleck, der sich auf ihrer hageren Wange ausbreitete, nicht zu bemerken schien, reckte den

Hals. In ihren Stelzenschuhen war sie so groß, dass sie leicht über das Menschengewirr hinwegsehen konnte. Und es war, als spannte sich zwischen ihrem Blick und dem des Bettelmönches in seinem lehmbefleckten wollenen Gewand und dem fadenscheinigen schwarzen Umhang ein straffes, unsichtbares Band. Ich wandte mich nach Angela um.

»Angela«, flüsterte ich. Sie war so damit beschäftigt, der zornesroten und wutschnaubenden Elisabetta die verschmutzten Gewänder abzuklopfen, dass ich sie am Ärmel zupfen musste. »Angela!«

»Was ist?«

»Ich glaube, das ist Fidelmas Fra Raffaello. Du weißt schon, der Wanderprediger, dem sie, wie sie sagt, ihre Bekehrung verdankt. Sieh dir die beiden doch nur an!«

Als Angela sich umdrehte, bemerkte ich auf ihrem lapislazuliblauen Rock dunkle Flecken. »Du hast deine Blutungen«, sagte ich. »Ich gehe hinter dir her.« Weil ihr Liebesleben so kompliziert geworden war, hatte Angela keinen Überblick mehr über ihren Zyklus. Auf meine Bemerkung hin fluchte sie zunächst, dann aber dankte sie mir lächelnd. Allerdings bemerkte ich ihren Stimmungswandel kaum, und auch Fidelma und ihr Mönch waren vergessen. Meine Eingeweide krampften sich zusammen, und Hitze stieg mir in den Kopf. Was war ich bloß für eine Närrin! Ich hatte nämlich selbst schon seit Monaten keine Blutung mehr gehabt.

Jedenfalls nicht, seit Cesare abgereist war.

Mein Gesicht glühte. Kalter Schweiß rann mir den Rücken herunter. Ich fröstelte. Das konnte doch nicht sein … Angela hatte doch gesagt … Vielleicht eine verzögerte Auswirkung der französischen Krankheit? Aber was war, oh Gott, wenn er mich nun geschwängert hatte? Wie konnte ich dann noch auf eine gute Eheverbindung hoffen? »Nun los!« Ich stieß Angela unsanft in den Rücken. »Madonna und Don Alfonso sind schon fast beim Corte. Sie werden sich fragen, wo wir abgeblieben sind.« Sie sah mich gereizt an, eilte dann aber gehorsam hinter Donna Lucrezia her. Ich blieb so nahe hinter ihr, dass es aussah, als wollte ich ihre Röcke vor dem Schnee schützen.

*

»Wir müssen später darüber sprechen«, sagte sie, als sie eine Binde eingelegt und einen sauberen Unterrock angezogen hatte, während ich ihren in Brokat gefassten Überrock mit einem feuchten Handtuch reinigte. »So schnell können wir ohnehin nichts ausrichten, und wenn wir die Bescherung versäumen, bekommen wir Ärger.«

»Glaubst du, er ist inzwischen eingetroffen und wir finden ihn dort, in der Sala Grande?«

»Meine liebe Violante ...« – in gutmütiger Erschöpfung schüttelte sie den Kopf – »... er wird nicht kommen. Ich glaube, das hat er nie vorgehabt. Das ist seine Art und Weise, sich einer Sache zu entledigen. Ich kenne Cesare, solange ich denken kann, und ich habe noch nie erlebt, dass er das tut, was er angekündigt hat. Er berauscht sich an Täuschungen wie an einer Droge. Und er weiß nie, wann er damit aufhören muss.«

Ich funkelte sie wütend an. Tränen durfte ich mir nicht gestatten, um nicht die dunklen Schatten zu verwischen, die ich mir zuvor sorgfältig mit einem angekohlten Holzstück auf die Lider gemalt hatte. Was immer Angela auch sagte, Cesare konnte immer noch eintreffen, und was würde er von mir denken, wenn ich mit roten Flecken im Gesicht und mit vom Weinen geschwollenen Augen vor ihm stünde? Wie sollte ich es dann noch mit der betörenden Dorotea Caracciolo aufnehmen?

*

Die Bescherung in der Sala Grande schien kein Ende zu nehmen. Der Herzog und seine Familie saßen auf einer Tribüne an der Kopfseite des Saales, die Angehörigen des Hofstaates mussten dicht gedrängt davor Aufstellung nehmen, die Damen auf der einen Seite, die Herren auf der anderen. In dem dazwischenliegenden Gang traten all die Hofmeister, Schreiber, Schatzmeister, Köchinnen und Köche und Stallburschen, der Vorsteher von Don Alfonsos Gießerei und sein Töpfermeister, der kleine krummbeinige Mann, der Herzog Ercoles Rennpferde betreute, die Poeten, Musikanten und Hofmaler nach vorn, um ihre Geschenke entgegenzunehmen. In neue rotgrüne Tuniken gekleidete und mit Handschuhen aus Sämischleder ausstaffierte Sklaven trugen die Geschenke in der Reihenfolge, in der sie übergeben werden sollten, von einem unter der Tribüne aufstellten Tisch zum Herzog und seiner Familie nach oben.

Als man uns schließlich entließ und wir über den Hof zum Torre Marchesa gingen, um uns für die abendlichen Unterhaltungen umzuziehen, fiel der Schnee dichter. Dicke Flocken taumelten leise vom dunklen Himmel zur Erde und blieben in unseren Wimpern hängen. Angela wandte das Gesicht nach oben und streckte die Zunge heraus. Ihre Haut glühte, Schneesterne glitzerten kurz in ihren Haaren auf, ehe sie in ihrer Wärme schmolzen. Übermütig beugte sie sich nach unten, kratzte eine Handvoll Schnee zusammen, formte ihn zu einem Ball und warf ihn nach mir. Er traf mich seitlich am Hals, von wo aus er auf meine Schulter glitt. Schmelzendes Eis tropfte aus meinem Haar und durchtränkte Unterhemd und Mieder.

Meine Tränen waren heiß, nur daran erkannte ich sie. »Bitte, Violante, bitte!« Angela umschlang mich mit den Armen und zog mich an sich, strich mir übers Haar, schmiegte ihre kalte Wange an meine tränennasse. »Es tut mir so leid. Bitte hör auf zu weinen. Es hat nichts zu bedeuten, wenn Cesare nicht kommt. Du weißt doch, wie die Männer sind. Nimm nur Ippolito. Als er in Rom war, hat der gute Ippolito mit Sancia das Bett geteilt. Aber deshalb stellt er mir keineswegs weniger eifrig nach, seit er wieder hier ist. Männer haben ein kurzes Gedächtnis. Auch wenn es uns nicht gefällt, müssen wir es nun einmal so nehmen, wie es ist. Das ist der Lauf der Welt.«

Ob sie wohl ebenso abgeklärt darüber sprechen würde, wenn es Giulio wäre, der mit Prinzessin Sancia schliefe, fragte ich mich. Aber es wäre gemein von mir gewesen, diese Frage laut zu stellen, denn sie hatte mich ja aufmuntern wollen. Und selbst wenn ihre Worte zutrafen, selbst wenn ich die Macht hatte, ihm jeden Gedanken an andere Frauen auszutreiben, sobald wir beisammen waren, gab es für mich weiterhin genügend Grund zu weinen.

»Und was ist mit der anderen Sache?«

»Du meine Güte, hier seid ihr!« Das kam von Elisabetta Senese, auf deren Robe aus gelbem venezianischem Samt noch immer Wasserränder zu sehen waren. »Du musst sie zur Vernunft bringen, Angela. Sie ist nämlich entschlossen, trotz der lausigen Kälte ein Bad zu nehmen. Sie hat schon angeordnet, das Badehaus vorzubereiten, aber bei diesem Wetter dauert es Stunden, bis das Wasser heiß ist. Wenn wir zu spät kommen, wird der Herzog zürnen, Don Alfonso wird schmollen, und ...«

»Ich kann sowieso nicht ins Badehaus gehen, ich habe meine Blutung. Außerdem hat mir Don Giulio gesagt, er und alle seine Brüder wollten heute Abend ein neues Konzert von Tromboncino vortragen. Ein Stück für sechs Violas, von denen Tromboncino die sechste selbst spielen will. Gott allein weiß, wie Sigismondo sich schlagen wird, aber wir sollten uns hüten, zu spät zu kommen.«

Ungeachtet Tromboncinos Konzert für sechs Violas bestand Madonna auf ihrem Bad. Da Angela indisponiert war, wurde auch ich entschuldigt, damit ich ihr Gesellschaft leisten konnte. Wir sollten in ihren Gemächern warten, wies uns Madonna an, und die neue Sklavin beaufsichtigen. Die neue Sklavin, von Cesare gesandt, trug ein goldenes Halsband, in das sein Wappen eingeprägt war. Sie sei wohl Dalmatinerin, hatte er erklärt, und sei bei Porto Cesenatico an den Strand gespült worden, nachdem die Kanonen der Hafenwache ein Piratenschiff zerstört hatten. Sie war eine auffällige Erscheinung, ein Mädchen mit hohen, scharf hervortretenden Wangenknochen, blasser Haut und Haaren vom Blauschwarz eines Krähengefieders. Ihre Sprache war niemandem von uns geläufig, und Donna Lucrezia hatte ihr bisher noch keinen Namen gegeben.

»Du kannst es wegmachen, weißt du? Es gibt verschiedene Methoden. Ich kenne sie von Sancia. Nein, du dumme Göre, nicht so! Zwei Tropfen Moschusöl ins Rosenwasser. Mein Gott, Violante, warum hat dein Geliebter Catherinella bloß gehängt?«

Er hat es nicht getan, dachte ich, behielt den Gedanken aber für mich. »W...was? Wegmachen ...? Von Sancia? Aber du hast doch gesagt, man könne beim ersten Mal nicht schwanger werden.«

»Ist er nur ein Mal in dich eingedrungen?«

»Das weißt du doch. Ich habe es dir schon oft genug erzählt. Dann ist Michelotto aufgetaucht.«

Sie zuckte die Achseln. »Nun, keine Regel ohne Ausnahme. Wie gesagt, du kannst es wegmachen.«

»Auf die gleiche Art wie Prinzessin Sancia.«

»Ja, meine Gute, wie Sancia. Und ich habe ihr oft geholfen. Wachholderbeeren sind vielleicht am wenigsten schmerzhaft, aber die Nadel ist die sicherste Methode.«

Plötzlich gaben meine Knie unter mir nach, und ich sank auf Madonnas Ankleideschemel. »War es … waren sie … von Cesare?«

Angela zuckte mit den Schultern. »Wer weiß das schon? Sicher ist nur eins, von Jofré waren sie nicht. Der hat nie was anderes getan, als zuzusehen.«

»Zusehen. Ich verstehe.«

»Du verstehst gar nichts.« Sie ging vor mir in die Hocke und nahm meine Hände. Ihre waren ganz warm. »Aber wenn du dieses Kind bekommen willst, gehörst du zur Familie. Und dann erfährst du besser gleich, was mit uns los ist. Jofré ist impotent. Er sieht nur gerne zu.«

»Und Cesare …?«

»Ich glaube nicht, dass ihre anderen Liebhaber davon wussten. Aber Cesare – gib Cesare eine Bühne, und er tritt auf.«

Ich entzog meine Hände ihrem Griff. »Ich weiß genau, was du im Sinn hast, Angela. Aber du wirst nichts erreichen. All das kümmert mich nicht. Ich liebe ihn, und das Kind, das ich erwarte, ist ein Teil von ihm. Ich werde nicht zulassen, dass du es umbringst.« Ich versuchte aufzustehen, doch

Angela legte mir den Kopf in den Schoß und schlang ihre Arme um meine Taille. Selbst durch die vielen Schichten der Röcke spürte ich ihre Wärme, und dass sie vor Lachen bebte.

»Du hast schon ein kleines Bäuchlein bekommen«, sagte sie, während sie sich wieder zurücklehnte. »Je eher du Donna Lucrezia einweihst, desto besser.«

»Glaubst du, es stimmt sie etwas milder, wenn sie hört, dass es von Cesare ist?«

»Das würde ich eher bezweifeln.« Angela senkte den Blick. In diesem Augenblick sah sie ihm so ähnlich, dass es mir die Kehle zuschnürte.

*

Eigentlich hatte ich es Donna Lucrezia am folgenden Tag erzählen wollen, am Stephanstag, aber sie stand zu spät auf, und dann auch nur, um einen Boten ihres Bruders zu empfangen. Der Mann hatte sich durch Schneestürme gekämpft, um Don Alfonso und Ippolito Geheimmeldungen überbringen zu können, ehe er Donna Lucrezia ein in seiner Kürze bestürzendes Schreiben aushändigte. In einen Pelzumhang gehüllt saß sie aufrecht im Bett, neben sich das heiße Wasser mit Zitronensaft, drehte den gefalteten und versiegelten einzelnen Bogen in der Hand und betrachtete ihn von allen Seiten. Erst dann verlangte sie nach einem Messer, um das Siegel zu brechen. Ich hatte ihr den Morgentrunk absichtlich allein gebracht, um Gelegenheit zu haben, sie um ein Gespräch unter vier Augen zu ersuchen, in dem ich ihr meine Neuigkeiten berichten wollte. Nun bat ich, mich zurückziehen zu dürfen, solange sie den Brief ihres Bruders las. Sie aber wies mich an, zu bleiben.

»Irgendwie habe ich das Gefühl, als sei damit Unheil verbunden«, sagte sie. »Lasst mich damit nicht allein.«

Ich stellte mich an ihre Seite. Unter meinen Armen spürte ich die kleine Rundung meines Bauches und meine schwellenden Brüste. Madonna las den gesamten Brief laut vor.

Ehrenwerte Dame, begann sie. Sie hielt inne, trank einen Schluck von dem sauren Getränk aus ihrem Becher und verzog das Gesicht, *und geliebte Schwester. Lasst mich Euch mitteilen, dass wir heute Morgen, am Jahrestag der Geburt Christi, Ramiro da Lorqua, ehemals Militärgouverneur der Romagna, wegen des Vergehens der Untreue haben hinrichten lassen.*

Madonna schnappte nach Luft. »Ramiro? Ramiro hat ihn seit … ach, ich weiß nicht, wie lange Ramiro ihm zur Seite stand. Länger als Michelotto jedenfalls. Das ist unvorstellbar.«

Ramiro, dachte ich, ohne es auszusprechen, jener Ramiro, über den er vor wenigen Wochen noch mit so viel Zuneigung geschrieben hat, als er von dem Vorfall mit der geflügelten Eidechse berichtete. Als Madonna weiterlas, klang ihre Stimme schwer von Furcht und Zweifeln.

An Sankt Stephanus werden wir nach Senigallia aufbrechen, deren Unterwerfung wir entgegennehmen. Bitte betet für uns, dass unsere Reise eine sichere sein möge.

Euer untertänigster Bruder, der Euch liebt wie sich selbst.

Caesar Valentinus

Übergeben in Cesena am 25ten Tag des Dezembers im Jahr des Herrn 1502.

Verfasst war der Brief in der Handschrift seines Geheimsekretärs Agapito Geraldini, Cesare aber hatte ihn gegengezeichnet.

»Beten?«, fragte Madonna, während sie mich stirnrunzelnd ansah. »Seit wann bittet Cesare darum, für ihn zu beten?« Sie schauderte. »Bitte lasst bei meinem Gemahl nachfragen, ob er mich empfangen kann. Dann kommt Ihr unverzüglich zurück und helft mir beim Ankleiden. Ruft die Dalmatinerin. Und wo ist Angela?«

»Ich werde sie auf der Stelle holen, Madonna.« Angela wartete, wie ich wusste, in unserem Zimmer darauf, zu hören, wie meine Unterredung mit Madonna verlaufen war.

»Und, Violante, vielleicht sollten wir wirklich beten.«

»Ja, Madonna.«

Den Rest des Tages und einen Großteil des folgenden blieben wir Hofdamen uns selbst überlassen. Madonna beriet sich mit ihrem Gatten und dessen Familie über den Inhalt von Cesares Botschaften. Obwohl wir uns zumeist in der Camera Dal Pozzolo aufhielten, wo unsere kleinen Webstühle und Stickrahmen aufgestellt waren und uns eine gute Auswahl an Gedichtbänden, Liedernoten sowie zwei alte Lauten zur Verfügung standen, drangen die Unruhe und die nervöse Gereiztheit, die den Corte erfasst hatten, bis zu uns herein.

Ich litt Höllenqualen. Mein Versuch zu beten, war nutzlos, wie ein Echo kamen meine Gebete zu mir zurück. Zu welchem Gott sollte ich, eine *conversa,* Fürbitte für einen Atheisten leisten? Und was hatte er mit seinem Ersuchen überhaupt gemeint? War es eine verschlüsselte Botschaft? Wenn ja, dann hatte Madonna sie nicht verstanden. Oder war etwas so Schreckliches vorgefallen, das Cesare jetzt wieder Zuflucht zur Religion suchte? Ließ ihn die Schicksalsgöttin im Stich? War er vielleicht schon tot? Aber das würde ich mit Sicherheit spüren, nun, da seine Saat in mir spross.

Dann war es soweit. Ich erhielt die Botschaft. Als mir ein

Wollknäuel aus der Hand rollte, das ich mit Fidelma aufgewickelt hatte, bückte ich mich. Da fiel mein Blick auf einen kleinen Löwen im Muster des Teppichs unter meinem Sessel. San Leo. In allen Einzelheiten beschwor ich vor meinem inneren Auge den Augenblick, als Michelotto mein Stelldichein mit seinem Herrn so rüde unterbrochen hatte. Was hatte er gesagt? Wie hatten seine Worte gelautet? *Er hat die Beurteilung der Wehranlagen von San Leo, um die er Leonardo gebeten hat.* Er hatte also seinen Ingenieur um eine Einschätzung gebeten. Als hätte er es bereits gewusst, als habe er bereits auf eigene Faust einen Plan entwickelt.

Ich gab mein Garnknäuel an eine andere weiter und entschuldigte mich mit der Ausrede, die Natur fordere ihr Recht. Angela warf mir einen wissenden Blick zu – häufiger Harndrang, hatte sie mir gesagt, war ein sicherer Hinweis auf eine Schwangerschaft. Nachdem ich leise die Tür hinter mir geschlossen hatte, lief ich zu den Gemächern des Herzogs im Corte. Natürlich hatte ich sie noch nie zuvor betreten. Doch als ich vor dem Sonnenkalender vor seinem Tor stehen blieb und auf Auskunft des Pagen wartete, ob Donna Lucrezia dort anzutreffen sei, war ich innerlich ganz ruhig. Schließlich ging es mir nur darum, Madonna so rasch wie möglich zu versichern, dass ihr Bruder nicht in Gefahr schwebte.

Hinter der Tür hörte ich Männerstimmen, gelegentlich auch einen Einwurf von Madonna. Was sie sagten, verstand ich aber nicht. Ich holte tief Luft, straffte die Schultern und betrat das Gemach.

Die Este und Donna Lucrezia saßen im Halbkreis vor einem niedrigen Kamin, Ferrante und Don Alfonso Seite an Seite auf einer Sitzbank, Giulio auf dem Boden, den Spaniel auf dem Schoß, Donna Lucrezia auf einem niedrigen Schemel. Sigismondo fehlte. Der Herzog beugte sich in seinem hochlehnigen Sessel nach vorn, als ich auf die Familie zutrat. Seine schmalen Lippen waren zusammengepresst, sodass sie kaum noch zu sehen waren, die Augen ausdruckslos wie die einer Schlange. In der rechten Hand hielt er einen kleinen Silberhammer, wie er zum Nussknacken benutzt wird, und schlug damit unablässig auf die linke Handfläche ein. Ich stand in seiner Gunst, sagte ich mir immer wieder, während ich mich näherte, er hatte es mir oft genug gezeigt.

»Ihr seid gekommen, um der Herzogin etwas zu sagen?«, fragte er mit einer unheilvollen Ruhe. Als Donna Lucrezia sich mir zuwandte, sah ich die hektischen Flecken auf ihren Wangen, ein Zeichen, wie aufgewühlt sie hinter ihrer äußerlichen Gelassenheit war. Ich zögerte.

»Was immer es sein mag, scheut Euch nicht, es vor meiner Familie vorzubringen«, betonte sie, wobei sie sich fast unmerklich Don Alfonso zuneigte. Ich wandte den Blick von ihrem schwachen, unergründlichen Lächeln zu den mir erwartungsvoll zugewandten Gesichtern der Este: hier Don Alfonso mit seinen harten, kleinen Augen, blau und blutunterlaufen, dort Don Giulio, dessen Blick offen und samtviolett war wie ein Sommerhimmel bei Nacht. Wie konnte ich vor ihnen sprechen, da doch jeder Einzelne von ihnen, wenn auch insgeheim, noch immer empört war über die Behandlung, die Cesare dem Herzogpaar von Urbino hatte angedeihen lassen? Aber welche Entschuldigung sollte ich für meine Aufdringlichkeit vorbringen? Mir schwirrte der Kopf, ich konnte nicht mehr klar denken.

»Bitte entschuldigt mich«, murmelte ich. Meine Wangen begannen zu brennen, und als der Herzog mit seinem Hammer eine Nuss knackte, hallte das Krachen in meinen Kopf wider wie ein Kanonenschuss. Ich machte kehrt und lief davon, wobei ich am Rande noch mitbekam, dass sich Ferrante von der Sitzbank erhob und einen Schritt auf mich zu trat.

Ohne zu beachten, dass sich der Schnee unter meinen Füßen in Eis verwandelt hatte, rannte ich zurück zum Torre Marchesana. Ich verkroch mich in Angelas und meinem Zimmer und wartete darauf, dass mir der Himmel auf den Kopf fiel. Madonnas Aufforderung, mich bei ihr einzufinden, ließ nicht lange auf sich warten. Überbracht wurde sie von Angela, deren Gesicht weiß war wie ein Gänseei, als sie den Kopf durch die Tür steckte und mir sagte, man wünsche mein Erscheinen.

Ich leistete dem Ruf unverzüglich Folge. Zwar hätte ein Hinauszögern die Lage auch nicht mehr verschlimmern können, aber ich zog es vor, mich meinem Schicksal zu stellen, ehe ich darüber nachdenken konnte. Beim Betreten des Raumes entbot ich Madonna einen tiefen Hofknicks. Unter dem Rauschen von Samt und dem Getrappel ihrer kleinen Füße war sie plötzlich bei mir, packte mich am Ohr und zog mich hoch. Dann schlug sie mir so heftig ins Gesicht, dass meine Kieferknochen schmerzhaft aufeinanderschlugen und ich vor meinen Augen Sterne tanzen sah.

»Bei Gottes Blut und Eingeweiden, Mädchen, was habt Ihr Euch bei diesem Verhalten gedacht?«, schleuderte sie mir so nah vor meinem Gesicht entgegen, dass ich den Nelkenhauch ihres Atems roch. »Als sei es nicht genug, dass mein Bruder, der ›mich liebt wie sich selbst‹«, zitierte sie schnaubend, »alles aufs Spiel setzt, was wir … ich … Glaubt Ihr etwa, dass Ihr mit ihm Pferd und Reiter spielt, gäbe Euch das Recht, Euch in Staatsgeschäfte einzumischen? Wenn dem so wäre, würde die Hälfte aller Frauen Italiens bei mir vorstellig werden, um mich zu beraten. Und denkt bloß nicht, ich hätte es nicht gewusst!« Sie schwieg lange genug, um die Frage zu lesen, die mir wohl ins Gesicht geschrieben stand. »Wenn ich Michelotto frage, wo mein Bruder sei, und er mir antwortet, der Herzog sei nicht zu finden, glaubt Ihr etwa, wir wüssten dann nicht beide ganz genau, was das bedeutet? Oh, wacht auf, Violante!«

Sie konnte nicht wissen, dass ich mich verpflichtet fühlte, ihr zu sagen, was ich wusste oder zu wissen meinte oder mir aus ein paar halb aufgeschnappten Worten zusammengereimt hatte. Deshalb wollte sie mich demütigen. Stattdessen aber hatte sie meine Wut geweckt. Meine Augen waren trocken und brannten, in der Wange, die sie geohrfeigt hatte, zuckte ein Muskel, und mein Bauch zog sich so heftig zusammen, dass ich fürchtete, das Kind könnte zerdrückt werden.

»Oh doch, ich habe das Recht!«, erwiderte ich heftig. Ehe sich Madonna von ihrer Überraschung erholen konnte, fuhr ich fort: »Mein einziger Fehler war, zu glauben, ich könnte Euch im Beisein des Herzogs und Don Alfonsos in das einweihen, was ich Euch sagen will.«

»Was redet Ihr da, Mädchen?«

»Ich bin schwanger, Madonna. Das Kind ist von Cesare. Und damit, so meine ich, darf ich mich ebenso um sein Wohlergehen sorgen wie Ihr.«

Madonna starrte mich an, die Fäuste in die Seiten gestemmt. Ihr Busen unter dem Schultertuch aus Spitze, das sie trug, um in den Augen ihres Schwiegervaters züchtig zu wirken, hob und senkte sich. Ein Lächeln stahl sich auf ihre Lippen, ihre Augen hingegen schienen in ungeweinten Tränen zu schwimmen. »Natürlich«, erwiderte sie. Sie wirkte jetzt in sich versunken, ihre leicht gerunzelte Stirn legte nahe, dass sie nach einer Antwort suchte. »Das Essen.«

»Das Essen?«

»Ja. Euch ist doch sicher schon aufgefallen, wie Cesare isst. Mit welcher Gier er sich auf die Mahlzeiten stürzt.«

»Dazu hatte ich bisher noch keine Gelegenheit, Madonna.«

Sie wirkte überrascht. »Nein, wohl wirklich nicht«, sagte sie dann. »Bei seiner Geburt war er recht schwächlich, müsst Ihr wissen, und man erwartete kaum, dass er am Leben bliebe. Bis zum Alter von fünf Jahren war er beinahe ständig krank. Jeden Nachmittag musste er ruhen. Könnt Ihr Euch das vorstellen?«

Nein, konnte ich nicht. Cesare war dafür bekannt, dass er kaum schlief, mitten in der Nacht hohläugige Gesandte empfing, mit seinen Freunden im Morgengrauen auf die Jagd zog und, während seine Begleiter immer wieder im Sattel einschliefen, seinen zahmen Leoparden dabei zusah, wie sie ihre List und Geschmeidigkeit gegen flinke Hirsche und gereizte Eber aufboten. Vielleicht hatte er in fünf Jahren Mittagsruhe so viel Schlaf angesammelt, dass es für ein Leben reichte. Womöglich hatte er schon bei seiner Geburt gewusst, dass ihm eines Tages, wenn sein Vater alt wurde, ein Wettlauf mit der Zeit bevorstand, um ein Staatsgefüge zu schmieden, das stark genug war, auch den Tod des alten Papstes zu überdauern.

»Nachdem er fünf Jahre lang nicht viel anderes zu sich genommen hatte als Brot und Ziegenmilch«, fuhr Madonna fort, »war er schließlich so weit bei Kräften, dass er einen ungeheuren Appetit entwickelte. Mir scheint, dieses Kleine …« – sie wies mit dem Kinn auf meinen Bauch – »… will ihm in dieser Hinsicht nacheifern.«

Die Gutmütigkeit, mit der sie meine Nachricht aufnahm, erfüllte mich mit solcher Erleichterung, dass mir schwindelte und die Beine unter mir nachzugeben drohten. Ich bat, mich setzen zu dürfen. Madonna zog höchstpersönlich einen Schemel für mich heran und fragte, ob ich einen Schluck Wasser brauche. Wir nahmen zu beiden Seiten der Feuerstelle Platz, Madonna in ihrem tiefen, gepolsterten Sessel, in dem ihre Zehenspitzen kaum den Boden berührten, und ich auf meinem Schemel, mit Rückenschmerzen, die ich nicht zu beachten versuchte. Als ich nach Holzscheit und Schürhaken griff, hieß sie mich unverzüglich innehalten und läutete nach ihrer Sklavin. Erst nachdem das Mädchen das Feuer gerichtet und den Raum verlassen hatte, erkundigte sie sich:

»Was also hattet Ihr mir sagen wollen?«

»Genaues weiß ich nicht. Aber offenbar hat alles, was jetzt vor sich geht, mit dem Aufstand von San Leo begonnen.«

Madonna nicke. Offenbar teilte sie diese Einschätzung. »Fahrt fort.«

»Als Michelotto uns entdeckte, Cesare und mich …«

»Unterlasst Euer einfältiges Grinsen und erzählt weiter!«

»… da sagte er, ein Bote sei gekommen. Er erwähnte Vitelozzo, und dass Leonardo die von Cesare gewünschten Pläne von San Leo angefertigt habe. Und darum frage ich mich, ob Cesare den Aufstand nicht selbst angezettelt hat. Um die Verschwörer von Magione aus ihrer Deckung zu locken.«

Donna Lucrezia nickte. »Ihr glaubt also, wir bräuchten uns keine Sorgen zu machen? Dass Cesare weiß, was er tut, und dass seine Bitte um unsere Gebete nur eine Art Hinterlist ist? Ihr seid entweder ausgesprochen naiv oder die einzige Frau, die ich kenne, die ebenso durchtrieben ist wie er. Im Augenblick können wir wohl nichts anderes tun, als abwarten, was zutrifft. Zumindest sorgt Eure Nachricht dafür, dass uns nicht langweilig wird.«

»Ja, Madonna.« Abwarten, das galt wohl auch für meine Schwangerschaft.

»Ich muss einen Gemahl für Euch finden. Das wird sich jetzt noch schwieriger gestalten. Wie Ihr wisst, verweigert mir der Herzog immer noch einen Teil meines Brautgeldes, deshalb werde ich Euch wohl kaum mit einer großen Mitgift ausstatten können. Dabei seid Ihr, meine Gute, eine Pille, die deutlich versüßt werden muss. Eine *conversa* und jetzt auch noch schwanger. Anderseits …« – sie dachte nach, sprach offenbar mehr mit sich selbst als mit mir – »… wird Cesare Anspruch auf das Kind erheben, und er wird sich großzügig zeigen. Wenn wir also einen Mann finden, der sich mit einem bereits vorhandenen Kuckuckskind abfinden kann … Gut, überlasst das nur mir. Und passt auf Euch auf. Gönnt Euch viel Ruhe und vermeidet Aufregungen. Ihr dürft nicht mehr tanzen und nicht mehr … nun, das steht wohl kaum zu erwarten. Hütet Euch vor Zugwind, setzt Euch aber auch nicht zu dicht ans Feuer.«

»Madonna?«

»Ja?«

»Darf ich Euch eine Frage stellen?«

»Selbstverständlich.«

»Wo liegt Senigallia?«

»Nicht allzu weit südlich von Pesaro. Warum?« Doch da hatte sie mir die Antwort schon am Gesicht abgelesen. Sie beugte sich vor und strich mir über meine verkrampft im Schoß liegenden Hände. »Es tut mir leid, Violante«, sagte sie. »Es sieht nicht danach aus, als würde er in nächster Zeit den Weg zu uns finden, was immer er auch gesagt hat.«

»Dann muss ich ihm schreiben, damit er von dem Kind erfährt.« Und ich musste nach vorn blicken und nicht zurück.

»Nein«, erwiderte Madonna rasch. »Das übernehme ich. Es wirkt überzeugender, wenn es von mir kommt. Dann wird er nicht fürchten, Ihr wolltet ihn hinters Licht führen.«

»Warum sollte ich?«

»Es gibt Frauen, die das tun. Wegen seines Reichtums und seiner Macht. Weil er bezaubernd und zärtlich sein kann, wenn ihm danach ist, meinen sie, er würde ihnen ihre sentimentalen Lügen abkaufen. Sie glauben, ihn zu kennen. Aber das ist ein Fehler, den Ihr nie machen dürft, Violante. Ihr könntet ihn ein Leben lang studieren und würdet ihn immer noch nicht durchschauen.«

Damit hatte sie beinahe meinen wunden Punkt getroffen. Ich war peinlich berührt, Röte stieg mir in die Wangen, und es kam mir vor, als sei in meinem Bauch eine Kohlenpfanne entzündet worden. Ihre Anweisungen fielen mir ein, und ich rutschte ein Stück weit vom Feuer weg. »Aber Ihr werdet ihm doch bald Bescheid geben, oder, Madonna? Ich möchte nicht, dass mein Zustand bekannt wird und man über die Vaterschaft Mutmaßungen anstellt.«

»Sobald der rechte Zeitpunkt gekommen ist, das verspreche ich Euch. Macht Euch keine Sorgen. In Eurem Kind fließt auch mein Blut, vergesst das nicht. Ich werde mich darum kümmern, dass es gut versorgt ist. Darauf gebe ich Euch mein Wort.«

»Ich danke Euch, Madonna.«

»Ihr könnt jetzt gehen. Ich möchte mich ausruhen. Es wird heute ein langer Abend werden, auf dem Ball der Rovella, und ich habe Ferrante eine Volta versprochen.«

In dieser Jahreszeit reihte sich ein Ball an den anderen. Seit Madonnas Eheschließung mit Don Alfonso war nun schon fast ein Jahr vergangen, und nach anfänglicher Reserviertheit begegnete die Ferrareser Gesellschaft ihrer neuen Herzogin wenn auch nicht unbedingt mit Zuneigung, so doch zumindest mit vorsichtiger Wertschätzung. In Anbetracht der misslichen Lage des Herzogs von Urbino, der noch immer in Mantua ausharren musste, waren einige der Bürger Ferraras Gott insgeheim höchst dankbar für Donna Lucrezia, die zwischen ihnen und Herzog Valentino ein solideres Bollwerk darstellte als ihre alten Stadtmauern, die einem Angriff der französischen Artillerie nicht lange standgehalten hätten.

Einige Tage nach Epiphanias veranstaltete Ercole Strozzi einen Ball zu Ehren von Donna Lucrezia. Die Familie Strozzi war erfolgreich im Bankgeschäft tätig und bewegte sich in der besten Gesellschaft Ferraras, doch Ercole selbst, ein Dichter und bekannt für seine stürmischen und hoffnungslosen Liebesaffären, war anders als seine Angehörigen. Donna Lucrezia fasste es so zusammen, als sie die Einladung erhielt: »Zumindest wird man uns in seinem Haus als Gäste behandeln und nicht wie Unterhaltungskünstler.« Strozzi fühlte sich Madonna menschlich verbunden, ihm ging es nicht um das, was sie darstellte.

Ich hätte mich eigentlich auf den Ball bei den Strozzi freuen sollen, doch konnte ich mich einer nagenden Unzufriedenheit nicht erwehren. Keines meiner Gewänder passte mehr recht, trotzdem musste ich mich wie gewohnt schnüren, da Madonna meine Schwangerschaft noch nicht enthüllen wollte. Bisher hatte sie, soweit ich wusste, noch keine Anstalten gemacht, Cesare davon zu berichten, und zweifellos war sie der Ansicht, dass er vor allen anderen davon erfahren sollte. Ich konnte verstehen, weshalb sie es aufschob; seit seiner rätselhaften Nachricht über da Lorqua und seinen Marsch nach Senigallia hatten wir nichts mehr von ihm gehört. Ich aber war in Sorge. Wenn er in Gefahr schwebte, wenn sein Leben auf dem Spiel stand, sollte er von dem Kind wissen, falls … ehe … ich war nicht in der Lage, meine Angst in Worte zu fassen.

Er fehlte mir. Ob sich solche Gefühle in meinem Zustand nun ziemten oder nicht, ich verzehrte mich nach ihm. Sein Kind wuchs in mir heran, und trotzdem hatte er in mir eine schmerzende Leere hinterlassen, die durch die Veränderungen in meinem Körper offenbar nur noch deutlicher spürbar wurden. Madonna empfahl mir eine Paste aus mit Öl vermischten Feigenkernen, um die Empfindlichkeit meiner Brüste zu lindern, doch wenn ich sie auftrug, sehnte ich mich umso mehr nach Linderung durch die Zunge des Geliebten, die um die Warzen kreiste. Angela meinte, ich solle außerdem meine Scham regelmäßig mit Öl einreiben, das würde die Geburt erleichtern und sicherstellen, dass sie anschließend nicht gedehnt zurückblieb. Ich konnte das Öl nicht auftragen, ohne in meinen Erinnerungen an Cesares Berührungen zu schwelgen.

Obwohl also der Nachthimmel von unzähligen Sternen übersät war, obwohl unsere Fackeln eine schimmernde Eisschicht über dem frisch gefallenen Schnee erleuchteten, als wir mit knirschenden Schritten die lange Auffahrt zum Haus der Strozzi hochgingen, obwohl von den gefrorenen Brunnen die Eiszapfen mit dem Klang eines hellen Lachens abbrachen, fühlte ich mich unwohl und reizbar. Mein Mieder kniff in die Pölsterchen, die sich direkt unter meinen Achseln gebildet hatten, und scheuerte an den Striemen, die bereits am vergangenen Tag entstanden waren, und meine Füße waren trotz der Kälte geschwollen, sodass meine Zehen nicht nur vor Kälte schmerzten, sondern auch wegen der engen Schuhe. Wenn Madonna schwanger wäre, dachte ich ungehalten, hätte sie sich über die gleiche Strecke tragen lassen.

Nach der ersten Einlage bekam Madonna von Strozzi persönlich die Flamme gereicht, damit sie den Fackeltanz eröffnen konnte. Pflichtgemäß vollführte sie die ersten Schritte, dann trug sie das Licht zu Don Alfonso.

»In dieser Hinsicht gibt es also keine Überraschungen«, bemerkte unser Gastgeber, während er sich neben mir in einen Sessel sinken ließ. Er stellte seinen Gehstock neben sich ab und begann, sein steifes Knie zu reiben. »Vermaledeite Kälte. Ich sollte fortgehen und in den Süden ziehen. Oder mich vielleicht einem Kreuzzug anschließen. Was meint Ihr, Monna Violante?«

»Dass wir Euch alle sehr vermissen würden, wenn Ihr Ferrara verließet, Ser Ercole.«

»Unsinn. Eure Herrin ist die Ergebenheit in Person. Seht nur, wie sie Don Alfonso süße Worte ins Ohr flüstert.«

»Ich nehme an, sie rät ihm, als nächste Donna Angela zu wählen, damit sie die Fackel zu Don Giulio tragen kann.«

»Das hoffe ich doch. Die beiden geben auf der Tanzfläche ein schönes Paar ab. Allerdings bezweifele ich, dass der Kardinal das auch so sieht.« Er schwieg, und wir betrachteten beide Ippolito, der durch seine scharlachrote Robe auffiel und sehr allein wirkte, obwohl er ganz und gar in ein Würfelspiel mit dem ungarischen Gesandten vertieft war. »Da wir gerade bei den schönen Paaren sind«, fuhr Strozzi fort, »wollt Ihr denn gar nicht tanzen? Soll ich zu meinen Gunsten annehmen, dass Ihr es vorzieht, einem alten Krüppel wie mir

Gesellschaft zu leisten?« Er blickte mich fragend an, doch ich war mir sicher, dass er den Grund meiner Weigerung bereits erraten hatte und nur nach der Bestätigung seines Verdachtes suchte. So war Strozzi, rasch im Lösen von Rätseln, aber unfähig, etwas für sich zu behalten, wenn die Möglichkeit bestand, neue Gerüchte in die Welt zu setzen.

»Ich beherrsche die spanischen Tänze nicht, mein Herr.«

»Seltsam. Und trotzdem seid Ihr die erwählte Tanzpartnerin von Herzog Valentino, wie man hört.«

»Er kann gut führen. Man braucht die Schritte nicht zu kennen, wenn man sich ihm anvertraut.«

Strozzi hieb sich lachend auf die Oberschenkel, zuckte aber sofort zusammen, weil er sich mit einem seiner Ringe auf das schmerzende Knie geschlagen hatte. »Ich mag Euch, Violante. Ich mag Euch sogar sehr. Trotzdem muss ich jetzt Eurer Gesellschaft entsagen, denn hier ist jemand, der Euch vorgestellt werden möchte.«

Mein Herz setzte einen Schlag lang aus. Im ersten Augenblick dachte ich, es wäre er, und sie hätten mich zum Narren gehalten. Beim Aufblicken erwartete ich seine hochgewachsene, in Schwarz gekleidete Gestalt zu sehen, mit einer Maske vor dem Gesicht, mit Edelsteinen und Federn geschmückt, mit einem klaren Lächeln und dem Bart in der Farbe von Blut und Sonnenlicht. Stattdessen erblickte ich einen Mann in mittleren Jahren von kräftigem Körperbau, mit breiten Schultern und der gedrungenen Statur, wie sie für den oberitalienischen Menschenschlag typisch sind. Seine Kleidung ließ auf Wohlstand schließen, sein knielanger Umhang aus schlichtem blauem Samt war mit Zobel abgesetzt und seine Kappe mit einer Perle von beträchtlicher Größe zusammengehalten.

»Monna Violante, gestattet mir, Euch Ser Taddeo di Occhiobello vorzustellen.«

Ich reichte ihm die Hand, und Taddeo di Occhiobello beugte sich darüber. Seine Augen waren nicht schön: klein, flink und von dem grünlichen Braun einer unreifen Kastanie. Er war wohl im gleichen Alter wie mein Vater. Ohne dass es ausdrücklich gesagt wurde, wusste ich sogleich, warum er meine Bekanntschaft suchte, und bei dieser Erkenntnis zog sich alles in mir zusammen. Meine Zunge klebte an meinem trockenen Gaumen, meine Lippen fühlten sich an, als würden sie einreißen, wenn ich lächelte. Und meine Hand, die ich Ser Taddeo gereicht hatte, war schlaff wie ein Blatt im Winter. Ich sah mich nach Strozzi um, hoffte, er würde mir mit einer geistreichen Bemerkung über diese unüberwindbare Hürde hinweghelfen, aber er war in der Menge verschwunden, die sich um die Tanzenden geschart hatte. Während die Zuschauer hörbar den Atem einsogen und einige, deren Hemmungen im Wein ertrunken waren, sogar klatschten, traten Angela und Giulio auf die Tanzfläche.

»Sind sie nicht ein schönes Paar?« Diese Bemerkung war mir entschlüpft. Wie alle anderen wurde auch ich von ihrer Leidenschaft mitgerissen. Sie tanzten so eng, dass es aussah, als sei Angela direkt in das Schattenmuster von Giulios kreisender Fackel getreten. Eigentlich bewegte sie sich sogar wie die Flamme selbst, geschmeidig, mühelos, so eins mit dem Takt der Musik, dass man ihre Schritte nicht hörte. Sie schien kaum den Boden zu berühren, tanzte auf dem unsichtbaren Polster ihres Verlangens.

Ich wandte mich an Ser Taddeo. »Bitte vergebt mir. Ich tanze für mein Leben gern, aber ich … ich habe mir den Knöchel verstaucht. Das ist höchst ärgerlich.«

»Ich selbst bin auch kein großer Tänzer«, erwiderte er. Er klang abwehrend und gereizt. Ich spürte Donna Lucrezias Blick von der anderen Seite des Raumes auf mir ruhen. Wer sonst beobachtete mich noch? Cesare hatte überall seine Spione, wahrscheinlich hatte ihm Donna Lucrezia nicht geschrieben, weil es überflüssig war. Womöglich wusste auch Ser Taddeo inzwischen Bescheid. Ich hatte meine Wahl getroffen, als ich mich in Cesare verliebte. Es gab kein Zurück.

»Sicherlich hat ein Geschäftsmann wie Ihr weit wichtigere Dinge zu bedenken.« Ich lächelte, und meine Lippen bekamen keine Risse, wohl aber mein Herz. Er ging auf meine Einladung ein, indem er mir von sich erzählte, dass er in der Tat ein viel beschäftigter Mann sei und seine Zeit zwischen seinem Gut an den Ufern des Po, wo er Wein anbaute und Teiche zur Aufzucht von Hechten angelegt hatte, und seinen Pflichten als Sekretär des Savi von Ferrara aufteilte, dem sein guter Freund Ser Strozzi angehörte. Außerdem war er, wie er versicherte, Witwer, mit drei erwachsenen Kindern, einer zwanzigjährigen Tochter und zwei jüngeren Söhnen. Sein Letztgeborener genoss das Patronat Kardinal Ippolitos und sollte eine kirchliche Laufbahn einschlagen.

Er war eine gute Wahl, das ließ sich nicht leugnen. Er konnte mir einen anständigen Namen und ein bequemes Heim geben. Mit zwei erwachsenen Söhnen und einer Tochter im heiratsfähigen Alter bestand für ihn kein Grund, mich wegen eines Erben zu bedrängen, um so mehr würde er zu schätzen wissen, was immer mir Madonna als Aussteuer mitgeben würde, um es als Mitgift für seine eigene Tochter zu verwenden. Was meinen Geliebten betraf, würde Occhiobello ein Auge zudrücken müssen, sofern er sein Augenlicht behalten wollte. Und so nickte ich und lächelte, lächelte und nickte, bis Donna Lucrezia sich zufrieden abwandte und zusah, wie die Herren eine Galliarde tanzten.

Nach der Galliarde, ehe man das Abendessen auftrug, kündigte Strozzi eine weitere Darbietung an. Wir erwarteten ein Konzert, Musikanten, die geräuschvoll ihre Sitze zurechtrückten, um einem oder mehreren Virtuosen Platz zu machen, oder Mimen oder eine ausgeklügelte Maschine, die uns den Lauf der Himmelkörper verdeutlichte, oder Leda, die sich in einen Schwan verwandelte. Doch nichts dergleichen. Nichts als ein kleiner, in das Schwarz der Scholaren gekleideter Mann, der auf weichen Sohlen leise in die Mitte unseres gespannt wartenden Kreises trat.

Aufgeregtes Murmeln erfüllte den Saal. Bembo. Es ist Bembo. Strozzi humpelte in die Mitte des Zuschauerkreises und hob um Ruhe bittend die freie Hand.

»Liebe Freunde«, setzte er an, »es mir eine außergewöhnliche Ehre, Euch Ser Pietro Bembo vorzustellen, den größten Dichter unserer Zeit. Ser Pietro hat viele Monate in Abgeschiedenheit zugebracht, zu Gast entweder bei mir oder bei Seiner Gnaden …« – an dieser Stelle verbeugte sich Strozzi vor Herzog Ercole – »… um die mundartlichen Liebesverse zu schmieden, die er unter dem Titel ›Asolaner Gespräche‹ zusammengefasst hat. Er hat mir versichert, dass er einige davon nun für geschliffen genug hält, um sie dem Publikum vorzustellen, und hat sich liebenswürdigerweise bereit erklärt, uns heute Abend die Gunst einer Rezitation zu gewähren.«

Wir klatschten, und Strozzi humpelte davon, um neben Donna Lucrezia Platz zu nehmen. Bembo, blass und schlank wie eine Lilie, räusperte sich. Gut, dachte ich. Dieser Bembo mochte ja ein großer Dichter sein, doch letztlich war er nur ein schmaler, kleiner Mann mit leiser Stimme. Seine Darbietung würde mir Zeit geben, über die Änderungen meiner Lebensumstände nachzudenken, ohne von Musik, Tanz oder einer genialen Erfindung abgelenkt zu werden. Donna Lucrezia würde meine Meinung über Ser Taddeo hören wollen, sobald sie uns zu sich rief, um sie für das Nachtlager fertig zu machen, und ich musste ihr glaubhaft versichern, dass ich ihre Wahl guthieß. Dazu brauchte ich Angela, um mit ihr die angemessenen Worte einzuüben.

Suchend sah ich mich unter Bembos Zuschauern nach ihr um. Sie stand zwar noch reglos in der Gruppe der Frauen, in der Giulio sie am Ende des Fackeltanzes zurückgelassen hatte, doch inzwischen hatte er sich ihr wieder genähert und sich direkt hinter sie gestellt. Den Hals zurückgebeugt, die Lippen leicht geöffnet, schien sie den Kopf an seine Schulter zu lehnen, einen Becher aus gestanztem Silber auf halber Strecke zum Mund geführt. Ohne zu blinzeln, fast ohne zu atmen, war sie in der Bewegung erstarrt wie der eingefrorene Brunnen in Strozzis Hof und richtete ihre ganze Aufmerksamkeit auf den Dichter.

Jetzt lauschte auch ich seinen Worten:

Nun ist der Lauf geändert meines Lebens,
geschwunden ist die Lust der schönen Tage,
die noch nicht wussten: Was ist Schmerz?
Vor Dunkelheit erstarr'n die Nächte …

Mir schien, als habe er in mein Herz geblickt und die darin herrschende Verwirrung zu einem Reim im Versmaß Petrarcas geordnet. Und wie man einen verlorenen Brief oder ein vergessenes Paar Schuhe wiederfindet, wenn man eine tiefe

Truhe aufräumt, so hatte er eine Wahrheit entdeckt, die zwar nicht neu, aber lang vergessen war. Ich sah, dass Angela das Gleiche empfand, und wandte den Blick ab.

*

An jenem Abend erkundigte sich Madonna nicht nach Ser Taddeo, hingegen sprach sie unentwegt über Bembo und die Vorzüglichkeit seiner Verse.

»Obwohl es, so meine ich, eher seine Darbietung ist als ihr Aufbau«, sagte sie, als wir sie zum Schlafengehen fertig machten. »Von solch schönen Lippen erwartet man einfach nichts anderes als Vollkommenheit. Die große platonische Täuschung.« Sie sah selbst sehr schön aus, ihre Augen schimmerten, und auf ihren Wangen lag ein rosiger Hauch, auch noch nachdem sie die Karminpaste entfernt hatte.

*

Weder sie noch Don Alfonso waren aufgestanden, als unter atemlosen Entschuldigungen für seine Verspätung ein Bote aus Senigallia eintraf, die rotgelbe Livree unter dem Schmutz der Straße kaum noch erkennbar. Ohne recht zu wissen, was ich tat, führte ich ihn geradewegs an die Tür von Donna Lucrezias Schlafgemach. Nach einem lauten Räuspern, das ich selbst allerdings kaum hören konnte, da das Blut so vernehmlich in meinen Ohren rauschte, betrat ich den Raum. Nur schlechte Nachrichten reisen schnell, sagte ich mir immer wieder, nur schlechte Nachrichten.

»Steht er etwa vor der Tür?«, fragte Madonna reichlich verdutzt. Ihr Haar war offen, ihr Atem ging ein wenig kurz, und das Laken, das sie umklammert hielt, bedeckte kaum ihre Brüste. Don Alfonso an ihrer Seite sah aus wie ein großer

Bauernjunge. Er funkelte mich wütend an, Madonna hingegen wirkte leicht verärgert, als sie sagte:

»Ich kann ihn nicht empfangen, ehe ich mir etwas übergezogen habe, Violante. Kommt doch bitte gleich wieder zu mir her, um mich zurechtzumachen, aber gebt meinem Gatten zuvor die Möglichkeit, sich zurückzuziehen.«

»Ja, Madonna. Es tut mir leid, Madonna.« Ich knickste und verließ mit schamroten Wangen den Raum. Als ich die Tür schloss, hörte ich, wie Don Alfonso und seine Gemahlin in schallendes Gelächter ausbrachen.

Mir blieb nicht einmal die Zeit, einen Sklaven zu suchen, der den Boten in die Küche brachte, damit er sich waschen und eine Erfrischung einnehmen konnte, ehe die Dalmatinerin kam, mir auf den Rücken klopfte und mir in einer Mischung aus Zeichen und tiefen Grunzlauten zu verstehen gab, dass Madonna auf meine Rückkehr wartete.

»Wo ist er?«, fragte sie, kaum dass ich ihr Schlafgemach betreten hatte. Sie lag zwar noch im Bett, trug aber inzwischen ein züchtiges Nachthemd mit hochgeschlossenem Kragen und langen Ärmeln sowie eine Kappe, unter die sie einen Großteil ihres Haares geschoben hatte.

»Er wartet draußen, Madonna.«

»Gut, dann holt ihn. Sehe ich denn schicklich genug aus, um ihn zu empfangen?«

»Das denke ich wohl, Madonna.« Unsere Augen trafen sich. Er wird alles berichten, sagten sie zueinander, es muss stets so sein, wie Cesare es haben wollte. Donna Lucrezia schob ein paar weitere Strähnen unter ihre Kappe. Ich bog das Kreuz durch, sodass sich mein Bauch noch ein klein wenig mehr vorwölbte als gewöhnlich. Madonna bedachte mich mit einem kurzen Stirnrunzeln, dann aber zuckte sie mit den Schultern und lächelte. »Kommt herein«, rief sie dem Boten zu.

Der brachte den Geruch von Lehm, Schnee und Pferden mit sich in den Raum. Als er vor Madonna niederkniete, sah ich, wie sich die Buchstaben C E S A R E auf seinem Rücken mit jedem seiner Atemzüge zusammenzogen und dehnten.

»Ist schon gut«, sagte Madonna gereizt und bedeutete dem Mann, aufzustehen. »Seht zu, dass Ihr beginnt. Was bringt Ihr mir von meinem verehrten Herzog?«

»Er sendet Euch seine Empfehlungen, meine Dame.«

»Ach, um Himmels willen, gebt mir den Brief!«

Ich sah, wie der in ein Öltuch eingeschlagene Brief vom Lederhandschuh des Boten in Madonnas bleiche Pummelfinger wechselte. Sie fuhr mit dem sauberen Fingernagel unter das Siegel, das die Schnur zusammenhielt, und brach das Wachs.

Der Brief umfasste mehrere Seiten. Wie lange würde es dauern, bis sie ihn gelesen hatte? Wie sollte ich die Wartezeit ertragen?

Madonna nahm drei einzelne Bogen heraus und legte sie neben sich aufs Bett. »Für Herzog Ercole. Für meinen Gatten. Und für Ippolito.« Nur eine Seite war für sie bestimmt. Vor Erleichterung bebten mir die Beine.

Ich stellte mich neben das Bett, schob die Hände in die Ärmel und umfasste meine Unterarme, damit sie nicht gar so stark zitterten. Der Bote wartete auf Knien ab, ob er eine Antwort in Empfang nehmen sollte.

Madonna schnappte nach Luft. »Oh mein Gott!«, stieß sie hervor, und gleich noch einmal: »Oh mein Gott!« Dann lächelte sie und lachte verhalten auf, indem sie die Luft durch Kehle und Nase zwang. Schließlich gab sie das Schreiben an mich weiter. »Nun, Violante, es scheint, Eure Deutung war zutreffend.«

Meine ehrenwerteste Dame, las ich, *liebste Schwester, nun, die Schlange ist erwürgt, die Verschwörer von Magione sind nicht mehr. Jetzt endlich darf ich davon berichten. Bitte vergib mir meine Verschlossenheit, aber hier war absolute Verschwiegenheit vonnöten. Ich habe meine Pläne bis zum Tag ihrer Durchführung nicht einmal unserem Vater mitgeteilt, denn Du weißt ja selbst, dass ihn, auch wenn er uns mit Worten in die Irre zu führen vermag, seine Mimik und seine Gesten immer verraten. Er habe mich mit allen möglichen, für die Ohren einer Dame untauglichen Schimpfworten bedacht, wurde mir gesagt, weil ich ihm nicht schrieb, sein Geld verschleuderte und weil ich – wie er behauptete – in Cesena mit Fußball und anderen Männerspielen meine Glieder ertüchtigt habe (bitte entschuldige meine Deutlichkeit – ich gebe hier nur die Worte Seiner Seligkeit wieder). Wie immer ist es wahr und doch nicht wahr.*

Es geht alles zurück auf Ramiro, nein, weiter, auf den Aufstand von San Leo, denn der bewog die Verschwörer, sich zu zeigen, weil sie sich sicher fühlten. Sie meinten, ich sei dadurch abgelenkt, doch tatsächlich schärfte er nur meine Aufmerksamkeit. Wie ich dem kriecherischen Kastellan erklärte, als er in Venedig eintraf, um seine Niederlage einzugestehen, hatte er mit dem Verlust von San Leo zugleich auch für dessen Wiedergewinnung gesorgt.

Ramiro hatte ich schon lange der Komplizenschaft mit den Orsini und den restlichen Kötern von Magione verdächtigt. Drei Monate zuvor hatte ich ihn von seinem Posten als Gouverneur der Romagna entbinden müssen, weil er durch seine korrupten Regierungsgeschäfte meine Macht untergrub. In der

Nacht vor seiner Hinrichtung führte ich mit ihm ein langes Gespräch (und verzichtete damit auf die Gunstbeweise von Marescottis Gattin, die mir auf einem Ball von ihrem Herrn und Gemahl zugeführt worden war, immerhin ein reichlich hübsches Mädchen). Ich rief ihm in Erinnerung, dass er in meinen Diensten stand, seit man mich im Alter von vierzehn Jahren auf die Universität in Perugia geschickt hatte, dass wir neben Herr und Untertan auch Freunde gewesen waren, zwei Spanier in der Fremde, die in ihrem Exil zusammenstehen sollten. Wir weinten beide, er allerdings mit größerer Hingabe als ich, und schließlich berichtete er mir, welches Schicksal die Verschwörer für mich vorgesehen hatten. Sie wollten mich in Senigallia in einen Hinterhalt locken, indem sie vorgaben, der dortige Kastellan Doria würde mir die rocca *nur persönlich übergeben. Sobald ich in die Stadt eingeritten wäre, wollten sie mich von den dort postierten Soldaten umzingeln und festnehmen lassen.*

Ach, gebe mir Gott klügere Feinde, geliebte Schwester! Es war der einfachste und zugleich schönste Betrug der Welt. Ich schickte sämtliche französischen Offiziere samt ihren Söldnern fort und schlug damit zwei Fliegen mit einer Klappe. Zum einen ließ ich Louis auf diese Weise wissen, dass ich ihn nicht mehr brauchte und zukünftig eigene Wege gehen werde, zum anderen wog ich die Verschwörer in einer falschen Sicherheit. Um sie darin zu bestärken, löste ich mein Heer südlich von Cesena auf und ließ die Soldaten in kleinen Gruppen in alle möglichen Richtungen ausschwärmen, als hätte ich sie für die Feiertage von ihren Pflichten entbunden. Dann wartete ich auf die Nachricht, die, wie ich wusste, von Doria für mich eintreffen würde. Du hättest meine Unruhe vielleicht erkannt, anderen gegenüber ließ ich sie mir jedoch nicht an-

merken, bis ich nach Senigallia aufbrach. Dabei trug ich meine volle Rüstung, obwohl ich dem Anschein nach lediglich die förmliche Unterwerfung einer von allen Seiten umzingelten Stadt entgegennehmen wollte, die mir bereits zugesichert worden war. Zuvor hatte ich mich gefragt, ob es klug sei, mich dann aber rasch entschieden. Welchen Sinn hätte es gehabt, unbewaffnet in die Stadt zu reiten und damit eben jene Haut zu riskieren, die ich retten wollte?

In der Nähe von Fano stieß mein Heer wieder zu mir, und ich ließ meine condottieri *anweisen, die Bevölkerung aus der Stadt zu bringen, damit sich meine Söldner dort einquartieren konnten. Ich wünschte, du hättest sie bei meiner Ankunft sehen können, liebste Schwester. Ihnen allen stand der Schrecken ins Gesicht geschrieben, sie waren bleich wie der Tod, der sie bald ereilen würde, und schweißnass trotz der bitteren Kälte. Paolo Orsini brachte nichts anderes heraus als das Krächzen eines Papageis, am besten aber war Vitelozzo. Er war durch die Pocken so geschwächt, dass er nicht ohne Hilfe reiten konnte, und sah in seinem grünen Umhang aus wie die Galle selbst. Ich hingegen war die Liebenswürdigkeit in Person. Ich küsste sie alle; wenn ich mir heute über die Lippen lecke, bilde ich mir ein, das Salz ihrer Angst zu schmecken, und, bei Gott, wie schmeckt es süß!*

Nachdem wir in die Stadt eingeritten waren, schloss man hinter uns das einzige Stadttor, sodass meine Söldner nicht mehr hinaus- und ihre nicht mehr hineingelangen konnten. Dann ließ ich mich von ihnen zu einem Haus geleiten, das Michelotto zuvor für mich ausgewählt hatte und wo in einem für diesen Zweck bestens geeigneten Raum im oberen Stockwerk – es gab dort nämlich nur eine Türe und vergitterte Fenster – für uns Speisen bereitstanden. Ein letztes Abend-

mahl der ganz besonderen Art. Weil ich jedoch vor mir sehe, wie Du den Kopf schüttelst und missbilligend mit der Zunge schnalzt, aus Angst, ich könnte mich in Blasphemie ergehen, werde ich diesen Vergleich nicht weiterführen.

Ich unterhielt mich ein Weilchen mit meinen Gästen und setzte ihnen einen Haufen Unsinn vor, nämlich dass ich mich jetzt auf sie stützen müsse, da König Louis sein Heer zurückgezogen habe, und wie sehr mich das freue, da sie die tapfersten und ergebensten Hauptmänner seien, die man diesseits der Alpen finden könne. Oliverotte da Ferma ließ sogar einmal ein Lachen hören, und Vitelozzo trank ein wenig Wein, obschon ich fürchtete, er würde ihn wieder von sich geben.

Dann entschuldigte ich mich unter dem Vorwand eines dringenden Bedürfnisses, und Michelotto verbarrikadierte die Tür. Ich hörte ein paar Schreie, das Kratzen von Möbelstücken auf dem Fußboden und das Scheppern zerbrochenen Töpferguts. Nachdem sie meinem aufmerksamen Michelotto großzügig das gesamte Ausmaß der Verschwörung enthüllt hatten, ließen wir Oliverotto und Vitelozzo am nächsten Morgen mit der Garotte erdrosseln. Bis zuletzt beschuldigten sie einander des unritterlichen Verhaltens und erflehten die Absolution durch unseren Heiligen Vater. Die drei Orsini ließ ich nach Rom bringen. Ich selbst werde ebenfalls in Kürze dorthin aufbrechen, denn da ich meinen Söldnern in Senigallia einige Freiheiten gestattete, ist es mittlerweile nicht mehr der angenehmste aller Aufenthaltsorte. Mit welcher Freude werde ich mich in den Karneval stürzen, wenn ich bedenke, dass diese drei Halunken im Kerker von Sant' Angelo schmoren und ihres Schicksals harren, welches immer auch unser ehrwürdiger Vater für sie vorsehen mag, um endlich den Mord an Juan zu rächen.

Du siehst also, liebe Schwester, ich weiß eine Gelegenheit zu nutzen, wenn sie sich mir bietet. Jetzt kann unser Bruder in Frieden ruhen, während ich mich, so hoffe ich, letztlich als würdiger Nachfolger für sein Amt als Gonfaloniere der Kirche erwiesen habe. Einzig um Vitelozzo tut es mir leid. Er war der beste Kanonier Italiens dieser Tage.

Von Deinem Bruder, der Dich liebt wie sich selbst.
Cesare

Meine Augen verschlangen die vertraute, schräg geneigte Handschrift, an der sich deutlich ablesen ließ, in welchem Augenblick die Überlegtheit vom Überschwang abgelöst wurde und seine Feder mit seinen Gedanken nicht mehr Schritt halten konnte. Donna Lucrezia hatte mich in den Schoß der Familie aufgenommen, wie sie mir zu verstehen gab, indem sie mir den Brief in seiner gesamten Länge zeigte. Als sie sah, dass ich die Hand auf meinen Bauch presste, erkundigte sie sich, ob es mir auch gut gehe.

»Mir ist nur ein wenig unwohl, Madonna, mehr nicht. Zu viel Aufregung vor dem Morgenmahl.«

»Tretet näher!« Ich ging zu ihr, und sie legte mir die flache Hand auf den Bauch. Plötzlich stieß sie einen leisen Ruf des Entzückens aus. »Das ist Euer Kind, Violante. Es tanzt für seinen klugen Papa.«

Gewiss würde sie ihm jetzt davon berichten, wo es so kräftig heranwuchs, dass kein Zweifel mehr an seinem Dasein bestand. Und sicher würde er rasch kommen, um seinen Anspruch anzumelden.

»Es scheint, als würde nun endlich die Schicksalsgöttin über uns lächeln«, sagte Madonna.

2

Ferrara, im Januar 1503

Ist mein Leben etwa schon zu Ende? So bald?

Vielleicht hatte die Schicksalsgöttin keine andere Wahl, als uns zu lächeln, da ihr von Cesare der Arm auf den Rücken gedreht worden war; doch ob nun freiwillig oder nicht, ihr Lächeln hat immer die gleiche Wirkung. Wenige Tage nach Eintreffen der Nachricht von Cesares »wunderschönem Betrug« ließ sich Herzog Ercole, was den Rest von Madonnas Brautgeld anging, endlich erweichen. Nun konnte meine Verheiratung mit Ser Taddeo vorangetrieben und meine Schwangerschaft eingestanden werden. Ich durfte das Korsett ablegen, sodass mein Kind nicht länger in einem Käfig aus gekochtem Leder und Fischbein herumtanzen musste.

Noch mehr Grund zu heimlicher Freude bot jedoch Angelas Glück. Sie war überzeugt, dass der Herzog nun ihrer Heirat mit Giulio zustimmen würde. Nur dieses Heilmittel konnte bewirken, dass sie sich von dem Fieber, an dem sie im vergangenen Sommer erkrankt war, wieder ganz erholte. In ihre Wangen kehrte die Farbe zurück, und der altbekannte Funken Übermut stahl sich wieder in ihr Lächeln. Sie verschwand nun erneut bei Nacht, und dieses Mal, da war ich mir sicher, war es nicht Ippolitos Bett, das sie aufsuchte.

Der Papst schrieb seiner Tochter, dass Cesare die Karnevalszeit in Rom verbringen werde, wo er, wie er fröhlich vorwegnahm, *haufenweise Dummheiten begehen und Tausende von Dukaten zum Fenster hinauswerfen* würde.

»Wenn mein Vater es so gleichmütig aufnimmt, wie Cesare Geld verschwendet, dann hat mein Bruder wirklich das Unmögliche geschafft«, sagte Madonna lachend, als sie uns den Absatz laut vorlas. Cesare, fuhr der Heilige Vater fort, werde seinem kleinen Bruder Giovanni die Stadt Camerino zum Geschenk machen. Was, so fragte ich mich, würde er wohl unserem Kind schenken? Urbino vielleicht. Das wäre passend.

In Kürze sollte uns Donna Isabella mit ihrem Besuch beehren. Nichts, so hatte sie geschrieben, würde ihr mehr Freude machen, als den Karneval mit ihrer lieben Schwägerin zu verbringen, um gemeinsam das große Glück ihrer Familie zu feiern. Sie hatte ihrem erlauchten Bruder Herzog Valentino hundert Karnevalsmasken zum Geschenk geschickt, darunter zwanzig aus Gold gefertigte und mit Perlen und Edelsteinen verzierte, zwanzig aus Silber und die übrigen aus feinster Seide und Samt. Cesare schrieb Madonna, er freue sich außerordentlich über die Masken; die eine mit einem lockigen Oberlippenbart aus Pferdehaar und einem Turban aus Goldstoff erinnere ihn an Prinz Djem.

Er schrieb Madonna weiterhin fast jeden Tag. Als sie mich eines Morgens kurz vor dem Valentinstag rufen ließ und ich sie an ihrem Schreibpult sitzend mit einem gefalteten Pergament in der Hand vorfand, glaubte ich daher zunächst, sie habe einen Brief an Cesare verfasst, um ihm von dem

Kind zu berichten, und wollte ihn mir vor dem Absenden zeigen.

»Wie geht es Euch?«, fragte sie und rieb sich die Augen.

»Oh, danke, Madonna. Das Kind ist sehr lebhaft, und ich glaube, es wächst.«

Sie lächelte, doch ihr Blick glitt von mir fort, und ich merkte, dass sie meiner Antwort nicht richtig zugehört hatte. »Ich habe Euch begünstigt, nicht wahr?«, fragte sie.

»Ja, Madonna.« Verwirrt starrte ich auf den Brief in ihrer Hand und wünschte, ich könnte durch das dicke, cremefarbene Pergament hindurch die hineingefalteten Worte lesen.

»Ich berufe mich auf Eure Ergebenheit.«

»Natürlich, Madonna.«

»Ich habe Euch ausgewählt, weil wir, wie Ihr wisst, in einer besonderen Beziehung zueinander stehen.«

»Ausgewählt? Für was, Madonna?« Vielleicht war ich ein wenig schroff. Es ärgerte mich, dass sie nicht rascher zur Sache kam, schlimmer aber war, dass der Brief in ihrer Hand offenbar weder mit Cesare noch mit mir oder unserem Kind zu tun hatte. Jetzt erst bemerkte ich, dass er kein Siegel trug.

»Das hier zu überbringen.« Sie streckte mir den Brief entgegen und ich griff danach, doch sie hielt ihn weiterhin fest. Und während wir in diesem Schwebezustand verharrten, bildete das Rechteck aus cremeweißem Pergament zwischen uns eine zarte Brücke. Der Brief trug nicht einmal den Namen eines Empfängers. Unbeschrieben, leer und jungfräulich war die äußere Hülle, die die Welt zu sehen bekam. »Und es ist äußerst wichtig, dass Ihr meinen Anweisungen strikt Folge leistet«, mahnte sie, als sie mir den Brief schließlich anvertraute.

»Selbstverständlich, Madonna.«

»Hinter dem Badehaus, wo die Gärtner das Abwasser auffangen. Dort wird Strozzi von der fünfzehnten Stunde an auf Euch warten. Ihr werdet ihm den Brief geben, und was auch immer er für Euch hat, bringt Ihr sofort zu mir.« Sie hielt inne. »Es wäre am besten, Ihr würdet nicht gesehen.«

»Ja, Madonna. Ich verstehe.«

»Sagt das nicht, Violante. Versucht nicht, zu verstehen. Nehmt Fonsi mit«, fügte sie hinzu. »Falls Euch jemand sieht, könnt Ihr sagen, dass Ihr ihn ausführt.«

Ob sie und Strozzi wohl ein Liebespaar waren, fragte ich mich auf dem Weg zum Badehaus. Gewiss, sie standen sich nahe, doch ich hatte ihre Freundschaft stets als eine Beziehung eingeschätzt, wie sie zwischen zwei Frauen bestand, gegründet auf Klatsch und auf Strozzis Geschick, mittels seiner Beziehungen in Venedig Edelsteine, feine Stoffe oder seltene Duftwasser zu guten Preisen zu erwerben. Andererseits, was war mit meiner Freundschaft zu Angela, bevor sich unser Verhältnis durch Cesare und später Giulio änderte?

*

»Der Ort ist geeignet, meint Ihr nicht auch? Auf der einen Seite ein Judasbaum, auf der anderen ein Schmutzwasserfass.« Strozzi trat hinter dem Badehaus hervor, sein Gehstock knirschte auf dem Kiesweg, der um den von Arkaden gesäumten Rundbau führte.

»Ich weiß es nicht, Ser Ercole. Ich weiß nur, dass ich diesen Brief überbringen soll.«

»Sie hat mit Euch eine kluge Wahl getroffen. Ihr haltet Eure Neugier an der kurzen Leine. Braves Mädchen.«

»Ich möchte nichts erfahren, was mein Kind gefährden könnte.«

»Und wie geht es dem kleinen Gefolgsmann des heiligen Valentin?« Er tätschelte meinen Bauch. Als das Kind um sich trat, zog er rasch die Hand zurück, lächelte mich dabei jedoch an, als hätten wir einander gerade schmutzige Witze erzählt. »Passt Ihr auch gut auf Euch auf? Ihr tragt keinen Umhang. Holt Euch bloß keine Erkältung.«

»Ich spüre keine Kälte mehr. Das Kind ist wie ein kleiner Ofen in meinem Bauch.«

»Eine Art persönliches Hypokaustum.« Wir lachten.

»Er wird immer stärker. Ich denke, er kommt im Mai zur Welt.«

»Und wird wahrscheinlich ein guter Fußballspieler.«

»Ganz wie sein Vater.«

»Ihr seht selbst, Violante« – ich konnte an seinem Gesichtsausdruck ablesen, wie er mich sah, als ein junges Mädchen, das die Liebe kopflos gemacht hatte –, »dass man sich vor Leidenschaft ganz verlieren kann. Seid freundlich zu Eurer Herrin. Verurteilt sie nicht. Könnt Ihr Euch auch nur im Entferntesten vorstellen, dass sie das Kind ihres Bruders willentlich in Gefahr bringen würde? Seinetwegen vertraut sie Euch, sie respektiert Euch, und wenn sie nicht so klar denkt, wie sie könnte, habt Mitleid. Wir können uns nicht aussuchen, wen wir lieben.« Er sprach diese Worte mit Nachdruck. Zehn Jahre seines Lebens waren von der hoffnungslosen Liebe zu einer Frau überschattet gewesen, die mit einem so mächtigen Mann verheiratet war, dass sein Name nie genannt wurde.

»Habt Ihr mir etwas mitzugeben?«, fragte ich leise. Strozzi reichte mir ein gefaltetes Pergament, versiegelt ohne Zeichen und adressiert an Donna Nicola. Ich machte wohl ein verwirrtes Gesicht.

»Es ist ein Name, der ihm gefällt, mehr nicht«, erklärte Strozzi achselzuckend. Wem wohl, überlegte ich, fragte aber nicht nach. Ich war mir der kompakten Masse des Torre Marchesana hinter mir bewusst, der auf dem Verlies von Ugo und Parisina zu lasten schien. In allen Fenstern spürte ich Augen. Und plötzlich kamen mir, ohne dass ich einen Grund dafür hätte finden können, die Worte in den Sinn, die Schwester Osanna letztes Jahr gesprochen hatte. *Du musst auf die Grundfesten achten, meine Tochter. Es mag sein, dass man dort Feuer legt. Gib ihm keine Luft zum Brennen.*

Als ich den Mund öffnete, um mich von Strozzi zu verabschieden, war er bereits verschwunden – unkörperlich, so schien es, wie die Dampfwolken, die aus dem Zuber mit dem gebrauchten Badewasser stiegen. Auch Fonsi konnte ich nicht finden, obwohl ich mehrmals nach ihm rief.

Plötzlich hörte ich ihn kläffen, so ausdauernd, als sei er irgendwo eingesperrt und wolle nun auf sein Elend aufmerksam machen. Das Geräusch kam offenbar von einem Wandelgang zwischen den Spalierpfirsichbäumen, der vom Badehaus zum alten Palast führte. Als ich unter dem ersten Bogen stehen blieb, sah ich Fidelma. Der kleine Hund wand sich in ihren Armen, und sie versuchte, ihm die Schnauze zuzuhalten, um ihn zum Schweigen zu bringen. Sie sah so schuldbewusst aus, als hätte sie selbst ein unzulässiges Stelldichein gehabt, und dieser Gedanke gab dem Lächeln, mit dem ich sie begrüßte, echte Wärme.

»Ich dachte, er hätte sich verlaufen«, sagte sie. Dabei glitt ihr Blick von meinem Gesicht zu meinem runden Bauch.

»Ich habe ihn nur ausgeführt.« Jetzt war ich es, die ihrem Blick auswich. Sie war mir bestimmt gefolgt, doch weshalb? Was hatte sie gesehen? Und mit wem würde sie ihr Wissen teilen? Ich spürte den Brief im Mieder meines Kleides, wo ich ihn verborgen hatte und sich das steife Pergament in meine weiche Brust bohrte. Fidelma wusste bestimmt, dass er dort steckte. Jetzt konnte ich ihn nicht mehr direkt zu Madonna bringen. Erst musste ich Fidelma von der Fährte fortlocken.

»Fidelma«, sagte ich, »ich muss ganz dringend auf den Abort. Dieser junge Mann«, ich tätschelte meinen Bauch und fühlte mich neben der großen, hageren Fidelma wie eine unförmige, verblühende Rose, »liegt direkt auf meiner Blase. Bringt doch bitte Fonsi zurück, und sorgt dafür, dass niemand anderer den Stuhl besetzt, in dem ich gerne nähe. Ihr wisst schon, der mit der hohen Lehne.«

Sie eilte ohne ein weiteres Wort davon, sprachlos angesichts meiner Unverfrorenheit. Der kleine Hund wand sich immer noch in ihren Armen und sah aus seinen schwarzen Knopfaugen flehend zu mir zurück.

Auf dem Weg in Angelas und mein Zimmer schlug ich etliche Haken. Ich betrat das Schloss beim Torre Leone und durchquerte die Räume, die es mit dem Torre Marchesana verbanden. Sie wurden gerade renoviert, und es hielt sich niemand in ihnen auf außer den Arbeitern. Endlich angekommen, zog ich meine Reisetruhe unter meinem Bett hervor, um den Brief in ihrer Tiefe zu verstecken, doch als ich die Einlegefächer herausnahm, erregte etwas anderes meine Aufmerksamkeit. Auf dem kleinen Stapel von Cesares Briefen lag die von Leonardo angefertigte Zeichnung, die er mir geschickt hatte. Ich betrachtete das Porträt – das war er und doch auch wieder nicht. Zwar war ein bestimmter Ausdruck, den er beim Nachdenken oder beim Lesen zeigte, perfekt getroffen, die verschleierten Augen und der vor Konzentration leicht gespitzte Mund, doch so viel anderes fehlte.

Welchen Ausdruck würde sein Gesicht annehmen, fragte ich mich, wenn er schließlich von unserem Kind erfuhr?

»Da bist du ja.« Angela. »Fidelma sagte, du seist auf den Abort gegangen, dann meinte Lucrezia, du seist schon viel zu lange fort, und hat mich losgeschickt, um dich zu suchen. Was machst du?« Sie kauerte sich neben mich auf den Boden. »Sehnst du dich etwa nach Cousin Cesare? Immer noch?« Ihr Ton war sanft, aber eher müde als mitfühlend. »Du weißt, dass es ihm nichts bedeutet. So sind die Männer. Sie setzen den Samen und überlassen es uns Frauen, ihn zu hegen.«

Ich glaubte nicht, dass sie im Recht war, konnte allerdings nicht sagen, weshalb. »Aber Madonna bedeutet es etwas«, brachte ich zu meiner Verteidigung vor.

»Das liegt daran, dass …« Doch sie sprach nicht weiter. Ihre Aufmerksamkeit wurde durch den Brief abgelenkt, den Strozzi mir gegeben hatte. »Was ist das?« Sie hob ihn hoch, prüfte die Qualität des Pergaments, fingerte an den Ecken herum, die vom Transport an meiner Brust schon Eselsohren hatten. »Wer ist Nicola?«

»Niemand.«

Angela wirkte im ersten Augenblick bestürzt, lachte dann aber hell auf, als sie begriffen hatte. »Diese Handschrift kenne ich«, sagte sie. »Es ist Bembos. Nicola. Natürlich. Er hat eine Lieblingsschwester oder eine Cousine oder … vielleicht ist es sogar seine Haushälterin. Jedenfalls weiß ich, dass es in seinem Leben eine Nicola gibt. Es ist ein Spitzname, nicht wahr? Darum also läuft Lucrezia herum wie eine Katze auf heißen Schindeln. Damit, dass du eine Fehlgeburt erleiden könntest, hat das nichts zu tun. Es geht um diesen Brief. Von Bembo. An sie.«

»Bembo und Madonna?«

»Natürlich. Das ist doch nicht weiter überraschend, schließlich redet sie seit Strozzis Fest nur noch über seinen schönen Mund und seine wohlklingenden Vokale. Wenn du nicht so mit dir selbst beschäftigt wärst, hättest du es auch bemerkt.«

Angela hatte gut reden, dachte ich. Seit Wochen hatte sie keine einzige Nacht in ihrem eigenen Bett verbracht. »Wenn du öfter da wärst, hätten wir sicher darüber gesprochen.«

»Violante.« Sie hockte sich auf die Fersen und heftete ihre großen grauen Augen fest auf mich. »Wenn Cesare in einem Palast eine halbe Meile von hier lebte, allein wäre und ihn nach dir verlangen würde, wie viele Nächte würdest du dann noch in diesem Zimmer schlafen? Warum bloß haben verliebte Menschen nur noch Augen für sich selbst? Mein Schatz, glaub nicht, ich würde dich nicht verstehen. Wahrscheinlich verstehe ich dich nur allzu gut. Ich triumphiere nicht wegen der Qualen, die du leidest, also versage du mir nicht mein Glück.«

»Entschuldige, aber dieses Warten ist einfach die Hölle. Warten auf das Kind. Darauf, dass sie es Cesare sagt, damit ich es nicht mehr geheim halten muss. Wie die Dinge jetzt liegen, weiß zwar jeder, dass das Kind von Cesare ist, aber alle tun, als hielten sie es für Taddeos. Und wir beide müssen den wenig glaubhaften Anschein wahren, wir hätten nicht bis nach der Hochzeit warten können. Und überhaupt, wann soll die stattfinden? Er will nicht einmal die Verpflichtung eines Verlobungsrings eingehen, ehe er nicht weiß, was Cesare für das Kind zu tun gedenkt und wie er einen Nutzen daraus ziehen kann.«

»Inzwischen müsste sie es ihm gesagt haben.«

»Kannst du mit ihr reden?«

»Nicht darüber. Niemand kann mit einem von ihnen über den anderen sprechen. Du weißt, wie sie sind. Ihr Spiel hat ganz eigene Regeln.«

»Ich hasse deine Familie. Einmal seid ihr ganz Lächeln und schließt darin alle mit ein, dann wieder klappt ihr die Läden zu, und keiner ist euch mehr gut genug.«

»Sind denn nicht alle Familien so?«

»Woher soll ich das wissen? Meine hat mich verkauft. Ich war nur Teil eines Geschäfts, mit dem mein Vater deinem Onkel Rodrigo zu den Schlüsseln von Sankt Peter verholfen hat.«

»Und ist dir nie in den Sinn gekommen, dass Lucrezia und ich und sogar Cesare ebenfalls Teil dieses Geschäfts waren? Auch wenn Cesare seit Senigallia vielleicht genug Ansehen genießt, um selbst den Ton anzugeben.« Einen Augenblick lang schwiegen wir, beide in Gedanken versunken, bis Angela sagte: »Nun komm schon, lass uns nicht streiten. Wenn du weiter in Lucrezias Gunst stehen willst, solltest du ihr jetzt besser diesen Brief geben. Sonst wirst du dich, Kind hin oder her, nach Occhiobello verbannt finden, wo du niemanden zum Reden hast außer Ser Taddeos prachtvollen Hechten.« Sie stand auf und reichte mir ihre Hand, um mir auf die Füße zu helfen.

*

In der darauffolgenden Woche traf Donna Isabella aus Mantua ein und stürzte unseren Hof in ein Chaos, das den Karnevalsvorbereitungen in der Stadt entsprach. Donna Isabella und ihr Gefolge bewohnten Herzog Ercoles Wohnräume im alten Schloss, während der Herzog selbst in die Gemächer von Don Alfonso zog und Alfonso in einem Jagdhaus im

Barco Quartier nahm, das Ippolito gehörte, der wiederum in Rom weilte – und vielleicht mit Cesare zusammen war.

In dem Durcheinander bemerkte niemand meine heimlichen Ausflüge zum Badehaus, wo ich neben dem Judasbaum Ercole Strozzi traf.

Was immer Bembo Madonna in seinen Briefen schrieb, es schien ihr zu gefallen. Noch nie hatte ich sie so heiter und mädchenhaft erlebt. Allerdings erklärte Angela, sie sei jetzt mehr sie selbst denn je seit ihrer Rückkehr aus der selbst auferlegten Verbannung in Nepi und der Verkündung ihrer Verlobung mit Don Alfonso. Ihre Energie schien schier unerschöpflich. Sie stand nun früh auf, um mit den Männern auf die Jagd zu gehen, ritt mit ihren Hunden und Falknern aus, wenn der Morgennebel noch zwischen den Bäumen hing und die Spur des Wildes noch frisch war. Jeden Abend ersann sie etwas zu Donna Isabellas Unterhaltung. So entwarf sie zum Beispiel die Schritte für wilde spanische Tänze mit Kastagnetten und Tambourinen, bei denen sie und Angela als Hauptbeteiligte ihr langes, offenes Haar schüttelten und wie Zigeunerinnen mit den Absätzen auf den Boden trommelten.

Donna Isabella war nicht beweglich genug, um bei diesen Anlässen mehr zu tun, als zuzusehen. Sie war eine schlechte Reiterin und zu füllig, um gut zu tanzen. Wenn sie nicht gerade mit ihrem Vater zusammen war oder Freunde in Ferrara besuchte, leistete ich ihr Gesellschaft. Sie sprach unausgesetzt von der Verlobung ihres Sohnes Federigo mit Cesares Tochter Luisa. Ob sie wohl befürchtete, Cesare könnte nach seinem Erfolg in Senigallia für Luisa größere Pläne haben? Und ob sie wohl wusste, dass er auch Vater meines Kindes war? Bei Donna Isabella ließ sich das unmöglich sagen, in einem Gespräch mit ihr das Wesentliche herauszufiltern war, als suchte man in einem reißenden Strom nach einem sicheren Kanal.

Eines Morgens nach einem Spaziergang durch den Rosengarten, den Donna Isabellas Mutter angelegt hatte und der jetzt von Donna Lucrezia gepflegt wurde, brach sie mitten in einer Tirade über Blattläuse ab, um mich zu fragen, was mit der schwarzen Sklavin geschehen sei.

»Welche schwarze Sklavin?«, fragte ich, obwohl ich die Antwort schon kannte.

»Die Eure Herrin aus Rom mitgebracht hat, natürlich. Sie wird sie doch wohl nicht etwa verkauft oder gegen die da eingetauscht haben.« Dabei deutete sie auf die bleiche, klapperdürre Dalmatinerin, die mit einem Haufen Wolldecken hinter uns herging. »Sie hat mir einmal erzählt, wie gern sie das Mädchen hatte. Ein Geschenk ihres letzten Ehemannes, glaube ich.«

Das hatte ich bisher nicht gewusst. »Sie ist leider gestorben«, sagte ich in der Hoffnung, Donna Isabella würde mich nicht nach den Umständen fragen.

»Wie schade. Sie war so apart, von einem so dichten, glänzenden Schwarz. Ich wollte Lucrezia bitten, sie mir als Modell für die Dienerin in einem Bild der *Judith mit dem Kopf des Holofernes* zur Verfügung zu stellen, das ich bei Squarcione in Auftrag gegeben habe.«

»Es tut mir leid, Madonna.«

»Ist ja auch gleich. So etwas geschieht immer wieder. Sie wirken stark, aber dann sterben sie beim kleinsten Schnupfen. Daran sieht man wieder, dass wir die überlegene Rasse sind. Doch nun sagt mir, wer wird dieses Jahr die Battagliuola gewinnen?«

»Madonna sagt, die Ferrareser, Don Alfonso tippt auf die päpstliche Mannschaft.«

»Aha, man ist nett zueinander. Und was meint Ihr, wer gewinnt?«

»Diejenigen, deren Mütter als Erste am Markt sind, Madonna, und sich die größten Früchte sichern.«

Die Battagliuola war ein Wettkampf, bei dem es drunter und drüber ging. Auf dem Campo Franco neben dem Kloster Corpus Domini traten zwei Mannschaften von Kindern gegeneinander an und feuerten mit Schleudern Gemüse und Obst aufeinander ab. Das Fest sollte an den Sieg erinnern, den die Este einst über die päpstliche Armee errungen hatten. Für Donna Lucrezia war es Ehrensache, daran teilzunehmen – die Leute sollten sehen, dass sie jetzt eine Este war und sich Ferrara, nicht Rom, zugehörig fühlte.

Wir gingen den kurzen Weg vom Schloss zu Fuß. Voran Donna Lucrezia Arm in Arm mit Don Alfonso, hinter uns Diener mit Stühlen, Decken, Kohlepfannen und zwei Truhen, in denen sich die Preise für Sieger und Zweitplatzierte befanden. Verlierer durfte es jetzt, da der Erbe des Herzogtums die Tochter des Papstes geheiratet hatte, nicht mehr geben.

»Ich wünschte, Ihr könntet die Masken sehen, die ich dem lieben Cesare geschickt habe«, bemerkte Donna Isabella – wohl mehr zu Ser Taddeo als zu mir, denn mir hatte sie sie bereits mehrmals bis in alle Einzelheiten beschrieben. »Vor allem die goldenen und silbernen. Der junge Goldschmied, der sie für mich angefertigt hat, ist ein wahrer Meister und eine große Entdeckung. Er versteht genau, was ich meine, wenn ich sage, alle Kunst muss eine schöne Bedeutung haben.« Ihre Stimme klang gedämpft durch ihre eigene

Maske aus schwarzem Samt, von der zu beiden Seiten ihrer runden Wangen Hermelinschwänze herabhingen, die bei jedem Schritt wippten.

Während wir auf dem Platz darauf warteten, dass unsere Stühle aufgestellt wurden, und ein Diener mit heißem, gewürztem Wein und kleinen Kuchen herumging, erkundigte sich Ser Taddeo nach dem Namen des Mannes. »Was bin ich doch für ein kläglicher Verehrer«, sagte er. »Ich habe meiner Auserwählten noch nicht einmal einen Verlobungsring geschenkt. Mir scheint, dieser Mann wäre genau der Richtige, um unserer Ehe eine schöne Bedeutung zu verleihen.« Dabei drückte er meinen Arm.

Hatte Madonna Cesare also endlich von dem Kind erzählt? Hatte sie Antwort von ihm erhalten? Was er sich für das Kind vorstellte? Es musste ein Brief für mich gekommen sein.

»Er heißt Gideon. Gideon da Quieto d'Arzenta.«

Ganz bestimmt. Auf eine solche Nachricht würde Cesare ganz sicher reagieren.

»Das ist mein Bruder, Madonna.« Wer sprach da? Wessen Bruder? Der Wein. Er war zu stark.

Ein jäher Aufschrei von Donna Isabella brachte mich zur Vernunft. Sie umarmte Fidelma. Wie ein riesiges Spinnakersegel hing sie an Fidelmas mastgerader Gestalt.

»Gideon ist Euer Bruder!«, rief Donna Isabella aus, und ihre Stimme erreichte bei dem Wort Bruder eine solche Tonhöhe, dass die Menschen ihre Tätigkeiten unterbrachen und sich nach ihr umwandten.

»Ja, Madonna«, sagte Fidelma, die unter Donna Isabellas Gewicht dezent schwankte. »Ehe ich zu Christus fand, hieß ich Juditha da Quieta d'Arzenta.«

Es geschah in meinem Beisein zum ersten Mal, dass Fidelma ihre Familie oder ihr Leben vor der Konvertierung erwähnte. Ich wusste von dem Handel, den sie mit ihrem Vater geschlossen hatte, und ihren Namen fand ich passend, denn sie war wirklich fromm. Sie war keine Frau, die Versprechen brach.

»Seht nur«, sagte Taddeo, während er auf die herzogliche Gesellschaft deutete, die es sich in den von Dienern aufgestellten Stühlen bequem machte. »Da ist unser Dichter.« Bembo als »unseren Dichter« zu bezeichnen, war eine selbstgefällige Galanterie, denn bei seiner Lesung auf Strozzis Fest hatte man uns beide miteinander bekannt gemacht. Ich sah hinüber. Bembo, der durch seine schwarze Gelehrtenkluft aus der Masse hervorstach, ging geradewegs auf Donna Lucrezia zu. Strozzi hingegen war nirgends zu entdecken, wie ich feststellte. Ich fing jedoch einen scharfen Blick von Donna Isabella auf, die sich von Fidelma losgerissen hatte und den Dichter auf seinem Weg über den von Menschen wimmelnden Platz so konzentriert verfolgte, als habe sie auf den Zeitpunkt seines Eintreffens gewettet.

»Entschuldigt mich, *messer*«, sagte ich zu Taddeo. »Ich muss prüfen, ob man Madonna die richtigen Kissen gebracht hat. Seit ihrer Fehlgeburt im vergangenen Sommer leidet sie an Rückenschmerzen.«

Wie Pythagoras uns lehrt, müssen sich zwei gerade, aufeinander zuführende Linien an einer Schnittstelle treffen. Ich benutzte meinen Riesenbauch, um mir einen Weg durch das Gedränge zu bahnen: kreischende Kinder und scheltende Mütter, schrumpelige Winterorangen und unförmige Pastinaken, Dienstboten, die sich um Kohlebecken drängten, auf denen sie Wein wärmten und Kastanien rösteten. Und es gelang mir, Bembo ein paar Schritte vor Madonnas Stuhl abzufangen.

»Monna Violante.« Er verbeugte sich, und als er sich wieder aufrichtete, sah ich ihn erröten. Er wusste also, dass ich Donna Lucrezia seine Briefe überbrachte. »Ich wollte nur … Die Herzogin hat mich gebeten, für die Sieger eine Lobrede zu halten.« Er zog ein gefaltetes Pergament aus einem Beutel, den er um die Brust trug wie ein Arkebusier seinen Munitionsgürtel.

Mein Atem hatte sich noch nicht so weit beruhigt, dass ich hätte sprechen können, als Donna Lucrezia schon von hinten rief: »Ah, *messer* Pietro, da seid Ihr ja endlich. Ich hatte schon geglaubt, wir müssten ohne Euch anfangen.«

Bembo reckte den Hals, um sie an mir vorbei anzusehen. »Ich habe mich schuldig gemacht, indem ich Euren Auftrag erst in letzter Minute erledigt habe, Herzogin. Vergebt mir. Vielleicht wollt Ihr meinen Entwurf überfliegen, nur um sicherzugehen, dass er Eure Zustimmung findet.«

Ich blickte mich verstohlen um. Wie sie wohl reagieren würde? Don Alfonso wirkte interessiert, doch Madonna machte mit einer ihrer behandschuhten Hände eine ablehnende Geste. Im gleichen Moment gewahrte ich aus dem Augenwinkel, dass Bembo das Pergament recht beharrlich in meine Richtung hielt. Und nun verstand ich ihn, denn ich sah, dass zwischen den Falzen des einen ein zweites Pergament steckte. Was sollte ich tun? Don Alfonso streckte bereits die Hand nach den Versen aus. Ich kam ihm zuvor, doch mit so hastiger Geste, dass die Pergamente meinem Griff entglitten. Da ich mich nicht bücken konnte, um sie aufzuheben, starrte ich entsetzt auf die Ecke des geheimen Umschlages, die aus dem Äußeren hervorlugte. Bembo beugte sich rasch nach den Papieren, war aber nicht ganz so schnell wie Vittorio, den ich jetzt erst bemerkte.

»Wenn Ihr erlaubt, Monna Violante«, sagte er und reichte mir die Pergamente mit einem Blick, der besagte: Ich weiß, was das ist, mein Herr weiß es auch, er wird vorerst nichts unternehmen, doch nehmt Euch in Acht.

»Danke schön, Ser Vittorio, meine Herrin ist dankbar für Eure Ritterlichkeit.« Er nickte und verlor sich wieder in der Menge. Ich glaube, wir hatten einander verstanden. Don Alfonso den Rücken zugekehrt, gelang es mir irgendwie, das zweite Pergament in meinem Ärmel verschwinden zu lassen, ehe ich Donna Lucrezia Bembos Lobrede zur Billigung reichte. Mein Herzschlag begann sich gerade zu beruhigen, als sie sich von ihrem Stuhl erhob. »*Messer* Pietro«, sagte sie. »Tretet näher.« Lieber Himmel, und was nun? Was hatten sie einander in den von mir überbrachten Briefen geschrieben, dass sie jetzt so unbesonnen war?

Don Alfonso runzelte die Stirn. »Setz dich, Frau, und lass das Spiel beginnen, bevor all diese Kinder nach ihren Müttern zu weinen beginnen.«

»Ich wollte Ser Pietro bitten, einen Blick auf ein paar Verse zu werfen, die ich verfasst habe. Mich dünken sie zu armselig für den, dem sie gelten.« Sie bedachte ihren Gatten mit einem bedeutungsvollen Lächeln. »Ich hoffe, Ser Pietro kann mir helfen, sie würdevoller zu gestalten.«

»Aha.« Don Alfonso räusperte sich. Er rutschte auf seinem Stuhl hin und her, und seine ohnehin schon dunkle Gesichtsfarbe wurde noch ein wenig dunkler. »Nun schön, Weib. Ich bin sicher, dass alles, was du schreiben könntest, einem so unwürdigen Empfänger zur Ehre gereicht.« Er ergriff ihre Hand und tätschelte sie. Dann nahm er Fonsi hoch, der von Lucrezias Schoß gerutscht war, als sie aufstand, und der jetzt an Don Alfonsos Knie scharrte. Während seine Aufmerksamkeit derart abgelenkt war, reichte Donna Lucrezia Bembo ihre »Verse«, und sie tauschten einen Blick, um den ich sie aus tiefster Seele beneidete.

Erst einige Zeit später – die Battagliuola war bereits in vollem Gange – dachte ich darüber nach, welche Rolle Vittorio wohl spielte. Der Lärm kreischender Kinder und applaudierender Erwachsener, von Kürbissen, die klatschend an die Klostertüren prallten und von Kohlköpfen, die gegen Kohlebecken schepperten, hinderte das Kind in meinem Leib am Schlafen. Es schlug Purzelbäume und trommelte gegen meine Bauchdecke, und als ein kleiner Kürbis wenige Handbreit vor meiner Nase vorbeiflog, stellte ich mir die Frage, ob es in einigen Jahren ebenfalls an den Battagliuole teilnehmen und ob es Brüder haben würde, die an seiner Seite kämpften.

Wie bald nach der Geburt konnte ich ins Bett meines Geliebten zurückkehren und damit anfangen, diese Brüder zu empfangen? Welche Regeln hatte die Kirche dafür vorgesehen? Stimmte es, dass man nicht schwanger werden konnte, solange man stillte? Wann konnte ich wieder gefahrlos bei ihm liegen? Ich hatte nie aufgehört, mich nach Cesare zu verzehren, doch wann immer ich mich im Spiegel sah, fragte ich mich, wo die Frau geblieben war, die er begehrenswert gefunden hatte. Ich wünschte mir sehnlichst, dass er von seinem Kind erfuhr und nach Ferrara kam, seine Hand auf meinen Bauch legte und spürte, wie unser Kind sich ihrer Wärme entgegenreckte, doch zugleich ergriff mich Furcht bei dem Gedanken, er könnte meinen nach außen gestülpten Bauchnabel und die sich straff und glänzend über meine tropfenden Brüste spannende Haut sehen. Wie würde er reagieren?

Dann dachte ich an Vittorio, an seinen Blick, als er mir Bembos Papiere reichte. Cesare musste Bescheid wissen, natürlich wusste er Bescheid. Was am Hof von Ferrara vor sich ging, erfuhr er nicht nur aus den Briefen seiner Schwester, so viel war sicher. Vielleicht bedeutete sein Schweigen, dass er an seiner Vaterschaft zweifelte. Meinen Spitznamen hatte er mir gegeben, weil ich ein Versprechen gebrochen hatte. Warum sollte er davon ausgehen, ich sei eine treue Geliebte? Ich musste es ihm also sagen. Wenn Madonna ihm nicht schreiben wollte, musste ich es selbst tun.

Ich war nicht mehr in der Lage, den Wettkampf zu verfolgen. Der Brief, den es zu schreiben galt, ließ mir keine Ruhe mehr, bis er zu Papier gebracht war. Fast konnte ich die Feder in der Hand fühlen, ihr Kitzeln in meiner Handfläche, das elastische Nachgeben der Spitze, während ich sie auf ein jungfräuliches Pergament drückte und die Worte formte. Welche Worte? Sollte ich mich auf die nackten Tatsachen beschränken oder sie in Liebeserklärungen hüllen? Praktische Fragen erörtern oder von unserem Kind als Frucht unserer Leidenschaft schreiben, als Band, das uns für immer vereinte? Sollte ich meine Nachricht in einen leichten und launigen Ton hüllen, oder würde er dann glauben, ich sei zu unernst, um seinem Sohn eine würdige Mutter zu sein? Je länger ich darüber nachdachte, desto unlösbarer erschien mir die Aufgabe.

Dann fiel mir der Brief ein, der in meinem Ärmel steckte – der Brief des Dichters an seine Geliebte. Ein besseres Beispiel konnte ich sicher nicht finden. Doch wenn ich ihn lesen wollte, ehe ich ihn Donna Lucrezia gab, musste ich die Battagliuola vor ihr verlassen, am besten sofort. Ich drehte mich zu Ser Taddeo um, der hinter meinem Stuhl stand, und zupfte ihn am Ärmel.

»Ich fühle mich nicht besonders gut, mein Lieber«, erklärte ich. »Ich würde gern ein wenig ruhen. Wäret Ihr so nett, mich zum Schloss zurückzubegleiten?«

»Wird die Herzogin das gestatten?«, fragte er mit einem zweifelnden Blick zu Madonna hinüber. Die war vollauf damit beschäftigt, ihren kleinen Hund mit Naschwerk zu füttern, während Don Alfonso über einen Ausfall der Ferrareser jubelte, die sich hinter einer Barrikade aus grüngelb gestreiften Kürbissen verschanzt hatten.

»Wie Ihr wisst, liegt ihr das Wohlergehen dieses Kindes sehr am Herzen. Wenn Ihr sie über den Grund unterrichtet und selbst gleich zurückkommt, wird sie mich entschuldigen.«

»Soll ich Donna Angela bitten, Euch zu begleiten?«

»Ich würde es vorziehen, wenn Ihr mit mir kämet.« Ich drückte sein Handgelenk und bedachte ihn mit einem Lächeln, von dem ich hoffte, dass es sowohl Wärme als auch Schwäche ausdrückte.

Vorsichtig bahnte er sich seinen Weg über das mit zerquetschten Früchten und Gemüse übersäte Gelände, wich Geschossen aus und zuckte bei den hohen, spitzen Schreien übererregter Kinder zusammen. Bei Madonna und Don Alfonso angelangt, senkte er den Kopf, und Madonna wandte ihm das Ohr zu, um ihn trotz des Kampflärms verstehen zu können. Als sie einen besorgten Blick zu mir herüber warf, runzelte ich die Stirn und verschränkte die Hände über meinem Bauch. Da nickte sie, und als Ser Taddeo zu einer zweiten Verbeugung ansetzte, winkte sie ungeduldig ab.

*

Auf dem Weg zurück ins Schloss übertrieb ich meinen labilen Zustand ein wenig. In der Folge dauerte es eine Weile, bis ich Taddeo davon überzeugt hatte, dass er mich getrost allein lassen konnte und dass ich keines Arztes bedurfte. Sobald ich die Tür meines Zimmers hinter seiner sich verbeugenden Gestalt und seinem besorgten Gesicht geschlossen hatte, ließ ich Bembos Brief aus meinem Ärmel gleiten. Ich setzte mich auf die Bettkante und entfaltete ihn, sorgsam darauf bedacht, mich nicht durch Spuren wie Risse, Knicke oder Tintenflecken zu verraten. Es verwunderte mich, dass ein so heikles Schreiben unversiegelt war, doch gleich darauf erkannte ich, dass Wachsklumpen und Bänder nur noch mehr Verdacht erweckt hätten. Diese beiden waren nicht etwa durch ihre Leidenschaft unvorsichtig geworden, sondern höchst versiert in den Fertigkeiten, die eine verbotene Liebschaft erforderte. Sie kannten die Spielregeln.

Als ich den Brief öffnete, wurde mir heiß vor Scham über meine Treulosigkeit, aber auch, weil ich gespannt war, was ich finden würde. Ein weiteres, kleineres Pergament fiel heraus. Normalerweise wäre es in meinem Schoß gelandet, doch da ich keinen mehr hatte, rutschte es über meinen runden Bauch auf den Boden. Ich ging in die Hocke, um es aufzuheben, und hievte mich dann wieder auf das Bett. Von der Anstrengung tanzten helle Flecken vor meinen Augen, und ich brauchte eine Weile, bis sich mein Atem beruhigt hatte. Ich fürchtete schon, für meine Unaufrichtigkeit Taddeo gegenüber bestraft zu werden, indem meine Lüge wahr wurde. Und so zwang ich mich, gleichmäßig zu atmen, damit mein Herzschlag sich beruhigen konnte, ehe ich die wenigen Worte auf dem größeren der beiden Pergamente las.

Wie könnte ich es besser sagen? Eure Zeilen schicke ich an Euch zurück, süße Dame, als einzig möglichen Ausdruck meiner Gefühle, den vollkommenen Spiegel Eurer vollkommenen Schönheit.

Anschließend entfaltete ich das kleinere Papier, auf dem in Donna Lucrezias Handschrift ein Vers niedergeschrieben war. Ich prägte ihn mir ein. Und kann ihn immer noch auswendig, wenn auch die Gründe dafür vielschichtiger sind, als man annehmen könnte. Dort stand:

Wär mein Tod nicht nur Ende
All meiner Qual, verschwände
Dann auch die Sehnsucht

Müsst unerfüllt diese Liebe sein
Würde die Welt, nach allem Schein
Ganz trostlos werden.

Drum in des Herzens Grunde
Hoff ich, die Todesstunde
Sei noch ganz ferne

Weil die Vernunft nur sagen kann
Dass, wer in solchen Feuers Bann
Glückselig sei.

Waren das wirklich Madonnas Worte? Dass sie in der Lage war, so schlicht und gefühlvoll zu schreiben, fiel mir schwer zu glauben. Doch wenn das Gedicht von ihr stammte, konnte ich es dann wagen, es zu verwenden? Cesare würde es sicherlich erkennen. Obwohl – wieso eigentlich? Warum sollte er sich für die Verse interessieren, die Madonna für ihre Geliebten verfasste?

Ich las den Text noch einmal. Dann fiel mir ein, wie oft ich mitten in der Nacht voller Schrecken erwachte. In der Gewissheit, mein Kind sei tot, drückte ich die Handflächen auf meinen Bauch und hieß es zu strampeln. Dann wieder hatte ich das Gefühl, als füllte mein Körper den gesamten dunklen Raum aus, als drängte er Kerzen und Truhen mit Bettzeug, ja sogar Angelas leeres Bett aus der Kammer, und ich war überzeugt, bei der Geburt eines Ungeheuers den Tod zu finden, mit zerfetztem, blutendem Schoß und während der Mühen geborstenem Herzen. Die Angst zerrte derart an den Nerven in meinen Armen und Beinen, dass ich schließlich aufstehen und umhergehen musste, obgleich meine Kniegelenke nachts meist steif wurden und schmerzten. Wie sollte ich es ertragen zu sterben, wenn Cesare noch am Leben war? Wie sollte ich mich des Himmels freuen, solange er noch auf Erden weilte? *Müsst unerfüllt diese Liebe sein / würde die Welt, nach allem Schein / ganz trostlos werden.*

Meine Entscheidung war gefallen. Ich würde ihm das Gedicht schicken, und das würde ihn weit wirkungsvoller als meine eigenen armseligen Worte davon überzeugen, dass ich eine treue Geliebte und das Kind in meinem Leib von ihm war. Sein Sohn, so Gott wollte, sein Erstgeborener.

*

Als der Karneval zu Ende war, lenkte sich Madonna von den eintönigen Entbehrungen der Fastenzeit ab, indem sie sich in die Vorbereitungen für mein Wochenbett stürzte. Nach Ostern würde es so weit sein. Offenbar freute sie sich für mich, dass mein Zustand kein Fasten erlaubte, und so überwachte sie meine Ernährung aufs Genaueste. Wenn das Kind ein Junge werden sollte, durfte ich nur warme Nahrung zu mir nehmen. All meine Gerichte ließ sie in ihrer eigenen Küche zubereiten, und entweder sie selbst oder Angela, die aus ihrer Verstimmung über die erzwungene Trennung von Giulio keinen Hehl machte, führten dabei die Aufsicht. In dieser Zeit solltet Ihr nicht an Liebe denken, mahnte Madonna. Genauso wenig wie an Rindfleisch mit Paprika oder Pudding aus roten Beeren, gab Angela zurück, während sie mir ein Kompott von Feigen in Ingwersirup hinstellte, in einer Schüssel bemalt mit dem Bild eines kraftstrotzenden kleinen Jungen, der einen Bogen goldenen Urins in einen Fluss pinkelte. Esst, sagte Madonna. Ich fühlte mich wie eine Gans, die für *paté de fegato* gestopft wird.

*

Nach Ostern zog ich aus dem Zimmer, das ich mit Angela teilte, in einen innen liegenden Raum im Stockwerk unter Madonnas Gemächern, wo keine Gefahr bestand, dass Zugluft durch die Fenster drang. Hier würde ich bis zum Dankgottesdienst sechs Wochen nach Geburt des Kindes bleiben müssen. Ich überlegte kurz, wie Madonna nun ihren Briefwechsel mit Bembo aufrechterhalten wollte, hatte jedoch nicht die Kraft, mich länger damit zu befassen, denn je mehr mein Leib anschwoll, desto träger wurde mein Herz.

Um auszuschließen, dass ich Kälte ausgesetzt wäre – es war ein kühler Frühling mit feuchten, salzigen Winden von der Adria her –, hatte Madonna die Wände in meinem Zimmer mit mehreren Schichten Teppichen und Wandbehängen bedecken lassen; der Spalt unter der Tür war mit einer Art

Stoffsalami – einem wollgefüllten und an beiden Enden mit Kordel verschnürten Leinenschlauch – abgedichtet. Rote Brokatvorhänge umgaben mein Bett, auf dem sich weiche Decken türmten, gefertigt ausschließlich aus der Wolle junger Widder. Das Feuer brannte Tag und Nacht, dafür sorgte die dalmatinische Sklavin, die Madonna mir nicht ohne Bedenken zur Verfügung stellte, da ihre fahle Haut auf einen Überschuss an kalter gelber Galle in ihrem Wesen hindeutete. Ein männlicher Sklave wäre besser gewesen, doch Männer durften ein Wöchnerinnenzimmer nicht betreten.

Allein war ich niemals. Selbst Madonna verbrachte so viel Zeit im Wöchnerinnenzimmer, wie sie erübrigen konnte – fast, als sei Schwangerschaft übertragbar, und sie hoffte, sich bei mir anzustecken. Zum Zeitvertreib spielten wir Frauen *biribissi* und Karten, lasen einander vor oder sangen. Madonnas Ferrareser Frauen, von denen viele bereits verheiratet waren, berichteten von ihren eigenen Schwangerschaften – Geschichten, die in Madonnas Abwesenheit eher düster und schrecklich ausfielen. Mir war bewusst, dass es ihnen nicht passte, der Konkubine des Emporkömmlings Valentino aufwarten zu müssen, und dass sie mir Angst machen oder gar eine Frühgeburt auslösen wollten. Doch sie konnten mich nicht treffen. Unverwundbar und zufrieden saß ich da, sah zu, wie meine Gefährtinnen Kinderkleider nähten oder beim *cacho* um ihren Schmuck spielten, und hörte mir an, wie Angela mit einer Stimme, die wegen der rauchigen Luft rissig war wie ein gebrochenes Herz, Giulios Lieder sang.

Eines Morgens nach der Messe kam Donna Lucrezia in Begleitung eines Paares, das ich nie zuvor gesehen hatte – nach der einfachen, aber soliden, sauberen und ungeflickten Kleidung zu schließen Leute vom Land. Die Frau hielt einen

Säugling mit rosigen Wangen in den Armen, der mit ernsten Augen unter seinem groben Spitzenmützchen hervorlugte.

»Lasst uns allein«, wies Madonna meine Gesellschafterinnen an. »Alle«, fügte sie hinzu, da Angela offenbar zu bleiben gedachte. Dann lächelte sie zuerst die Frau mit dem Säugling an und dann mich. »Das ist Giuseffa. Sie kommt aus Medelana.« In Medelana, das nicht weit von Ostellato und damit der Villa Strozzi lag, wo Pietro Bembo häufig zu Gast weilte, besaßen die Este ein Sommerhaus. Giuseffa machte einen Knicks. Ihr Mann, der kleiner war als sie, zog die Mütze von seinem spärlichen Haar und verbeugte sich vor mir.

»Ich habe mir mehrere Frauen angesehen«, fuhr Madonna fort, »und ich halte Giuseffa für am besten geeignet. Sie hat vier Kinder großgezogen, ein jedes so gesund wie dieses hier. Ich habe sie alle genau betrachtet, und sie haben gerade Glieder, klare Augen und eine gesunde Verdauung. Der Älteste kann, glaube ich, sogar ein wenig lesen.«

Giuseffas Gatte lächelte und nickte zustimmend. Seine oberen Vorderzähne fehlten.

»Geeignet wofür, Madonna?«, fragte ich.

»Als Amme, mein Kind.« Sie sagte das, als sei es selbstverständlich. Dabei wusste ich doch, dass sie Rodrigo selbst gestillt hatte.

Ich vergaß meine guten Manieren und starrte sie an. Dann aber riss ich mich wieder zusammen und betrachtete Giuseffa, ihre spröden Wangen, ihre rauen, roten Hände und den stillen, ausdruckslosen Säugling in ihren Armen. »Aber …«

»Ja?« Der Blick, mit dem Madonna mich bedachte, war so hart, dass man Diamanten damit hätte schneiden können. Doch hier war die Rede von meinem Kind, und nicht von einem zerrissenen oder verlegten Handschuh.

»Ich bin mir sicher, dass ich keine Amme brauchen werde, Madonna. Ich spüre jetzt schon, wie meine Milch einschießt.«

»Ihr seid noch sehr jung, Violante. Giuseffa ist, wie sie sagt, bereits dreißig. In diesem Alter ist die Milch reichhaltiger.«

Ich wollte schon protestieren, doch ehe ich ein Wort herausbrachte, fügte Madonna hinzu: »Meine eigene Mutter war auch schon über dreißig, als sie mich stillte.«

Und als sie Cesare die Brust gab, der so schwach war, dass man ihm nicht zutraute, die ersten Jahre zu überleben. »Wie Eure verehrte Frau Mutter«, begann ich vorsichtig, »bin auch ich nicht von edler Geburt. Daher bin ich mit den Gepflogenheiten der Hochwohlgeborenen nicht vertraut. Giuseffa, wie alt ist Euer ältestes Kind?«

»Sie wird bald fünfzehn, Euer Gnaden. Sie wird heiraten, sobald … also …« Ihr Blick huschte zweifelnd zu Madonna hinüber.

»Ich habe zugesagt, dem Mädchen eine Mitgift zu stellen.«

Und vielleicht auch eine Amme für ihr erstes Kind, fragte ich mich. »Als Eure Tochter geboren wurde, wart Ihr also sechzehn Jahre alt?«

»Wenn Ihr das sagt, verehrte Dame.«

»Und sie wuchs und gedieh mit Eurer Milch?«

»Oh ja, sie ist schon immer ein hübsches Mädchen gewesen.« Giuseffa strahlte mich an. Ich strahlte zurück.

»Diese beiden Fälle sind nicht vergleichbar, Violante«, sagte Madonna, »und das wisst Ihr genau. In erster Linie geht es um Eure Gesundheit.«

»Um meine Gesundheit, Madonna?«

»Ja, mein Mädchen.« Sie zog mich beiseite und flüsterte mir zu: »Ich weiß, dass mein Bruder bei Euch mehr zurückgelassen hat als das Kind in Eurem Leib, und Torella sagt, die

Franzosenkrankheit könne über die Muttermilch übertragen werden.«

»Aber ich bin geheilt, Madonna. Seit Monaten geht es mir ausgesprochen gut. Ich befürchte eher, ich könnte krank werden, wenn ich mein Kind nicht stille. Die Frau eines Freundes meines Vaters ist verrückt geworden, weil die Milch ihr Gehirn durchtränkte, nachdem ihr Kind gestorben war.«

»Glaubt Ihr nicht eher, dass sie aufgrund des Todes ihres Kindes wahnsinnig wurde? Ein Kind zu verlieren ist nach meinem Dafürhalten der härteste Schlag, den Gott in seiner Gnade einer Frau zufügen kann.« Ihre Augen füllten sich nicht mit Tränen, ihre Lippen zitterten nicht. Sie fixierte mich einfach nur mit einem Blick, dem ich nicht ausweichen konnte. »Seid gewarnt«, fuhr sie fort. »Seid bereit. Selbst eine Jüdin ist eine Frau.«

»Das ist es, nicht wahr?« Nicht meine Jugend, nicht einmal mein Gesundheitszustand, nein, meine jüdische Herkunft machte meine Milch für das Kind ihres geliebten Bruders ungenießbar. Das war die ansteckende Substanz, die sein Sohn aus meinen Brüsten saugen könnte. Ich lachte, doch mein Lachen klang in meinen eigenen Ohren freudlos. Giuseffa starrte mich erschrocken an und drückte ihr Kind fester an sich. »Wie gering müsst Ihr Eure Fähigkeit als meine Patin einschätzen, wenn Ihr befürchtet, vom Blut her sei ich noch immer hebräisch.«

Donna Lucrezia drehte sich zu Giuseffa und ihrem Mann um. »Geht«, sagte sie. »Wartet draußen auf mich, und achtet darauf, die Tür gut hinter Euch zu schließen.« Die beiden verbeugten sich und schlurften hinaus. Etwas wie Siegesgewissheit regte sich in mir, erstarb aber sofort wieder, als ich mich von der Tür abwandte und Donna Lucrezia ansah. Mit ihren hängenden Schultern, das Gesicht leidverzerrt, wirkte sie plötzlich um zehn Jahre gealtert. Tief aufseufzend sank sie auf einen Hocker und stützte den Kopf in eine Hand.

»Setzt Euch«, befahl sie mir.

Ich ließ mich auf die äußerste Kante meines hohen Bettes nieder. »Geht es Euch nicht gut, Madonna?«

Sie hob den Kopf. Der Druck ihrer Fingerspitzen hatte an ihrer Stirn weiße Abdrücke hinterlassen. »Manchmal«, erklärte sie, »sagt das Herz etwas, das der Verstand nicht hinnehmen kann. Vielleicht habe ich nicht so verantwortungsbewusst gehandelt, wie es Euch gebühren würde. Ich nehme an, unter den gegebenen Umständen würden etliche Leute sagen, ich hätte verhindern müssen, dass mein Bruder Euch auf diese Weise … bestrickt.«

»Aber das ist doch nicht Eure Schuld, Madonna. Ihr wart krank, und er hatte Angst um Euch, und ich …«

Sie hob die Hand, um mich zu unterbrechen. »Ja, ja, ich kenne Cesares Art. Nicht nötig, das weiter auszuführen.«

Aber für mich war es nötig, es noch einmal zu durchleben, so wie ich es tausend Mal am Tag tat. »Tut mir leid, Madonna.«

»Nein, ich bin es, die sich entschuldigen muss. Ich habe geredet wie eine feige Heuchlerin. Ich bin Euch gegenüber unhöflich gewesen und habe meinen Glauben verraten.« Sie erhob sich und stellte sich vor mich hin, nahm meine Hände in die ihren und drückte sie so fest, dass sich ihre Ringe in mein Fleisch gruben. »Meine einzige Entschuldigung ist, dass … dieses Kind bedeutet mir sehr viel, versteht Ihr?«

Wieder hatte ich das Gefühl, sie wolle mir damit mehr sagen als das, was sie aussprach. So wie damals an dem Morgen unserer Abreise aus Rom, als Cesare mich gebeten hatte, die

Kleinen zu ihrer Kinderfrau zu bringen, und als sie und er den gleichen Blick auf mich gerichtet hatten – ein Falkenpaar, das seine Beute fixiert.

»Dann danke ich Euch, Madonna, und bedaure, Euch Grund gegeben zu haben, an mir zu zweifeln.«

*

Obgleich das Thema Amme in unserem Gespräch nicht abschließend behandelt schien, wurde es stillschweigend fallen gelassen. Auf meinem Speiseplan tauchten neue Gerichte auf, Gerstenbrühe und gewärmter Wein mit Fenchelsamen, um die Milchbildung anzuregen. Jeden Mittwoch, Freitag und Samstag ließ mir Madonna von einem ihrer Kaplane die Kommunion verabreichen, und aus Herzog Ercoles Bibliothek brachte sie mir ein Buch über das Leben der Heiligen Margareta von Antiochia, die, mit Gottes Hilfe aus dem Bauch einer Schlange geboren, als Patronin der in Wehen liegenden Christenfrauen galt.

Und sie entschied, dass Fidelma Tag und Nacht bei mir bleiben sollte. Sie ließ in mein bereits überfülltes Zimmer ein Federbett bringen, das neben meinem Bett auf den Boden gelegt wurde, sodass ich nachts weder ins Bett noch herausklettern konnte, ohne mir an Fidelmas knochigem Körper die Zehen zu stoßen.

»Auf die Dalmatinerin ist kein Verlass«, erklärte Madonna. »Wir brauchen jemanden, den wir verstehen können, wenn nachts irgendetwas passiert.«

Wir brauchen einen Wachhund, dachte ich, der über meine christliche Moral wacht, und wer könnte sich dafür besser eignen als eine ernsthaft konvertierte Jüdin? Niemand ist so fromm wie die Konvertiten. Gleichwohl wäre Madonna entsetzt gewesen, hätte sie geahnt, welche Wendung die Gespräche zwischen Fidelma und mir mit der Zeit nahmen.

Niederträchtigerweise bereitete es mir ein gewisses Vergnügen, dass sich Fidelma wie eine Sklavin auf dem Boden betten musste und nachts durch meine zunehmende Schlaflosigkeit wach gehalten wurde. Ganz gleich, wie viele Kissen sie pflichtbewusst in meinem Rücken aufhäufte oder unter meinem durchhängenden Bauch, wenn ich auf der Seite lag – es gelang mir nicht, eine bequeme Position zu finden, und so stand ich häufig auf, zündete alle Kerzen an und las bei ihrem knisternden Licht immer wieder Cesares Briefe. Ich bewahrte sie jetzt unter meinen Kissen auf, da ich mich nicht mehr gut genug bücken konnte, um die Reisetruhe unter dem Bett hervorzuholen.

»Er hat Euch also wieder geschrieben?« Fidelma setzte sich auf, rieb sich die Augen und schob vorwitzige Haarsträhnen zurück unter ihre Schlafhaube. Ich tat immer so, als wären es neue Briefe; dass sie so abgenutzt aussahen, konnte ich, wie ich meinte, auf den langen Reiseweg schieben. Doch in Wahrheit hatte ich von Cesare nichts mehr gehört, nicht einmal auf den Brief mit Lucrezias Gedicht an Bembo war eine Antwort gekommen. Vielleicht hatte Donna Lucrezia sie abgefangen. Dabei hatte ich alles getan, um den Brief geheim zu halten, indem ich einen Boten gewählt hatte, dem Angela und Giulio vertrauten und den ich niemals mit Vittorio hatte sprechen sehen, der also wahrscheinlich nicht in Cesares Diensten stand. Aber Gewissheit zu erlangen, war unmöglich.

»Was schreibt er?«, fragte Fidelma.

... wisst Ihr, dass vor zwei Jahren ein Deutscher an der Universität von Bologna lehrte ... Wenn wir nicht im Mittelpunkt des göttlichen Universums stehen, wozu sind wir dann

auf Erden? Ja, was schrieb er eigentlich? Was war das für eine Welt, in die ich bald ein Kind setzen würde?

»Ach, er erzählt mir, dass sein kleiner Bruder Giovanni gerade zum Herzog von Camerino ernannt worden ist, und dass er sich über das Krönchen ebenso freut wie über das Amtspersonal, das ihm zur Verfügung gestellt wurde, weil er mit den Leuten jetzt Ringwerfen spielen kann.« Das hatte ich von Donna Lucrezia erfahren.

»Es kann einfach nicht so weitergehen, dieser Amtsmissbrauch durch die Päpste.«

»Worauf wollt Ihr damit anspielen?« Ich riss meinen Blick von Cesares Handschrift los und meinen Geist von der Frage, was in ihm wohl vorging, und sah zu ihr hinunter. Sie hatte die Arme um ihre knochigen Knie unter dem Federbett geschlungen, und ihr Antlitz glühte, aber vor Eifer, nicht vom Kerzenlicht. Es war ein intelligentes Gesicht, aber trotzdem hässlich, so hässlich.

»Fra Raffaello sagt …« Ich schnaubte verächtlich, aber sie ließ sich nicht davon beeindrucken. »Fra Raffaello sagt, es gibt eine Gegenbewegung. Angefangen hat es mit Fra Girolamo, doch er hat den Fehler begangen, die Verbindung zwischen Geistigem und Weltlichem wahren zu wollen. Man muss das beides trennen. Es kann nicht angehen, dass Gottes Diener dadurch verdorben werden, dass sie Eigentum besitzen oder weltliche Macht ausüben. Die Kirche muss wieder zu den alten Prinzipien von Verzicht und Keuschheit und der Kraft des Gebetes zurückfinden.«

»Ich bin mir sicher, dass Cesare genauso denkt. Vergesst nicht, er hat sich entschlossen, die Kirche zu verlassen, weil er seine Gelübde nicht einhalten konnte. Zumindest ist er kein Heuchler.«

»Seine Eheversprechen einzuhalten gelingt ihm offenbar auch nicht besser.«

Ich errötete. Es war, als hätte jemand in meinem Bauch eine Kohlepfanne entfacht und würde den Flammen zufächeln.

»Aber er hält sich immerhin an sein Gelübde gegenüber der Kirche. Als Ordensgeneral ihres Heeres. Keinem anderen ist es gelungen, die päpstlichen Staaten unter Kontrolle zu bringen.«

»Unter wessen Kontrolle? Ja doch wohl nicht die des Papstes?«

Obwohl es niemals offen zugegeben wurde, galt es inzwischen als gesichert, dass Cesare seine Aufmerksamkeit über die Romagna hinaus bis Bologna, ja sogar bis Florenz und Rom ausgeweitet hatte. Da Frankreich und Spanien sich wieder einmal um Neapel stritten, hieß es hinter vorgehaltener Hand, würde er sich hinter ihrem Rücken zum König von Italien aufschwingen.

Und dann, dachte ich, bräuchte er einen Erben.

»Er tut also genau das, was Ihr und Euer Fra Raffaello erreichen wollt. Er trennt die Kirche vom Staat.«

Fidelmas Augen, die dunkel und eigentlich recht schön waren, obwohl sie etwas hervorstanden, wanderten unsicher durch den Raum. »Euer Glück, dass aus diesen Wänden mit all den Teppichen nichts nach draußen dringen kann«, sagte sie. »Es gibt wohl kaum jemanden, der Euch das gern sagen hören würde. Ich vermute sogar, dass nicht einmal Euer … Geliebter es so unverblümt ausdrücken würde.«

Ich kam mir dumm vor. Ich, die Favoritin aus Rom, Valentinos Geliebte, musste mich von diesem grobknochigen Provinzmädchen zurechtweisen lassen. »Natürlich tut er nichts in der Art. Ich bin müde. Ein so ernstes Thema zu dieser nächtlichen Stunde verwirrt mich.«

»Dann löscht die Lichter, und legt Euch hin.«

Ich blies die Kerzen aus und krabbelte wieder ins Bett, konnte jedoch nicht einschlafen. Fidelma offenbar ebenso wenig. Einen Moment lang hörte man nichts außer dem Rascheln der Decken, unter denen ich es mir mit meinem Bauch behaglich zu machen und mit denen Fidelma ihre Knochen auf dem Boden abzupolstern versuchte. Dann erklärte sie:

»Mein Vater hat mir geschrieben, der Papst habe die Juden in Rom mit einer Steuer belegt, um das Geld für Cesares Kriegsspiele aufbringen zu können. Er sagt, die Schatzkammern von Sankt Peter geben nicht genug her, um den Wiederaufbau seiner Städte zu bezahlen und dann auch noch die neuen Waffen, die er in Burgund kauft, um die gleichen Städte wieder zu zerstören.« Im Gegensatz zu mir stand Fidelma in regelmäßigem Austausch mit ihrer Familie.

Doch es fiel mir schwer, dem Bericht von Fidelmas Vater Glauben zu schenken. Der Papst würde das tun, was er stets getan hatte. Er würde sich von Männern wie meinem Vater Geld leihen, Männer, die wie der Papst selbst Spanier waren und denen dies mehr galt als ihre jüdische Herkunft. Und sie würden seiner Bitte nur allzu gern folgen.

*

Als meine Stunde näher rückte, schien all meine Kraft allein vom Warten aufgezehrt zu werden. Selbst als Madonna eines Tages mit einem Beutel aus zypressengrünem Samt mit Cesares Wappen in Goldstickerei zu mir kam, konnte ich nicht mehr aufbringen als träge Neugier. Mein Rücken schmerzte, meine Brüste waren heiß und wund, und meine Füße so geschwollen, dass ich mich auf Angela stützen musste, um nicht zu taumeln, als ich mich vor Madonna verbeugte. Inzwischen stimmte mich die Erinnerung an Cesare und das kurze Vergnügen mit dem jähen Ende, das er mir geschenkt hatte, eher ärgerlich als rührselig.

»Die Schreiner haben die Wiege gebracht«, sagte Madonna, während sie mit der Fußspitze prüfend gegen den Zugluftschutz unter der Tür tippte. »Ich wünschte, Ihr könntet sie sehen, aber sie ist zu groß, um sie hier hereintragen zu lassen, ohne dass es ungemütlich wird. Die Tür müsste zu lange geöffnet bleiben. Inzwischen sind auch genügend Schwanendaunen für zwei Federbetten getrocknet, also wird von jetzt an weniger gespielt und mehr gestickt, meine Damen.« Zustimmendes Gemurmel begleitete das leise Klatschen, mit denen sie ihre Spielkarten auf den Tisch warfen.

»Ich habe etwas für Euch«, fuhr sie fort und reichte mir das kleine Samtsäckchen. »Öffnet es!« Ich strich mit den Fingern über den Beutel. Ob ich, auch wenn alle Vernunft dagegen sprach, vielleicht doch einen Brief darin finden würde? Beim Öffnen verhakte sich einer meiner Fingernägel in dem goldenen Band. Und als ich die Hand hineinschob, schloss sie sich um einen Stein, der in seiner Größe vielleicht dem Ei eines Singvogels glich und auf einem filigranen, mit Diamanten verzierten Gestell aus gehämmertem Gold ruhte. Beim Herausziehen hörte ich ein leises Klirren, das an eine in weiter Ferne über feinen Kies ablaufende Welle erinnerte.

»Das ist ein Adlerstein«, sagte Madonna, als ich den milchig-wässrigen Kristall vor eine Kerze hielt und die kaum erkennbaren winzigen Bruchstücke in seiner hohlen Mitte betrachtete, die flüsternd umherkullerten, wenn ich den

Stein drehte. »Seht Ihr, er ist wie eine winzige Gebärmutter voller glitzernder Samen. Er wirkt sich wohltuend bei Wehenschmerzen aus und erleichtert die Geburt. Mein Bruder hat ihn geschickt. Dieser Stein wird dafür sorgen, dass Euer Kind von Glanz umgeben sein wird. Ihr müsst ihn stets an Eurer rechten Seite tragen.«

Sobald sie dies gesagt hatte, wusste ich, dass es ihre eigene Idee gewesen war. Sie hatte den Stein besorgt, vielleicht bei irgendeinem Quacksalber an der Via delle Volte, und sie hatte das Säckchen mit Cesares Wappen besticken lassen. Ich hatte das Gefühl, in einer Falle zu sitzen, gefangen in dem Gespinst, das die beiden umgab, geknebelt von all den Worten und Gedanken, die sie miteinander austauschten. Plötzlich wollte ich nur noch fort. Ich kämpfte mich auf die Füße und stürzte Richtung Tür. Mein Ärmel geriet in eine Kerzenflamme. Als ich mich umdrehte, um das Feuer mit der anderen Hand auszuschlagen, blieb ich mit dem Fuß im Saum meiner *cioppa* hängen und fiel hin.

Madonna, Angela und die restlichen Frauen halfen mir eilends wieder auf die Füße und zurück ins Bett. Dabei spürte ich noch keine Schmerzen. Erst als sie aufhörten, hektisch Kissen aufzuschütteln, die rote Samtdecke zu glätten und den angesengten Saum meines Ärmels abzuschneiden, breitete sich ganz unten an meiner Wirbelsäule ein seltsames Gefühl aus, eine Schwere, die sich bis zwischen meine Schenkel ausdehnte, wo sie hängen blieb wie ein Kummer. Bis ich unvermittelt ganz dringend urinieren musste. Man brachte mir das Nachtgeschirr, ich hob meine Röcke und ging in die Hocke, unter den Armen von zwei Hofdamen gestützt. Innerhalb von Sekunden lief der Topf über und der türkische Teppich, auf dem er stand, saugte sich voll.

»Das Fruchtwasser«, sagte ich. Meine Stimme klang schwach und leidend, obwohl ich nicht beunruhigt war. Madonna lief rastlos durch das Zimmer, bellte Befehle wie einer der Feldwebel ihres Bruders, und dann kamen die ersten Schmerzen.

Angefüllt mit einer Energie, die zu groß schien, um in meinem Körper Platz zu finden, lief ich in meinem kleinen Zimmer auf und ab, stieß gegen Möbel, schüttelte die Hände der anderen Frauen ab, schimpfte auf Madonna ein, ich bräuchte frische Luft, da ich, wenn ich diesen vier vollgehängten Wänden nicht entrinnen konnte, zerplatzen würde wie ein faule Melone.

»Tief einatmen«, befahl die Hebamme, als die nächste Wehe kam.

»Und was? Den Rauch?«, schrie ich, über einen niedrigen Stuhl gebeugt. Dessen Lehne brach unter meinen Händen ab, und ich schleuderte sie gegen die Hebamme. Sie wich aus, als hätte sie darin Übung.

Später überkam mich Erschöpfung, Rücken und Beine schmerzten mir, und ich legte mich aufs Bett. Ich musste wohl eingeschlafen sein, denn als ich erwachte, waren die Teppiche vom Boden entfernt und mitten im Raum war der Geburtsstuhl aufgebaut worden. Ich hatte mit meiner Mutter gesprochen. Man müsse, so hatte sie mich erinnert, den Kopf eines jungen Hahns über die Tür des Geburtszimmers nageln, um die Geister fernzuhalten, die darauf lauern, das Kind mitzunehmen. Als ich die Augen öffnete, kauerte Angela neben mir und betupfte mir Stirn und Schläfen mit Rosenwasser. Ich packte ihr Handgelenk. Die kühle Flüssigkeit tröpfelte mir ins Ohr, sodass es mir vorkam, als könnte meine Stimme nicht aus meinem Schädel entkommen.

»Ich brauche den Kopf eines jungen Hahns«, sagte ich zu ihr.

»Wozu?«

»Das ist ein jüdischer Brauch«, erklärte Fidelma.

»Dann ist es hier fehl am Platz«, erwiderte Madonna.

»Schmeißt die dürre Ziege hier raus«, stieß ich zwischen zusammengebissenen Zähnen hervor. Doch dann setzte eine neue Wehe ein. Ich sah, dass Donna Lucrezia ihren grauen, forschenden Blick auf mich gerichtet hatte.

»Lasst aus meiner Küche den Hahnenkopf bringen, Angela. Aber wir wollen ihr auch das Gebet zur heiligen Margareta an das linke Bein binden. Wir müssen alles tun, was wir können.«

Als Madonna ankündigte, sie müsse zum Abendessen gehen, da der kaiserliche Gesandte mit seiner Frau zu Gast sei, schoss mir durch den Kopf, dass sie ein Abendessen sicher schon verpasst hatte. Als ich bedachte, wie sehr sie mich umsorgte, kamen mir die Tränen, und ich begann zu weinen. Aus den lauten, rauen Schluchzern wurde Stöhnen und Schreien, denn wieder zerrissen die Wehen mir den Leib und drängten mir die Luft aus den Lungen.

»Ich schaffe das nicht«, wimmerte ich, während das Monster in meinem Bauch tief einatmete. »Ich will sterben.«

»Nein, das willst du nicht.« Auch Angelas Gesicht war bleich und schweißüberströmt, das Haar hing ihr in die Augen und klebte an ihren Wangen. »Denk an …« Ihr Blick zuckte durch den Raum, als hinge das, woran ich denken sollte, zwischen den Spinnweben in den Ecken. Vielleicht tanzte es auch im Qualm der Kerzen. »Denk daran, wie bald du wieder schlank sein und hübsche Kleider tragen wirst. Und Cesare triffst.«

Ich glaube, ich habe sie geschlagen. Ich wollte ihr Schmerzen bereiten, wie ich Schmerzen litt. Vor allem aber wollte ich beim Blick in ihr langes, ernstes Gesicht mit den großen Augen, der schmalen Nase und den roten Haaren Cesare verletzten. Monatelang hatte ich alles hingenommen, mir Entschuldigungen für ihn ausgedacht und Hoffnungen gemacht. Luftschlösser gebaut. Ob ich lachte oder schrie – ihm war es einerlei.

»Glaubst du, ich lasse mir von diesem Hurensohn noch mal den Schwanz reinstecken? Nach all dem, was ich hier erlebe?«

Plötzlich war es so still, als wäre der Raum selbst vor Schreck erstarrt. Von irgendwo zwischen den umhereilenden Schatten kam eine Stimme, nur eine Stimme, die einer jeden der Damen aus Madonnas Hofstaat hätte gehören können. »So dürft Ihr über den Herzog nicht sprechen.«

»Unsinn. Ich glaube mich zu erinnern, dass ich über den Herzog von Bisceglie fast das Gleiche gesagt habe, als unser Sohn zur Welt kam. Im Dunklen sind alle Katzen grau.« Madonna war also zurückgekehrt. »Wie geht es voran?«

Die Hebamme packte meine Knöchel und zog mich so weit vom Bett, dass mein Gesäß auf der Kante ruhte. Dann rollte sie meine Hemden hoch und wies mich an, die Beine zu spreizen und die Knie zu beugen.

»Der Kopf hat sich schon gut gesenkt, Herzogin, und der Geburtskanal ist geöffnet. Zeit für den Stuhl, würde ich sagen.«

Meine Dienerinnen halfen mir vom Bett auf den Geburtsstuhl und blieben neben mir, um mich zu stützen, denn das einfache, V-förmige Gebilde hatte nur eine niedrige Rückenlehne und keine Armlehnen. Ich spürte die Holzlatten, die sich in meine Oberschenkel bohrten. Die Hebamme kniete vor mir, um mit ihren groben, frisch gewaschenen Händen das Kind in Empfang zu nehmen. Und während ich beim nächsten Zusammenziehen der Muskeln in meinem Leib von einer unvermeidlichen Panik erfasst wurde, begriff ich in vollem Ausmaß, was mir widerfuhr. Ich war sechzehn Jahre alt, unverheiratet, und ich wurde gerade Mutter. Wie sollte ich ein Kind großziehen? Ich war zu jung, zu erschöpft. Ich hatte keine Mutter, die mir beratend zur Seite stand. Das musste sofort aufhören, es durfte nicht geschehen.

»Haltet es an«, flehte ich. Doch niemand schien mich zu hören.

»Noch einmal pressen«, wies mich die Hebamme an.

»Jetzt«, sagte Madonna. Ich spürte ihren Atem in meinem Nacken. Sie kniete hinter mir, hatte die Hände unter meinen Brüsten verschränkt. Angela und eine der Ferrareser Damen ergriffen meine Arme. »Pressen! So stark Ihr könnt! Ich lasse Euch nicht fallen. Der Stein ist da, an Eurer Seite, und wir haben die heilige Margaret beschworen. Es wird schon gut gehen.«

Ich presste, weil mir nichts anderes übrig blieb, und auch, weil jetzt nur noch eines zählte: diese bedrückende Last aus meinem Körper auszustoßen. Das Blut pochte in meinen Schläfen, meine Knochen knackten. Ich atmete Salz ein und Eisen, Bienenwachs, Kampfer und schales Parfüm. Ich hielt den Atem an und presste noch einmal, und dann schwebte ich im Duft von Lavendelwasser, emporgetragen von Engelsschwingen aus gestärktem Leinen.

»Ein Junge!« Donna Lucrezias Gesicht tauchte über mir auf, glänzend und gerötet, mit wirrem Haar. Ich muss sie frisieren, dachte ich, aber ich war so müde.

»Ihr habt einen kleinen Sohn, Violante, und es ist alles an ihm dran. Seht nur. Er hat sogar rote Haare. Oh …«

»Was? Was ist los?« Mit Mühe setzte ich mich auf. Dabei spürte ich das eklige Glucksen von Blut, das in die Binden zwischen meinen Beinen sickerte. Etwas in ihrer Stimme sorgte dafür, dass ich die Welt wieder wahrnahm – angstvoll und in aller Schärfe.

»Er ist … gezeichnet.« Sie legte mir meinen Sohn in die Arme. Noch ungewaschen und glitschig wie ein gehäutetes Kaninchen lag er mit durchgebogenem Rücken auf seiner Decke und sah mich aus dunkelblauen Augen lange und unverwandt an. Sein karottenrotes Haar klebte in Löckchen, die an zertretene Schneckenhäuser erinnerten, an seinem Kopf. Seine langen Finger vollführten in der Luft komplizierte Bewegungen, als müssten sie erst lernen, wo die Grenzen menschlicher Hände liegen. Auf seinem linken Oberschenkel, an der gleichen Stelle, wo das Medaillon mit dem Gebet an die heilige Margareta auf meinem eigenen Oberschenkel einen Abdruck hinterlassen hatte, war seine Haut blau wie von einem Bluterguss. Das Mal, stellte ich fest, hatte die Form Spaniens, wie es auf den Landkarten meines Vaters zu sehen war. Ich musste lächeln, und dann machte sich diese Regung in einem Lachanfall Luft.

»Das ist die *mancha mongolica.* Damit werden in meiner Familie alle Kinder geboren. Aber im siebzehnten Lebensjahr verschwindet es, ohne Spuren zu hinterlassen.«

»Aber was bedeutet es? Ist es ein Fluch, oder bringt es Glück?«

»Es zeigt, dass er ein Jude ist«, sagte ich, doch Madonna schien mich nicht zu hören.

An Elisabetta Senese gewandt sagte sie: »Lasst den Schreiber mein Haushaltsbuch bringen. Wir müssen die Geburtszeit festhalten und sein Horoskop erstellen lassen.« Von der Hebamme wollte sie wissen: »Habt Ihr von der Kerze die Stunde abgelesen, als wir die Nabelschnur durchschnitten? Es war kurz nach der achtzehnten, glaube ich.«

»Ja, Herzogin, ungefähr in der Mitte zwischen der achtzehnten und der neunzehnten Stunde. Und Ihr werdet sehen, ich habe ein rechtes Stück Nabelschnur drangelassen, damit er ein richtiger Mann wird, wenn er heranwächst.« Hier und da war Gekicher zu hören, und ein paar derbe Scherze wurden ausgetauscht. Wir Frauen in diesem von Gebärmutterdunst geschwängerten Raum gaben uns schon seit einer Weile nicht mehr den Anschein, wir hätten Respekt vor dem Mannsvolk. Sollte die Welt sie dafür preisen, dass sie Söhne zeugten. Wir wussten es besser.

Dann begann etwas an meiner Selbstzufriedenheit zu nagen, etwas, das mir durch die Bemerkung über Haut und Abschneiden in Erinnerung gerufen worden war.

»Wie wollt Ihr ihn nennen?«, fragte Madonna, während mir eine der Frauen das Kind aus den Armen nahm, um es zu waschen und zu windeln. *Bris mila,* das war es. Ich konnte ihm keinen Namen geben, ehe er nicht am achten Tag beschnitten worden war.

»Habt Ihr Euch noch nicht entschieden?«, hakte Madonna nach.

»Girolamo«, erwiderte ich rasch, weil ich die glänzenden Augen all dieser lächelnden Christenfrauen erwartungsvoll auf mir ruhen spürte. »Nach meinem Vater.« Mit diesen Worten überraschte ich mich selbst. Es stimmte, über einen Namen hatte ich bisher noch nicht nachgedacht. Offenbar hatte ich tief in meinem Inneren die Gewissheit gespürt, dass mir ja noch die sieben Tage der göttlichen Schöpfung zur Verfügung standen, um für ihn einen Namen auszusuchen. Aber auch davon abgesehen hatte ich nicht erwartet, dass es der meines Vaters sein würde.

»Gut. Sehr passend. Und außerdem natürlich Cesare.«

Ich betrachtete meinen Sohn, der in Angelas Schoß lag. Sie hatte angefangen, ihn zu pucken, und streckte gerade seine Arme, ehe sie das Leinenband um seine Schultern wand. Ich verschlang ihn mit den Augen. Er war so vollkommen in seiner Nacktheit, die jetzt Stück für Stück verhüllt wurde, so vollkommen, wie ihn der Schöpfer geschaffen hatte – ihn und einst seinen Vater.

»Und Giulio«, sagte Angela. »Giulio sollte einer seiner Paten werden. Girolamo Giulio Cesare. Wie klingt das?«

»Fast so lang, wie er groß ist.«

»Er wird damit zurechtkommen, wenn er heranwächst.«

Und er würde als ein Ganzes heranwachsen, nichts von dem, was Cesare und ich ihm mitgegeben hatten, sollte ihm genommen werden. Mögliches Leid konnte ihn nicht besser machen, als er jetzt schon war. »Möchtest du seine Taufpatin sein?«, fragte ich sie. »Eine bessere kann ich mir nicht denken.«

Angela wandte sich mit einem zweifelnden Blick Donna Lucrezia zu, die aber winkte ab. »Ich bin seine Tante«, sagte sie. »Teilen wir uns die Ehre. Er soll so viele Beschützer haben wie nur möglich.«

»Und so viele Geschenke«, fügte Angela hinzu.

»Gib ihn mir«, bat ich. »Er hat bestimmt Hunger.«

Als ich ihn an die Brust legte und das kräftige Saugen an meiner Brustwarze spürte, wurde ich von einer Art stiller Kraft durchdrungen, einem köstlichen Wohlgefühl, das die krampfartigen Schmerzen in meinem Leib und das durch die blutigen Tücher zwischen meinen Beinen verursachte Unbehagen vertrieb. Ich beugte mich über ihn und küsste sein flaumiges Köpfchen, überwältigt vom Wunder seines Daseins.

*

Weil in der Stadt das Fieber ausgebrochen war, beschloss Madonna, Girolamo unverzüglich, also lange vor meinem Dankgottesdienst, taufen zu lassen. Ich würde an der Zeremonie nicht teilnehmen können, umso wichtiger war es mir, den richtigen Mann zu seinem zweiten Taufpaten zu wählen. Ich hätte mich gern für Ferrante entschieden. Allerdings fühlte ich mich seit Catherinellas Tod in seiner Gegenwart nicht mehr sonderlich wohl. Er erschien mir wie eine Verkörperung meines schlechten Gewissens und verdarb mir auch die kostbaren Erinnerungen an Cesare. Doch mit seinem Handeln hatte er just den Mut und das Mitgefühl bewiesen, die ich mir für meinen Sohn wünschte und zu denen ich selbst, wie es schien, nicht fähig war. Ich wollte Girolamos junges Leben gern als eine Wiedergutmachung für das gewaltsame Ende von Catherinellas Leben sehen können.

Da wir nicht verwandt waren, hatte Ferrante mich während meines Wochenbettes nicht besuchen dürfen, aber er hatte uns Geschenke geschickt. Ich versuchte, ihm zu schreiben, doch jedes Mal, wenn ich die Feder auf das Papier setzte, schienen sich die Zeilen auf dem Blatt in die tätowierten Kreise auf Catherinellas Wangen zu verwandeln. Gewöhnlich brach ich dann in Tränen aus, die auf das Papier tropften und meine Worte verschwimmen ließen.

Von den Männern bei Hofe war es nur Taddeo als meinem

anverlobten Gemahl gestattet, das Wöchnerinnenzimmer zu betreten. Also bat ich schließlich ihn, Girolamos Pate zu werden. Er errötete vor Freude und war nicht in der Lage, mir in die Augen zu sehen. Als er zusagte, verzogen sich seine Lippen zu seinem kläglichen Verehrerlächeln. Doch ich ließ mich nicht täuschen. Seine Augen funkelten auf eine ganz gewisse Weise, als er mir erklärte, wie geehrt er sich fühle und dass dies ein festes Band zu meinem Sohn knüpfen würde, dem er in allem ein Vater sein werde außer im Blute.

Früher am Tag war ein Schiff aus Cesenatico eingetroffen. Um seine Ladung von den Hafenanlagen zum Schloss zu befördern, hatte es sechs Maultieren bedurft, berichtete mir Angela in neckendem Ton, in den sich Vorfreude und eine gewisse vorsichtige Bewunderung mischten. All diese Dinge waren unter der Aufsicht eines in Cesares Diensten stehenden Haushofmeisters für mich, oder besser gesagt für Girolamo und mich herbeigebracht worden.

Da waren viele Ellen Stoff verschiedenster Art, von ägyptischer Baumwolle und Brüsseler Spitze für Wickelbänder bis hin zu schweren, gemusterten Samt- und Brokatstoffen, aus denen Gewänder geschneidert werden konnten, die der Mutter des Erben des Herzogs der Romagna würdig waren. Neben der Wiege warteten zusammengefaltete Vorhänge aus weißem, mit goldenen Sternzeichen besticktem Damast darauf, an die Bettpfosten geheftet zu werden. Ein Sortiment von Silberlöffeln spross aus einer *cuchiaiera* aus Elfenbein und Emaille.

Über mein Bett verteilt lagen Goldmünzen, mittels derer sich wie auf einer Landkarte Cesares Feldzüge verfolgen ließen: venezianische Dukaten und Florine der Medici, *louis d'or* und spanische *doblons,* Münzen aus der Währung von

Urbino und Pesaro sowie einige, die den Schlüssel von Sankt Peter zeigten.

Bei den Geschenken hatte ich einen in Cesenatico verfassten Brief gefunden, den ich unter meine Kissen geschoben hatte. Ich konnte es kaum erwarten, ihn zu lesen. Sobald Taddeo sich verabschiedet und zwischen Stoffballen und Dosen mit parfümiertem Wachs aus dem Zimmer geschlängelt hatte, zog ich ihn hervor und brach das Siegel.

Es war nicht Cesares Handschrift, sondern die seines Sekretärs Agapito.

Der werten und tugendsamen Monna Violante, begann der Brief. Bei dem Gedanken, wie der Sekretär und sein Herr bei dieser Anrede in sich hineingelacht haben mussten, wurde ich glutrot. Als ich weiterlas, begann ich innerlich zu frösteln, als sei mir all meine Körperwärme mit dem Blut in die Wangen gestiegen.

Wir entbieten unsere herzlichsten Glückwünsche und danken Gott für die glückliche Entbindung von Eurem Sohn … »Eurem« Sohn, hatte er geschrieben, nicht »unserem« Sohn, nicht »meinem« Sohn, sondern »Eurem« Sohn. Nun, er war einfach nur vorsichtig und bedachte bei seiner Wortwahl auch die mächtigen Interessen der Familie seiner Gemahlin. Seine aufwendigen Geschenke zeigten doch sicher, dass er Girolamo als seinen Sohn anerkannte, auch wenn er es vielleicht für klüger hielt, das nicht auszusprechen. Gierig überflog ich die Zeilen und suchte nach einem Zeichen, irgendeinem verschlüsselten Satz, der seinen Stolz und seine Freude und seine Liebe verriet.

Doch ich fand nichts anderes als eine halbe Seite förmlicher Floskeln und dann seine offizielle Unterschrift, *Dux Valentinus.* Plötzlich spürte ich eine furchtbare Einsamkeit wie ein Gewicht auf mir lasten. Um sie abzuschütteln, stieg ich aus dem Bett, ging durch das Zimmer zum Feuer und warf den Brief hinein. Das Wachssiegel warf Blasen und qualmte, der Stier und die Schlüssel und die Lilien schmolzen dahin. Gut, dachte ich, also gut. Bleiben nur noch Girolamo und ich, Girolamo und ich gegen den Rest der Welt.

*

»Lucrezia schreibt, dass sie sich Gedanken über deine Hochzeit macht.« Angela lag neben mir und las ihren Brief, während ich Girolamo stillte. Es kam mir vor, als würde er fast unentwegt an meiner Brust oder zum Windeln auf meinen Knien liegen. Er war ein ausgesprochen hungriges Kind. Wie sein Vater, hatte Madonna gesagt, und ich klammerte mich an diese Bemerkung. Auch wenn Cesare mir die kalte Schulter zeigte, wenigstens hatte er seiner Schwester gegenüber nicht geleugnet, dass er Girolamos Vater war. »Sie will, dass du heiratest und an den Hof zurückkehrst. Sie vermisst dich und deine … speziellen Dienste.«

»Du meinst meine Kurierdienste. Hier können wir frei reden, Angela. Hier sind wir praktisch aus der Welt.«

Wir befanden uns in Taddeos Haus in Occhiobello, für eine junge Mutter, die mit ihrem Neugeborenen in einer Sänfte reisen musste, von Ferrara eine volle Tagesreise. Der Augustnachmittag war heiß, und wir hatten uns in den Schatten eines von Mauern umgebenen Obstgartens an der Nordseite des Hauses zurückgezogen. Angela hatte sich bis aufs Unterhemd entkleidet, und ich hatte Girolamo von seinen Tüchern befreit, sodass er nach Herzenslust strampeln konnte.

Donna Lucrezia hatte Angela überredet, mich in mein

neues Zuhause zu begleiten. Dies gäbe ihrem Wort mehr Gewicht, wenn sie Herzog Ercole der Vermählung ihrer Cousine mit Giulio gewogen stimmen wollte. Er sollte sehen, dass Angela zu einem sittsamen und zurückhaltenden Lebenswandel in der Lage war und ihrer Freundin treu zur Seite stand. Außerdem hatte der Herzog Giulio auf eine Mission nach Venedig geschickt, wo er den beliebten Sänger Gian de Artigianova von seinem Dienst am Dogenhof abwerben sollte.

Als ich Girolamo an meine andere Brust legte, setzte sich Angela auf und küsste mich auf die Wange.

»Wofür war das?«

»Weil du so schön aussiehst. Es passt zu dir, all das – Kinder, das Land. Allmählich gewinne ich den Eindruck, dass du glücklich bist.« Jetzt, da Giulio verreist und Taddeo einen Großteil seiner Tage in Sachen Grundstückshandel unterwegs war, keimte zwischen Angela und mir die alte Vertrautheit wieder auf. »Cousin Cesare wird zufrieden mit dir sein.«

»Ach, ich glaube, ihm ist es eher egal.« Dass ich solche Worte je würde aussprechen können, hätte ich nicht für möglich gehalten. »Er erkennt Girolamo nicht an, weißt du.«

»Vielleicht nicht in Worten. Das ist nicht seine Art. Er tut seltsame, unverantwortliche Dinge, aber tief in seinem Herzen ist er vorsichtig und berechnend, wie katalanische Bauern es nun einmal sind. Auch Onkel Rodrigo. Er geht keine Wette ein, ohne sich zuvor abgesichert zu haben.«

»Das kann ich mir vorstellen.« Ich war zu dem gleichen Schluss gekommen, doch nach wie vor trug ich mich mit der Angst, er könnte anzweifeln, dass er Girolamos Vater war. Es widerstrebte mir, sie abzulegen, denn gegebenenfalls könnte sie mir irgendwann als Schutz vor weiteren Enttäuschungen dienen. Gut von Cesare zu denken, konnte ich mir nicht leisten, ich durfte meinen Vorrat an Liebe nicht an ihn verschwenden, denn ich musste jetzt für mein Kind da sein.

Ich wickelte Girolamo und legte ihn zum Schlafen auf die Decke. Er quengelte ein wenig, bis Angela ihn mit einer Feder am Bauch kitzelte und zum Lachen brachte. Dann wandte sich Angela mit der Feder mir zu. Sie zog damit eine feine Linie von meinem Hals bis zwischen meine Brüste. Ich hielt im Schnüren meines Mieders inne. Schließlich schlang ich die Arme um sie und küsste sie auf den Mund. Da sie so nahe war, hätte ich mir fast einreden können, ihr helles, feinknochiges Gesicht sei das meines Geliebten.

*

Arm in Arm lagen wir schlummernd auf der Decke. Girolamo schlief neben mir. Da hörte ich Taddeo meinen Namen rufen. Ich stieß Angelas Hand von meiner Schulter, rappelte mich auf, glättete meine Kleider und strich mir das Haar aus den Augen. Angela flüsterte irgendetwas, rollte sich auf die andere Seite und schlief weiter.

»Steh auf«, zischte ich, während ich ihr Mieder aufhob und ihr zuwarf. »Taddeo ist zurück.« Als Angela sich aufsetzte und die Augen rieb, begann Girolamo zu greinen. Sie nahm den Kleinen auf den Schoß und fing an, ihn anzuziehen. Gegen das Pucken sträubte er sich jedes Mal, und so steigerte sich sein Greinen bald zu einem ausgewachsenen Brüllen.

»Gib ihn mir. Sorg du lieber dafür, dass du anständig aussiehst.« Unsere Blicke begegneten sich, und wir kicherten wie zwei Schulmädchen, die man bei einem Streich erwischt hat.

»Da seid ihr ja.« Taddeo bemühte sich, beim Anblick meines offenen Haares, meiner unordentlichen Kleider und des nackten Säuglings in meinen Armen zu lächeln. Die pastorale Madonna. Aber es gelang ihm nicht recht, seine Züge zu kontrollieren. Sein Mund verzog sich eher zu einer Grimasse.

»Wir haben hier draußen gegessen«, sagte ich. »Möchtet Ihr einen Becher Wein?«

»Was …? Nein … ich … ich habe Neuigkeiten.« Sein Tonfall ließ mich Schlimmes ahnen. Wie Eiswasser tropften seine Worte in die träge Schwüle des Nachmittags. Angela hatte ihr Mieder fertig geschnürt, stand auf und stieg in ihren Rock. Ich drückte Girolamo wie einen Schild an meine Brust.

»Ihr müsst fort. Beide. Sofort. Der Papst ist tot«, platzte Taddeo heraus.

»Onkel Rodrigo? Unmöglich«, sagte Angela. Aber natürlich war es möglich. Immerhin zählte er schon mehr als siebzig Jahre. Angela begann zu zittern. Ihre Finger nestelten ungeschickt an den Rockbändern, während sie leise und klagend schluchzte. Zunächst hatte sie die Lippen zusammengepresst, aber dann öffnete sie den Mund und begann zu schreien. Ich wollte ihr beruhigend die Hand auf die Schulter legen, doch der inzwischen brüllende Girolamo krümmte und wand sich, sodass ich ihn nur mit beiden Händen festhalten konnte. So kam es, dass ich Taddeos nächste Bemerkung fast überhört hätte.

»Gift«, sagte er. »Der Herzog, heißt es, wird auch sterben.«

»Der Herzog? Ihr meint …?« Mein Gehirn war wie verlangsamt, vollgesaugt gleich einem nassen Schwamm. Ich nahm seine Worte zwar auf, doch sie drangen nicht zu mir durch.

»Cesare«, sagte Taddeo und hüstelte verlegen, weil er Cesares Vornamen so gut wie nie benutzte. »Inzwischen ist er wahrscheinlich schon tot.«

Ich drückte mein Kind so fest an mich, dass ich das Gefühl hatte, sein kleiner Brustkorb würde mit der Krümmung meiner Hand verschmelzen. Girolamo seufzte auf und schlummerte unmittelbar darauf ein. Ich empfand nicht die Trauer, für die ich mich gewappnet hatte. Stattdessen verspürte ich Wut, eine kalte und klare Entrüstung, die in mir den Wunsch weckte, Taddeo zu schlagen, mich andererseits aber warnte, besser darauf zu verzichten. »Er ist nicht tot. Wenn er tot wäre, würde ich es wissen. Er wird nicht sterben.«

Vielleicht übertrug sich meine unbarmherzige Ruhe auf Taddeo, jedenfalls konnte er mir nun endlich in die Augen sehen. »Was Euch und mich betrifft, *madama,* könnte er ebenso gut tot sein. Welche Macht bleibt ihm denn noch ohne seinen Vater? Wie lange wird es dauern, bis die, die er vertrieben hat, in ihre Städte zurückgeschlichen kommen und bis er im Dunkel der Nacht in den Tiber geworfen wird wie Unrat? Oder sein Bruder, der Herzog von Gandia?«

»Ihr habt also nie die Absicht gehabt, mich zu heiraten? Ihr wusstet doch, dass der Vater des Herzogs alt war und jederzeit sterben konnte.«

»Tut mir den Gefallen und zweifelt nicht an meinem Wort, *madama.* Schließlich habe ich mein Versprechen gehalten, und das, obwohl der Herzog seinen Bastard nicht anerkannt hat.«

Tränen schossen mir in die Augen, und es schnürte mir vor Traurigkeit die Kehle zusammen.

»Und was hat sich geändert?«

»Gift, *madama,* Gift. Es zeigt mir, dass der Herzog nicht mehr weiß, wo seine Grenzen sind. Er ist unvorsichtig geworden. Unvorsichtige Männer verlieren ihre Staaten ebenso schnell wie ein paar Socken oder ein Knobelspiel.«

»Wir werden sehen, was Donna Lucrezia dazu zu sagen hat«, meinte Angela.

»Ich vermute, sie wird das tun, was ihr Gatte von ihr erwartet.«

»Komm, Violante, wir kehren nach Ferrara zurück.« Mit einer hochmütigen Kopfbewegung wandte sie sich von Taddeo ab und schob mich vor sich her. »Ihr werdet uns doch sicher Pferde zur Verfügung stellen, Ser Taddeo, und sei es nur, damit wir so schnell wie möglich aus Eurem Blickfeld verschwinden.«

Er antwortete nicht gleich, und obwohl ich mich zwang, nicht zurückzublicken, spürte ich, dass sich in ihm ein Kampf abspielte, der durch die dicke, von Pfirsichduft erfüllte Luft zu spüren war. Dann sagte er, deutlich freundlicher als zuvor: »Ihr könnt meine Kutsche nehmen, Violante, und alles an Vorräten, was Ihr für die Reise braucht.«

*

Bei unserer Ankunft in Ferrara fanden wir das Schloss verlassen vor. Der Hofstaat war nach Medelana umgezogen. Wir schickten die Kutsche zurück nach Occhiobello und machten uns zu Pferde auf den Weg in die Berge. Während wir im Herrensitz und mit Steigbügeln – wie zwei Marketenderinnen, sagte Angela – dahinritten, fragten wir uns wohl beide, ob das etwa das Schicksal war, das die nun plötzlich beängstigende und ungewisse Zukunft für uns bereithielt.

Wie wir wussten, gab es in Quartexana einen Gasthof, in dem Reisegruppen auf dem Weg von Ferrara nach Medelana gewöhnlich Station machten. Ich war strikt dafür, dort nur zum Pferdewechsel anzuhalten, doch Angela ließ sich nicht davon abbringen, über Nacht zu bleiben. Es wäre reiner Wahnsinn, nach Einbruch der Dunkelheit weiterzureisen.

In der Gaststube überschlugen sich die Gerüchte. Obwohl wir unser Abendessen in einer abgetrennten Nische zu uns nahmen, konnten wir die Gespräche der übrigen Gäste durch die zugezogenen Vorhänge deutlich verstehen – böse Worte, die das Essen auf unseren Zungen in Asche verwandelten.

»Man sagt, der Heilige Vater habe bei seinem letzten Atemzug einen Pakt mit dem Teufel geschlossen.«

»Ausgerechnet mithilfe seines Beichtvaters.«

»Er hat um ein paar mehr Jahre gebeten, habe ich gehört.«

»Und der Teufel war gleich neben ihm, maskiert als ein schwarzer Affe.«

»Ich habe gehört, der alte Säufer war so aufgedunsen, dass sein Leichnam nicht mehr in den Sarg passte.«

»Und die Leute des Herzogs haben seine Gemächer so gründlich geplündert, dass nicht einmal eine Robe übrig war, in der man ihn hätte beerdigen können.«

Während ich versuchte, das zähe Hammelfleisch mit einem Schluck dünnen Weines meine Kehle hinunterzuspülen, sah ich Angela an. In ihrem unglücklichen Gesichtsausdruck sah ich mein eigenes Elend gespiegelt. Wie lange mochte der Papst wohl schon tot sein? Selbst ein Gerücht kann sich nur so rasch verbreiten, wie ein schnelles Pferd vorankommt. Und sogar wenn Cesare noch am Leben gewesen war, als diese Märchen über das Ende seines Vaters aus Rom herausdrangen, konnte es sein, dass er inzwischen tot war.

»Lass uns noch heute Nacht weiterreisen«, flüsterte ich Angela zu, halb erstickt an einem Knorpelstück. »Hier sind wir nicht sicher.«

»Niemand weiß, wer wir sind, meine Liebe. Woher sollten sie auch? Und ich schwöre dir, noch ein bisschen weiter heute, und mir fallen alle Zähne aus.« Sie sah mich mit breitem Lächeln an. »Stell dir vor, ich müsste Giulio als zahnloses altes Weib gegenübertreten.«

»Glaubst du, Cesare ist auch tot?«

»Cesare? Der hat die Konstitution eines Ochsen und eine entsprechende Verdauung. Ich glaube, es gibt kein Gift, das Cesare umbringen könnte.«

Ich dachte an das schwächliche Kind, das Madonna mir so eindringlich geschildert hatte. Von Brotsuppe und Ziegenmilch habe es gelebt, und an heißen Nachmittagen um Luft gerungen, die Lippen und Fingernägel schlehenblau. »Aber wer es einmal probiert hat, wird es noch mal versuchen. Mit einer sichereren Methode. Einer Klinge, oder der *garotta.*« Die bevorzugte er selbst.

»Wenn sie es versucht haben – und vergiss nicht, wir wissen das nicht sicher – dann werden sie kein zweites Mal Gelegenheit dazu haben. Jetzt komm, wir sind müde. Morgen früh sieht alles weniger düster aus.«

Sie hatte recht. Selbst nach dem abscheulichen Frühstück – Roggenbrot, mit dem man Schuhe hätte besohlen können, und ein Käse, der so salzig war, dass er auf der Zunge brannte – war es unmöglich, nicht voller Zuversicht zu sein. Kleine Blümchen, duftende Kissen aus Steinbrech und Wacholder sowie Enzian, dessen jungfräuliches Blau vom Himmel gepflückt schien, säumten unseren Weg. Blasse graue Steine knirschten wie Zucker unter den Hufen der Pferde, und das Wasser der schnell dahinfließenden Bäche schmeckte nach klarer Bergluft. Doch als wir mit klappernden Hufen in Medelana einritten und das Landhaus betrachteten, das auf einem Hügel über der Stadt thronte, ließ mich der Anblick der hohen, fensterlosen Umfassungsmauer, die in einen Himmel vom zarten Blau eines Rotkehlcheneis emporwuchs, erschauern.

*

Ippolito begrüßte uns im Hof. Seine Soutane wurde vom stauberfüllten Wind gegen seine Beine geweht, während er den Stallknecht fortscheuchte und unsere Pferde selbst hielt, als wir abstiegen. Er bedachte Girolamo, den ich aus seinem Körbchen hob und den er noch nie gesehen hatte, zwar mit einem flüchtigen Lächeln, wirkte aber trotzdem besorgt und bedrückt. Weder gab er uns einen Kuss noch äußerte er sich dazu, dass wir ohne Begleitschutz, ohne Hut und sonnenverbrannt wie zwei Bauernmädchen ankamen.

»Ich musste es ihr sagen«, erklärte er. »Lieber Himmel, ich wünschte, Ihr beiden wäret hier gewesen. Es war furchtbar. Ich habe schon befürchtet, sie würde den Verstand verlieren.« Wenn ich an die Szenen in Belfiore dachte, nachdem sie von Cesares Einfall in Urbino gehört hatte, glaubte ich das sofort. »Und wisst Ihr, wer am besten mit ihr zurechtkam? Fidelma und diese hohlköpfige Elisabetta Senese.«

»Bringt Ihr uns gleich zu ihr?«, bat Angela. Wollte denn niemand endlich mal auf den Punkt kommen?

»Gibt es etwas Neues von Cesare?«, fragte ich. Ippolito schüttelte den Kopf.

»Heute Morgen hat sie einen Brief von Cosenza bekommen. Cesare hält noch durch, aber nur gerade so eben, nach allem, was man hört. Der Vatikan ist abgeriegelt. Keiner kommt hinein oder heraus, nicht einmal zum Begräbnis Seiner Heiligkeit. Dafür ist Michelotto zuständig. Cesare schwebt die meiste Zeit im Fieberwahn, heißt es. Cosenza bemüht sich nach Kräften, Lucrezia Mut zu machen, doch wenn man zwischen den Zeilen liest, geht es da drin wohl zu wie in Dantes Inferno.«

»War es Gift?«, fragte Angela.

»Cosenza glaubt das nicht. Die Ärzte erklären übereinstimmend, es sei das Sumpffieber. Das hat diesen Sommer offenbar besonders zugeschlagen. Leider hält Cesare sie alle im Palast unter Verschluss, in seinem Schlafzimmer, um genau zu sein. Darum, so sagt Cosenza, kann niemand durch eine Bekanntmachung den wild wuchernden Gerüchten Einhalt gebieten.«

»Aber er kann wieder gesund werden. Das Sumpffieber überleben viele, und er ist jung und kräftig.«

»Ach, Violante, wenn deine Liebe Medizin wäre, wäre er jetzt schon gesund.« Angela lachte leise und drückte meinen Arm, doch Ippolitos Miene blieb düster und besorgt. Frauenherzen widmete er jetzt sicher keinen Gedanken.

»Wer ist hier?«, fragte Angela bemüht beiläufig, während wir die breiten, niedrigen Stufen vom Hof zum ersten Stock emporstiegen. Die Bougainvillea trugen so spät im Sommer keine Blüten mehr, nur staubbedeckte Blätter rankten sich am Laubengang entlang.

»Giulio ist mit unserem Vater in Belriguardo. Alfonso und Ferrante ebenfalls. Und ich bin nur hier, weil ich die Nachricht über ihren Vater überbringen musste.« Sein Lachen klang nach Galgenhumor. »Schließlich bin ich der Geistliche in der Familie. Wahrscheinlich meinten sie, ich könnte sie am ehesten trösten.«

»Und, ist es Euch gelungen?«, fragte Angela, die sich vor Enttäuschung krümmte.

»Seht selbst.« Er blieb vor einer geschlossenen Tür stehen und klopfte. Wir warteten. Er klopfte erneut, diesmal eindringlicher. Die Tür öffnete sich einen schmalen Spalt, und das bleiche Gesicht der Dalmatinerin tauchte aus den Schatten auf.

»Sag deiner Herrin, ihre Cousine und Monna Violante sind hier«, sagte Ippolito laut und bedächtig, als könnte er sich so verständlich machen. Ihr Gesicht verschwand wieder, ein fahler Mond, der von Wolken verschluckt wird. Ippolito stieß die Tür weiter auf und ließ uns hineingehen.

Alle Fensterläden waren geschlossen, sodass ich zunächst nichts erkennen konnte. Als sich meine Augen an das Halbdunkel gewöhnt hatten, merkte ich, dass es tatsächlich so gut wie nichts zu sehen gab. Das einzige Möbelstück im Raum war eine Pritsche, die an einer Wand stand. Darauf saß Madonna, die Knie mit den Armen umschlungen, das lange, offene Haar hing strähnig um ihren Kopf. Ihr Gewand war aus gewöhnlichem schwarzen Leinen, ihr Hemd an den Stellen, wo die Spitze abgerissen worden war, ausgefranst. Außer ihrem Ehering trug sie keinen Schmuck, und ihre Stirn war mit dem Aschekreuz der Trauer gezeichnet.

Wir machten unseren Knicks.

»Angela«, sagte Madonna. Ihre Stimme war heiser vom Weinen, und ihre Worte klangen wie Schluchzer, so als drängte ihre Trauer unvermeidlich nach draußen, sobald sie den Mund öffnete. »Mit Euch rede ich später. Jetzt muss ich erst einmal etwas mit Violante besprechen. Allein.«

»Aber …«

»Später. Erfrischt Euch. Wechselt die Kleider. Ihr müsst erschöpft sein von dem weiten Ritt.« Woher wusste sie Einzelheiten über unsere Reise? Angela warf mir einen hilflosen, verwirrten Blick zu, um sich anschließend zurückzuziehen. Madonna, die mir mit einer Geste bedeutet hatte, mich neben sie auf die Pritsche zu setzen, fuhr fort:

»Ich kann ihr jetzt noch nicht gegenübertreten. Sie wird mich nach Giulio fragen und, oh Violante, ich habe alles falsch gemacht.«

»Falsch, Madonna?«

»Als Alfonso kam, um zu kondolieren, hätte ich ihn nicht ziehen lassen dürfen. Jetzt werden sie in Belriguardo alle zusammen meinen Sturz planen. Wisst Ihr, es wird bereits gemunkelt, meine Ehe sei nicht rechtmäßig, weil ich von Giovanni Sforza nicht korrekt geschieden wurde.«

»Ach, Madonna, das ist doch altes Geschwätz. Das wird Herzog Ercole gewiss nicht beachten. Heute kann niemand mehr beweisen, ob die Ehe vollzogen wurde oder nicht.«

»Da ist immerhin Giovannis Wort. Solange mein Vater noch lebte, schenkte ihm niemand Beachtung. Nun aber … Oh Gott, ich wünschte, ich könnte mit Cesare sprechen, ich wünschte … Meint Ihr, er lebt noch, Violante?« Sie hatte angefangen, wie eine Wahnsinnige vor und zurück zu schaukeln. Neben ihr standen ein irdener Krug und ein Becher. Ich schenkte Wasser ein und bot es ihr an, um sie von ihren krankhaften Spekulationen abzulenken und damit sie ihren Durst stillen konnte. Sie sah den Becher an und schüttelte den Kopf. Gerade in diesem Moment wachte Girolamo, der während des Rittes friedlich in seinem Körbchen geschlafen hatte, auf und begann zu quengeln.

»Oh, lasst mich ihn ansehen!«, rief Madonna. »Er ist auf dem Land bestimmt mächtig gewachsen.«

»Ich danke dem Schöpfer, dass er kräftig ist, Madonna.«

»Gebt ihn mir, lasst mich ihn halten.«

Ich legte ihn in ihre ausgestreckten Arme, doch nun quengelte er nicht mehr, sondern brüllte aus vollem Hals. »Tut mir leid, er hat wohl Hunger«, sagte ich.

»In ihm lebt sein Vater auf jeden Fall fort.« Sie küsste seine Stirn und gab ihn mir zurück. »Stillt ihn«, sagte sie mit einem warmen und zugleich wehmütigen Lächeln. »Wenn ich Alfonso doch bloß einen Sohn hätte schenken können, dann lägen die Dinge jetzt anders für Angela und für mich.«

»Ihr glaubt also, der Herzog wird nicht in ihre Heirat mit Giulio einwilligen?«

Lucrezia schüttelte den Kopf. »Selbst wenn Cesare sich erholt, wird er unendlich viel an Boden verloren haben. Was ist, wenn wir einen feindlich gesinnten Papst bekommen, der ihn nicht mehr zum Gonfaloniere ernennt? Della Rovere will den Stuhl von Sankt Peter, er hat viele Anhänger, und er kann Cesare nicht leiden.«

»Aber Cesare hat auch Anhänger. Es gibt doch bestimmt genügend Kardinäle, auf deren Stimmen er Einfluss nehmen kann, um Kardinal Della Rovere in Schach zu halten?«

»Er hat sich immer bemüht, dafür zu sorgen. Wir … er hat versucht, für Papas Tod gerüstet zu sein. Immerhin war er ein alter Mann, auch wenn er sich nie so benommen hat, nicht wahr? Doch wer hätte geglaubt, dass Cesare zu diesem Zeitpunkt selbst dem Tode nah sein würde? Das war ein Trick, den die Schicksalsgöttin im Ärmel versteckt hatte. Außerdem ist Della Rovere klug, wahrscheinlich ebenso klug wie Cesare, und er hat Freunde in Frankreich.«

»Della Rovere hat aber keine Blutsbande nach Frankreich wie Cesare. In den Adern seiner Tochter fließt königliches französisches Blut.« Ich hatte mich um einen neutralen Tonfall bemüht, doch zeigte mir der verständnisinnige Blick, mit dem Madonna mich bedachte, dass der Versuch misslungen war.

»Ihr müsst etwas für mich erledigen«, sagte sie. »Es ist gefährlich, aber keiner könnte das besser machen als Ihr. Ihr müsst nach Rom reisen.«

»Nach Rom? Ich?«

»Ihr müsst an meiner statt meinen Bruder aufsuchen, Violante.« Sie lachte kurz auf, doch es klang verbittert. »Wisst Ihr, kurz vor unserer Abreise aus Ferrara erkrankte der liebe *messer* Pietro an einem Fieber. Alfonso war nicht da, also ging ich ihn besuchen. Ich saß an seinem Bett und verabreichte ihm Weidenrindensud, um die Temperatur zu senken. Ich wischte ihm das Kinn ab und strich ihm über das Haar, und er hielt meine Hand und erklärte, er würde, wenn überhaupt, aus Liebe zu mir sterben. Ganz schlichte Worte, aber gefährlich.«

»Ja, Madonna, sehr.« Doch ich war so erschüttert von ihrer Anweisung, ich müsse nach Rom fahren, dass mir die Offenheit, mit der sie mir von ihrer Affäre mit Bembo erzählte, nicht sonderlich naheging.

»Und jetzt hat sich die Welt verändert. Für mich ist es nun sicherer, mich um meinen Geliebten zu kümmern als um meinen süßen Bruder. Ich darf meine Position hier nicht noch weiter gefährden, indem ich zu ihm fahre. Falls … wenn er sich erholt, wird er Freunde wie die Este brauchen. Also müsst Ihr an meiner Stelle reisen. Er hat Euch ins Herz geschlossen …«

»Wie viele andere Frauen auch, Madonna.«

»Mir fällt allerdings keine andere ein, die er dabei beobachtet hat, wie sie seine Schwester vor dem Wahnsinn bewahrte. Dank dieser Erfahrung hat er Vertrauen in Euch als

Heilerin, und das ist jetzt wichtiger als … nun ja … andere Dinge. Und, Violante …«

»Ja, Madonna?«

»Ihr dürft nicht zurückkehren.«

»Ich schwöre Euch, dass Ihr mich in Ferrara nicht wieder sehen werdet, ehe Cesare genesen ist. Madonna, Euer Vertrauen ehrt mich …«

»Violante, ich meine, Ihr dürft nicht zurückkehren, selbst wenn mein Bruder wiederhergestellt ist. Es wäre meiner Position nicht förderlich, wenn man glaubt, ich würde den Bastard meines Bruders bei mir beherbergen.«

»Aha … ja … ich verstehe.«

»Geht zu Eurer Familie. Dort ist er eher in Sicherheit.«

»Ihr meint, niemand wird den Sohn des Herzogs der Romagna in einem Judenhaushalt suchen.«

»Ehe Eure spitze Zunge mit Euch durchgeht, Mädchen, bedenkt, dass Ihr nicht die Mutter des Sohnes des Herzogs der Romagna wäret, wenn nicht ich Euch meine Gunst erwiesen hätte. Muss denn alles, was wir Borgia sagen, einen Hintersinn haben? Kann es nicht einfach nur sein, dass ich jetzt, wo meine eigenen Angehörigen in Trauer und in alle Winde verstreut sind, den Wert der Familie besonders schätze?«

»Bitte entschuldigt, Madonna.«

»Ihr müsst im Morgengrauen aufbrechen, und nun gilt es, dafür Vorbereitungen zu treffen. Schickt Sancho zu mir. Ich sorge dafür, dass er für Eure Reise einen Geleitbrief verfasst. Wählt ein gutes Pferd. Außerdem kann ich Euch einen meiner persönlichen Reiter zur Verfügung stellen. Ach ja, eines noch …«

»Ja, Madonna?«

»Versucht, mir eine Nachricht über Giovanni zukommen zu lassen.«

»Er ist sicher bei seiner Familie mütterlicherseits untergekommen, Madonna.«

»Er ist ein Borgia. Wer außer uns kann ihn jetzt noch um sich haben wollen?«

»Ich will Girolamo immer noch um mich.«

»Ihr seid anders.«

»Ich bin einfach nur eine Mutter, wie Donna Giulia auch. Sie wird nicht zulassen, dass ihr Kind irgendwie zu Schaden kommt.«

»Tja, nun. Ich hoffe, er ist bei Cesare.« Aus irgendeinem Grund trat mir das Bild vor Augen, wie Giovanni seine rundliche Faust um Cesares Finger geschlossen hatte, als dieser den kleinen Jungen am Tag unserer Abreise aus Rom in meine Obhut gab.

»Dann hoffe ich das Gleiche, Madonna.«

»Wir werden uns vor Eurer Abreise nicht mehr sehen, Violante. Ich wünsche Euch viel Glück.«

»Und ich bete, dass bei Euch alles gut geht.«

»Jetzt muss ich mit Angela sprechen.«

»Ja, Madonna.«

Erst nachdem ich die Tür hinter mir geschlossen hatte und einen Augenblick dastand und in den Hof hinunterblickte, auf diesen Fleck von der Sonne gebleichten Steins, auf eine Ecke des mit Bougainvillea bewachsenen Wasserbeckens, dachte ich an den Papst. Sein Hinscheiden wurde von einer gewissen Flachheit des Lichtes begleitet – so, als wäre die Welt, die ich gekannt hatte, plötzlich nur noch ein Abbild ihrer selbst.

3

Alpe di San Benedetto, im August 1503

Mein Leben hat das Wesen eines Traumes angenommen, aber ich weiß nicht, welche Welt die echte ist, diese oder die andere, in der du noch immer lebst.

Er trägt feine weiche Handschuhe mit Spitzenstulpen, und sein Antlitz ist bleich, so bleich, eingefallen wie ein Totenschädel, auch wenn es kein Totenschädel ist. In seinen Augen glitzern quecksilbrige Tränen, und dadurch merke ich, dass ich nicht ihn sehe, sondern seinen Widerschein in einem Glasspiegel. Ich strecke meine Hand aus, um ihn zu berühren, doch meine Finger tauchen in den Spiegel wie in Wasser. Das Bild kräuselt sich, zerbirst, löst sich auf und verwandelt das Wasser im Spiegel in dasselbe Blassblau wie das seiner Haut. Ich schöpfe mit hohlen Händen, und er trinkt daraus, leckt die milchige Flüssigkeit auf wie eine Katze, und seine Zunge kitzelt mich in der Hand …

Lass besser die Finger von ihr. Schau dir doch bloß mal ihre Hand an. Für dieses Vergnügen müsstest du teuer bezahlen.«

Er hatte recht, so sehr ich auch versucht hatte, mir etwas anderes einzureden. Kurz nach unserer Abreise aus Medelana hatte ich den Ausschlag auf meinen Handflächen bekommen, und nur das Wiederauftreten der Franzosenkrankheit konnte der Grund dafür sein. Ich lag reglos da, horchte auf die sich entfernenden Schritte der Männer, auf das Geräusch ihrer Stiefel, die über den spröden Fels schlurften und in Pfützen traten. Es hörte sich an, als wären es vier. Vermutlich hatte mich das gerettet, obwohl Rettung das Letzte war, woran ich dachte, als das kalte Wasser durch meine Kleider und meine Decke drang. Am Abend zuvor hatte ein Felsvorsprung Schutz geboten, aber in der Nacht musste der Wind umgeschlagen sein und den Regen direkt auf unser Lager gepeitscht haben.

Ich wollte sterben. Mir taten alle Knochen weh, und meine Zähne klapperten vor Fieber. Nach Ferrara konnte ich nicht zurück, aber wie sollte ich Cesare gegenübertreten, so geschwächt und gezeichnet von der Franzosenkrankheit? Es würde mir wohl kaum dabei nützen, ihn zu überzeugen, dass er für Girolamo verantwortlich war. Und überzeugen musste ich ihn, für den Fall, dass mich Angelas lächerliche Kur mit den toten Hühnern nicht geheilt hatte. Mein Körper hatte mich verraten; er gehorchte nicht mehr meinem Willen, sondern nur noch der Willkür der Krankheit.

»Nimm die Pferde. Die sehen aus, als könnten sie einen anständigen Preis erzielen«, sagte der Mann, der nicht erst meine Hand ins Licht seiner Fackel hatte halten müssen, um zu befinden, dass ich nicht einmal der Schändung wert sei. Seine Stimme krächzte wie ein quietschendes Rad an einem Karren. Wo war Beppo? Er würde verhindern, dass sie die Pferde mitnahmen. Ich hätte aufstehen sollen, fand aber nicht die Kraft dazu.

»Sie hat vielleicht Geld bei sich.«

»Nun, ich werde sie nicht durchsuchen. Ich rühr sie nicht an.«

»Dann bringen wir sie eben um.«

»Auf keinen Fall. Sie hat nichts gesehen. Es steckt eh kaum noch Leben in ihr. Mit ihr würden wir unsere Seelen zu billig an den Teufel verkaufen.« Sie lachten, dann hörte ich an ihren glucksenden Schritten im Morast, dass sie davonstapften.

Ein leises Wimmern fuhr mir wie ein heißer Draht durch den Körper. Ich wollte mir die Ohren zuhalten, konnte aber meine Hände nicht rühren. Sie waren durch den Draht gefesselt und umschlangen Girolamos kleinen warmen Körper. Wie Thalia in der alten Sage wurde ich durch die Not meines Kindes aus der Erstarrung erlöst. Ich streifte die Decke von mir, setzte mich auf und sah mich um. Meine Brüste mit den wunden Warzen pochten, als die Schreie des Säuglings meine Morgenmilch einschießen ließen.

»Warte einen Augenblick«, sagte ich zu ihm. Etwas stimmte nicht. Nichts stimmte. Einige Vögel hatten bereits zu zwitschern begonnen und versuchten, aus dem tief hängenden, regenbeladenen Himmel die Morgendämmerung herbeizusingen. Der angeschwollene Fluss bahnte sich tosend seinen Weg durch die Schlucht, die uns letzte Nacht Zuflucht geboten hatte, hinab ins Tal. Aber ansonsten war es still, viel zu still. Keine Hufe, die auf der steinübersäten Weide knirschten, kein klirrendes Pferdegeschirr, kein prasselndes Feuer. Und ich konnte Beppo nicht singen hören. Ich hätte nie gedacht, dass mir sein unmelodisches Trällern jemals fehlen würde, aber ich hatte mich daran gewöhnt. Jeden Morgen unserer Reise war ich zu Beppos Gesang und zum Duft der Speise aufgewacht, die er gerade über dem Feuer brutzelte. Girolamos Geschrei wurde immer lauter und eindringlicher, als würde auch er Beppos Gesang vermissen und versuchen, die entstandene Leere zu ersetzen.

»Beppo?« Keine Antwort, nur der Widerhall meiner eigenen Stimme von den Wänden der Schlucht. Ich rief erneut, doch tief im Innern wusste ich bereits, dass er nicht antworten würde. Panik stieg in mir auf wie ein Dschinn aus einer Öllampe, aber ich versuchte, sie zurückzudrängen. Ich musste Girolamo stillen. Am liebsten hätte ich geschrien und wäre in Tränen ausgebrochen, doch ich biss die Zähne zusammen und kroch in die Tiefe des Vorsprungs, wo der Überhang noch ein wenig Schutz vor dem Regen bot.

Es dauerte eine Weile, bis ich Girolamo versorgt hatte. Da meine Kleidung unentwegt feucht war, konnten meine entzündeten Brustwarzen nicht abheilen, wodurch das Stillen für uns beide zur Qual wurde. Doch die Zähigkeit, die mein Sohn ausstrahlte, die Art, wie er sein kleines Kinn vorstreckte, und sein unerschrockener, fester Blick gaben mir die Gewissheit, dass er überleben würde, was immer mir auch zustieß.

Wir waren allein gereist und hatten uns von den Hauptstraßen ferngehalten. Beppo hielt das für das Klügste, ich war jedoch zunächst nicht damit einverstanden gewesen. Denn eingenäht in meine Kleider trug ich Geld bei mir sowie Donna Lucrezias Empfehlungsschreiben an die Gouverneure der Städte ihres Bruders und die Kastellane ihrer Festungen. Genau deshalb, hatte Beppo gesagt, der in der Romagna bereits Soldat gewesen war, als Cesare noch seine griechischen Deklinationen paukte und mit einem Holzschwert fechten übte. Die Städte in der Romagna waren von so vielen unterschiedlichen Herrschern regiert worden, dass den Bewohnern das Misstrauen den Regenten gegenüber schon in Fleisch und Blut übergegangen war. Beppo glaubte nicht, dass Madonnas Geld oder ihre Empfehlungsbriefe von großen Nutzen für uns sein würden. In Imola zeigte sich, dass er recht hatte, denn dort wollte die Torwache ohne Cesares persönliches Losungswort nicht einmal den Gouverneur benachrichtigen.

Deshalb machten wir uns in die Berge auf, in das knochige Rückgrat des Landes, das Cesares Herzogtum von der Republik Florenz trennte.

»Hier schießen sie, bevor sie Fragen stellen«, sagte Beppo, »aber Fragen beantworten wollen wir ohnehin nicht, oder? Und ein guter Schütze bin ich auch.«

Wo steckte er nur? Ich stillte Girolamo möglichst rasch, säuberte und wickelte ihn notdürftig und kletterte zu dem Pfad neben dem Fluss hinunter, der uns, wie Beppo gesagt hatte, nach Arezzo führen würde. Beppo hatte einen Cousin in Arezzo.

Wir waren die Schlucht hinabgeritten und stets dem Flusslauf gefolgt, bevor wir die Nacht zuvor angehalten hatten. Deshalb zog ich nun in dieser Richtung weiter. Ich wusste, dass Arezzo irgendwo im Süden lag, aber solange sich die Sonne verborgen hielt, hatte ich keine andere Möglichkeit zur Orientierung, als darauf zu vertrauen, dass Beppo den richtigen Weg gekannt hatte. Während der Morgen sich zäh dahinschleppte, sehnte mein leerer Magen Beppos Rückkehr herbei, obwohl mir mein Kopf unablässig sagte, dass ich nun ganz auf mich allein gestellt war und mir in einer unbarmherzigen Litanei aufzählte, was ich alles durch die Diebe verloren hatte. Sämtliche trockenen Gewänder, sauberen Wickeltücher und Windeln für Girolamo befanden sich in den

Satteltaschen meines Pferdes. Und meine guten Schuhe, fiel mir ein, als ich mit den Zehen gegen einen Felsbrocken stieß, steckten in dem Gepäck auf Beppos Pferd. Ich hatte weder eine Zunderbüchse zum Feuermachen noch irgendeine Möglichkeit, an Fleisch zu kommen, falls Beppo verschwunden blieb. Das Einzige, was ich noch besaß, waren die Goldmünzen, die Madonna mir gegeben hatte, eingenäht in mein Korsett, und ihr Empfehlungsschreiben, eingeschlagen in ein Öltuch, das an meinem Unterrock befestigt war.

Meine Lage war so hoffnungslos, dass es schier zum Lachen war. Also lachte ich. Ich lachte so ungestüm, dass ich ausrutschte und über loses Geröll den Abhang hinunterschlitterte; die kleinen Steine knirschten unter meinem Gewicht. Etwas Seltsames bremste meinen Fall, etwas, das zugleich hart und nachgiebig und merkwürdig geformt war.

Ein Körper. Ich hörte auf zu lachen und wischte mir mit dem schmutzigen Zipfel meines Schultertuches die Tränen aus den Augen. Beppos Körper. Sie mussten ihn überrumpelt haben, denn es waren keine Kampfspuren an ihm zu sehen, keine Schnittwunden oder Blutergüsse oder zerfetzte Kleidung, nur eine saubere Wunde, fast ohne Blut, an seiner linken Brustseite. Nachdem ich Girolamo an einem Felsen abgesetzt hatte, durchsuchte ich den Toten wie ein geübter Grabräuber.

Nicht, dass ich viel gefunden hätte. Die Diebe hatten Beppos Schwert und Bogen, Lederharnisch, Stiefel und Handschuhe mitgenommen. Übersehen hatten sie jedoch sein Fleischmesser, vielleicht weil es bei seinem Sturz unter ihm zu liegen gekommen war oder weil man es lediglich zum Essen verwenden konnte, denn die Klinge war aus Bein gefertigt, und Fleisch schneiden ließ sich damit nur, wenn es gut durchgebraten war. Ich nahm es trotzdem an mich, außerdem sein gepolstertes Wams, das noch brauchbar war, weil die tödliche Wunde es nicht mit Blut besudelt hatte. Hier konnte ich ihn nicht begraben, denn auf dem felsigen Boden lag kaum Erdreich, also türmte ich einen Steinhaufen über ihm auf, damit sich die Geier nicht über ihn hermachten, und sprach dazu einige Verse aus einem Psalm Davids.

*

Mein Instinkt sagte mir, dass ich die Berge verlassen und versuchen musste, die Hauptstraßen wiederzufinden, denn ich konnte weder jagen noch ein Feuer entfachen. Wenn ich überleben wollte, würde ich das Risiko der Gesellschaft anderer Reisender auf mich nehmen und ein wenig von Donna Lucrezias Geld für Essen und Unterkunft ausgeben müssen. Mit etwas Glück würde mir meine Krankheit andere Menschen vom Leibe halten, so wie es bei Beppos Mördern der Fall gewesen war. Plötzlich kam die Sonne heraus, als wollte sie meinem Vorhaben zustimmen. Zunächst war sie nur ein schwacher gelblicher Schein, der sandfarbene Schatten auf den Pfad warf, doch dann wurde sie immer stärker, bis ihre Wärme auf meinem Rücken mir Lust machte zu singen. Ich versuchte, mich an die Verse von Beppos Wanderliedern zu erinnern, schaukelte dabei mein Kind in den Armen und brachte es zum Lachen.

»Wir haben Beppo der Sonne geopfert, und die Sonne ist glücklich«, rief ich, aber da war ich mir auf einmal entsetzlich sicher, nicht mehr allein zu sein. Und wenn schon. Sieh mich nur an, hör mich sprechen. Eine Verrückte mit der Franzosenkrankheit. Niemand würde mir zu nahe kommen.

»Ich weiß zwar nicht, wer Beppo ist, aber ich bin ihm

mächtig dankbar, dass er die Sonne herausgelockt hat.« Eine Stimme, schroff und hoch zugleich – ein Junge, der wie ein Mann klingen wollte. Mit einem Akzent, den ich nicht erkannte, kehlig und rau. »Bist du allein?«

»Bis auf mein Kind.«

»Und Beppo war … dein Mann?« Er zögerte, ängstlich vielleicht, gegenüber einer Frau, die anscheinend ihren Mann der Sonne geopfert hatte. Ich schüttelte den Kopf. Ein Lächeln der Erleichterung breitete sich auf seinem bartlosen Gesicht aus. »Seltsame Zeiten«, sagte er.

»Wie wahr.«

Wir kamen durch ein verlassenes Dörfchen, dessen Stille bedrückend war. Ein ausgemergelter Hund starrte uns hoffnungsvoll an, aber wir blickten beiseite.

»Wie können Hunde nur so schauen?«, fragte der Junge. Er trug ein Schwert, das zu lang für ihn war, und einen Harnisch aus sich überlappenden Lederplatten, was ihm das Aussehen einer halb verhungerten Schildkröte gab. Ein Deserteur vielleicht? Aber aus welchem Heer, aus welcher Schlacht? Was ging in der Welt dort unten vor sich? Ich beschleunigte meinen Schritt. Der Junge jedoch blieb stehen, um in das Backhaus des Dorfes zu spähen. Der Ofen war kalt und leer wie mein Bauch.

»Komm weiter«, sagte ich, »hier gibt es nichts zu holen. Wir sollten vor Einbruch der Nacht eine Taverne finden.«

»Hast du denn Geld? Oder etwas, das man in Zahlung geben kann?« Das klang seltsam missbilligend für einen Soldaten, doch ich hatte keine Zeit, darüber nachzudenken, denn sein Blick glitt von meinem Gesicht auf etwas hinter mir, dessen Näherkommen ich jetzt hörte. Ein rhythmisches Rasseln und Quietschen. Die Räder eines Karren, die Schmiere nötig gehabt hätten. Die Hand meines Begleiters wanderte zu seinem Schwertknauf, aber plötzlich grinste er breit, lachte laut auf und rannte mit ausgestreckten Armen an mir vorbei auf den Karren zu.

»Felice?« Der Mann, der den Karren oder besser gesagt die Schubkarre schob, hörte sich an, als traute er schon aus Gewohnheit keinem glücklichen Zufall.

»Natürlich ist das Felice«, bestätigte der alte Mann auf der Schubkarre. Sein Kopf ruhte auf einem Stapel zusammengefalteter Säcke, seine verkrüppelten Beine baumelten wie abgeknickte Zweige über die Vorderkante des Gefährts, »auch wenn sie sich die Haare abgeschnitten und Bundhosen angezogen hat«.

Girolamo fing an zu greinen und mit der Nase an meine Brüste zu stupsen. Felice und die beiden Männer sahen mich an. Die Konturen von Felices Körper zeichneten sich nun so klar vor meinen Augen ab, dass ich mich fragte, weshalb mir nicht schon eher aufgefallen war, dass die sich überlappenden Platten ihres Harnisches nicht flach auf ihrer Brust lagen.

»Wir können ebenso gut heute Nacht hierbleiben«, sagte der Jüngere. »Die Häuser bieten Schutz. Felice, hilf mir mit Großpapa, danach kannst du mit dem Karren Feuerholz sammeln.«

»Und was kann ich tun?«, fragte ich, um mich weniger als Außenseiterin zu fühlen. Als Felice und der Mann, den ich für ihren Vater hielt, den alten Krüppel vom Wagen hoben und ihn an einer halb verfallenen Steinmauer absetzten, hatte ich das Gefühl, als gehörte ich nicht einmal mehr zu mir selbst.

»Still dein Kind, sonst versteht man ja sein eigenes Wort nicht mehr«, erwiderte er in herzlichem Ton und völlig ungezwungen. Ich war so dankbar, so unsagbar dankbar, dass er in mir nichts anderes als eine junge Mutter mit einem hungrigen Säugling sah. Fast hätten mir die Beine den Dienst versagt. Ich ließ mich so hastig neben dem verkrüppelten Großvater auf dem Boden nieder, dass die Knochen in meinem Rückgrat knackten.

*

Meine neuen Begleiter und ich reisten mehrere Tage gemeinsam. Dabei erfuhr ich, dass Felice ein Jahr zuvor mit einem Schweizer Pikenier durchgebrannt war und seine Stelle als Soldat übernommen hatte, als er in Diensten eines Tiroler Grafen durch ein explodierendes Geschützrohr umgekommen war. Da es ein Tod durch Unfall war, hatte der Graf keine Pension gezahlt, also war Felice keine andere Wahl geblieben.

»Du hättest nach Hause kommen können«, sagte ihr Vater.

Felice zuckte mit den Schultern. »Das sagst du jetzt.«

»Die Dinge haben sich geändert.« Er schien seine Worte mehr an mich als an Felice zu richten, aber das bildete ich mir wohl nur ein. Ich hatte keinem von ihnen etwas über mich erzählt, nicht einmal, dass Rom mein Ziel war, doch ich wusste, dass sie nach Citta di Castello wollten. Von dort hoffte ich, mit dem Schiff weiterfahren zu können.

Kurz vor Sansepolcro wurden wir von einem halb leeren Getreidefuhrwerk mitgenommen. Das Wetter, murrte die Frau, die den Wagen lenkte, sei heiß wie die Hölle, und dann auch noch der Regen, ganz zu schweigen davon, dass seit dem Tod des Heiligen Vaters sämtliche Männer mit den Schwertern aufeinander losgingen, anstatt das Wenige an

Ernte einzubringen, das vorhanden war. Sie wünsche dem Herzog eine rasche Genesung; er mochte vielleicht mit dem Teufel im Bunde sein, aber zumindest sorge er dafür, dass die Kornkammern gefüllt seien und die *campesini* einen angemessenen Preis für ihre Waren bekämen.

»Ein gerechter Mann, der Herzog«, meinte Felices Vater.

»Wie kannst du so etwas sagen, nach alldem, was er uns angetan hat?«

»Schweig still, Mädchen.«

»Aha, jetzt sehe ich, wie die Dinge sich geändert haben.« Felice seufzte, verschränkte die Arme und verfiel schmollend in Schweigen. Ich brannte vor Neugier.

»Wenn ich schon keinen Groll gegen den Herzog hege, warum solltest du es dann?«, wollte Felices Großvater wissen.

»Sprechen wir nicht mehr über ihn«, meinte ihr Vater aufgebracht.

»Kluger Entschluss«, bestätigte unsere Kutscherin und nickte mir zu, die ich neben ihr auf der Querbank saß, »denn hier ist ein Mädchen, das keinen Ehering, wohl aber ein Kind mit karottenroten Haaren hat«. Ich zog mein Schultertuch fester über Girolamo.

»Fragen wir sie einfach«, sagte Felice. »Wenn das der Bastard des Herzogs ist, dann hören wir uns mal an, wie sie darüber denkt.«

»Felice …«

Aber sie ließ sich nicht beirren. »Ich erzähle dir eine Geschichte. Es war einmal ein Herzog, der belagerte Imola, und die Stadt lag unter seinem Kanonenfeuer schon zur Hälfte in Trümmern. Wir konnten die Toten in den Straßen nicht bergen, weil der Herzog Tag und Nacht auf uns schießen ließ. Da gab es einen ehrbaren Mann, Zimmermann von Beruf, der stieg zusammen mit einer Abordnung anderer ehrbarer Männer zur *rocca* hinauf, um Donna Caterina zur Aufgabe zu bewegen, bevor die Stadt dem Erdboden gleich gemacht wäre. Donna Caterina richtete eine Arkebuse auf sie und jagte sie fort.

Als es zum zweiten Mal Nacht wurde, schlich der Zimmermann zur Stadt hinaus und ging ins Lager des Herzogs. Dessen Männer hätten ihn am liebsten auf der Stelle in Stücke gehackt, der Herzog aber wollte hören, was der Mann zu sagen hatte. Der Zimmermann erklärte, er habe an den Befestigungsanlagen der *rocca* mitgearbeitet und kenne daher eine Schwachstelle, an der vielleicht ein Durchbruch gelingen könnte. Er würde dem Herzog diese Stelle verraten, wenn dieser ihm verspreche, dass seine Männer weder die Stadt plündern noch die Frauen schänden würden und der Herzog die durch seine Kanonen verursachten Schäden aus eigener Tasche wiederherstellen ließe. Der Herzog versprach es ihm, worauf der Zimmermann ihm eine Skizze zeichnete. Bald darauf war die *rocca* erstürmt.

Der Herzog hielt Wort. Im Großen und Ganzen benahmen sich seine Männer anständig, und wer es nicht tat, wurde auf dem Stadtplatz gehängt. Die Stadt wurde wiederaufgebaut, und ihre Bürger mussten nur wenig Geld beisteuern. Dann ließ der Herzog eines Tages nach dem Zimmermann schicken, der frohen Mutes herbeieilte, weil er glaubte, er würde vom Herzog eine Belohnung erhalten. Der Herzog aber erklärte ihm, dass er Verrat nicht gutheißen könne und ihn daher zu seinem großen Bedauern bestrafen müsse. Er wolle ihn aber nicht hinrichten lassen, denn das erschiene ihm ungerecht. Stattdessen wurde der Zimmermann an den Schwanz eines ungezähmten Fohlens gebunden, dann ließ er das Tier sechs Mal um den Stadtplatz galoppieren, wobei es den Zimmermann hinter sich herschleifte. Obwohl der Mann anschließend gleich vom Leibarzt des Herzogs versorgt wurde, waren ihm sämtliche Knochen im Leib gebrochen, sodass er niemals wieder richtig zu Kräften kam und für den Rest seines Lebens ein Krüppel war. Wie gefällt dir diese Geschichte?«

»Lass sie in Ruhe«, sagte der alte Mann sanft. »Ich habe getan, was ich tun musste, und das Gleiche gilt für den Herzog. Wir haben einander verstanden. Ich hätte es an seiner Stelle nicht anders gemacht.«

»Mir wäre so eine Republik wie in den Schweizer Kantonen lieber. In der Schweiz gibt es keine Kriege.«

»Ja, und sie sind ein bleichgesichtiges Pack und machen Käse, der wie Talg schmeckt.«

Alle lachten, und die Spannung wich, aber am Stadttor von Sansepolcro, als sie mit dem Steuereintreiber darüber stritten, wie viel sie für das Getreide zahlen mussten, ließ ich eine von Donna Lucrezias Goldmünzen zurück und schlich mich davon. Sie waren gut zu mir gewesen, und ich wollte sie nicht in Gefahr bringen. Seither habe ich oft an sie gedacht und mich gefragt, ob die Wunden, die Cesare ihnen beigebracht hat, besser verheilt sind als meine.

*

Ein Lastkahn, der Kalktuff und Carraramarmor nach Rom beförderte, nahm mich gegen Bezahlung mit. Es herrschte reger Schiffsverkehr durch Sansepolcro, daher hätte ich auch ein schnelleres Boot finden können, aber der Kahnführer reiste mit Frau und Kindern, und davon versprach ich mir mehr Sicherheit. Außerdem empfand ich den Anblick der

Marmorblöcke, durch deren Umhüllung aus gewachster Leinwand glitzernd weiße Risse zu sehen waren, als tröstlich. In Rom wurde also noch immer gebaut, und die Welt war noch nicht zu Ende. Bei diesem Gedanken musste ich lächeln, und auch die Frau des Kahnführers lächelte. Sie mache sich Sorgen um mich, sagte sie, weil ich, eine junge Frau mit einem kleinen Kind im Arm, so tieftraurig und kränklich wirke.

Vielleicht lag es an der leisen Art, wie sie mir zugetan war, als gehörte ich einfach zu ihrer Schar ungewaschener Kinder, oder daran, dass ich meine Gewänder über die großen Steinblöcke zum Trocknen auslegen durfte. Oder einfach daran, dass ich mich ausruhen, mich mit dem Rücken an den warmen, grobkörnigen Kalktuff lehnen und mein Gesicht in die Sonne halten konnte – aber als wir die römischen Stadtmauern passiert hatten, spürte ich von meiner Krankheit nichts mehr als eine leichte Trockenheit der Haut an den Händen und im Gesicht. Durch das Reiten und Wandern in den Bergen war ich schlank und kräftig geworden, und ich fühlte mich ausgeruht und gelassen. Falls er nicht mehr am Leben wäre, käme ich auch damit zurecht, aber er war nicht tot.

Obwohl wir nach dem Vertäuen noch eine Weile auf dem Kahn bleiben mussten, gab mir das, was ich hörte, Hoffnung, und mit der Hoffnung wuchs auch meine Geduld. Wir hatten nämlich noch gar nicht richtig angelegt, als Bewaffnete zu uns kamen. Einer blieb am Kai und hielt das Pferd des Kahnführers am Kopf fest, zwei weitere kletterten an Bord. Es waren nicht die üblichen Steuereintreiber, daher schimpfte der Kahnführer lautstark; seine Frau hatte sich bei ihm untergehakt. Daraufhin zückte der Kleinere der beiden einen Dolch und hielt dessen Spitze dem Kahnführer unters Kinn.

»Wir gehören zu Borgias Leuten«, sagte er. Er sprach mit schwerem spanischem Akzent. »Er hat das Zeitliche noch nicht gesegnet.« Seine Worte klangen in meinen Ohren wie der Rhythmus eines Tanzes.

»Und ich schulde meine Abgaben der Stadt Rom, nicht aber dem Borgia«, knurrte der Kahnführer. Sein Pferd warf den Kopf hin und her und riss den Mann, der es hielt, fast von den Beinen.

»Wir wollen bloß überprüfen, dass Ihr nur das liefert, was in dem Ladeverzeichnis steht«, sagte der Größere mit einem kühlen, versöhnlichen Lächeln. »Man könnte sagen, wir wollen sicherstellen, dass die Stadt auch für alles, was Ihr mitgebracht habt, ihre Abgaben erhält.«

Der Kahnführer warf mir einen unglücklichen Blick zu. Seine Frau aber stieß ihn in die Rippen.

»Familie«, murmelte er, was unter den gegebenen Umständen vielerlei bedeuten konnte.

Der Größere lachte. »Die meine ist in Neapel, und ich sorge dafür, dass sie dort auch bleibt. Sieh mal nach«, trug er dem Spanier auf, der daraufhin großspurig über das Deck spazierte, mit der Dolchspitze die Umhüllungen der Steine anhob und die Kinder mit seinem Piratengrinsen zu ängstigen versuchte; einer seine oberen Vorderzähne war durch eine Goldplombe ersetzt.

»Nada«, sagte der Spanier, offenbar enttäuscht.

»Danke«, sagte der andere zum Kahnführer und gab ihm mit einer leichten Verbeugung das Ladeverzeichnis zurück. »Man kann nicht vorsichtig genug sein. Im Norden steht eine französische Armee und im Süden eine spanische. Don Cesare würde lieber mit deren Generälen Verhandlungen führen als mit ihren Spionen.«

Ich presste die Lippen zusammen und unterdrückte den Wunsch, die Fragen zu stellen, die mir auf den Nägeln brannten. War Cesare wieder wohlauf, oder tat er nur so? Wo war er? Wer war bei ihm? Hatte er die ganze Stadt unter Kontrolle oder nur den Borgo?

»Gibt es schon einen neuen Papst?«, fragte der Kahnführer beiläufig. Den einen Fuß bereits auf dem Dollbord drehte der größere der beiden Männer sich um.

»Noch nicht. Die Eminenzen hocken in der Sopra Minerva, eingesperrt wie die Hühner im Stall.«

»Sopra Minerva? Warum nicht in Sankt Peter?«

»Das müsst Ihr Don Cesare fragen.«

Sobald die Wachen gegangen waren, verließ ich den Kahn. Die Frau des Kahnführers umarmte mich unter Tränen und wünschte mir viel Glück. Dann machte ich mich durch die alten verwinkelten Straßen, die den Campo Marzio durchzogen, auf den Weg zum Vatikan. Es war das am dichtesten bevölkerte Stadtviertel, in dem normalerweise reges Treiben herrschte. An jenem Tag jedoch wirkte das Viertel wie ausgestorben, die zerfurchten Gassen und schlampig gedeckten Dächer waren ganz den Katzen, Hunden und Tauben überlassen. Salzränder auf den Mauern zeigten, dass es hier erst kürzlich eine Überschwemmung gegeben haben musste. In Hinterhöfen und Hausdurchgängen lagen aufgeplatzte Reissäcke und umgestürzte Holzstapel. Wenn der Tiber Hochwasser führte, flüchteten die Menschen gewöhnlich ins Kastell Sant' Angelo, dessen erhöhte Lage und dicke Wälle vor dem Fluss Schutz boten.

Aber normalerweise kehrten sie in ihre Häuser zurück, sobald das Wasser zu sinken begann. Wo waren sie jetzt? Was war hier geschehen? Ich wusste, dass San Clemente gleich um die nächste Ecke lag, wo der Palast eine ganze Seite der *piazzale* einnahm, die ihm seinen Namen gab.

An den Fenstern zur Straßenseite waren sämtliche Läden geschlossen, und da sie im Schatten des Spätnachmittags lagen, wirkte das Zuhause meines Geliebten ebenso abweisend wie verlassen. Ich spürte sogleich, dass er nicht im Palast war, obwohl sich eine Anzahl Männer vor der vergitterten Eingangstür plaudernd die Zeit vertrieb und vier Bronzegeschütze auf der *piazzale* aufgefahren waren, deren Mündungen auf die Ladenzeile in den gegenüberliegenden Arkaden wiesen. Als ich stehen blieb und überlegte, ob ich mit den Wachen sprechen oder einfach zum Vatikan weitergehen sollte, löste sich einer der Männer aus der Gruppe. Er kam zwar auf mich zu, doch zweifellos war nicht ich der Gegenstand seines Interesses, denn er schien mich gar nicht wahrzunehmen, sodass ich schon dachte, ich müsse beiseitetreten, um ihn vorbeizulassen. Er war groß gewachsen und hatte rötliches, gewelltes Haar und eine schmale Adlernase. Sein sorgfältig gestutzter Bart konnte nicht verbergen, dass er ein fliehendes Kinn besaß. Er trug erlesene Kleidung, wattierte Kniehosen und Schlitzärmel mit edelsteinbesetzten Manschetten. Als er mich bemerkte, wurden seine großen, hervortretenden Augen noch größer und sein ohnehin schon blasses Gesicht noch bleicher, als hätte er ein Gespenst vor sich.

»Lucrezia?«

»Nein, ich heiße …«, und während ich noch überlegte, welchen meiner Namen ich nennen sollte, dämmerte mir, wer er war. »Don Jofré«, sagte ich.

Er betrachtete mich argwöhnisch. »Wer seid Ihr?« Seine rechte Hand schwebte über seinem Schwertknauf.

»Ich bin eine Freundin Eures Bruders, Don Cesare.«

Er musterte mein zerfetztes Kleid, über dem ich immer noch Beppos Wams trug, allerdings eher zum Andenken, als dass ich es jetzt, nachdem die Sonne wieder herausgekommen war, noch gebraucht hätte. Dann ließ er den Blick über mein zerzaustes Haar und Girolamo gleiten, der in meinem schmutzigen Schultertuch strampelte. »Noch so eine«, sagte er matt »vergeudet nicht meine Zeit, Frau, ich habe Wichtigeres zu tun.«

Er wäre weitergegangen, hätte ich mich ihm nicht in den Weg gestellt. »Ich bin hier auf Geheiß der Herzogin von Ferrara. Seht, hier.« Mit diesen Worten reichte ich ihm meinen Sohn. Während er den Säugling unbeholfen auf den Unterarmen wiegte, blickte er mich verblüfft und verlegen an. Ich wühlte derweilen in meinen Röcken nach Madonnas Empfehlungsschreiben. »Ihr kennt doch ihr Siegel?«, fragte ich, als ich ihm den Brief übergab und Girolamo wieder an mich nahm. Er nickte, brach das Siegel und las.

»Was ist Euch zugestoßen?«, fragte er, nachdem er zu Ende gelesen hatte.

»Das ist eine lange Geschichte. Wo ist Cesare?«

»Noch in seinen Gemächern im Vatikan. Violante … darf ich Euch so nennen?« Er strich mir mit seinen behandschuhten Fingerspitzen über den Arm. »Er ist nach wie vor schrecklich krank. Ich bin mir keineswegs sicher, dass er es überleben wird.«

»Bringt mich zu ihm. Ich bin eine gute Pflegerin. Er weiß das. Er wird daran glauben, dass ich ihn gesund machen kann.«

»Warum?«

Ich erzählte Don Jofré von Donna Lucrezias Fieber im Sommer zuvor und von Ser Torellas Urteil über meine Fähigkeiten. Nach kurzem Nachdenken sagte er: »Im Brief meiner Schwester steht, dass Ihr in Rom Angehörige habt.«

»Ja.«

»Dann geht für heute Nacht zu ihnen. Ich werde Cesare mitteilen, dass Ihr gekommen seid, und Euch morgen früh holen lassen. Überraschungen tun ihm nicht gut. Dafür ist er nicht stark genug. Ich gebe Euch einen meiner Männer zur Begleitung, damit ich weiß, wo ich Euch finde.«

Don Jofré ließ mir ein Maultier bringen und half mir eigenhändig beim Aufsitzen, indem er seine Hände zu einem Steigbügel verschränkte. Als sein bewaffneter Gefolgsmann die Zügel nahm und mich davonführte, rief er hinter mir her: »Ihr wisst, dass meine Schwester eine gerissene kleine Füchsin ist. Unterschätzt sie nicht.« Aber da ich nur noch an Cesare und an morgen dachte, hörte ich ihn kaum.

»Wohin soll es gehen?«, fragte mein Begleiter, als wir den Sankt Petersplatz erreicht hatten. Ich blickte zu Santa Maria in Portico hinüber, das heruntergekommen und verwahrlost wirkte, die Fensterläden durch die Sonne verzogen, die Eingangstür ohne die eleganten Wachen, die dort immer gestanden und in völliger Reglosigkeit unser Kommen und Gehen verfolgt hatten.

»Herrin?«, fragte Don Jofrés Gardist erneut. »Wohin soll es gehen?«

»Lasst mich allein. Ich habe das Maultier, ich finde meinen Weg.«

»Don Jofré will das Maultier aber wiederhaben«, entgegnete der Mann unsicher.

»Er bekommt es sicher zurück. Bitte lasst mich gehen. Es wird mir nichts zustoßen, und wenn Euch das Maultier gebracht wird, wisst Ihr, dass ich wohlbehalten angekommen bin. Sagt Don Jofré, ich hätte Euch weggeschickt. Gewiss hat er ganz andere Sorgen, als Euch wegen mir zu zürnen.« Das schien ihm einzuleuchten, denn er machte kehrt und marschierte Richtung San Clemente davon. Seiner Haltung nach zu schließen, war er ebenso erleichtert, mich losgeworden zu sein, wie umgekehrt.

Ich entfernte die hölzerne Fußstütze, die Don Jofré mir mitgegeben hatte, hockte mich rittlings auf das Maultier und versetzte es in einen forschen Trab. Ich besitze eine Art innere Uhr, die etwa eine Stunde vor Sonnenuntergang anschlägt. Das ist eine jüdische Eigenart und rührt von der Notwendigkeit her, vor Erscheinen des Abendsterns, der den Beginn des Schabbat anzeigt, im Haus zu sein. An der Brücke von Sant' Angelo wurde ich von Bewaffneten angehalten, aber sie ließen mich passieren, nachdem ich ihnen Donna Lucrezias Siegel gezeigt hatte. Der Rest meines kurzen Ritts verlief ohne Zwischenfälle. Die wenigen Leute, die mir begegneten, hasteten in sich gekehrt, mit hochgezogenen Schultern und den Blick starr auf den Boden gerichtet an mir vorbei.

Das jüdische Viertel wirkte heruntergekommener als ich es in Erinnerung hatte, die Straßen verlassener und die Hunde abgemagerter. Leute drehten sich nach mir um und starrten mich an. Gern hätte ich geglaubt, sie würden es tun, weil ich ebenso vornehm aussah wie das edle rote Ledergeschirr meines Maultiers. Doch diese Illusion ließ sich nur aufrechterhalten, solange ich unverwandt nach vorne blickte, nicht meine rissigen Hände und abgebrochenen Fingernägel sah und vermeiden konnte, an die Löcher in meinen Schuhen und den ausgefransten Rocksaum zu denken. Wegen eines eingestürzten Gebäudes, das die gesamte Via di Sant' Ambrogio versperrte, musste ich einen Umweg machen, deshalb war es fast schon dunkel und der Abendstern stand bereits hell leuchtend in einem Streifen purpurfarbenen Himmels zwischen den Hausdächern, als ich abstieg und ans Hoftor meines Vaters klopfte.

Das Tor sah beschädigt aus. Einige der Bretter waren zersplittert, als habe man mit einer Axt auf sie eingehauen, wenn auch nur halbherzig. Ich klopfte ein zweites Mal. Nun hörte ich das Flüstern weicher Sohlen, die über die Hofkacheln glitten, und das Quietschen von ungeölten Angeln, worauf das Maultier gepeinigt die Ohren verdrehte. Da öffnete sich die kleine Pforte im Tor.

»Es tut mir leid«, sagte die Stimme einer alten Frau, »ich kann den Riegel nicht lösen, er ist zu sehr verbogen. Ihr müsst durch die Pforte hereinkommen.«

»Mariam?« Sie war gebeugter, als ich sie in Erinnerung hatte, und dicker, und das Licht ihrer Fackel ließ gnadenlos ihre Runzeln und Falten um Augen und Mund sichtbar werden. Zum zweiten Mal an diesem Tag stand jemand vor mir, der aussah, als habe er ein Gespenst vor sich. »Mariam, kennt Ihr mich nicht mehr? Ich bin es, Esther.« Meine Stimme klang dünn und bettelnd wie die eines quengelnden Kindes.

»Ihr könnt nicht hierbleiben«, sagte sie, während sie einen Blick über die Schulter warf.

»Wie?«

Bevor sie weitersprechen konnte, ertönte Elis Stimme aus dem Haus. »Wer ist das, Mariam?«, fragte er besorgt und erschöpft zugleich, als hätte er an diesem Abend schon zu viele unwillkommene Besucher empfangen. Aber wo war Vater? Mariam schien um eine Antwort verlegen. Ich trat hinter ihr in den Hof, mein schlafendes Kind an die Brust gepresst wie einen Schutzschild.

»Großer Gott«, sagte Eli. Aber sogleich murmelte er ein rasches Gebet, damit ihm vergeben werde, dass er den Herrn beim Namen genannt hatte. »Ich bin erstaunt, dass du die Stirn besitzt, hierherzukommen.«

»Was soll das heißen? Wo ist Papa?« Gewiss hatte man Maria in der Herberge zu Bethlehem herzlicher empfangen.

»Als wüsstest du das nicht«, polterte Eli los. Seine Schläfenlocken zitterten, und sein offener Mund klaffte wie ein zorniger Riss in seinem schwarzen Bartgekräusel. Schläfenlocken? Wann hatte er angefangen, sie sich wachsen zu lassen? Papa hielt seinen Bart und seine Koteletten stets sorgfältig gestutzt.

»Ich weiß es wirklich nicht«, erwiderte ich. Meine Stimme zitterte. Elis Kälte und dann sein plötzlicher Zornesausbruch machten mir Angst.

»Ser Eli, vielleicht …«, begann Mariam.

»Es ist dir untersagt, zu sprechen. Was hast du überhaupt außerhalb des Frauentraktes verloren?«

Frauentrakt? Was ging hier vor?

»Sonst hat niemand auf das Klopfen geantwortet.«

Mit einem erschöpften Seufzen schlurfte Mariam Richtung Küche davon, auch wenn ihre Haltung alles andere als Ergebenheit demonstrierte.

»Eli, was geht hier vor? Hol unseren Vater. Er wird mich nicht so anschreien wie du.«

»Unser Vater ist tot, Esther. Willst du mir weismachen, du wüsstest das nicht?«

Der Hof schien unter meinen Füßen wie ein Schiffsdeck zu schlingern. Ich taumelte, oder vielleicht bildete ich es mir nur ein, denn mir kam keine Hand zu Hilfe, um mich zu stützen. Ich versuchte, einen Schritt auf Eli zuzugehen, aber er hielt sich die Arme vors Gesicht, als wollte er sich vor mir schützen.

»Nein, das habe ich nicht gewusst«, flüsterte ich und beugte den Kopf, um mein Kind zu küssen. Die Wärme seiner Haut unter seinem Häubchen war der einzige Trost für mich. »Wann? Wie ist es geschehen?«

»Sieh dich doch nur um«, sagte Eli und deutete über den Hof. Ich blickte um mich. Jetzt erst erkannte ich, dass der Springbrunnen mit den zerbrochenen Ziegeln seines Beckens zugeschüttet war, als hätte ein riesiges zorniges Kind mit seinem Stecken darauf eingeschlagen. Viele der Kacheln im Hof hatten Sprünge oder waren zersplittert. Halteringe waren aus den Wänden gerissen, wodurch ganze Klumpen von Putz herabgefallen waren. Die Glyzinie, die sich um die Tür zum Vestibül rankte, einst der ganze Stolz meines Vaters, war zwar noch nicht eingegangen, lag aber nun auf der Erde, und zwischen den Haufen aus Blättern und abgebrochenen Zweigen ragten die Überreste des zerborstenen Spaliers heraus. »Das alles ist das Werk deines Liebhabers«, sagte Eli, wobei er das letzte Wort mit äußerster Verachtung herausspieh. »Ganz Rom weiß es, und ganz Rom weiß, warum. Und du hast die Frechheit, hierherzukommen, das Unschuldslamm zu mimen und nach deinem Vater zu fragen. Du widerst mich an.« Er warf einen raschen Blick auf den Säugling in meinen Armen. Die Augen hinter seiner Brille waren hart wie Stein. »Der da ist vermutlich von ihm. Oh, versuch nicht, es abzustreiten. Ich hab dich doch gesehen, wie du dagesessen hast, seine Hand auf deinem Knie. Ich brauche meine Augengläser nicht für alles.«

Ich spürte, dass mich durch die halb geschlossenen Fensterläden im bogenförmigen Schatten der Arkaden noch jemand beobachtete. Ich kam mir klein, schäbig und töricht vor. Was sollte ich sagen? Dass ich von meinem Geliebten zwar ein Kind hatte, nicht aber sein Vertrauen besaß? Ich schwieg.

»Verschwinde. Geh zu ihm. Teile sein Los, wenn du auch nur einen Funken Treue im Leib hast. Möge der Richter der Menschen Mitleid mit dir haben, denn ich habe es nicht. Ich habe keine Schwester mehr.« Er drehte mir den Rücken zu und verschwand in der Dunkelheit unter dem Portal. Ein verschlungener Trieb der Glyzinie verfing sich am Saum seiner dunklen Robe, als er ins Haus ging und die Tür hinter sich zuwarf. Da ich nicht weiterwusste, blieb ich einfach stehen. Ich beschloss, trotz Don Jofrés Warnung in den Vatikan zu gehen.

»Fräulein Esther.«

»Mariam?« Ich merkte, dass ich gleichfalls flüsterte. Angestrengt sah ich mich um, wo Mariam sich versteckt hatte.

»Hierher. Bei der Küche.«

Als ich an den Bogen in der Hofmauer kam, der zum Küchenbereich hinter dem Haus führte, ergriff plötzlich eine Hand meinen Arm. »Schnell«, sagte Mariam, »kommt in mein Zimmer. Niemand wird auch nur daran denken, Euch dort zu suchen.«

Mariam zog mich hinter sich her. Ich stolperte über dunkle, mir unbekannte Pfade und unter einem Türsturz hindurch, der so niedrig war, dass ich mich ducken musste, um mir nicht den Kopf zu stoßen. Während Mariam eine Lampe entzündete, stand ich da und lauschte dem Rauschen des Blutes in meinen Ohren und dem tröstlichen Rascheln von schlafenden Hühnern irgendwo in der Nähe. Eine dünne Kerze leuchtete auf, die eine Laterne mit Scheiben aus

Wachspapier mit warmem Licht erfüllte und ein freundliches Zimmer zum Vorschein brachte. Auf dem gestampften Erdboden lag ein heller Flickenteppich. Den Kamin flankierten zwei robuste, ordentlich polierte Hocker, und in der Zimmermitte diente eine Truhe, die kunstlos mit einer Schäferszene bemalt war, als Tisch.

»Ihr könnt heute Nacht mein Bett haben«, sagte Mariam und stellte die Laterne auf der Truhe ab. »Ihr seht todmüde aus.«

»Ich bin einen großen Teil der Strecke zu Fuß gegangen.«

»Von Ferrara hierher?«

»Mir wurde das Pferd gestohlen, und dann …«

»Pst. Setzt Euch.« Sie nahm einen Kerzenstummel aus einer eisernen Schale und zündete ihn an der Lampe an. »Ich gehe in der Küche heißes Wasser und ein wenig Essen holen. Falls Ihr jemanden kommen hört, löscht das Licht und verhaltet Euch mucksmäuschenstill.«

»Besser, ich gehe. Ich möchte Euch nicht in Schwierigkeiten bringen. Mit meinem Maulesel bin ich im Handumdrehen im Vatikan.«

»Und was, denkt Ihr, würdet Ihr dort vorfinden? Ihr geht nirgendwohin, bevor Ihr nicht gebadet, gegessen und Euch ausgeschlafen habt. Euer Bruder sollte sich schämen. Nennt sich einen rechtschaffenen Juden und will nicht einmal seine eigene Schwester ins Haus lassen, wenn sie ihn braucht. Eure Eltern würden sich im Grab umdrehen.«

»Mariam, was ist hier vorgefallen?«

Sie sah, dass mein Bedürfnis, alles zu erfahren, noch größer war als mein Hunger und meine Müdigkeit, daher setzte sie sich mir gegenüber auf den Hocker und stellte die Kerze neben sich. »Letztes Frühjahr belegte der Papst die Juden mit neuen Steuern. Das Geld sollte angeblich für einen neuen öffentlichen Brunnen verwendet werden. Ihr wisst ja, der Einzige, den wir haben, ist der auf der Piazza Giudecca, und der ist letzten Sommer fast ausgetrocknet. Aber es stellte sich bald heraus, dass es für die Truppen Eures … für Herzog Valentino bestimmt war. Deshalb weigerten sich viele Leute zu zahlen. Und das führte wiederum zu immer mehr Überfällen auf Juden. Junge Lümmel lungerten samstags in Gruppen in der Nähe der Synagoge herum, pöbelten uns an und drangsalierten uns. Niemand sprach laut aus, dass es Männer des Herzogs waren, aber alle wussten es. Euer Vater bat um eine Unterredung mit dem Papst, um alles wieder ins Lot zu bringen. Ich weiß nicht, was geschehen ist, aber bei seiner Rückkehr kochte er vor Wut wie ein zorniger Eber, und in jener Nacht ordnete der Herzog an, alle Häuser der führenden jüdischen Familien zu überfallen. Sie raubten Geld und Edelsteine, ja sogar unsere *Menoras*. Als sie hier eindrangen, versuchte Euer Vater, sie zur Vernunft zu bringen, aber einer der Männer schlug ihn mit seinem Spieß. Drei Tage darauf starb er.« Sie streckte den Arm aus, um mir das Knie zu tätscheln und mich zu trösten, aber ich spürte keinen Schmerz, jedenfalls nicht damals, sondern nur eine kalte Wut, die meine Organe in Eis zu verwandeln schien, in sprödes, schneidendes Eis.

»Er ist nicht mehr aus der Ohnmacht erwacht. Zum Glück hat er wenig gelitten. Der Papst schickte einen Beileidsbrief und versprach Eli, der Herzog werde seine Männer angemessen bestrafen.«

Oh, darauf versteht er sich, angemessene Strafen zu ersinnen, dachte ich. Mariam wartete auf einen Kommentar von mir, aber was ich zu sagen hatte, war nicht für sie bestimmt.

Sie räusperte sich verlegen, nahm ihre Kerze und ging in die Küche, um heißes Wasser und etwas zu Essen zu holen.

Ich übergab mich ganz ihrer Fürsorge, ließ zu, dass sie mir meine zerrissenen und verschmutzten Kleider auszog und mir mit einem Schwamm und warmem Wasser den Rücken wusch, während ich in einer kleinen kupfernen Waschschüssel vor dem Feuer kauerte. Missbilligend betrachtete sie meine entzündeten Brustwarzen und kramte daraufhin zwischen ihren Habseligkeiten nach einer Salbe. Während ich mich abtrocknete, nahm sie die restlichen Goldmünzen Donna Lucrezias aus meinem Korsett und stapelte sie sorgfältig auf ihrer Truhe, um dann meine alten Kleider in den Kamin zu werfen, selbst Beppos Wams, dessen Wollfutter die Flammen zu ersticken drohte. Dann reichte sie mir Unterwäsche und ein Kleid, das ich sofort wiedererkannte.

»Das ist eins meiner alten«, rief ich. »Es wird mir heute kaum mehr passen.«

Doch es passte noch, ganz gut sogar, außer dass der Rock ein wenig zu kurz war und das Oberteil etwas zu eng. Mir wurde bewusst, dass ich gar nicht so lange fortgewesen war.

»Habt Ihr alle meine Kleider aufgehoben?«, fragte ich, als mir Mariam eine Schale mit in Öl und Knoblauch gekochten Artischocken auf den Schoß stellte.

»Man weiß nie, ob man manche Sachen vielleicht noch einmal brauchen kann. Nun esst. Ich kümmere mich solange um den Kleinen.«

Für eine kinderlose Frau ging sie sehr geschickt mit ihm um. Denn Mariam war schon eine alte Frau gewesen, als ich sie kennenlernte, nachdem mich Señora Abravanel nach unserer Flucht aus Toledo bei ihr in Obhut gegeben hatte. Und außer unserer Familie hatte sie keine Angehörigen. Mariam trocknete Girolamo ab, legte ihn auf den Teppich und machte sich daran, ihm zur Pflege seiner wunden Haut Schenkel und Hintern mit Gänsefett einzureiben.

»Nicht beschnitten«, bemerkte sie mit leicht geschürzten Lippen.

»Sein Vater ist es auch nicht«, sagte ich und spürte, dass ihr etwas auf der Zunge lag, aber meine Miene hielt sie offenbar davon ab, es auszusprechen. Ich fragte mich, ob sie je mit einem Mann zusammen gewesen war oder je einen erwachsenen Mann nackt gesehen hatte, und fühlte mich plötzlich viel älter als sie.

»Wie wenig ich über Euch weiß, Mariam.«

Sie zuckte mit den Schultern. »Da gibt es nicht viel zu wissen«, sagte sie und begann, Girolamo in saubere Tücher zu wickeln.

»Ich habe über lange Zeit hinweg viel zu wenig auf die Ehre meiner Familie geachtet, Mariam»

»Ihr habt Eurem Vater gehorcht. Was kann man von einem Mädchen mehr erwarten? Wenn Ihr mich fragt …«

»Mein Vater wollte, dass ich Donna Lucrezia diene und mich gut verheirate.« Beide blickten wir auf den Säugling, der lächelte und gluckste und seine langen Finger ausstreckte wie die Blütenblätter einer Lilie, die sich der Sonne öffnet.

»Behaltet ihn bei Euch, Mariam. Lasst ihn beschneiden. Sorgt dafür, dass er die Tora studiert. Erzieht ihn zu einem Juden. Behaltet das Gold, es sollte für die entstehenden Kosten reichen. Ich brauche es nicht.« Nun, da ich wusste, was ich ihr sagen wollte, purzelten mir die Worte nur so aus dem Mund.

»Ihr wisst, dass ich das nicht darf. Ihr wisst, Ser Eli würde es strengstens verbieten. Heute Nacht könnt Ihr hierbleiben, müsst aber vor Tagesanbruch gehen. Das ist alles, was ich für Euch tun kann, zum Gedenken an Eure Mutter.«

»Bitte, Mariam. Eli hat mich zurückgewiesen, aber nicht Girolamo. Er ist doch nur ein kleines Kind. Man kann ihn noch zu allem formen. Er muss kein Borgia werden. Er kann ein Sarfati sein, zusammen mit Josefas Kindern aufwachsen und im Geschäft meiner Brüder mitarbeiten. Ich habe ihn nach meinem Vater benannt.«

»Denkt Ihr, Ihr könntet Euer Kind einfach so weggeben?« Mariam war zwar nicht lauter geworden, aber jetzt fauchte sie mich an wie ein zorniger Schwan. »Glaubt Ihr, Eure arme Mutter hat Euch den langen Weg von Toledo hierhergebracht, einen Weg, der sie das Leben gekostet hat, damit Ihr Säuglinge weggeben könnt, als würden sie an Bäumen wachsen? Nur Er ist es, der uns Kinder schenkt, und nur Er kann beschließen, sie uns wegzunehmen. Ihr legt Euch zum Sohn des Papstes ins Bett und haltet Euch für größer als der Allmächtige?«

»Ich will doch nur, dass er in Sicherheit ist.« Nun klang ich wie ein quengelndes Kind.

»In Sicherheit? Es gibt keine Sicherheit in dieser Welt, Esther, aber …«

»Ja?«

»Es gibt die Liebe. Nur ihr sollte man folgen.«

»Und die Pflicht?«

»Folgt der Liebe.« Zwischen den weichen Falten ihres Gesichtes schimmerten ihre Augen. Mit ihren von Leberflecken übersäten Händen zupfte sie an ihrem Rock. Bei ihr klang es so einfach, aber was, wenn die Liebe einen schier zerriss? Offenbar hatte Mariam dem Gesagten nichts mehr hinzuzufügen. Sie steckte mich ins Bett, genau wie damals, als ich noch ein Kind gewesen war, und legte mir meinen Sohn in die Armbeuge. Ich kann mich kaum noch entsinnen, wie sie sich neben mir ausstreckte und die Matratze unter ihrem Gewicht nachgab. Mein Schlaf war tief und traumlos, und als sie mich kurz vor Tagesanbruch weckte, war nichts klarer als zuvor. Ich schien in einer Art endlosem Staffellauf gefangen, bei dem die Eltern ihre gebrochenen Herzen an ihre Kinder weiterreichen.

Während ich Girolamo stillte, packte mir Mariam ein kleines Bündel, in das sie den Rest Brot vom Vorabend, ein Döschen Salbe, die sie mir für meine Brüste gegeben hatte, und vor allem Donna Lucrezias Gold legte. Gewissenhaft zählte sie mir sämtliche Münzen vor. Dann trat sie an das Bord, auf dem sie ihre Habseligkeiten und einige Büschel getrockneter Kräuter aufbewahrte, und griff nach etwas, das aussah wie ein Buch. Ein Buch? Mariam?

»Das habe ich ebenfalls für Euch aufgehoben«, sagte sie. Der Einband hatte Salzflecken und war verschlissen, und das Maroquinleder, das einst rot gewesen war, hatte sich durch das Alter und die Abnutzung in ein rostiges Braun verwandelt.

»Was ist das?«

»Das Haushaltsbuch Eurer Mutter. Es war in Eurem Gepäck, als Ihr hier ankamt. Wahrscheinlich erinnert Ihr Euch nicht mehr. Ich fand nie die passende Gelegenheit, es Euch zu geben, aber jetzt seid Ihr eine erwachsene Frau mit einer eigenen Familie, also sollt Ihr es haben.«

»Danke, Mariam. Ihr solltet wissen, dass Don Jofré Borgia vielleicht Männer hierher schickt, um mich abzuholen. Falls welche kommen, sagt ihnen, dass ich in den Vatikan gehe und das Maultier nach San Clemente zurückbringe.«

»Das Maultier lasst Ihr besser hier, Esther. Ich schließe Euch das hintere Tor auf. Falls Euch jemand fragt, sagt Ihr, Ihr wolltet auf den Markt von Campo dei Fiori gehen. Ihr müsstet schon so früh los, um das beste Gemüse zu bekommen.« Ich hörte sie kaum, so laut dröhnte es mir in den Ohren vor Ungeduld, endlich aufzubrechen. Mein Vater war tot, und meinen Brüdern war mein Los gleichgültig. Nun endlich war ich wahrhaftig Violante, die *conversa,* das Mädchen ohne Familiennamen außer dem einen, den mein Sohn mir gegeben hatte. Borgia.

*

Ein silbriger Dunst hing über dem Fluss. Lautlos wie Geister tauchten die Gestalten der anderen Frühaufsteher aus ihm auf, Kahnführer und Bettler und gebeugt dahinschlurfende Frauen mit großen gedeckten Körben. Der Nebel schien auch alle Geräusche zu dämpfen. Ich musste rasch zur Seite treten und auf den Flussdamm ausweichen, um eine heranstürmende Jagdgesellschaft vorbeizulassen.

Als ich die Treppe am westlichsten Kai der Brücke von Sant' Angelo hinaufstieg, zeigte sich über den Dächern und Türmen im Osten ein zerfranster Kranz Sonnenlicht. Möwen segelten kreischend über dem Dunst und fingen mit der Unterseite ihrer Schwingen das Gold der Sonne ein. Ich lächelte ihnen zu, und plötzlich schwebte mein Herz glückselig in einer Wolke aus blassem Aquamarin, Austernrosa und Schlüsselblumengelb. Ich dachte an die Möwen vor den hohen Fenstern von Cesares Gemächern im Vatikan, an seinen Lakaien, der die Läden öffnete, um möglichst gutes Licht zu haben, wenn er seinen Herrn rasierte, und an die aufgehende Sonne, die den roten Schimmer in seinem Bart erstrahlen ließ. Folge der Liebe. Etwas Beständigeres als die Liebe gibt es nicht.

Auf dem Sankt Petersplatz hatte sich eine Menschenmenge versammelt. An sich nichts Ungewöhnliches, wäre es nicht zu so früher Stunde gewesen. Sämtliche Köpfe waren zur Porta del Popolo an der Nordseite des Platzes gerichtet. Als ich mich dazugesellte, geriet die Menge plötzlich in Bewegung, und ich wurde mitgerissen.

»Was ist da los?«, fragte ich, weil ich nicht groß genug war, um über die vor mir Stehenden hinwegzusehen.

»Der Herzog zieht aus«, antwortete mir mein Vordermann über die Schulter hinweg. Zieht aus? Wie war das möglich? Don Jofré hatte doch versprochen, dass ich ihn heute Morgen treffen könnte. Irgendetwas musste vorgefallen sein, aber was? Ich band Girolamo noch fester in mein Schultertuch, damit ich beide Hände freihatte, und kämpfte mich durch die Menge nach vorne, ohne darauf zu achten, dass mich Leute anstießen und beschimpften, weil ich ihnen auf die Zehen trat oder meine Ellbogen in die Rippen stieß. Als ich mich an einem großen Pikenier in Cesares Livree vorbeidrückte, der sich bemühte, eine Gasse für das Gefolge seines Herrn freizuhalten, verstummte die Menschenmasse unversehens. Einen Augenblick lang hätte man meinen können, die Erde stünde still.

Da begannen die Glocken der Basilika, zum Morgengebet zu läuten. Der Pikenier ging in Habachtstellung, und eine Gruppe berittener Soldaten kam aus den Palasttoren, verhaltenen Schrittes und mit feierlicher Miene. Ihnen folgten acht Männer mit einer Sänfte, die mit karmesinrotem Damast verhängt war, und dahinter ein reiterloses, hoch ausschreitendes Pferd mit einer Satteldecke aus schwarzem Samt, darauf ein Kissen, auf dem Cesares Herzogskrone und andere Insignien seiner Macht ausgelegt waren. Die Menschen bekreuzigten sich, und irgendwo hinter mir brach eine Frau in Tränen aus.

Ich musste es wissen. Nichts zu wissen, war das Schlimmste. Wenn du etwas weißt, kannst du damit umgehen. Vielleicht. Ich lief in die Gasse zwischen der Menge und der Sänfte. Die Entfernung schien endlos. Als ich die Hand nach den goldgesäumten Vorhängen ausstreckte, zischte und pochte mir das Blut in den Ohren, als wäre ich den ganzen Weg von Ferrara bis hierher gerannt. Daher hörte ich weder die gebrüllten Befehle noch das Donnern galoppierender Hufe und das kratzende Geräusch eines Schwertes, das aus der Scheide gezogen wurde. Plötzlich hatte ich keinen Boden mehr unter mir, ein unvorstellbares Gewirr aus Sattelbeschlägen und Zaumzeug bohrte sich mir in die linke Seite, und der Geruch nach Pferd und Leder stach mir in die Nase.

»Zurück, Don Jofré!«, rief eine vertraute Stimme.

»Michelotto?« Er konnte mich nicht gehört haben, ich war ganz außer Atem.

Die Sänftenträger blieben verdutzt stehen, setzten ihre Last aber nicht ab. Michelotto ließ mich vorsichtig auf den Boden hinab, was die Menge mit Lauten des Staunens verfolgte, als wohnte sie einer akrobatischen Vorstellung bei.

»Was zum Teufel …? Sie war … Sie sollte doch …« Don Jofré, atemlos, rot im Gesicht und das gezückte Schwert in Händen, zügelte sein Pferd, sodass es gleichauf mit Michelottos Pferd stand, und funkelte ihn an. Er war einen Kopf größer als der Gefolgsmann seines Bruders und von höherem Rang, und doch bestand kein Zweifel, wer von beiden hier das Sagen hatte.

»Sie hatte nichts Böses im Sinn«, sagte Michelotto, und Don Jofré senkte den Blick. Er steckte sein Schwert in die Scheide, ordnete seine Zügel, wendete und ritt an der Kolonne entlang dorthin zurück, von wo er gekommen war.

»Danke. Cesare …?« Ich wiegte Girolamo in meinen Armen, um ihn zu beruhigen und Michelottos Antwort verstehen zu können.

Michelottos pockennarbiges Gesicht blickte finster drein. »Ihr habt Donna Lucrezia geholfen. Jetzt werdet Ihr ihm helfen.«

»Michelotto, ich bin keine … sie wäre vermutlich auch ohne mich gesund geworden.«

»Er glaubt aber etwas anderes. Seht ihn Euch an.« Michelotto beugte sich aus dem Sattel und hob einen der Vorhänge.

Zuerst schlug mir der Geruch entgegen, ein übler Gestank nach Erbrochenem, Fäkalien und abgestandenem Schweiß. Und nach altem Hund. Wie immer hatte er seinen blinden Hund bei sich. Man konnte kaum glauben, dass Mensch oder Tier in solch einem Gestank überhaupt atmen konnte. Eine Hand streckte sich aus der Dunkelheit hervor und ergriff mich am Schultertuch, eine Hand, die so ausgemergelt war, dass ihre Haut die Farbe der Knochen darunter angenommen hatte und sie mir wie die eines rastlosen Gespenstes erschien. Er zog mich näher heran, hinein zu sich in diesen verschlossenen, blutdunklen Raum, in diesen widerlichen Gestank, und flüsterte: »Lucia. Du bist gekommen, mich zu retten. Wie schon einmal. Nun wird alles gut.« Dann wurde er von einem heftigen Anfall erfasst, sodass er würgen und sich erbrechen musste.

Ich erhaschte einen kurzen Blick auf sein Gesicht, als er in die Kissen zurücksank. Er lächelte, und da fuhr mir der

Schrecken in die Glieder. Dass er sich mir anvertraute, war eine Last, die ich nicht auf mich nehmen konnte. Da erkannte ich, dass sie nicht mir aufgebürdet wurde. »Wer ist Lucia?«, fragte ich Michelotto, als er mich ans Ende des Trosses geleitete, wo er mir einen Platz in einer Kutsche besorgen wollte.

»Ach, das ist bloß ein Name. Er ist verwirrt. Torella hat ihn so oft zur Ader gelassen, dass ich bezweifle, ob noch genug Blut für einen klaren Gedanken in ihm steckt. Ihr wisst ja, Cesare und … die Frauen.« Er wirkte verlegen, was mich verunsicherte.

»Michelotto, warum seid Ihr auf einmal so freundlich zu mir?«

Mit einem Nicken wies er auf Girolamo, der mittlerweile fasziniert die in der Sonne glitzernden Harnische und Waffen betrachtete. »Sein Sohn, mein Sohn«, sagte er. Ich hätte ihn umarmen können; wenn Michelotto Girolamos Herkunft nicht anzweifelte, dann tat es Cesare gewiss auch nicht. »Hier«, fuhr er fort und zügelte sein Pferd neben einer verschlossenen Kutsche, die von einem Gespann aus sechs edlen Grauschimmeln gezogen wurde, »steigt Ihr ein«.

Als sich der Wagenschlag öffnete, fragte eine Frau: »Was ist los? Wieso halten wir?« Es war eine feste Stimme, fast so tief wie die eines Mannes, die Stimme einer Frau, die es gewohnt war, Antwort zu bekommen.

»Don Cesare wünscht, dass diese Dame Euch begleitet, Monna Vannozza, so es Euch beliebt.«

»Ob es mir beliebt oder nicht, ist meinem Sohn, wie man sieht, vollkommen gleichgültig, da diese Dame bereits meine Kutsche besteigt. Hat ihn denn seine Begegnung mit dem Tod keine Demut gelehrt?«

»Ich muss dafür sorgen, dass wir uns wieder in Bewegung setzen, *madama*. Don Prospero Colonna wird nicht ewig auf uns warten. Meine Verehrung, Monna Violante.« Er beugte den Kopf und ritt davon, wobei er lautstark Befehle erteilte.

Ich sollte also zusammen mit der Mutter meines Geliebten reisen, der furchteinflößenden Vannozza de' Cattanei, die in Santa Maria in Portico zwar nie persönlich erschienen war, aber nach meinem Empfinden durch ihre Abwesenheit stärkeren Einfluss auf das Leben dort ausgeübt hatte, als ihre körperliche Gegenwart je hätte bewirken können.

»He, Violante!« Die schrille Stimme eines Jungen, leicht keuchend.

»Giovanni!« Obwohl ich dieses Kind nie besonders ins Herz geschlossen hatte, umarmte ich jetzt den Infanten Roms so innig, dass es ihm fast die Luft abschnürte.

»Heiliger Jesus, Maria und Josef«, stieß Monna Vannozza hervor, »Ihr seid also die Jüdin. Es stimmt, was man berichtet.«

»Ich wurde als Jüdin geboren, aber ich bin konvertiert, Madonna«, erwiderte ich. Ihr Ton war nicht freundlich, und ich fragte mich, ob sie zu jenen Menschen gehörte, die den *conversi* misstrauen. Es hieß, sie sei sehr fromm.

»Lucrezia ist ihre Patin, Nonna«, erklärte Giovanni.

»Ja, mein Lieber«, sagte Monna Vannozza, starrte mich aber weiterhin so an, als dürfe sie mich nicht aus den Augen lassen. Die Kutsche fuhr ruckend an und bewegte sich langsam vorwärts. Beim Poltern ihrer Räder bebte der Kutschboden, und durch die Staubblenden, die ein verschwommenes Licht wie unter Wasser hereinließen, drang gedämpft der Lärm der Menge. »Seht nur, Dorotea, seht. Ist sie nicht das Ebenbild meiner erlauchten Tochter?«

»Ich hatte nie die Ehre, der Herzogin von Ferrara zu begegnen, Madonna.« Es war eine sanfte Stimme, unterwürfig und ein wenig zittrig, als wäre ihre Besitzerin das Sprechen nicht gewohnt. Dorotea? War das die geheimnisvolle Dorotea Caracciolo, die Frau, die Cesare angeblich entführt hatte? Ich wagte einen verstohlenen Blick und merkte, dass sie das Gleiche tat, aber sie sah nicht mich an, sondern Girolamo. Ihre traurigen dunklen Augen ruhten mit der Schicksalsergebenheit einer Heiligen auf ihm. Sie verlagerte das Gewicht des Bündels, das in ihrem Schoß lag, von ihrem linken Knie auf das rechte. Aus dem Bündel drang ein leiser Schrei. Ein Säugling. Sie hatte ein Kind.

»Ja, das ist sie, bei meinem Wort. Wie unheimlich.«

Ich hielt Monna Vannozzas Beharren auf unserer Ähnlichkeit für übertrieben, aber vielleicht wusste sie auch nicht mehr so recht, wie ihre Tochter aussah. Doroteas Kind begann zu greinen.

»Hat sie Hunger?«, fragte Monna Vannozza.

»Sie müsste eigentlich satt sein. Noch kurz vor unserer Abreise hat sie die Brust bekommen.«

»Gebt sie mir.« Monna streckte ihre behandschuhten Hände aus, die mit Juwelen überladen waren. An jedem Finger, selbst an den Daumen, funkelten Ringe und an jedem Handgelenk drei oder vier Armbänder. Offenbar trug sie einen Großteil ihres transportablen Reichtums am Körper. Dorotea reichte ihr die Kleine, die ungefähr gleichen Alters zu sein schien wie Girolamo.

»Wie alt ist sie?«, fragte ich wie unter Zwang und wünschte sogleich, ich hätte geschwiegen. Hoffentlich klang meine Frage wenigstens freundlich, dachte ich.

Dorotea lächelte. Sie hatte einen schönen Mund mit vollen, wohlgeformten Lippen in dem dunklen Rosa einer Olive im November. »Sie wurde kurz nach Ostern geboren.« Keine sechs Wochen vor Girolamo. Ich spürte in meiner Brust die Eifersucht anschwellen wie einen Albdruck und konnte nur hoffen, dass dadurch meine Milch nicht sauer wurde.

»Und Euer Kind?«, wollte Monna Vannozza wissen.

»Es kam im Mai zur Welt, Madonna.« Monna Vannozza sah stolz drein. Nun wandte sich Dorotea ihrem Kind zu. Ich meinte zu erkennen, dass sich auf der madonnengleichen Blässe ihrer Wangen eine leichte Röte abzeichnete. Unwillkürlich fragte ich mich, ob er sie diese zwei Jahre lang in sein Haus gesperrt hatte, wie ein Spielzeug in einem Schrank, von wo er es nach Lust und Laune herausholen konnte. Ihre Haut schien so dünn, als sei sie Wind und Sonnenlicht nie ausgesetzt gewesen.

»Ist es ein Junge oder ein Mädchen?«

»Ein Junge, *madama.*«

»Ausgezeichnet.«

»Gut«, sagte Giovanni, »dann kann er mein Freund werden. Ich habe ja nur Camilla, und sie ist ein Mädchen. Wo ist dein Mann, Violante? Ist er auch am Fieber gestorben wie mein Papa?«

Ich spürte den Blick der beiden Frauen auf mir ruhen. Sie warteten gespannt auf meine Antwort. Falls Dorotea noch nicht wusste, wer Girolamos Vater war, hätte sie es jetzt ahnen müssen. »Er ist sehr krank gewesen, mein Schatz, aber nun wird er wieder gesund.«

»Gut. Du bist nett. Cesare hat immer gesagt, dass du die Lustigste unter Lucrezias Hofdamen bist. Er hat gesagt, du kannst auf Griechisch Witze erzählen.«

»Nur einen Witz, und der ist auch nicht von mir, sondern

ein Spruch von Aristophanes, den ich auswendig lernen musste, als ich noch ein kleines Mädchen war. Bestimmt hat Don Cesare das ganz schnell gemerkt.« Ich warf Dorotea einen verstohlenen Blick zu, um herauszufinden, wie sie Giovannis Bemerkung aufgenommen hatte. Sie war darin vertieft, ihr Kind auf Monna Vannozzas Schoß zurechtzurücken, und schien nicht zugehört zu haben. Mein Blick begegnete nicht dem ihren, sondern Monna Vannozzas, und für eine Sekunde sahen mich Cesares Augen an, zusammengekniffen und dunkel, wachsam und klug.

Wir schienen rasch zur Porta del Popolo vorangekommen zu sein, trotz der Menschenmenge am Rand der engen Straßen und obwohl unser Tross mit seinen Reitern und Fußsoldaten, Gepäckwagen und Maultiergespannen und gewiss auch den fahrbaren Käfigen mit Cesares Leoparden, die er zur Jagd benutzte, recht lang war. An der Porta del Popolo hielten wir an, vermutlich um Don Prospero zu begrüßen, dem, wie Monna Vannozza erklärte, das Betreten der Stadt untersagt worden war, da er einen Trupp spanischer Infanteristen befehligte. Don Prospero hatte Cesare sein Landhaus in Tivoli angeboten, damit er sich dort erholen könne, und dies sei, sagte Monna Vannozza zu mir, auch das Ziel unserer Fahrt.

Noch während sie mir das alles erklärte, wurde der Wagenschlag aufgerissen und Don Jofré steckte den Kopf herein. Der Diamant auf seinem Barett blinkte grell in der Vormittagssonne.

»Ihr kommt mit mir«, sagte er und deutete mit dem Kinn auf Dorotea. Verwirrt runzelte sie die Stirn und kniff kurz ihre schönen Augenbrauen zusammen, stellte aber keine Fragen, sondern hob einfach ihre Tochter von Monna Vannozzas Schoß. Nach zwei Jahren bei Cesare war sie vermutlich an rätselhafte Befehle und plötzliche Sinneswandel gewöhnt; Cesare tat nichts, was ihm nicht sinnvoll und zweckdienlich erschien, doch gleichzeitig versuchte er, alle anderen im Unklaren zu lassen.

»Das Kind nicht«, sagte Don Jofré. Seine Stimme war barscher als die seines Bruders, nicht so sorgfältig geschult. Don Jofré ist ein Tölpel, dachte ich.

»Aber …?« Doroteas bleiche dünne Finger umklammerten ihre Tochter. Monna Vannozzas juwelengeschmückte Hände ebenfalls. Bei diesem salomonischen Konflikt bestand kein Zweifel, welche der beiden Mütter obsiegen würde; mit überlegener Macht im Hintergrund lässt sich jedes Unrecht zur gerechten Sache erklären.

»Meine erlauchte Mutter und ihre Amme werden gut für das Kind sorgen, Frau. Euer Gatte, dieser liebestrunkene alte Narr, will Euch zurückhaben. Aber ganz bestimmt nicht mit einem Andenken an Euren Aufenthalt beim Herzog. Keine Sorge, gewiss wird er von Euch noch reichlich Kinder bekommen, sofern er noch Tinte auf seiner Feder hat.« Don Jofré und seine Mutter lächelten einander gehässig zu. Doroteas ungläubig blickende Augen füllten sich mit Tränen; sie blinzelte, und schon liefen sie ihr in die Winkel ihres schönen Mundes. Ich presste Girolamo so fest an mich, dass er anfing, zu strampeln und zu wimmern, und dankte meinem Schöpfer, dass er mich eigensinnig und schlagfertig gemacht und Donna Lucrezia ein gutes Urteilsvermögen geschenkt hatte. Mit mir könnten sie nicht so umspringen. Girolamo hatte keine Amme.

»Nun bewegt Euch schon, Dotti«, herrschte Don Jofré sie an. »Ein paar Männer aus Venedig warten auf Euch, und sie scheinen sich in der Nähe meines Bruders nicht recht wohlzufühlen.« Er gab ein höhnisches, bellendes Lachen von sich. »Ich fürchte, sie glauben, er sei von den Toten auferstanden.«

»Jofré!« Monna Vannozza ließ die kleine Camilla mit einer Hand los, um sich zu bekreuzigen.

Dorotea wirkte unschlüssig. Ihre Hände zitterten, sie blickte sich hektisch um, als könnte sie nicht ertragen, ihr Kind anzusehen. Die kleine Camilla, vielleicht angesteckt von der Verzweiflung ihrer Mutter oder dem Quengeln meines Sohnes, fing an zu schreien. Da stürzte sich Dorotea mit einem tierischen Aufheulen aus der Kutsche auf Don Jofré, als wollte sie ihn auf dem Boden niederringen. Sie war zwar hochgewachsen, aber keine Frau von großer Körperkraft. Don Jofré, auf diesen Angriff nicht vorbereitet, wich ein wenig zurück, hatte sich aber schnell wieder gefasst und packte Dorotea an den Handgelenken. Sie wand sich und kämpfte, bis ich dachte, ihre Handgelenke würden brechen, dann aber schien sie plötzlich alle Kraft verloren zu haben. Sie sackte in sich zusammen, ließ den Kopf hängen und knickte in den Knien ein. Nur Don Jofrés fester Griff verhinderte, dass sie zu Boden sank.

»Gutes Mädchen«, sagte er. »So ist es besser. Und los jetzt.« Er drehte sie in Richtung der Spitze unseres Zuges und schob sie mit einer Hand, die er ihr flach auf den Rücken legte, vor sich her. Mit kleinen Schritten schleppte sie sich taumelnd durch den Staub.

Ich beugte mich über meinen Sohn, um seinen Kopf zu küssen. Niemals, sagte mein Herz zu ihm, niemals lasse ich zu, dass man so mit uns umspringt.

*

»Ich werde jetzt in Latein mit Euch sprechen«, sagte Monna Vannozza. Giovanni, der sich langweilte und quengelte, war nach oben auf den Kutschbock verbannt worden; seinen Platz hatte Camillas Amme eingenommen. Ich fragte mich, was Monna Vannozza wohl zu sagen hatte, das die Amme nicht verstehen durfte, und ob ich selbst es überhaupt verstehen würde, denn ich hatte wenig Übung in gesprochenem Latein.

»Wir wollen einige Dinge klarstellen. Da Ihr die Mutter meines Enkels seid, werde ich Euch dulden. Dem Kind kann nicht die Schuld an den Machenschaften welcher Art auch immer gegeben werden, die Ihr und meine Tochter ausgeheckt habt, damit dieses Kind zur Welt kam. Ihr dürft also bleiben und für Euren Sohn sorgen, bis bessere Vorkehrungen getroffen sind.« Sie hielt inne. Ihr Mund war ein runzeliger Ausdruck von Abscheu, die Hände hatte sie im Schoß gefaltet.

»Ja, *domina.*«

»Doch Ihr könnt nicht erwarten, mein Wohlwollen zu gewinnen.«

»Nein, *domina.*«

»Ja, *domina,* nein, *domina.* Das Unschuldslamm zu spielen, verfängt bei mir nicht, junge Dame.«

Diese ungerechte Beschuldigung machte mich wütend. »Domina, vergebt mir, aber ich habe keine Ahnung, wovon Ihr sprecht. Ich hoffe, Eurer erlauchten Tochter treu und gut gedient zu haben, und ich bin … ich liebe den Herzog sehr und bete für seine Genesung. Ich bin deshalb hier, weil er nach mir gerufen hat, wie Michelotto bezeugen kann.«

Die Erwähnung Michelottos schien sie nachdenklich zu stimmen. Welche Fehler er auch immer haben mochte –

seine Ergebenheit gegenüber seinem Herrn stand außer Zweifel. Wenn er mir wohlgesonnen war, konnte ich nicht durch und durch verdorben sein.

»Vielleicht liebt Ihr ihn wirklich. Vielleicht hat Lucrezia letztlich auch Euch getäuscht. Aber das ist eine verworrene Geschichte, und ich fürchte, dafür reicht mein Latein nicht.« Sie wandte sich an die Amme. »Du, Mädchen, verschließt jetzt deine Ohren. Wenn du auch nur ein Wort von dem ausplauderst, was ich hier zu Monna Violante sage, kannst du sicher sein, dass ich es erfahre. Und dann werde ich es dem Herzog berichten, damit er dir die Zunge aus dem Mund reißen lässt. Habe ich mich deutlich genug ausgedrückt?«

Das Mädchen nickte.

»Gut.« Monna Vannozza setzte sich zurecht, als wollte sie mir eine Gutenachtgeschichte erzählen. Ihre Erzählung klang seltsam, und wie die meisten guten Geschichten begann sie mit einer Burg. »Alle meine Kinder, das heißt die Kinder, die ich Rodrigo geboren habe, kamen in seiner Burg in den Hügeln von Subiaco zur Welt. Seine damaligen Zukunftspläne erforderten ein verschwiegenes Vorgehen.

Der Nachmittag, an dem ich mit Cesare in den Wehen lag, war mild, genau so, wie man sich einen Tag Mitte September vorstellt. Die Sonne schien golden, die Trauben reiften, und die zweite Heuernte war gerade eingebracht. Aber in der Nacht blies der Teufel über Subiaco hinweg. Am nächsten Morgen war der Boden gefroren. Sogar während meiner Wehen konnte ich die Kälte spüren, mein Schweiß war eiskalt, genau wie die Hände der Hebamme, wenn sie prüfte, wie weit ich schon war. Als Cesare kam, durchschnitt sie die Nabelschnur und blies ihm ins Gesicht, damit er schrie. Und ich wusste, ich wusste es einfach, so wie eine Mutter das weiß, dass er mit diesem Schrei den frostigen Atem des Teufels einsaugen würde. Ich konnte sehen, wie er in seine Lungen drang, sie schrumpeln ließ wie die Trauben an den Rebstöcken. Wenn er atmete, meinte ich, das Klirren von Eiszapfen im Wind zu hören. Er ließ sich kaum stillen, seine Lippen und Fingernägel waren blau, seine Haut nasskalt wie das Grab. Die Hebamme selbst hat ihn getauft, weil wir nicht glaubten, dass er überleben würde. Deshalb hat er den Namen Cesare erhalten und nicht einen dieser bei den Borgia üblichen Namen wie Juan oder Pedro Luis oder Rodrigo. Cesare, so hieß der Bruder der Hebamme.

Aber wir hatten seine Zähigkeit unterschätzt. Er überlebte. Juan wurde geboren und wuchs seinem Bruder bald über den Kopf. Rodrigo behandelte beide gleich, gab ihnen Schwerter und Ponys und Ritterrüstungen für Kinder, aber Cesare war nicht stark genug zum Reiten und für die anderen ritterlichen Fertigkeiten, und man sah, wie sehr er Juan mit jeder Faser seines Körpers beneidete, wenn dieser mit seinem Pony oder Schwert protzte. Aber er besaß eine rasche Auffassungsgabe. Schon sehr früh lernte er lesen, er beobachtete und hörte zu. Er war ein bemerkenswertes Kind.

Als Lucrezia geboren wurde, war er fünf. Rodrigo war so aufgeregt über die Geburt einer Tochter, dass er darauf bestand, die beiden Jungen hinauf nach Subiaco zu bringen, damit sie sie begrüßen konnten. Ich wollte nicht, dass Cesare mitkam. Böse Vorahnungen sagten mir, dass die Reise seinen sicheren Tod bedeuten würde. Ich lag also im Bett mit dem Neugeborenen in der Krippe neben mir. Juan kam fröhlich hüpfend herein, sprang auf mein Bett, küsste mich überschwänglich und plapperte unablässig davon, wie er gelernt habe, auf sein Pony aufzuspringen und dass Papa ihm einen

Turmfalken zum Geburtstag versprochen habe. Daher nahm ich Rodrigo kaum wahr, der Cesare im Arm hatte, den Jungen neben der Krippe absetzte und sagte: Schau, das ist deine neue Schwester. Aber was dann geschah, werde ich mein Lebtag nicht vergessen.

Cesare starrte in die Krippe, und die Kleine sah ihn direkt an. Sie blinzelte nicht, sie starrte einfach zurück, und ihre Augen sahen so alt aus wie die Ewigkeit, und Cesare sagte, klar wie eine Glocke, ohne zu keuchen oder zu husten: Das ändert alles. Das ändert alles. Wie kommt ein Fünfjähriger dazu, so etwas zu sagen, selbst wenn er so veranlagt ist wie Cesare? Mir lief ein kalter Schauder über den Rücken. Juan hörte auf zu plappern, und selbst Rodrigo sah ein wenig unsicher drein. Da wurde es mir klar. Sie hatten mir mein Kind weggenommen und einen Wechselbalg an seine Stelle gesetzt.

Ich versuchte, es Rodrigo zu sagen, aber er tätschelte mir nur die Hand und schenkte mir einen Diamantring. Eine Frau im Wochenbett neige eben zu seltsamen Einbildungen, sagte er und trug der Hebamme auf, mir etwas zu geben, damit mein Bauch schrumpfte und der Milchfluss unterblieb. Wir wollen, dass du wieder normal wirst, sagte er mit einem unmissverständlichen Funkeln in seinen Augen. Die Zeit verging, und ich lernte, meinen Verdacht für mich zu behalten. Cesare wurde allmählich kräftiger. Bis Lucrezia ein Jahr alt war, hatte er bereits Juan an Körpergröße übertroffen und war ihm in den meisten körperlichen Übungen überlegen, obwohl Juan verbissen mit ihm rang, nicht zuletzt auch um Lucrezias Gunst. Sogar damals schon konnte sie alle und jeden bezirzen, und ihr Vater und ihre Brüder verwöhnten sie über alle Maßen. Rodrigo meinte, was sie mit Cesare fertiggebracht hatte, grenze an ein Wunder, aber ich habe ihr damals schon nicht getraut, und ich traue ihr bis heute nicht. Sie ist eine Hexe, und was immer sie auch bewegt hat, Cesare das Leben zu retten, es steckt etwas Böses dahinter, da bin ich mir sicher.

Ihr macht mir Angst, Violante, Ihr seid durch Hexerei hierher geschickt worden, und ich werde alles in meiner Macht Stehende tun, Euch von meinem Sohn fernzuhalten.«

Ich fragte mich, ob sie wirklich glaubte, was sie da sagte. Wenn nicht, hatte sie meinen Verstand beleidigt, indem sie davon ausging, sie könnte mir dies alles als Wahrheit andrehen.

Es stimmte, Cesare und seine Schwester standen sich nahe, weitaus näher, dachte ich mit einem Stich des Bedauerns, als meine Brüder und ich. Aber wenn in ihrem Verhältnis einer die Oberhand hatte, so war es Cesare, und nicht Donna Lucrezia. Sie war es doch, die auf sein Vorgehen in Urbino nur mit ohnmächtiger Raserei antworten konnte und in entsetzlicher Ungewissheit den Ausgang der Vorgänge in Senigallia abwarten musste, und nicht umgekehrt. Kannte Monna Vannozza ihren Sohn so wenig? Falls bei seinem Überleben Magie im Spiel gewesen war, dann nur seine eigene, und nicht die Donna Lucrezias. Sie war nicht mehr ein Wechselbalg als ich.

4

Nepi, im September 1503

Du hast mir stets vorgeworfen, ich hätte mich nicht von dir verabschiedet, als ich Nepi verließ. Hast du nicht erkannt, dass wir uns schon lange zuvor getrennt hatten?

Ich wusste sogleich, dass wir nicht in Tivoli waren, denn ich war schon häufiger mit Donna Lucrezia dort gewesen. Madonna liebte diese Stadt und sagte gern, eines Tages werde sie Kaiser Hadrian nacheifern und sich in Tivoli eine Villa bauen. Doch als wir nun aus der Kutsche stiegen und unsere steifen Glieder streckten, befanden wir uns nicht vor einem Sommerhaus, sondern im Innenhof eines Kastells mit den gleichen schweren Befestigungsmauern, über die sich Monna Vannozza bereits in ihrer Schilderung von Subiaco beklagt hatte. Die Wohnräume befanden sich offenbar in den Rundtürmen und hatten lediglich Schießscharten als Fenster.

»Nepi«, sagte Monna Vannozza, während sie die Arme in das tiefe Nachmittagsblau des Himmels hob, sodass ihre Edelsteine im weichen Sonnenlicht funkelten. »Der Junge macht nie das, was er ankündigt. Ich fürchte, ich habe nicht genügend warme Gewänder dabei.«

Nepi. Mein Herz schien hinter meinen Rippen Purzelbaum zu schlagen, als ich mich an Madonna in Belfiore erinnerte, wie die Glas- und Tonscherben unter ihren nackten, blutenden Füßen knirschten, während sie so laut schrie, als könne Cesare sie bis nach Urbino hören: *»In Nepi. Du hast es versprochen. Du hast geschworen, du würdest nicht eingreifen.«* Ich betrachtete die fensterlosen Türme, die auf das Gewirr von Menschen und Tieren, von Karren und Kutschen im Hof tiefe Schatten warfen. Was verbarg sich in ihnen, fragte ich mich, während mein Blick auf Cesares Sänfte verharrte, die undurchdringlich mit den nach wie vor zugezogenen Vorhängen und umringt von seinen Wachen im Mittelpunkt des Treibens stand.

Monna Vannozza, der offenbar mein Sinnieren nicht entgangen war, rauschte so dicht an mir vorbei, dass ihre Röcke über meine bloßen Knöchel strichen. Sie erteilte den Wachen Anweisungen, die aber nur verlegen herumstanden und keine Anstalten machten, ihr zu gehorchen. Michelotto eilte ihr zu Hilfe. Er löste sich aus einer Gruppe Männer, die vor dem höchsten der vier Festungstürme soeben eine kleine Kanone postierten, und zog die Vorhänge der Sänfte auf.

Um uns das Modellzeichnen zu lehren, hatte Schwester Arcangelo damals im Kloster eine nach dem Menschen gestaltete Holzfigur benutzt. Eines Tages löste der Junge, der unsere Tintenfässer nachfüllte, an ihr alle Zapfen aus den Scharnieren, sodass jedes Mal, wenn Schwester Arcangelo die Figur in eine bestimmte Stellung bringen wollte, sie hilflos in sich zusammensackte. An diesen Anblick fühlte ich mich erinnert, als zwei der Wachen ihre Hände zu einem Sitz verschränkten und zwei weitere Cesare aus der Sänfte hoben. Als sie ihn an den Achselhöhlen hielten, baumelten seine Gliedmaßen kraftlos herab, und sein Kopf rollte hin und her. Sein armer, geschorener Kopf – anstelle der einstigen Lockenpracht nur mehr dunkle glanzlose Stoppeln.

»Oh Gott, Violante?«, flüsterte Giovanni, während er seine Hand in meine schob. »Was wird mit uns geschehen? Kann ich immer noch Herzog von Camerino werden?«

Ich drückte dem kleinen Jungen beruhigend die Hand. »Mach dir keine Sorgen«, sagte ich, weil es sinnlos war, sich Sorgen zu machen.

*

Cesare wurde im Gouverneursturm einquartiert und nicht nur von seinen Schweizer Lanzenträgern, sondern auch von seiner Mutter und deren Priestern bewacht, mit denen sie sich umgab. Ich vertrieb mir die Zeit, indem ich das alte Kastell und das Gelände erkundete, über die Festungswälle streifte und in die kleinen höhlenartigen Räume spähte. Ich suchte nach Hinweisen, was hier geschehen war, welches Versprechen Cesare seiner Schwester gegeben und dann mit seinem Überfall auf Urbino so drastisch gebrochen hatte.

Eines Morgens traf ich Michelotto auf dem ausgetretenen Pfad zur Latrine. Als wir einander grüßten, stürmte Monna Vannozza so schwungvoll an uns vorbei, dass ihr Schlüsselbund klirrte und ihre Röcke aus der schweren Damaszener Seide, die sie so schätzte, rauschten.

»Der Herbst steht vor der Tür«, sagte Michelotto, während er zu den Wolken sah, die über den Himmel jagten.

»Wie geht es Eurem Herrn heute Morgen?«

»Er muss noch ruhen, aber da sich niemand außer Don Jofré um seine Angelegenheiten kümmert, nun, …« Michelotto zuckte mit den Schultern.

»Ich wünschte, ich dürfte ihn sehen.«

»Ja, das wünschte ich auch.« Mit einem finsteren Blick sah er Monna Vannozza hinterher, dann grinste er mich plötzlich an und enthüllte dabei ungeniert seine fauligen Zähne. »Jeder hat seine verborgenen Schwächen, wie Ihr seht.«

»Es ist nur recht und billig, dass ein Mann seine Mutter achtet.«

»Wäre er kräftig genug, würde er dazu die Spitze seines Stiefels benutzen«, entgegnete Michelotto erbittert. »Kommt noch heute. Ich will verdammt sein, wenn sie stets nur ihren eigenen Willen durchsetzen kann. Und jetzt sagt mir mein Gedärm, dass es nicht länger warten kann. Wenn Ihr mich bitte entschuldigen wollt?«

*

Ich hatte keine Angst vor Monna Vannozza. Sie hingegen hatte guten Grund, mich zu fürchten, wenn sie mich für eine Hexe hielt. Ich gab Girolamo in die Obhut von Camillas Amme, mit der ich mir in einem von Dienerinnen aller Art bewohnten Raum das Bett teilte. Unser Zimmer lag in dem Turm, der auch die Burgküchen und die Spülküche beherbergte. Wie üblich hatten zwei Wachen vor Cesares Schlafkammer Aufstellung bezogen, da aber die Tür halb offen stand, konnte ich von drinnen tiefes, aufgeregtes Gemurmel hören. Ein Arzt kam heraus, mit ernster Miene und eine zugedeckte Schale in der Hand, gefolgt von einer Magd mit einem Bündel schmutziger Wäsche, die Wangen tränennass. Mir lief es kalt den Rücken hinunter. Plötzlich ein lauter Aufschrei, der in ein missmutiges Klagen überging.

»Lucia! Lucia, wo bist du? Jemand soll sie holen, ich kann nicht …«

Ich wartete nicht länger, sondern stürmte durch die halb

offene Tür, ehe die Wachen mich aufhalten konnten. »Ich bin es, nach der er ruft«, erklärte ich, während ich ohne Umschweife zum Bett eilte.

»Schafft diese Frau hinaus. Sie bringt ihm Übel.«

Ich hörte, wie hinter mir Schwerter gezogen wurden, doch es kümmerte mich nicht. Wenn ich sterben musste, dann wenigstens deshalb, weil ich versucht hatte, ihm zu helfen. Mit meinem erkaltenden Leib würde ich das Fieber in ihm löschen. Denn er war so heiß, dass man ihn kaum berühren konnte, er glühte vor Hitze wie ein Teufel in Gehenna. Ich packte ihn an den Schultern und versuchte, ihn wieder in die Kissen zu drücken. Er schrie erneut, worauf der alte Hund, der sich am Fußende des Bettes zusammengerollt hatte, zu knurren begann. Ich sprang zurück. Meine Hände waren feucht von Cesares Schweiß. Und seinem Blut. Sein Nachtgewand war durchtränkt, auf Rücken und Brust zeichneten sich Flecken von blassem bräunlichen Blut und gelbem Eiter ab. Schweiß stand ihm auf der Oberlippe und schimmerte in seinen Haarstoppeln. Wie blind starrte er mich an, mit weit aufgerissenen Augen, in denen nichts zu sehen war außer dem verkleinerten Spiegelbild meines eigenen Gesichtes, des Gesichtes dieser Lucia, wer immer sie auch sein mochte.

»Er braucht frische Luft, damit sein Fieber sinken kann«, sagte ich, während ich gegen einen Würgereiz ankämpfte. »Tretet alle vom Bett zurück. Seht, er ist schon ruhiger.« Cesare hatte mittlerweile aufgehört, um sich zu schlagen, und lag jetzt still, die Augen halb geschlossen. Seine Finger zupften in kleinen kraftlosen Zuckungen am Bettzeug. Jetzt fiel mir auf, dass seine Haut, soweit man sie sehen konnte, von Blasen und, wo diese aufgeplatzt waren, offenen Entzündungen bedeckt war. Handgelenke und Knöchel waren geschwollen wie bei einem Rheumakranken. Er atmete in harten kurzen Stößen durch den offenen Mund, aus dem er übel roch. Er hätte ohnehin nicht mehr lange um sich geschlagen, dachte ich, denn dazu war er viel zu ausgelaugt. Die Priester aber bekreuzigten sich, die Ärzte räusperten sich verlegen und rieben sich mit der Hand den Nacken, und die kleine Magd rief: »Ein Wunder?«

Monna Vannozza winkte ihre Gefolgschaft herbei und rauschte mit erhobenem Kinn und rachsüchtiger Miene aus dem Raum. Nun war niemand mehr bei uns außer Michelotto.

»Was braucht Ihr?«, fragte er, so wie er unter anderen Umständen Cesare gefragt hätte.

»Wasser und saubere Tücher. Und einen Schwamm, wenn Ihr einen finden könnt. Außerdem mit Wasser verdünnten Wein, süßen, wenn es hier so etwas gibt.«

Als Michelotto den Raum verlassen und den Wachen in seinem grässlichen Navarreser Dialekt Anweisungen zugebellt hatte, streckte ich mich neben Cesare auf dem Bett aus. Der Hund rutschte zur Seite, nachdem er die Spitze meines Schuhs zu spüren bekommen hatte. Während ich Cesare über den Kopf strich, erzählte ich ihm, dass ich ihm morgen eine freundlichere Bettstatt besorgen würde, damit er schneller gesunde. Ich wusste zwar nicht, ob er mich überhaupt verstand, achtete aber dennoch darauf, dass meine Stimme zuversichtlich klang. Als ich seine zerbrechlichen Schädelknochen unter meiner Hand spürte, fragte ich mich, ob er die Sphäre, in der ein Mensch noch hören konnte, womöglich schon verlassen hatte. Denn was die kleine Magd ein Wunder genannt hatte, erschien mir eher wie das Sterben.

Aber mit einem Mal veränderte sich sein Atmen und

wurde tiefer. Er wandte den Kopf zu mir um und tätschelte mich an der Taille.

»Ein sehr hübsches Gewand«, sagte er, ohne die Augen zu öffnen. Seine Stimme klang sanft und innig. »Du wirst eine schöne Braut abgeben. Aber du weißt, dass ich nicht dabei sein kann.«

»Warum nicht?« Ich hielt es für das Beste, auf ihn einzugehen.

»Das weißt du doch?« Jetzt klang er verärgert, und auf der Stelle bedauerte ich meine Entscheidung. Ich begann, ihm wieder über den Kopf zu streichen, um ihn zu beruhigen, doch diesmal hatten mich die vermeintlichen Wunderkräfte verlassen. Er wehrte mich ab und setzte sich auf, die Augen erneut starr und leer, den Mund vor Anspannung verzogen. Ein Riss in seiner Unterlippe begann zu bluten. »Gib mir deine Schuhe.«

»Was?« Er sprach katalanisch, vielleicht hatte ich ihn deshalb nicht verstanden.

»Deine Schuhe. Die du tragen wirst. Los, los, rasch. Wir haben nicht den ganzen Tag Zeit.«

Ich schlüpfte aus den Schuhen und gab sie ihm. Den einen legte er sich in den Schoß, den anderen hielt er fest und begann, mit der freien Hand unter der Bettdecke umherzuwühlen. »Das Messer«, sagte er. »Wo ist mein Messer? Gib mir deins, mein Schatz.«

Mir schwante Böses, ich löste aber dennoch mein Fleischmesser aus dem geflochtenen Lederriemen, mit dem es an meinem Gürtel befestigt war, und reichte es ihm. Da es nicht sonderlich scharf war, würde es wahrscheinlich weniger Schaden anrichten, als wenn ich es ihm verwehrte. Erstaunt beobachtete ich, wie er sich an den Sohlen meiner Schuhe zu schaffen machte. Sorgfältig ritzte er sie mit schrägen Schnitten von der Ferse bis zu den Zehen ein, dann in der entgegengesetzten Richtung, so wie man einen Eber zum Braten vorbereitet.

»Hier?« Er gab sie mir zurück. »Nun kannst du nicht mehr ausrutschen, wenn der Dummkopf mit dir tanzt. Denn die Fußböden werden seit Tagen schon poliert, und ihm ist nicht zuzutrauen, dass er dich richtig festhält.« Ich zog die Schuhe wieder an. Trotz ihrer kaputten Sohlen waren sie auf den kalten Steinböden der Burg besser als nichts. Da packte er mich mit unvermuteter Kraft an den Schultern. »Du siehst, ich bin immer bei dir und passe stets auf dich auf. Vergiss das nie.«

Und dann küsste er mich, hart, gierig und ungestüm. Seine Zähne rieben an den meinen, seine Zunge huschte durch meinen Mund, sein Herz pochte gegen mein Brustbein. »Ich gehe nun fort. Aber keine Sorge. Wir sind nicht wie das Kalb in Caprarola. Wir werden nicht sterben.« Er ließ mich los, sank zurück aufs Bett, rollte sich von mir abgewandt auf die Seite und schien einzuschlafen. Auf meinen Lippen schmeckte ich sein Blut. Ich bebte noch immer, als Michelotto zurückkam.

»Hier.« Er stellte einen Krug, eine Schüssel und einen Stapel gefalteter Handtücher auf die Wäschetruhe am Fuße des Bettes. »Ist alles in Ordnung? Ihr seht selbst ein wenig fiebrig aus«.

Ich erzählte ihm, was vorgefallen war. »Was hat das zu bedeuten?«, fragte ich.

Michelotto zuckte mit den Schultern. »Keine Ahnung.« Er log, dessen war ich mir sicher, aber tat das so ungeniert, dass jeder Einwand zwecklos gewesen wäre. »Jedenfalls sieht er jetzt friedlich aus.«

»Ja, ich glaube, er schläft. Vielleicht beginnt das Fieber zu sinken.« Ich legte ihm den Handrücken auf die Stirn, die mir kühler und weniger feucht erschien. »Bleibt Ihr bei ihm? Ich muss Girolamo stillen.«

»Ja, ich bleibe hier.« Als er mich anlächelte, verzog sich die ledrige Haut um seine rosinenfarbenen Augen in zahllose Fältchen. Und was hatte das mit dieser Lucia schon zu bedeuten? Ich war hier, sie nicht.

»Das habt Ihr gut gemacht, Mädchen.«

»Ich komme zurück, sobald ich kann.«

*

Wie sich zeigte, war das weder am folgenden noch am übernächsten Tag der Fall. Girolamo hatte Fieber bekommen, und ich wagte es nicht, ihn allein zu lassen. Am dritten Tag erschien sogar Monna Vannozza bei mir, um sich nach seinem Zustand zu erkundigen und zu fragen, ob ich etwas brauche.

»Wie geht es dem Herzog, *madama?«*, fragte ich, ohne auf sie einzugehen. Schließlich war ich die Frau mit den heilenden Händen, oder etwa nicht? Was also sollte ich zur Behandlung meines Sohnes schon benötigen?

»Er sitzt in einem Sessel und empfängt eine Abordnung von Kardinal Carafa«, erklärte sie. »Ich nehme an, sie besprechen die Wahl.« Sie sah sich in dem vollgestopften Raum nach einer Sitzgelegenheit um. Schließlich verstand der sie begleitende junge Priester den Wink und trug einen niedrigen dreibeinigen Schemel herbei, wobei er mehrfach über Kleiderbündel und Haufen von Bettzeug stolperte.

Girolamo drehte den Kopf zu seiner Großmutter und betrachtete sie mit seinem dunklen, unerschrockenen Blick.

Hatte ich mich getäuscht oder zitterte sie wirklich ein wenig? Eine heftige Böe rüttelte an den Fensterläden und blähte die Unterröcke auf, die neben einer der Schießscharten an einem Haken hingen.

»Er hat zwei Schalen Hühnerbrühe mit Mandelmilch zum Morgenmahl getrunken und dann nach Schinken verlangt. Ser Torella aber hielt das nicht für klug«, fuhr sie fort. »Violante, ich möchte Euch etwas sagen.« Sie beugte sich vor, stützte die Ellbogen auf die Knie und sprach sehr leise, damit der Priester es nicht hören konnte. »Ich wünschte, er wäre im Säuglingsalter gestorben, wie es von Gott wohl vorgesehen war. Dann hätte er nicht all die Hoffnungen, die ich in ihn gesetzt habe, enttäuschen können.«

Ich konnte mir kein schrecklicheres und widernatürlicheres Bekenntnis aus dem Munde einer Mutter vorstellen, dennoch empfand ich fast so etwas wie Erleichterung, da ich nun ohne jeden Zweifel wusste, dass sie verrückt war und alles, was sie über Donna Lucrezia dachte und was man über mich in der Synagoge von Toledo gesagt hatte, falsch war. Wir beide waren keine Hexen. Wenn Cesare die Schicksalsgöttin umschmeichelt hatte, damit sie ihm zu Willen war, so hatte er das alleine gemacht.

»Ich hoffte, er würde ebenfalls eines Tages Papst werden, aber nein, er musste seinen Kopf durchsetzen und Dinge tun, die ihn letztlich mit seinem Vater in Konflikt brachten. Und dabei war er doch immer auf Rodrigos Schutz angewiesen, auch wenn er das nicht wahrhaben wollte.«

»Aber Ihr könnt doch nicht ernsthaft glauben, er sei für die Kirche geeignet, *madama?*«

»Zumindest hätte sie ihm Sicherheit geboten, Sicherheit vor … ihr.«

»Bei allem Respekt, Monna Vannozza, ich möchte nichts mehr davon hören. Eure ehrenwerte Tochter war mir gegenüber stets freundlich und großzügig. Sie ist meine Taufpatin, und daher verwahre ich mich gegen Eure Behauptungen über sie. Bitte …«

»Gut, dann gehe ich eben. Aber Ihr seid ein dummes, einfältiges Ding und wollt nicht wahrhaben, was sich direkt vor Euren Augen abspielt. Selbst die Mauern dieser Burg schwitzen es an feuchten Tagen aus. Aber vielleicht seid Ihr auch einfach nur verstockt.« Damit stürmte sie hinaus.

*

Später am Tag suchte mich Michelotto in der Spülküche auf, wo ich Girolamos Kleider wusch. »Er fragt nach Euch«, sagte er, gegen die niedrige, geschwungene Tür gelehnt.

»Ich kann so nicht …« Ich richtete mich von dem steinernen Becken auf und schob mir mit der Hand, die gerötet und geschwollen war wie die einer Wäscherin, die feuchten Strähnen aus dem Gesicht.

»Er möchte aber, dass Ihr zu ihm kommt.« Michelotto klang, als wollte er sich entschuldigen, ein Hinweis darauf, wie sich die Dinge verändert hatten.

»Aber …«

»Nun, er selbst sieht auch nicht gerade bestens aus.«

Ich nahm das Tuch ab, das ich mir zum Schutz meiner Gewänder umgebunden hatte, und folgte ihm.

Cesare saß in einem hochlehnigen Sessel mit Blick auf das Fenster seiner Schlafkammer. Die Gemächer des Statthalters hatten richtige, zum Teil verglaste Fenster, die auf einen kleinen Park und das Gewirr von terracottaroten und moosgelben Dächern der Stadt Nepi am Fuß des Hügels blickten.

Honigfarbene Strahlen der Herbstsonne fielen schräg auf Cesares rechte Hand, die auf der Lehne des Sessels ruhte, auf die Brandnarbe, die schimmernden rotgoldenen Härchen und den Saphir seines Hochzeitsringes.

Ich durchquerte den Raum und machte einen Knicks. Michelotto hatte sich zurückgezogen und die Tür hinter sich geschlossen.

»Also, Violante, muss ich jetzt deinen Namen ändern? Sollte ich dich Panakeia oder vielleicht Egeria nennen? Man sagt, du hättest mir das Leben gerettet.«

»Das könnte wohl nur Gott, der Leben gibt und nimmt, mein Herr, und ich bin nicht so vermessen, dass ich mich für sein Werkzeug halten würde. Ihr seid stark, und man hat gut für Euch gesorgt.«

»Um Himmels willen, Violante, lass dieses ›mein Herr‹ und dieses gespreizte Gerede. Waren wir nicht schon ein wenig weiter? Hast du den Jungen mitgebracht? Ich würde ihn gern sehen. Meine Mutter sagt, er sei mir wie aus dem Gesicht geschnitten.«

Hatte sie das wirklich gesagt? »Da es dir, wie ich sehe, wieder besser geht, werde ich ihn dir bringen. Ich war mir nicht sicher … weil du meinen Brief nicht beantwortet hast.«

»Deinen Brief?« Er klang verwirrt.

»Ich habe dir geschrieben, dass ich schwanger bin. Vielleicht hast du ihn nicht bekommen. Ich habe … dir einen Vers von Pietro Bembo geschickt.«

Schweigen.

»Ach ja«, sagte er langsam. Dann räusperte er sich, kniff Bahnen seines locker sitzenden, brokatbesetzten Gewandes zusammen und strich über die Ärmelaufschläge aus Zobel. »Der Vers stammt nicht von Bembo.« Als wüsste er, wie ich auf die Zeilen gestoßen war, als wäre er mir auf die Schliche gekommen. »Du hättest ihn nicht schicken dürfen. Deshalb habe ich dir nicht geantwortet.«

Ich starrte auf seine Hände. Ich wollte schon zu der Frage ansetzen, warum nicht, doch als ich sah, wie seine Knöchel weiß wurden, weil sich seine Finger um den Stoff des Gewandes krallten, als wollte er ihn zerreißen, erstarben mir die Worte auf der Zunge. »Es tut mir leid«, flüsterte ich. Ich versuchte zu schlucken, aber mein Mund war wie ausgedörrt.

Doch dann hob er abwehrend die Hände, um das Thema für beendet zu erklären. »Wie auch immer. Das alles ist nun mal geschehen. Ich würde wirklich gern meinen Sohn sehen.«

»Jetzt?«

»Warum nicht? Findest du mich zu abstoßend? Hast du Angst, er könnte sich bei meinem Anblick erschrecken?« Er lachte bitter auf. »Mir ist aufgefallen, dass du mich nicht ansehen magst, und dabei ist es noch gar nicht so lange her, dass du deine großen mondsüchtigen Augen nicht von mir wenden konntest.«

Ich blickte auf meine ruinierten Schuhe. Vielleicht war ich von Monna Vannozzas seltsamem Aberglauben angesteckt, doch aus irgendeinem Grunde bezweifelte ich plötzlich, dass diese eingefallene, hagere Gestalt, die von dem hohen, dunklen Sessel, in dem sie saß, fast verschluckt wurde, wirklich noch Cesare war.

»Du bist also eine neue Dalila. Ich bin schwach, mein Kopf ist geschoren, und du läufst rasch wieder zurück zu deinen Philistern.«

»Und ich glaube, dass du geradewegs auf beiden Beinen lahmst.« Denn seine Knöchel und Fußgelenke, die auf einem

Schemel ruhten, waren ebenso geschwollen wie seine Handgelenke und Finger.

»Ich kann dir nicht folgen.«

»Nur wenn ich äußerst langsam gehe.«

»Ich bin nun wirklich nicht in der Stimmung für Wortspiele.« Das war ich eigentlich auch nicht.

»Bitte entschuldige. Der jüdischen Legende nach ist Samson lahm.«

»Da fragt man sich, was sie in ihm sah, nicht wahr?« Er benutzte meinen Scherz, um ihn gegen sich selbst zu wenden.

Nun, da sein alter trockener Humor zurückgekehrt war, ein Echo aus der Zeit in Santa Maria in Portico, als wir mitten im Heiratsfieber steckten und ich nicht wusste, wie glücklich ich eigentlich war, sah ich ihn an. Seine Gesichtsknochen zeichneten sich scharf wie Messer unter der Haut ab, und noch heute, wenn ich müde bin und die Augen schließe, spüre ich die Narben unter meinen Augenlidern, die dieser Anblick dort hinterlassen hat. Er erwiderte meinen Blick mit dem Ausdruck eines tapferen Kindes, entschlossen, ungewiss, was die Zukunft bringen mag, verängstigt und trotzig. Mit jeder Maske, die er ablegte, mit jeder Glanzschicht, die von ihm abfiel, verstand ich ihn weniger.

»Setz dich, Violante«, sagte er. Ich suchte mir einen Schemel und zog ihn in die Fensternische neben seinen Sessel, hockte mich nieder und wartete. Er drehte an seinem Ring, glättete seine Manschetten und sagte schließlich: »Kinder bedeuten mir viel.«

»Natürlich. Du brauchst Erben.«

»Gewiss, aber das habe ich nicht gemeint.« Er hielt inne, als würde er überlegen, was er wirklich gemeint hatte, dann fuhr er fort: »Als Juan zum Gonfaloniere ernannt wurde, ließ mein Vater eine neue Fassung des *Beatus Vir* für den Gottesdienst komponieren. Dann starb Juan, und das Amt wurde mir zuteil. Er aber ließ bei der Zeremonie zu meiner Ernennung das gleiche Stück spielen. Und jetzt ist er tot. Er hat mich nie richtig geliebt, ich war immer nur ein Ersatz für Juan. Ich sah nicht so blendend aus, war nicht so charmant, nicht leicht zu lieben. Und ich bedeutete ihm nicht genug, als dass er eine neue Komposition für mich in Auftrag gegeben hätte. Gewiss, auf den Gebieten, in denen ich besser war, also in Strategie und Taktik, in den Regierungsgeschäften, in der Diplomatie, hat mich mein Vater geschätzt, aber nur im Geist und nicht im Herzen. Er hat nicht nach mir gesandt, als er den Tod nahen spürte. Mein Krankenbett stand nur ein Stockwerk über ihm, aber nie ließ er nachfragen, wie es mir ging. Es ist mir nicht gelungen, mir je einen Platz in seinem Herzen zu erobern, und jetzt ist es zu spät. Jetzt ist er nicht mehr da, er wird zu Staub. Verstehst du?« Worte wie Steine, zu gut behauen.

In mir zog sich alles zusammen, mein Magen ballte sich zu einem festen Knoten. »Weißt du, warum ich hier bin, Cesare?«

Er schüttelte den Kopf. »Das habe ich mich, um ehrlich zu sein, noch nicht gefragt.«

»Donna Lucrezia hat mich zu meinem Vater zurückgeschickt. Wegen Girolamo.«

»Girolamo? Ist das der Name des Jungen?«

»Ja, Girolamo Giulio Cesare. Don Giulio d'Este ist sein Taufpate.«

»Gut. Giulio ist ein ehrenwerter Mann. Aber warum bist du dann nicht im Haus deines Vaters?«

»Weil ich feststellen musste, dass er gestorben war, als ich eintraf, und mein Bruder sich geweigert hat, mich aufzunehmen. Und das deinetwegen.«

»Meinetwegen?«

»Mein Vater hat einen Schlaganfall erlitten, als deine Männer kamen, um ...« – ich holte tief Luft, um meine Stimme am Beben zu hindern – »... um die Steuern einzutreiben, wie sie es wohl nannten. Sie haben sogar die *Menora* geraubt, die meine Mutter und ich aus Spanien mitgebracht hatten. Um den Sold für dein Heer aufzutreiben.«

»Eine gute Artillerie verschlingt eben viel Geld«, erwiderte er trocken.

»Sei still und hör mir zu. Damals wollte ich dich umbringen. Aber eine gute Frau hat mich daran erinnert, dass die Liebe mehr zählt als die Pflicht. Ich habe keine Ahnung, woraus sie ihre Weisheit bezieht, denn sie hat im Verlauf ihres Lebens stets nur ihre Pflicht getan. Das ist der Grund, weshalb ich dir den Jungen gebracht habe. Er ist dein einziger Sohn, und wir müssen jetzt an ihn denken. Um unsere Väter können wir später trauern, wenn wir die Zeit dafür haben.« Mein Herz hämmerte ein so lautes Stakkato in meiner Brust, dass ich schon fürchtete, die Beine könnten unter mir nachgeben.

»Und was, meinst du, wäre das Beste für ihn?«, fragte er sanft, fast schon demütig. Doch so leicht ließ ich mich nicht entwaffnen.

»Das fragst du mich? Du bist doch der große Valentino, der Sieger von Senigallia, der ...«

»Erspare mir deine Bitterkeit, Weib. Damit nimmst du deiner schönen Ansprache jeden Glanz. Ich könnte ihm eine Handvoll Titel übertragen, aber eigentlich ist mir im Augenblick eher daran gelegen, sein Überleben zu sichern und diesen …« – er wies mit einer großen Geste auf das Fenster, den Raum, die Burg. – »… ganzen Zirkus zu erhalten. Was meinst du, wie viele Menschen hier leben? Wovon sollen sie sich alle im Winter ernähren? Ich besitze nicht mehr als das, was Michelotto noch zusammenraffen konnte, ehe über dem Vatikan die Geier zu kreisen begannen. Und das Wenige muss ich dafür einsetzen, dass dieser Della Rovere seinen Hintern nicht auf den Stuhl Petri setzen kann, denn das würde mein Ende bedeuten. Ich bin kaum in der Lage, mich aus diesem Sessel zu erheben, geschweige denn, allein und hoch zu Ross ein Heer anzuführen. Ich habe alles bedacht, Violante, wirklich alles. Nur nicht, dass ich beim Tod meines Vaters mit Fieber geschlagen gleichfalls auf dem Krankenbett liege.«

»Du solltest deinen Frieden mit Gott machen, Cesare.«

»Warum, gute Frau Ärztin? Hat sich deine Beurteilung meines Zustandes geändert? Bin ich nun doch dem Tode geweiht?«

»Wenn das Verhältnis zwischen einem Menschen und seinem Schöpfer gestört ist, kann Schwermut die Folge sein.«

»Torella sagt, dass in meinem Körper zu viel schwarze Galle sei, und empfiehlt mir als Gegenmittel weiße Speisen. Da wir Christen nicht Sein auserwähltes Volk sind, müssen wir weit verschlungenere Wege gehen, um zu Gott zu finden.«

»Ich versuche doch nur, dir zu helfen, und du gibst mir schnippische Antworten.«

Plötzlich hob er die Hände und wendete mir deren Rücken zu. Wollte er sich geschlagen geben? Da die weiten Ärmel seines Gewandes zurückgerutscht waren, entblößte er seine mageren Arme mit den Blasen und den offenen Wunden. Aber das war es nicht, was er mir zeigen wollte.

»Siehst du die Narben?«, fragte er, während er die Hände drehte. Auf jedem der Handrücken ließen sich über seinen Venen etwa sechs schmale Hauterhebungen erkennen, die zurückgeblieben waren, als ihn die Ärzte mit ihren Lanzetten zur Ader gelassen hatten. »Diese Narben haben mich an die Nonne meiner Schwester erinnert. Und ich habe erkannt, wie recht sie mit ihrer Prophezeiung hatte.«

»Wie das?«

»Sie hat mir die Zahl zwanzig genannt. In jenen Tagen glaubte ich, sie meinte mein Alter, und weil ich meinen sechsundzwanzigsten Geburtstag schon hinter mir hatte, war sie für mich eine Betrügerin, die mir nur schmeicheln wollte. Wenn Lucrezia sie zu Ercole d'Este bringen wollte, sollte mir das nur recht sein, dachte ich. Aber kürzlich habe ich erkannt, dass sich die Zahl zwanzig ergibt, wenn man vom Tag ihrer Prophezeiung bis zum Tod meines Vaters die Monate zusammenzählt. Wann immer ich jetzt einen möglichen Ausweg aus meinem Ungemach sehe, brauche ich nur meine Handrücken zu betrachten und werde sogleich wieder daran erinnert, wie sinnlos alles ist, dass es keinen Plan, keine Maßnahme gibt, die sich zu ergreifen lohnt.«

»Oh Cesare!« Ich stand auf, einfach um ihn zu trösten, und versuchte, die Arme um ihn zu legen. Er aber zuckte vor Schmerz zusammen und sog scharf den Atem ein, als meine Hände seine Schultern berührten. Mit einer Entschuldigung trat ich zurück. Er lachte bitter auf.

»Bleib mir fern, Violante, denn ich bin der Kaiser in dem Reich von Schmerzen und eingeschlossen im Eise.«

»Cesare, du fieberst doch nicht schon wieder?«

Er schüttelte den Kopf. »Nein, das ist meine eigene Version von Dante. Als ich die schlimmsten Fieberattacken hatte, haben mich die Ärzte in ein Fass mit Eisstücken gesteckt, um zu verhindern, dass das Blut in mir kochte. Das Eis hat mir fast überall die Haut vom Körper geschält. *Ich starb nicht, und doch blieb ich nicht lebendig.*«

»Aber du hast es überlebt. Du darfst nicht aufgeben. Dante hat sich doch auch den Lebensmut bewahrt.«

»Aber Dante hatte seinen Glauben. Und er hatte Beatrice.«

»Während du niemandem hast als mich. Ist es das, was du denkst?«

»Du nimmst dich viel zu wichtig. Ich habe dir gesagt, was ich denke. Ich bin dir gegenüber ehrlich gewesen. Kannst du es nicht als das Zeichen von Wertschätzung sehen, als das es gemeint war?«

»Ich empfinde es eher als Last und Verpflichtung. Erwartest du etwa, dass ich nichts mit dem Wissen anfange, das du mir gegeben hast? Da könnte ich ebenso gut ein Messer nehmen und es dir zwischen die Rippen stoßen.«

Er ergriff meine Hände. Die Haut an meinen war gerötet und rau von der Waschseife und der Franzosenkrankheit, seine waren geschwollen und voller Narben. »Du gibst nicht auf, oder?«

»Wenn ich ein Mensch wäre, der aufgibt, wäre ich schon beim Tod meiner Mutter gestorben. Dann hätte ich dich nie getroffen und nie einen Sohn bekommen. Und ehe du dich wieder darin ergehst, wie wenig du ihm nutzen kannst, bedenke, was du mir über deinen Vater und Juan berichtet hast. Du kannst deinem Sohn vielleicht keine Städte oder Kanonen oder Diamantringe geben, aber du kannst ihm deine Liebe schenken. Und das wird ihm mehr bedeuten als alles andere.«

»Bring ihn zu mir, und dann sehen wir weiter. Morgen,

denn ich bin jetzt müde. Ich glaube, ich werde ein Weilchen schlafen.«

»Warte, ich helfe dir zum Bett.«

»So weit schaffe ich es noch allein, um Himmels willen! Lass mich.«

Als ich mich zum Gehen wandte, blieb der Absatz eines meiner Schuhe, der sich bei Cesares Fieberattacke gelöst hatte, in einer Ritze zwischen zwei Dielenbrettern stecken. Ich stolperte.

»Hier«, sagte er, »fang!« Ich war jedoch nicht flink genug, und der Schlüssel fiel scheppernd zu Boden. Als ich mich bückte, um ihn aufzuheben, fuhr er fort: »Im Stockwerk unter uns gibt es ein Gemach mit Kleidern und anderen Dingen, die meine Schwester hiergelassen hat. Ich glaube, du hast ihre Größe. Nimm dir, was du brauchst.« Ich konnte nicht erkennen, ob er sich erinnerte, was er getan hatte. Oder daran, dass er mich geküsst hatte.

Eigentlich wollte ich sein Angebot nicht annehmen. Es schien mir nicht recht, mir in Madonnas Abwesenheit von ihren Kleidern zu nehmen, so als würde ich ihre persönliche Korrespondenz lesen oder ihre Gespräche belauschen. Aber als sich die Aussicht auf ein mir passendes Gewand, auf sauberes Leinen und ungestopfte Socken und wasserfeste Schuhe erst einmal in mir festgesetzt hatte, konnte ich nicht mehr davon lassen. Und so schlenderte ich unversehens auf den Turm des Statthalters zu, die Hand fest um den Schlüssel geklammert. Vor meinem inneren Auge erschienen Bilder von Gewändern, die ich einmal gesehen hatte oder die ich mir ausmalte, als würde ich in Gedanken das Skizzenbuch eines Kleidermachers durchblättern. Ich wusste, dass Micheletto und Monna Vannozza mich beobachteten, ebenso wie

Don Jofré, der, ins Gespräch mit seinem Sekretär vertieft, den Hof überquerte.

Das Stockwerk unter Cesares Gemächern bestand aus zwei Räumen. Neben dem, zu dem ich den Schlüssel besaß, gab es noch die Stahlkammer, die von vier in farbenprächtige Uniformen gekleidete Schweizer Fußsoldaten aus Cesares Truppe mit ihren langen Lanzen bewacht wurde. Ich trug den Schlüssel vor mir her wie einen förmlichen Geleitbrief, als ich unter ihren kalten Blicken auf die Tür zutrat.

Doch sie ließ sich nicht öffnen, nein, sie klemmte. Ich musste mich mit der Schulter dagegenstemmen, um sie ein wenig aufzuschieben, und mich dann seitlich durch den schmalen Spalt zwängen. Ich werde nichts nehmen, ermahnte ich mich, sondern nur schauen. Aber als ein Blitz über den Himmel zuckte, änderte ich meinen Entschluss. In dem kurzen Aufschimmern des Lichtes, fiel mein Blick auf die Schießscharte. Auf ihren steinernen Fenstersims prasselte der Regen, und in dem schmalen Streifen stahlgrauen Himmels davor tanzte ein verschrumpeltes braunes Herbstblatt. Bald würde der Winter kommen. Ich brauchte feste Schuhe und einen warmen Mantel. Ich war es meinem Sohn schuldig, dass ich nicht mit meiner Gesundheit spielte.

Als ich die Tür hinter mir zuschob, grollte der Donner. Zunächst war der Raum voller Schatten und unscharfer Silhouetten, die sich aber allmählich zu lederbeschlagenen Truhen und zu Haufen von aufgeschichteten Gewändern formten. Es waren jedoch nicht Madonnas Kleider, erkannte ich, als ich mich zwischen ihnen hindurchwand. Mit Rosetten und Bändern verzierte Wämser wie zur Ausstaffierung eines Marktschreiers, die Ärmel und die Schließen mit bunter Seide und Goldgewebe abgesetzt, dazu mit Edelsteinen und vogeleigroßen Perlen geschmückte Kappen, pelzgefütterte Umhänge mit filigranen Schnallen und auf dem Boden eine ganze Anzahl weicher Stiefel und goldener Sporen wie zerstückelte Leichen auf einem Schlachtfeld, das alles in schierer Achtlosigkeit bunt durcheinandergeworfen. Beim folgenden Blitz war ich vom Funkeln der Edelsteine fast geblendet.

Es war wie ein Meer in einem Märchen. Ich watete hindurch und griff mir willkürlich Dinge heraus wie ein Sammler von Strandgut in einem Königreich aus einer Fabel. Ein Tanzschuh mit einer vergoldeten Ledersohle, der aussah, als wäre er nie getragen worden, hatte sich mit einem grünen Stiefel aus Ziegenfell zusammengetan, dessen gepunztes Leder dreckverkrustet war. Ich hielt mir den Stiefel unter die Nase, als könnte mir der Geruch der Erde sagen, auf welcher Reise er sich befunden hatte, aber sie war alt und trocken und zerbröselte unter meinen Fingern und roch nach nichts.

Ich stellte den Stiefel zurück, stieg über Ankleidetruhen und Schmuckschatullen und gelangte zur anderen Seite des Raumes, wo eine Reihe von Röcken und Miedern ordentlich an einer Stange hingen. Trauerkleidung, sah ich, als der nächste Blitzschlag den kräftigen matten Glanz von schwarzem Satin mit schmalen Spitzenrüschen an einem Halsausschnitt, einem Armbund oder einem Rocksaum erhellte. Das war wohl der Grund, weshalb Madonna sie zurückgelassen hatte.

Ich entschied mich für einen Rock in dunklem Violett und ein schwarz-weiß gestreiftes Mieder, die wohl für die Zeit gegen Ende der Trauer gedacht waren. Sie entsprachen nicht unbedingt der neuesten Mode und waren mir viel zu groß, aber gut geschneidert. Und der Rock war so weit geschnitten, dass ich ihn, wenn nötig, halbieren und mir daraus ein zweites Kleid nähen konnte. Rasch zog ich mich um. Dabei hatte ich das Gefühl, etwas Verbotenes zu tun, als würde mir Donna Lucrezia zusehen, wie ich ihre Röcke und Strümpfe überstreifte und meine vollen Brüste in ihrem Mieder barg, so wie sie es getan haben musste, als sie allein mit ihrem kleinen Sohn hinter diesen dicken Mauern lebte.

Schuhe, dachte ich. Mindestens ein Dutzend Paare waren unter der Kleiderstange aufgereiht, samtene Tanzschuhe, kalbslederne Stiefel mit vergoldeten Absätzen und Perlenknöpfen und hohe venezianische Stelzenschuhe für Regentage. Um mir die festesten herauszusuchen, nahm ich ein Paar nach dem anderen zur Hand und überprüfte die Sohlen nach Anzeichen von Abnutzung. Bald hatte ich das Richtige gefunden, marokkanische Reitstiefel, die kaum getragen wirkten und fast gar nicht kniffen. Doch als ich mich auf den Deckel einer Truhe setzte, um sie anzuziehen, fiel mir ein anderes Paar ins Auge.

Diese waren nicht schwarz, sondern aus roséfarbenem Samt, bestickt mit winzigen Perlen und Smaragden. Ich hob sie auf, so redete ich mir ein, weil ich mir die exquisite Verarbeitung genauer ansehen wollte, nur aus reiner Neugier. Die Schuhe waren getragen, die Absätze abgetreten, die Zehenpartie zerknautscht, und an einer Spitze entdeckte ich einen dunklen Fleck, der wohl von Blut herrührte. Bei dem Gedanken, wie oft wir getanzt hatten, bis unsere Füße bluteten, verspürte ich einen Stich im Herzen. Ein weiterer Blitz zuckte über den Himmel und verwandelte die Tränen in meinen Augen in Prismen, die mich blendeten. Die Schuhe in Händen zählte ich die Minuten zwischen Blitz und Donner und wartete ab, bis ich wieder sehen konnte. Dabei fuhr ich ihre Stickerei, die fein geformte Spitze und die Rundung des Absatzes mit den Fingern nach. Dann aber spürte ich etwas anderes. Ihre Sohlen waren brüchig, nein, zerschnitten, kreuzweise.

Ich schleuderte sie fort, als hätten sie mich verbrannt. In der plötzlichen Stille, die auf das Donnergrollen folgte, hörte ich mich selbst, wie ich scharf die Luft einsog und ungläubig murmelte. Ich meinte sogar das leise Knirschen meiner Nackenwirbel zu vernehmen, als ich den Kopf schüttelte. Meine abgelegten Gewänder zusammenraffend stürzte ich aus dem Raum.

*

»Wer ist sie?« Diesmal standen keine Wachen vor seiner Tür, und nichts und niemand hielt mich auf, als ich in den Raum stürmte. Die Frage, die in mir brannte, schien mir die Brust zu sprengen. »Wer ist Lucia?«

Die Fensterläden waren geschlossen. Draußen grollte der Donner und rüttelte mit aller Macht an ihnen. Monna Vannozza saß, ihren Stickrahmen auf dem Schoß, im unsteten Lichtkreis flackernder Kerzen. Sie wandte mir ihr blasses Gesicht zu. Beschattet von ihrer ausladenden drahtgestützten Haube wirkte ihr Gesicht mit den stumm fragenden, großen Augen wie das einer Eule.

»Er schläft«, erklärte sie. Als wäre es vollkommen undenkbar, dass ihn Blitz und Donner oder mein Hereinstürmen oder die gegen die Wand prallende Tür aufgeweckt hätten. Sie musterte mich von oben bis unten, dann stieß sie durch ihre lange Nase verächtlich den Atem aus. »So, jetzt habt Ihr also der Liste Eurer Dreistigkeiten auch noch Diebstahl hinzugefügt?«

»Seine Gnaden hat es mir erlaubt. Er hat mir den Schlüssel gegeben. Meine Schuhe … Ihr habt doch selbst gesehen, in welchem Zustand meine Kleider waren. Der Winter kommt. Und Donna Lucrezia wird diese Gewänder nicht mehr zurückhaben wollen, nun, wo sie wieder verheiratet ist.«

Monna Vannozza zog es vor, meine letzte Bemerkung zu übergehen. »Ihr sprecht von Zweckmäßigkeit, aber ich durchschaue Euch. Ihr werdet die Sachen dorthin zurückbringen, wo Ihr sie gefunden habt. Ich werde nicht zulassen, dass Ihr meinem Sohn in den Gewändern dieses Wechselbalgs gegenübertretet. Der Schreck würde ihn umbringen.«

Ich richtete mich auf, straffte meine Schultern und ballte die Hände zu Fäusten, damit sie nicht zitterten. »Euer Sohn steht diesem Hofstaat vor, *madama,* nicht Ihr. Ich werde die Kleider zurückgeben, wenn er es anordnet, sonst nicht.« Ihre Antwort wartete ich nicht ab. Ich wollte, dass Cesare weiterschlief, wollte, dass er am nächsten Tag aufwachte und wieder ganz der Alte war, stark und fröhlich und fähig, den Lauf der Dinge zu bestimmen. Ich wollte ihn nach Lucia fragen können, in der Gewissheit, dass er mir mit einer gewandten, gefälligen Lüge antwortete.

*

Auf zwei kühle und verregnete Tage folgte ein letzter milder Hauch von Sommer. An den Hängen vor der Burg begann man mit der Weinlese, und im Obstgarten des Kastells hatten wir plötzlich alle Hände voll zu tun, Birnen, Frühäpfel und die dicken goldenen Aprikosen zu pflücken, die sich, im Schutz der Mauern von der Sonne beschienen, warm anfühlten wie Fleisch.

In Rom war das Konklave zusammengetreten, um für

Cesares Vater einen Nachfolger zu wählen. Ein Netz von Nachrichten entspann sich um Nepi. Täglich, manchmal sogar stündlich trafen aus allen Gebieten Italiens und darüber hinaus Gesandtschaften ein, Kuriere kamen und machten sich wieder auf den Weg, manche von ihnen in Cesares Livree und im Besitz von versiegelten Briefen und andere in unauffälliger Kleidung, mit leeren Händen.

Ich kam zu dem Schluss, Cesare habe Girolamo vergessen. Im Moment war mir das ganz recht, denn wenn ich ihn wiedertraf, das wusste ich, würde ich ihn nach der Wahrheit über Lucia fragen müssen, und ich war mir nicht sicher, ob ich den Mut dazu aufbrächte. Trotz Monna Vannozzas Anfeindungen hatte ich als Mutter des herzoglichen Nachkommens unter den Frauen auf der Burg eine Sonderstellung inne. Sie behandelten mich, als sei ich tatsächlich seine Geliebte, und ich war damit zufrieden, diesen Anschein so lange wie möglich zu wahren. Wenn wir alle ernsthaft daran glaubten, würde es eines Tages vielleicht sogar wahr werden. Als ich ihm dann unvermutet im Garten von Angesicht zu Angesicht gegenüberstand, brachte mein Herz das Kunststück zustande, mich ebenso viel Angst wie Verlangen empfinden zu lassen.

»Wie du siehst, Violante«, sagte er, während er die Krücke aus Ebenholz hochhielt und in meine Richtung schwang, »widersetze ich mich dem Rätsel der Sphinx, indem ich schon mittags auf drei Beinen gehe.« Offenbar litt er noch immer unter Gliederschmerzen, allerdings sah er nicht mehr ganz so abgemagert aus, und seine Wangen hatten ein wenig Farbe. Sein Lächeln, das unter dem nachwachsenden Bart hervorblitzte, erinnerte an die wilde Ausgelassenheit eines Piraten. Ich war nach draußen gegangen, um ein ruhiges Plätzchen zu suchen, wo ich Girolamo stillen und meinen

Rücken nach den langen Stunden des gebückten Arbeitens am Küchentisch gegen die warmen Steine lehnen konnte. Cesare war in Begleitung eines ganzen Gefolges. Sein Sekretär Agapito, kürzlich aus Rom eingetroffen, beriet sich gerade mit Torella, und während sie nebeneinander dahinspazierten, sahen sie aus wie zwei schwarze Krähen. Einer der kleinen Pagen verschwand beinahe hinter einem Berg von Kissen, ein anderer stolperte schwer beladen mit einem Stapel Bücher und einer Gitarre dahin. Und ein artig dreinblickendes Mädchen mit knochendürren Handgelenken balancierte auf einem Tablett eine Weinkaraffe und einen Pokal und hatte dabei einen langstieligen Fächer unter den Arm geklemmt.

Ich knickste. »Wie schön, Euch so gut zu Fuß zu sehen, mein Herr.«

»Ich fühle mich schon weit kräftiger. Komm, und setz dich zu mir. Und mach mich mit meinem Sohn bekannt.«

In einem Zitronenhain über den Terrassen mit den Olivenbäumen, deren knorrige Äste sich von der rötlichen Erde wie dunkle Fäuste abzeichneten, hatte man ein Ruhebett aufgestellt. Wir warteten, bis die Diener das Bett mit Kissen und Decken zurechtgemacht hatten. Girolamo begann zu greinen. Ich versuchte, ihn zu beruhigen, streichelte seinen flaumigen Kopf, flüsterte ihm Koseworte zu, aber ich war angespannt. Ich fürchtete, Cesare könnte mit dem weinenden Kind die Geduld verlieren und uns fortschicken.

»Ich werde ihm etwas vorsingen«, sagte Cesare und räusperte sich. Er hob zu einem Kinderlied an, gab aber gleich wieder auf. »Es geht nicht. Seit ich krank bin, ist meine Stimme nicht mehr kräftig genug.«

»Sie wird sich wieder erholen. Wie ich mich entsinne, ist dein Gesang recht angenehm.«

»Jedenfalls angenehmer als der deines Kindes. Nein, zwei in den Rücken, Junge«, fuhr er den Pagen an, der die Kissen verteilte. »Und stell den Wein in meine Reichweite«, fügte er, an das verschüchterte Mädchen gewandt, hinzu. Den Blick, den er ihm zuwarf, hätte ich lieber nicht gesehen.

»Bitte entschuldige. Er hat Hunger«, erklärte ich.

»Dann still ihn.«

Ich merkte, dass ich rot wurde.

»Hier. Wenn ich ein wenig nach hinten rutsche, hast du am Fußende Platz. Was ist? Glaubst du, ich habe noch nie eine Mutter ihr Kind stillen sehen? Bei Gott, stopf ihm den Mund, Frau, ehe ich taub werde.« Doch seine Worte klangen so, als sei er stolz, dass Girolamo so laut schreien konnte. »Ihr anderen lasst uns allein. Meister Agapito, bereitet die Briefe vor, über die wir gesprochen haben, und bringt sie mir hierher zum Unterzeichnen.«

Cesare verfolgte meine Bewegungen mit fast derselben gespannten Aufmerksamkeit wie Girolamo, als ich mein Mieder aufschnürte und meinen Sohn an die Brust legte. Und ich wusste, was er vor mir verbergen wollte, als er verlegen nach einem Buch aus dem Stapel neben sich griff und es in seinem Schoß aufschlug. »Die Kleider meiner Schwester stehen dir gut«, war jedoch alles, was er sagte.

»Danke.« Ich lächelte ihn an. Der Blick, mit dem er mich bedachte, schien seltsam schmerzerfüllt. Ich strich ihm über den Fuß. War es die Wärme seiner Haut, die ich durch den feinen Strumpf spürte, oder der Duft der Zitronen oder der Vogel, der irgendwo sang wie im Frühling, oder das köstliche Gefühl der Lippen meines Kindes, die an meinen Brustwarzen saugten – ich weiß es nicht. Anstatt ihn nach Lucia oder den zerschnittenen Schuhsohlen zu fragen, sagte ich

»Ich liebe dich noch immer!«, als hätte er mir erklärt, er sei der Liebe nicht mehr wert, in seinem erbärmlichen Zustand, mit dem versehrten Körper, der geschundenen Haut und dem bleichen, knochigen Schädel, der zum Vorschein kam, wenn er die Kappe abnahm und sich mit den Fingern durch die Stoppeln des dunkelroten Haares fuhr.

Kaum ausgesprochen kam es mir vor, als würden sich all die Worte endlich entwirren, die sich so fest in mir verknotet hatten, und ich konnte mich nicht mehr bremsen. »Lass mich bei dir bleiben. Ich verlange nicht viel, nur dass wir uns gelegentlich sehen. Wir könnten noch weitere Söhne haben. Ich bliebe im Hintergrund und würde weder dich noch deine Gemahlin in Verlegenheit bringen. Und wenn du das wünschst, würde ich mich auch verheiraten, mit einem älteren und ehrbaren Mann. Ich erwarte keine Treue von dir, und auch nicht unbedingt, dass du mich liebst. Aber ich würde gern hin und wieder bei dir schlafen und am Morgen neben dir aufwachen. Ich wünsche mir weiter nichts, als dich lieben zu dürfen, denn sonst … ich weiß nicht … kann ich irgendwann nicht mehr atmen.«

Girolamos Lippen wurden schlaff, ihm fielen die Augen zu, und er begann, süß und leise zu schnarchen. Anstatt mich zu verhüllen, wandte ich mich zu Cesare um und bot ihm meinen Körper dar. Meine Brüste waren nicht mehr die flachen Polster von rebellischem Fleisch, die er im Orangengarten seiner Schwester liebkost hatte. Jetzt hatte die Natur sie anschwellen lassen, und im aufreizenden Hauch der Brise reckten sich ihre Warzen sanft empor. Ich fühlte mich schön wie Helena oder wie Eva, als Adams Auge das erste Mal auf sie fiel.

Er schwieg eine Weile. Es war so still, dass ich nichts anderes wahrnahm, als mein laut hämmerndes Herz und das Licht, das zwischen den Blättern der Zitronenbäume tanzte. »Nein«, flüsterte er schließlich und hob abwehrend die Hände. »Glaubst du, das hatte die pflichtbewusste Frau im Sinn, als sie dich an die Liebe gemahnte?« Er blickte mir in die Augen wie ein selbstgerechter Mönch.

Ich wandte ihm den Rücken zu und kauerte mich zusammen, um meine Blöße zu verbergen. Als ich versuchte, meine Kleider zu ordnen, zitterte ich so heftig, dass ich kaum die Haken und Ösen zubekam. »Verzeih mir.«

»Gib mir das Kind.« Cesares Stimme klang nicht unfreundlich. Vermutlich nahm er an, dass es seine Vergebung war, um die ich bat.

Ich drehte mich gerade so weit zu ihm um, dass er mir Girolamo abnehmen konnte, den Kopf aber hielt ich abgewandt. »Gewöhnlich ...«

»Ich wickle ihn aus«, erklärte Cesare, »denn ich will nachsehen, ob er gerade gewachsen ist.«

»... wickle ich ihn aus«, beendete ich meinen Satz. Als wir beide das Gleiche sagten, mussten wir lachen. »Soll ich es tun?«

»Ich komme schon zurecht.«

Weil ich das bezweifelte, beobachtete ich besorgt, wie er ein Kissen hinter seinem Rücken hervorzog, es auf seinem Schoß glatt strich, den Kleinen darauflegte und ihn dann nach und nach von seinen Tüchern befreite. Dies alles geschah mit großer Selbstverständlichkeit. Girolamo gab keinen Laut von sich, vielmehr hielt er den Blick unerschrocken auf seinen Vater gerichtet, und als er seine Umhüllung los war, kreischte er vor Freude leise auf und pinkelte über das ganze Kissen.

»Oh nein!«

»Ist nicht schlimm. Er kann gut zielen. Er hat weder meine Kleidung beschmutzt noch seine Tücher.« Cesare hob Girolamos Hoden mit der Fingerspitze an, dann strich er ihm mit der flachen Hand über die Beine, so wie man die Gesundheit eines Pferdes prüft. »Nichts ist so gut wie das Pinkeln im Freien, nicht wahr, Girolamo?«

»Du hast viel Geduld mit ihm.«

»Ach, um mich herum gab es stets eine ganze Anzahl von Säuglingen. Ich habe mich daran gewöhnt.«

»Das entspricht aber gar nicht dem Bild des großen Patriarchen, das man von dir hat. »

»Ich bin ja auch erst kürzlich Oberhaupt unserer Familie geworden«, erwiderte er rasch. Dann lachte er bitter auf und rieb sich mit den Knöcheln seiner freien Hand über das Kinn. »Jetzt, wo ich ihn wirklich brauchen könnte, haben mir die Ärzte selbst meinen Patriarchenbart genommen.«

»Ich glaube, deiner war etwas gepflegter als der von Moses. Und er wird nachwachsen. Wenn Girolamo seine Vorderzähne bekommen hat, wird man dich in ganz Italien um deinen Bart beneiden.«

»Nur um den Bart? Diese Papstwahl macht mir Sorgen, Violante. Ich nehme an, Della Rovere wird sich um das Amt bewerben, und er ist der Einzige, dessen Scharfsinn ich fürchte. Er wird sich niemals auf meine Seite schlagen. Denn die Ziele, die er hat, decken sich fast mit den meinen.«

»Wer auch immer Papst wird, braucht einen guten Gonfaloniere. Und es gibt keinen Besseren als dich.«

»Leider habe ich mir bereits in die Karten schauen lassen. Ein jeder weiß, dass ich nach weit mehr strebe, als mich mit dem Einsammeln der Abgaben bei den Vikaren zu begnügen, um die Kassen von Sankt Peter zu füllen. Della Rovere würde sich eher einen Skorpion in seinen Schuh setzen lassen, als mir ein Heer zu geben. Abgesehen davon, dass er dessen Führung wahrscheinlich selbst übernehmen würde. Neben Ippolito ist er wohl der einzige Kardinal, der sich in einer Rüstung wohler fühlt als in der scharlachroten Seide.«

»Ippolito?« Mir Ippolito in einem Harnisch vorzustellen, fiel mir schwer.

»Lass dich nicht von seinen geschliffenen Manieren täuschen. Er liebt das Kriegsgeschäft ebenso wie Don Alfonso, nur kann er es besser verheimlichen. Junge Männer müssen sich verstellen, wenn sie im Leben etwas erreichen wollen.«

»So wie du dich mir gegenüber verstellst?«

»Zu dir war ich stets so ehrlich, wie es mir möglich ist.« Es klang beleidigt. Girolamo begann zu greinen.

»Ich fürchte, ihm wird langsam kalt. Gib ihn mir, damit ich ihn einpacken kann.« Cesare reichte mir den Jungen, und während ich Girolamo einwickelte, küsste ich ihn auf die Stirn und sog seinen Duft nach saurer Milch, Vanille und über rauchendem Feuer getrockneter Wäsche ein. »Wer ist Lucia?«

»Niemand. Ein Hirngespinst.« Die Antwort kam zu rasch, war zu glatt. Er gab sich keine Mühe, seine Lüge zu kaschieren. Als mir klar wurde, dass ich ihm nicht einmal den Anschein von Ehrlichkeit wert war und er es nicht für nötig befand, wenigstens so zu tun, als müsse er verwirrt in seiner Erinnerung nach dem Namen einer halb vergessenen Liebschaft kramen, wurde ich wütend.

»Ein Hirngespinst, nach dem du in deinem Fieberwahn gerufen hast? Ich habe die Schuhe gefunden, Cesare, versteckt unter Donna Lucrezias Kleidern.«

Nun war er tatsächlich verwirrt. »Wie?«

»Als du gefiebert hast, hast du meine Schuhe genommen und Streifen in die Sohlen geritzt. Etwa so.« Ich zeichnete mit der Handkante die Form von Diamanten in die Luft. »Und bei Donna Lucrezias Kleidern steht ein Paar, dessen Sohlen das gleiche Muster aufweisen.«

»Das überrascht mich nicht. Das macht sie, damit sie beim Tanzen nicht ausrutscht. So haftet der Schuh besser am Boden. Gewiss hast du schon gesehen, dass auch andere Paare solche Schnitte haben, oder bist du als Hofdame so unachtsam?«

»Aber du …« … hast mich geküsst, wollte ich sagen, doch die Worte blieben mir im Halse stecken. Wenn ich den Kuss erwähnte, würde er sich verflüchtigen wie Parfüm in der Luft oder Morgennebel im Sonnenschein.

»Mich wundert nicht, dass sie dich fortgeschickt hat.«

»Sie hat mich nicht fortgeschickt, sie …«

»Ja?« Er verschränkte die Hände über dem Bauch und wartete. Was sollte ich sagen? Welchen Sinn hätte es gehabt, ihm etwas zu erklären, wenn er die Antwort ohnehin schon kannte? Entschlossen stand ich auf. Ich würde fortgehen. Ich würde mir ein Pferd nehmen und Nepi noch am gleichen Tag verlassen. Nach Rom zurückkehren und mich der Gnade Elis ausliefern, meinen Glaubensübertritt widerrufen und mich nie wieder unter Christen begeben.

Plötzlich hörten wir eilige Schritte auf dem gestampften Sandweg. Jemand rief Cesares Namen.

»Wo bist du, Bruder? Es ist vorbei. *Habemus papam.*« Erhitzt und außer Atem stand Jofré vor uns und wischte sich mit dem Handrücken den Schweiß von der Oberlippe. Hinter ihm her kam ein Bote gehetzt, das Gesicht über und über mit hellem Staub bedeckt. Er verbeugte sich.

»Wer ist es geworden?«, fragte Cesare. Seine Stimme klang ruhig, doch sein linkes Augenlid begann zu zucken, und er knetete seine Finger. Es dauerte wohl nur einen kurzen Augenblick, ehe Don Jofré antwortete, und trotzdem dachte ich beim Anblick von Cesares Händen an all das, was sie zu vollbringen wussten, wie sie in der Lage waren, ebenso Lust hervorzurufen, wie eine Garrotte zuzuschnüren, ein Pferd zu beruhigen, ein Sonett zu schreiben oder einen Befehl zur Exekution zu unterzeichnen. Daher erschien es mir wie Stunden, bis Don Jofré sagte: »Piccolomini.« Ich merkte, dass ich den Atem angehalten hatte.

Wir alle beobachteten Cesare, wie er es aufnehmen würde. Aber er zögerte, schien unsicher.

»Was hältst du davon, Jofré?, fragte er schließlich.

»Ich?« Das Rot wich aus Jofrés Gesicht, und er wurde blass. »Nun, ich …«

»Kardinal Piccolomini ist ein Gelehrter«, warf ich rasch ein. Ich erinnerte mich an ihn als einen gebrechlichen, ernsthaften Mann, der meinen Glaubensübertritt mit Interesse verfolgte, nachdem Mittelsmänner meines Vaters ihm gelegentlich seltene mehrsprachige Bibelausgaben besorgt hatten. »Ich glaube nicht, dass er an den weltlichen Dingen etwas ändern will, solange sie keine Probleme bereiten. Daher nehme ich an, dass er Euch wieder in Euer Amt einsetzen wird, Euer Gnaden.«

Cesare schien erleichtert, fast schon dankbar. »Ja. Und sein Onkel, Pius II., verdankte seine Wahl meinem Vater und hat ihn oft begünstigt. Welchen Namen wird er annehmen?«

»Gleichfalls Pius«, erwiderte Jofré.

»Gut, sehr gut. Dann werde ich ihm schreiben und ihn daran erinnern, dass er seinem Onkel noch auf konkretere

Weise nacheifern kann, als einfach nur seinen Namen zu übernehmen. Wie ist das Votum ausgefallen?«

Jofré schnippte ungeduldig mit dem Finger nach dem Boten, der einen Brief aus seiner Tasche zog und ihn ihm überreichte. Jofré brach das Siegel und überflog die Zeilen. »Im ersten Wahlgang lag Della Rovere in Führung.« Cesare schnaubte auf. Jofré las hastig weiter. »Deshalb haben sich d'Amboise und Asciano Sforza im zweiten Wahlgang zusammengetan und Piccolomini vorgeschlagen.«

»Demnach hat es Agapito geschafft, meine Anweisungen und seine eigenen Entscheidungen aufs Beste zu kombinieren und sie gut beraten«, sagte Cesare. »Niemand könnte etwas gegen Piccolomini einzuwenden haben. Er verfolgt weder politische Ziele, noch hat er Familienmitglieder zu fördern. Aber wir müssen rasch handeln. Es wird nicht lange dauern, und meine Feinde flüstern ihm ins Ohr, es sei unrechtmäßig gewesen, als ich sie aus ihren Vikariaten vertrieb. Ich muss mir sein Herz sichern, ehe andere die Macht darüber gewinnen.«

»Außerdem ist er ebenfalls nicht bei guter Gesundheit, wie man hört«, ergänzte Jofré fröhlich. Die möglichen Folgen einer kurzen Amtszeit des Papstes schienen für ihn keine Bedrohung darzustellen, sobald Cesare seine gewohnte Entschlossenheit wiedergefunden hatte. »Er leidet schrecklich unter der Gicht.«

»Dann …« – Cesare schien sich seine Worte sorgfältig zurechtzulegen – »… wird er Mitgefühl für meine missliche Lage haben. Komm, Jofré, gib mir deinen Arm. Auf uns wartet viel Arbeit.« Zwar half Jofré ihm beim Aufstehen, doch dann humpelte Cesare ihm energisch voran. Sein Schritt erinnerte mich an seinen Vater. Plötzlich aber blieb er so unvermittelt stehen, dass Jofré rasch zur Seite treten musste, um nicht auf ihn aufzuprallen. »Ach, das hätte ich fast vergessen«, sagte er, während er in einer verborgenen Tasche unter seinem Wams wühlte. »Hier?« Er warf mir ein Döschen zu und nickte anerkennend, als es mir gelang, es mit meiner freien Hand aufzufangen. Es war die aus Gold und Emaille gefertigte Pillendose, die ihm Ser Torella zur Behandlung der Franzosenkrankheit geschenkt hatte. »Mir sind bei dir … einige kleine Narben aufgefallen, als du …« Er suchte nach unverfänglichen Worten, die er vor seinem Bruder und dem Boten aus Rom gebrauchen konnte, nahm aber schließlich Zuflucht zu einer unbestimmten Geste mit den gewölbten Händen vor der Brust. »Damit du auch weiterhin für die Gesundheit meines Sohnes sorgen kannst.«

»Aber braucht Ihr es denn nicht mehr?«, fragte ich Cesare.

»Oh, ich bin geheilt. Die Franzosenkrankheit wird vom Wechselfieber verdrängt. Die beiden vertragen sich nicht, sagt Torella, das Wechselfieber treibt stets alle anderen Krankheiten aus. Nimm sie, und ich sorge dafür, dass du von Ser Torella weitere bekommst.«

»Danke«, sagte ich, obwohl ich alles andere empfand als Dankbarkeit.

*

Der neue Papst bestätigte Cesare bald in seinen Ämtern, scheute aber wohl davor zurück, ihm die Rückkehr nach Rom zu gestatten. Bedauerlicherweise könne er nicht für die Sicherheit des Herzogs garantieren.

»Aber hier bin ich auch nicht sicher«, brüllte Cesare so laut, dass die niederen Küchenhelfer die Flucht ergriffen. Er zeigte Giovanni gerade, wie man einen Edelkrebs tötete.

Der Mann, der die Schalentiere gebracht hatte – ein gutes Dutzend in einem Fass mit Wasser aus dem See von Bracciano –, hatte berichtet, Guidobaldo von Urbino versuche angeblich, ein Heer aufzustellen, um nach Nepi zu marschieren. Cesare stach dem Krebs das Messer in den Kopf und drehte ihn dann mit einem Ruck um einen Viertelkreis, sodass die Klinge in einer Linie mit dem Rücken des Tieres verlief. Dessen Scheren zuckten matt. Giovanni sah mit offenem Mund zu, die Augen rund und groß wie Kastanien. »Siehst du, es muss schnell gehen. Ansonsten ist alles verpfuscht.«

»Vielleicht solltest du in die Romagna gehen.« Die doppelte Bedeutung seines Satzes war mir nicht entgangen.

Er zog das Messer durch den Rücken des Tieres. »Hier«, wies er Giovanni an, »du machst ihn sauber. Der Darm und alle dunklen Teile am Schwanz kommen weg. So handeln würde nur ein Feigling«, sagte er zu mir gewandt.

»Oder jemand, der der Vernunft gehorcht. Schaff dir dort wieder ein Fundament der Macht, ehe du nach Rom zurückkehrst.«

»Frauen verstehen davon nichts. Nein, Giovanni, das ist der Rogen. Du musst lernen, dass es da einen Unterschied gibt, Junge, oder du wirst es nie weit bringen mit deinem Liebeswerben.« Mich nicht aus den Augen lassend, lachte er leise, und irgendetwas schmolz in meiner Brust. Ich liebte seine Kaltblütigkeit und sein Talent, mich immer wieder zum Lachen zu bringen, und ich wusste, dass ich ihn nicht verlassen würde.

*

Tatsächlich sollte Papst Pius recht bald seine Meinung ändern. Für uns in Nepi, die wir sahen, wie Cesare, zum Aufbruch bereit, seine Ungeduld kaum noch zügeln konnte, schien das Warten jedoch kein Ende zu nehmen. Er war unsere Sonne und unser Mond, und seine schlechte Laune übertrug sich auf uns, sodass wir davon mitgerissen wurden wie von einem Wetterumschwung. Die Herbsttage waren nach wie vor hell und sonnig, dennoch fuhr mir die Angst in die Glieder, dass sie schmerzten wie bei einem Schüttelfrost im Winter.

Eines Tages, als ich zu einem Spaziergang in die Hügel aufbrach, um mich zu beruhigen, traf ich am Tor Don Jofré mit einem Bündel Briefe.

»Endlich hat er es getan«, rief er und schwenkte ein Pergament mit dem Siegel des Papstes. »Wir dürfen heimkehren. Cesare hat den alten Bock davon überzeugt.«

»Ich wünschte, du würdest nicht meine Briefe lesen, kleiner Bruder.« Cesare, der ein altes stumpfes Breitschwert über den zerfurchten Boden des Hofes hinter sich herschleifte, war nackt bis zur Taille. Zwar klang seine Stimme freundlich, doch der Blick, mit dem er Don Jofré bedachte, war kalt wie der einer Schlange.

»Ich … ich dachte, du würdest ruhen. Falls es etwas Unbedeutendes gewesen wäre, hätte ich dich nicht stören wollen.«

»Ich habe mich mit Michelotto im Schwertkampf geübt. Da ich jetzt wieder Gonfaloniere bin, muss ich zu Kräften kommen.« Auf seiner Brust sah man noch die Narben seiner Krankheit, totes weißes Fleisch und aufgeworfene Haut ohne Haarbewuchs, als wäre ein Becher, über den ich einst mit meinen Fingerspitzen gestrichen hatte, zerbrochen und schlecht wieder zusammengefügt worden. »Gib mir das Schreiben, Jofré.« Er reichte es ihm. Cesare entrollte das Pergament und überflog den Inhalt. Dann verzog er seine Lippen zu einem dünnen Lächeln.

»Er hat dem alten Piccolomini nämlich geschrieben, er sei todkrank«, erläuterte mir Jofré. »Hat ihn um die Erlaubnis zur Heimkehr gebeten, um dort in Ruhe sterben zu können. Und der dumme alte Trottel hat ihm geglaubt. Dem Gesandten aus Ferrara soll er gesagt haben, er habe nie gedacht, dass er jemals für Herzog Valentino Mitleid empfinden würde, doch jetzt könne er dessen Schicksal nur noch bedauern.« Jofré ließ sein unangenehmes Kichern hören.

»Hüte deine Zunge, Bruder. Du redest Unsinn wie ein dummes Gör.«

»Seine Seligkeit wird überrascht sein, wenn er dich sieht, mein Herr«, sagte ich. »Angenehm überrascht, da bin ich mir sicher.«

»Ach, Violante, es gibt viele Arten zu sterben.«

5

Rom, im Oktober 1503

Immer wieder erinnere ich mich an die Stelle, wo wir uns oft zwischen den Obststräuchern versteckten und ich den Marienkäfer zerdrückte, weil ich mir sicher war, dass ich sein winziges Quäntchen Glück niemals benötigen würde.

Und für jede Art des Sterbens gibt es eine Möglichkeit, sich vor dem Tod zu schützen.

In Rom wimmelte es von Cesares Feinden, von Aasgeiern, wie er sie nannte, die über seinen Kadaver hatten herfallen wollen und nun, da sie hungrig bleiben mussten, gefährlicher waren denn je. Nachdem wir in den Palast von San Clemente zurückgekehrt waren, verließ Cesare ihn kaum noch, schon gar nicht nach Einbruch der Dunkelheit. Die Haupttore blieben verriegelt und verbarrikadiert, und trotz der Bedenken des Vatikans und sämtlicher wichtiger Familien Roms wurden draußen auf dem Platz etliche kleine Kanonen postiert, was die Fuhrleute zwang, sich andere Routen durch das lärmerfüllte Straßengewirr des Borgo zu suchen. Auf den Gartenmauern ließ Cesare provisorische hölzerne Wehrgänge errichten, die seine Wachen mittels Strickleitern erklimmen konnten, sodass die Mauern wie der Rumpf eines zum Entern bereiten Schiffes aussahen. Auf dem Treidelpfad zwischen der Palastanlage und dem Tiber patrouillierten Männer mit Hunden, woraufhin sich verschiedene Kahnführer beschwerten, weil ihre Pferde angefallen wurden. In den Gärten selbst gab Cesare seinen Leoparden freien Auslauf. Die Tiere waren, nachdem sie den Weg von Nepi hierher auf einem holprigen Karren hatten überstehen müssen, äußerst reizbar.

Cesare war bewaffnet, wo er stand und ging. Es hieß, sogar beim Schlafen habe er sein Schwert neben sich auf dem Kopfkissen liegen. Neuerdings trug er einen Ring, den ich noch nie zuvor gesehen hatte. Die Kamee war so geformt, dass sie einen kleinen Hohlraum verbarg, der Gerüchten nach das sagenhafte Gift *cantarella* enthielt.

Wenn ich ihn ansah, fragte ich mich, ob das Gift, das er bei sich trug, für seine Feinde oder für ihn selbst bestimmt war. Die zarte Haut unter seinen Augen begann, an tintenbeflecktes Pergament zu erinnern, und seine Lider hingen müde herab und ließen ihn viel älter aussehen, als er war. Zwischen Nase und Mundwinkeln hatten sich tiefe, wie Narben wirkende Falten eingegraben. Ich bezweifelte, dass er schlief, wenn er sich zurückzog, sobald die Morgendämmerung den Zauber des Kerzenlichtes zunichtemachte und die Glocken der Stadt den Tagesanbruch einläuteten.

Nach außen hin wahrte er jedoch die lächelnde Maske des Optimismus. Die Baumeister, die die Wehrgänge errichtet und die Palastmauern auf Schwachstellen überprüft hatten, blieben, um die Modernisierungsarbeiten fortzusetzen, die nach dem Tod seines Vaters eingestellt worden waren. Der Palast selbst schien von derselben Unbeständigkeit angesteckt zu sein wie der Hofstaat, den er beherbergte. Wo tags zuvor noch ein intakter Raum gewesen war, konnte es einem passieren, dass man die Tür öffnete und plötzlich am Rand einer Klippe aus Bauschutt balancierte. Wände wurden eingezogen, verschwanden wieder und waren plötzlich in neuer Gestaltung erneut vorhanden, als würden sie im Staub einen fremdartig trägen Tanz vollführen. In leinenen Schutzhüllen hingen Kronleuchter aus venezianischem Kristall von den Decken wie Puppen riesiger Schmetterlinge. Im ganzen Haus stank es nach ungelöschtem Kalk, der uns in der Kehle brannte und die Augen tränen ließ.

Während die Baumeister, Maler und Zimmerleute Cesares Palast umgestalteten, bemühte er sich, seinem geschundenen Körper zu neuer Kraft zu verhelfen. Täglich übte er sich mit dem afrikanischen Riesen, den er zu diesem Zweck hielt, im Ringen, und brachte Stunden mit Bogen- und Armbrustschießen sowie Fechtwettkämpfen mit seinem Waffenmeister zu. Er veranstaltete Fußballspiele zwischen den Wachen und den Männern seines Hofstaats, wobei eine Mannschaft von ihm selbst und die gegnerische von Don Jofré angeführt wurde, der keuchte und schimpfte und sich oft eine Auszeit nahm, um sich mit einem Schluck Grappa zu stärken. Dann beschloss Cesare, die Spieler sollten ihre Füße kräftigen, indem sie ohne Schuhe spielten, denn sobald die Krönung des neuen Papstes stattgefunden habe, würden sie unter dem Banner des päpstlichen Gonfalonieres in die Romagna zurückmarschieren. Michelotto hatte er bereits mit einer Vorhut nach Rocca Soriana gesandt.

Alles, was an Salben gegen Verletzungen und Blasen zur Verfügung stand, war bald aufgebraucht, und jedes abgetragene Hemd und jeder verschlissene Rock wurde für Bandagen in Streifen gerissen. Die Gesundheit der Männer litt zudem unter den vielen Wetten, die zu gegenseitigen Betrugsvorwürfen und zu Raufereien führten. Gebrochene Rippen und Nasen waren an der Tagesordnung, und ein Mann starb fast an einer Stichwunde in der Lunge.

Schließlich bat mich sein für die Truppendisziplin zuständiger Offizier unter reichlich Murren und Kopfschütteln über den Gemütszustand des Herzogs, auf Cesare einzuwirken, damit er diese Spiele untersage, denn er selbst sei dazu nicht in der Lage. Das einzig Unveränderliche in der von den hohen, fensterlosen Mauern von San Clemente umschlossenen provisorischen Welt war meine seltsame Nicht-Beziehung mit Cesare, jener Kreis nicht gestellter und unbeantworteter Fragen, der für alle Außenstehenden wie eine Liebesverbindung aussah.

»Ihr müsst mit ihm sprechen, auf Euch hört er«, sagten die Leute, und nur zu gern hätte ich ihnen geglaubt.

*

Er war im Park. Ich konnte ihn nicht sehen, als ich durch den sonnenbeschienenen Spalt in einer der drei Türen spähte, die vom Salon im Erdgeschoss hinausführten. Aber ich wusste, dass er dort draußen war, denn zwischen den Statuen und den kunstvoll beschnittenen Bäumen und Sträuchern hielten Bewaffnete Wache. Cesare hatte viele Leibgardisten, als müsste er durch sie seine Wichtigkeit demonstrieren. Vorsichtig öffnete ich die Tür ein wenig weiter und ermahnte mich, nicht töricht zu sein. Wenn Cesares Wachen unbekümmert umherstanden, mussten die Leoparden zumindest angekettet sein. Als ich unter die Arkaden hinaustrat, drehte sich einer der Männer abrupt zu mir um und griff nach seinem Schwertknauf. Mir fiel auf, dass seine

Hand bandagiert war und durch den Verband in dunklen Streifen Blut sickerte.

»Ich bin es, Violante«, sagte ich und hoffte, laut genug zu sprechen, denn meine Kehle war beim Gedanken an die Leoparden ganz trocken geworden.

»Er ist im Rosengarten«, erwiderte der Mann.

Cesare saß auf dem Boden, mit dem Rücken an den Sockel einer Marmorbüste Ciceros gelehnt. Eine späte Mücke hatte sich auf der edlen Stirn des Redners niedergelassen, der mit blinden Augen über Cesares Kopf hinwegblickte und die Lippen in stoischem Missfallen zusammenpresste. So mochte er vielleicht auch auf den Cäsar seiner eigenen Zeit geblickt haben. Beim Näherkommen bemerkte ich, dass Cesare die lange, dünne Klinge eines baskischen Dolches in den Fingern hielt. Dunkles Blut klebte daran. Seine Hände und seine flämischen Spitzenärmel waren blutverkrustet. Mir stockte der Atem, als hätte ich einen Schlag auf die Brust bekommen. Vielleicht wankte ich sogar ein wenig. Ich dachte, er sei tot.

Wie angewurzelt stand ich da. Sollte ich nach den Wachen rufen? Würden sie denken, ich hätte ihn ermordet? Hatte es womöglich einer von ihnen getan?

Während ich vor Unschlüssigkeit wie gelähmt war, drehte Cesare den Kopf und sah mich an.

»Violante.« Seine Stimme klang lustlos und gleichgültig, als wäre ich eine Art unvermeidliches Ereignis. Ich bebte vor Erleichterung. Mit einem Mal, ich weiß nicht wie, kniete ich neben ihm und zupfte mit zittrigen, ungelenken Fingern an seinem Ärmel.

»Ich habe dich für tot gehalten. Ich bin gekommen, um mit dir über die Fußballspiele zu reden und … Woher stammt all dieses Blut? Bist du verletzt? Was ist passiert?« Die

Fragen purzelten mir so geistlos aus dem Mund wie ein Eselsschrei.

»Tiresias.« Er deutete mit dem Kinn auf einen Punkt vor seinen Füßen. Dort lag in einer scharlachroten Lache ein Haufen aus weißem Fell und blutigem Fleisch.

»Tiresias?«, wiederholte ich.

»Er muss hier herumgestrolcht sein, der arme alte Bursche. Die Leoparden haben ihn erwischt. Als ich ihn fand, konnte ich nichts mehr für ihn tun. Ich musste ihn …« Er machte mit dem Messer eine Bewegung, als wollte er sich die Kehle durchschneiden, wobei die Klinge fast seinen Bart streifte. Ich sah den Hund an und erkannte den sauberen Schnitt zwischen den Fleischfetzen, die die Leoparden mit ihren Krallen herausgerissen hatten.

»Du hast ihm viel Qual erspart. Und er war schon sehr alt.«

»Geboren im gleichen Monat, in dem mein Vater Papst wurde.« Seine Stimme stockte, als kämpfte er gegen die Tränen. Jetzt sah ich, dass seine Augen blutunterlaufen waren, aber das war wegen der Kalkdünste inzwischen bei allen hier so. »Eigentlich hätte er längst ertränkt werden müssen, aber ich dachte, ein blinder Hund hat vielleicht eine gute Trüffelnase. Weil sich dann sein Geruchssinn noch verfeinert. Also habe ich ihn behalten. Und er hat meine Erwartungen erfüllt.«

»Du hast ihm ein gutes Leben geschenkt. Das Alte vergeht, und wir leben weiter. Das ist der Lauf der Dinge.«

»Ja.« Er seufzte, und die frische Luft in seinen Lungen weckte offenbar seine Lebensgeister. Er wischte die Klinge an seinem Ärmel sauber und beugte sich vor, um den Dolch in die Scheide hinten an seinem Gürtel zu stecken. Dann betrachtete er leicht verärgert seine blutverschmierten Hände und die besudelten Ärmel. »Ich gehe heute mit meiner Mutter zur Abendandacht«, sagte er. »Da sollte ich mich besser umziehen.

Er besuchte nun regelmäßig, meist in Gesellschaft seiner Mutter, die Messe in ihrer Familienkapelle in Santa Maria del Popolo, wo Juan bestattet lag. Die *avvisi* mutmaßten, seine eigene Begegnung mit dem Tod habe sein Gewissen geweckt; Cesares Männer rissen die Zettel vom Pasquino herunter und verbrannten sie vor den Augen der Menge, die sich tagtäglich bei der Statue einfand, um sich über die jüngsten Gerüchte auszutauschen. Ob dies auf Cesares Befehl hin oder ohne sein Wissen geschah, wusste man nicht.

Eines Morgens, als ich mit Girolamo im Park saß und ihm zusah, wie er versuchte, sich auf den Bauch zu drehen, hörte ich zufällig einen lauten Wortwechsel aus dem Haus.

»Aber wenn ich die Grundierung jetzt einfach so stehen lasse, wird sie eintrocknen und die ganze Wand muss neu verputzt werden, ehe ich wieder anfangen kann.« Ich erkannte den Mantuaner Akzent des kleinwüchsigen Malers Bernardino, den Monna Vannozza nach Rom zurückbeordert hatte, damit er die Wände von Cesares Kapelle schmückte.

»Gottes Werk kommt an erster Stelle.«

»Malen *ist* Gottes Werk. Wie sonst soll Eure Gemeinde verstehen, was Ihr auf Latein daherplappert, wenn sie keine Bilder zum Anschauen hat?«

»So hübsch Eure Fresken auch sind, Ser Bernardino, müsst Ihr doch zugeben, dass der Wunsch des Herzogs, zu beichten, fast an ein Wunder grenzt.«

»Überlegt Euch gut, was Ihr sagt, Priester.«

»Und Ihr solltet Euch gut überlegen, was Ihr hört, Maler, denn Ihr seid nicht durch das Beichtgeheimnis geschützt, und vermutlich gibt es in Rom einige Menschen, die zu sehr … einfallsreichen Mitteln greifen würden, um herauszufinden, was der Herzog alles zu beichten hat. Eine Wand mit einer eingetrockneten Grundierung hätte für Euch weniger schlimme Folgen als zwei Hände mit verkrüppelten Fingern.«

Dann plumpste Girolamo schließlich auf seinen Bauch, gluckste triumphierend und strahlte mich an, die eine Wange auf seiner Decke. Als ich meine Aufmerksamkeit wieder dem Streit zuwandte, waren die beiden Kontrahenten bereits aus meiner Hörweite entschwunden. Aber ihre Worte hatte ich behalten und auch das Schweigen dazwischen, und ich fragte mich unwillkürlich, wie Cesare dieses Schweigen brechen und was er wohl beichten würde.

Gewiss, in den folgenden Tagen verhielt er sich wie jemand, von dem eine schwere Last genommen war, doch ich vermutete, dass seine heitere Stimmung nicht von der Befreiung, sondern von der Wiedererlangung einer Bürde herrührte. Denn der neue Papst war gekrönt und hatte, wie versprochen, Cesare die weiße Lanze des Gonfaloniere und Generalkapitäns der päpstlichen Armee zurückgegeben. Obwohl die Orsini und ihre Gefolgsleute immer noch vor dem Borgo umherschlichen wie Wölfe um ein Feuer, verkündete Cesare, dass er ein Bankett geben wolle, um dieses Ereignis zu feiern und allen zu danken, die in der schweren Zeit zu ihm gehalten hatten.

Ganze Ochsenleiber und Wildschweine, körbeweise Fische aller Art und eine Unzahl an Geflügel verschwanden im Schlund der Küchen. Aus Mandelpaste wurde eine Tiara gebacken, bestückt mit Edelsteinen aus winzigen Teilen kandierter Früchte und mit einer riesigen kegelförmigen Krone aus vergoldeten Enteneiern, die gewürzte *bottifacci* enthielten.

Als einer der Küchenmeister vorschlug, für den Hasenbraten Trüffelöl zu verwenden, wurde er auf der Stelle fortgejagt, da Cesare erklärt hatte, dass er seit Tiresias' Tod nie wieder Trüffel verspeisen werde. Der neue Küchenmeister hatte eine kleine Holzdose mit Gewürzen, die er niemals aus den Augen ließ. Es kam das Gerücht auf, die Dose enthalte Bohnen der Kakaopflanze, welche von den Wilden der Neuen Welt so sehr geschätzt und bei ihren religiösen Zeremonien benutzt wurde. Worauf gemunkelt wurde, Cesare wolle diese Bohnen mit einem Gift präparieren, da niemand ihr wirkliches Aroma kenne und man somit nicht schmecken könne, ob sie vergiftet seien.

Cesare hatte niemals weniger den Eindruck erweckt, jemanden vergiften zu wollen. Er dirigierte die Arbeiten in seinem Haus mit Begeisterung und gut gelaunt und vermittelte mit bewährtem diplomatischen Geschick zwischen zänkischen Küchenmeistern und streitsüchtigen Malern. Er ließ Musiker vorspielen, inspizierte neue Rekruten für das päpstliche Heer und zog sich stundenlang mit Don Jofré und einem Krug seines bevorzugten starken Weines aus Avignon zurück, um Spektakel zu ersinnen, mit denen er seine Gäste unterhalten und verblüffen wollte.

Einmal wurden wir alle zu einer Probevorführung bestellt. Also versammelten wir uns im Bankettsaal und drängten uns zwischen Gerüsten, Werkbänken und Farbeimern zusammen, während Cesare und sein Bruder eine Arbeitsbühne bestiegen, die mit Flaschenzügen an der Decke befestigt war und ein wenig hochgezogen wurde, damit die Zuschauer alles gut sehen konnten. Die beiden hatten ein Kohlebecken dabei, auf dem eine flache Schüssel lag, sowie mehrere ausgenommene und gestopfte Kaninchen. Girolamo, mitgerissen vom aufgeregten Gemurmel im Saal, quiekste und wand sich in meinen Armen wie ein Schweinchen.

Jofré legte eines der Kaninchen in die Schüssel, worauf die Zuschauer verstummten. Es begann zu brutzeln, und der Bratenduft vermischte sich mit den Gerüchen nach Farbe und Sägemehl und den Ausdünstungen ungewaschener Leiber. Rasch setzte das Gemurmel wieder ein und schwoll an wie eine einlaufende Flut. Da wandte sich Jofré Cesare zu, der erst verwirrt dreinblickte, dann ärgerlich, während er sich mit einer Hand wiederholt über den dichten dunklen Haarschopf strich, der nun wieder seinen Kopf bedeckte. Er flüsterte Jofré etwas zu, worauf dieser mit einer Zange das Kaninchen herausheben wollte, als Schreckensrufe aus den vorderen Reihen die übrigen Zuschauer veranlassten, zu drängeln und die Hälse zu recken. Ich klemmte mir mein Kind fest unter den einen Arm und suchte mit dem anderen nach einer Stütze, während ich auf ein niedriges Podest stieg, um über die Köpfe der vor mir Stehenden hinwegzuspähen.

Das Kaninchen schnellte in der Schüssel hin und her wie ein gestrandeter Fisch, sein Bauch zog sich krampfhaft zitternd zusammen, zunehmend heftiger, bis schließlich die Hinterläufe wie im schnellen Lauf zu zucken begannen. Jofré gab einen lauten Freudenschrei von sich und wippte ein wenig auf und ab, wodurch die Arbeitsbühne ins Schwanken geriet und aus dem Becken ein paar glühende Kohlestückchen auf die Menge herabfielen. Cesare hielt sich am Flaschenzug fest, um nicht die Balance zu verlieren, und grinste wie ein kleiner Junge, der ganz darin vertieft ist, einer Fliege die Flügel auszureißen.

Dann ein lauter Knall. Eine Frau kreischte, und Girolamo fing an zu schreien. Die beiden Männer machten einen Satz nach hinten und Cesare griff mit seiner freien Hand an seinen Schwertknauf.

»Was ist passiert?«, rief Jofré.

»Ich will verdammt sein, wenn ich's wüsste.«

»Aber ich weiß es«, rief eine Stimme von unten. »Das Kaninchen ist explodiert. Ich bin über und über vollgespritzt mit halb garem Fleisch und … silbernen Regentropfen?«

»Quecksilber«, sagte Cesare. »Man gibt Quecksilber in den Bauch des Kaninchens, brät es, und es springt herum, als wäre es noch am Leben. Ich wollte sehen, ob es funktioniert, bevor ich es meinen Gästen vorführe.«

»Das ist ja wohl die Höhe«, schimpfte Monna Vannozza und schickte sich zum Gehen an, worauf sich die Menge vor ihr teilte.

»Ist alles in Ordnung mit ihm? Es tut mir leid, wenn ich ihn erschreckt habe.« Cesares Stimme, nun ganz nah. Ich blickte von meinem erhöhten Standplatz zu ihm hinab; er wirkte zerknirscht, aber auch amüsiert. Er bot mir seine Hand, um mich beim Heruntersteigen zu stützen. »Ich hatte keine Ahnung, dass Quecksilber so reagiert, wenn es heiß wird. Bisher habe ich es nur in erwärmten Zustand erlebt, in den Bädern, die Torella mir verschrieben hat.« Er räusperte sich. »Die Pillen …? Zeigen sie Wirkung?«

»Mir geht es recht gut, danke.«

»Gut. Sandro Farnese, Giulias Bruder, hat mir erzählt, er habe diesen Trick einmal mit Hühnern gesehen, und ich war schon lange erpicht darauf, ihn selbst auszuprobieren.« Er grinste lausbübisch und hielt mich immer noch an der Hand, sodass mir nichts anderes übrig blieb, als gemeinsam mit ihm den Bankettsaal zu verlassen.

Am Fuß der Treppe zu seinen Gemächern blieb er stehen und sagte: »Ich muss mich jetzt meinen Arbeiten widmen, aber ich habe mir etwas überlegt. Willst du nach dem Fest mit mir speisen? Wir beide allein?« Er nickte in Richtung seiner Gemächer im Obergeschoss. Vor Aufregung schnürte es mir die Kehle zu. Da ich kein Wort herausbrachte, versuchte ich zu lächeln, wusste aber nicht, ob mein Körper mir wenigstens soweit gehorchen würde.

Mit hochgezogenen Augenbrauen sah mich Cesare spöttisch an. »Ist das ein Ja?«

»Ja«, brachte ich mit einem halb erstickten Krächzen heraus. Dann lief ich davon, bevor ich gezwungen gewesen wäre, noch mehr zu sagen.

*

An Cesares Gastmahl sollten aus Ehrerbietung gegenüber den geladenen Kardinälen keine Frauen teilnehmen, sagte er und stellte seine neue Frömmigkeit wie den Gunstbeweis einer Dame zur Schau. *Weil dort harte Verhandlungen stattfinden,* sollte das heißen. *Weil Pius alt und schwach ist und Della Rovere immer noch wie ein hungriger Wolf um mein Haus schleicht.* Ich selbst jedoch stürzte mich so eifrig und freudig in meine Vorbereitungen, als wäre ich dort Ehrengast.

Am dringlichsten war ein passendes Gewand. Der Rock und das Mieder, die ich in Nepi aus Donna Lucrezias ausgemusterter Garderobe übernommen hatte, zeigten Spuren von Abnutzung, der Rocksaum war ausgefranst und schmutzig, das Mieder mit Milchflecken übersät. Aber ich hatte weder Zeit noch Geld, mir etwas Neues zu besorgen. Die Erinnerung an all die Kleider und Edelsteine, die ich in Ferrara zurückgelassen hatte, nagte an mir. Doch dann überwand ich meine ohnmächtige Wut und raffte mich auf, mir von den anderen Frauen im Haus alles nur Mögliche zu erbetteln und auszuborgen. Ich gab vor, einfach nur Kleider zum Wechseln zu benötigen, bis die aus Nepi mitgebrachten Gewänder gereinigt und geflickt wären, aber keine der Frauen ließ sich täuschen; alle hatten gesehen, wie Cesare meine Hand hielt und wir am Fuß der Treppe zu seinen Gemächern miteinander getuschelt hatten.

Einige der Damen schmollten und verweigerten mir ihre Hilfe, andere jedoch ließen sich von meiner Aufregung anstecken, und gemeinsam machten wir uns mit Nadel und Faden an die Arbeit, prüften, was aus unseren eigenen Beständen noch brauchbar war, tauschten es auf den Märkten gegen anderes ein oder stibitzten es ihren vor Selbstmitleid triefenden Besitzerinnen.

Am Tag vor dem Fest stibitzte ich eine Zitrone aus der Küche, gab ihren Saft in eine Schüssel und wusch mir das Haar mit einem kleinen Stück Rosenseife, das ich gehortet hatte, weil es die von Angela bevorzugte Sorte war und mich an sie erinnerte. Ich flocht mein Haar, solange es noch nass war, damit es Locken bildete. Dann setzte ich mich vor das Kohlebecken in der Kammer, die ich mit Girolamo bewohnte, und rieb mir, während mein Haar trocknete, die Haut mit der Zitronenschale ein, um sie aufzuhellen. Mein Gesicht und meine Unterarme waren vom vielen Reiten und Herumlaufen im Freien seit unserer Abreise aus Medelana unvertretbar braun geworden.

Am Nachmittag vor dem Bankett, während Cesares Gäste eintrafen und ein wildes Durcheinander von schreienden Stallburschen, rasselnden Pferdegeschirren und geräuschvoll abgestellten Sänften herrschte, wusch ich mich mit dem Rest der Seife sorgfältig am ganzen Körper. Ihr Duft weckte in mir die Sehnsucht nach Angela. Ich blickte auf das Dreieck aus struppigem dunklen Haar hinunter, das meine Weiblichkeit bedeckte, und auf meine Schenkel. Unter meinen Achseln sah es genauso schlimm aus. Jetzt hätte ich heißes Wachs und eine Schere gebraucht, hatte aber keines von beidem. Außerdem würde ich, wenn ich mich nun mit Wachs enthaarte, aussehen wie ein frisch gerupftes Huhn.

Mithilfe eines Kamms und meines Fleischmessers gelang es mir, meinen Garten ein wenig zurechtzustutzen, und ich tröstete mich mit dem Gedanken, dass es bereits dunkel wäre, wenn er … wenn wir … Außerdem war er dann bestimmt schon ein wenig betrunken. Damit der lange Nachmittag schneller verging, kleidete ich mich ganz langsam an, strich die kleinen Falten aus meiner sauberen Unterwäsche und zog meine Seidenstrümpfe glatt, die nur an den Knien ein wenig durchgescheuert waren. Beim Schnüren des Korsetts achtete ich besonders darauf, dass es meine Brüste anhob, damit sie voll zur Geltung kamen. In ihren empfindlichen Spitzen steckte noch die Erinnerung an Zunge und Finger meines Geliebten und an seine merkwürdige Kenntnis der Briefe des Don Cristoforo Colon.

Schließlich legte ich meinen schlüsselblumengelben, mit Goldlitze gerafften Satinrock an, dazu mein Mieder aus apfelgrünem Brokat, das vorne zu schnüren war, sodass ich alleine damit zurechtkam, schlüpfte in meine pfirsichfarbenen Seidenschuhe, die mich nur ein klein wenig drückten, setzte mich hin und wartete. Wann würde sein Gastmahl zu Ende sein? Ich versuchte, die Anzahl und jeweilige Dauer der Gänge und der verschiedenen Lustbarkeiten dazwischen zu schätzen, und überlegte, wie lange Cesare mit jedem seiner Gäste sprechen müsste, denn er würde seinen Freunden danken und seinen Feinden schmeicheln. Gewiss würde dies alles fast die ganze Nacht in Anspruch nehmen, und dann wäre er zu erschöpft, um noch mit mir zu speisen. Oder er würde einfach vergessen, dass er mich eingeladen hatte.

Nun wäre mir eine Ablenkung recht gewesen, eine Näharbeit vielleicht oder ein Buch. Girolamo hatte ich in die Obhut von Camillas Amme gegeben, sodass ich auch nicht mit ihm spielen, ihm etwas vorsingen oder ihn in den Schlaf wiegen konnte, während es vor meinem kleinen Fenster immer dunkler wurde, bis schließlich die Fackeln den Hof in orangefarbenes Licht tauchten. Ich stand auf, um eine Kerze anzuzünden und betrachtete in meiner Waschschüssel mein Spiegelbild, denn einen Spiegel hatte ich nicht. Das Wasser war vom Seifenschaum getrübt, sodass ich mich wie durch einen Nebel hindurchsah, doch der flackernde Kerzenschein und das Fackellicht von draußen reichten aus, um mir zu zeigen, wie hart meine Gesichtszüge in den vergangenen Monaten geworden waren, wie schnell ich gealtert war und dass ich nun sehr meiner Mutter ähnelte.

Ich schreckte zurück, als wäre eine Faust aus dem Wasser emporgeschnellt und hätte mich getroffen. Was würde meine Mutter von mir denken, wenn sie mich in diesem kurz geschnittenen Gewand und mit dem billigen Schmuck sähe, aufgemacht wie ein Straßenmädchen? Eli hatte recht gehabt, mich seines Hauses zu verweisen und seine Frau von mir fernzuhalten. Doch andererseits, wenn meine Familie nicht so versessen darauf gewesen wäre, meine Schönheit auszubeuten, wäre ich jetzt eine brave jüdische Ehefrau, würde die *Kaschrut* einhalten, meine Kinder die Tora lehren und an Schabbat die Kerzen entzünden. Und ich war keine Hure. Ich hatte nur einen einzigen Geliebten, dem ich nicht einmal in Gedanken untreu geworden war und seinen einzigen Sohn geschenkt hatte. In jeder Hinsicht und seiner französischen Prinzessin zum Trotz war ich Cesares Frau.

Also konnte mich nichts davon abhalten, aus eigenem Entschluss seine Gemächer aufzusuchen. Ich hatte es nicht nötig, darauf zu warten, dass man mich rief, als wäre ich ein Sklavenmädchen, das er zu sich bestellte, um sich zu vergnügen. Ich würde einfach in seinen Gemächern auf ihn warten, und wenn es mir zu lange dauerte, würde ich vielleicht selbst einen Sklaven losschicken, um ihn an seine Pflichten zu erinnern.

»Na, bei Eurem Putz und dieser Lockenpracht muss man ja nicht fragen, wohin Ihr unterwegs seid.« Monna Vannozza. Sie stand, flankiert von zwei Schweizer Gardisten, am Fuß der Treppe zu den Privatgemächern und glich einer kleinen Krähe, der zwei Papageien ihre Aufwartung machen. »Er wird Euch gewiss noch eine geraume Weile warten lassen«, fuhr sie fort. »Schließlich steht hier mehr auf dem Spiel als Euer flatterndes Herz.«

»Das weiß ich natürlich, *madama.* Ich bin nicht dumm.«

»Und doch gebt Ihr Euch ganz diesen Anschein. Violante, kommt kurz mit mir.« Sie ergriff meinen Arm, nicht zu fest, jedoch in einer Weise, die verdeutlichte, dass sie keine Widerrede duldete, und führte mich außer Hörweite der Wachen in eine Nische, in der eine klassische armlose Venusfigur stand.

»Ich sagte Euch bereits, dass Ihr in meinen Augen eine Gefahr für meinen Sohn darstellt«, begann sie, »und dennoch beharrt ihr auf Eurem selbstsüchtigen Kurs. Aber vielleicht hört Ihr dann auf mich, wenn ich Euch sage, dass meiner Meinung nach Cesare Euch und Euren Sohn in Gefahr bringt.« Sie hielt inne und kratzte mit einem leicht gelblichen Fingernagel an dem Schmutz, der sich in den Faltenwürfen der Venus abgesetzt hatte. »Mein Sohn ist ein Hitzkopf, Violante.«

Ich war versucht zu sagen, dass mir das bewusst sei, aber auf einmal ging mir ein Licht auf. Ich hatte Cesare wütend und halsstarrig, kokett und verführerisch erlebt, ich hatte gesehen, wie er sich vor Lachen schier ausschüttete, aber niemals unbeherrscht, niemals. Im Grunde seines Herzen war er kalt, zutiefst distanziert und berechnend – in dieser persönlichen Unterwelt gefror alles heiße Blut. War er zu grenzenloser Leidenschaft in der Lage, so wollte ich dies selbst herausfinden, statt es mir unter einer marmornen Venusstatue von seiner Mutter offenbaren zu lassen. »Ich muss gehen«, sagte ich.

»Wartet, lasst mich zu Ende sprechen. Diese seine … Leidenschaft, es gibt kein anderes Wort dafür. Sie ist etwas sehr Eigenes, sehr Tiefes. Verborgen vielleicht, sodass man sie nicht erkennt. Aber ich kenne sie, und ich sehe, wie sie Euch in den Bann zieht. Ihr seid wie ein kleines Boot im Strudel eines untergehenden Schiffes. Hört auf mich. Geht zurück in Eure Kammer, ich bitte Euch.«

»Glaubt Ihr denn, ihn jeden Morgen mit zur Messe zu nehmen, werde seinen Charakter ändern?«, gab ich schnippisch zurück. »Dachtet Ihr, er würde Papst Pius bitten, ihm den Kardinalshut zurückzugeben anstatt der weißen Lanze?«

Zu meinem Erstaunen schnaubte sie verächtlich. »Ich bin keine Närrin, Mädchen, und ich verstehe Cesare weitaus besser als Ihr. Er geht nicht in die Kirche, um von Gott gesehen zu werden, sondern von den Männern, die unserem neuen Heiligen Vater nahestehen. Pius ist so fromm, wie man es nur sein kann, und er umgibt sich mit frommen Dienern. Ich glaube, Cesare hat unmittelbar vor seiner Krönung mit ihm zusammen sogar die heilige Kommunion vollzogen. Das hat im Hades an jenem Tag gewiss für reichlich Heiterkeit gesorgt. Es ist wohl als Zeichen für die Gnade Unseres Herrn zu werten, dass mein Sohn an der Hostie nicht erstickt ist.«

»Nun, Ihr wisst, wie sehr Cesare gutes Essen schätzt. Daher darf ich ihn nicht auf sein Mahl warten lassen. Entschuldigt mich, *madama.*« Ich schob mich an ihr vorbei aus der Nische. Überrumpelt von meiner Unhöflichkeit, ließ sie mich gehen.

*

Ich hätte nicht befürchten müssen, Cesare von seinem Mahl abzuhalten. Abgesehen von dem Wächter an seiner Tür, der, auch ohne mich zu kennen, sofort begriff, aus welchem Grund ich kam, und mit einem unmissverständlichen, anzüglichen Grinsen zur Seite trat, waren Cesares Gemächer leer. Im Empfangsraum brannte ein Feuer, in dessen Licht ich sah, dass ein niedriger Tisch mit feinem Porzellan und goldenem Besteck für zwei Personen eingedeckt war.

Ich nahm einen Fidibus aus einer Alabastervase auf dem Kaminsims und entzündete die edlen, noch unbenutzten Kerzen, die in einem reich verzierten Leuchter aus vergoldetem Silber standen. Der reine, süße Duft von Bienenwachs mischte sich mit dem Harzgeruch des schwelenden Fidibus und einem Hauch von Jasmin, der meine Weiblichkeit in kribbelnde Erregung versetzte. Ich ließ mich auf einem der Diwane nieder, die an zwei Seiten des Tisches standen, und presste die Hände zwischen die Schenkel, damit sie aufhörten zu zittern. Ich sah mich in dem Raum nach einer Ablenkung um.

Das Gemach war prächtig möbliert, die Wandvertäfelungen bemalt mit Szenen aus dem Leben Cäsars, die vergoldeten Verzierungen an der Decke zeigten Stiere, Lilien und die Schlüssel von Sankt Peter. Entlang der Wände waren Stühle aus Ebenholz mit Intarsien aus Elfenbein und Perlmutt aufgereiht, und mein Diwan war ebenso wie der andere mit alexandrinischem Samt bezogen.

Im Kamin zerfiel ein Scheit, und ein Funkenregen stob empor. Ich schürte die Glutasche zusammen und legte aus der kupfernen Vorratskiste ein weiteres Stück Holz nach. Während es immer wärmer wurde und die Kerzen herabbrannten, wurden mir die Augenlider zunehmend schwerer, aber ich musste wach bleiben. Was würde Cesare denken, wenn er mich schlafend vorfand? Daher beschloss ich, mir auch die übrigen Räume anzusehen, und nahm eine Kerze aus dem wuchtigen Kandelaber.

Die Türen zwischen den Räumen waren aus Walnussholz gefertigt. Als Erstes kam ein kleines Arbeitszimmer mit einem Schreibtisch, auf dem Schreibutensilien herumlagen. Im Raum befand sich außerdem ein verschlossener Bücherschrank. Hinter reich verzierten Messinggittern waren die Werke eingesperrt, ihre juwelengeschmückten Einbände schimmerten matt im Licht meiner Kerze. Diese wertvollen Bücher stammten womöglich aus der Bibliothek von Urbino. Der Gedanke daran bereitete mir Unbehagen, und beklommenen Herzens öffnete ich die nächste Tür. Vor mir lag das Schlafzimmer meines Geliebten.

Wie angewurzelt verharrte ich auf der Schwelle, das Gefühl, ein unberechtigter Eindringling zu sein, ließ mich erstarren. Mir war zumute wie einem kleinen Kind, das unabsichtlich seine Eltern beim Liebesspiel überrascht. Warum? War das denn nicht der Raum, in dem ich sein wollte und in dem Cesare mich haben wollte? Ich starrte auf das Bett mit seinen offenen Vorhängen, den säuberlich aufgeschüttelten Kissen, den seidenen Laken und der Überdecke aus Brokat, die an einer Ecke zurückgeschlagen war. Wie gerne hätte ich mich hingelegt, wäre unter die Laken geschlüpft und hätte meinen Kopf auf die Kissen gebettet, so wie er es jede Nacht machte, doch das Fehlen jeder persönlichen Spur hielt mich davon ab. Nicht eine einzige Falte oder Kuhle verriet, dass irgendwann jemand in diesem Bett geschlafen, geträumt, geliebt oder einfach ins Dunkel gestarrt und auf das Ende der Nacht gewartet hatte.

Doch in diesem Raum war der Jasminduft stärker, und er zog mich hinein. Auch hier loderte ein Kaminfeuer, und in seinem flackernden Schein erkannte ich Gesichter, die von den Wänden auf mich herabblickten, spöttisch, teilnahmslos, blind. Jäh grinsten sie mich aus zahnlosen Mündern an, schrien mir lautlos entgegen, zogen mit rubinroten Lippen einen Schmollmund. Ich wusste zwar, dass sie an den Wänden hingen, hatte aber den Eindruck, als schwebten sie. Sie verwirrten mir die Sinne und erinnerten mich an Monna Vannozzas Geschichten über Verwünschungen und Wechselbälger.

Doch Monna Vannozza war so verrückt wie Sigismondo, und ich wusste, was diese schimmernden Gesichter waren.

Masken, Goldmasken. Zweifellos die Masken, die Fidelmas Bruder angefertigt und die Cesare von Donna Isabella bekommen hatte.

Bei der Vorstellung, was für ein Gesicht sie ziehen würde, wenn sie wüsste, dass er mit ihnen sein Schlafzimmer schmückte, diese geheimnisumwitterte Lasterhöhle, musste ich lächeln.

Direkt neben seinem Bett, dort, wo ein frommer Mensch vielleicht ein Kruzifix hängen hätte, befand sich eine Maske in Form eines Totenschädels, dessen Kiefer mit winzigen Goldnadeln bestückt und dessen Zähne aus Perlmutt gefertigt waren. Auf einem der Eckzähne saß ein Diamant, was dem Grinsen der Maske einen gewissen schelmischen Zauber verlieh. Dieser Totenkopf grinste auf eine Weise, die einen zwang, ebenfalls zu grinsen. Werde ich dich morgen früh beim Aufwachen ansehen, fragte ich ihn und berührte dabei den sanft geschwungenen Backenknochen. Wenn nicht morgen, so doch gewiss eines anderen Tages, erwiderte der Schädel. Das Kaminfeuer knisterte und sprühte Funken, das Wachs meiner Kerze zischte leise und lief mir über die Hand, wo es erstarrte und trocknete. In der alles überdeckenden Stille, die durch Cesares Abwesenheit entstand, machte ich mich auf den Weg zurück ins Empfangszimmer und schloss vorsichtig alle Türen hinter mir.

Wie lange noch? Ich trat ans Fenster und öffnete die Läden, aber es war nichts zu sehen und zu hören außer dem unablässigen Wispern der Blätter im aufkommenden Wind und jenseits davon das Rauschen des Flusses. Diese Räumlichkeiten wiesen auf den Palastgarten hinaus, doch an diesem Abend wurde nur im Haus gefeiert, da die Jahreszeit schon so weit fortgeschritten war. Ich schloss die Läden, stellte die

Kerze in den Leuchter auf dem Tisch zurück und setzte mich wieder, um zu warten.

*

Ein Geschmack schob sich zwischen Schlaf und Erwachen, etwas Trockenes, Dunkles und Bitteres auf meiner Zungenspitze und der Innenseite meiner Unterlippe. Als ich die Augen aufschlug, formte das Kerzenlicht in der Dunkelheit vor mir ein Gesicht, das Gesicht Cesares, dem meinen so nahe, dass es kaum mehr war als ein Spiel von Licht und Schatten. Doch mein Körper erkannte ihn, legte sich um ihn wie eine sich schließende Hand.

»Das Pulver der Kakaobohnen«, flüsterte er, »ein Friedensangebot«. Ich leckte mir die Lippen, und meine Zunge entdeckte die Fingerspitze, die meinen Mund geöffnet hatte und nun salzig schmeckte, vermischt mit dem fremden Aroma der Kakaokörnchen. »Welche Stunde haben wir?«, murmelte ich, noch im Halbschlaf.

»Keine Ahnung. Die fünfte oder sechste vielleicht. Jedenfalls mitten in der Nacht. Ich konnte nicht früher gehen. Der Florentiner Gesandte traf sehr spät ein und erzählte etwas von einem amourösen Abenteuer, das schiefgelaufen sei, und zwischen mir und Florenz ist vieles wieder ins Lot zu bringen. Außerdem«, fügte er hinzu, erhob sich aus seiner kauernden Stellung, streckte sich und gähnte, »mag ich *messer* Niccoló. Er hat einen scharfen Verstand.«

Ich setzte mich auf, glättete mir Haar und Rock und tupfte mir mit der Fingerspitze die Kakaoreste von den Lippen.

»Was hältst du davon?«

»Eigenartiger Geschmack. Bitter. Ein bisschen wie … Baumrinde. Was hast du damit vor?«

»Angeblich war ein wenig davon in der Weinsoße für den Hasenbraten, aber ich habe es nicht geschmeckt. Deshalb habe ich dies hier eigens mahlen lassen.« Dabei tippte er auf eine kleine Gewürzdose, die auf dem Tisch neben dem Salz stand.

»Weißt du, was sie sagen werden? Dass du es hergebracht hast, um es mit Gift zu vermischen. Der Siegeszug der Kakaobohne wird vorüber sein, noch ehe er begonnen hat.« Wir lachten, und er setzte sich neben mich, streckte seine langen Beine aus und schlug sie an den Knöcheln übereinander.

»Die Kakaobohne als Metapher. Hast du Hunger?« Ich schüttelte den Kopf. Er füllte zwei Becher mit Wein. »Dann trink zumindest etwas. Du hast mit offenem Mund geschlafen. Du musst eine trockene Kehle haben.« Ich spürte, wie ich rot anlief, und er strich liebevoll mit einem Finger über meine glühende Wange, zeichnete von meiner Schläfe bis zum Mundwinkel eine Linie wie von einer Duellnarbe. »Keine Sorge«, sagte er, »du hast wunderschön ausgesehen. Fast hätte ich dich nicht wecken wollen, aber dann tat ich es doch. Musik?« Sein Mund war dem meinen so nah, dass ich seinen Atem auf meinen Lippen spürte, einen Atem, der nach Wein, Kardamom und Jasmin roch. Ich sah nichts als seine Augen, groß und schwarz mit einem winzigen Teilchen Quecksilber irgendwo in ihren Tiefen. Offenbar war ein Musikant im Zimmer, denn eine Laute begann zu spielen, eine Kaskade von Tönen sprudelte in die heiße Quelle des Verlangens, in der ich mich auflöste.

Wir küssten uns, geziert zunächst, dann voller Gier. Irgendetwas fiel vom Tisch und zerschellte am Boden, dann war ein Klopfen zu hören, jemand schrie, Geräusche wie von einer Rauferei, schließlich ein dumpfer Schlag wie von einem Körper, der gegen die Tür kracht. Der Lautenspieler hörte auf zu spielen. Cesare sprang auf, den Dolch gezückt. »Gib mir Deckung«, befahl er dem Lautenspieler und wartete mit der freien Hand am Türknauf, bis der Mann sein Instrument weggelegt, ein kurzes Schwert gezogen und sich neben seinem Herrn postiert hatte. Dann riss Cesare die Tür auf und sprang hinaus. Im selben Moment stürzte Don Jofré über die Schwelle herein. Eine Art irre Heiterkeit erfasste mich, und ich begann, hemmungslos zu lachen. Die beiden Brüder allerdings konnten der Situation nichts Lustiges abgewinnen. Cesare sah mordlüstern drein. Er versetzte Jofré einen Tritt, sodass dieser auf dem Rücken zu liegen kam, und hielt ihn in dieser Stellung fest, indem er ihm einen Fuß auf die Brust setzte, während ihm der Lautenspieler die Spitze seines Schwertes an die Kehle hielt und mehrere Bewaffnete mit Piken im Anschlag den Treppenabsatz sicherten.

»Was soll das, Bruder?« Cesare spie das Wort Bruder geradezu aus, als wäre es die übelste Beschimpfung, die er sich ausdenken konnte.

»Lass mich los, Cesare, ich habe nichts Böses im Sinn. Es geht um den Papst.«

»Den Papst?« Cesare nahm seinen Fuß von Jofrés Brust, und der Lautenspieler zog sein Schwert zurück, hielt es aber stoßbereit und verdeutlichte ihm, dass es unklug wäre, eine plötzliche Bewegung zu machen. Jofré erhob sich vorsichtig und rieb sich die schmerzenden Knochen.

»Er hat Fieberanfälle und speit Galle. Es heißt, er wird sterben, Cesare.«

Cesare rammte seinen Dolch zurück in die Scheide.

»Christus, Herr im Himmel!«, brüllte er, packte einen der Ebenholzstühle und schleuderte ihn durch die Tür. Die Pikeniere an der Treppe stoben auseinander, als der Stuhl aufschlug und zerberstend die Stufen hinunterpolterte. »Konnte er nicht noch eine Woche warten?« Ein zweiter Stuhl folgte dem ersten.

»Beruhige dich.«

»Beruhigen?« Cesare packte seinen Bruder am Bart und zog daran, bis Jofré seinen Kopf so weit nach hinten biegen musste, dass es fast aussah, als sei sein Genick gebrochen. »Beruhigen?«, wiederholte Cesare. »Ich werde von allen Seiten genarrt und abserviert, und alles, was dir dazu einfällt, ist ›beruhige dich‹. Womit in Gottes Namen habe ich bloß dieses Pech verdient?«

»Da könnte ich schon einiges aufzählen«, erwiderte sein Bruder ein wenig unvorsichtig, wie mir schien. Doch Cesares Zorn hatte sich schon wieder gelegt, oder er hatte gemerkt, dass er Gefahr lief, sich in seine eigenen Worte zu verstricken.

»Schick Sassatelli zu mir und hol mir einen Boten, der schnell reiten kann.«

»Als ich Sassatelli zuletzt gesehen habe, lag er bewusstlos im Bankettsaal.«

»Dann schütte ihm einen Eimer Wasser über den Kopf, und sag ihm, dass der Papst im Sterben liegt. Das sollte ihm seinen Kater schnell austreiben.« Als er sich umdrehte und Jofré den Rücken zuwandte, blieb sein Blick auf mir haften. Er sah mich verwirrt und überrascht an, als habe er mich völlig vergessen. »Ah, Violante«, sagte er und fuhr sich mit der Hand über die Augen, als wollte er meinen Anblick wegwischen.

»Du bist müde«, sagte ich und wunderte mich selbst über meine Kühnheit. »Heute Nacht gibt es für dich nichts mehr zu tun. Du kannst im Finstern keine Boten losschicken. Warte bis Morgen.«

Noch mehr erstaunte mich, dass er mir offenbar zuhörte. Er nahm mich an beiden Händen, zog mich hoch und sah mir tief in die Augen. »Was willst du?«, fragte er. »Willst du eine schnelle Kopulation mit einem Mann, dem Dringlicheres durch den Kopf geht? Willst du behandelt werden wie ein Sklavenmädchen oder eine billige Straßenhure? Oder möchtest du es lieber aufschieben, bis die Umstände günstiger sind und ich mich dir ganz widmen kann? Ich weiß sehr wohl, dass ich dir etwas versprochen habe, damals im Orangengarten meiner Schwester. Das Mindeste, was du tun kannst, ist, mir zu ermöglichen, dieses Versprechen einzuhalten. Nun geh, sieh nach meinem Sohn. Ich verlasse mich darauf, dass du ihn vor jeder Gefahr schützt.«

*

Ich war auf der Jagd nach einem wilden Tier, eine Art Löwe mit einer dunkelroten Mähne und Flanken, getüpfelt vom eigenartigen, unterwassergleichen Licht eines tiefen Waldes. Ich hatte Angst, wollte aber das Tier wissen lassen, dass ich da war, und rief deshalb nach ihm. Eine Weile kam keine Antwort, es war nichts zu hören außer meinem keuchenden Atem und dem rhythmischen Pochen seiner Pfoten auf dem Waldboden. Dann plötzlich drehte es sich um und zeigte mir sein Gesicht, das wie ein goldener Totenschädel aussah. Ich trat in eine der tief liegenden Augenhöhlen hinein, folgte einem winzigen Feuerschein, der darin glimmte, aber es war kein Feuer, es war das Gesicht des Tieres, das grinsend seine

Perlenzähne entblößte. Ich wusste, ich müsste weglaufen, aber ich wurde von kriechenden Weinranken festgehalten, mit Blättern wie verschwitzten Händen und winzigen Saugnäpfen, die auf meiner Haut kribbelten. Das Tier packte mich mit seinem Maul an den Schultern und begann, mich zu schütteln.

»Du bist eine Maske«, sagte ich zu ihm.

»Ich bin der blinde Tiresias«, erwiderte es.

»Violante, wacht auf.«

Ich schlug die Augen auf. Eine hochgewachsene Gestalt ohne Gesicht hielt meinen Sohn an die Brust gepresst, die eine Hand umschloss seinen Kopf, sodass orangefarbene Locken sich um die klauenartigen Finger kräuselten wie frisch auflodernde Flammen.

»Es ist ein Traum«, sagte ich, obwohl mein Herz wie eine Alarmglocke schlug.

»Wacht auf, Mädchen.«

Ich wollte in meinem Traum bleiben und dem Willen des Tieres folgen, aber ich konnte doch nicht Girolamo in den Klauen von etwas lassen, das brennende Hände und kein Gesicht hatte. »Gib mir meinen Sohn«, schrie ich, »gib mir meinen Sohn!«

»Hier ist er doch.« Monna Vannozza hielt mir das Kind entgegen und beugte sich ein wenig vor, sodass das Nachmittagslicht auf ihr Gesicht fiel, hagere Schattenflecken tief unter ihrer steifen Haube. Sie sah finster drein und wirkte übernächtigt.

Ich setzte mich auf, schob mir das Haar aus den Augen und strich meine verknitterten Röcke glatt.

»Wir müssen in mein Haus umziehen«, sagte Monna Vannozza.

»Wir? Euer Haus?«, wiederholte ich, noch schlaftrunken. »Ist das das Angelusläuten? Welche Stunde haben wir?«

»Ungefähr die zwanzigste.« Zu früh für den Angelus. »Er sagt, er wird morgen früh Rom verlassen und in die Romagna reiten. Er will, dass wir die Kinder in Sicherheit bringen, bevor er abreist, weil jetzt noch Soldaten hier sind, um uns zu beschützen.«

Eine ungeheure Angst umfing mich wie ein nasser Umhang. »Ist der Papst also schon tot?« Die römischen Gesetze schrieben vor, dass bei *sede vacante* sämtliche Soldaten aus der Stadt abziehen mussten.

»Noch nicht, aber es wird nicht mehr lange dauern. Er kann Cesare nicht mehr vor seinen Feinden schützen. Jetzt setzt Cesare seine Hoffnung darauf, zusammen mit Michelotto das Interregnum in seinem eigenen Herrschaftsgebiet abzuwarten.«

»Ich will mit ihm gehen«, sagte ich. »Gewiss wäre es für Girolamo außerhalb Roms sicherer.«

Girolamo quengelte und stieß mich mit dem Kopf ungeduldig gegen die Brust, bis ich mich auf die Bettkante setzte und ihn stillte.

»Es wird Kämpfe geben«, sagte sie und betrachtete mit einem verkniffenen und zugleich wehmütigen Lächeln die Pausbacken ihres Enkels und seinen energisch saugenden Mund. »Er habe Wind von einem Treffen letzte Nacht im Haus des venezianischen Gesandten bekommen, sagt er. Annibale Bentivoglio war dort und Giovanni Sforza und ein paar Angehörige der Manfredi. Ironisch wie üblich sagt er, er halte es für unwahrscheinlich, dass sie sich getroffen haben, um ihm zu Ehren ein Lobgedicht zu verfassen.«

Deshalb also war er so spät gekommen. »Ich erinnere mich

an Fürst Annibale«, sagte ich benommen, »von unserer Reise nach Ferrara«. Schwer vorstellbar, dass dieser galante Mann einen Anschlag plante.

»Wie schade, dass meine Tochter nicht mehr tun konnte, um ihn für uns zu gewinnen.«

Die Glocke läutete immer noch, ein dünner, trauriger Klang. »Was ist das?«, fragte ich erneut.

»Kümmert Euch nicht darum«, erwiderte Monna Vannozza. »Es geht uns nichts an«, fügte sie hinzu. Mir schien, sie meinte damit ebenso sehr sich selbst wie mich.

Rasch wurde klar, dass es noch viele andere gab, die sich nicht so leicht ins Bockshorn jagen ließen. Während ich Girolamos und meine Habseligkeiten packte, schwoll das Geräusch lauter Stimmen und schneller Schritte vor meiner Tür an. Kaum waren wir auf den schmalen Gang hinausgetreten, wurden wir von den Übrigen mitgerissen.

Alles, was Beine hatte, eilte Richtung Haupthof. Je näher wir dem Hof kamen, desto lauter wurde das Glockengeläut, bis ich merkte, dass es die Glocke des eigenen Campanile von San Clemente sein musste.

Das bedeutete, dass der Palast angegriffen wurde.

Wir wurden von einer Woge kleiner Jungen, Chorknaben, Trommler und Küchenhilfen in die Bogengänge fortgetragen, die den Hof säumten. Cesare stand auf dem Brunnenrand, inmitten eines Getümmels schreiender Waffenträger. Ein Dickicht aus Klingen funkelte über ihren Köpfen in der Mittagssonne, die voll auf dem Hof lag und Cesares kurz geschorene Locken zum Erglühen brachte. Ich spürte, wie sich mein Bauch vor Angst und Begierde verkrampfte.

»Ihr wollt mich töten?« Obgleich er nicht schrie, war seine Stimme über das unzufriedene Murren seiner meuternden

Truppe hinweg klar zu vernehmen. »Dann los! Ich bin allein und unbewaffnet. Nutzt eure Chance.« Was er sagte, entsprach nicht ganz der Wahrheit. Als mein Hirn zu ordnen begann, was meine Augen beobachteten, bemerkte ich, dass der Brunnen von einem Kordon der riesengroßen Schweizer Lanzenträger umringt war, die Cesares Leibwache bildeten. Aber indem er eine Hand an seinen Hals legte und seinen Hemdkragen öffnete, verdeutlichte er allen Anwesenden seine Verwundbarkeit. Niemand achtete auf die Lanzenträger, niemand merkte, wie sie sich allmählich um ihren Herrn herum zusammenschlossen und die Spitzen ihrer Waffen senkten. Das Einzige, was allen von diesem Moment in Erinnerung bleiben würde, war das Dreieck verwundbarer Haut unter seiner Kehle.

Ich hörte, wie Monna Vannozza scharf Luft holte. Sie bekreuzigte sich, tippte sich mit starren Fingern inbrünstig auf Stirn, Brust und Schultern.

»Was denkt er sich nur?«, flüsterte sie. »Sie werden ihn in Stücke reißen.«

Etwas zischte durch die Luft. Als hätten Monna Vannozzas Worte es heraufbeschworen, sauste ein langes Messer durch das Geviert des Himmels über dem Palasthof und beschrieb dabei einen leichten Bogen. Sonnenlicht funkelte auf der Waffe, die gleichsam endlos durch die Luft schwirrte. Ich schloss die Augen, roch Schweiß und Küchenfett, den üblen Geruch von Monna Vannozzas Angst und die Milch, die mein Mieder durchtränkte. Mir war, als fiele ich vornüber, zusammengekauert über meinem Sohn, mit der Hand seinen weichen Schädel schützend, seine Finger in mein Haar verwickelt, und er zog mich, zog mich hinab …

*

Als ich die Augen wieder öffnete, kniete ich am Boden. Monna Vannozza hielt mich am Ärmel. »Es ist ein Wunder«, keuchte sie, »ein Wunder«.

Im Hof war niemand mehr außer Cesare, der nun auf dem Brunnenrand saß, die Ellbogen auf die Knie gestützt und die Hände hinter dem gebeugten Haupt verschränkt. Zwei seiner Schweizer Lanzenträger machten sich daran, das Haupttor mit schweren Eisenriegeln zu sichern. Neben Cesare auf der Brüstung funkelte das Messer in der Sonne. Zwei Armlängen vom Brunnen entfernt lag, mit dem Gesicht nach unten, der Leichnam eines Mannes. Die Schneide einer Axt steckte in seinem Rücken.

»Was ist geschehen?«

»Das Messer hat sein Ziel verfehlt, dann ging das Tor auf, und die Schweizer haben alle auf die Straße hinausgejagt.«

Als wir aufstanden, drängte sich ein Mann an uns vorbei, worauf die Schar kleiner Jungen um uns her mit einem Mal verstummte und reglos verharrte wie eine Ansammlung schmuddeliger Marmorcupidos. Der Mann rief Cesare etwas zu und rannte zu ihm.

»Was soll das?«, fragte Monna Vannozza. Cesare erhob sich rasch, während der Mann heftig gestikulierend in Richtung Sankt Petersplatz deutete. Zwar konnte ich kaum etwas von dem verstehen, was er sagte, aber ich schnappte den Namen Orsini auf, woraufhin Cesare laut zu fluchen begann, was Monna Vannozza veranlasste, missbilligend zu zischen. Cesare rief, man solle ihm eine Rüstung und ein Pferd bringen. Erneut füllte sich der Hof mit Soldaten. Vor allem Schweizer und eine Truppe unter dem Kommando von Don Jofré, der keine Rüstung, sondern nur einen Brustharnisch trug und auf seinem nervösen Pferd sehr angespannt wirkte. Nach einem kurzen, aber heftigen Wortwechsel zwischen den beiden Brüdern übernahm Cesare das Pferd und galoppierte zum Palasttor, das die Männer, die es eben erst verriegelt hatten, rasch wieder öffneten. Mit gezücktem Schwert ritt er auf die Straße hinaus, an der Spitze einer Schar, die mehr an einen Pöbelhaufen als an eine Streitmacht erinnerte. Das Tor war bereits wieder geschlossen, als Cesares Schildknappe Juanito, ein schon älterer, ihm treu ergebener und penibler Mann, auf den Hof geeilt kam, Cesares Rüstung in Händen.

Juanito war es, der die Alarmglocke im Campanile geläutet und alles beobachtet hatte und uns schließlich erklärte, was vorgefallen war. Die Wachen, die die Meuterer auf die Piazza San Clemente hinausgetrieben hatten, hatten entdeckt, dass fast im gleichen Augenblick ein feindliches Kontingent der Orsini und ihrer Gefolgsleute durch die Tore des Borgo brach und auf den Palast zustürmte. Viele der Meuterer waren niedergemetzelt worden, einige waren zu den Orsini übergelaufen, andere hingegen hatten sich wieder auf Cesares Seite geschlagen, als er mitten unter ihnen auftauchte, das Schwert über dem Kopf schwingend und ihnen zurufend, dass er ohnehin nie vorgehabt hätte, im Bett zu sterben.

Ich mochte nicht darüber nachdenken, was jenseits der Palasttore geschah, also ging ich in die Gärten, hinüber Richtung Fluss, so fern der Straßenseite des Palastes wie möglich. Schließlich landete ich im Rosengarten, doch auch dort war das Kampfgetöse zu vernehmen, obschon überlagert vom einschläfernden Brummen später Bienen und den Rufen der Kahnführer, die sich keinen Deut darum scherten, wer gerade Papst war, solange die Römer Weizen und Oliven, Käse und Würste und Korken für ihre Weinflaschen brauchten.

*

»Trocknet Eure Tränen, Mädchen.«

Ich merkte gar nicht, dass ich weinte, doch jetzt, da Monna Vannozza mich ansprach, spürte ich die Nässe, die in der vom Fluss heraufziehenden Brise meine Wangen kühlte.

»Sie sind in Sicherheit.« Ihr Gesicht, umrahmt von der dunklen Haube, sah alt aus, die Haut um Mund und Nase zeigte feine, trockene Runzeln. »Sie sind in Sant' Angelo.«

Meine Knie wurden weich, ich zitterte vor Erleichterung und hätte fast Girolamo fallen lassen. Aber dann fasste ich mich wieder. »Was ist passiert?«

»Sie mussten den Rückzug antreten, aber es gelang ihnen, durch die Tür in der Basilika in den Vatikan zu gelangen und von dort durch den Geheimgang in die Burg. Vermutlich hat Pius es überhaupt nicht gemerkt, ehe sie schon wieder auf der anderen Seite draußen waren.« Wir tauschten ein scheues Lächeln, zweifellos um unser beider Erinnerungen an verborgene Türen und Geheimgänge zu schützen, in deren kalter Luft alte Ängste und amouröse Abenteuer hingen. Ich überlegte kurz, was La Fiammetta nun tun, wem sie als Nächstem ihre Gunst gewähren würde, falls Valentino umkam. »Er hat sicheres Geleit für seine Familie ausgehandelt. Für uns. Wir sollen auf der Stelle zu ihm nach Sant' Angelo kommen.«

*

Der Papst starb zwei Tage später, aber da war das Leben in

der alten Burg bereits schier unerträglich. Trotz der von Cesares Vater durchgeführten Verbesserungen lebte man dort immer noch so beengt, wie Cesare es mir im Orangengarten von Ferrara beschrieben hatte, und die schaurigen Schreie der Gefangenen in den Verliesen drangen ohne Unterlass selbst durch die dicken Mauern herauf, als wären sie zugleich nahe und weit entfernt. Doch wir ließen uns von dem Optimismus anstecken, mit dem Cesare anfänglich die Aussicht auf eine neue Papstwahl begrüßte. Aus Rocca Soriana rief er Michelotto zu sich sowie weitere Truppen, die bei den Franzosen in Dienst gestanden hatten, und die Kardinäle gestatteten ihm großzügig, sie bei sich zu behalten. Die letzte Wahl hatte er von seinem Krankenlager in Nepi aus gesteuert. Nun war er wieder gesund und stand erneut im Zentrum des Geschehens, also würde er auch die bevorstehende Wahl lenken können. Wie zuvor kamen die Abgesandten zu ihm, feierlich zogen sie mit ihrem Gefolge über die Brücke von Sant' Angelo, und in den dunklen unterirdischen Gängen zwischen der Burg und dem Vatikan fanden harte Verhandlungen statt.

Dann begannen Nachrichten aus der Romagna einzutreffen, überbracht von zaghaften, zerlumpten Unterhändlern, die den Herzog anflehten, er möge ihre Lage doch verstehen. Man habe ihnen mitgeteilt, er werde in Sant' Angelo gefangen gehalten, und Della Rovere werde die Wahl voraussichtlich gewinnen, da ihn sowohl Frankreich als auch Spanien unterstützten. Wie könnten sie unter diesen Umständen ausharren? Welche Garantien gäbe es, dass der Herzog sie beschützen könne? Sie hätten doch an das Wohl ihrer Bürger zu denken. Natürlich seien ihre alten Vikare habgierige und launenhafte Tyrannen, aber ein altes Sprichwort laute: Besser einen Teufel, den man kennt … Sie flehten den Herzog an, Gnade walten zu lassen. Er ließ sie in den Kerker werfen oder, wenn die seiner Meinung nach richtigen Leute dabei zusahen, erdrosseln und in den Fluss schmeißen.

Wenn er sich unbeobachtet wähnte, saß er oft lange Zeit einfach da, in eine unantastbare Stille gehüllt, den Blick ins Leere gerichtet, die Hände untätig im Schoß. Meine Hoffnung war, er würde seine Einladung zu einem Essen unter vier Augen erneuern, aber in Sant' Angelo gab es kaum Gelegenheit zum Alleinsein, außer vielleicht für einige der Gefangenen in den Verliesen unter uns. In der Gesellschaft Giovannis schien er mehr Trost zu finden als bei irgendjemandem sonst.

Er nahm Giovanni sogar zu einem Treffen im Vatikan mit Della Rovere und einigen anderen Kardinälen mit. Ein Ortswechsel würde dem Jungen guttun, sagte er. Giovanni sei jetzt sieben Jahre alt, und es sei an der Zeit, ihm nützliche Dinge beizubringen, sagte er. Ich beobachtete, wie sie über die Brücke zurückritten. Giovanni saß vor Cesare auf dessen Pferd, und Cesare führte Giovannis Pony am Zügel. Giovanni schien zu schlafen, seine Wange lag an Cesares Brust. Während Cesare im Hof darauf wartete, dass ein Stallbursche den Jungen aus dem Sattel hob, beugte er sich über ihn und küsste ihn so unverhohlen zärtlich auf den Kopf, dass ich den Blick abwenden musste, als hätte ich ihn bei etwas Geheimem und Unanständigem beobachtet.

Zwei Tage später wurde Della Rovere zum Papst gewählt. Mit einer Ironie, die keinem von uns entging, nahm er den Namen Julius an. Sein Namenspatron, so wusste Cesare noch von seinen theologischen Studien in Pisa, war ein Heiliger gewesen, den man für seine Rolle bei der Beilegung des

Streits um die arianische Lehre verehrte, doch Cesare bezweifelte, dass dies der wirkliche Grund sei, weshalb Della Rovere einen Namen annahm, der vor allem mit Cäsar in Verbindung gebracht wurde. Dann zog er sich mit einem schmalen, harten Lächeln in das kleine Ankleidezimmer zurück, das er für Privataudienzen nutzte, gefolgt von Agapito, der im Gehen einen Federkiel schärfte.

Es war bereits dunkel, als Cesare wieder erschien. Ich hatte Girolamo zu Bett gebracht und deckte soeben den Tisch mit Tellern und Bechern für das Abendmahl.

Cesare sagte nichts, sondern nickte nur und beobachtete mich wortlos, bis ich spürte, wie mir die Röte über Hals, Wangen und Brustansatz kroch. Ungeschickt herumhantierend ließ ich ein Trinkhorn zu Boden fallen. Cesare trat vor, hob es auf und stellte es in einen Halter auf dem langen Tisch. »Lass den Rest jemand anderen machen«, sagte er, »und komm mit mir hinauf aufs Dach. Ich möchte mit dir sprechen.«

Ich stellte den Stapel Becher und Teller ab, trocknete meine schweißnassen Hände an meinem Rock und folgte ihm. Durch eine niedrige, zurückversetzte Tür ging es die Treppe hinauf, die sich einer Wirbelsäule gleich durch den alten Hauptturm wand.

Er überquerte das mit Schutt und Vogelkot übersäte Dach und trat auf einen Wehrgang, von dem aus man über den Fluss, die Stadt und den Vatikan sehen konnte.

»Hierher komme ich, wenn ich richtig durchatmen will«, sagte er und beugte sich mit aufgestützten Armen über die Brüstung. Als ich zu ihm hinaufstieg, zogen sich die Wachen auf diesem Abschnitt, die sahen, dass ihr Herr in Begleitung einer Frau war, in die Dunkelheit zurück.

Dann und wann kam der Mond zwischen tief hängenden Wolkenbergen hervor, umringt von kleinen fernen Sternen. Der Wind trug eine leise, durchdringende Kälte mit sich, sodass ich wünschte, ich hätte meinen Umhang mitgenommen. Oder mich getraut, mich an Cesares warmen Körper zu schmiegen.

»Morgen früh ziehe ich wieder in den Vatikan«, sagte er und nestelte dabei an seinem Kameenring.

»Ist das dein eigener Wunsch? Oder der des Papstes?«

»Ich bin sein Gonfaloniere. Sein Wunsch ist auch der meine.«

»Also hast du ihm doch deine Unterstützung zugesagt?«

»Hatte ich denn eine Wahl? Das Kollegium hat d'Amboise abgelehnt, und es gab keine Möglichkeit, einen anderen Spanier wählen zu lassen.« Er hielt kurz inne. Vielleicht erwartete er, dass ich etwas Schmeichelhaftes über seinen Vater sagte. »›Ihr werdet als mein Gast in den Vatikan zurückkehren‹«, fuhr er fort. »Hat Della Rovere gesagt. Ich werde sein Gast sein, versichert er mir, aber er bittet mich nicht um meine Gesellschaft, sondern befiehlt sie. Gast ist ein Wort mit vielerlei Bedeutung. Es kommt ganz auf den Zusammenhang an.«

»Du könntest es auch anders herum sehen«, sagte ich und versuchte, Zuversicht in meine Stimme zu legen. »Im Lateinischen liegt die Betonung auf dem Ende des Satzes, nicht am Anfang.«

Er lachte bitter. »Julius Cäsar. Wie, meinst du, hat er sich an den Iden gefühlt? Wusste er, was auf ihn zukam, oder hat er Brutus vertraut? Von Della Rovere heißt es, er stehe zu seinem Wort.«

»Von Brutus hat man das auch behauptet.« Heute

wünschte ich, ich hätte etwas anderes gesagt, aber damals erschien es mir richtig. Wir lachten beide, und er pries meinen geistreichen Einfall – so geschliffen sei er, dass er von einem Mann stammen könnte.

»Hoffen wir nur, dass Della Rovere ein besserer Mensch ist als Brutus oder zumindest mehr Angst hat, in Satans Schlund zu enden. Aber Violante …« Er wandte mir in dem Augenblick den Kopf zu, als der Mond hinter den Wolken hervortrat, sodass seine Gesichtszüge wie in Marmor gemeißelt wirkten. »Auch wenn wir auf das Beste hoffen, müssen wir auf das Schlimmstmögliche gefasst sein.«

Mir wurde es auf einmal ganz eng ums Herz.

»Die Kinder werden ins Haus meiner Mutter in Caprarola gebracht. Wenn ich wieder in Cesena bin, lasse ich sie nachholen.«

»Deine Mutter und ich kommen inzwischen besser miteinander aus«, sagte ich und schämte mich sofort meiner Worte, denn sie waren durch und durch unwahr und suggerierten einen unehrlichen, aufgesetzten Optimismus.

»Du wirst sie nicht begleiten.«

Allein schon der Gedanke, mich damit abzufinden, verursachte mir fast Brechreiz.

»Ich möchte, dass du etwas anderes für mich tust. Du wirst nach Ferrara zurückkehren und meiner Schwester das hier übergeben.« Als er den Kameenring vom Finger zog, entfuhr mir ein Schrei, so hoch und spitz, dass er zurückwich, kurz das Gleichgewicht verlor und fast über die Brüstung gestürzt wäre. Im ruhigen Auge meines Zornessturms verspürte ich den Impuls, ihn hinabzustoßen. Vielleicht hatte ich sogar schon meine Hände auf ihm, denn das Nächste, was ich wusste, war, dass er mich hielt. Den einen Arm hatte er um meinen Rücken gelegt, mit der anderen Hand hielt er meinen Kopf. Meine Wange drückte gegen seine Brust, sodass ich seinen Herzschlag spürte und die Goldfäden auf seinem Wams mir ins Fleisch schnitten. Wie ein frisch abgerichteter Falke war ich in der Dunkelheit seiner Umarmung plötzlich gefügig, hilflos und in blindem Vertrauen an ihn gebunden.

Doch ich war kein Falke, sondern eine Frau, der ihr Kind weggenommen werden sollte. Als mir das Bild in den Sinn kam, wie Monna Vannozza mit Girolamo dastand, das Gesicht im Schatten ihrer Kapuze, seine feurigen Locken zwischen ihren klauenartigen Fingern, wand ich mich aus Cesares Umarmung.

»Nein!«, schrie ich und duckte mich unter seinen Arm hindurch. Er packte mich am Handgelenk, aber ich riss mich los und rannte davon. Ein Wachsoldat versperrte mir den Weg mit seiner Pike. Ich hörte, wie Cesare ein Stück weit hinter mir und ein wenig außer Atem den Mann auf seinen Posten zurückbeorderte. Die Tür zur Treppe war in Sicht und immer noch angelehnt, so wie wir sie zurückgelassen hatten. Wenn ich durchschlüpfen und sie hinter mir verriegeln könnte, bliebe mir genügend Zeit, mein Kind zu holen und mit ihm fortzulaufen.

Ein plötzlicher Windstoß warf die Tür ins Schloss. Ich stürzte auf sie zu, doch da der Mond gerade hinter den Wolken verschwand, fand ich den Schnappriegel nicht. Ich tastete umher und drückte dagegen, aber meine Finger waren schwach und ungeschickt und mein Gewicht zu gering, um gegen eine Männerhand stark wie eine Eiche anzukommen.

»Nun gut«. Er flüsterte mir ins Ohr, sein Atem brannte heiß auf meinem Hals, und seine Hände umklammerten meine Rippen. Er würde sie mir brechen, dachte ich, wenn es sein müsste, und es wäre für ihn nicht schwieriger, als bei Tisch den Rumpf eines Vogels zu knacken. Da merkte ich mit aufrührerischer Wonne, dass er die eine Hand nach oben gleiten ließ, bis sie meine Brust umfasste. »Du hast gewonnen. Dein Kind ist sicher. Komm jetzt zu Bett.«

Fast als hätte er es befohlen, glitt nun der Mond hinter den Wolken hervor und schien auf den Türriegel. Während er mich immer noch mit dem einen Arm hielt, öffnete er mit der freien Hand den Riegel, stieß die Tür auf, hob mich hoch und trug mich die Treppe hinab. Sind wir auf diese Weise durch den Saal gegangen, unter den Blicken der Leute, die dort aßen? Ich glaube nicht. In meiner Erinnerung habe ich immer noch das Bild eines engen, dunklen Durchganges vor mir, unbeleuchtet und mit unebenem Boden. Ich spüre noch den magischen Hauch der Spinnweben und rieche den Duft des kalten Gemäuers, und ich weiß noch, wie ich die Augen aufschlug und mich mit einem Mal in einem Raum befand, der so behaglich und reich geschmückt war wie die Kammer eines liebenden Herzens.

Er legte mich sanft auf das Bett, setzte sich neben mich und streifte sich die Stiefel ab. »Nimmst du«, fragte er, während er mein Mieder aufschnürte und die warme Stelle zwischen meinen Brüsten küsste, »immer noch Torellas Pillen?«

Ich nickte, weil ich nicht sprechen konnte.

»Gut.«

*

In jener Nacht schenkte er mir seine Zärtlichkeiten ohne Hast und so großzügig, als würde ihn am nächsten Morgen nichts anderes erwarten als ein spätes Morgenmahl. Sein

Mund und seine Hände waren so entzückend wissbegierig, dass ich mir wie die erste Frau vorkam, deren Körper er erkundete, und seine Berührungen so wissend und einfühlsam, dass sie meine Sinne aus ihrer gewohnten Hülle befreiten und bis zu den Nerven bloßlegten, bis zum tiefsten Kern der Lust. Als ich schließlich in seine Armen einschlief, lächelten mich seine dunklen Augen immer noch an.

*

Ich erwachte, weil irgendetwas meinen Schlaf gestört hatte. Als ich allmählich wieder zu Bewusstsein kam, merkte ich, dass die Fensterläden klapperten und durch das schmale unverglaste Fenster Regen hereinwehte. Fröstelnd stieg ich aus dem Bett und sah mich nach etwas Geeignetem um, in das ich mich einhüllen konnte. Da merkte ich, dass noch etwas anderes nicht stimmte. Cesare war fort. Nicht soeben erst aufgestanden, um sich zu erleichtern oder auf der Treppe nach seinem Leibdiener zu rufen, sondern auf und davon, als wäre er nie hier gewesen. Als ich die glatten Laken und aufgeschüttelten Kissen auf seiner Bettseite betrachtete, begann ich, mich zu fragen, ob ich in der vergangenen Nacht alles nur geträumt hatte. Doch meine wunden Lippen und der leichte, köstliche Schmerz in den Oberschenkeln sagten mir, dass es nicht so war.

Da entdeckte ich den Kameenring. Auf dem Nachttisch, wo er ihn abgelegt hatte, damit er beim zarten Werk seiner Hände nicht störe, wie er gesagt hatte. Ich nahm den Ring und sah ihn mir genauer an. Das Gold musste von hoher Reinheit sein, denn es war weich und hatte sich der Form des Fingers angepasst, doch er war schlicht gestaltet und trug als einzige Verzierung ein eingraviertes Motto. Die Kamee selbst zeigte Lucrezias Selbstentleibung. Welches Motto hatte er dazu ausgewählt? Um es zu entziffern, drehte ich den Ring langsam: *Age debendo quidquid accidet.* Da sah ich, dass auf der Innenseite noch etwas anderes eingraviert war, diesmal auf Katalanisch. *Un cor, una via.* Ich setzte mich auf die Bettkante, zog die seidene Überdecke um mich und blickte unverwandt auf das Bild der Frau, die einen Dolch an ihre Brust hält. Was bedeutete das? Meine Gedanken wanderten nach Nepi. Hatten sie dort vielleicht einen Pakt geschlossen, einen traurigen und finsteren Plan für eine künftige Katastrophe, die damals als nichts anderes als ein gefährliches Spiel erschienen war? Und was war meine Rolle bei alledem? Warum wollte er, dass ich seiner Schwester seine trostlosen Anweisungen überbrachte? Das alles wollte ich nicht. Ich wollte mit meinem Sohn ein ganz normales Leben führen, ich wollte sehen, ob er im Laufe der Nacht neue Zähne bekommen hatte.

Doch falls dieser Ring Gift enthielt, musste ich es loswerden. Donna Lucrezia war meine Patin, die mir ein neues Leben geschenkt hatte, und so schwankend mein Glaube an ihre Religion auch sein mochte, wäre es gewiss ein Hohn gewesen, ihr die Mittel zu ihrem Tod zu überbringen. Mit dem Fingernagel versuchte ich, den Ring aufzubekommen, aber er ließ sich nicht öffnen. Ich befühlte den Rand nach einem Verschluss oder einem Druckpunkt, der ihn würde aufschnappen lassen, doch ohne Erfolg. Vielleicht fand ich ja ein geeignetes Werkzeug. Cesares Ankleidezimmer wäre der richtige Ort, um danach zu suchen. Dort gab es Kämme, Nagelfeilen, Rasierklingen und Broschennadeln.

Den Ring in der Hand öffnete ich vorsichtig die Tür zum Ankleidezimmer. Es war ebenfalls leer, dort, wo die Kleidertruhen gestanden hatten, waren staubfreie Stellen am Boden. Das Gefühl des Verlassenseins legte sich auf mich wie ein Dämon, es roch nach Staub, Stein und Jasmin. Ich wagte kaum, die nächste Tür zu öffnen, aus Angst, dass ich auch dort nichts vorfinden würde.

»Ihr seid also wach.« Michelotto. Vor Erleichterung musste ich unwillkürlich lächeln. Wenn Michelotto hier war, konnte sein Herr nicht weit sein. Ich war eben doch nur aus Müdigkeit überängstlich.

»Ich habe wohl verschlafen. Seine Gnaden müssen sehr leise aufgestanden sein.«

Michelotto gab ein unverbindliches Knurren von sich.

»Nun, ich sollte mich wohl besser ankleiden und mich um meinen Sohn kümmern.« Der Ring bohrte sich in meine Handfläche; obwohl Cesare ihn mir anvertraut hatte, wollte ich Michelotto nicht wissen lassen, dass er bei mir war. Ich musste einen abgeschiedenen Ort finden, wo ich ihn in aller Ruhe untersuchen konnte.

Michelotto erhob sich von dem Schemel neben der Tür, auf dem er gekauert hatte, und baute sich vor mir auf. Er war nicht sehr viel größer als ich, aber breiter und kräftiger, und sein Gebaren verdeutlichte, dass er mich nicht so ohne Weiteres gehen lassen würde.

»Was ist los?«, fragte ich.

»Er ist fort.«

»Wer? Cesare? Ist er in den Vatikan umgezogen?« Ich fühlte mich genarrt, abgelegt wie ein schmutziges Hemd oder eine zerrissene Hose.

Michelotto schüttelte den Kopf, schien sich dann eines anderen zu besinnen und nickte kurz. »Ja. Ich meine nein. Ja, er ist fort, aber das habe ich nicht gemeint.«

»Warum seid Ihr nicht bei ihm?« Ich suchte mein Heil in einem herrischen Ton, doch meine Stimme klang nur gereizt und schrill.

»Weil er mir befohlen hat, hier bei Euch zu bleiben.«

»Hat er das?« Irgendwie konnte ich mir keine größere Ehre vorstellen.

»Monna Violante …« Er legte eine Hand auf meinen Arm. Dies erschien mir zu vertraulich, und wäre sein Herr zugegen gewesen, hätte er es sicherlich nicht geduldet, daher entzog ich ihm meinen Arm. Er verstand die Geste und ließ seufzend seine Hand sinken. »Sie sind alle fort«, sagte er, »Don Cesare, Monna Vannozza, die Kinder …«

»Nein, Ihr irrt Euch. Er sagte doch …«

»Ich irre mich nicht. Ich selbst habe Euren Sohn in die Kutsche gesetzt. Sie sind letzte Nacht abgereist. Inzwischen sollten sie schon fast in Caprarola sein.«

»Dann müssen wir uns schnelle Pferde nehmen, um sie einzuholen.«

»Violante …«

»Erspart mir Eure Vertraulichkeit.«

»Ach, um Himmels willen, hört Euch doch einmal selbst zu, törichtes kleines Ding. Nein, besser gesagt, hört mir zu.« Er klopfte auf den Schemel. »Setzt Euch, rührt Euch nicht, und hört Euch an, was ich zu sagen habe. Ihr werdet nach Ferrara gehen, und ich begleite Euch. Überbringen sollt Ihr …«

Ich wusste, was er sagen wollte und öffnete meine Hand, um ihm den Ring zu zeigen.

»Genau den«, bestätigte er. »Ihr sollt ihn Donna Lucrezia übergeben. Wenn sie ihn sieht, wird sie Euch wieder aufnehmen. Euer Sohn wird bei seiner Großmutter aufwachsen.

Ihr werdet ihn wahrscheinlich nicht wiedersehen. Habt Ihr verstanden?«

Meine Beine begannen zu zittern. Ich sackte auf dem Schemel zusammen, nahm kaum wahr, dass Michelotto mich am Ellbogen packte, damit ich nicht zu Boden sank, und dass mir am liebsten gewesen wäre, er hätte mich losgelassen, damit ich immer tiefer fiele, fort von dieser leeren Burg, fort von Cesares Betrug und meiner Erniedrigung und der schmerzenden Leere, die sich in mir auftat, dort wo einst die Freude über mein Kind saß. »Letzte Nacht, sagt Ihr?«

»Es tut mir leid.«

»Tut es das? Ich bezweifle es. Ich bedeute ihm nichts, weshalb sollte ich Euch etwas bedeuten?«

Darauf hatte er keine Erwiderung. »Bedeckt Euch«, sagte er und zog mir die Überdecke über die Schulter, von wo sie mir heruntergerutscht war. »Geht und kleidet Euch an. Und versucht keine Dummheiten. Ich bleibe hier an dieser Tür, und die andere ist von außen verriegelt. Vom Fenster geht es sehr tief hinunter. Vielleicht besser, wenn ich den Ring in Verwahrung nehme.« Er streckte die Hand aus, und ich gab ihn ihm.

Ich dachte an den tiefen Fall hinab in den Fluss, natürlich dachte ich daran, aber da kam mir in den Sinn, dass ich mich zwar unendlich beraubt fühlte, mein Sohn jedoch nicht tot war. Was, wenn er eines Tages nach mir suchen würde und erfahren müsste, dass ich so leicht aufgegeben und mich aus dem Fenster gestürzt hatte, als er mir genommen wurde? Was für eine armselige Mutterliebe wäre das? Die Liebe erlegte mir die Pflicht auf, am Leben zu bleiben und daran zu glauben, dass wir uns wiederfinden würden. Folgt der Liebe, hatte Mariam gesagt; sie hatte nicht gesagt, dass dies einfach sein würde.

Ich zog mich rasch an. Ich wollte meinen Körper so schnell wie möglich verhüllen, seine Schande bedecken und seine Aufsässigkeit mit Fischbein, Spitze und Tuch bändigen. Es war nun an der Zeit, erwachsen zu werden, sagte ich mir, zog mir das Korsett straff über die wunden Brüste und bedeckte mit dem Hemdkragen die Stelle, wo die Zähne meines Geliebten meine Haut aufgeritzt hatten. Als ich mein Mieder vom Boden aufhob und es schnürte, bemerkte ich ein feines, ingwerfarbenes Haar, das sich in einer Öse verfangen hatte. Ich erinnerte mich, wie sehr Cesare von den Veränderungen angetan gewesen war, die mit meinem Körper durch die Geburt vorgegangen waren, wie er mit seiner betrügerischen Hand über meine Brüste, meinen Bauch und zwischen meine Schenkel geglitten war. Bleiben würden die Veränderungen; sie würden nicht abklingen wie Bisse und Prellungen oder sich in Lügen verwandeln wie die Zärtlichkeiten meines Geliebten.

Ich dachte an die Motti auf seinem Ring. *Tu, was du musst, komme was mag,* sagte ich mir. *Ein Herz, ein Weg.*

Ich dachte an die Worte auf seinem Ring. *Es war ein* [illegible], sagte ich mir. *Per Fas, et* [illegible]

Das Buch Gideon

Wer ist der Dritte der dir immer zur Seite geht
Wenn ich zähle sind nur du und ich beieinander
Aber wenn ich vorschaue auf die weiße Straße
Ist immer ein andrer der neben dir geht

T. S. Eliot, Das wüste Land [5]

1

Reggio, im Oktober 1505

Schicke mir etwas, das du getragen hast. Schicke mir Strümpfe, in denen du getanzt, oder ein Hemd, in dem du in einer heißen Nacht geschlafen hast. Schicke mir deine Pillendose oder deine Haarbürste. Versichere mir, dass ich noch lebe.

Madonna ist heute Morgen guter Laune.«

»Vielleicht geht es dem Kind inzwischen ein wenig besser.«

»Wer weiß. Aber wahrscheinlich hat es mit den Briefen zu tun, die von ihrem Bruder kamen.«

Erst jetzt begann ich, der Unterhaltung ungewollt Aufmerksamkeit zu schenken, eine Stimme von der anderen zu unterscheiden und mir einen Reim auf das Gesagte zu machen. Seit dem Tod des alten Herzogs im Winter zuvor hatte ein Schwarm neuer Mädchen in Madonnas Hofstaat Einzug gehalten. Sie glichen sich wie ein Ei dem anderen, waren allesamt unglaublich jung und hoffnungsfroh und beschäftigten sich mit Dingen wie Dekolletés, Haarschmuck und der Form von Schuhabsätzen mit einem Eifer, als hinge ihr Leben davon ab. Was vermutlich in gewisser Hinsicht sogar zutraf.

»Ach, wie gern hätte ich ihn kennengelernt«, sagte die eine. »Es heißt, er habe umwerfend ausgesehen.«

»Nun, nach eineinhalb Jahren in einem spanischen Verlies ist es damit bestimmt vorbei. Violante, Ihr müsst Euch doch an ihn erinnern. War er tatsächlich so schön, wie man sagt?«

»Er hatte eine Nase wie ein Falke«, hörte ich mich sagen, »und seine Augen standen zu eng beieinander«. Dann legte ich meine Arbeit beiseite und murmelte, dass ich mich entschuldigen müsse, denn ich wollte nicht mehr über ihn reden.

Ich ging meinen Umhang holen und suchte mir einen Sklaven, der mich zu dem Haus begleiten sollte, in dem Angela und Giulio wohnten. Ich wollte die *rocca* verlassen haben, bevor Donna Lucrezia nach mir rufen ließ, was sie nach dem Erhalt von Cesares Briefen gewiss tun würde. Sie wollte schlichtweg nicht zur Kenntnis nehmen, dass es schmerzlich für mich war, von ihm zu hören, oder dass ich vielleicht sogar das Interesse an ihm verloren hätte. Als ich mich bei ihr darüber beschwerte, wie sehr er mich getäuscht hatte, was Girolamo betraf, und wie beispiellos grausam er dabei vorgegangen war, setzte sie ein frostiges Lächeln auf und meinte nur:

»Es ist eine Grundregel des Täuschens, Violante, dass man sich die Gefühle des Opfers zunutze macht. Und außerdem, was hat er Euch denn Schlimmes angetan? Das Kind ist in Sicherheit, und er hat dafür gesorgt, dass Ihr heil hierher gebracht wurdet. Ihr habt doch nicht im Ernst geglaubt, Euren Sohn für immer bei Euch behalten zu können. Das entspräche nicht dem Üblichen. Denkt doch nur an meinen Rodrigo.«

»Aber Ihr konntet wenigstens von ihm Abschied nehmen, Madonna.« *Ihr lagt nicht in den Armen Eures trügerischen*

Geliebten, als Euer Sohn in die Dunkelheit verschwand, in die Erinnerung mit all ihren Täuschungen.

*

Auf mein Klopfen hin öffnete Angela selbst die Eingangstür. Mit ihrem breitrandigen Strohhut, unter den sie ihr Haar gesteckt hatte, dem über die Knöchel geschürzten Rock und den abgenutzten alten Reitstiefeln sah sie aus wie eine hübsche Bauersfrau.

Angela und Giulio lebten nun offen wie Mann und Frau zusammen, und es war ausgemacht, dass sie zu gegebener Zeit heiraten würden, sobald sich Herzog Alfonso gegen seinen Bruder, den Kardinal, durchgesetzt hatte, der mittlerweile sein wichtigster Berater war. In den Wochen seit der Geburt von Madonnas Sohn waren sie sich ihres Glückes sogar noch sicherer geworden. Nachdem Madonna bewiesen hatte, dass sie einen Jungen lebend zur Welt bringen konnte, war nun auch der letzte dunkle Fleck auf ihrem Namen getilgt. Und dem jüngsten Streit zwischen Ippolito und Giulio über den *capallano* Rainaldo war durch das plötzliche Verschwinden des Musikers gerade im rechten Augenblick der Zündstoff entzogen worden. Giulio hielt ihn für tot; Angela sagte, vermutlich sei er des Streits um seine Person überdrüssig und deshalb an einen anderen Hof gegangen. Ippolito enthielt sich jeder Äußerung.

»Sieh nur, wer gekommen ist«, rief Angela, als sie mich durch den gewölbten Säulengang in den Garten führte. Giulio trat wie ein staubiger Faun aus einem Beet mit Fuchsiasträuchern hervor und schüttelte sich die zarten rosafarbenen Blüten aus dem Haar.

»Violante.« Bei seiner Umarmung hüllte er mich in seinen

Duft nach Erde, Schweiß und Laub und kratzte mich unabsichtlich mit seinem Holzspatel am Rücken.

»Seid Ihr allein gekommen?«

»Ich habe einen Sklaven dabei. Er ist in der Küche.«

»Ihr hättet uns Euren Besuch ankündigen sollen. Wie Ihr seht, sind wir auf Gäste nicht vorbereitet.«

»Das macht nichts.«

»Violante ist doch kein Gast, Giulio.«

»Es war ein plötzlicher Einfall. Ich musste für eine Weile woanders sein.« An Angela gewandt fügte ich hinzu: »Es gibt Nachrichten …«

»Von Cesare«, sagte Angela und ersparte mir so, seinen Namen auszusprechen. »Also muss es Sancho doch geschafft haben, ihn zu sprechen. Weißt du, wo er ist?«

Am liebsten hätte ich erwidert, dass ich es nicht wusste und es mich auch nicht kümmerte, doch ich verkniff es mir. Schließlich war er ihr Cousin. Ich schüttelte den Kopf. »Ich bin fort, bevor Donna Lucrezia nach mir rufen konnte.«

»Sie wird es mich schon wissen lassen, wenn es etwas Neues gibt.«

»Das glaube ich auch.«

»Lass es gut sein, Angela. Violante ist nicht gekommen, um sich über Cesare zu unterhalten. Ganz im Gegenteil, vermute ich. Genießen wir doch auf der Westterrasse die letzten Sonnenstrahlen und nehmen eine Erfrischung zu uns.« Giulio klatschte in die Hände, um einen Sklaven herbeizurufen, und führte uns um das Haus herum zu der balustradengesäumten Terrasse.

Er half uns in die alten, bequemen Sessel, die mit Tüchern drapiert waren und zufrieden im Abendlicht alterten, so wie ich es mir für Angela und ihn wünschte, wenn sie in die Jahre kämen und auf den jetzt noch leeren Beeten unter uns die zur vollen Reife erblühten Pflanzen sprießen würden. Ein Haussklave brachte uns einen Krug mit gesüßtem Limonensaft.

Wir nippten an unserem Getränk und verfolgten, wie die blauen Schatten der Obstbäume unten im Garten immer länger wurden, während ihre Zweige die Feuerkugel der untergehenden Sonne mit Mustern schraffierten.

»Nun haben wir schon Oktober«, sagte Angela, und zog sich eine Stola über die Schultern.

»Gott sei Dank«, meinte Giulio mit Nachdruck. Es war ein schrecklicher Sommer gewesen, heiß und pestbeladen, und nachdem der alte Herzog den Großteil des Überschusses an Getreide aus dem Jahr zuvor verkauft hatte, um seinen Architekten zu bezahlen, mussten viele Menschen in Ferrara hungern.

»Wie dem auch sei, ein früher Kälteeinbruch wäre nicht gut für Alessandro.« Der neue Erbe war kränklich und untergewichtig und verweigerte die Brust. Genau wie sein Onkel Ferrante, spotteten Witzbolde. Ich aber dachte an einen anderen seiner Onkel, und wenn ich das Kind ansah, versuchte ich herauszufinden, wie viel Entschlossenheit in seinen blassen Lippen und geballten Fäustchen steckte.

»Wenn er will, wird er leben«, sagte ich.

»Wie könnte ein Mensch nicht leben wollen?«, fragte Giulio.

»Ein Kind ist gewiss noch nicht in der Lage, darüber selbst zu bestimmen.«

»Oh doch, er schon«, erwiderte ich. Als Giulio seine Hand nach Angela ausstreckte, wünschte ich, ich hätte es nicht gesagt. Sie fürchtete nämlich, durch die Herbeiführung ihrer Fehlgeburt Schäden davongetragen zu haben und Giulio keine Kinder mehr schenken zu können, und nun musste sie annehmen, ich wollte mich mit einer Art Geheimwissen brüsten, das nur Müttern zugänglich ist. Ich sollte besser gehen, dachte ich; für meinen abgestumpften und verbitterten Geist war kein Platz in ihrem Paradies. Ich stand auf und entschuldigte mich.

*

»Wo habt Ihr gesteckt?« Fidelma wirkte finsterer, als sie klang, was wohl an ihrem schlichten dunklen Gewand lag, dessen Kapuze ihr Haar vollständig bedeckte. »Sie hat nach Euch gerufen.« Nach meinem Fortgang und nachdem Angela sich aus dem Hofstaat ihrer Cousine zurückgezogen hatte, um mit Giulio zusammenzuleben, war Fidelma zur dienstältesten Hofdame Madonnas aufgestiegen und schien sich dadurch ermächtigt zu fühlen, einen herrischen Ton anzuschlagen.

»Ich war zu Besuch bei Angela. Gebt mir fünf Minuten, damit ich meine Schuhe wechseln und mein Haar richten kann.«

»Sie sollte das nicht tun. Es ist Gottes Wille, was mit Herzog Valentino geschehen ist, daran gibt es keinen Zweifel. Wenn sie denkt, dass ihm jemals die Erlaubnis zur Rückkehr nach Italien erteilt wird, täuscht sie sich – und Euch.«

»Nicht mich, Fidelma. Und ihn vermutlich auch nicht.«

Fast so, als wollte sie meine Vermutung über Cesares Gemütszustand bestätigen, war das Erste, was Madonna zu mir sagte, als ich ihr Gemach betrat: »Gute Neuigkeiten. Sie haben ihn nach La Mota gebracht.«

La Mota war die große königliche Festung von Medina del Campo, das uneinnehmbare Herz Spaniens. Ich verstand nicht, wie dies eine gute Nachricht sein konnte.

»Er sagt, er erhält dort oft Besuch von Gesandten Philips von Flandern, der sich für seine Freilassung einsetzt. Philip möchte ihn mit der Aufgabe betrauen, Don Carlos nach Kastilien zu bringen, nachdem seine Mutter nun Königin ist, sagt er.«

»Ist ihr denn inzwischen erlaubt zu herrschen?« Philips Gemahlin Juana, seit dem Tode Isabellas im Winter zuvor dem Namen nach Königin von Kastilien, wurde allgemein als geisteskrank angesehen und von ihrem Vater, König Ferdinand, praktisch unter Hausarrest gehalten.

Donna Lucrezia zuckte mit den Schultern. »Das soll meinem Bruder gleich sein.«

»Wo ist Don Carlos jetzt?«

»In Flandern, glaube ich.«

»Dann wird Cesare also nicht nach Italien zurückkehren?«

Madonna legte ihre Hand auf die meine. »Es tut mir leid. So bald wohl noch nicht. Er muss sich erst wieder seiner Stellung sicher sein, bevor er zurückkommen und Papst Julius gegenübertreten kann.«

Mir tat es nicht leid; ich sorgte mich nur um Girolamo. Donna Lucrezia war so gütig, mich über ihn auf dem Laufenden zu halten, auch wenn ich manchmal glaubte, dass es für mich leichter gewesen wäre, hätte sie es nicht getan.

Cesare war es gelungen, von Papst Julius seine Freilassung unter der Bedingung zu erwirken, dass er nach Neapel ins Exil ging. Die drei Kinder, Girolamo, Giovanni und Camilla, nahm er dorthin mit und brachte sie im Haus von Don Jofré und Prinzessin Sancia unter. Der Papst jedoch hatte ein falsches Spiel mit ihm getrieben. Oder vielleicht auch umgekehrt. Bei Julius und Cesare konnte man unmöglich sagen, wer wen betrog. Jedenfalls wurde Cesare erneut festgenommen, dieses Mal im Namen von Königin Isabella, die ihn in Spanien für den Mord an Don Juan und Alfonso de Bisceglie vor Gericht stellen wollte. Falls Cesare je nach Italien zurückkehren sollte, würde er zweifellos das Leben seines Sohnes und Erben in größere Gefahr bringen denn je.

»Aber Sancho hat ihn gesehen«, fuhr Donna Lucrezia in dem gleichen leichten, knappen Ton fort, den sie anschlug, wenn sie für Bittschriften keine schnelle Antwort fand. »Er sagt, Cesare sei wohlauf. Ein wenig abgemagert, aber guter Dinge. Und in diesen Briefen« – dabei schwenkte sie einige vom Transport beschmutzte Pergamente – »lässt er sich darüber aus, wie viel bequemer seine jetzige Unterkunft ist als diejenige in Chinchilla. Und wie sehr ihm König Ferdinand seit dem Tod der Königin zugeneigt sei. Schließlich ist Ferdinand unser Blutsverwandter.«

»Der Herzog wird jedenfalls einen wärmeren Winter haben.«

»Im Winter wird er in Flandern sein«, erwiderte Madonna, als duldete sie keinen Widerspruch gegen ihre Behauptung. »Und in Freiheit.«

»Wie geht es Don Alessandro heute?«, fragte ich und lugte in die mit einem Spitzentuch verhüllte Krippe neben Madonnas Bett.

»Er hat ein wenig Milch zu sich genommen«, sagte Madonna, »aber er ist zu still«.

»Vermutlich lauscht er lieber.«

Ich hatte Donna Lucrezia nie von meinen Gesprächen mit ihrer Mutter erzählt. Bei meiner Rückkehr hatte ich einfach zugesehen, wie Michelotto ihr den Ring überreichte, und sie dann allein gelassen, damit er ihr die Neuigkeiten über ihren Bruder berichten konnte, die ihm mitteilenswert erschienen.

Ich hatte getan, wie mir aufgetragen war; niemals würde er sagen können, ich hätte ihn so getäuscht, wie er mich getäuscht hatte. Ich bezog wieder das Zimmer, das ich einst mit Angela geteilt hatte, in dem ihre aus der Mode gekommenen Kleider lagen und der schale Geruch ihres Tuberosenparfüms hing, und erledigte meine Pflichten, als wäre ich nie fort gewesen.

Doch nun sagte Madonna: »Ihr wisst es also? Wie Cesare in diesem Alter war? Ich bin voller Hoffnung. Alessandro hat ja dasselbe Sternzeichen.«

Ja, ich wusste es. *Hoffnung*, hatte er einst zu mir gesagt, als er wohl freundlich sein wollte, *ist das, wovor wir uns am meisten hüten sollten.* Ich streckte meine Hand zur Krippe aus, um dem Säugling das Gesicht zu streicheln, aber ich brachte es nicht über mich, seine weiche Haut zu berühren. Der Kleine verzog ein wenig das Gesicht und schlug dann die Augen auf. Ich dachte, er würde zu schreien beginnen, aber da sah ich, dass sich seine Augen so verdreht hatten, dass nur noch das Weiße zu sehen war. In seinem Mundwinkel bildete sich eine Speichelblase.

»Madonna, ich glaube …«

»Heilige Muttergottes, schon wieder ein Anfall? Rasch, holt Castello und die *comatre.*«

Arzt und Amme waren nicht weit. In der Nacht hatte Alessandro mehrere Anfälle erlitten, und aus ihren Mienen, dem aufmunternden Lächeln, das sie aufsetzten, bevor sie Madonnas Gemach betraten, konnte ich lesen, dass sie um sein Leben fürchteten. Ich wollte mich zurückziehen, aber Madonna bat mich zu bleiben. Also setzte ich mich auf einen Schemel neben ihr Bett und hielt ihre Hand, während der Arzt und die *comatre* taten, was in ihren Kräften stand.

Als der Tod Einzug hielt, trat der Arzt gesenkten Hauptes beiseite. Die *comatre* hob den steifen kleinen Körper aus der Krippe und legte ihn seiner Mutter in die Arme. Donna Lucrezia küsste ihn auf die Stirn und flüsterte ihm in ihrer alten Sprache ein *»Adeu, nen petit«* zu. Dann übergab sie ihn sanft dem Priester, der sagte, was er sagen musste, und den Leichnam davontrug, um ihn aufzubahren.

Ich rief nach einem Sklaven, damit man die Krippe aus dem Raum trug, das Spitzenhäubchen aber, das Madonna umklammerte, wollte sie nicht hergeben. Sie nahm auch das Kissen, auf dem Alessandro gelegen hatte, bettete es in ihren Schoß und drückte ihr Gesicht in den feinen weißen Baumwollbezug, als wollte sie sich ersticken. Gierig sog sie den Duft von Milch und Kinderhaut ein, das Einzige, was ihr von ihrem Sohn geblieben war, dann richtete sie sich auf, strich unablässig mit ihren dicken Fingern über das Kissen und kniff mit ihren tadellos manikürten Nägeln in seine Falten und Ecken.

»Mein Gatte muss benachrichtigt werden.« Ihre Wangen glänzten zwar vor Tränen, aber ihre Stimme war fest. Herzog Alfonso hielt sich in Belriguardo auf. Er hatte dort den Sommer über die Renovierungsarbeiten überwacht, die er nach dem Tod seines Vaters angeordnet hatte. »Und noch einen weiteren Brief muss ich schreiben. Ihr werdet mir dabei helfen.«

»Nein, Madonna, ich …«

»Nicht an meinen Bruder, Violante. Sondern an Francesco Gonzaga.« Ein gewisser Ton in ihrer Stimme, als sie diesen Namen aussprach, machte mich stutzig und ließ in mir für einen Augenblick Zweifel an Alessandros Abstammung aufkommen, aber ich schob den Gedanken so rasch beiseite, wie er aufgetaucht war. Schon für weniger konnte es mir passieren, dass ich in einem Käfig am Torre Leone endete. Ein bitteres Echo blieb jedoch zurück, eine gemeine leise Stimme, die mir zuflüsterte, dass Madonna zumindest den Trost einer neuen Liebschaft hatte, um den Verlust ihres Kindes zu verwinden.

Sie schrieb den Brief eigenhändig, und ich trug ihn wie gewünscht zu einem Platz beim Haupttor der Stadt, wo an einem Marktstand Geflügel verkauft wurde, genau unter einer Tafel an der Stadtmauer, die an die Gefallenen der Schlacht von Legnano erinnerte. Ercole Strozzi humpelte hinter einem wackligen Stapel Holzkäfige mit laut gackernden Hühnern und verwirrt dreinblickenden Rebhühnern hervor. Er verbeugte sich zum Gruß, als würden wir uns tagtäglich über den Weg laufen. Dann erkundigte er sich nach Madonnas Gesundheit und gab seiner Hoffnung Ausdruck, dass Don Cesare sich in seiner neuen Umgebung wohlfühle, und ich fragte mich allmählich, ob die letzten eineinhalb Jahre nichts anderes als ein böser Traum gewesen waren, aus dem ich nun erwachte, um festzustellen, dass alles noch genauso war wie vor dem Tod Papst Alexanders. Ich erwiderte, dass ich von Don Cesare keine Nachricht hätte und Madonna sich gut erhole. Doch als ich Strozzi den Brief übergab und gehen wollte, legte er mir eine Hand auf die Schulter.

»Das Leben nimmt keine Gefangenen, meine kleine Dame. Eure Herzogin weiß das, und Ihr könntet Schlechteres tun, als von ihrem Beispiel zu lernen.«

»Danke, Ser Ercole, Ihr seid ein weiser Mann.«

»Nur praktisch veranlagt, meine Liebe, nur praktisch veranlagt.«

*

Als Herzog Alfonso vom Tod seines Sohnes erfuhr, ließ er seine Frau nach Belriguardo rufen.

»Er hofft, es werde mich zerstreuen, all die Veränderungen zu sehen, die er dort vornimmt«, erklärte Donna Lucrezia, während sie Anweisungen zum Packen gab.

»Wartet noch einen Augenblick«, bat sie mich, nachdem sämtliche Kleidertruhen zu den im Hof wartenden Karren gebracht worden waren und ihr Haushofmeister die Schmuckschatullen in Verwahrung genommen hatte. »Vor unserer Abreise habe ich noch einen weiteren Auftrag für Euch.« Aus ihrer Miene sprachen zugleich Erschöpfung und unbeugsame Willenskraft, was mich unwillkürlich an ihren Bruder in jener letzten Nacht auf den Zinnen von Sant' Angelo erinnerte. »Ihr müsst Euch wie zuvor mit Ser Ercole treffen. Er wird Euch etwas für mich geben.«

*

Als ich an den Geflügelstand kam, war Strozzi nicht da. Ich schlenderte ein wenig auf und ab und tat so, als würde ich mich für einen Stapel gelber Äpfel an einem Nachbarstand interessieren. Gerade als ich den am wenigsten angeschlagenen Apfel herauszog und dem Verkäufer ein paar Münzen reichte, fiel mir eine Gestalt auf, die in der Nähe des Geflügelstandes herumlungerte. Ein Mann, den ich nie zuvor gesehen hatte, hochgewachsen, knochig und mit unauffälliger Schäbigkeit gekleidet, als wolle er damit seine bemerkenswerte Körpergröße und Hagerkeit wettmachen. Das muss ein Spion sein, dachte ich, man hat Madonnas List durchschaut. Ich zog mir die Kapuze weit über den Kopf und machte mich daran, in die entgegengesetzte Richtung davonzugehen, fest entschlossen, nicht zu laufen oder sonst etwas zu tun, was Aufmerksamkeit erregt hätte. Ich war doch bloß ein Mädchen, das einen Apfel kaufte. Was könnte es Gewöhnlicheres geben?

Doch ein klebriges Gefühl an den Fingern machte mir bewusst, dass ich meine Nägel in die Apfelschale gebohrt hatte. Und plötzlich legte sich eine Hand auf meine Schulter. Mir entfuhr ein leiser Schrei. Ich hörte, wie ein Schwert kratzend aus der Scheide gezogen wurde. Eine Stimme fing an, die Gebete zu murmeln, die wir bei der Niederkunft und anderen Gefahren sprechen, eine weibliche Stimme, atemlos und zittrig. Meine eigene Stimme.

Nun sprach jemand anderer, ein Mann. Der Spion. »Steckt Euer Schwert weg, ich will ihr nichts Böses.«

Meine Beine gaben nach, ich sank auf die Knie und in den Staub, in die weggeworfenen Kohlblätter und den Hundekot.

»Verzeiht, ich wollte Euch nicht erschrecken«, sagte der Spion. Er packte mich am Ellbogen, half mir auf die Beine und wischte mir den Dreck vom Rock.

»Wer seid Ihr?«

»Messer Ercole schickt mich.«

Vor Erleichterung wäre ich fast ein zweites Mal zu Boden gesunken, was mich ärgerte. »Aber warum habt Ihr das nicht gleich gesagt, anstatt herumzuschleichen wie ein … ein …«

»Geflügelkoch? Taubenzüchter?«

»Hier gibt es keine Tauben zu kaufen«, erwiderte ich barsch, aber ich hörte das Lächeln in meiner Stimme, und Ser Ercoles Bote schien es auch wahrzunehmen, denn plötzlich legte sich ein breites Grinsen auf sein schmales knochiges Gesicht. Mir fiel auf, dass seine Zähne lang und schief waren;

ein Mann von vornehmerer Herkunft hätte darauf geachtet, dass man sie nicht sah, wenn er lächelte.

»Könnte es sein, dass Ihr etwas von mir haben wollt?«

Noch immer wusste ich nicht, ob er mich nicht hinters Licht führte. »Ihr müsst mich verwechseln, mein Herr.«

»Ihr seid doch Monna Violante, oder?«

»Woher wisst Ihr das?«

»Ich wusste es nicht, bis Ihr das *Birkat ha-gomel* gesprochen habt. Da erst war ich mir sicher. Ser Ercole sagte mir, dass Ihr eine *conversa* seid. Die andere *conversa,* meinte er.« Dabei verbeugte er sich leicht. »Ich bin Gideon da Quieto d'Arzenta aus Mantua, der Bruder der Frau, die Ihr wohl als Fidelma kennt.«

»Der Goldschmied«, rief ich.

»Genau dieser.«

»Hättet Ihr Euren Stern getragen, hätte ich es gewusst.« Als ich ihn nun genauer betrachtete, war es offensichtlich. Er hatte Fidelmas schlaksige Gestalt, das gleiche knochige Gesicht und schöne, hervortretende Augen. Mich erinnerte er ein wenig an einen Hasen.

»Warum hat Ser Ercole Euch geschickt und ist nicht selbst gekommen?«

»Hört auf, so krampfhaft Euren Umhang zuzuhalten, Ihr seht sonst aus wie eine Taschendiebin. Er hat mich nicht geschickt, sondern ich habe ihn darum gebeten.« Lachend zog er mich an den Straßenrand, da ich einem Maultier im Weg stand, das mit großen Körben beladen war. »Fühlt Euch nicht geschmeichelt, meine werte Dame. Es war nicht Euer hübsches Gesicht, das mich dazu veranlasst hat, obwohl es wirklich wunderschön ist. Hätte ich es zuvor einmal gesehen, hätte ich Ser Ercole vielleicht schon eher um diesen Auftrag gebeten. Der Grund war Euer Einfluss auf die Herzogin. Meine Schwester sagt, Donna Lucrezia halte große Stücke auf Euch, und ich würde gern einen Auftrag von ihr bekommen. Ihr Bruder kennt meine Arbeit und …«

»Ich weiß.« Was wohl in der Zwischenzeit mit jenen Masken geschehen war? »Meine Herrin ist nicht geneigt, unter den gegenwärtigen Umständen viel Aufhebens um ihre Nähe zu ihrem Bruder zu machen. Ihr könntet«, fuhr ich fort, sorgfältig auf meine Worte bedacht, »mehr Kapital aus ihrer Rivalität mit Donna Isabella Gonzaga schlagen«.

»Also ist dies hier von Don Francesco?«

»Still! Haltet Eure Augen offen, wenn die Herzogin Reggio verlässt, das ist alles.«

*

Es war vernünftig, nach Borgoforte zu reisen und von dort mit dem Schiff nach Belriguardo weiterzufahren. Doch als Don Francesco dort zu uns stieß, änderten Madonna und er unsere Reisepläne. Donna Isabella, so beharrte er, bestehe darauf, ihre Schwägerin zu sehen, um ihr zum Verlust ihres Kindes ihr Beileid auszusprechen. Da ihre Schwangerschaft aber schon so weit fortgeschritten sei, könne sie Mantua nicht verlassen. Daher fuhren wir nach einer Nacht in Borgoforte nach Mantua weiter. Während ich es für recht wahrscheinlich hielt, dass Donna Isabella vor meiner armen Herrin nur ihre Fruchtbarkeit zur Schau stellen wollte, zeigte Madonnas Verhalten, als ich sie für die Reise ankleidete, dass sie und Don Francesco am Abend zuvor Gelegenheit zum Austausch einiger privater Worte gefunden hatten. Falls Donna Isabella einen Triumph geplant hatte, würde sie vermutlich eine Enttäuschung erleben.

Ich wünschte, Angela wäre bei uns, aber sie und Giulio kehrten nach Ferrara zurück. Es lag ihnen fern, nach Belriguardo zu reisen, wo sie zwangsläufig auf Ippolito treffen würden. Selbst wenn ich es gewollt hätte, konnte ich Fidelma meinen Verdacht nicht anvertrauen, denn damit hätte ich verraten, welche Rolle ihr Bruder in dieser Angelegenheit spielte. Oder ich selbst, um genau zu sein. Deshalb behielt ich meine Gedanken für mich, und wenn geklatscht wurde, hörte ich nicht hin.

Ich war nicht zugegen, als Madonna von Donna Isabella empfangen wurde, aber sobald wir uns auf Don Francescos *bucintoro* befanden, konnte man durch die erzwungene Intimität des Bordlebens dem Klatsch nicht mehr entkommen. Madonna sorgte dafür, dass nur diejenigen mit ihr und Don Francesco reisten, denen sie meinte, vertrauen zu können. Alle Übrigen folgten auf einem zweiten Boot. Daher war ich überrascht, als ich am zweiten Morgen an Bord über den Kiel spähte und plötzlich Gideon d'Arzenta neben mir stehen sah.

»Ich glaube, es wird regnen«, meinte Gideon mit Blick auf eine Wolke, die tief und gelblich über den braunen Fluten hing. »Gewiss habt Ihr nicht gedacht, mich wiederzusehen, oder?«, fuhr er fort, als ich keine Antwort gab.

»Ich habe in keiner Weise an Euch gedacht, Ser d'Arzenta.«

»Und ich hoffte, Ihr würdet keine Gelegenheit versäumen, mich Eurer Herrin zu empfehlen.«

»Hätte es eine solche gegeben, hätte ich sie nicht versäumt.«

Er lachte. Als er dabei das Kinn reckte, sah ich die braune Haut an seinem Hals und sein vorspringendes Schlüsselbein. Er lehnte sich mit dem Rücken an die Reling, stützte seine Ellbogen auf und sagte: »Ihr habt eine spitze Zunge, Violante. Euren Mann beneide ich nicht. Wahrscheinlich ist Eure Umarmung noch stachliger als die einer eisernen Jungfrau.«

»Wie kommt es, dass Ihr hier seid, *messer?*«

»Nun ja, weil ich Donna Isabellas Augen und Ohren bin.« Er musste mir die Bestürzung vom Gesicht abgelesen haben, denn er lachte erneut, strich mit den Fingerspitzen über die Innenseite meines Ellbogens und sagte: »Man kann Euch leicht auf den Arm nehmen, meine Dame.«

»Es gibt Dinge, mit denen man nicht scherzen sollte.«

»Und die Amouren von Leuten wie Eurer Herzogin und unserem erlauchten Markgrafen von Mantua müssen ernst genommen werden?«

»Die Liebe ist eine sehr ernste Angelegenheit.«

»Wenn es hierbei um Liebe ginge, würde ich Euch zustimmen. Aber das da« – dabei nickte er in Richtung Schiffsheck – »ist nur ein Spiel. Selbst den Fußball würde ich ernster nehmen.«

Einerseits musste ich ihm recht geben, dass Don Francescos Hand, die in Donna Lucrezias Schoß lag, nichts und niemanden verletzte. Doch wenn ich nicht von der Ernsthaftigkeit ihrer Art von Liebe überzeugt war, wie billig hatte ich dann mir das Herz brechen lassen? »Wie dem auch sei«, sagte ich, »ich glaube, das Gewissen meiner Herrin ist durchaus so rein, dass es den Augen und Ohren Donna Isabellas standhalten kann.«

»Als Gegenleistung für mein, wie ich zugebe, vages Versprechen, ihr über ihren Gemahl und ihre Schwägerin zu berichten, gab mir Donna Isabella ein Empfehlungsschreiben für Donna Lucrezia. Ich werde ihr etwas berichten, was die beiden nicht kompromittiert. Was habe ich denn schließlich schon gesehen? Eine Dame und einen Herrn, die es sich auf einem Schiff bequem machen. Eine trauernde Mutter, die bei einem Freund Trost sucht. Ich schlafe an Deck zwischen den Galeerensklaven, und alles, was meinen Schlaf stört, ist das Klirren ihrer Ketten, wenn sie aufstehen, um zu pissen. Verzeiht mir meine Direktheit.«

»Allmählich gewöhne ich mich daran.«

»Das freut mich, denn ich hoffe, noch viel öfter Gelegenheit zur Unterhaltung mit Euch zu haben, sobald ich in Ferrara bin. Gewiss sind tief in Euch Schätze verborgen, die zutage gefördert werden wollen.«

»Vermutlich soll das ein Kompliment sein. Von einem Goldschmied.«

*

In Sermide, an der Grenze zwischen den Staaten Mantua und Ferrara, verabschiedete sich Don Francesco von uns, und alle, die auf dem zweiten Schiff gereist waren, wechselten auf das Unsrige über, damit Don Francesco ein Fahrzeug für die Heimreise zur Verfügung hatte. Von Donna Lucrezias Hofdamen, die mir mit ihrem Geschnatter, ihren Fragen und ihren Mutmaßungen zusetzten, blieb als Einzige Fidelma schweigsam, und ich vermochte nicht zu sagen, ob es aus Missbilligung geschah oder aus einer letztendlich noch feineren Art von Neugier. Zumindest hatte ich erwartet, dass sie auf das Anliegen ihres Bruders zu sprechen käme, aber das war nicht der Fall, und nur einmal sah ich die beiden in ein Gespräch vertieft, als ich Fonsi zu seinem täglichen Spaziergang rund um das Deck ausführte. Sie schienen sich in Gesellschaft des anderen nicht sehr wohl zu fühlen, ihre eckigen

Körper vollführten linkische Posen, und auf ihren großen Füßen umkreisten sie einander wie in einem plumpen Tanz.

Ich dachte, Madonna habe sich schlafen gelegt, aber als ich die Kajütentreppe hinunterstieg, rief sie aus ihrer Kabine nach mir. Also trat ich ein und machte in dem vollgepackten Raum so gut es ging einen Knicks. Sie klopfte neben sich auf das Bett und bedeutete mir, mich zu setzen. Für einen Stuhl war kein Platz, nicht einmal für einen Schemel; alle verfügbare Fläche am Boden wurde von Madonnas Kleidertruhen eingenommen. Unwillkürlich musste ich daran denken, wie deplatziert Don Francesco zwischen dieser Fülle an Seide und Spitze gewirkt haben musste. Ich hob den kleinen Hund vom Bett und setzte ihn auf sein Seidenkissen, dann ließ ich mich auf der Bettkante nieder.

»Was wisst Ihr über den jungen Mann, von dem Fidelma behauptet, er sei ihr Bruder?«, fragte Madonna.

»Ich glaube durchaus, dass er ihr Bruder ist. Sie sehen einander sehr ähnlich. Ser Strozzi vertraut ihm.«

»Strozzi?«

»Als Ihr mich das letzte Mal in Reggio batet, mich mit Ser Strozzi zu treffen, Madonna, schickte er Ser d'Arzenta, anstatt selbst zu kommen.«

»Ihr wollt sagen …?«

»Ich war umsichtig, Madonna. Ich habe nichts von ihm angenommen, bevor ich mir seiner nicht vollkommen sicher war.«

»Sicher? Wie wollt Ihr das wissen, törichtes Mädchen? Er könnte von wem auch immer geschickt worden sein. Von Donna Isabella, von meinem Gemahl …« – sie unterbrach sich, und als sie fortfuhr, klang ihre Stimme sanfter, als würde sie zu sich selbst sprechen – »… nein, von ihm nicht. Isabella, ja, sie muss es sein. Sagte Fidelma nicht, dass er für sie gearbeitet habe?«

»Madonna, ich habe mich mit ihm ein wenig unterhalten. Ich glaube wirklich nicht, dass er interessiert ist an …«

»Er wird an dem interessiert sein, wofür man ihn bezahlt. Das ist der Gang der Dinge. Fonsi, böser Hund!« Der Hund, der sich langweilte, weil er nicht mehr im Mittelpunkt der Aufmerksamkeit stand, war Madonna auf den Schoß gesprungen, hatte sich auf den Hinterbeinen aufgerichtet und versuchte nun, ihr übers Gesicht zu lecken. Gewöhnlich brachte sie dies zum Lachen, aber jetzt schlug sie ihm ungeduldig auf die Nase. »Holt ihn mir her, Violante«, fuhr sie mit lauter Stimme über das Winseln des Hundes hinweg fort. »Wir wollen herausfinden, was er vorhat.«

Ich traf ihn an Deck an, immer noch im Gespräch mit Fidelma.

»Donna Lucrezia möchte Euch sprechen«, sagte ich.

Er verzog das Gesicht zu dem schiefen Grinsen, das ihm eigen war. »Tatsächlich?«

»Ich würde mir nicht allzu große Hoffnungen machen«, warnte ich ihn. Er aber schritt bereits mir voran auf die Kajütentreppe zu, sodass meine Worte im Wind verwehten.

*

Gerne hätte ich gewusst, was er sah, als er in der Kabinentür stand und sich verbeugte. Vielleicht Reichtum und Einfluss, das Ziel seines Ehrgeizes? Oder Macht und Erhabenheit oder einen letzten Abglanz der prachtvollen Dekadenz des Hofes ihres Vaters? Oder sah er, was ich sah? Eine Frau auf dem Bett liegend, umhüllt von tiefer Trauer, mit losem Haar und einem Aschekreuz auf der Stirn, das wir jeden Morgen mit heiligem Staub aus einer Flasche erneuerten, die zwischen ihren Döschen mit Karmesinpaste und Bleichcreme aufbewahrt wurde. War ihm der stählerne Glanz in ihren grauen Augen aufgefallen, oder würde ihr ein Überraschungsangriff gelingen?

»Ser d'Arzenta«, sagte sie.

»Herzogin. Ihr erweist mir eine große Ehre.«

»Im Gegenteil, ich bin es, die durch Eure Aufmerksamkeit geschmeichelt sein sollte. Ihr müsst mir vergeben, dass ich Euch nicht schon früher empfangen habe.« Sie wedelte trügerisch matt mit der Hand. »Ihr wisst ja, so viele Menschen … die ganze Zeit.«

Er tappte geradewegs in die Falle. »Eure große Schönheit, Herzogin …«

Donna Lucrezia setzte sich mit einem Ruck auf, wodurch eines der Kissen zu Boden fiel und Fonsi an der Nase traf. Er begann, wie besessen zu kläffen. Bei dem Geräusch zuckte Gideon zusammen.

»Meine Schönheit hat Euch nicht zu kümmern, Junge«, sagte Madonna, und ihre Stimme, obschon bedrohlich leise, war selbst über das Gekläffe des Hundes hinweg deutlich zu vernehmen. Nun starrte Gideon sie an, und ich betete insgeheim, dass er den Blick abwenden möge. Er mochte zwar ehrgeizig sein, aber offensichtlich hatte er keine Ahnung von höfischen Manieren.

»Also werdet Ihr Eure Augen von mir abwenden und mir sagen, welches Anliegen Euch an Bord meines Schiffes geführt hat.«

»Mein Anliegen ist es allein, Euch zu dienen, Herzogin.« Er blickte nach oben, aber ich glaubte nicht, dass er so reumütig klang, wie Madonna es sich gewünscht hätte.

»Ein hübscher Satz, aber ich hatte bereits eine Anzahl weitaus schönerer gehört, noch bevor ich meine Kinderstube verlassen hatte. Mein ganzes Leben lang bin ich von Schmeichlern umgeben.«

»Dann werdet Ihr erkennen, dass ich Euch nicht schmeichle. Ich bin kein Höfling, Herzogin …«

»Gewiss nicht.«

»… aber ich besitze Talente, von denen ich glaube, dass sie Euch erfreuen werden.«

»Und um welche handelt es sich dabei genau? Betrügerei? List? Spionieren? Die privaten Briefe anderer Menschen lesen? Ich könnte Euch schon für weniger Steine an die Füße binden und in den Fluss werfen lassen wie unseren Abfall aus der Küche.«

Seine Hand wanderte zu der Tasche, die an seinem Gürtel neben dem Messer hing. Donna Lucrezia zuckte zusammen. »Violante, was hat er vor? Wo sind meine Wachen?«

»Ich glaube nicht, dass er Böses im Schilde führt, Madonna.«

»Ich möchte Euch einfach eine Kostprobe meiner Künste zeigen, Herzogin.« Er neckte sie, erkannte ich nun mit einer Mischung aus Schock und Bewunderung. Niemand neckte Madonna, nicht einmal Don Alfonso. Nun, beinahe niemand.

Er zog ein Bündel Papiere aus der Tasche und reichte es mir. »Wenn Ihr mir die Ehre erweisen würdet, Euch dies hier anzusehen, Herzogin. Es sind Skizzen eines Auftrags, den ich für die Markgräfin von Mantua im letzten Jahr des Pontifikates Eures erlauchten Vaters ausgeführt habe.«

Ich sah mir jedes Blatt kurz an, bevor ich es Madonna in den Schoß legte. Es waren Gesichter von merkwürdiger

Vertrautheit, obwohl sie alle mit Linealstrichen überzogen und mit Winkelmaßen und Längenangaben beschriftet waren.

»Ich glaube, ich kenne sie bereits«, sagte Madonna in einem Ton unterdrückter Aufregung, was mich hoffen ließ, dass die Gefahr nun vorüber sei. Sie hatte das Talent in Gideons Arbeit erkannt und die Möglichkeit gewittert, ihn Donna Isabella abzuwerben. »Das sind einige der Masken, die für meinen Bruder angefertigt wurden, nicht wahr? Als Geschenk der Markgräfin?«

»Ja, Herzogin. Sie gab fünfundzwanzig Masken in Gold und fünfundzwanzig in Silber in Auftrag. Ich sollte die silbernen anfertigen, aber dann wurde mein Meister krank. Er konnte sich die Verzögerung nicht leisten, wegen der Kosten für das Gold, versteht Ihr? Also machte ich die Entwürfe und den Guss selbst, unter seiner Aufsicht.«

»Und wer war Euer Meister, Junge?«

»Sperandio, Herzogin.«

»Ach ja, ich glaube, ich kenne ihn. Er hat einmal eine Medaille für meinen erlauchten Schwiegervater gegossen. Und er versteht viel von Geschützlegierungen.«

»Er verstarb letztes Jahr, Herzogin. Im Alter von fast achtzig Jahren.«

»Möge Gott sich seiner Seele erbarmen.« Madonna bekreuzigte sich, und Gideon sah mich an, ob ich es auch tun würde.

»Demnach seid Ihr jetzt auf Euch selbst gestellt?«

»Ich hoffe, eines Tages eine eigene Werkstatt zu haben. Bis dahin übernehme ich Arbeiten, wo ich sie finden kann.«

»Und Ihr habt keine Scheu, Bildnisse von Menschen anzufertigen?«

»Die Masken stellen nicht das Lebendige dar, Herzogin. Es sind nur Masken.«

»Nun, vielleicht machen wir noch einen Christen aus Euch, Ser d'Arzenta. Eure Schwester ist eine überaus fromme Frau.«

Bei diesen Worten machte er eine leichte Verbeugung, doch es lag ein rebellischer Zug um seinen Mund, weshalb ich bezweifelte, dass er jemals Fidelmas Pfad zum Christentum folgen würde.

»Ich habe eine Aufgabe für Euch. Ihr werdet eine Medaille anfertigen, mit meinem Bildnis auf der Vorderseite und einem Motiv Eurer Wahl auf der Rückseite, zur Erinnerung an mein erstes volles Jahr als Herzogin von Ferrara. Also muss sie vor Beginn der Fastenzeit nächstes Jahr fertig sein.«

»Danke, Herzogin. Ihr werdet Euer Vertrauen in mich nicht bedauern.«

»Wisst Ihr, zu welchem Zweck die Markgräfin die Masken bei Euch bestellt hat?«

»Alle Welt weiß es, Herzogin.«

»Dann möchte ich Euch daran erinnern, was mit jenen Männern geschehen ist, die sich gegen meinen Bruder in Senigallia verschworen haben. Für den Fall, dass Ihr je versucht sein solltet, etwas zu tun, was mich mein Vertrauen in Euch bedauern ließe.«

»Ich verstehe, Herzogin.« Er verbeugte sich und verließ die Kabine, und als er sich zur Kajütentreppe umdrehte, zwinkerte er mir zu.

2

Ferrara, im November 1505

Heute Morgen brachte man mir einen Spiegel aus gutem, poliertem Silber, und zum ersten Mal seit unzähligen Monaten sah ich mein Gesicht. Was wollte man mit diesem Geschenk bezwecken, frage ich mich.

Als wir von dem Jagdausflug, den Strozzi in Ostellato organisiert hatte, nach Ferrara zurückkehrten, waren für Madonna die Dankesgebete abgehalten worden. Für mich stand außer Frage, dass sie und Don Francesco irgendeine Möglichkeit gefunden hatten, ihre Leidenschaft auszuleben, obwohl sich auch Don Alfonso und Ippolito unter den Gästen in Strozzis Landhaus befunden hatten. Madonna legte eine fiebrige Erregtheit an den Tag, die ich vor dem Tod ihres Vaters nie an ihr bemerkt hatte, und Don Francesco, berühmt und berüchtigt für seine Gier nach Fleischeslust, schenkte ihr unermüdlich seine Aufmerksamkeit. Sie verströmten Begierde wie Pferde ihren Schweiß, und ich fühlte mich wie eine Verhungernde, der die Düfte einer Backstube in die Nase steigen.

Nach unserer Rückkehr nach Ferrara war Madonna verdrießlich und reizbar. Don Francesco reiste weiter nach Mantua, um dort die Niederkunft seiner Frau abzuwarten. Ich aber war froh, wieder hier zu sein. Ich freute mich auf die stillen Adventswochen, die Abende vor dem Feuer, wenn wir den Ornat für die Kathedrale oder unsere eigene Festtagskleidung nähten und uns dabei mit niederem Klatsch und erhabener Literatur unterhielten, beides vorzüglich geeignet, uns auf die kommende Zeit der Bälle vorzubereiten.

Zu Donna Lucrezias Adventsvorbereitungen gehörten auch ihre Besuche bei Schwester Osanna. Die Lebensbedingungen in Santa Caterina waren mittlerweile nicht mehr so spartanisch wie einst. Kurz nach dem Tod des alten Herzogs wurden Gerüchte laut, Schwester Lucia da Narni sei eine Betrügerin. Die Stigmata habe sie sich selbst beigebracht, und nachts bohre sie in der Abgeschiedenheit ihrer Zelle mit einem angespitzten Stock in den Wunden, damit sie nicht abheilten. Wenige Wochen später hatte man sie für immer in ihre Zelle verbannt, sie durfte nicht einmal mehr an den Gottesdiensten in der Kapelle teilnehmen. Und so stieg Schwester Osannas Stern, war sie doch die einzige echte Trägerin der Wunden Christi in Ferrara. In der Folge legte sie eine bisher ungekannte Vorliebe für süße Speisen und weich gepolsterte Möbel und das Verhalten eines verwöhnten Kindes an den Tag, das auf Biegen und Brechen seinen Willen durchsetzen muss.

Einer dieser Besuche war für Ende November vorgesehen. Es war ein stiller, kalter Morgen; die vom Fluss aufsteigende Feuchtigkeit hatte sich als Nebelschleier über die Stadt gelegt und schlug sich an den Mauern des Schlosses nieder, die für den Winter bereits mit den Wandteppichen abgehängt waren. Beim Erwachen klagte Madonna über Kopfweh und Gliederschmerzen, die wohl von der Kälte herrührten. Daher sandte sie mich an ihrer statt nach Santa Caterina, ausgerüstet mit duftenden Kerzen aus Bienenwachs und in Sirup gekochten Sauerkirschen als Reuegabe. Die Kerzen, hatte sie erklärt, sollten bei den Bittgebeten für Cesares Befreiung verwendet werden, was ich mit lächelnder Zustimmung aufnahm. Ich fühlte mich wie ein dicker Wandteppich, hinter dem sich der kalte Schweiß des Winters staute.

Da mich mein Weg an Giulios Palast vorbeiführte, entschied ich kurzerhand, Angela einen Besuch abzustatten. Seit unserer Rückkehr hatte ich sie kaum gesehen.

Im Hof standen bereits mehrere Pferde sowie ein Maultier, dessen scharlachrote Schabracke es als Reittier eines Kardinals kennzeichnete. Ich bekam eine Gänsehaut, die aber nicht von der Kälte herrührte. Seit der Affäre mit Rainaldo hatten Ippolito und Giulio nicht mehr wie normale Menschen miteinander gesprochen. Ippolitos Anwesenheit in Giulios Haus konnte also nichts Gutes bedeuten. Und tatsächlich, noch ehe der Diener die großen Doppeltüren zum Piano Nobile aufgestoßen hatte, hörte ich schon laute Stimmen.

»Wo ist er?«, fragte Ippolito. »Du kannst es mir ruhig sagen. Meine Männer sind schon dabei, das Haus und die Gärten zu durchsuchen, und sie werden ihn finden.«

»Lass mich los!«, rief Angela. »Giulio ist nicht da. Ich weiß nichts über deinen vermaledeiten Sänger. Nicht das Geringste. Und es kümmert mich auch nicht.« Trotz ihrer herausfordernden Worte klang ihre Stimme angespannt und ängstlich.

Die weiß behandschuhte Hand des Dieners verharrte zögernd an dem silberbeschlagenen Riegel. Mit einem Nicken wies ich ihn an, weiterzugehen.

»Monna Violante«, verkündete er mit einer tiefen Verbeugung, ehe er davonhuschte. Ippolito hielt Angelas Handgelenk umklammert. Sobald er mich erblickte, ließ er es los, als habe er sich verbrannt. Sie stürmte auf mich zu, und als sie mich umarmte und ihre Lippen meine Wange streiften, spürte ich, wie sie zitterte. Ohne meine Hand loszulassen, stellte sie sich neben mich. Ippolito hingegen stand, die Hände zu Fäusten geballt, mit dem Rücken zum Feuer.

»Ich war auf dem Weg nach Santa Caterina,« begann ich unsicher und kleinlaut. »Und da dachte …« In diesem Augenblick wurde die Tür erneut aufgestoßen, und ich spürte, wie die Anspannung von Angela abfiel. Doch als sie sah, dass es nicht Giulio war, sondern einer von Ippolitos Soldaten, verkrampfte sie sich wieder.

»Nichts, Eure Exzellenz«, sagte er und schlug schneidig die Fersen zusammen. »Wir haben überall gesucht, selbst im Eishaus.«

»Auch in den Räumen der Dienstboten? Und in der Höhle hinter dem Wasserfall? Im Tempel der Grazien?«

»Ja, Eure Exzellenz.«

Unter verärgertem Schnauben kam Ippolito auf uns zu und baute sich so dicht vor uns auf, dass ich den Wein und das Nelkenöl in seinem Atem und den leichten Kampferduft seiner Kleider riechen konnte. Er richtete seinen Blick auf Angela, als sei ich unsichtbar. »Warum, meinst du, will dieser kleine Bastard immer all das haben, was mir gehört?«, fragte er.

»Weder ich noch Rainaldo gehören dir. Gott hat uns allen den freien Willen geschenkt.«

»Du liederliches Weib wagst es, zu mir von Gott zu sprechen?« Er hob die Hand, als wollte er sie schlagen. Sie aber wich nicht von der Stelle und reckte herausfordernd ihr hübsches Kinn. Da ließ er die Hand sinken. »Was kann er dir geben, was du von mir nicht bekommst, Angela? Ich habe ein größeres Vermögen, ich habe Macht, und du kannst nicht behaupten, ich wüsste dich nicht zufriedenzustellen.«

»Die Liebe lässt sich nicht mit Reichtum, Macht und Erfahrung im Schlafzimmer erklären, Ippolito«, erwiderte sie, nicht unfreundlich, eher mit der müden Geduld eines Erwachsenen gegenüber einem trotzigen Kind. »Ich liebe ihn. Ein Blick von ihm bedeutet mir mehr als alles, was du mir je geben könntest. Es tut mir leid.«

»Leid?«, fragte er. »Du weißt ja gar nicht, was das Wort bedeutet.« Schwer atmend hielt er inne. »Aber du wirst es noch lernen.«

Er rief polternd seine Soldaten zusammen, dann eilte er nach draußen. Angela ließ sich auf einen Fenstersitz sinken und lehnte sich mit dem Rücken an den geöffneten Laden.

»Ich bin schwanger«, verkündete sie. »Schon länger, glaube ich. Ich dachte, es wäre nur … Du weißt schon, seit der Abtreibung … Aber neulich abends habe ich gespürt, wie sich das Kind bewegt. Zuerst glaubte ich, es sei die Verdauung, denn zum Abendessen hatte es ein besonders reichhaltiges Gericht mit Makkaroni gegeben. Giulio wollte mir den Bauch massieren, und da hat er es gemerkt.« Sie presste eine meiner Hände auf ihren Leib. »Hier, fühl mal?« Ihr Bauch war zwar noch nicht besonders groß, aber fest, und gleich darauf spürte ich das Flattern des neuen Lebens unter meiner Handfläche.

»Seit wie vielen Monaten, glaubst du?« Ich gab acht, dass meine Stimme freudig erregt klang.

»Seit fünf oder sechs vielleicht. Ist das nicht wundervoll? Jetzt müssen sie unserer Heirat zustimmen.«

»Hoffentlich hast du Ippolito nichts davon erzählt.«

Ich lächelte und hoffte, dieses Lächeln würde die Wunde in meinem Herzen hinreichend bedecken. Ich wollte an ihrer Freude teilhaben können; es würde den Verlust meines eigenen Kindes nicht wettmachen, wenn ich Angela ihr Glück verübelte. Und wirklich, schon bald übertrug sich die damit einhergehende Wärme auf mich. Wir sprachen über die heißen, vielfarbigen Speisen, die man essen sollte, damit das Kind ein Junge wurde, über Ruhepausen und Leibesübungen und Namen und über Angelas Vorstellung, wie das Zimmer für die Niederkunft eingerichtet werden sollte. Wir plauderten über Donna Lucrezia und Don Francesco Gonzaga und ihren lebhaften Briefwechsel. Madonna behauptete, Don Francesco unterstütze sie in ihren Bemühungen um Cesares Freilassung, was vielleicht sogar der Wahrheit entsprach. Es wäre der sicherste Weg zu ihrem Herzen.

Als der Abend anbrach und ein Diener eintrat, um die Kerzen anzuzünden, erinnerte ich mich plötzlich wieder an meinen Botengang zu Schwester Osanna. Angela begleitete mich in den Hof, und ich bestieg mein Maultier. Plötzlich wurde das Straßentor aufgestoßen, und Ferrante galoppierte so stürmisch auf den Hof, dass Katzen und Hühner davonstoben und ein Küchenjunge, der Wasser aus dem Brunnen schöpfte, beinahe zu Boden gestürzt wäre. Für die Familie galt nach Herzog Ercoles Tod noch immer die Trauerzeit, und Ferrantes erregtes Gesicht war von seinem ungeschnittenen Haupt- und Barthaar umrahmt wie von züngelnden, sandfarbenen Schlangen. Die zitternden Flanken seines Pferdes waren dunkel von Schweiß und mit Speichelflocken bedeckt.

»Angela, Ihr müsst mitkommen. Gott sei Dank, dass Ihr hier seid, Violante«, rief er atemlos, während er aus dem Sattel glitt.

»Was ist geschehen?« Zunächst war ich ungehalten, weil er sich so brüsk in unser vertrautes Beisammensein drängte, doch sein Auftritt deutete auf tödliches Unheil hin, und das ängstigte mich. Mit einem Seitenblick auf Angela stellte ich fest, dass sie das Gleiche empfand.

»Es geht um Giulio«, sagte er. »Er ist überfallen worden.«

»Überfallen?« Angelas Stimme klang gepresst und wie erstickt. Sie schwankte und klammerte sich an das Zaumzeug meines Maultieres, um nicht umzufallen. Das Maultier scheute und brach los, und während ich mich bemühte, es wieder zu zügeln, nahm Ferrante Angelas Arm und führte sie zu einem Holzklotz. Als er sie so außer sich sah, gewann er seine Ruhe zurück.

»Er ist auf der Straße nach Belriguardo in einen Hinterhalt geraten.«

»Ja, diesen Weg hat er heute Morgen genommen«, sagte Angela. »Er wollte zur Falkenjagd in die Wiesen reiten. Ich hätte ihn ja begleitet, aber …«

»Ich weiß«, erwiderte Ferrante, »Ihr bekommt ein Kind. Er hat es mir gerade erzählt. Ich war eine Weile bei ihm.«

»Ist er …?«

Ferrante schüttelte den Kopf, und ich merkte, dass ich den Atem angehalten hatte. Als sich meine Lungen wieder mit Luft füllten, wurde mir schwindelig.

»Man hat ihn ins Schloss gebracht. Meiner Meinung nach solltet Ihr mich dorthin begleiten.«

»Ist er schwer verletzt?«

Ferrante schwieg, und ich meinte, fast sehen zu können,

wie er sich im Geist Worte zurechtlegte und sie dann wieder verwarf. »Die Augen«, sagt er, während er den Arm um Angela legte und sie festhielt, als fürchte er, sie könnte in Stücke zerfallen. »Wer immer das getan hat, er wollte ihm das Augenlicht nehmen.«

»Dann weiß ich, wer verantwortlich ist.«

»Wirklich?«

»Ippolito.«

»Ippolito? Das meint Ihr doch nicht ernst.«

»Ihr müsst mir glauben, Ferrante. Fragt mich nicht, wieso, ich weiß es einfach.«

Mit der stummen Bitte, sie zur Vernunft zu bringen, sah Ferrante mich an.

»Angela könnte leider recht haben. Aber das ist jetzt nicht von Bedeutung. Wir sollten lieber rasch zu ihm gehen.«

»Das kann ich nicht«, sagte Angela.

»Aber er braucht Euch. Er hat nach Euch gefragt. Nun kommt schon?« Ferrante versuchte, sie auf die Füße zu ziehen, aber sie widersetzte sich. Er zerrte an ihr, als wiege sie das Gleiche wie der Holzklotz selbst. Schließlich gab er auf. Verwirrt schüttelte er den Kopf. »Warum nicht?«

»Weil ich ihn nicht ansehen könnte. Wenn er nun blind ist? Könnte dadurch nicht auch das Kind erblinden?«

*

Zwei Wochen lang lag Giulio in einem abgedunkelten Raum. Wir mussten zwar nicht um sein Leben fürchten, denn seine Wunden waren sauber und hatten sich nicht entzündet, doch sein Augenlicht hatte Schaden genommen. Betreut wurde er nicht nur von seinen eigenen, sondern zusätzlich von zwei Ärzten, die Donna Isabella aus Mantua geschickt hatte. Giulio war ihr Lieblingsbruder, und sie schrieb, sie haben die Nachricht von dem Überfall mit unermesslicher Trauer aufgenommen. Herzog Alfonso und Donna Lucrezia besuchten ihn täglich, und Ferrante verließ kaum seinen Platz am Krankenbett. Er setzte sein eigenes Augenlicht aufs Spiel, indem er ihm stundenlang beim Licht einer einzelnen abgeschirmten Kerze vorlas.

Zwei Personen glänzten durch Abwesenheit: Ippolito und Angela. Nach außen hin hatte man sich zwar auf die Erklärung geeinigt, Giulio sei von Banditen angegriffen worden, doch alle wussten, dass es zwischen Ippolito und Giulio böses Blut gegeben hatte. Als Gerüchte laut wurden, die Übeltäter seien nach Ungarn geflohen, wo Ippolito ein Erzbistum besaß, zählte man, genauer als üblich, zwei und zwei zusammen. Dennoch machte Herzog Alfonso keinerlei Anstalten, gegen den Kardinal vorzugehen, und entließ ihn sogar zu einem Besuch in Mantua, wo er von Donna Isabella trotz ihres Kummers um Giulio offenbar freundlichst aufgenommen wurde. Unrast und Unbehagen hingen über dem Schloss, und so empfand ich es oft als Erleichterung, zu Angela zu reiten, die sich wie eine Einsiedlerin in Giulios Palast verschanzt hatte.

Fast täglich machte ich mich auf den Weg zu ihr, oft gedrängt von Ferrante, auf dessen Geheiß ich alle Überredungskünste aufbot, um sie zu einem Besuch bei ihrem Geliebten zu bewegen. Giulio fragte ständig nach ihr und weinte über ihr Fernbleiben, und das Salz der Tränen steigerte den Schmerz in seinen Augen fast ins Unerträgliche. Ferrante fehlte jegliches Verständnis für ihre Herzlosigkeit. Um Giulios Leid zu lindern, verwies ich immer wieder auf ihre Sorge um das Kind, doch die Wahrheit, wie ich sie kannte, war dunkel und hoffnungslos und tief in Angelas Borgiablut verwurzelt. Sie wollte ihn nicht sehen, weil sie seinen Anblick nicht ertragen konnte. Sie hatte ihn wegen seiner Schönheit geliebt, wegen der vollen goldenen Pracht seiner Jugend; für dieses gezeichnete blinde Wrack von einem Mann hatte sie kein Mitleid, keinen Platz in ihrem Herzen. Und während ich mir ihre immer fadenscheinigeren Ausreden anhörte, gewann ich auch neue Einsichten über Donna Lucrezia. Ich erkannte, dass der Mord an Don Alfonso de Bisceglie auf den Grund des Ozeans ihres Herzens gesunken sein musste. Was sie liebten, diese Frauen der Borgia, woran sie sich um des eigenen Überlebens willen klammerten, war der Erfolg. Indem sie sich von ihren Angreifern hatten überwältigen lassen, hatten beide, Giulio wie der Herzog von Bisceglie, versagt.

*

Eines Tages, als ich Giulios Verbände abgenommen hatte, damit die Doktoren den Zustand seiner Wunden begutachten konnten, verkündete Ser Andrea, der ältere der beiden Mantuaner Ärzte, er wolle an Giulios rechtem Auge eine neue Behandlung ausprobieren, die er einmal in Florenz mit angesehen habe. Er schickte mich auf den Markt vor der Kathedrale, wo ich zwei weiße Tauben kaufen sollte. Obwohl Giulio von der Wirkung des Mohnsaftes benommen war, den ich ihm vor Abnahme seiner Verbände eingeflößt hatte, flüsterte er mir ins Ohr, ich solle für die heilige Lucia eine Kerze entzünden, damit sie das Werk des Arztes segnen möge. Dabei lächelte er mich mit süßer Bosheit an.

»Wenn Ihr glaubt, dass sie mein Flehen erhört«, erwiderte ich.

»Oh, ich glaube, sie ist mir gewogen. Denn heute Morgen kann ich Euch sehen. Mit diesem Auge.« Er deutete auf sein linkes, wobei er darauf achtete, nicht mit dem Finger an den zackigen und grob vernähten Schnitt zu stoßen, der sich durch seine Augenhöhle zog, aber wie durch ein Wunder das Auge selbst verfehlt hatte.

»Was seht Ihr?«, fragte Ser Andrea, während er den Fensterladen einen Spaltbreit öffnete.

»Einen Engel in einem Strahlenkranz.«

Ser Andrea bekreuzigte sich, Giulio aber lachte. Sein Lachen machte mich selbst vor Tränen fast blind, denn ich hatte es lange nicht gehört. »Keine Angst, Doktor, ich liege nicht im Sterben. Das Licht, das auf Monna Violantes Haar fällt, bewirkt etwas ganz Außergewöhnliches. Als würde ich durch ein Prisma schauen. Wisst Ihr, die Erde, auf der wir leben, ist voller Wunder.«

Ich ging rasch hinaus, ehe ich richtig losheulen musste. Er war selbst ein Wunder, so schien mir, mit seiner Ausgeglichenheit und seinem versöhnlichen Gemüt. Als meine Sklavin und ich uns durch die Menge auf dem Markt kämpften – sie mit dem Korb und ich mit den Ellbogen –, überkam mich allerdings die Wut. Wut, die Giulio eigentlich hätte empfinden müssen, aber auch, weil er weder Angela verurteilte noch Ippolito Rache schwor oder auch nur über sein grausames Schicksal klagte.

»Er könnte ebenso gut Mönch werden«, murmelte ich, während ich mich am Stand des besten Geflügelhändlers nach vorn drängte.

»Wer?« Es war die Stimme eines Mannes, getragen von trockener Belustigung und zu dicht an meinem Ohr. Ich war nun wirklich nicht in der Stimmung für Vertraulichkeiten.

Ein dünner Nieselregen hatte eingesetzt, der nicht dazu beitrug, meine Laune zu bessern. Anstatt ihm zu antworten, machte ich einen Schritt nach hinten und trat dem Fragesteller heftig auf den Fuß. Vor Schmerz sog er scharf die Luft ein. Ich hingegen widmete mich der Aufgabe, einer stattlichen Frau mit hoch aufgetürmten Schals über der Frisur das letzte Paar Tauben abzujagen.

Ich schickte die Sklavin mit unseren Einkäufen zurück ins Schloss, dann betrat ich die Kathedrale, um das Giulio gegebene Versprechen zu erfüllen. In der Seitenkapelle, wo meine Madonna der Fremden auf die Priester und Messdiener blickte, auf die vom Land angereisten Nonnen, auf die Händler und ihre Kunden und die Mädchen, die hinter ihren Schleiern und Anstandsdamen verstohlene Blicke zu den Jungen hinüberwarfen, holte ich mir eine Kerze aus dem Fach. Weil Giulio mir einen goldenen *scudo* als Entgelt für meine Gebete gegeben hatte, konnte ich mir, wie ich meinte, noch eine zweite Kerze für Catherinella leisten. Ich zündete die beiden Lichter an und stellte sie zwischen die anderen fröhlich flackernden Flammen oder rauchenden Stummel auf den Ständer neben dem Altar. Dann lehnte ich mich an eine Miserikordie, die an einer Säule der Kapelle angebracht war, und ließ meine Gedanken schweifen.

»Guten Tag, werte Dame.« Bis ich mich zusammengerissen und erkannt hatte, dass jemand zu mir sprach, hatte sich Gideon d'Arzenta aus seiner Verbeugung bereits wieder aufgerichtet.

»Ser d'Arzenta. Was tut Ihr denn hier?«

»Ich bete für meinen Fuß«, erwiderte er mit einem kläglichen Grinsen. »Jemand hat am Geflügelstand draufgetreten. Und ich fürchte, es könnte was gebrochen sein.«

Weil ich mich schämte, erwiderte ich schnippisch: »Das geschieht Eurem Fuß recht, wenn Ihr eine Dame ansprecht, ohne Euch angemessen vorzustellen.«

»Wie wahr, wie wahr, meine Manieren sind fürchterlich. Das hält mir meine Schwester auch stets aufs Neue vor. Bitte vergebt mir.« Er stellte seinen Korb mit Gemüse und einer an den Füßen zusammengebundenen, auf dem Rücken liegenden Gans ab, die wie wild mit den Flügeln schlug.

»Wie kommt Ihr mit Eurer Arbeit voran? Ich hoffe, Ihr habt Euch eingelebt und fühlt Euch hier schon ein wenig heimisch.«

Er zuckte mit den Achseln. »Mit uns Juden ist es so, dass wir nirgendwo hingehören. So ist die ganze Welt unsere Heimat.«

Die Gans schrie. Ein Priester, der sich am Altar der schwarzen Madonna zu schaffen machte, bedachte uns mit einem feindseligen Blick.

»Wir sollten wohl besser nach draußen gehen«, sagte Gideon. »Ich fürchte, die Gans wird mich verraten, so gut ich meinen Stern auch verbergen mag.«

»Ihr plant offenbar ein richtiges Festmahl.«

»Es ist Chanukka. Habt Ihr das vergessen?«

Ich schüttelte den Kopf, wagte aber nicht, Gideon anzusehen. Er hatte bestimmt gemerkt, dass ich log, als ich die Frage verneinte.

»Wollt Ihr nicht zu uns kommen?«, fragte er. »Ins Haus der Familie, mit der ich heute Abend das Entzünden der Kerzen feiere. Und zum Festmahl natürlich«, fügte er hinzu. »Wenn Euer Gatte es gestattet.«

Wir standen im Rahmen eines der beiden Westportale der Kathedrale mit Blick auf den Torre Marchesana und den

Fußweg zum Torre Leone sowie zu Herzogin Eleanoras Orangengarten, wo die Regentropfen auf den Kohlepfannen zischend zu Dampf zerstoben.

»Ich muss Don Giulio betreuen.«

»Auch am Abend? Geht es ihm so schlecht? In der Stadt wird erzählt, er wird überleben.«

»Oh ja, das wird er auch. Zumindest sein Körper. Aber es ist nicht nur sein Augenlicht erloschen, sondern auch das Licht in seinem Herzen. Er ist der gutmütigste und netteste Mann, den man sich denken kann, und ich frage mich, warum sie ihn so behandelt, so … sie weiß eben einfach nicht, wie glücklich sie sich schätzen kann.«

»Man spürt, wie gern Ihr ihn habt. Hoffentlich erregt Ihr damit nicht die Eifersucht Eures Gatten.«

»Bitte entschuldigt, ich habe kein Recht, so zu reden. Das ist ganz allein Sache der Familie. Aber warum«, fügte ich nach einer kurzen Pause hinzu, in der eigentlich meine Vernunft hätte siegen müssen, »sprecht Ihr unentwegt von meinem Gemahl? Was bringt Euch zu der Annahme, ich sei verheiratet?«

Gideon räusperte sich und hatte plötzlich nur noch Augen für das Gemüse in seinem Korb. »Ich habe es angenommen … Ihr wirkt eben einfach wie eine verheiratete Frau.«

»Ich bin es nicht.«

»Aber Ihr wärt es gern. Es gibt da jemanden, nicht wahr?«

»Es gibt niemanden. Das versichere ich Euch, Ser d'Arzenta.«

»Nun, dann ist es also ausgemacht. Ich werde bei Sonnenuntergang am Tor von San Romano auf Euch warten.«

»Ich kann es Euch nicht versprechen«, erwiderte ich, »denn ich brauche die Erlaubnis von Donna Lucrezia.« Undenkbar, dass sie mich zur Feier eines jüdischen Festtages gehen lassen würde. Doch als ich mit zum Schutz vor dem Regen gesenktem Kopf über dem Platz eilte, überlegte ich bereits, wie ich mich an diesem Abend aus dem Palast stehlen konnte.

*

Ich benutzte Angela als Ausrede. Notfalls würde sie für mich lügen, und wenn auch nur, um ihr schlechtes Gewissen wegen Giulio zu beschwichtigen. Als ich den Palast verließ, war die Sonne bereits untergegangen, denn Madonna hatte sich mehrfach für ein anderes Gewand entschieden, obwohl sie, oder vielleicht gerade weil sie mit dem Herzog allein speisen wollte.

Der Wachoffizier beleuchtete mein Gesicht mit seiner Fackel und ließ mich passieren, nachdem er mich erkannt hatte. Der Himmel war bedeckt, doch ich erreichte noch im letzten Tageslicht das Tor am Platz vor der Kathedrale, das zum jüdischen Viertel führte. Es war hoch und wirkte undurchdringlich, und obwohl ich nicht wusste, was sich dahinter verbarg, wusste ich doch alles. Gideon trat aus dem Schatten einer Wand. In der Hand hielt er eine Fackel, deren Schein über die zerfurchte, unregelmäßige Landschaft seines Gesichtes zuckte. Mir war so bange, dass ich am liebsten kehrtgemacht hätte und ins Schloss zurückgelaufen wäre. Er aber hatte bereits fürsorglich die Hand unter meinen Ellbogen geschoben, und die Wache hatte das Fensterchen in der Pforte aufgestoßen und Gideon ermahnt, in Zukunft besser beizeiten zu erscheinen. Nun war es zu spät.

Die Straßen waren leer, dennoch schien in der Ansammlung hoher, alter Häuser das Leben zu pulsieren, als würden die abblätternden Fassaden und krummen Dächer unter dem Ansturm menschlichen Lebens bersten. Im Erdgeschoss standen sämtliche Läden offen, in den Fensteröffnungen waren Lichter aufgebaut. Gesprächsfetzen, plötzlich aufbrandendes Gelächter und das Kreischen aufgeregter Kinder durchdrangen die Abenddämmerung, und aus einem Haus, an dem wir vorbeikamen, hörten wir Männer zum fröhlichen Klang einer Zither singen. Essensdüfte erfüllten die feuchte Abendluft.

Beinahe hätte ich die schmale Gasse übersehen, in der Gideon wohnte. Als er sich nach rechts wandte, ging ich geradeaus weiter und lief in ihn hinein. Einen Herzschlag lang rieben sich unsere Körper aneinander, und es war mir, als hätten sich die Kerzen, das Gelächter und die Musik in der Tiefe meines Magens zu einer festen kleinen Kugel zusammengeballt, zu einem *bimuelo* der Freude, gebadet in einem köstlichen Sirup des Verlangens. Ich riss mich los, um vor ihm die Gasse entlangzugehen, ohne auf seine Warnung zu achten, es sei schmutzig, es könne Ratten geben, und im Nachbarhaus halte man einen bösartigen Streithahn, der oft auch noch zu für Federvieh unüblichen Stunden wach sei. Es konnte doch nicht sein, dass ich ihn begehrte! Ich wusste ja nicht einmal, ob ich ihn gern mochte.

»Hier ist es«, sagte Gideon, während er eine Eingangstür aufstieß und zur Seite trat, um mich durchgehen zu lassen.

Die Tür war verzogen, und als sie über die Bodenplatten kratzte, begann ein Hund zu bellen. Und schon kam die Familie zu unserer Begrüßung herbeigeeilt. Mehrere Kinder drängten sich nach vorn und starrten mich aus großen runden Augen an, und mit einem Anflug von schlechtem Gewissen fiel mir ein, dass ich ihnen Geschenke hätte mitbringen sollen. Hier stand ich nun, mit leeren Händen und nichts anderem im Herzen als dem bitteren Nachhall einer gescheiterten Liebe.

Man hatte mit dem Entzünden der Kerzen bis zu unserem Eintreffen gewartet. Nun führte man uns in einen Raum, in dem lediglich die Schamaschkerze brannte. Die dahinter stehende *Menora* wirkte in der Dunkelheit wie ein sanft schimmerndes Bäumchen, um das wir einen Kreis bildeten. Die Erwachsenen rutschten höflich zur Seite, um anderen Platz zu machen, die Kinder wurden nach vorn geschoben, und die Säuglinge von Hand zu Hand weitergereicht, bis alles seine Ordnung hatte. Ich stand außen im Kreis, die Lider gesenkt, um nicht Gideon ansehen zu müssen, der mich zu sich winkte.

Als alle Kerzen brannten und die *Menora* an ihrem Platz in der offenen Tür zur Straße aufgestellt worden war, entzündete man die Lichter im Wohnraum, und die Frauen begannen, Speisen hereinzutragen. Sie stellten sie auf einen langen Tisch, der mit schimmernden Gerätschaften aus Silber und Bronze und buntem Glas gedeckt war. Ich kenne diese Menschen, dachte ich, als mir eine ältere, schwarz gekleidete Frau eine große Schüssel aus gebranntem Ton mit Butterkohl reichte und mich bat, sie auf den Tisch zu stellen. Sie glichen jenen, mit denen ich als Kind in Rom gefeiert hatte. Sie lebten unbeachtet in ihren kleinen, unauffälligen Häusern, in denen jeglicher kostbarer Besitz, alle schönen Dinge, in Kisten verpackt ruhten, um jederzeit damit aufbrechen zu können. Aber wenn man diese Häuser an Purim oder Chanukka oder Jom Kippur besuchte, fand man sie erblüht wie eine Blume in der Wüste nach einem plötzlichen Regenschauer. Die größeren Mädchen und ihre Mütter tauschten die bescheidenen, ja oft schon tristen Gewänder gegen solche aus gestreifter Seide und geschlitztem Samt, und an ihren Kopftüchern klingelten kleine Goldmünzen. Das Tafelgeschirr aus Holz und Horn wurde ersetzt durch Silber und Glas, und die Speisen waren gefärbt mit Safran und Kurkuma, gewürzt mit Zimt und Muskat und einem Extrakt aus Orangenblüten.

Nach dem Essen hieß man die Kinder, den Tisch abzuräumen. Anschließend erhob sich Gideon und begann, auffällig in seinen Taschen zu kramen. Gespannt scharten sie sich um ihn. Und er zog – eine nach der anderen – wunderschön geschnitzte und verzierte *servivot* hervor, eine für jedes Kind und keine wie die andere.

»Er hat Wochen gebraucht, um sie alle anzufertigen«, erklärte mir eine junge Frau in einem stolzen, besitzergreifenden Ton, der meine Aufmerksamkeit weckte. Sie war schön auf dieselbe zerbrechliche ätherische Art wie Dorotea Caracciolo und trug, wie ich feststellte, keinen Ehering. Ich beobachtete Gideon, um herauszufinden, wie oft er in ihre Richtung sah. Der aber war vollauf damit beschäftigt, seine kleinen Kreisel zu verteilen und seinen aufgeregten Zuhörern die Regeln des Spiels zu erklären.

»Ich sollte jetzt gehen«, meinte ich an Gideon gewandt. »Wenn ich zu lange ausbleibe, werden mich die Wachposten am Tor nicht mehr durchlassen.«

»Macht Euch deswegen keine Sorgen. Sie sind es gewohnt, dass ich zu den ungewöhnlichsten Stunden aus- und eingehe.« Er grinste. »Ich werde einfach sagen, die Herzogin habe mich zu sich bestellt, um mit mir über ihren Auftrag zu sprechen.« Rund um die Tafel war leises, angespanntes Lachen zu hören. Man sah mich kurz an, senkte dann aber gleich wieder den Blick. Die Kinder, die die Anspannung der Erwachsenen spürten, verstummten.

»Ja«, sagte ich, während ich mich zu einem Lächeln zwang. »Es stimmt, dass wir oft lange aufbleiben. Daher wird man Euch wohl Glauben schenken.«

»Dann bleibt Ihr also noch ein Weilchen?«

»Nein, wirklich, ich … Ihr wart alle sehr nett zu mir, und das Essen war vorzüglich, aber …«

»Ich hole Euren Umhang.« Die junge Frau hatte sich bereits vom Tisch erhoben.

»Und ich begleite Euch nach Hause«, sagte Gideon.

»Aber dann verpasst Ihr den Cordobaner«, gab ein älterer Mann mit dichtem Bart und Schläfenlocken zu bedenken.

»Es wird nicht lange dauern. Geht wie gewöhnlich in mein Zimmer, wenn er eingetroffen ist. Dort ist alles vorbereitet.«

Es hatte inzwischen aufgeklart und war kälter geworden. Ein verhangener Mond zauberte einen Silberschein auf die nassen Dächer.

»Wer ist der Cordobaner?«, fragte ich, um überhaupt etwas zu sagen. »Es tut mir leid, wenn Ihr ihn meinetwegen verpasst.«

»Besser, Ihr stellt keine Fragen«, erwiderte er mit einer Sachlichkeit, die nicht recht zum Inhalt seiner Worte passte. Die Kluft zwischen unseren Welten war voller Geheimnisse.

»Das war sehr nett von Euch, Gideon«, sagte ich, »aber bitte ladet mich nicht noch einmal dorthin ein.«

»Ihr habt meinen Namen benutzt«, rief er freudestrahlend. »Meinen Taufnamen. Selbstverständlich werde ich Euch wieder mitnehmen. Hat es Euch denn keine Freude gemacht? Waren die Speisen nicht köstlich? Hat man Euch nicht wärmstens aufgenommen?«

»Eure Gastgeber haben mich genauso empfangen, wie man einen Gast an einem Feiertag empfangen sollte, aber sie sind nicht mit mir warm geworden. Sie wollten mehr über mich erfahren, das war alles. Eine *conversa* bei Hofe. Wenn sie den Mut dazu aufgebracht hätten, hätten sie mich vielleicht sogar mit Nadeln gepikst, um zu sehen, ob mein Blut die gleiche Farbe hat wie ihres.«

»Nein, das verbietet die Tora.« Er sagte es so ernst, dass ich zunächst gar nicht begriff, dass er scherzte. Daher kniff er mich in den Arm, um mich zum Lachen zu bringen. Aber mein Lachen war nicht echt, und ich sehnte mich nach der Abgeschiedenheit meines Zimmers.

»Ich gehöre nicht mehr dazu, daran liegt es. Ich bin keine Jüdin mehr.« Und ich hatte keinen anderen Ort als jenen Raum, in dem Angelas abgelegte Kleider verstaubten und Leonardos Skizzen verblassten und Cesares Brief in der Tiefe meiner Reisetruhe an den Falzstellen brüchig wurde. Keine Angehörigen außer Girolamo, und Girolamo war ein Borgia.

»Außerdem heiße ich Violante, die Frau, die Versprechen bricht.«

»Jüdisch bleibt man sein Leben lang. Selbst meine Schwester ist immer noch Jüdin. Wir haben nicht darum gebeten, diesem Volk anzugehören, sondern wir wurden auserwählt. Nicht wir haben Ihm etwas versprochen, die Versprechen kamen vielmehr von Ihm.«

Wir hatten das Tor zum Judenviertel hinter uns gelassen und legten die letzten Schritte über den Platz vor der Kathedrale zurück. Beim Anblick des Schlosses jenseits des Grabens befiel mich Heimweh, als sei ich lange Zeit fortgewesen. Es zog mich zurück hinter seine Mauern, wo mich ein Kokon aus Intrigen umgab wie ein Spinnennetz eine Fliege. »Hier dürft Ihr mich verlassen«, sagte ich zu Gideon.

»Seid Ihr sicher? Nun, dann ...« Er streckte mir seine Fackel entgegen. »Dann werde ich Euch wohl sehen, wenn ich an den Hof komme, um der Herzogin meine Entwürfe zu zeigen.«

Ich legte die Hand um den Griff der Fackel. Da er sie jedoch nicht gleich losließ, blieben wir so stehen, verstrickt in einen wortlosen schicklichen Kampf um das Licht. »Bemüht Euch nicht um mich«, warnte ich ihn. »Ihr wisst nichts von mir. Gar nichts.«

»Ein Grund mehr, Eure Gesellschaft zu suchen. Ich bin ein neugieriger Mensch, Monna Violante.« Nach einer kleinen Verbeugung ließ er mich stehen und eilte, die Hände in den Taschen, mit großen Schritten über den Platz. Die Krempe seines Filzhutes hatte sich in der Feuchtigkeit gekräuselt wie ein Salatblatt.

Ich kehrte in mein Zimmer zurück und zog mich aus, doch ich fand keinen Schlaf. Das Feuer war niedergebrannt, die Betttücher fühlten sich klamm an, und das Chanukka-Mahl lag mir schwer im Magen. Vielleicht war dies der Grund, weshalb mir das Haushaltsbuch meiner Mutter einfiel, das gemeinsam mit meinen wenigen anderen Erinnerungsstücken ganz unten in meiner Reisetruhe lag. Dort hatte ich es nach meiner Rückkehr nach Ferrara verstaut und seither nicht mehr zur Hand genommen. Ich entzündete die Kerze auf meinem Nachttisch, holte das Buch heraus, stieg wieder ins Bett, und schlug es auf, nachdem ich meine Beine zu einer Art Lesepult aufgestellt hatte.

Leah Sarfati, hatte sie geschrieben, wobei ihre Schrift beim Vornamen mehr Selbstbewusstsein verriet als beim Namen meines Vaters. Das darunter stehende Datum war wohl das ihrer Eheschließung, denn etwa ein Jahr später war Eli zur Welt gekommen. *In diesem Buch möchte ich all das festhalten, was ich gelernt habe und was ich noch lernen werde, um ein gutes jüdisches Haus zu führen und im Angesicht unseres Herrn meine Kinder aufzuziehen. Durch seine Gnade werde ich vielleicht eines Tages eine Tochter bekommen, an die ich es am Tag ihrer Hochzeit weitergeben kann. Zunächst aber bete ich um Söhne.* Darunter hatte mein Vater einige Worte in Hebräisch angefügt, wohl Gebete und Segenssprüche für Heim und Familie.

Auf den folgenden Seiten fanden sich Rezepte für Alltagsmahlzeiten und Festtagsmenüs, Anweisungen zur Behandlung von Schnittwunden, Prellungen und gewöhnlichem Fieber, Zaubersprüche zum Schutz vor Pest und Pocken, Rezepturen zum Reinigen von Silber und Bronze und zum Kitten zerbrochenen Steingutes. Sie hatte den Zeitplan ihrer Schabbatvorbereitungen aufgeführt, in welcher Ordnung das Kochen und Saubermachen zu erfolgen habe, wie die Kleider bereitgelegt werden sollten und dass als Letztes vor Sonnenuntergang am Freitag mein Zopf geflochten werden müsse, damit ich auch am Ende des Schabbat noch einigermaßen manierlich aussähe. Außerdem hatte sie ihre Kochutensilien in allen Einzelheiten aufgelistet, sodass keine Gefahr bestand, jene für Fleisch mit jenen für Milch zu verwechseln.

Zu Beginn hatte sie ihre Einträge mit der gleichen selbstsicheren Schrift niedergelegt wie als Jungverheiratete ihren Mädchennamen, doch als im Laufe der Jahre ihre Familie wuchs und es in Spanien für die Juden immer gefährlicher wurde, schrieb sie fahriger und nicht mehr so sauber.

Das häusliche Leben meiner Mutter schien urplötzlich

zu enden mit dem Rezept für eine Möbelpolitur aus Bienenwachs, das sie im Jahr 5251 im Monat Elul von Jasmin Abravanel bekommen hatte. Ein Jahr, bevor wir Toledo verließen.

Rasch durchblätterte ich die leeren Seiten, bis ich ganz hinten im Buch auf einen weiteren Eintrag stieß: *Zauber zur Wiederbelebung der Leidenschaft,* hatte sie oben auf die Seite geschrieben. *Man nehme eine gute Wachskerze und reibe sie mit Zimtöl ein. In ihrer Flamme verbrenne man ein Lorbeerblatt, auf das man den Namen des Geliebten geschrieben hat. Man lege ein mit Nelken und Vanilleblüten gefülltes Kissen auf seine Bettseite. Außerdem bewahre man den Kern einer selbst verbrauchten Zitrone, pflanze diesen ein und schenke die Pflanze dem Geliebten, um seine Liebe frisch und wahrhaftig zu erhalten. Man fertige ein Püppchen, fülle es mit Haar oder abgeschnittenen Nägeln der Rivalin und umhülle es mit Blättern vom Engelwurz. Damit ist das eigene Haus für sie mit einem Bann belegt.*

Ich bekam dieses Rezept von Señora da Souza, der portugiesischen Wäscherin in der Cal'Ebraico, hatte sie unter die Anweisungen geschrieben. *Ich nehme an, es ist Unsinn, aber was sonst soll ich gegen eine Frau unternehmen, deren Zauber so groß ist, dass sie ihn den weiten Weg bis nach Rom locken kann? Heute Morgen ist er wieder aufgebrochen, sagt, die Geschäfte erforderten seine Anwesenheit, aber wozu hat er in Rom seine Angestellten? Warum muss er dorthin fahren, nachdem er erst vor gerade mal sechs Monaten von dort zurückgekommen ist? In der letzten Nacht hat er im Schlaf ihren Namen gesagt, deshalb habe ich heute Señora da Souza aufgesucht, von der es heißt, sie sei verschwiegen, so jedenfalls wurde mir versichert. Der Name der Frau lautet Mariam.*

Ich schlug das Buch so heftig zu, als ließe sich der Eintrag meiner Mutter auslöschen, wenn ich ihn nicht mehr vor Augen hatte. Deshalb also hatte er uns in Spanien zurückgelassen. Es lag nicht an meinem hellen Haar und meinen blauen Augen, obwohl er sie seitdem gut zu nutzen gewusst hatte. Wie jeder Mann, der mit Geschäften zu Erfolg kam, hatte er benutzt, was ihm zur Verfügung stand, und dem, was er verlor, nicht nachgetrauert. Ich war so erschüttert, dass ich keinen klaren Gedanken fassen konnte. Es war, als hätten die Person, für die ich mich gehalten hatte, und mein vermeintlicher Platz in der Welt nie existiert, und als sei ich jemand ganz anderes. Erst als ich erkannte, dass ich an dem schlecht geplanten, panikartigen Aufbruch meiner Mutter aus Toledo und an ihrem elenden Tod keine Schuld hatte, spürte ich plötzlich, wie sehr mein schlechtes Gewissen auf mir gelastet hatte. Jetzt konnte ich auch diese Last abwerfen wie schon viele andere zuvor, von der Hausarbeit über die Liebe zu meiner Familie bis hin zu Mariam.

Folge der Liebe, hatte sie gesagt. Aber wohin hatte die Liebe sie oder meinen Vater geführt? Sie hatten sich nicht vermählt, selbst als er wusste, dass er frei war. Und so sehr ich auch in meinem Gedächtnis forschte, ich fand keinen einzigen Augenblick, in dem ich gesehen hätte, dass sie einander ihre Zuneigung zeigten. War meine Mutter der Liebe gefolgt, als sie mich aus Toledo fortbrachte, obwohl wir dort vielleicht sicher gewesen und als Christen durchgegangen wären, oder hatte sie sich von etwas ganz anderem leiten lassen? Und wohin hatte die Liebe Angela geführt oder den armen geschundenen Giulio? Oder mich? Als der Morgen dämmerte, schob ich diese Fragen beiseite, ohne der Antwort einen Schritt nähergekommen zu sein. Ich hatte gerade die Augen geschlossen, um wenigstens noch für eine Stunde Schlaf zu finden, als die Glocke der Kathedrale zu läuten begann. Mir fiel ein, dass der Heilige Abend angebrochen war und von mir erwartet wurde, dass ich Madonna zur Morgenmesse begleitete.

Während des Gottesdienstes, der kein Ende zu nehmen schien, litt ich unter pochenden, dumpfen Kopfschmerzen. Meine Knie rebellierten gegen die Kälte, die von den Marmorfliesen in Madonnas Kapelle aufstieg. Nach Ende des Gottesdienstes bat ich Madonna, mich zu entschuldigen, um mich eine Weile hinlegen zu können, doch sie gestattete es mir nicht.

Stattdessen musste ich sie in ihr Zimmer begleiten – wie sie sagte, um ihr Gebetbuch und ihren Rosenkranz fortzuräumen. Ich aber fürchtete, sie wolle mit mir über Cesare sprechen. Einige Tage zuvor war ihr Haushofmeister aus Spanien zurückgekehrt. Er hatte Cesare in Medina del Campo gesehen und Briefe von ihm mitgebracht. Den Gedanken, es könnte auch für mich einer dabei sei, verwarf ich sofort wieder. Selbst wenn er mir geschrieben hätte, wollte ich die vertraute Handschrift mit ihren Schnörkeln und Schleifen nicht zu Gesicht bekommen, wollte nicht wissen, was er mir geschrieben hatte, wollte seine schönen Lügen nicht lesen. Daher war ich erleichtert, als sie sagte:

»Ich möchte, dass Ihr mich in die Gemächer des Herzogs begleitet, Violante. Er hat ein Treffen zwischen dem Kardinal und Giulio arrangiert. Die beiden sollen miteinander Frieden schließen, ehe morgen die Festlichkeiten beginnen. Anschließend werden wir Angela besuchen, denn ich habe ihr einen Vorschlag zu machen.«

*

Die Unterredung verlief schrecklich. Giulio, dessen rechtes Auge von einer Klappe geschützt wurde und dessen linkes trotz der Behandlung mit Taubenblut noch immer geschwollen und verfärbt war, stand in einer Ecke des herzoglichen Privatgemachs, in die der Kerzenschein nicht vordringen konnte. Ippolito, vom Herzog aus Mantua zurückbeordert, glich einer übel gelaunten Bulldogge. Er hielt so großen Abstand zu Giulio, wie es der kleine Raum erlaubte, er lehnte es ab, sich mit dessen zerstörter Schönheit auseinanderzusetzen. Außer den drei Estebrüdern, Madonna und mir war nur noch der Berater des Herzogs anwesend, der Dichter Niccoló da Correggio. Ob er wohl den Auftrag hatte, über die Ereignisse später eine Ode zu verfassen?

Offenbar erwartete der Herzog, dass Ippolito den Anfang machte. Doch als dieser auf seinen auffordernden Blick hin hartnäckig schwieg, erklärte Don Alfonso an Giulio gewandt, Ippolito bedauere das Unrecht, das er ihm zugefügt habe, aufs Tiefste. Giulio schüttelte die Hand des Dieners ab, der ihn am Ellbogen führte, und trat ins Licht. Ich spürte, wie Donna Lucrezia neben mir zusammenzuckte und den Blick abwandte. Auch ich hielt die Augen gesenkt, weil meine Stellung es so verlangte, und sah nur Ippolitos rot beschuhte Füße, die sich unter der Soutane unruhig bewegten.

»Mein Herr«, begann Giulio und wandte sich damit an den Herzog, als befänden sie sich allein im Raum, »Ihr seht selbst, wie es mir geht. Und dennoch …« – das galt Ippolito – »… muss ich Gott und der Heiligen Jungfrau danken, dass ich mein Augenlicht nicht verloren habe. Obwohl mein Schicksal äußerst grausam und unmenschlich und in keiner Weise selbst verschuldet ist, verzeihe ich Euch,

Exzellenz, und werde Euch auch weiterhin stets als Bruder treu zur Seite stehen, so wie ich es seit jeher getan habe.«

Herzog Alfonso entging offenbar die leise Ironie, die in Giulios Stimme mitschwang. Ich nahm sie wohl auch nur deshalb wahr, weil ich mich allein auf mein Gehör stützen konnte. Der Herzog murmelte etwas, dann gab er es auf und brach in Tränen aus. Daraufhin bat Correggio die Brüder inständig, einander zu lieben und sich ihres Daseins zu erfreuen, ansonsten sähe sich der Herzog gezwungen, seine naturgegebene Großmut aufzugeben.

»Und jetzt küsst Euch zur Versöhnung!«, rief der Herzog, als er sich wieder gefasst hatte. Keiner der beiden rührte sich. Ich hielt den Atem an, und Donna Lucrezia, so war ich mir gewiss, tat das Gleiche. Schließlich trat Giulio einen Schritt auf Ippolito zu.

»Exzellenz«, rief der Herzog auffordernd. Nun trat auch Ippolito nach vorn. Ich glaube, einen Kuss hörte ich nicht, sondern nur das Kratzen von Bart an Bart.

*

»Was ich vorhabe, ist rasch gesagt«, meinte Donna Lucrezia, sobald Giulios Leibdiener die Tür hinter uns geschlossen hatte und wir mit Angela in dem kleinen Tagesraum mit Gartenblick allein waren. Unförmig und träge lag sie auf einem Ruhebett, das am einzigen hohen Fenster des Zimmers stand. Ihr dünnes Umschlagtuch gab den Blick nicht nur auf die Rundungen ihres Bauches und ihrer Brüste, sondern auch auf die Pölsterchen an Oberschenkeln, Schultern und Hüften frei. Auf dem Tischchen neben ihr standen eine Schale mit Zuckerwerk und kandierten Früchten sowie ein Krug mit süßem Weißwein. Sie beachtete uns nicht, bot uns keine Erfrischung an, sondern starrte einfach weiter unverwandt aus dem geöffneten Fenster auf den nassen braunen Garten, während sie sich mechanisch Naschwerk in den Mund schob.

Donna Lucrezias Erbitterung machte sich in einem tiefen Seufzer Luft. Sie gab mir mit einem Zeichen zu verstehen, ich solle einen Sessel neben Angelas Liege ziehen. Dann nahm sie Platz und beugte sich, die Ellbogen auf die Oberschenkel gestützt, nach vorn. Diese ausgesprochen männliche Pose rief in mir die Erinnerung an ihren Bruder wach. »Nun, Ihr mögt vielleicht nicht mit mir sprechen wollen, aber wenigstens könnt Ihr mir zuhören. Heute Morgen hat mein Gatte seine Brüder dazu gebracht, sich zu versöhnen. Wenn Ihr für ihn sorgen wollt, steht es Giulio frei, den Corte zu verlassen und in sein Heim zurückzukehren.«

Wieder keine Antwort. Es war ein Tag des beredten Schweigens, schien mir.

»In diesem Fall«, fuhr Madonna fort, »muss er bleiben, wo er ist, bis … bis er sich an seinen Zustand gewöhnt hat. Und Ihr müsst selbstverständlich heiraten. Ich habe mit dem Herzog von Sassuolo gesprochen, mit Alessandro Pio, und er ist mit Freuden dazu bereit. Was sehr großzügig von ihm ist, denn die Mitgift wird leider recht bescheiden ausfallen. Don Alessandro hat sich anerkennend über Eure Schönheit geäußert.« Madonna bedachte ihre Cousine mit einem kritischen Blick, der jedoch unbeachtet blieb. »Und über Eure Talente. Er schätzt sich sehr glücklich. Hütet Euch also, ihn zu enttäuschen. Die Hochzeit wird in der Karnevalszeit stattfinden. Ihr fahrt bis dahin nach Medelana, um dort das Kind zur Welt zu bringen. Es liegt abgeschieden genug, um alles Aufsehen zu vermeiden. Der Herzog war so nett, Euch für die

Reise den *bucintoro* zur Verfügung zu stellen. Violante wird Euch beim Packen helfen.« Bei den letzten Worten wandte Angela uns den Kopf zu und starrte ihre Cousine ausdruckslos an. Ihre Augen waren stumpf, ihre Haut teigig, und auf ihrer Stirn zeigten sich Pickel. Ihr Haar war unordentlich zusammengebunden, und an ihren Schläfen klebten einzelne Strähnen wie Kupferdraht.

»Heute kann ich nicht reisen. Ich muss ruhen«, sagte sie. Als sie den Mund öffnete, sah ich, dass ihre Zähne sich vom Naschwerk bereits zu verfärben begannen.

»Ihr werdet noch vor Einbruch der Dunkelheit die Barke besteigen«, erwiderte Donna Lucrezia. »Violante wird Euch begleiten. Ich habe dafür gesorgt, dass eine Hebamme und eine *comatre* mit Euch reisen werden. Ihr habt also nichts zu befürchten. Die Landluft wird Euch gut tun. Und nun, hopp, auf die Füße. Ich möchte Euch packen sehen.«

Als Madonna und ich Angela jeweils an einem Arm von der Liege zogen, war mein erster Gedanke, dass ich mich freute, mit ihr zu reisen. Mein zweiter aber galt dem hässlichen, bezaubernden Gesicht von Gideon d'Arzenta.

*

Als Angela und ich schließlich die herzogliche Barke bestiegen, drang kein Licht mehr durch die tief hängenden Wolken, und das Wasser, das an den Anlegesteg schwappte, war dunkel und dick wie Sirup. Die Barke des Herzogs glich einem kleinen Palast, die Wände der Gästekabinen waren zum Schutz vor der Kälte und um den Lärm der Ruder zu dämpfen mit Samt ausgeschlagen und mit Wandteppichen behängt. Neben der Hebamme und der *comatre* hatten wir mehrere Sklaven und eine Köchin zu unserer Verfügung.

Doch obwohl diese Dinge allesamt zu meiner Zufriedenheit beitrugen, hätte ihr Fehlen an meinem Gemütszustand nichts geändert. Denn als wir auf Madonnas Sänfte warteten, die uns von Giulios Palast zum Hafen bringen sollte, hatte Madonna mich beiseitegenommen.

»Ich habe Neuigkeiten, die Euch freuen werden«, sagte sie. »Ihr wisst doch, dass Sancho auf seiner Rückreise in Neapel Station gemacht hat. Eines Abends hat er meinen Bruder Don Jofré besucht.«

»Wie geht es meinem Sohn?« Ich hätte sie nicht unterbrechen dürfen, doch die Worte rutschten mir einfach heraus. Madonna nahm daran keinen Anstoß.

»Sehr gut«, antwortete sie strahlend vor nachsichtiger Freude. »Wie Ihr Euch bald selbst vergewissern könnt. Im neuen Jahr wird er gemeinsam mit seiner Schwester Camilla und dem Herzog von Camerino nach Ferrara kommen.« Falls ich sie gefragt habe, worauf diese Entscheidung beruhte, und sie mir die Ehre einer Erklärung erwies, so erinnere ich mich nicht mehr daran. Warum er kam, erschien mir vollkommen nebensächlich, angesichts der wunderbaren Aussicht, dass wir in ein paar wenigen Wochen wieder vereint sein würden. Erst dann wäre ich wieder ganz. Der Grund war offenbar, dass Don Jofré etwa zur gleichen Zeit, als man Cesare nach Spanien brachte, Witwer geworden war. Nach Prinzessin Sancias unerwartetem Tod wollte er sich wieder vermählen, doch seine neue Braut hatte sich wohl geweigert, die drei kleinen Borgiabastarde unter ihre Fittiche zu nehmen. Don Alfonso hatte sich bereit erklärt, sie unter bestimmten Bedingungen nach Ferrara kommen zu lassen. Wie diese Bedingungen aussahen, fragte ich nicht, und Madonna machte auch keine Anstalten, sie offenzulegen. Jedenfalls damals noch nicht.

3

Ferrara, an Karneval 1506

Ich war damals so jung und verwechselte, wie die Jugend es gern tut, Lust mit Liebe.

Ich blickte Angela über die nackte Schulter, betrachtete beim Kerzenlicht ihr Abbild in dem langen Spiegel und dachte darüber nach, dass sich unser Leben in winzig kleinen Schritten vorwärts bewegt. Wie bei Flut schlagen wir hohe Wellen, vor und zurück, doch nach jeder Woge steht das Wasser immer nur ein klein wenig höher als vorher.

Am ersten Weihnachtsfeiertag hatte sie auf der Überfahrt nach Medelana an Bord des *bucintoro* ein Mädchen zur Welt gebracht. Das Kind kam, vielleicht aufgrund der Aufregungen durch unsere Reise, zu früh und war klein, aber kräftig. Angela bestand darauf, ihrer Tochter den Namen Giulia zu geben, doch dann überließ sie die Kleine sofort der Amme und zeigte kein weiteres Interesse an ihr. Während unseres Aufenthaltes in Medelana beklagte sie in einem fort die verheerenden Auswirkungen der Schwangerschaft auf ihren Körper. Sie tat alles, um ihm wieder zu seiner einstigen Schönheit zu verhelfen. So verband sie ihre Brüste mit Stoffstreifen, getränkt mit einer Paste aus gemahlenen Feigenkernen, um ihnen die Festigkeit zurückzugeben, und ließ mich ihren Bauch mit Mandelöl und Lavendel massieren, um die Schwangerschaftsstreifen zu beseitigen.

Doch nun, da Angelas Hochzeit unmittelbar bevorstand, war sie mit ihrem Aussehen immer noch nicht zufrieden. »Mein Gott!«, rief sie und drehte sich im flackernden Kerzenschein vor dem Spiegel. »Ich sehe aus wie eine Hexe. Mein Bauch hängt herab wie bei einem Schwein, und meine Brüste sind flach wie Pfannkuchen. Er wird schreiend zu seiner Mutter zurücklaufen, und sie wird sich voll und ganz bestätigt fühlen.« Die Mutter des Bräutigams war nicht besonders glücklich über die Verbindung. Das war der Grund, warum Angela zur Hochzeit nicht nach Sassuolo gereist war, sondern in Donna Lucrezias Kapelle heimlich verheiratet werden und anschließend am Hofe bleiben sollte.

»Er wird dich lieben, wie wir dich alle lieben«, sagte ich.

»Wirklich?« Sie wandte sich mir zu. Das polierte Silber des Spiegels nahm ihrem Gesicht die Weichheit, sie sah müde aus. Die Haut unter ihren Augen wirkte dünn und aufgedunsen, die Falten um ihre Mundwinkel, Erinnerungen an früheres Lachen, schienen tiefer eingekerbt. Was auch immer Künstler dazu sagen mögen, es sind die kleinen Makel, die einen Menschen schön machen. Vielleicht hat der Schöpfer Adam deshalb nicht fallen lassen, nachdem er von der verbotenen Frucht gegessen hatte.

»Ja, wirklich.«

Ich behielt recht. Don Alessandro, der von einem Cousin aus Carpi begleitet wurde, konnte die Augen während des kurzen Gottesdienstes ebenso wenig von seiner Braut wenden wie bei dem anschließenden langen Abendmahl. Ich glaubte schon, er würde vor Entzücken platzen, doch dann erbarmte sich Madonna seiner. Sie erhob sich und wies Perro und Gatto an, das glückliche Paar ins Brautgemach zu geleiten. Als wir im Anschluss warteten, bis Platz für die Komödianten und Musiker geschaffen war, die uns unterhalten sollten, während Don Alessandro und Angela im Zimmer nebenan ihr gegenseitiges Versprechen einlösten, schien mir, als fehlten nicht nur diese beiden. Ich dachte an Giulio, der sich immer noch im Corte Vecchio aufhielt, an seine kleine Tochter in Medelana, an sein Haus, das nun verschlossen war, und die Brunnen in seinem Garten, die nun schwiegen. Auch zu Girolamo, der nun nicht mehr in Neapel war, wanderten meine Gedanken. Tausend Mal am Tag betete ich in stiller Verzweiflung zu irgendeiner Gottheit, die mich vielleicht hören mochte, er möge in Sicherheit sein. Doch wenn ich mir vorzustellen versuchte, wie er jetzt wohl aussah, hatte ich immer nur das Gesicht seines Vaters vor Augen, der mir am meisten fehlte.

»Vermisst du ihn?«, hatte Angela mich in Medelana eines Abends gefragt, als wir zusammen vor dem Feuer lagen und mit Honig und Nelken gewürzten Wein tranken.

»Wen? Hier, iss.« Ich warf eine Handvoll Rosinen nach ihr.

Sie warf sie zurück. »Ich mache eine Schlankheitskur. Du weißt das, und du weißt auch, wen ich meine.«

Vielleicht, weil ich mehr Wein getrunken hatte, als ich vertrug, bemühte ich mich um eine ehrliche Antwort. »Hier drin«, sagte ich und tippte mit dem Finger an meine Schläfe, »kann ich ihm niemals vergeben, dass er mich so betrogen hat. Aber im Übrigen … ja, ich vermisse ihn.«

»Weiß er das?«

»Würde ihn das kümmern?«

Als sie daraufhin mit den Achseln zuckte, rutschte ihr

Hemd von einer der Schultern und enthüllte goldene Haut. »Schreib ihm und warte, ob er zurückschreibt. Manche seiner Briefe kommen offenbar durch.«

»Nein.« Ich setzte mich auf. Plötzlich fühlte ich mich unbehaglich in meinem Körper und spürte außerdem den kalten Hauch des leeren Sommerpalastes im Rücken. Fröstelnd umschlang ich die Knie mit den Armen. »In meinem Herzen verlangt nichts danach, ihm irgendeine Gunst zu erweisen. Er verdient es nicht, und er würde es mir auch nicht danken, wenn ich ihn behandle, als hätte er Mildtätigkeit nötig.«

Angela begann, langsam in die Hände zu klatschen. »Oh, was für eine hübsche Rede!« Sie kniete hinter mir und legte mir meinen Morgenmantel um die Schultern wie einen Umhang. »Und in Wirklichkeit hast du einfach nur Angst, dass er vielleicht nicht zurückschreibt. Du läufst vor der Wahrheit über meinen Cousin immer noch davon, nicht wahr, Violante? Dass er seine Gunst großzügig verteilt, bedeutet noch nicht, dass er leichte Beute ist.«

»Das ist mir bewusst. Ich bin mir einfach nicht mehr sicher, ob er den Preis wert ist.«

Da erstarrte ihre Hand auf meiner Schulter, und das sagte mir, dass ich der Wahrheit näher gekommen war, als ich beabsichtigt hatte. Ich hatte ausgesprochen, was sie bewegte, wenn sie an Giulio dachte.

*

Nach der Hochzeit kehrte Don Alessandro allein zu seiner Mutter zurück, während Angela sich in den Karneval stürzte wie ein Verdurstender, der in einen Fluss springt. Sie tanzte die Nächte durch und ritt jeden Tag mit Donna Lucrezia maskiert durch die Stadt. Begleitet wurden sie von Günstlingen des Herzogs. Bei jedem Schauspiel saß sie in der ersten Reihe, umschmeichelt von etlichen siegreichen Kämpfern der Eierschlacht.

Am Faschingsdienstag ging ich Giulio besuchen. Ich brachte ihm Eierkuchen und *pane perso* aus Madonnas eigener Küche, denn ich wollte nicht, dass er die lange, entbehrungsreiche Fastenzeit antrat, ohne vorher ein wenig Festtagskost genossen zu haben. Als ich eintraf, hatte er jedoch bereits Gesellschaft. Ferrante und Don Alessandros Cousin, Don Alberto Pio da Carpi, waren bei ihm. Auf einem niedrigen Tisch zwischen ihnen stand ein leerer Weinkrug, und ein zweiter ging auch schon fast zur Neige. Mich überraschte Don Albertos Anwesenheit. Giulio hatte sich dem Karneval gänzlich ferngehalten, weil er sich seines narbigen Gesichtes und der Unbeholfenheit schämte, die seine eingeschränkte Sehkraft mit sich brachte. Aus dem gleichen Grund empfing er kaum Gäste, außer Ferrante, der jeden Tag kam. Gern, so erklärte Giulio, hätte er auch seine Brüder, den Herzog und den Kardinal, empfangen, doch keiner von beiden war willens gewesen, die Feiern zu unterbrechen, um bei einem Invaliden langweilige Stunden zu verbringen.

Ich stellte das Essen ab und bat, mich zu entschuldigen, doch Giulio beharrte darauf, ich solle bleiben, und auch seine vom Wein angeheiterten Gefährten plädierten vehement dafür, obgleich ein wenig konfus. Also setzte ich mich und beantwortete ihre Fragen zu meiner Gesundheit, ob ich den Karneval genösse, welche Masken und Darbietungen mir am besten gefallen hätten. Trotzdem wurde ich das Gefühl nicht los, sie unterbrochen zu haben. Unter der Oberfläche unseres höflichen Gesprächs verbarg sich ein tieferer, dunklerer Austausch, und ich fühlte mich unwohl. Als Madonnas dalmatinische Sklavin in der Tür von Giulios düsterem Salon erschien und mir in ihrem immer noch kaum verständlichen Italienisch erklärte, Madonna benötige mich in der Camera di Paravento, hätte ich sie am liebsten umarmt.

Die Camera di Paravento war zu ihren Gemächern neu hinzugekommen – ein Raum, in dem Madonna mit ihren Damen hinter einer durchbrochenen Zwischenwand sitzen konnte, während auf der anderen Seite die Herren tanzten. Auf diese Weise bot sie den unverheirateten Mädchen in ihrer Obhut Gelegenheit, die jungen Männer zu beobachten, die ihr für sie vorschwebten, ohne ihre Sittsamkeit zu gefährden.

Bei Madonna befand sich einzig Fidelma. Auch das war ungewöhnlich, denn es zählte keineswegs zu ihren Lieblingsbeschäftigungen, die Rundung der Wade eines jungen Mannes zu bewundern oder über seinen Hüftschwung zu kichern, wenn er die Moresca tanzte. Fidelmas Herz gehörte Fra Raffaello, dessen fromme Blässe und silbrig schimmernden schwarzen Augen tiefe Frömmigkeit verrieten, auch wenn sie selbst glaubte, sie habe sich dem Gott der Christen verschrieben, und Madonna bei jeder Gelegenheit anflehte, ihr zu erlauben, in ein Kloster einzutreten.

»Seht her«, sagte Madonna, als ich eintrat. Die Sklavin machte sich sofort daran, Wein einzuschenken und eine Platte mit Datteln in Marzipan herumzureichen. Madonna zeigte uns eine Silberscheibe mit rauem Rand. »So soll meine Medaille aussehen. Ser d'Arzenta hat sie gestern gebracht.« Er war tags zuvor an den Hof gekommen und hatte mich nicht aufgesucht? Nun, ich hatte ihm eingeschärft, es zu unterlassen. »Was haltet Ihr davon?« Madonna reichte mir die Scheibe, deren Vorderseite ein sehr wirklichkeitsgetreues Abbild von Donna Lucrezia im Profil zierte. Ich befürchtete, sie könnte es nicht schmeichelhaft genug finden, denn er hatte weder das fliehende Kinn noch die etwas zu runden Wangen unterschlagen. Andererseits war es ihm so treffend gelungen, den sarkastischen, entschlossenen Zug um ihren Mund festzuhalten, als würde er sie schon sein ganzes Leben lang kennen.

»Ich finde das Porträt sehr gefällig, Madonna.«

»Gut. Ich auch. Es ist, wie Fidelma bemerkt hat, aufrichtig.« Das sah Fidelma ähnlich. Mit so großen Füßen wie den ihren trat man leicht in den Fettnapf. »Aufrichtigkeit ist eine Eigenschaft, die ich als Herzogin wertschätzen sollte.«

»Ja, Madonna.« Was konnte ich schon erwidern? Vielleicht war ich, die auserwählte Überbringerin ihrer Liebesbriefe und die Frau, die ihrer Überzeugung nach ihren Bruder ebenso liebte wie sie, der einzige Mensch auf der Welt, zu dem sie aufrichtig sein konnte.

»Ich möchte auch gar nicht als jungmädchenhaft dargestellt werden. Das würde meinen Untertanen kein Vertrauen einflößen. Ich muss ... matriarchalisch aussehen. Und jetzt«, fuhr sie fort, ehe wir uns mit der furchteinflößenden Ironie dieses Wortes befassen konnten, »dreht es um. Seht Euch die Rückseite an.«

Diese zierte ein Cupido mit verbundenen Augen. Er war an einen Lorbeerbaum gefesselt, neben dem eine Violine samt Bogen sowie ein Notenpult lehnten, deren sinnliche Formen der Cupido mit den Spitzen seiner Flügelfedern streifte.

»Sehr schön gearbeitet, Madonna.« Es war ein vollkommenes Arrangement. Der Baum wölbte sich über der Gestalt des Gottes, der Schwung des Stammes spiegelte die Dehnbewegung, mit der er seinen Körper von den Fesseln zu befreien suchte. Alles war fließend, wie von Wind durchweht, wie unmittelbar vor einer Veränderung festgehalten. Wenn man einen Wimpernschlag lang die Augen schloss, würde das Bild, so meinte man, beim nächsten Blick schon anders sein. Es fiel mir schwer, so viel Anmut mit Gideons riesigen, knochigen Händen, seinen platten Fingerspitzen und aufgeschürften Knöcheln zusammenzubringen.

»Was seht Ihr darin?«, wollte Madonna wissen.

»Die Deutung muss ich Euch überlassen, Madonna. Ihr habt eine höhere Bildung genossen.«

»Unsinn. Bei unserer ersten Begegnung haben wir beide aus Dante zitiert, und Euer Griechisch ist … sehr feinsinnig.«

Ich dachte an Giovanni und meinen einzigen griechischen Scherz, und daran, dass er und mein Sohn und Camilla sehr bald hier sein würden. »Nun«, setzte ich an. »Cupido, an einen Lorbeer gefesselt, warnt uns vor unklugen Liebschaften.«

Madonna nickte lächelnd, doch im Winterlicht, das nur durch das Gitterwerk der Trennwand gefiltert zu uns drang, war kaum festzustellen, ob das Lächeln auch in ihren Augen lag. »Fahrt fort«, sagte sie.

»Die Violine steht möglicherweise für Euren erlauchten Herrn Gemahl, da er sie so trefflich zu spielen versteht, und der Bogen für … seine Manneskraft.« Ich hörte Fidelma nach Luft schnappen. »Und … der Bogen zeigt auf Cupido, dessen Flügel die Violine berühren, also segnet er Eure Verbindung, Madonna.«

»Gut, aber ich würde noch weiter gehen. Ich würde behaupten, Ser d'Arzenta möchte, dass wir die Violine als aus dem Holz des Lorbeer geschnitzt sehen, der Daphnes

Keuschheit versinnbildlicht. Und Cupidos verbundene Augen sind mir Mahnung, mich auf das zu konzentrieren, was meine übrigen Sinne mir sagen, mich also nicht auf das zu verlassen, was ich sehen kann, sondern auf das, was ich höre. Mein Gemahl erklärt mir, er sei tugendhaft und mit Ferrara sei alles zum Besten bestellt. Das ist es, was ich glauben muss.«

»Er verrät Euch das Geheimnis ehelicher Harmonie, Madonna.«

Sie lachte. »Ihr seht, wie gescheit er ist. Sein Werk hat uns derart zu Erörterungen verführt, dass ich fast vergessen hätte, warum ich nach Euch schicken ließ. Fidelma, Ihr dürft gehen. Sucht Euren Bruder auf und sagt ihm, wir seien höchst zufrieden. Er kann sich daran machen, zwölf Medaillen in Gold zu gießen, entsprechend der zwölf Monate der Herrschaft meines Gatten, und dreißig – nein, sagen wir, neunundzwanzig – in Silber. Die Entlohnung wird Sancho mit ihm vereinbaren, er soll morgen zu ihm kommen.«

Als Fidelma gegangen war, merkte ich an einem plötzlichen Luftzug und dem veränderten Licht, dass die Tür zum Hauptraum jenseits der Trennwand offen stand. Gedämpft drangen Gesprächsfetzen zu uns herüber, und man hörte Füße scharren, als würde jemand über die Schwelle geschoben oder gezogen. Es folgte ein spitzer Schrei – »Nein!« –, dann mehrere dumpfe Aufschläge auf der zerkratzten Tanzfläche. Daraufhin Schritte, leicht und schnell. Kinderschritte. An die Trennwand gedrückt rief ich »Girolamo!«. Dann meinte ich, da liefe ein kleines Mädchen, war mir jedoch gleich wieder unsicher. Schließlich würde Girolamo erst in einigen Jahren Hosen und kurze Haare tragen. Rote Löckchen, ein hitziges Temperament und eine Abneigung gegen jede Bevormundung, das galt für Camilla ebenso wie für Girolamo und jedes andere Kind von Cesare. »Pssst!«, befahl Madonna. »Sie sollen nicht wissen, dass wir hier sind.«

Inzwischen hatten alle Kinder den Raum betreten, begleitet von einer Schar erschöpft wirkender Kindermädchen und einem Mann in staubiger Reisekleidung, der ein Schaukelpferd, etliche Puppen sowie Reifen und Stäbe trug. Mir fiel auf, dass Giovanni größer und dünner geworden war, Lucrezia und ihrem Vater jedoch immer noch sehr ähnlich sah. Die anderen beiden konnte ich, wie ich mit einem Anflug von Schrecken und Schuldgefühl feststellte, kaum auseinanderhalten. Sie hüpften vor dem Mann mit dem Spielzeug herum und zupften ihn an den Ärmeln, damit er es ihnen gab. Beide trugen einfache, aber aus guter Wolle gearbeitete Gewänder und weiche Kappen gegen die Kälte, beide hatten langes, unbändiges rotes Haar.

»Girolamo?« Doch sie machten zu viel Lärm, um mich hören zu können.

»Madonna, darf ich bitte zu meinem Sohn?«

»Nein, Violante.« Mit ihrer Hand auf meinem Arm hielt sie mich zurück. »Lieber nicht.«

»Wieso denn nicht?«, wollte ich wissen. Böse Vorahnungen beschlichen mich. Vielleicht war es besser, es nicht zu wissen.

»Ich wollte Euch sehen lassen, dass es ihm gut geht, aber ich werde ihn nicht wieder in Eure Obhut geben. Er wird in Carpi aufwachsen, mit Don Alberto Pio als seinem Vormund. Don Alberto ist sehr angesehen und verfügt über begabte Leute. Er kann dafür sorgen, dass Girolamo standesgemäß erzogen wird und heranwächst.«

»Aber …«

»Es gibt kein Aber. Wärt Ihr verheiratet, sähe es vielleicht anders aus, doch Ihr hattet hierbei keine glückliche Hand. Jeder ist selbst seines Glückes Schmied, wie mein Bruder Euch gewiss sagen würde.«

»Aber ich will doch heiraten, Madonna. Wann habe ich denn jemals etwas anderes gesagt?«

Sie lächelte mich traurig an. »Zwischen Wollen und Können liegt eine tiefe Kluft, die zu überbrücken ich mir nicht leisten kann. Um Euch zu verheiraten, müsste ich dem Anwärter einen hohen Preis bezahlen, mehr, als ich habe. Papst Julius hat, wie Ihr wisst, alles beschlagnahmt, was Cesare gehörte. Ihr werdet Euren Sohn sehen können. Ich sorge dafür, dass er gelegentlich nach Ferrara gebracht wird. Aber Ihr müsst mir versprechen, ihm Euch nicht zu erkennen zu geben.« Nach einer kurzen Pause fuhr sie fort: »Das ist auch Cesares Wunsch, Violante.«

Kinder bedeuten mir viel, hatte er gesagt, und es mir bewiesen, indem er mich großherzig eine ganze Nacht in seinem Bett verbringen ließ. Vor meinem geistigen Auge blitzte der Gedanke an Widerstand auf wie eine Sternschnuppe, doch in der anschließenden Dunkelheit sah ich vollkommen klar. Sich ihren Plänen zu widersetzen würde mich nur noch weiter von meinem Sohn entfernen. Hielte ich mich aber an Madonnas Bedingungen, so würde ich ihn zumindest ab und zu sehen und von ihm hören. Ich würde erfahren, wie er heranwuchs und was er lernte, wann er seine Kinderkrankheiten durchlitt, sein erstes Pony bekam und sich zum ersten Mal verliebte. Ich würde mehr über ihn erfahren, als meine eigene Mutter je über mich erfahren konnte. *Folge der Liebe.* Das ist kein gerader Weg und vielleicht auch kein sehr tugendhafter.

*

Ich fühlte mich immer stärker zu Giulio hingezogen. Obwohl Angela jetzt wieder das Zimmer mit mir teilte und tat, als sei alles noch so wie vor vier Jahren bei unserer Ankunft in Ferrara, konnte ich ihr nicht anvertrauen, dass ich mich betrogen fühlte, was Girolamo betraf. Ihre Tochter, die nach wie vor in der Obhut ihrer Amme in Medelana war, hatte im Herzen ihrer Mutter offenbar weniger Spuren hinterlassen als an ihrem inzwischen wiederhergestellten schönen Körper. Angela hätte mir einfach nur gesagt, das sei eben der Lauf der Dinge, ich hätte mein Vergnügen gehabt und den Preis dafür bezahlt, doch nun sei es an der Zeit, sich anderem zuzuwenden. Die wehmütige Atmosphäre in Giulios Gemächern entsprach eher meiner Stimmung.

Sogar, als es auf Ostern zuging und die Tage länger wurden, blieb Giulio im Haus und ließ die Fensterläden geschlossen. Das Licht tue seinen Augen weh, sagte er. So herrschte in seinen Räumen ewiger Winter, obwohl überall sonst der Frühling Einzug hielt. Manchmal las ich ihm vor, und gelegentlich zitierten wir zum Zeitvertreib aus dem Gedächtnis oder sangen zusammen. Allerdings war ich ihm auf musikalischem Gebiet weit unterlegen, und so war ich immer erleichtert, wenn Ferrante kam, oder der Sänger aus Artigianova, ein Günstling des Herzogs, den dieser seinem Bruder zur Verfügung stellte, um seine Genesung zu beschleunigen.

»Nichts als ein lausiger Sänger«, sagte Giulio ungehalten, wie es sonst gar nicht seine Art war, als Gian Cantore zum ersten Mal kam. »Noch dazu einer, den ich ihm selbst besorgt habe. Was ich brauche, ist Geld. Himmel Herrgott, ich kann nicht einmal mehr für meinen eigenen Tisch jagen oder eine Rechnung für den Stoff abzeichnen, aus dem meine Augenklappen gefertigt werden. Wovon soll ich denn leben?« Natürlich übertrieb er, das wusste der Sänger ebenso gut wie ich, und eine neue *barzelleta* genügte schon fast, um Giulios inneres Gleichgewicht wiederherzustellen. Musik heiterte ihn zuverlässig auf, weil er dazu seine Augen nicht brauchte. Er stellte sogar fest, dass er besser hörte und seine Finger das Schwingen der Saiten genauer wahrnahmen, wenn er nicht durch das Sehen abgelenkt war. Einmal scherzte er mit bitterem Unterton, wenn Angela eines Tages zurückkehren sollte, würde sie feststellen, dass seine Berührung ihr noch mehr Lust verschaffe als zuvor. Nachts, fügte er hinzu, wenn alle Kerzen gelöscht seien. Dann entschuldigte er sich sofort für seine Grobheit und erwähnte Angela nie wieder.

Kurz nach Ostern brach Herzog Alfonso zu einem Besuch in Venedig auf und ernannte Madonna für die Zeit seiner Abwesenheit zur Statthalterin. Giulio ließ er mitteilen, er solle in seinen eigenen Palast zurückkehren, da Alfonsos Räume im Corte derweil von der Herzogin, seiner Frau, bezogen werden sollten und für ihren Hofstaat auch Giulios Gemächer benötigt würden. Ohne erkennbaren Grund quartierte er im Schloss ein Aufgebot von Schweizer Söldnern ein, was bei Hofe für Beklemmung sorgte. Es erinnerte mich an San Clemente während meiner letzten Tage in Rom.

Zunächst hielt ich das für den Grund meines Unbehagens. Doch als ich Giulio half, sich in seinem Palast wieder einzurichten, fiel mir eines seiner Bücher aus der Hand, und in dem Buch steckte ein Brief. Ich hätte ihn nicht beachtet, wäre mir nicht der Name Alberto Pio ins Auge gesprungen. Da konnte ich nicht widerstehen. Giulio hielt sich gerade zusammen mit Ferrante im Garten auf.

Verfasser des Briefes war Francesco Gonzaga, obschon es

nicht seine Handschrift war; ich hätte sie sofort erkannt. Er dankte Giulio für seine Freundschaftsbekundungen, versicherte ihn seiner Liebe zu seinem Schwager und bekundete seine Bestürzung über Giulios Behandlung. *Don Alberto Pio,* schrieb er, *wird Euch sicher persönlich meine Zustimmung zu dem Vorhaben übermittelt haben, durch das Ihr und Don Ferrante die Misshandlung Eurer Exzellenz durch den hochehrwürdigen Kardinal zu vergelten gedenkt …* Ich wagte nicht, weiterzulesen. Was hatte das zu bedeuten? Für mich klang es nach Verrat, denn jede Rache, die Giulio an Ippolito zu üben beabsichtigte, würde sich gleichzeitig gegen den Herzog selbst richten, so nah, wie sich die beiden standen. Doch wenn Giulio, Ferrante und ihre Verbündeten tatsächlich Rachepläne schmiedeten, wie konnten sie dann so töricht sein, sich durch einen Brief selbst zu gefährden? Vielleicht war alles nur ein Scherz, oder der Brief war schon alt und nicht mehr von Bedeutung, in einem Buch versteckt und vergessen. Ich sah mir das Buch genauer an: Gedichte von Ariost, unlängst erst gedruckt, aus denen ich Giulio wenige Tage zuvor noch vorgelesen hatte. Und dem Datum zufolge war der Brief in der Karwoche geschrieben worden. Nachdem ich ihn in mein Mieder geschoben hatte, rief ich zu den Männern im Garten hinunter, dass ich gehen müsse, um der Herzogin beim Ankleiden für die abendlichen Audienzen zu helfen.

»Offenbar will eine Dame aus Cento sie um Erlaubnis bitten, im Barco an Fronleichnam ein Damenturnier zu veranstalten«, erklärte ich ihnen, selbst erstaunt über meine Kaltblütigkeit.

»Hoffentlich willigt Lucrezia ein«, rief Ferrante zurück. »Das wäre genau der richtige Anblick für wehe Augen.« Daraufhin stieß Giulio ihn in die Rippen, und sie begannen, sich zu balgen wie kleine Jungen. Sie konnten nicht ahnen, was ich gefunden hatte und was ich damit zu tun gedachte.

Ja, was sollte ich damit tun? Und wie lange würde es dauern, bis Giulio den Verlust bemerkte und der Verdacht auf mich fiel? Ich zog in Erwägung, den Brief gleich zu Donna Lucrezia zu bringen. Sie würde alles in ihrer Macht Stehende unternehmen, um weitergehende Zwistigkeiten zwischen den Brüdern abzuwenden. Doch genau darin lag die Schwierigkeit. Während der Karwoche hatte sie sich ins Kloster Corpus Domini zurückgezogen und dort einen Wechselfieberanfall erlitten. Da sie immer noch geschwächt war, befürchtete ich, sie könnte einen Rückfall erleiden, wenn ich ihr den Brief zeigte. Dann aber begegnete mir auf dem Rückweg ins Schloss in der Via degli Angeli ein Mann, der an einer Stange über der Schulter zu Bündeln verschnürte Hühner trug, und das brachte mich auf eine Idee.

Nach Anhörung des Bittgesuchs der Dame aus Cento – das abgelehnt wurde – und der übrigen, alltäglicheren Anliegen, bei denen es um Eigentumsstreitigkeiten, Genehmigungen zur Eheschließung, Pensionsforderungen und Gesuche um herzogliche Unterstützung ging, zog sich Madonna zurück, um zu ruhen, sodass ich mich davonstehlen konnte. Dank Donna Lucrezias Einfluss war Gideon in der Werkstatt eines bekannten Silberschmieds untergekommen, der sein Geschäft unter den Arkaden an der Piazza betrieb, ich musste also nicht weit gehen.

Als ich den schweren ledernen Türvorhang beiseitegeschoben hatte und eintrat, hörte ich ein Pfeifen und leise Klopfgeräusche, wie sie beim Arbeiten mit kleinen Werkzeugen entstehen.

Lampen brannten keine, doch durch Ritzen zwischen den Bretterwänden drangen Lichtstreifen in das Halbdunkel und bildeten ein helles Gitter, in dem Gold- und Silberstaub im Luftzug tanzten. Nachdem sich meine Augen an das Zwielicht gewöhnt hatten, schien sich das Lichtgitter aufzulösen, und ich erkannte Gideon. Über die Werkbank gebeugt, schnitzte er mit einem Meißel, der nicht größer war als die Pinzette, mit der ich Madonnas Augenbrauen zupfte. An seiner Stirn war mithilfe einer Art Drahtgestell ein Vergrößerungsglas befestigt, neben ihm lag unberührt ein Teller mit Brot, darauf Scheiben von Räucheraal. Auf dem Essen glitzerte Goldstaub. Ich räusperte mich, denn plötzlich war es mir peinlich, ihn zu stören. Er fuhr mit einem Ruck hoch und stieß sich beinah den Kopf an einem Deckenbalken. Mir fiel auf, dass auch sein Hinterkopf golden glitzerte, ebenso wie die Falten in seinem Gesicht – so, als seien alle Poren mit Gold gefüllt. Er lächelte mich an.

»Aha«, sagte er, als hätte er mich erwartet.

»Ich brauche Eure Hilfe«, erklärte ich ohne viele Umschweife, denn es schien mir plötzlich wichtig, ihm nicht zu viel Zeit zu stehlen.

Er lehnte sich mit dem Hinterteil gegen die Werkbank und verschränkte die Arme. »Ich verstehe. In welcher Weise kann ich Euch dienlich sein?« Während ich in meinem Mieder nach dem Brief fischte, der beim Gehen tiefer gerutscht war, gab er sich gar keine Mühe, den Blick abzuwenden. Als meine Hand meine Brust streifte, hatte ich plötzlich das Gefühl, seine Hand dort zu spüren; sie zeichnete meine Haut mit Goldstaub und entfachte in meinem Unterleib ein zaghaftes Feuer.

»Kann ich behilflich sein?«, fragte er lachend. Ich wandte

mich ab. Wäre ich bloß nicht hierher gekommen, sondern geradewegs zu Donna Lucrezia gegangen.

»Das hier habe ich gefunden«, sagte ich, als ich schließlich eine Ecke des Briefes zu fassen bekam und ihn aus dem Ausschnitt meines Kleides zog. Ich reichte ihm das Schriftstück, sehr wohl gewahr, dass es meine Körperwärme angenommen und sich meinen Rundungen angepasst hatte. Gideon hielt den Brief in einen der Lichtstrahlen, die nun, da der Abend anbrach, schräger hereinfielen und an Kraft verloren. Während er die Worte überflog, wurde sein Mund schmal, und zwischen seinen Brauen bildete sich eine steile Falte.

»Wo habt Ihr das gefunden?«

»Es ist aus einem von Giulios Büchern gefallen. Ich wollte nicht … es ist bloß so, dass …« Doch wie sollte ich es erklären? Jetzt war nicht der richtige Augenblick, um ihm meine Geschichte zu erzählen.

»Ihr hättet ihn besser sofort zurückgelegt.«

»Aber wenn Giulio plant, sich …« Ich brachte es nicht über die Lippen. »Und Ferrante. Man muss sie davon abbringen. Es ist offensichtlich, dass Don Francesco sie nur benutzt, vielleicht wegen Madonna, vielleicht wegen irgendeines neuen Zwistes zwischen ihm und dem Herzog. Glaubt Ihr etwa, er wird ihnen helfen, wenn man sie erwischt?«

»Sie sind auch seine Schwäger«, sagte er, doch es klang nicht sehr überzeugt. »Und überhaupt, was hat das alles mit mir zu tun?«

»Mir ist eingefallen, was Ihr auf dem Schiff gesagt habt. Dass Ihr Donna Isabellas Spion seid. Ich weiß, das war nur so dahingesagt, aber wenn sie auf Euch hört, könntet Ihr ihr doch einen Hinweis geben, und sie könnte mit Don Francesco reden und …«

»Wahrscheinlicher ist, dass sie direkt zum Herzog oder zum Kardinal geht. Und sie würde Beweise verlangen und wissen wollen, wie ich darauf gekommen bin.«

Daran hatte ich nicht gedacht.

»Warum wendet Ihr Euch nicht an Donna Lucrezia? Ihr steht in ihrer Gunst, das ist offensichtlich, und ich kann mir vorstellen, dass eine Frau wie sie gut darin ist, Händel zu schlichten.«

»Sie ist krank gewesen. Ich wollte sie nicht aufregen.«

»Nun, vielleicht könntet Ihr die Schuld auf den Boten schieben, auf diesen …« Er überflog den Brief noch einmal, um sich des Namens zu entsinnen. »… diesen Pio. Sagt doch einfach, Ihr seid sicher, dass er falsch liegt, aber …«

»Nein!«, kreischte ich.

Gideon wirkte einen Augenblick lang erschrocken, doch dann zeigte seine Miene Verständnis. »Aha«, sagte er. »Ihr habt also doch einen Schatz. Ich wusste es.«

»Nein … nein, da irrt Ihr, Gideon. Ich habe keinen Schatz, aber … ich möchte Don Alberto nicht zu Unrecht beschuldigen.« Meine Erklärung war dürftig, doch konnte ich jetzt anfangen, meine Sorge um Don Albertos guten Namen zu erklären? Plötzlich wünschte ich mir von Herzen, Gideon möge nicht erfahren, dass ich die abgelegte Mätresse des unglücklichen Valentino war, die Mutter eines Sohnes, den großzuziehen man mich nicht für würdig hielt. Ich wünschte, er könnte mich in seinem Schmelzofen einschmelzen wie ein schlecht gelungenes Schmuckstück, um etwas Neues daraus zu machen. Ich kämpfte mit mir, ich blinzelte, ich schluckte und presste die Zähne aufeinander, doch ich konnte nicht verhindern, dass Schluchzer mich schüttelten.

Gideon erhob sich von der Werkbank und schloss mich

in die Arme. »Es tut mir so leid«, sagte er. »Was auch immer ich gesagt oder getan habe, das wollte ich nicht. Es tut mir wirklich sehr leid.«

Er musste etwa gleich groß sein wie Cesare, denn sein Schlüsselbein drückte genau so gegen meine Schläfe wie damals Cesares. Aber an meiner Wange spürte ich anstelle von Samt rauen Stoff, übersät mit Wachsflecken. Er roch nach Holzfeuer, Wolle und herbem Wein, nicht nach der dunklen, gefährlichen Verlockung des Jasmin und der Angst anderer Männer. Ein anständiger Kerl, dachte ich, und war gleichzeitig enttäuscht und erleichtert.

»Ist schon gut«, sagte ich und befreite mein Gesicht aus den Falten seiner Tunika. Ich schniefte. Er zog ein fadenscheiniges Taschentuch aus dem Ärmel und reichte es mir. Als ich mich schnäuzte, musste er lachen.

»Jetzt habt Ihr eine vergoldete Nase«, sagte er. Nun lachte ich auch.

»Sagt mir, wird Eure Kleidung kostenlos gewaschen? Schließlich kann man das Gold aus dem Wasser sieben.«

»Die Wäscherinnen reißen sich um meine Hemden. Merkt man das?«

Ich zupfte an dem zerknitterten Ärmel seines Hemdes, das irgendwann einmal weiß gewesen sein musste. Sein Arm war warm, die Muskeln hart und sehnig. Auf Zehenspitzen stehend drückte ich einen Kuss auf seinen breiten Mund mit dem schiefen Lächeln. Er fuhr mit verblüfftem Gesichtsausdruck zurück, und ich schämte mich.

»Ich muss jetzt gehen«, sagte ich. »Ihr habt recht, ich sollte mich einfach an Donna Lucrezia wenden. Sie weiß das zu regeln.« Unser Gespräch war weit genug gegangen, zu weit vielleicht. Ich wollte nicht riskieren, dass die Sprache noch einmal auf Don Alberto Pio kam. Also wandte ich mich zum Gehen.

»Wartet«, sagte er und legte eine Hand auf meinen Arm. Ich erstarrte; das flüchtige Band, das meine Tränen zwischen uns geschmiedet hatten, war nun zerrissen, und seine Vertraulichkeit erschien mir ungebührlich. Er zog die Hand zurück, als hätte er sich verbrannt. »Angelt Ihr?«

»Was?« Seine Frage war so abwegig, dass ich ihn wieder ansah, um herauszufinden, wie er darauf kam.

»Ob Ihr angelt«, sagte er erneut, als sei es das Normalste auf der Welt. Was es in der Welt mancher Menschen natürlich auch war. »Kommt doch am Sonntag mit mir zum Angeln.«

»Am Sonntag muss ich in die Messe.«

»Aber bestimmt nicht den ganzen Tag.«

»Zwei Mal.«

»Gut, dann anschließend.«

»Ich bezweifle, dass Madonna es gestatten würde.« Allerdings wusste ich bereits, während ich es sagte, dass Madonna nichts dagegen haben würde.

»Sie will die fertigen Medaillen sehen. Wenn ich sie morgen vorbeibringe, können wir gemeinsam versuchen, sie zu überreden.«

»Warum gerade angeln? Eine Dame erwartet eher, zur Besichtigung eines Gartens oder zu einer musikalischen Darbietung eingeladen zu werden.«

»Angeln wird für Euch also etwas Neues und Ungewohntes sein. Ich wette, Ser Pio nimmt Euch nicht mit zum Angeln. Besser gesagt, ich würde darauf wetten, wenn ich so etwas täte.«

»Ehrlich gesagt kenne ich Don Alberto Pio kaum.«

Gideon schnaubte skeptisch. »Nun«, sagte er, »geht, ehe es dunkel wird. Wir sehen uns morgen. Und viel Glück.«

»Viel Glück?«

»Mit dem Brief.«

Den hatte ich fast vergessen. Meine Gedanken waren beim Angeln.

Als ich aus der Gasse trat und in Richtung Corte ging, tauchte aus dem Schatten der Arkaden eine Gestalt auf und trat mir in den Weg. Mit seiner tief in die Stirn gezogenen Kappe und dem Umhang, dessen Kragen die untere Hälfte seines Gesichts verdeckte, erkannte ich Ferrante nicht sofort.

»Violante.«

Ich zuckte zusammen. Unwillkürlich fuhr meine Hand an meine Brust, wo ich den Brief wieder verborgen hatte.

»Ich bin es, Ferrante. Keine Angst.« Er zog den Kragen herunter, und ich sah sein ironisches Lächeln, das den besorgten Ausdruck in seinen Augen aber nicht verdecken konnte. »Ich werde Euch zurückbegleiten.«

»Das ist sehr liebenswürdig.« Auf meiner Haut prickelte Schweiß. Vielleicht würde die Tinte verlaufen und von Don Francescos gefährlichen Worten nichts weiter übrig bleiben als ein schwarzer Fleck auf meiner Haut. Ferrante bot mir seinen Arm. Ich nahm ihn.

»Danke, dass Ihr Giulio helft. Er hat so wenig Vertrauen, und Ihr seid sehr freundlich zu ihm gewesen.«

»Ich empfinde mich als seine Freundin.«

»Unter allen Umständen?«

»So möchte ich es gerne sehen.«

»Dann solltet Ihr ihm zurückgeben, was Ihr an Euch genommen habt.«

»Ich? Ich habe nichts an mich genommen.« Meine Stimme

klang gepresst und unnatürlich. Der Brief drückte wie ein Stein auf meine Brust.

»Oh, dann habe ich mich wohl geirrt.« Er sagte es obenhin, im Plauderton, doch gleichzeitig drückte er mit seinem Ellbogen meine Hand so eng an seine Rippen, dass sie wie gefangen war. »Da Ihr ja behauptet, freundschaftliche Gefühle für Giulio zu hegen, gibt es sicher keinen Anlass zur Sorge.«

»Das hoffe ich, Ferrante. Ich hoffe es wirklich.«

Inzwischen hatten wir den Corte fast erreicht, doch Ferrante führte mich am Tor vorbei, und wir gingen entlang der Palastmauern weiter. Die Dämmerung senkte sich über die Piazza, und die abendlichen Einkäufer wurden weniger, die Händler ließen ihre Gitter herunter und begannen, ihr Geld zu zählen.

»Ihr könntet Euch mit uns zusammentun«, sagte Ferrante. Mein verblüfftes Schweigen fasste er als Einladung auf, fortzufahren. »Helft uns, Zugang zu Alfonso und Ippolito zu bekommen, und wir werden Euch Euren Sohn zurückbringen.«

Mein Herz machte einen Satz. »Wie?«

»Wenn die beiden erst … aus dem Weg sind, werde ich Herzog. Wir könnten heiraten. Ich nehme an, ich müsste eine Frau haben, der Form halber. Und was wäre besser für mich als eine Frau, die bereits einen Sohn hat? Ich würde Girolamo als meinen Erben einsetzen. Er könnte der nächste Herzog von Ferrara werden. Denkt darüber nach.«

Ich versuchte, es mir vorzustellen, doch in meinem Kopf wirbelte ein Sandsturm, in dem Formen und Möglichkeiten zwar zu erahnen, aber nicht klar zu erkennen waren. Dann kam mir zu meiner Verblüffung Girolamos Vater zu Hilfe. Ich dachte daran, wie er mir meinen Sohn weggenommen hatte, wie er und Donna Lucrezia ihn nach Carpi verfrachtet hatten, als sei er nichts weiter als ein geschenkter Tragesel oder gezuckerte *cedri*. Wenn ich auf Ferrantes Vorschlag einging, war ich auch nicht besser. Auch ich würde Girolamo dann für meine eigenen Zwecke benutzen. *Folge der Liebe,* hatte Mariam gesagt, und die führt einen manchmal in die genau entgegengesetzte Richtung.

»Nein, Ferrante. Ich mache nicht mit.«

»Habt Ihr den Brief?«

»Ich habe Euch gesagt, dass ich nicht mitmache, und Ihr und Giulio solltet ebenfalls davon Abstand nehmen, ehe noch mehr Schaden entsteht. Ihr streut bloß Salz in eine Wunde.«

Unvermittelt ließ Ferrante meinen Arm los und lehnte sich erschöpft an eine Mauer unter einem der hohen, vergitterten Fenster an der Straßenseite des Corte. »Himmel, ich bin es so leid«, sagte er. »Ich will nicht Herzog werden. Könnt Ihr Euch das vorstellen? Ich will bloß Giulio helfen, und jetzt … nun, alles ist aus den Fugen geraten.«

»Geht eine Weile fort. Reist nach Porretta in die Bäder. Dort gibt es doch Vergnügungen nach Eurem Geschmack, nicht wahr?«

»Ihr versetzt mich immer aufs Neue in Erstaunen, Violante. Woher weiß eine junge Dame wie Ihr, was in Porretta vor sich geht?«

»Don Francesco hat davon erzählt.«

»Vor Euch Damen?«

»Zur … Belustigung der Herzogin.«

Er kicherte. »Ich sage Euch, Violante, Ihr und ich zusammen würden ein weit würdigeres Herzogspaar abgeben als Alfonso und seine Gemahlin – der eine verbringt ganze Tage im Freudenhaus, die andere lässt sich mit Geschichten aus den Bädern von Porretta erregen.«

»Nie wieder ein Wort darüber, Ferrante. Geht fort, und sagt Giulio, er soll ebenfalls gehen.« Ich machte kehrt und ließ ihn stehen.

»Was werdet Ihr tun?«, rief er mir hinterher, doch ich tat, als hätte ich nichts gehört.

*

Nachdem Donna Lucrezia den Brief gelesen hatte, schwieg sie lange Zeit. Dann las sie ihn noch einmal. Sie war zwar blass, doch ich fürchtete nicht um ihre Gesundheit, denn gleichzeitig nahmen ihre Züge den scharfsinnigen, entschlossenen und berechnenden Ausdruck an, der ihr Gesicht schmaler und feiner wirken ließ, sodass es mich an ihren Bruder erinnerte.

»Lasst uns allein«, wies sie ihre Damen an. Angela zögerte. »Ihr auch«, sagte Madonna, woraufhin Angela die Spielkarten in ihrer Hand auf den Tisch donnerte. Im Weggehen warf sie mir über die Schulter einen giftigen Blick zu.

»Seht aus dem Fenster!«, befahl mir Madonna. »Seht nach, ob irgendwo in Hörweite Läden offen stehen, und vergewissert Euch, dass sich niemand im Schlossgraben befindet. Man hat ihn heute ausgebaggert.« Der Graben wurde in jedem Frühjahr ausgebaggert, damit er immer gleich tief und das Wasser sauber blieb, sonst hätte er bei Hitze zu sehr gestunken.

»Ihr müsst mir alles erzählen, was Ihr darüber wisst«, sagte Madonna, während ich die Fensterläden schloss. Eine Vorsichtsmaßnahme, obwohl ich keine Spitzel hatte entdecken können.

Ich erzählte ihr, wie ich den Brief entdeckt hatte, und von jenem Besuch bei Giulio, als ich Alberto Pio bei ihm angetroffen hatte, und alles andere, was mir dazu einfiel. Meinen Besuch bei Gideon d'Arzenta erwähnte ich allerdings nicht, ebenso wenig wie mein Gespräch mit Ferrante.

»Nun, mit Pio ist leicht zurechtzukommen«, sagte sie, als ich geendet hatte. »Schickt einen Sklaven los, der ihn rufen soll.« Zwar war Girolamo mit seiner Amme nach Carpi geschickt worden, doch Don Alberto war in Ferrara geblieben. Die Gründe dafür lagen nun auf der Hand. »Dann geht und holt die Briefe meines Bruders. Ihr wisst, wo ich sie aufbewahre.« Sie löste den Schlüssel zu ihrem Sekretär vom Gürtel und reichte ihn mir.

Als ich mit der Ledermappe zurückkam – so schmal, dass man sie unter dem doppelten Boden des Sekretärs nie bemerkt hätte, wenn man ihr Versteck nicht kannte –, stand Don Alberto bereits vor Madonna und starrte sie an wie das Kaninchen die Schlange. Don Francescos Brief lag auf ihrem Kartentisch, achtlos zwischen die abgelegten *cacho*-Spielkarten und die kleinen Münzen geworfen. Jedes Mal, wenn sie den Blick darauf richtete, wanderten Don Albertos Augen in die gleiche Richtung, hin zu seinem Namen, der darauf stand wie auf einem Steckbrief.

»Danke, Violante«, sagte sie, als ich ihr die Mappe reichte, und öffnete sie mit großem Gestus. »Ich dachte, es würde Euch interessieren, Don Alberto, dass ich von meinem Bruder ausgezeichnete Neuigkeiten habe.« Sie zog ein Pergament heraus und wedelte damit vor seiner Nase herum. Cesares Monogramm und seine eigenhändige Unterschrift waren deutlich zu erkennen. Im Gegensatz zum Datum des Briefes. Don Alberto nickte, schluckte schwer und wurde, wie mir schien, fast grün im Gesicht. Er versuchte zu lächeln, doch es misslang.

»Ja«, fuhr Madonna fort. »Er schreibt, dass er glaubt, die Anklagen gegen ihn würden fallen gelassen, da es keine Beweise gibt. Und dass König Ferdinand ihn freilassen wird. Er hofft«, fügte sie hinzu, vielleicht im Glauben, sie könne es wahr machen, indem sie es aussprach, »Weihnachten in Ferrara bei seiner Familie zu feiern. Seine Familie ist ihm sehr wichtig, Don Alberto, sie und alle, die uns treulich dienen.«

»Ich empfinde es als eine Ehre, in Diensten Eures edlen Bruders zu stehen, Herzogin.«

»Ach, wirklich, Don Alberto? Meint Ihr denn, Ihr seid Don Girolamo ein bestmögliches Vorbild? Wird mein Bruder die Erziehung, die Ihr seinem Sohn angedeihen lasst, billigen, wenn er ihn demnächst besucht?«

Don Girolamo, dachte ich, mein Kind, erschaffen aus zwei ganz verschiedenen Träumen.

»Ihr selbst habt seine Betreuer ausgewählt, Madonna.« Offenbar meinte Don Alberto, sich hinter rechtschaffener Empörung verschanzen zu können.

»Ja«, sagte Donna Lucrezia mit einer Stimme, die geeignet schien, ein Muster in eine Schwertklinge zu ätzen, »und ich habe Euch ausgewählt. Doch nur, weil ich Euch diese Gunst erwiesen habe und Euer Cousin mit meiner Cousine verheiratet ist, habt Ihr noch lange kein Recht, Euch in meine Angelegenheiten zu mischen.«

»Madonna, ich …«

»Unterbrecht mich nicht, Don Alberto. Und wenn Euch Euer nicht unschöner Kopf etwas wert ist, so benutzt das Gehirn, das Gott dort hineingesetzt hat, um Euch darüber klarzuwerden, auf welcher Seite Euer Brot gebuttert ist. Habe ich mich Euch verständlich machen können?«

Er vollführte eine Kombination von Nicken und Verbeugung.

»Gut. Dann würde ich vorschlagen, Ihr kehrt schnellstmöglich nach Carpi zurück und kümmert Euch um meinen Neffen, sonst muss ich mit meinem Bruder über seine weitere Zukunft sprechen. Und natürlich mit meinem Gemahl.«

Don Alberto verbeugte sich erneut und verließ unsicheren Schrittes den Raum.

»Wein«, sagte Madonna zu mir, »und nehmt Euch auch einen Becher. Ich kann mir vorstellen, dass das nicht einfach für Euch war. Immerhin«, fuhr sie fort, ehe ich antworten konnte, »haben wir vielleicht zwei Fliegen mit einer Klappe geschlagen, wenn er Giulio und Ferrante warnt, sie seien entdeckt. Alfonso möchte ich lieber nicht hineinziehen.« Das wollte ich ebenfalls vermeiden, und so betete ich, Giulio und Ferrante würden auf Don Alberto hören, wenn schon nicht auf mich. Eine kurze Weile tranken wir unseren Wein schweigend, dann stieß sie einen tiefen Seufzer aus.

»Mein Gott, er fehlt mir so.«

»Er kommt bald zurück, ganz bestimmt, Madonna. Schließlich ist er nur nach Venedig gereist.« Und Ihr habt Don Francesco, fügte ich im Stillen hinzu.

»Ich meine Cesare, Violante. Gäbe Gott, er wäre nur in Venedig. Und es wäre wahr, was ich zu Don Alberto gesagt habe. Wisst Ihr, wenn ich nicht wenigstens mit Euch sprechen könnte, würde ich wahrscheinlich verrückt vor Sorge.«

»Ihr ehrt mich, Madonna.«

»Nein, das tue ich nicht. Es ist einfach nur so, dass uns … die gleiche Sorge quält.«

Ich brachte kein Wort heraus, doch Madonna schien zufrieden.

»Natürlich sind wir als Kinder nicht zusammen aufgewachsen. Ich wohnte, wie Ihr wisst, bei Tante Adriana, und die Jungen hatten unter Kardinal Vera ihren eigenen Hofstaat. Aber die heißesten Wochen des Sommers verbrachten wir meist alle zusammen auf dem Bauernhof meiner Mutter bei Caprarola. In einem dieser Jahre wurde ein Kalb mit zwei Köpfen und sechs Beinen geboren. Erstaunlicherweise starben weder das Kalb noch seine Mutter dabei, also ließ der Mann, der den Hof führte, es einfach leben.«

Der Verstand drängte mich zu fragen, warum sie angefangen hatte, mir das zu erzählen, aber mein Instinkt riet mir, den Mund zu halten und weiter zuzuhören.

»Anfangs stand das Kalb auf einem Feld in der Nähe des Hauses, aber da Juan es immer mit Steinen bewarf, brachte der Hirte es in einen Stall außerhalb des Dorfes. Das war ohnehin besser, denn es machte die Menschen nervös, schließlich war sechs die Zahl des Teufels. Sie gaben dem Kalb die Schuld an den schweren Stürmen, die in diesem Sommer tobten, und als wie jedes Jahr der jüdische Kesselflicker kam, jagten ihn die Dorfbewohner mit Steinwürfen die Hauptstraße hinunter und weigerten sich, ihm etwas abzukaufen.«

Ich dachte schon, sie hätte mich vielleicht vergessen, doch dann sagte sie plötzlich mit einem boshaften Lächeln: »Cesare versuchte, sie zur Vernunft zu bringen. Er glaube nicht, dass der Teufel die Gestalt eines jüdischen Kesselflickers wählen würde, sagte er, denn dadurch wäre er Gott zu ähnlich, der die Gestalt eines jüdischen Tischlers gewählt hatte. Der Teufel, so meinte er, sei einfallsreicher. Natürlich verstand niemand seinen Scherz, und eine Weile sah es so aus, als würden sie auch ihn steinigen. Seine Laufbahn als Handlanger des Teufels hat früh begonnen, wie Ihr seht.«

»Wie alt wart Ihr damals?«, wagte ich zu fragen.

»Lasst mich überlegen … er muss zwölf gewesen sein, denn es war der vorletzte Sommer, bevor er nach Perugia ging. Dann war ich also sieben.«

»Und was geschah mit dem Kalb?«

»Es starb irgendwann. Der Kuhhirte gelangte nach und nach zu der Überzeugung, dass zwei Kälber daraus erwüchsen. So beschloss er eines Tages, es entzweizuschneiden. Wir gingen zusehen. Das heißt, Cesare und Juan durften hingehen, Jofré und ich nicht. Aber ich brachte Cesare dazu, mich während der Siestastunde, als Mama und meine Amme schliefen, aus dem Haus zu schmuggeln. Das machten wir immer so, aus dem Fenster hinaus und von der Loggia die Hintertreppe hinunter.«

Wo war er geblieben, fragte ich mich, der barfüßige Wildfang, der aus Fenstern kletterte, um mit seinen Brüdern Abenteuer zu erleben, die Röcke bis zu den knochigen Knien geschürzt und Grassamen im Haar? Wenn man die Schichten von Gepränge und edlen Kostümen abtrug, das Bleiweiß und das Karminrot, die Narben auf ihrem Herzen und die Falten in ihrem Gesicht, die sie älter aussehen ließen als die fünfundzwanzig Jahre, die sie zählte – wäre dieses Mädchen dann noch vorhanden?

»Ziemlich viele Leute sahen zu, aber man erkannte uns und ließ uns nach vorn, obgleich ich, das kann ich Euch versichern, etliche missbilligende Blicke erntete. Wahrscheinlich galten sie eigentlich den Jungen, die mich mitgenommen hatten, doch Juan entwaffnete sie alle mit seinem Lächeln, und Cesare ist es immer irgendwie gelungen, Blicke von sich abzuwenden, als trüge er einen Panzer. Das Kalb wurde mit einem Gurt unter das Dach des Kuhstalls gehängt. Es muhte aus einem seiner Mäuler, und ein Augenpaar war weit aufgerissen. Der andere Kopf war ziemlich verwachsen und hatte blaue, trübe Augen. Er glich eher einem großen gefährlichen Karbunkel. Der Hirte hatte einen kleinen Schlegel, mit dem er das Kalb betäuben wollte. Juan versuchte, ihn davon abzubringen. Ich war zunächst auch seiner Meinung, doch dann sagte Cesare zwei Dinge. Erstens, dass der Schlegel die Gedanken des Kuhhirten verrate. Wenn er es für nötig hielt, das Tier vor dem Auseinanderschneiden zu betäuben, wusste er wohl schon, dass es leiden und wahrscheinlich sterben würde. Und dann riet er mir, dem Kalb in die Augen zu sehen. Wenn ich das gründlich genug täte, hätte ich alles gesehen, was ich sehen musste. Jetzt erst, nachdem er nach Spanien gebracht wurde, habe ich begriffen, was er damals meinte.«

Wir sind nicht wie das Kalb in Caprarola. Wir werden nicht sterben.

»Das ist ein weiterer Leitspruch, den er mir vermacht hat. Für mein ganzes Leben.« Jetzt war ich sicher, dass sie meine Anwesenheit vergessen hatte und mit sich selbst sprach, etwas ins Licht hielt, das sie sich lange Zeit nicht mehr angesehen hatte. »Ich habe das Gefühl, in meinem Kopf waren schon bei meiner Geburt Gedanken, die von ihm stammten, die er in der Gebärmutter hinterlassen hat, damit ich sie in mich aufnehme.« Ein Wechselbalg, glaubte ihre Mutter. Ein *Dibbuk*. Wie ich.

*

Madonnas Unterredung mit Don Alberto hatte ihren Zweck offenbar erfüllt. Er traf bereits am folgenden Tag in Carpi ein. Der Herzog kehrte am Samstag unerwartet aus Venedig zurück, wirkte jedoch entspannt und reiste am Sonntagmorgen bereits wieder ab, zum Jahrmarkt in Lanciano. Er genoss die Jahrmarktszeit, gab sie ihm doch Gelegenheit, seiner Leidenschaft für Huren, Wein und Prügeleien in Tavernen zu frönen.

In dem Tumult, der durch seine Abreise entstand, war es mir ein Leichtes, mich zu meiner Verabredung mit Gideon davonzustehlen. Ich traf ihn an der Porta Mare, die ich zuletzt mit Angela auf dem Weg nach Medelana passiert hatte.

Gideon war dank seiner stattlichen Größe leicht zu entdecken. Er trug einen weichen Hut mit breiter Krempe, der über den Köpfen der Leute tanzte, als er sich zu mir durchkämpfte. Sein Hutband zierten zahllose winzige, farbenprächtige Federn. Ich musste an Darstellungen der Einwohner von Neuspanien denken – oder kommt mir dieser Gedanke erst jetzt? Über die Schulter hatte er die Angelruten geworfen, doch offenbar vergaß er das immer wieder, denn sie verhakten sich ständig in irgendwelcher Leute Kleider oder Waden, darum begleitete ein Chor ungehaltener Rufe seinen Weg. Als er schließlich bei mir war, konnte ich kaum mehr an mich halten vor Lachen.

»Was für ein Zirkus«, sagte er statt einer Begrüßung.

»So geht es hier immer zu.«

»Ich hätte Euch gern mit in den Norden der Stadt genommen. Dort lässt sich besser angeln, aber das Land gehört samt und sonders dem Herzog. Nun müssen wir leider ein Stückchen laufen.« Er nahm mich beim Ellbogen und steuerte mit mir durch das Tor auf den Anlegeplatz zu, wo Glockengeläut und laute Stimmen sich mit dem Klirren der Takelagen und der Münzen auf den Tischen der Großhändler und

Steuereintreiber mischten. Es stank unerträglich nach Fisch und Teer.

Wir kamen am privaten Anlegesteg des Herzogs vorbei, der nun, da er den *bucintoro* mit nach Venedig genommen hatte, verlassen dalag. Die Schiffstaue waren sorgfältig zusammengerollt, und die Fahne der Este hing schlaff in der feuchten Luft. »Erzählt mir von Giulio d'Este«, sagte Gideon.

»Warum?«

»Er hat nach mir schicken lassen. Sagt, er habe die Medaille gesehen, die ich für die Herzogin angefertigt habe, und möchte mir ebenfalls einen Auftrag erteilen.«

»Darum bin ich also hier.« Ich entwand mich seinem Griff und lief ein Stück voraus. Er tat nichts, um die Entfernung zwischen uns wieder zu verringern, sondern hob nur ein wenig die Stimme, die nun klang wie die eines schlechten Schauspielers, der auch im letzten Winkel des Saales gehört werden möchte.

»Denkt einen Augenblick nach, ehe Ihr auf Euer hohes Ross steigt, Violante. Als ich Euch einlud, mit mir Angeln zu gehen, hatte noch niemand die fertigen Medaillen zu Gesicht bekommen, nicht einmal die Herzogin. Das war alles erst gestern.«

Natürlich. Was war bloß los mit mir? War mein Verstand mit meinem Sohn nach Carpi entschwunden? Oder noch weiter weg, mit meinem ehemaligen Liebhaber?

»Hier. Hier ist es gut.« Dort, wo der Fluss schmaler wurde, blieb er stehen. Weidenzweige in frischem Grün hingen über dem Wasser, die weiße Rinde und silbrige Blattlanzetten spiegelten sich auf der Oberfläche. Nachdem er den Korb abgestellt hatte, legte er seine Angelruten auf einen grauen

Streifen Sand, der wie der abgeschnittene Fingernagel eines Riesen aussah. Ich stand unschlüssig auf der grasbewachsenen Hangkante und überlegte, was sich wohl leichter aus meinem Rock würde waschen lassen, Grasflecken oder Flussschlamm. Da das Wetter für Wollkleider zu warm war, trug ich Seide. Es war zwar nur mein zweitbestes Kleid, doch mir gefiel die tiefblaue Farbe mit den von mir eigenhändig aufgestickten *millefiori* sehr gut. Wie auf ein Stichwort hin holte Gideon aus seinem Korb eine Decke hervor und breitete sie zu meinen Füßen aus.

»Setzt Euch«, sagte er, um dann in den Tiefen des Korbes herumzukramen, aus dem er erst ein Sortiment geheimnisvoller kleiner Dosen und dann genug Essen zutage förderte, um die gesamte Mannschaft eines Schiffskutters zu verköstigen. Feine weiße Brötchen, frische Käse, Früchte und Salate gesellten sich auf der Decke zueinander, ganz, als hätte er ein Füllhorn ausgeschüttet. »Ich wusste ja nicht, was Ihr gerne esst«, sagte er. »Also habe ich von allem etwas dabei.«

»Das sehe ich.« Ich versuchte, Anerkennung in meine Worte zu legen, doch ich hatte ein schlechtes Gewissen. Diese Schätze mussten ihn weit mehr gekostet haben, als er sich leisten konnte, selbst angesichts der Aussicht auf einen Auftrag von Giulio.

»Aber für Eure Mahlzeit müsst Ihr auch ein bisschen arbeiten.« Er ging in die Hocke, öffnete eine der Dosen und zog ein Kügelchen Bleischrot heraus. Aus einer anderen Dose kam ein kleiner, wie sein Hut mit winzigen Federn besetzter Haken zum Vorschein. Erstere band er an die eine Angelschnur, Letzteren an die andere. Dann trat er ganz nah ans Wasser und bat mich, genau zuzusehen, wie man die Angel auswarf.

Ich bemühte mich, seinen Erklärungen zu folgen, mir zu merken, in welchem Winkel die Angel ausgeworfen werden musste, damit die Schnur gerade war, und unzählige andere Einzelheiten der Angelkunst, doch meine widerspenstigen Sinne nahmen einzig und allein ihn wahr. Seine schlaksige Gestalt, die im Glitzern des Flusses wie von einem Heiligenschein umflossen schien, die unerwartete Anmut seiner Bewegungen, seine Kopfhaltung, die Konzentration verriet, seine alberne, unverstellte Freude über jeden kleinsten Fang. Kein Wunder, dass ich mich als schlechte Schülerin erwies. Meine Schnur verfing sich, meine Würfe gerieten zu kurz, und als ich dann glaubte, es habe ein Fisch angebissen, war es ein versunkenes Boot.

»Das bringt uns nicht viel«, kommentierte Gideon. »Außer, wir finden auch noch den Maat.«

Inzwischen war mein Gesicht gerötet, ich schwitzte und war viel zu wütend, um seine launigen Bemerkungen würdigen zu können. Ich warf meine Angel zu Boden, setzte mich auf die Decke und schmollte. Mein Korsett scheuerte mir die Haut wund, meine Kopfhaut kribbelte unter der Haube vor Schweiß. Beim Anblick des Flusses, der sich behäbig dahinschlängelte, der silbrigen Fische, die Fliegen schnappend emporsprangen, der flachen, weiten Bahnen der Schwalben und Mauersegler empfand ich den brennenden Wunsch zu schwimmen, um Teil der Natur zu sein. Hier galten andere Gesetze, einfache Bedürfnisse. Ob ich wenigstens meine Haube absetzen und Schuhe und Strümpfe abstreifen konnte, um meine Füße im Wasser zu kühlen? Da ich Gideon in die Angelei vertieft glaubte, raffte ich unbekümmert meine Röcke bis zum Knie, um die Strümpfe leichter ausziehen zu können. Doch eine plötzliche Stille, als hätte alle Welt die Luft angehalten, ließ mich aufblicken. Da bemerkte ich, dass er mir zugesehen hatte. Trotz meiner offenen Haare und meiner nackten Waden wurde mir jetzt noch heißer als zuvor.

Gideon legte seine Angelrute beiseite und kam zu mir. Er hatte sein Wams ausgezogen, und sein Hemd war so fadenscheinig, dass durch den Stoff die dunklen Kreise seiner Brustwarzen und das Brusthaar deutlich zu erkennen waren. Auch den Kragen hatte er geöffnet; an seinem Hals baumelte eine Kette mit einem goldenen Schmuckstück. Ich hätte mich bedecken müssen, aber meine Arme schienen in der Schwüle so schwer geworden, dass ich sie nicht mehr heben konnte. Als er sich vor mich hinkniete, glich sein von dunklen Locken umspieltes Gesicht dem eines zerzausten Engels. Doch Männerkörper sind nicht schwer zu durchschauen, und so war eindeutig, dass er sehr menschliche Absichten verfolgte. Er streckte die Hand aus, streifte mit den Fingerspitzen die Innenseite meines Knies und fasste dann den Saum meines Rockes, um ihn bis zu den Knöcheln herunterzuziehen.

»Man weiß nie«, sagte er, »wer hier vorbeikommt.«

Ich fühlte mich schmutzig und schämte mich, und einen Augenblick lang meinte ich zu sehen, wie Cesare in seiner Burg in Spanien über mich lachte. Du hast mich gemacht, blaffte ich ihm innerlich zu, obwohl ich im selben Moment wusste, dass er »Wir machen uns selbst« erwidern würde.

»Es ist so heiß.«

Gideon besaß den Anstand, meine lahme Entschuldigung zu übergehen. »Essen wir etwas«, sagte er, »bevor es noch heißer wird.« Er kniete sich auf die Decke, krempelte die Ärmel hoch und reichte mir einen Kanten Brot, auf dem sich Käse und Oliven türmten. »Leider nicht so vornehm wie an der herzoglichen Tafel.« Seine Hand zitterte.

*

Als wir unser Mahl beendet hatten, lagen wir Seite an Seite auf der mit Krümeln übersäten Decke. Mit geschlossenen Augen lauschten wir dem Murmeln des Flusses und dem gelegentlichen Platschen der Fische in Gideons Kescher. Nach einer kurzen Weile spürte ich, wie Gideon mit dem Handrücken über den meinen strich, sanft wie ein Lufthauch und nicht wie eine Hand aus Fleisch und Knochen.

»Violante?«

»Ja?«

»Wie lautet Euer richtiger Name?«

Eingehüllt in mein Gefühl, allein zu sein, hatte ich nichts dagegen, ihn ihm zu verraten, denn es war mir, als würde ich ihn nur für mich selbst aussprechen. Doch als mein richtiger Name in mein Bewusstsein drang, zweifelte ich plötzlich, ob ich ihn über die Lippen brächte.

»Ich möchte ihn gerne wissen«, beharrte er, als er mein Zögern bemerkte.

»Warum?«

»Weil Violante ein grausamer Spitzname ist. Es tut mir weh, ihn zu benutzen.«

»Das ist bloß ironisch gemeint, Gideon.« Doch das stimmte nicht, damals hatte er der Wahrheit entsprochen, und meine inkonsequente Haltung, als ich aus Koketterie versäumt hatte, der Einladung zu dem Rennen nachzukommen, war mir inzwischen vielfach heimgezahlt worden. Künftig würde ich keine Versprechen mehr brechen. »Esther«, sagte ich. »Mein Name ist Esther Sarfati.«

»Seht Ihr?« Er schlang die Finger um meine Hand. »War doch gar nicht so schwer, oder?«

Mit einem Mal wurde das Licht schwächer, und ich schlug die Augen auf. Gideon hatte sich auf die Seite gedreht und sah mich an, das Kinn auf die zur Faust geballte Linke gestützt. Sonnenflecken tanzten um ihn, sodass ich sein Gesicht kaum erkennen konnte. »Willst du mich heiraten, Esther Sarfati?«, fragte er.

Seine Frage erschien mir so albern, dass ich lachen musste. »Du willst mich doch gar nicht heiraten, Gideon.« Ich konnte mich nicht einmal der Form halber bei ihm bedanken oder ihm sagen, ich fühlte mich geehrt. »Du kennst mich ja kaum.«

»Du bist klug und schön, und mit dir zusammen zu sein, erfüllt mein Herz mit Freude.«

»Ich habe kein Geld, weißt du, und keine Familie.«

»Wenn ich Wert auf eine Mitgift legen würde, hätte ich mich zuerst an die Herzogin gewandt.« Das hätte er wohl wirklich, dachte ich und kniff die Augen zusammen, um ihn im Gegenlicht sehen zu können. Weniger Ahnung davon, wie es bei Hofe zugeht, hatte wohl kein Mensch in Italien. Wahrscheinlich brauchte er eine Frau wie mich, um ihn vor sich selbst zu schützen.

»Ich kann meinen Lebensunterhalt verdienen, und deinen auch«, fuhr er fort. »Du bist doch kein leichtfertiges Mädchen, oder?«

Ich schüttelte den Kopf. »Ich bin überhaupt kein Mädchen mehr.« Damals war ich zwanzig Jahre alt. Und kam mir manchmal vor wie neunzig.

»Sei wenigstens so liebenswürdig, meinen Antrag zu überdenken.«

»Indem ich ihn ablehne, erweise ich dir die größere Gefälligkeit. Glaub mir, Gideon, ich bin nicht, was du brauchst.«

»Das sagst du zwar, aber du bringst mir keine Beweise dafür. Ohne Beweise kann ich nicht glauben, dass es so ein schrecklicher Fehler wäre, dich zu heiraten. Wir leben in einem Zeitalter der Wissenschaft, Esther. Wissen ist das, was zählt. Erzähl mir mehr von dir. Begründe deine Behauptung.«

Hätte ich ihm von Cesare und Girolamo erzählt, wäre sein Interesse an mir gewiss erloschen. Ich öffnete die Augen und sah ihn an, als könnte ich in seinem Gesicht lesen, welche Art Wissen ihn zufriedenstellen würde. Hinter seinem Kopf zog eine Wolke vorbei. Sie erinnerte mich in der Form an eine weibliche Brust. »Nun gut«, sagte ich schließlich. »Ich weiß etwas. Don Cristoforo Colón hat einst an Isabella die Katholische geschrieben, seine Reisen hätten ihn zu dem Schluss gebracht, die Erde habe die Form einer weiblichen Brust.«

Gideon blieb unbeeindruckt. »Das ist erstens kein Geheimnis und verrät zweitens nichts über dich.«

»Es ist ein Geheimnis, das versichere ich dir. Ich glaube nicht, dass die Inquisition sich darüber freuen würde, wenn dergleichen bekannt oder geglaubt würde. Und ich weiß es aus einer Quelle, die sehr gut darin ist, Geheimnisse zu lüften. Da es meine Quelle ist, ist es auch mein Geheimnis.«

»Das ist allerdings ein Argument, aber kein unwiderlegbares.«

»Ist nicht jedes Argument widerlegbar? Jetzt bist du dran. Was hast du mir über dich zu sagen?«

Er setzte sich auf, nahm die Goldkette von seinem Hals und legte sie mir in die Hand. Das Schmuckstück fühlte sich wie ein lebendiges Wesen an. Es bestand aus drei konzentrischen Kreisen mit einem Dreieck in der Mitte, verbunden durch Gebilde, die ich als hebräische Schriftzeichen erkannte. »Das ist mein Geheimnis«, sagte er in einem Ton, der deutlich machte, dass er mir etwas offenbarte, was ihm äußerst wichtig war.

»Was ist das?« Ich kam mir dumm und fast wie eine Lügnerin vor, weil ich ihn mit Cesares hübscher und wahrscheinlich unwahrer Anekdote abgespeist hatte.

»Es ist das Symbol für Wissen. Besonderes Wissen, das nur jenen gewährt wird, die Ohren haben zu hören und Augen zu sehen.«

Ein Riegel wurde zurückgeschoben, eine Tür öffnete sich zu meiner Erinnerung an ernst dreinblickende Männer, die meinen Vater in den Monaten vor seiner Abreise öfter in unserem Haus in Toledo besuchen kamen. Mir war, als hätte ich einige von ihnen in Rom wiedergesehen. Mein Vater verbot uns Kindern kaum etwas, doch wenn diese Männer zu uns kamen, wurde ich immer in mein Zimmer verbannt. Einer der Herren, meinte ich mich zu erinnern, stammte aus Cordoba.

»Hat es etwas mit dem Cordobaner zu tun?«

»Pst.« Er legte die Kette wieder an. »Erwähne ihn nicht. Vielleicht vergisst du überhaupt am besten, dass ich dir das Symbol gezeigt habe.«

»Aber warum hast du es mir dann gezeigt?«

»Weil ich dachte … es könnte dir bekannt sein.«

Ich schüttelte den Kopf. »Die Schrift ist hebräisch, nicht wahr? Wie viele Frauen kennst du, die Hebräisch lesen können? Mein Vater war zwar ein Bildungsbürger, aber gewisse Grenzen gab es trotzdem.«

»Die Schriftzeichen selbst sind weniger von Bedeutung als

ihre Anordnung und das, wofür sie stehen. Sie zeigen das Universum. Die Buchstaben in der Mitte bezeichnen den Unnennbaren, das ist der Grund, warum ich das Schmuckstück verberge.«

»Aber mir hast du es trotzdem enthüllt?«

»Ich möchte, dass du verstehst. Dass ich nicht bloß der bin, der ich zu sein scheine.«

Das war etwas, das ich sehr gut verstand.

»Ebenso wenig wie du, nehme ich an«, fuhr er fort. »Aber dies hier«, er hob das Schmuckstück von seinem Hals und streckte es mir entgegen, »lehrt uns, dass eine Zeit kommen wird, in der wir wir selbst sein können. Dann werden wir keine Maske mehr tragen müssen und können unsere wahren Fähigkeiten offenbaren.«

Ich setzte mich auf, plötzlich schreckerfüllt. »Gideon, sprichst du etwa von Rebellion? Denn davon, ich warne dich, will ich nichts hören. Was auch immer du von meiner Stellung hältst, Donna Lucrezia ist gut zu mir gewesen. Außerdem weiß ich ja nicht, wie die Dinge in Mantua liegen, in Ferrara jedenfalls behandelt man die Juden anständig. Wozu die Pferde scheu machen?«

»Ach, Esther. Du findest, die Juden werden gut behandelt? Selbst in unserem eigenen Land Israel sind wir verfemt. Wir müssen vor dem christlichen Papst ebenso die Knie beugen wie vor dem Sultan. Wir werden von Pontius zu Pilatus gehetzt, in die ältesten und heruntergekommensten Häuser gepfercht, öffentliche Ämter sind uns verwehrt und an allem, von der Pest bis zu Missernten, gibt man uns die Schuld.« Sogar an missgebildeten Kälbern, dachte ich, schwieg aber und ließ ihn seinen Gedanken zu Ende führen. »Das nennst du anständig behandeln? Ich sage dir, wenn Gott den rechten

Zeitpunkt für gekommen hält und den Messias schickt, wird sich einiges ändern.«

»Tja, ich werde dann wahrscheinlich zusammen mit den Christen und Muselmanen in Flammen aufgehen.«

»Sei nicht so schnippisch«, sagte er sanft. »Ich habe mich nicht klar ausgedrückt. Natürlich weiß ich, dass messianisches Gerede lächerlich ist. Der Messias ist kein Mensch, noch nicht einmal ein Gott in Menschengestalt. Der Messias ist ein Bewusstseinszustand, eine Bereitschaft, eine Offenheit. Was der Cordobaner uns lehrt, ist, nach günstigen Gelegenheiten Ausschau zu halten und zuzugreifen, wenn sie sich bieten. Das ist es, was ich dir biete, Esther, eine günstige Gelegenheit.«

»Zu was? Dich zu heiraten und eine gute jüdische Ehefrau mit zwei Kochtopfgarnituren und einer *Mesusa* an jedem Türpfosten zu werden? Oder mich gegen meine Herzogin zu wenden? Sie ist, trotz all ihrer Sünden, meine Mutter in Christus, Gideon. Sie und ihre Familie haben mir mehr gegeben, als meine eigene es je getan hat.« Ich setzte mich auf die Knie und begann, die Überreste unseres Mahls in den Korb zu packen. Dabei zerquetschte ich Käse und Früchte, anstatt meinen Zorn an Gideon auszulassen, wozu ich größte Lust hatte. »Und jetzt möchte ich nach Hause.«

»Euer Wunsch ist mir Befehl, werte Dame«, sagte er, schaukelte sich in die Hocke und sprang dann auf die Füße, um sich tief zu verbeugen.

»Hör auf damit!« Ich versuchte, den Korb zu schließen, aber es gelang mir nicht, den Deckel herunterzudrücken. Als ich an dem Knebel zerrte, erreichte ich damit nur, dass er abriss. Da ich wie vor Schüttelfrost zitterte, fürchtete ich, tatsächlich Fieber zu bekommen. Gideon nahm mir den Korb aus den Händen und schaffte es mit ein paar geschickten Handgriffen, den Verschluss wieder anzubringen. Er bot mir seinen Arm, doch ich stand ohne seine Hilfe auf und marschierte in Richtung Stadt los, ohne zu warten, bis er seine Angelruten eingesammelt und seinen Kescher aus dem Wasser geholt hatte. Schweigend gingen wir auf den verlassenen Kai zu, vorbei am Anlegesteg des Herzogs, vorbei an Möwen, die auf Pollern hockten, und Schauermännern, die im Schatten der Lagerhäuser den Nachmittag verschliefen.

Erst als wir schon fast in Sichtweite der Porta Mare waren, merkte ich, dass Gideon überhaupt keinen Fisch dabei hatte, und brach die explosive Stille zwischen uns mit der Frage, was mit seinem Fang geschehen sei.

Er zuckte mit den Schultern. »Ich musste sie zurücklassen. Du hast mir keine Zeit gegeben, sie zu betäuben und mitzunehmen.«

»So eine Verschwendung.«

»Das sehe ich anders.«

4

Ferrara, zu Fronleichnam 1506

Wir haben einander nie etwas verheimlicht. Das ist unsere unvergleichliche Stärke, denn wir beide mussten Meister der Vertuschung von Wahrheiten sein.

Es dauerte einige Monate, bis ich Gideon wiedersah. Unser Leben in den herzoglichen Gemächern des Corte nahm einen ruhigen Verlauf, doch nun im Rückblick wird mir klar, dass unser friedlicher Alltag der ruhigen Oberfläche eines Meeres glich, unter der heftige Strömungen tosten.

Madonna verbrachte mittlerweile einen Großteil ihrer Zeit in Gesellschaft Ippolitos, denn sie teilten sich die Regierungsgeschäfte, solange der Herzog abwesend war. Häufig nahm auch der kleine Giovanni daran teil, dem man erlaubt hatte, in Ferrara zu bleiben. Doch meist wirkte er dabei eher gelangweilt und störte gern das Geschehen, indem er sein Spielzeug umherwarf oder ungeduldig nörgelte. Madonna vergalt es ihm lächelnd mit unendlicher Langmut. Was immer Ippolito darüber dachte, behielt er für sich.

Er und Donna Lucrezia arbeiteten nicht nur zusammen, empfingen Gesandte, hielten Hof und begutachteten die Wehranlagen der Stadt, sondern speisten auch oft gemeinsam. Dabei amüsierten sie sich über die Briefe des Herzogs, in denen er auch mit den rüdesten Einzelheiten von seinen Abenteuern an der Adria mit zwei venezianischen Schiffskapitänen berichtete, die er in Lanciano aufgelesen hatte. Und sie planten die Feierlichkeiten zu Fronleichnam. Auch Angela blieb stets in Ippolitos Nähe, nun, wo sie ihren Mann sicher im Haus seiner Mutter in Sassuolo und ihre Tochter nach wie vor auf dem Land wusste.

Mein Anteil am Hofleben war weniger auffällig, und das hatte seinen Grund, denn ich beförderte weiterhin Madonnas Briefe an und von Don Francesco und traf mich zu diesem Zweck mit Ercole Strozzi. Da es denn sonst niemand tat, erwartete Madonna von mir, dass ich mir ihre Pläne für Cesares Freilassung anhörte. Sie richtete leidenschaftliche Appelle an König Ferdinand und berief sich dabei auf ihre gemeinsame Verwandtschaft, von der jeder außer den Borgia selbst wusste, dass sie bloße Einbildung war. Sie schrieb sogar an Papst Julius, der zweifellos jeden Tag darum betete, die Kerkerhaft möge von Valentino ihren Tribut fordern und ihm ein frühes Grab bereiten. Er war nun seit zwei Jahren in Haft, und immer noch stand nicht fest, wann er für die ihm zur Last gelegten Verbrechen vor Gericht gestellt werden sollte. Seit den Briefen, die Sancho überbracht hatte, hatten wir nichts mehr von ihm gehört. Falls Madonna dennoch Nachrichten von ihm hatte, berichtete sie mir nicht davon.

Jedoch achtete sie peinlichst darauf, mich über die Fortschritte meines Sohnes in Carpi auf dem Laufenden zu halten. Er zeige eine Klugheit, mit der er seinem Alter weit voraus sei, sagte sie, und erkenne bereits die Buchstaben seines Namens auf der Schiefertafel. Don Alberto habe ihm ein Pony geschenkt, mit dem er schon fehlerfrei Sprünge über kleine Hindernisse vollführe. Don Albertos Gemahlin und ihre Hofdamen seien bezaubert von ihm, im Gegensatz zur Dienerschaft.

Ferrante erschien unregelmäßig bei Hofe, und wenn er kam, war er selten guter Laune. Sein Vittorio schien sich in Luft aufgelöst zu haben, wie alles, was mit Cesare in Verbindung stand. Er rebellierte im Stillen gegen die Tatsache, dass kein Mensch noch von ihm sprach, und beobachtete Ippolito und Donna Lucrezia mit einem zynischen Zug um den Mund, der sein breites, angenehmes Gesicht fast so sehr entstellte, wie Ippolitos Schergen Giulio entstellt hatten. Schließlich versuchte er, mit ihr zu sprechen. Wäre Ippolito nicht zugegen gewesen, und hätte sie frei reden können, wäre vielleicht vieles anders gekommen.

Ihre täglichen Audienzen hielt Madonna in der Sala Grande des Schlosses ab. Sie und Ippolito residierten auf einem Podium am hinteren Ende des Saales. Auf dem hochlehnigen Thron des Herzogs wirkte Madonna wie eine Zwergin, ihre Füße musste sie auf einen vergoldeten karmesinroten Schemel stellen, da ihre Beine nicht bis zum Boden reichten. Hinter Ippolito standen seine Schreiber, während Giovanni und alle, die zu Madonnas Dienerschaft gehörten, auf Kissen vor dem Thron saßen, so wie sie einst selbst als Mädchen den Audienzen ihres Vaters beigewohnt hatte. An den Haupttüren waren Wachen postiert, ebenso an den kleineren Türen hinter uns, die in den Raum führten, die der Savi als Ankleidezimmer nutzte. Da wir in unsicheren Zeiten lebten, hatte man auch entlang der Wände Soldaten Aufstellung nehmen lassen.

An jenem Morgen wartete Ferrante im Hintergrund, bis die anderen Bittsteller gehört worden waren. Als sich der Saal geleert hatte, trat er vor. Das Dröhnen seiner Stiefel auf dem Parkett hallte von den freskengeschmückten Wänden und vom Deckengewölbe wider. Er nahm schwungvoll das ausladende Barett vom Kopf, das ihm geholfen hatte, in der Masse der Bittsteller unerkannt zu bleiben, und verbeugte sich tief. Ippolito rutschte auf seinem Sessel umher, als plagten ihn seine Hämorrhoiden, Madonna hingegen schenkte Ferrante ihr bezauberndstes Lächeln. »Bruder«, sagte sie, »wir heißen Euch willkommen«.

Ferrante stieg auf das Podium und kniete nieder, um ihre Hand zu küssen, aber sie erhob sich, half ihm auf und küsste ihn auf beide Wangen, wobei sie sich auf die Zehenspitzen reckte. Er warf einen raschen Blick in meine Richtung.

»Wie kann ich Euch helfen, Ferrante?«, wollte Madonna wissen.

»Ich bin hier im Namen von Don Giulio«, begann er.

»Konnte er denn nicht selbst vorsprechen? Ist er wieder krank?« Bevor der Herzog abgereist war, hatte er deutlich gemacht, dass es Giulio freistehe, nach Belieben zu kommen und zu gehen. Herzog Alfonso, so viel war deutlich geworden, schenkte den Gerüchten über eine Verschwörung gegen ihn keinerlei Glauben. Vielmehr vertraue er seinen Brüdern, wie es sich gebühre. Er habe nur deshalb die stationierten Truppen verstärkt, weil er während seiner Abwesenheit sämtliche Vorsichtsmaßnahmen getroffen haben wollte.

»Er mag seinen Palast nicht verlassen, Madonna. Er zieht es vor, seine Zeit bei seinen Pferden und Pflanzen zu verbringen, anstatt sich an einem Hof aufzuhalten, an dem er fürchten muss, von allen angegafft zu werden. Sein Stolz ist offenbar schwerer zu heilen als sein Körper.«

»Armer Giulio.«

»Ihr könntet sein Leid sehr lindern, indem Ihr ihn besucht, Schwester.«

Madonna warf einen raschen, unsicheren Blick auf Ippolito. »Ja … ja, das sollte ich wohl bald einmal tun.«

»Es betrübt ihn sehr, dass man sich so wenig für ihn eingesetzt hat. Wie ich und Sigismondo, hat er lediglich das Haus und die von unserem Vater ausgesetzte Pension zur Verfügung, aber nun keine Möglichkeit mehr, sie durch Kriegsbeute oder durch eine vorteilhafte Heirat zu vermehren.«

»Ebenso wenig wie Sigismondo«, erwiderte Ippolito.

»Mit Respekt, Euer Gnaden, sein Fall liegt ein wenig anders. Sigismondo ist nicht den gleichen Anforderungen einer Hofhaltung verpflichtet wie Giulio. Seine Bedürfnisse sind so schlicht wie er selbst, wenn man so will. Vielleicht … eine Pfründe oder zwei? Unser Bruder meint, dass er sehr wohl in den geistlichen Stand treten könnte. Bekanntlich ist er ein frommer Mann und mit seiner Liebe zur Musik könnte er der Kirche gute Dienste leisten. Mit entsprechenden Einkünften könnte er zu einem bedeutenden Förderer geistlicher Musik werden.«

»Erwartest du etwa, dass ich meine Einkünfte mit ihm teile?«

»Manche würden vielleicht sagen, dass darin eine gewisse Gerechtigkeit liege. Andere würden vielleicht sagen, dass die Diener Christi auf Erden die Pflicht haben, dem Herrn nachzueifern.«

»Ihr sprecht weise, Ferrante«, sagte Madonna. »Ich werde meinem Gemahl in meinen Briefen diese Angelegenheit vortragen.«

»Mit Respekt, Herzogin«, sagte Ippolito, »Ihr werdet feststellen, dass er in dieser Sache meine Ansicht teilt. Don Giulio und ich haben unsere Zwistigkeiten beigelegt. Ich habe mich für mein unbesonnenes und unbrüderliches Verhalten entschuldigt. Für Don Giulio wird gesorgt. Und wenn er auch nicht mehr in den Krieg ziehen kann, so gibt es nichts, was ihn davon abhielte, zu heiraten. Ein Mann braucht keine Augen, um Erben zu bekommen. In manchen Fällen, würde ich sagen, ist er ohne sie sogar besser dran.«

Madonna quittierte Ippolitos Scherz mit einem matten Lächeln. »Wenn das Euer letztes Wort ist, Kardinal, dann fürchte ich, dass auch ich nichts mehr tun kann. Ferrante, bitte erklärt Giulio, dass ich … seinen Kummer teile.«

»Und seine Tochter, Madonna? Darf er wenigstens seine Tochter treffen?«

»Diese Entscheidung muss leider Don Alessandro Pio überlassen bleiben, Bruder, denn er ist nun ihr rechtlicher Vormund. Donna Angela … Donna Angela könnte befürchten, dass die Gesundheit des Kindes durch den Anblick der Verletzungen seines Vaters Schaden nimmt. Es tut mir leid.«

Ferrante wurde leichenblass; die Sommersprossen auf seinem Nasenrücken schienen fast blau. Er sah uns, die wir so anmutig auf dem Podium arrangiert waren, mit einem solchen Ausdruck von Verachtung an, dass ich errötete. Dann verbeugte er sich und ging davon.

Sobald die Türen geschlossen waren, wandte sich Donna Lucrezia an Ippolito. »Eure Worte schienen fast darauf abzuzielen, die Dinge noch zu verschlimmern. War das Eure Absicht? Falls ja, bezweifle ich, dass Ihr Alfonso damit beeindrucken werdet.«

»Glaubt Ihr das wirklich? Er weiß ebenso gut wie ich, dass die beiden etwas im Schilde führen. Je eher sie kaltgestellt werden, desto besser.«

Meine Wangen glühten. Damit es Ippolito nicht auffiel, beschäftigte ich mich mit Giovanni.

»Meint Ihr nicht, wir könnten sie besser auf unsere Seite ziehen, indem wir etwas für Giulio tun?«, sagte Madonna. »Wie wäre es mit dem hiesigen Erzbistum? Das wäre eine freundliche Geste.«

Ippolito starrte auf Giovannis Kopf. »Solange Ihr hier Herzogin seid, bezweifle ich, dass der Heilige Vater auf irgendwelche Bitten dieser Familie hören wird.«

»Ist das eine Drohung, Euer Gnaden?«

»Natürlich nicht.«

Sie beäugten einander für einen Augenblick wie zwei Preiskämpfer, dann sagte Madonna: »Nun, wenn wir heute Morgen keine weiteren Angelegenheiten mehr zu erledigen haben, werde ich in den Barco hinausreiten, um mir den Zustand der Pferderennbahn anzusehen. Meine Hofdamen möchten wissen, wie man bei den Rennen an Fronleichnam Wetten setzt. Und du auch, nicht wahr, Giovanni?« Sie tätschelte ihrem Bruder den Kopf, lächelte uns an, schürzte ihre Röcke und huschte an Ippolito vorbei zu der kleinen Tür an der Rückseite des Podiums, die zum Ankleideraum führte.

*

Sobald wir wieder in ihren Gemächern und unter uns waren und Giovanni zu seinem Mathematiklehrer gerufen worden war, machte Madonna ihrem Zorn Luft.

»Wieso bin ich nur mit diesen zerstrittenen Brüdern geplagt?« Sie schüttelte den Kopf, seufzte, murmelte ein paar Worte und blieb schließlich vor mir stehen. Dann zog sie mich außer Hörweite der übrigen Hofdamen und trug mir auf, zu Giulio zu gehen. »Bittet ihn, nein, übermittelt ihm meine Anweisung, dass er die Stadt so schnell wie möglich verlassen muss. Er soll nach Mantua reisen. Donna Isabella wird sich um ihn kümmern, und ich werde bei Don Francesco ein Wort für ihn einlegen.

»Ist das klug, Madonna, wenn man den Brief bedenkt, den ich Euch gezeigt habe?«

»Ich will offen mit Euch sprechen, Violante, denn alles andere wäre dumm. Ich habe diese Angelegenheit in meinem Briefwechsel mit Don Francesco angesprochen, und er versichert mir, dass er keine weiteren Ränke gegen meinen Mann schmieden werde. Er hat erkannt, dass mich dies in eine unmögliche Lage bringt, und er sagt, dass er es nur aus Eifersucht getan habe, die seiner unwürdig sei, auch wenn sie mir schmeichelt. Ich habe sein Wort als Ehrenmann.«

»Wollt Ihr mir einen Brief an Don Giulio mitgeben, Madonna?«

»Besser nicht. Wir sollten möglichst nichts schriftlich festhalten. Gebt ihm dies hier als Zeichen meiner guten Absichten.« Bei diesen Worten löste sie die große Perle von ihrem Mieder, die ihr Giulio zur Hochzeit geschenkt hatte, und reichte sie mir.

»Ich werde in spätestens einer Stunde zurück sein, Madonna, bevor überhaupt jemand merkt, dass ich fort war.«

*

In Giulios Palast sagte man mir, dass er sich im Tempel der Grazien aufhalte. So nannte man das Sommerhaus, das er sich am Fuß eines in Stufen abfallenden Wasserlaufes gebaut hatte, der die Gärten in ganzer Länge durchzog. Ein Brunnen mit Wasser speienden Bronzedelfinen schirmte es zum Palast hin ab.

Als ich mich dem Eingang näherte, meinte ich, Stimmen zu hören. Da Giulios Haushofmeister aber keine weiteren Besucher erwähnt hatte, hielt ich es für eine Sinnestäuschung, verursacht durch das Plätschern des Springbrunnens. Ich trat unter den Portikus und rief Giulio beim Namen. Niemand antwortete, doch nun waren die Stimmen unverkennbar, und als ich auf der Suche nach ihrem Ursprung das Atrium mit Giulios Sammlung klassischer Skulpturen durchquerte, kam ein unheimliches kehliges Knurren hinzu, als würde jemand einen Hund erdrosseln. Erst zögerte ich, dann beschleunigte ich meinen Schritt.

Ich entdeckte Giulio schließlich in dem lang gestreckten hellen Raum, der in einem richtigen Tempel das Sanktuarium gewesen wäre. Er beugte sich gerade angestrengt über den »Altar«. Darauf ausgestreckt befand sich ein struppiger Straßenköter von unbestimmbarer Rasse, umgeben von einer Ansammlung Krüge und Schalen sowie ein großer steinerner Stößel mit Mörser, wie man sie in einem Apothekerladen findet. Der Kopf des Hundes lag in einer Pfütze von angetrocknetem Erbrochenem, seine Augen waren starr und von dem stumpfen Glanz jener verschrammten Glaskiesel, die man zuweilen am Strand findet. Giulio bemerkte mich nicht sogleich, denn er war in ein Gespräch mit Gideon d'Arzenta vertieft.

Ich kam langsam näher und sah mir den Raum genauer an. Außer dem toten Hund gab es weitere räudige Tiere, Hunde, Katzen, Tauben und eine große Eidechse, alle in Käfigen auf dem Boden. Es stank nach ihren Ausscheidungen, die sie in Todesangst von sich gaben. Ich sah, wie Gideon mit einem kleinen Holzspatel ein wenig weißliches Pulver in eine Alabasterschale gab, und wandte dann den Blick zu Giulio mit seinem vernarbten, zerfurchten Gesicht, dessen rechtes Auge von einer schwarzen Samtklappe verdeckt war. Mir wurde übel.

Ich hätte damals gehen sollen, doch ich musste ja noch Donna Lucrezias Auftrag erfüllen. Und außerdem fiel von hinten ein Lichtstrahl auf Gideons Schulter, der sein Haar reizvoll rabenblau aufschimmern ließ.

»Guten Tag, meine Herren«, sagte ich mit lauter Stimme, damit sich mich inmitten des Miauens und Bellens und Federnraschelns hören konnten. Mit schuldbewusster Miene, wie zwei kleine Jungen, die bei einem Streich ertappt werden, sahen die beiden auf.

»Violante«, sagte Giulio bange.

»Madonna.« Gideon verbeugte sich so formvollendet, dass ich schon meinte, er wolle mich verspotten.

»Was verschafft uns das Vergnügen?«, fragte Giulio.

Entsprechend seiner Direktheit verschwendete ich keine Zeit mit Liebenswürdigkeiten. »Können wir uns allein unterhalten?«

»Ich habe vor Ser d'Arzenta keine Geheimnisse«, erwiderte er, obwohl er sehr genau wusste, dass dies für mich nicht galt.

»Meine Herrin hat mich beauftragt, Euch eine Nachricht zu überbringen.«

»Dann sprecht.«

»Sie sagt, Ihr solltet Ferrara verlassen. Sie schlägt vor, dass Ihr zu Eurer Schwester nach Mantua geht.«

»Warum? Denkt sie, eine Luftveränderung könnte mir mein Augenlicht wiedergeben?«

»Giulio, darf ich offen sprechen?« Ich warf einen Blick auf Gideon, der sich so angelegentlich mit seinen Pülverchen beschäftigte, als würde er kein Wort von dem hören, was gesprochen wurde.

»Das sagte ich bereits.«

»Nun gut. Ferrante kam heute zu Madonnas Audienz. Wie üblich war auch Ippolito dabei. Ferrante bat um mehr Unterstützung für Euch. Ippolito lehnte dies rundweg ab. Er sagte … nun, offenbar glaubt er, Ihr und Ferrante würdet eine Verschwörung planen, und er will Euch unschädlich machen.«

Gideon fiel ein Glas aus der Hand, worauf einer der Hunde im Käfig hektisch zu bellen begann. Eine zähflüssige purpurfarbene Flüssigkeit verbreitete sich zischend zwischen den blauen Glasscherben, als würde sich der Marmorboden zu Salz auflösen. Giulio lachte. »Wenn sie so besorgt um mich ist, warum kommt sie dann nicht selbst, sondern schickt Euch vor?«

»Ihr wisst doch, dass sie nicht den Eindruck erwecken darf, sie stelle sich gegen ihren Gemahl.«

»Abgesehen davon, dass sie mit seinem Schwager schläft, meint Ihr wohl?«

»Ich habe keine Ahnung, was Ihr damit sagen wollt.«

»Ach, Violante, spielt hier nicht die Sittsame, es steht Euch nicht zu. Ihr seid doch die ganze Zeit schon ihre Kupplerin.«

»Die Briefe, die ich überbringe, befassen sich allesamt mit Herzog Valentinos Freilassung, für die sich Madonna einsetzt. Und Don Francesco unterstützt sie dabei.«

»Don Francesco ist ebenso darauf bedacht wie wir alle, dass der ehemalige Herzog niemals wieder Italiens Küsten heimsucht. Liebes Mädchen, auf Euren früheren Liebhaber wartet die Henkersschlinge, findet Euch damit ab.«

Für einen Augenblick, lang wie ein ganzes Leben, stand die Welt für mich still wie die Szenen auf den Wandfresken.

Da ergriff Gideon das Wort. »Entschuldigt mich«, sagte er, »ich möchte nur dies hier schnell loswerden«. Dabei deutete er auf seine Schaufel mit den Scherben und machte sich davon. Giulio und ich sahen ihm nach, bis er durch die Tür verschwand.

»Ich habe etwas getan, nicht wahr? Was habe ich getan?«, fragte Giulio. Er klang niedergeschlagen, genau wie früher, wenn Angela ihn gescholten hatte und er zu mir kam, weil er nicht verstand, welche seiner Taten sie so aufgebracht haben konnte.

Sein Ton besänftigte mich. »Da wir offen miteinander sprechen, will ich es Euch sagen. Vor einigen Wochen hat er mir die Ehe angetragen. Ich habe versucht, ihm klarzumachen, dass er gar nichts von mir weiß. Das hat sich nun wohl geändert.«

»Habt Ihr seinen Antrag in Erwägung gezogen?«

»Nein, natürlich nicht. Er ist Jude und Goldschmied. Wohl kaum der passende Ehemann für mich.«

»Dann ist es ja nicht weiter schlimm.«

»Nein. Giulio?«

»Ja?«

»Bitte geht nach Mantua. Ippolito mag wohl im Unrecht sein, doch er hat bereits bewiesen, dass er Euch gefährlich werden kann.«

»Ich will es mir überlegen. Nun muss ich Ser d'Arzenta zurückholen. Wir haben noch zu tun.«

»Natürlich.« Ich sah mir noch einmal den toten Hund und die Tiere im Käfig an und beschloss, dass ich nicht wissen wollte, womit sie hier befasst waren.

Als ich ging, zeichnete sich auf der gegenüberliegenden Seite des Springbrunnens Gideons verschwommene Silhouette ab, die untergehende Sonne im Rücken.

*

Zwei Tage danach forderte die Strömung unter unserer ruhigen See das erste Opfer. Einer von Giulios Dienern, ein Mann, den ich nicht kannte und der, wie es hieß, in den Küchen dafür zuständig war, die Fliegen von den Vorräten fernzuhalten, wurde in der Via San Romano festgenommen, als er einen Korb voll streunender Katzen bei sich trug. Zuerst standen wir vor einem Rätsel, denn weshalb sollte das Einfangen von Katzen ein Verbrechen sein? Dann aber wurde erzählt, nachdem man ihm die Folterkammer gezeigt hatte, habe der Mann gestanden, dass Don Giulio die Katzen für seine Experimente brauche. Was für Experimente, wollte der Inquisitor wissen. Mit Giften, erwiderte der Mann. Sie warfen ihn ins Verließ.

Eine Woche nach Fronleichnam nahmen Ippolitos Männer zwei Diener von Ferrantes Hof in der Romagna fest. Sie kamen zwar ohne Anklage wieder frei, doch Ippolitos Vorgehen hatte die Wirkung eines Erdbebens. Es stürzten keine Gebäude ein, und in den Straßen klafften auch keine Risse, aber alles verschob sich ein wenig, wurde düsterer, weniger verlässlich. Wir blieben im Corte und unternahmen manchmal Spaziergänge in den Gärten des Herzogs, die er damals gerade umgestalten ließ.

Ferrante suchte oft unsere Gesellschaft wie ein Mann, der seinen Umhang offen trägt, um aller Welt zu zeigen, dass er keine Waffe darunter versteckt hält. Giulio reiste schließlich nach Mantua ab, und Fidelma erwähnte einmal beiläufig, dass ihr Bruder ihn begleitet habe. Ich beschloss, darüber erleichtert zu sein.

Andere Leute wurden verhaftet oder verschwanden, ohne dass von ihnen mehr zurückblieb als Gerüchte. Einer sollte geplant haben, den Herzog in Venedig zu vergiften, ein anderer, ihn zu erstechen, wenn er ohne Wachen sein Stammbordell aufsuchte. Don Giulio, hieß es, habe ein Komplott geschmiedet, um Don Ferrante zum Herzog zu machen, denn dieser habe versprochen, seine Pension zu verdoppeln. Außerdem kenne er Ärzte im Osten, die Don Giulios Augen heilen und ihm ein besseres Aussehen verschaffen könnten als je zuvor.

In der Öffentlichkeit lachten Ippolito und Donna Lucrezia über diese Gerüchte, als wären sie nur eine der Komödien von Ser Niccoló da Correggio, aber schon das leiseste Knacken einer Diele oder das Klappern eines Fensterladens in der Nacht riss Madonna aus dem Schlaf, und Angela sagte, Ippolito habe die Laune eines angeketteten und ausgehungerten Bären.

Eines Nachts hörte ich Madonna aufschreien. Als ich in ihr Gemach lief, saß sie aufrecht im Bett, die brennende Kerze neben sich, und hielt Cesares Ring umklammert. Ohne nachzudenken, stürzte ich auf sie zu, um ihn ihr aus der Hand zu reißen. Sie sah mich strafend an und presste entsetzt die Faust an die Brust.

»Madonna, Ihr dürft nicht …«

»Was, Mädchen?«

»Der Ring … nichts kann so schlimm sein. Denkt doch nur an den Herzog. Denkt an … Euren Sohn.« Ich hatte mich oft gefragt, ob ihre Zuneigung zu Giovanni etwas mit ihrer Trennung von Rodrigo und ihren vergeblichen Bemühungen zusammenhängen könnte, Don Alfonso einen Erben zu schenken.

Sie wirkte einen Augenblick lang verwirrt, dann lachte sie laut. Ich sah auf ihr ungeschminktes Gesicht, auf die Haarsträhnen, die unter ihrer Nachthaube hervorlugten, und merkte, dass ich vergessen hatte, wie jung sie immer noch war.

»Meint Ihr etwa, er enthalte Gift?«, fragte sie. »Ich bin erstaunt, dass Ihr nie hineingesehen habt.«

»Ich habe ihn nicht aufbekommen«, gestand ich kläglich.

»Stimmt, er gehört zu den raffinierteren Einfällen meines Bruders«, erwiderte sie, »aber ich verspreche Euch, dass nichts Gefährliches darin steckt. Nur ...« – mit einem Kunstgriff, den ich im fahlen Licht unserer Kerzen nicht genau erkennen konnte, klappte sie den oberen Teil des Rings auf und hielt ihn mir entgegen – »... das hier«.

Mithilfe der Kerze spähte ich in das perlmuttverkleidete Innere. Darin lag zusammengerollt eine kleine verzwirbelte Haarsträhne, bereits recht verblichen. Trotzdem hatten die beiden miteinander verflochtenen Strähnen noch genug von ihrer ursprünglichen Farbe, dass ich eine silbrigblonde und eine dunkelrote erkennen konnte.

»Das habe ich vor langer Zeit an einem Sommernachmittag in einem Versteck zwischen den Beerensträuchern meiner Mutter gemacht. Cesare hätte eigentlich Griechischunterricht gehabt, aber er und Juan hatten zu Mittag den Wein ihres Lehrers mit Feigensirup versetzt und waren davongelaufen, während der arme Mann mit den Folgen rang. Könnt Ihr Euch vorstellen, dass er einmal um sein Handgelenk gepasst hat?« Sie blickte unverwandt auf den Ring, als würde sie dadurch auch das Handgelenk des Jungen wieder sehen, dünn und braun, mit den hervortretenden Knochen und dem Geflecht der Adern unter der Haut. »So starkes, menschliches Haar und sehr geschmeidig.«

»Glaubt Ihr, das ist der Grund, warum er ihn Euch geschickt hat?«

Sie schüttelte den Kopf. »Ich weiß nicht. Vielleicht, in gewisser Hinsicht schon.« Sie lächelte. »Ich frage ihn, sobald ich ihn wiedersehe. Ich werde sagen, Violante möchte es wissen.«

»Ich bezweifle, dass ihn das zu einer Antwort bewegen wird, Madonna.« Aber ich spürte dennoch, wie ich vor Freude errötete.

»Ich habe es Euch bisher nicht erzählt, weil ... nun, einerlei. Er ist Euch dankbar für Eure Pflege und Freundschaft in einer schwierigen Zeit.«

Ermutigt durch die intime Atmosphäre des kleinen Lichtkreises, der uns umgab, sagte ich: »Hat er mir deshalb mein Kind weggenommen und mich hierher geschickt wie ... wie ein Pferd, das er ausprobiert und für unzureichend befunden hat?«

»Ach, Violante, wenn Ihr sein Handeln immer noch nicht versteht, kann ich Euch nicht helfen.«

Sie legte den Ring auf ihren Nachttisch zurück. »Geht jetzt. Ich möchte schlafen, und das solltet Ihr auch.« Sie blies ihre Kerze aus, und ich kehrte in mein Bett zurück, aber ich schlief nicht viel.

*

Am Morgen überbrachte ein Eilkurier von Herzog Alfonso die Nachricht, dass er auf dem Rückweg nach Ferrara sei. Die Venezianer hätten seine Freunde, die Kapitäne, verhaften lassen und warfen ihnen vor, spioniert zu haben. Als sich der Herzog für ihre Freilassung einsetzen wollte, ließ man ihn nicht vor. Deshalb wolle er nach Hause zurückkehren, um zu überlegen, wie er am besten auf den Hochmut der Serenissima antworten könne. Dies war zumindest das, was Madonna Ippolito und Ferrante mitteilte. Später stellte sich heraus, dass Herzog Alfonso auch noch andere Gründe gehabt hatte. Ippolito und Ferrante waren nach Monastirolo geritten, wo sie ihn zu treffen gehofft hatten, doch als sie dort ankamen, war er schon in Ferrara und in private Unterredungen mit Madonna und einem Mann vertieft, der sich Capilupo nannte und des Öfteren Briefe zwischen den Höfen von Mantua und Ferrara beförderte.

Natürlich wurde ich in all dies nicht eingeweiht, aber nach dem, was ich mir später zusammenreimte, war wohl Folgendes geschehen: Als der Herzog von Giulios Flucht nach Mantua erfuhr, war er mehr denn je davon überzeugt, dass seine Brüder eine Verschwörung gegen ihn angezettelt hatten. Deshalb brach er seine Reisen ab, wobei ihm der Vorfall mit den Kapitänen als Vorwand gerade recht kam. Außerdem schrieb er an Giulio und forderte ihn zur Rückkehr auf. Doch der weigerte sich. Laut Niccoló da Correggio glaubte Giulio, seine Rückkehr nach Ferrara aus dem gleichen Grund fürchten zu müssen, der ihn auch schon zu seiner Flucht bewogen hatte. Immer mehr Männer, die Ferrante und Giulio nahestanden, wurden verhaftet. Ferrante ging zum Herzog, um für die Verhafteten Fürbitte einzulegen, doch stattdessen gestand er seinem Bruder Giulios Experimente mit den Giften und ihr Vorhaben, ihm das Herzogtum abzunehmen. Ich wartete mit einem unguten Gefühl darauf, dass er außerdem auch seinen Heiratsantrag an mich gestand. Niemand würde glauben, dass ich ihn abgelehnt hatte, denn eine solche Heirat hätte mir die Möglichkeit eröffnet, meinen Sohn zurückzubekommen – vor allem nicht, falls man herausfand, dass ich von den Vorgängen in Giulios Tempel der Grazien gewusst, diese aber verschwiegen hatte.

Viele hielten Ferrante für einen Feigling, doch ich war anderer Meinung. Auf seine Weise war Ferrante der Tapferste von allen. Er wollte nicht mehr unaufrichtig sein und Gerechtigkeit für Giulio mit ungerechten Mitteln herstellen.

Ferrante erhielt Hausarrest in einem Raum unter Madonnas Gemächern im Torre Marchesana, auf demselben Stockwerk, in dem ihre Küchen lagen. Als einer der Köche berichtete, gesehen zu haben, wie Ferrante von seinem Fenster aus die öffentliche Hinrichtung eines Mannes verfolgte, der angeblich mit einem Esel geschlechtliche Beziehungen gepflegt hatte, befahl der Herzog, das Fenster zuzumauern.

Was mich anging, schienen sich mit jeder neuen Enthüllung mehr argwöhnische Blicke auf mich zu richten, und ich musste mir weitere Bemerkungen voll versteckter Andeutungen anhören. Ich setzte eine ernste Miene auf, bekundete an den passenden Stellen mein Entsetzen oder meine Anteilnahme und spürte bei allem bereits die scharfe Schneide der Axt über meine Nackenhaare streichen.

Anfang August wurde in Sigismondos Palast der Prozess gegen die Verschwörer eröffnet. Schifanoia wurde er genannt, Palast der Zerstreuung. Ich glaube, der Name war Giulios Idee gewesen. Giulio selbst war weiterhin in Mantua. Don Francesco und Donna Isabella hatten ihn unter Hausarrest gestellt, aber sie weigerten sich, ihn nach Ferrara auszuliefern, selbst als der Herzog einen Trupp Armbrustschützen schickte, um seiner Forderung Nachdruck zu verleihen.

Die Verhandlung begann mit einer grausigen Parodie des Umzugs, der im Verlauf eines Jahres alle unsere Feste begleitete. Einer der Verschwörer, ein Mann aus Carpi namens Gherardo, wurde, an Händen und Füßen gefesselt, rückwärts auf seinem Pferd sitzend über die Piazza geführt. Ihm voran Priester und Soldaten. Der Bekannteste unter ihnen war Fra Raffaello, dem die Leute ebenso leidenschaftlich zujubelten, wie sie Gherardo ausbuhten. Wir verfolgten das Spektakel vom Balkon über dem Haupttor des Corte, flankiert von den Vorfahren des Herzogs, Borso und jenem Niccoló, der Ugo und Parisina hatte hinrichten lassen.

Am nächsten Morgen unternahm Donna Lucrezias Hofstaat einen Ausritt nach Belriguardo. Wir brachen früh auf, um die im August herrschende Hitze möglichst zu vermeiden. Auf unserem Weg passierten wir auch die Stelle, wo Ippolitos Schergen Giulio aufgelauert hatten und die ganze traurige Geschichte ihren Anfang nahm. Ich fühlte mich wie ein ermattetes Stück Wild. Wenn wir dort nicht von den Männern des Herzogs angehalten wurden, die ausgeschickt waren, um mich zu verhaften, dann hatte Ferrante meinen Namen nicht genannt, und ich war in Sicherheit. Als wir die Wiese durchquerten, wo Giulio zur Falkenjagd gegangen war, blickte ich starr auf die Stelle zwischen den Ohren meines Pferdes und versuchte, die Angst zu bändigen, die mir den Rücken hochkroch. Doch als wir uns dem Wiesenrand näherten, war das Trommeln von Hufen hinter uns nicht mehr zu überhören. Es wurde immer lauter. Meine Beine begannen zu zittern. Um nicht vom Pferd zu fallen, klammerte ich mich an den Sattelknopf und versuchte, meine Gedanken ganz auf Cesare zu konzentrieren. Wie hatte er sich verhalten, als in Neapel Gonsalvo da Cordobas Männer kamen, um ihn zu holen? Hatte er Würde bewahrt, oder war er verzagt oder zornig geworden? Hatte er gelacht oder geweint und die Schicksalsgöttin verflucht oder sich selbst, weil er ihr vertraut hatte? Was sollte ich tun? Gewiss würde der Herzog Verständnis und Mitleid zeigen. Ich wollte doch nur meinen Sohn wiederhaben, das war alles. Was könnte natürlicher sein?

Mittlerweile hatten die Reiter uns eingeholt. Es waren zwei Männer, die keuchten und deren Pferdedecken von Schaum und Schweißflecken bedeckt waren.

»Botschaft für die Herzogin«, stieß der eine hervor, während der andere mit einem der Bewaffneten aus unserer Begleitung sprach. Die Sänfte hielt an und eine behandschuhte Hand zog den Vorhang beiseite, während der Bote abstieg, niederkniete und kurz durch den Spalt sprach.

»Was ist passiert?«, fragte ich den anderen Mann. Meine Stimme zitterte, aber er schien es nicht zu bemerken.

»Man hat über Don Ferrante das Urteil gefällt«, sagte er.

*

Bei unserer Rückkehr kam der Herzog heraus, um seine Frau zu begrüßen. Er stand am Fuß der langen Treppe im Hof des Corte und sah alt und gebrochen aus. Mit gebeugtem Kopf und hängenden Schultern wirkte er viel kleiner und zerbrechlicher als die Wachen um ihn herum. Giovanni, der von seinem Pony gesprungen war und zu Madonna gelaufen kam, als sie vor dem Herzog einen Knicks vollführte, sah den Herzog neugierig an und sagte so laut, dass alle es hören konnten: »Hast du geweint?«

»Don Giovanni!« Ich gab ihm eine saftige Ohrfeige und drückte ihm Fonsi in die Arme. »Hier, bring ihn in den Garten. Er will nach dem Ausflug herumtollen.«

Einen Augenblick lang schien er versucht, sich bei seiner Schwester über diese Behandlung zu beklagen, dann aber besann er sich eines Besseren und lief mit dem Hund davon. Mit übertriebener Sorgfalt begann ich, Madonnas Schleppe zu richten, damit sie auf der Treppe nicht stolperte, doch in Wirklichkeit wollte ich das Gespräch zwischen ihr und dem Herzog belauschen.

»Giulio ist auf dem Weg hierher. Diesmal habe ich zweihundert Männer losgeschickt, darunter auch albanische Reiter. Hat Francesco mächtig Angst eingejagt, kann ich dir sagen. Jetzt ist alles nur mehr eine Formsache. Die Beweise sind eindeutig. Hatte einen Juden, der für ihn Gift mischt, wie es scheint.«

»Hat man diesen Juden auch gefasst?«, fragte Madonna, als habe sie gespürt, wie ich unwillkürlich zusammenfuhr. Wie viel wusste sie wirklich von dem, fragte ich mich, was Giulio in seinem Tempel der Grazien getrieben hatte?

Der Herzog schüttelte den Kopf. »Francesco hat natürlich nach ihm fahnden lassen. Aber er stammt offenbar aus Mantua und ist höchstwahrscheinlich bei seinesgleichen untergetaucht. Doch das kümmert mich nicht. Wahrscheinlich war er nur an Giulios Geld interessiert, und nun, da keines mehr da ist, wird er sich einen anderen Gönner suchen.«

»Ihr habt recht, mein Herr. Ihr habt bereits genug Ärger mit Euren Brüdern. Da müsst Ihr nicht auch noch nach einem unbedeutenden Juden suchen.«

Ich beendete meine Arbeit und zog mich mit einer Verbeugung zurück. Gideon war also frei, und Ferrante hatte unser Gespräch auf der Piazza für sich behalten. Als Madonna davonschritt, war mir, als zwinkerte sie mir zu.

*

Zum letzten Mal sah ich Giulio an einem Morgen Anfang Oktober. Die Sonne strahlte, dazu wehte eine frische Brise. Am Tag zuvor waren die anderen Verschwörer hingerichtet worden, und zu meiner Schande muss ich gestehen, dass ich dort auf meinem Platz hinter Madonna sitzend, froh war, heil davongekommen zu sein, während die Männer ihrem Tod entgegenschritten. Auf der Piazza hatte man ein Schafott errichtet, aber es erwies sich als fast unmöglich, die Verurteilten aus dem Verlies dort hinaufzuschaffen, da die wütende Menge ihren Karren bedrängte, die Speichen aus dessen Rädern trat und die Pferde zum Scheuen brachte. Ein zweiter Wagen musste geholt werden, und den Pferden verband man die Augen. Während die Gefangenen warteten, wurden zwei ihrer Wächter und mehrere Zuschauer verletzt. Das rasende Volk beruhigte sich erst, als der erste der Verschwörer das Schafott betrat, wo ihm ein Priester aus Ippolitos Hofstaat widerstrebend die Absolution erteilte. Dann verband man ihm die Augen, schlug ihn bewusstlos, enthauptete und vierteilte ihn. Die übrigen Verurteilten ereilte das gleiche Schicksal, obwohl die Menge forderte, dass sie bei Bewusstsein hingerichtet werden sollten. Ihre Köpfe und gevierteilten Körper wurden auf Lanzen gespießt und über die Stadttore gehängt.

Ich schlief unruhig in jener Nacht und merkte, dass Angela im Bett neben mir sich herumwarf und hin und her rollte, aber keine von uns sagte etwas. Es war leichter, so zu tun, als würden wir schlafen. Manchmal meinte ich zu träumen, finstere Albträume von der dunklen Silhouette des Schafotts, das wie ein Ungeheuer auf der Piazza kauerte. Aber es waren keine Träume, keine wirklichen, und das Schafott stand immer noch da und bot vielleicht gerade ein paar Bettlern Schutz vor der nächtlichen Kälte. Und es wartete auf morgen, auf Ferrante und Giulio. Und auf mich, um auf den Preis für mein heiles Davonkommen hinzuweisen.

Alle hatten erwartet, dass der Herzog das Urteil umwandeln würde. Es kam zum Streit, als Donna Lucrezia diesen Vorschlag unterbreitete. Nun, da die Dunkelheit allmählich wich und über den Dächern und Türmen der Stadt ein perlenfarbener, zitrusgelber und blassgrüner Schimmer heraufzog, die Tauben in Albertis Glockenturm mit dem Gefieder raschelten und gurrten und die Bussarde mit gellenden Schreien über den Köpfen, Beinen und Leibern an den Toren kreisten, wusste ich, dass es keine Hoffnung mehr gab.

Angela und ich zogen uns schweigend an, als würden wir immer noch vorgeben zu schlafen. Schweigend halfen wir uns beim Schnüren und richteten uns gegenseitig das Haar, schweigend gingen wir los, um Donna Lucrezia mit weißen Brötchen und Orangen aus dem Dachgarten zu wecken. Sie war jedoch schon aufgestanden und angekleidet, nur frisiert war sie noch nicht, und sie trug weder Schminke noch Schmuck. Sie kniete auf ihrem Betschemel; Fra Raffaello und Fidelma waren bei ihr.

Als sie ihre Gebete beendet hatte, schickte sie Fidelma und den Mönch fort. Ich stellte ihr das Frühstück auf den Tisch vor dem Fenster, und Angela öffnete die Läden. Madonna setzte sich, machte aber keine Anstalten zu essen, und wir standen da und warteten auf ihre Anweisungen zu ihrem Haar und ihrem Schmuck, während die dalmatinische Sklavin sich leise daran machte, ihr Nachtgewand zusammenzufalten und das Bett zu richten.

»Erinnert Ihr Euch an den Tod von Juan?«, fragte Donna Lucrezia, an Angela gewandt.

»Nicht genau. Ich war damals nicht in Rom.«

»Noch nie zuvor hatte ich jemanden verloren, der mir nahestand. Ich wusste nicht, wie ich mit einem solchen Schmerz weiterleben sollte, aber dann … wurde es mir klar. Der Schmerz beweist, dass wir am Leben sind. Gott sticht Nadeln in uns, um uns wach zu halten.« Sie lachte matt. »Denkt daran, was immer auch heute geschieht. Gott hat Euch Euer Leben gegeben. Lebt es.«

*

Als wir unsere Plätze auf dem Balkon über dem Tor einnahmen, war die Piazza bereits mit Zuschauern überfüllt. Menschen drängten sich unter den Kolonnaden und reckten sich aus den oberen Fenstern der Häuser rund um den Platz. Gewiss machten deren Besitzer mit dieser Aussicht heute ein gutes Geschäft. Ganze Familien waren vom Land in die Stadt gekommen und hatten sich mit ihren Kindern auf den Schultern auf die mitgebrachten Handkarren gestellt. Die Kuppel des blauen Himmels war angefüllt vom Geruch nach gekochtem Fleisch und ungewaschenen Leibern. Das Funkeln von Fahnen und Vogelschwingen, Trompeten und billigem Schmuck tat mir in den Augen weh.

Als die Nachricht vom Eintreffen der herzoglichen Familie die Runde machte, wendeten sich all diese rotwangigen Gesichter mit ihren offen stehenden Mündern uns zu, eine vielköpfige Hydra von plumpen Bauern aus dem Padano. Ein Fetzen Papier flatterte auf den Balkon und landete vor meinen Füßen. Ich hob ihn auf. Es war ein grober Holzschnitt, auf dem Don Giulio zusammen mit einem hakennasigen Juden zu sehen war. Mit schurkischem Grinsen gafften sie eine große Flasche mit der Aufschrift ›GIFT‹ an. Ich knüllte das Blatt zusammen und steckte es in meinen Ärmel, aber es war schon zu spät. Madonna hatte es bereits bemerkt. Sie flüsterte dem Herzog etwas zu, der daraufhin rot anlief und sich mit der geballten Faust mehrmals auf den Schenkel schlug. Madonna legte ihre Hand auf die seine, aber er wehrte sie ab, wandte sich um und sprach mit einem der Offiziere der Garde hinter uns. Kurz darauf kam es unten auf dem Platz zu einer kleinen Rangelei, woraufhin ein Mann mit einer Ledermappe über der Schulter ins Schloss abgeführt wurde.

Jemand entdeckte eine Bewegung am Schlosstor, was dazu führte, dass sich sämtliche Köpfe in diese Richtung drehten. Das Gebrabbel verstummte, als derselbe Karren wie tags zuvor, aber mit den Verurteilten von heute, über die Zugbrücke auf die Piazza holperte. Diesmal trat niemand gegen die Speichen oder erschreckte die Pferde, denn die Menge teilte sich wie das Rote Meer, um den Karren durchzulassen. Viele der Umstehenden rissen sich ihre Kappen vom Kopf und verbeugten sich, während die Frauen unbeholfen Knickse vollführten.

Ich ließ Angela nicht aus den Augen. Sie saß neben mir, ihr Atem ging schwer. Sie hatte Giulio nicht mehr gesehen, seit er von Ippolitos Schergen überfallen worden war. War sie entsetzt, oder tat er ihr leid? Denn Giulio sah großartig aus. Er war barhäuptig, sodass sein goldenes Haar, das während seiner Gefangenschaft in Mantua lang geworden war, sein Gesicht umwehte und seine Narben verdeckte. Im Gegensatz zu Ferrante stand er hoch erhobenen Hauptes auf dem Wagen, und trotz seines ungepflegten Bartes erkannte man deutlich seine klare, anmutige Kinnpartie. Ob er uns sehen konnte oder nicht – sein Blick war unverwandt auf unseren Balkon gerichtet, und während der Karren durch die Menge holperte, wandte er dem Schafott den Rücken zu.

Als der Fuhrmann die hintere Klappe öffnete, sprang Giulio trotz seiner Fesseln an Händen und Füßen ohne Beistand herunter und versuchte sogar, Ferrante zu helfen, so gut es ihm möglich war. Ferrante wirkte gebrechlich und bewegte sich, als würde er unter der Last der Ketten zusammenbrechen. Vermutlich hatte man Ferrante im Torre Marchesana nicht so gut behandelt wie Giulio in Mantua. Giulio musste ihn fast die Stufen zum Schafott hinaufschieben, und er schwankte, als er dem Henker gegenüberstand, sodass ich schon fürchtete, er würde ohnmächtig werden.

Der Henker kniete nieder und bat die beiden um Vergebung, doch selbst in dieser Situation schien Giulio ihm aufmunternde Worte zu erwidern. Als die beiden Brüder nun selbst niederknieten, um vom Priester die Absolution zu empfangen, tat Giulio erneut sein Bestes, um Ferrante zu stützen; ich begriff, dass er es nicht nur für Ferrante tat, sondern auch für sich selbst. *Wir sind einander ähnlich,* hatte Ferrante einst zu mir gesagt, *beide werden wir toleriert, aber nicht vorbehaltlos angenommen.* Ich dachte an Madonna und ihre *conversas,* an Ferrantes mutige Tat, mit der er Catherinella ihre Würde wiedergab, und begriff, wie sehr wir alle Außenseiter brauchen, um die Grenzen unseres eigenen Ichs zu erkennen. Dann spürte ich, wie sich Angelas Finger in meine Hand gruben, und ich umschloss sie mit meiner Faust, damit sie aufhörten zu zittern.

»Wie viel kann er sehen?«, flüsterte sie aufgeregt. »Es ist ein so schöner Tag. Ich möchte, dass er es sehen kann.«

Gerade als ein junger Diakon begann, mit zittriger Hand ein Fässchen zu schwingen, aus dem Schwaden von Weihrauch aufstiegen, erhob sich der Herzog von seinem Platz. Er bat um Ruhe, fand mit seiner schwachen Stimme aber kein Gehör. Ein aufgeweckter Trompeter sprang ihm bei und blies eine improvisierte Fanfare. Der Herzog nickte ihm dankend zu.

»Auf diesem Hause soll kein Kainsmal liegen«, sagte er, und mit jedem Wort wurde seine Stimme fester. »Ich möchte nicht das Blut meiner Brüder an meinen Händen haben, selbst wenn diese nicht gezögert hätten, ihre Hände mit meinem Blut zu beflecken. Henker, lege deine Axt beiseite. Heute wird es keine weiteren Toten geben.«

Während dieser Rede hatten sich die beiden Brüder erhoben. Hand in Hand standen sie da und blickten zum Balkon, ihre Ketten ineinander verflochten. Ferrante begann, wie ein Kranker mit Schüttelfrost zu zittern und lehnte sich schwer an Giulio, der ein wenig wankte, es aber schaffte, sie beide auf den Beinen zu halten. Der Henker legte seine Axt auf den Richtblock, und aus der Menge heraus waren vereinzelt Jubelrufe zu hören, während andere Zuschauer enttäuscht wirkten. Viele hatten für das erwartete Spektakel einen langen Weg zurückgelegt, andere hatten vermutlich gehofft, an diesem einen Tag so viel Geld wie sonst in einem ganzen Jahr einzunehmen. Der Herzog, dem die Stimmung der Menge nicht entging, fuhr fort: »Wir wollen stattdessen das Ende von Zwietracht und Blutvergießen zwischen Brüdern feiern und den Beginn einer neuen Zeit des Friedens und Wohlstandes. Es soll Freudenfeuer geben und Musik und Tanz, und auf der Piazza sollen Ochsen und Spanferkel gebraten werden.« Als der Herzog sich setzte, wirkte er sehr zufrieden mit sich. »Gut«, sagte er mit der brutalen Leidenschaft eines Chirurgen, der die Haut über ein amputiertes Glied zieht, »und nun zu Tisch«. Der Jubel schwoll zu einem ausgelassenen Brüllen an, das laut genug war, um die Bussarde von den

Stadttoren aufzuschrecken. Die Mitglieder der herzoglichen Gesellschaft lächelten und murmelten ihre Zustimmung – alle, bis auf Donna Lucrezia, die ihren Gemahl nicht einmal ansah. Vielleicht hatte sie bereits im Voraus gewusst, was er vorhatte.

*

Man brachte Ferrante und Giulio ins Schloss zurück und sperrte sie in separate Kammern im Torre Leone. Deren Türen wurden versiegelt und die Fenster zugemauert bis auf einen Spalt, der nicht größer war als eine Katzenklappe. Dort sollten sie den Rest ihres Lebens verbringen. Im Herzogtum Ferrara und in der Grafschaft Modena erging der Befehl, nie wieder ihre Namen auszusprechen, eine Anweisung, gegen die meine Freundin Angela im Schlaf manchmal verstieß.

In jenem Jahr, das die Christen als 1506 bezeichnen, war Ferrante d'Este neunundzwanzig Jahre alt, sein Bruder Don Giulio sechsundzwanzig. Ich habe keinen der beiden jemals wiedergesehen, deshalb blieben sie für mich immer so alt wie damals, eingeschlossen in den Bernstein der Erinnerungen wie jene, die jung sterben.

Das Buch der Liebe

Ein Bruder lebt in mir
Und seine Briefe
Waren wie Wasser
Als mein Herz dürstete

Nun, da andere mir schreiben
Doch nicht mehr er
Lodern seine Worte, die mir blieben
In mir wie Feuer lichterloh.

Sche'muel ha-Nagid, zum Tode seines Bruders Isaak

Im Haupt des Jupiter, Mantua, am sechsten Tag des Teveth im Jahre 5267

An Esther Sarfati mit Grüßen von Gideon da Quieto d'Arzenta

Ich hatte mir geschworen, es nicht zu tun. Ich hatte mir gegenüber das unverbrüchliche Gelübde abgelegt, nie wieder mit Euch Verbindung aufzunehmen. Doch nun, da es heißt, Valentino sei frei und werde nach Italien zurückkehren, kann ich mit diesem Brief, so scheint mir, kaum etwas verlieren, wohl aber alles gewinnen.

Ich nehme an, Ihr seid sehr glücklich, und ich freue mich für Euch, wenn dem so ist. Doch wenn ich mich entsinne, was mir Don Giulio in seinem Exil über Euch und Valentino berichtet hat, zweifle ich daran. Dann erliege ich der Versuchung, mich an Euch zu wenden, um zu erfahren, ob es wahr ist, was ich in Euch sah oder ob ich lediglich einem Trugbild aufgesessen bin, einem Trugbild, genährt von Verlust und Sehnsucht, von Angst und Hoffnungslosigkeit.

Ich sollte wohl mit dem Anfang beginnen, mit dem Augenblick, als ich Euch in Don Giulios Garten von mir forthuschen sah. Ich blickte Euch nach, bis Ihr die Ebene der Treibhäuser erreicht hattet.

Don Giulio besaß den Anstand, sich für seine Unbedachtheit zu entschuldigen. Er war wütend, er hatte Schmerzen und ihn plagten verzweifelte Sorgen um seine Zukunft. Er war so gefangen in seinem Kummer, dass er nicht ausreichend bedachte, welche Wirkung seine Worte auf andere haben mochten. Und er machte mir nicht zum Vorwurf, dass ich eine Schwäche für Euch hatte, denn Ihr wart ausgesprochen hübsch, talentiert und fröhlich und seiner geliebten Angela eine treue Freundin. Unentwegt sprach er von Donna Angela, selbst nach ihrer Vermählung mit Alessandro Pio hielt er an dem Glauben fest, sie werde zu ihm zurückkehren und mit ihm und ihrer Tochter bis an ihr seliges Ende glücklich zusammenleben. Zugleich aber wurde er unberechenbar, er schmiedete ein Komplott gegen den Herzog und den Kardinal und schien ernstlich zu glauben, Don Ferrante könne ein guter Herrscher werden. Natürlich kannte ich Don Ferrante nicht, aber ich erlebte ihn als einen charmanten, faulen Gecken, unfähig auch nur einen Hühnerstall ordentlich zu führen, geschweige denn einen Staat. Don Giulios Fähigkeit zur Verblendung schien in jener Zeit grenzenlos.

Heute frage ich mich, ob ich aus diesem Grund meine Arbeit für ihn fortsetzte, obwohl ich damals schon erkannt hatte, dass ihm weniger an meinen künstlerischen Talenten als an meinen Kenntnissen der Chemie gelegen war. Auch ich gab mich der Verblendung hin und lebte in einem Traum, in dem das Schicksal mir ebenso großen Ruhm bereithielt wie Michelangelo oder Leonardo oder dem jungen Raffael.

Verblendung kann mit einem außerordentlichen Mut einhergehen, den manche vielleicht als Verwegenheit bezeichnen würden. Zurückblickend kann ich nicht gutheißen, dass Don Giulio Ferrara nicht schon früher verließ und seine Experimente mit dem Gift nicht besser verbarg. Jenem Gift, das – natürlich ohne auch nur eine Spur zu hinterlassen – den Tod des Herzogs und des Kardinals herbeiführen sollte, als

Rache für den Verlust seines Augenlichts. Vielleicht hätte er für diesen Plan besser Euren Valentino zurate ziehen sollen. Gilt er nicht als ein wahrer Meister der Gifte?

Schließlich aber konnte Donna Isabella ihren Bruder überzeugen, und er machte sich auf den Weg nach Mantua. Gütigerweise lud er mich ein, ihn zu begleiten, da, wie er sagte, es bei Hofe mindestens eine Person gäbe – Euch natürlich –, die uns bei verdächtigem Tun ertappt hatte, und es deshalb in Mantua für mich sicherer sei. Unter Euresgleichen, sagte er, als gäbe es zwischen Juden keine Unterschiede, als könnte ich mühelos in ihrer Gemeinschaft untertauchen.

Verstehen sich die Borgia vielleicht deshalb so gut auf Gift, weil sie nicht aus Fleisch und Blut, sondern aus irgendeiner giftigen Substanz erschaffen sind? Schon bald wurde deutlich, dass Don Giulio im Haus seiner Schwester kein geehrter Gast war, sondern ein Gefangener, wenn auch unter angenehmen Umständen. Und nachdem ich von ihrer Schwägerin ›übernommen‹ worden war, wie sie es nannte, überlegte Donna Isabella, ob ein so großes Talent wie meines von ihren eigenen bescheidenen Ansprüchen nicht unterfordert sein würde. Und so weiter und so fort. Die Logik sagt, dass sie sich von mir distanzierte, da ich mich an Don Giulios Verschwörung beteiligt hatte, warum aber konnte sie das nicht offen aussprechen? Weshalb fasste sie es in Wendungen, durch die es so klang, als sei meine Verbindung zu Herzogin Lucrezia eine ansteckende Krankheit? Seit Valentinos Sturz ist das zur Mode geworden, nicht wahr, und Donna Isabella hat sich seit jeher dem Diktat der Mode unterworfen.

Valentinos Freilassung – oder ist er geflohen? Das ließ sich hier in Mantua nicht in Erfahrung bringen – wird vielleicht eine Besserung meines Geschicks herbeiführen. Womöglich wird der große Mann selbst ein wohlwollendes Auge auf mich werfen, denn nach allem, was ich gehört habe, fand er viel Gefallen an meinen Masken. Habt Ihr sie gesehen? Donna Isabella berichtete mir, der goldene Totenschädel habe ihn so entzückt, dass er ihn neben seinem Bett anbrachte. Deshalb kann ich wohl davon ausgehen, dass Ihr zumindest diesen kennt.

Wie dem Allwissenden bekannt ist, käme mir eine Wendung in meinem Schicksal gut zustatten. Ehe Don Giulio von den Soldaten abgeholt wurde, erhielt ich kleinere Aufträge von Gönnern, die nicht von Skrupeln der Art Donna Isabellas geplagt wurden. Für einen Schiffskapitän, der sich in Neuspanien vier indianische Gemahlinnen hält, schuf ich einige emaillierte Schmuckstücke. Ich werde später noch auf diesen Mann zurückkommen. Don Francesco höchstpersönlich gab mir – allerdings durch einen verschwiegenen Dritten – den Auftrag für eine silberne Kappenbrosche mit einem großen Zitrin, gedacht für einen Chorknaben, an dem er Gefallen fand.

Seit dem Gerichtsverfahren gelte ich jedoch überall als persona non grata. *Ich bin aus dem Haus meines Vaters ausgezogen, um durch meine Anwesenheit nicht meine Familie in Gefahr zu bringen. Meine Hoffnung war, in der Werkstatt meines früheren Meisters unterkommen zu können, die seit seinem Tod leer stand, solange sich seine Witwe und sein Sohn nicht einigen konnten, was damit geschehen sollte. Ich fand sie jedoch abgeschlossen und verbarrikadiert, und ein Einbruch schien mir zu riskant, da ich keine Aufmerksamkeit auf mich ziehen und festgenommen werden wollte. Fragt Ihr, warum nicht auch ich Mantua verließ? Nun, natürlich fragt Ihr es nicht, aber es wäre eine berechtigte Frage. Die Antwort lautet, wenn nicht Mantua, hätte ich mir nur einen Ort denken können, an dem ich hätte sein wollen, nämlich in Ferrara. Es zog mich dorthin, wie es, um in Platos Worten zu sprechen, die Seele zur Schönheit zieht. Ob ich dort auch willkommen gewesen wäre, ist allerdings zu bezweifeln.*

Als sich der Winter näherte, schien es, als müsste ich mich der Gnade der Franziskaner ausliefern, die hier vor Ort eine Herberge führen. Wenigstens stand nicht zu erwarten, dass die Männer Don Alfonsos, wenn sie denn kämen, ausgerechnet in einer Franziskanerklause nach einem Juden suchen würden. Dann erinnerte ich mich an den Jupiter. In der Zeit vor seinem Tode hatte der alte Sperandio an einer Jupiterstatue aus Bronze gearbeitet. Sie sollte so groß werden, dass sie sich nicht in einem Stück gießen ließ, sondern in Teilen gefertigt werden musste, um sie dann mit Zinken zusammenzufügen. Ein bisher unbekanntes, neues Verfahren, und wirklich nicht einfach, aber das wird Euch nicht interessieren. Wohl eher, und in Anbetracht der Adresse, die ich im Kopf dieses Briefes angeführt habe – oh, was für ein feines, eines Höflings würdiges Wortspiel –, dass Sperandio bis zu seinem Tod gerade einmal den Kopf des Jupiter fertiggestellt hatte. Das Haupt lag nun im Hof seiner Werkstatt, weil es mit seinen Ausmaßen nicht ins Haus passte. Es war um einen Gipskern herum gegossen worden und folglich hohl, sodass im Inneren reichlich Platz für eine schlichte Bettstatt war.

Ich lebe jetzt schon seit zwei Monaten hier und habe es mir recht gemütlich gemacht. Es ist mir gelungen, einem Gerber einige Felle abzuschwatzen, die mich jetzt als Vorhang vor der Zugluft schützen. Sie sind, was ausgezeichnet ist, recht schwer, riechen aber auch ziemlich stark nach Schafspisse. In Jupiters Braue habe ich ein Bord angebracht, auf dem ich meine

Schabbatkerzen entzünde, und an der einen Wange ein Brett, an dem ich esse und diesen Brief schreibe. Hier habe ich meine Ruhe, denn wenn die Leute im Mund oder in den Augenhöhlen des Gottes Licht oder eine Bewegung sehen, glauben sie, er sei verhext und halten sich von ihm fern. Und ich könnte hier, scheint mir, ebenso lange bleiben wie Don Giulio in seinem Verlies – bis ich des Hungers sterbe oder dem Wahnsinn anheimfalle. Aber Valentino ist frei, und damit ändert sich alles.

Ich habe beschlossen, Mantua zu verlassen, sobald sich das Wetter bessert. Zunächst werde ich nach Rom fahren, und von dort nach Ostia, um den zuvor schon erwähnten Schiffskapitän zu treffen, den Mann mit den vier indianischen Gemahlinnen. Esther, mein Entschluss lautet, nach Neuspanien zu gehen. Ich, und ich fürchte wir alle, haben hier keine Zukunft mehr. Gewiss habt Ihr von dem Massaker an den Juden in Lissabon gehört.

Ich bin ein findiger Mensch, und obwohl ich auch weiterhin danach strebe, ein großer Künstler zu werden, weiß ich, dass ich dies nicht in nächster Zukunft oder auf geradem Wege verwirklichen kann. Die Fertigkeiten, die ich in meinem Handwerk erlernt habe, sind vielseitig und können mir an jedem Ort dienen – und wenn es Sein Wille ist, dass ich als Hufschmied oder Schwertmacher arbeite, soll es denn so sein. Wie ich Euch einst schon gesagt habe, lehrt mich mein Glaube, dass ich jederzeit bereit sein muss und offen für alles, was Er für mich im Sinn hat.

Mein Antrag an Euch war mein voller Ernst, obwohl er mich mindestens ebenso überraschte wie Euch. Ich liebe Euch, und daran wird sich nichts ändern. Ich habe es versucht. Don Giulio und ich haben alles unternommen, was Männern einfällt, wenn sie eine Frau vergessen wollen. Wir haben gearbei-

tet, wir haben getrunken, und wir haben uns Fremde ins Bett geholt – und uns dennoch immer wieder dabei ertappt, wie wir stundenlang von Euch und Donna Angela sprachen. Und wir mussten feststellen, dass die Fremden, mit denen wir geschlafen haben, stets irgendwann begannen, wie Ihr beide auszusehen.

Während unserer langen weinerlichen und weinseligen Gespräche hat mir Don Giulio noch etwas anderes über Euch berichtet. Er meinte wohl, wenn er mich schon mit dem Hinweis, dass der große Valentino mein Rivale ist, nicht von Euch abbringen konnte, zu drastischeren Mitteln greifen zu müssen. Und erzählte mir, ihr hättet einen Sohn, und er sei sein Pate.

Ich will Euch nicht schildern, wie schlecht es mir ging, als mir klar wurde, dass es ein lebendiges Zeugnis Eurer Liebe zu einem anderen gibt und dieses Kind euch untrennbar zusammenschweißt. Dieser Gedanke beschwor Bilder in meinem Geist und Gefühle in meinem Herzen, derer ich mich schäme. Valentino hat rotes Haar, heißt es. Ist Euer Sohn ebenfalls rothaarig? Nein, das will ich gar nicht wissen. Ich werde es noch früh genug erfahren.

Esther, wollt Ihr mich nach Neuspanien begleiten? Wenn Ihr es nicht für Euch tun wollt, dann tut es für Euren Sohn. Selbst wenn es Valentino gelingt, all das zurückzugewinnen, was er verloren hat, müsst Ihr Euch der Frage stellen, welche Möglichkeiten dem Jungen mit einem Paten wie Don Giulio in Ferrara noch offenstehen. Mit dem Beistand Unseres Herrn bin ich zu dem Versuch bereit, ihm ein guter Vater zu sein. In der neuen Welt kann er unbehelligt von der Vergangenheit aufwachsen, unbehelligt von allen Gefahren, die sie mit sich bringt. Und, wer weiß, vielleicht könnte ein Kind uns zusammenführen.

Nun, falls ich mich getäuscht habe, werde ich wohl gelegentlich Neuigkeiten von Euch hören, wenn Ihr in dem prächtigen Haus wohnt, das Euer Liebhaber für Euch eingerichtet hat. Und ich werde den Tag verwünschen, an dem ich Italien verließ, weil Ihr nun nicht mehr als meine Gönnerin wirken könnt. Doch erweist mir die Ehre, sorgfältig über mein Angebot nachzudenken, denn es könnte ja sein, dass Ihr das, was Ihr zu wollen meint, im Grunde genommen gar nicht wollt oder dass Eure Liebe zu Valentino erloschen ist und Ihr die Tatsache seiner Freiheit nicht begrüßt. Allerdings, wenn ich ehrlich bin – und das muss ich jetzt sein –, beruht auch dies auf Verblendung, denn ich habe stets gespürt, dass es einen Menschen von Bedeutung in Eurem Leben gab. Nur habe ich es vorgezogen, dieses Gefühl zu missachten.

Ich wünschte, Ihr hättet mich schon früher in die Geschichte Eures Lebens eingeweiht, aber dann gemahne ich mich, dass alles, was Ihr tut, Teil von Euch ist, selbst Eure Lügen. Habt Ihr es nicht gewagt, Euch mir anzuvertrauen? Könnt Ihr einen Mann lieben, den Ihr fürchtet? Nein, diese Frage ist ungerecht. Es ist spät geworden, und mein Kopf schmerzt in der Kälte. Habt Ihr in diesem Jahr Chanukka gefeiert, so wie wir im letzten? Noch eine ungerechte Frage. Schreibt mir Eure Antwort. Stellt mir ungerechte Fragen. Ich werde frühestens nach Ablauf von vier Wochen aus Mantua abreisen, denn mein Kapitän will nicht eher als im Monat Adar den Hafen verlassen. Schreibt mir, ob Ihr den Seegang gut vertragt.

Eures Herzens Diener
Gideon d'Arzenta

1

Ferrara, am 22. April 1507

Dies sind Briefe, die ich nie abschicken werde, das Blut meines Herzens. Die Tat ist für morgen geplant. Ich vertraue diese Briefe Juanito an und gebe ihm den Auftrag, sie dir zu überbringen, sollte ich bei dem Versuch sterben. Durch meine Worte wird es dir möglich sein, mich noch einmal zu erschaffen, so wie Isis einst Osiris.

Die Gerüchte um uns herum brodelten schon seit Wochen. Ich bin mir sicher, wir alle hatten uns ausgemalt, was wir sagen und tun, wie wir denken und fühlen würden, sollten sie sich bestätigen. Aber als Juan Grasica eintraf und im Schlosshof so langsam von seinem Pferd stieg, als könne er mit dem Hinauszögern des Endes seiner Reise zugleich auch deren Zweck leugnen, waren wir nicht vorbereitet. Wir verhielten uns wie die Bürgerwehr der Stadt, die Jahr für Jahr ihre Maßnahmen gegen die Überschwemmungen im Frühling übt und dann verdutzt zusieht, wie der Fluss durch die Straßen tobt, die Sandsäcke mit sich reißt und eine Spur von gelbem Schlamm, ertrunkenen Schweinen und zerstörtem Mobiliar zurücklässt.

Juanito hingegen war in seine Aufgabe gut eingewiesen

worden. Zunächst suchte er Ippolito auf, um ihm die Nachrichten zu überbringen, aber vermutlich waren sie gegenüber dem, was in Pamplona, im wilden Land Navarra, vor sich ging, bereits überholt. Das Verhältnis zwischen Donna Lucrezia und Ippolito hatte sich nach der *coniurga* nie wieder ganz erholt; die Namen von Giulio und Ferrante schwebten unausgesprochen zwischen ihnen wie die Feen, die die Milch sauer werden lassen. In diesen Zeiten war Ippolito nicht daran gelegen, Madonna schönzutun, und so beauftragte er Fra Raffaello, Juanitos Nachricht an Madonna weiterzuleiten.

Da in diesem Jahr Ostern bereits sehr früh gefeiert wurde und Madonna während der Karnevalswochen durch einen Besuch von Don Francesco beschäftigt gewesen war, hatte man einige der Hochzeiten, die Madonna für ihre Hofdamen ausgehandelt hatte, in die Wochen zwischen Ostern und Fronleichnam gelegt. Zudem hatte Madonna eine weitere Fehlgeburt erlitten, wofür einige das ausgelassene Tanzen und zu häufige Ausflüge hoch zu Ross verantwortlich machten und andere hinter vorgehaltener Hand zu heftige körperliche Aktivitäten gewisser Art in Gesellschaft von Don Francesco Gonzaga. Jener war ohne Donna Isabella angereist, da sie demnächst wieder ein Kind erwartete.

Wir saßen in der Camera Dal Pozzolo und nähten an der Aussteuer für eine entfernte Cousine der Gonzaga, die kommenden Samstag mit dem Neffen des venezianischen Gesandten vermählt werden sollte. Ich erinnere mich noch an die unbedeutendsten Kleinigkeiten, sogar, dass ich gerade einen neuen Faden cremeweißer Seide in meine Nadel gefädelt hatte, mit dem ich den Halsausschnitt eines Nachthemdes mit einem Muster aus Stiefmütterchen bestickte. Ebenso erinnere ich mich an Fra Raffaellos gerötete Wangen, an seinen stumm arbeitenden Mund, an die Selbstgerechtigkeit und den Schrecken, die in seinen Augen miteinander rangen. Und ich weiß noch, wie ruhig Madonna ihre Stickarbeit beiseitelegte, als der Sklave an der Tür kratzte, und »Herein!« rief.

Woran ich mich allerdings nicht mehr erinnere und was ich mir seitdem im Geiste habe zurechtlegen müssen, ist, was ich fühlte, als Fra Raffaello sich verbeugte und sagte: »Madonna, Ihr müsst jetzt all Eure Kraft zusammennehmen. Ich bringe Euch äußerst traurige Nachrichten.«

»Ja«, erwiderte sie. Ich bin mir sicher, sie wusste ebenso wie ich, was er ihr mitteilen wollte.

»Nachrichten vom König von Navarra«, fuhr er fort, sich an seine Aufgabe herantastend. Madonna tat nichts, um ihm zu helfen, der Blick, mit dem sie ihn bedachte, war ebenso kühl und grau wie das Rechteck des dunklen Himmels im Fenster hinter ihr. Zwar schätzte sie seinen Rat in geistlichen Dingen, doch letztlich war er nicht ihr persönlicher Vertrauter, sondern nur Beistand der Herzogin von Ferrara. Während ich sie beobachtete, wurde mir bewusst, dass sie ebenso geschickt darin war, Masken zu tragen wie einst Cesare. Einst. Ich hatte an ihn gedacht, als gäbe es ihn nicht mehr.

»Sein Bote hat zu vermelden, dass der Herzog von Valentinois im Kampf gefallen ist, Madonna.«

»Der Herzog der Romagna«, verbesserte sie ihn, allerdings fast unhörbar. Fra Raffaello ließ durch nichts erkennen, dass er sie verstanden hatte.

»Gott gewährte ihm ein Ende in einem tapferen Einsatz für eine gerechte Sache«, fuhr er fort.

Donna Lucrezia nickte, als würde sie wohlwollend dem Vortrag eines Musikstückes oder Gedichtes lauschen. »Der Bote«, sagte sie. »Wer ist er?«

»Ein Mann namens Juan Grasica. Madonna. Ich glaube, er ist …«

»Ich weiß, wer er ist, Bruder. Ich danke Euch, Ihr dürft Euch nun zurückzuziehen und Juan Grasica mitteilen, er möge zu uns kommen.«

»Wollt Ihr nicht beten, Madonna?«

»Gewiss werde ich beten, aber nicht jetzt und nicht hier. Im Augenblick steht es zwischen Gott und mir nicht zum Besten. Je mehr ich mich bemühe, ihm gefällig zu sein, desto schlimmere Prüfungen erlegt er mir auf.«

Der Mönch verbeugte sich und zog sich zurück.

»Fidelma«, sagte Madonna, »geht und sagt Eurem kleinen Mönch, dass ich Juan Grasica in meinen Privatgemächern empfangen werde. Ihr anderen dürft mich jetzt allein lassen. Ihr jedoch nicht, Violante«, fügte sie hinzu, als wir unsere Arbeit niederlegten und uns zum Gehen anschickten. »Ihr werdet mich begleiten.« Sie erhob sich aus ihrem Sessel, und ohne weiter zu überlegen, trat ich einen Schritt auf sie zu und legte meine Arme um sie. Nach kurzem Zögern erwiderte sie meine Umarmung. So oft ich diesen Augenblick auch in meiner Erinnerung wiedererstehen lasse, konnte ich bisher nicht herausfinden, was mich zu dieser Handlung bewegte. Wollte ich sie trösten oder mich selbst? Oder wollte ich über ein Gefühl mit ihr in Verbindung treten, das ich gar nicht empfand?

Juanito wurde nicht in ihr Privatgemach vorgelassen, ehe ich ihr nicht beim Anlegen der Trauerkleidung geholfen hatte. Sie wählte Gewänder für die tiefste Trauer, jene, die sie nach dem Tod ihres Schwiegervaters und ihres kleinen Sohnes erst kürzlich in den Truhen hatte verstauen lassen. Zu einem Rock und Mieder in schlichtem Schwarz trug sie ein

Hemd ohne Spitze und Stickerei, eine schwarze Kniehose und ebensolche Schuhe. Ich entfernte ihr jegliche Schminke aus dem Gesicht, bürstete ihr offenes Haar und nahm ihr allen Schmuck ab bis auf ihren Hochzeitsring und den Kameenring, den ich ihr aus Rom gebracht hatte. Dann bückte sie sich, um ihren Finger in die Asche des Feuers vom Vorabend zu tauchen, und malte sich ein Kreuz auf die Stirn.

»Das hätte eigentlich der Priester machen müssen«, murmelte sie, »aber Cesare wäre es so lieber gewesen. Jetzt bin ich bereit, Violante. Bitte ruft Juanito zu mir. Ich werde mich auf dem Bett ausstrecken, denn ich glaube, zum Sitzen fehlt mir die Kraft.«

»Vielleicht solltet Ihr Euch später mit Juanito treffen, Madonna.«

»Nein, ich möchte ihn jetzt empfangen.«

»Ja, Madonna.«

Der arme Juanito. Er war nicht mehr der Jüngste; wie Michelotto war er zu Cesares Hofstaat gestoßen, als Cesare seine Studien in Perugia aufnahm, und hatte ihn seitdem durch alle Wendungen des Schicksals begleitet. Sein Gesicht wirkte grau, als er den Raum betrat, grau vor Erschöpfung und Kummer und dem Staub seiner elenden Reise, der sich in einer Wolke um ihn hob, als er seine Kappe abzog und vor der Schwester seines Herrn niederkniete. Seine Glieder waren während des langen Rittes so steif geworden, dass ich ihm wieder aufhelfen musste.

»Bitte setzt Euch, Juanito«, forderte ihn Madonna auf. Er aber lehnte ab. Die eine Hand mit der Kappe an die Brust gepresst, die andere schützend auf die pralle Tasche gelegt, die an seiner Seite hing, blieb er in Habachtstellung vor ihrem Bett stehen.

»Nun gut, aber ich warne Euch, unsere Unterredung wird länger dauern. Ich möchte, dass Ihr mir alles sagt, was Ihr wisst.«

»Das habe ich erwartet, Madonna.«

»Dann bitte ich Euch, zu beginnen.« Sie winkte mich herbei, damit ich mich auf die Bettkante setzte, und nahm meine Hand. Als Juanito mit seinem Bericht geendet hatte, waren meine Finger durch ihren heftigen Griff taub geworden, und meine Knöchel fühlten sich gequetscht an.

»Wie Ihr wisst, sollte mein Herr seine Exzellenz Don Carlos von Flandern nach Spanien geleiten.« Wir nickten beide. Cesare hatte seine Rolle darin gesehen, den Infanten, Don Carlos bei der Wahrung seines Anspruches auf den kastilischen Thron zu unterstützen. Daran änderte sich auch nichts, nachdem Philip von Flandern, der Vater des Infanten, unerwartet an der Grippe gestorben war. Im Gegenteil, dessen Tod hatte Cesare zu der Entscheidung bewogen, die Flucht zu wagen. Wie er bei seiner Ankunft am Hof seines Schwagers in Pamplona an Madonna schrieb, beabsichtige er nicht, herumzusitzen wie ein Huhn auf der Stange und darauf zu warten, bis der alte Fuchs Ferdinand von Aragón ihn holen kam.

»Zur Vorbereitung wollten er und König Jean die Verteidigungslinien Navarras stärken, und so forderten sie den Grafen von Beaumonte auf, die Festung von Viana zurückzugeben. Dieser aber weigerte sich, mit der Begründung, er sei ein Vasall König Ferdinands und kein Lehnsmann von König Jean. Deshalb stellte Seine Gnaden der König meinen Herrn an die Spitze eines Heeres mit dem Befehl, Viana mit Gewalt einzunehmen. Ihr hättet ihn an diesem Tag sehen sollen, Madonna, als wir aus Pamplona ausritten. Es war wie in den al-

»Fahrt fort, Juanito. Wie ich schon gesagt habe, möchte ich alles hören.«

»Als er in Beaumontes Hinterhalt geriet, war er völlig allein. Ich hatte keine Ahnung, was sich abgespielt hatte, bis sein Pferd zu uns zurückgaloppiert kam. Und selbst da dachte ich noch … nun, er war ein famoser Kämpfer und beinahe doppelt so groß wie die kleinwüchsigen Navarreser.« Juanito räusperte sich. Er nestelte am Verschluss seiner Tasche und warf Madonna einen flehenden Blick zu. Aber sie gewährte ihm keine Schonung.

»Als ich bei ihm eintraf, waren sie schon fort. Sie hatten ihm alles genommen, seine Rüstung, seine Waffen, sogar seine Kleider. Einer von ihnen hatte immerhin noch einen Stein auf sein Geschlecht gelegt, mehr aber nicht.« Tränen quollen dem Knappen aus den Augen und rannen durch den Staub auf seinen Wangen. Nur der Druck von Madonnas Hand, dieser einfache und direkte Schmerz, bewahrte mich davor, selbst in Tränen auszubrechen.

»Es regnete noch immer in Strömen, daher sah sein Körper ganz rein aus. Nur die Erde rundherum war rot. Der König stieß zu uns und bedeckte ihn mit seinem eigenen Umhang. Er sprach ein Gebet, dann ließ er ihn in die Stadt zurückbringen. Ich habe ihn selbst aufgebahrt, Madonna, denn ich wollte nicht, dass dies von Fremden gemacht wurde. Ich war sein Leibdiener, seit er vierzehn Jahre alt war, also war es nur recht und billig.«

»Ich danke Euch, Juanito. Ihr habt gut getan, und es war sehr umsichtig von Euch.«

»Er sah aus wie ein Bräutigam, als er von König Jeans sechs edelsten Rittern in die Kirche Santa Maria getragen wurde. Ich hatte ihm das Haar gebürstet und seinen Bart gestutzt, wie er es gern mochte, und ihm seine beste Rüstung angelegt, die mit der goldenen Ziselierung auf dem Brustharnisch. Er hat oft gesagt, in dieser Rüstung fühle er sich sicher wie in einer zweiten Haut. Er trug seinen Hochzeitsring und den Michaelsorden, den er von König Louis erhalten hatte. Von König Jean bekam er eine kleine Krone, als Ersatz für seine herzoglichen Insignien, die in den Wirren in Neapel verloren gegangen waren.«

»Sagt mir, wie sah sein Gesicht aus?«

»Ich würde meinen, Madonna, äußerst schön und gelassen. All die vielen Frauen, die in der Kirche waren, weinten. Es hieß, sein armer Körper habe fünfundzwanzig Wunden erlitten, sein Gesicht aber war verschont geblieben. Für mich waren es jedenfalls zu viele gewesen, um sie zu zählen, er musste also gekämpft haben wie der Teufel.«

»Fünfundzwanzig. Gut. Das sind fünf Mal die fünf Wunden, die unser Herr am Kreuz erlitten hat. Waren seine Augen offen oder geschlossen?«

»Geschlossen natürlich, mit Münzen beschwert, Madonna.«

»Nein, als Ihr ihn gefunden habt.«

Ich wünschte, sie hätte davon abgelassen, denn ich bezweifelte, ob Juanito noch die Kraft zum Weitersprechen hatte. Sie hingegen schon, also mussten er und ich ihr folgen.

»Offen, Madonna. Mit einer Art von … überraschtem Ausdruck.«

»Konntet Ihr etwas in ihnen lesen? Man sagt doch, dass man in den Augen eines Toten noch eine Weile lang das Bild seines Mörders sehen kann.«

»Sagt man das, Madonna? Nun, vielleicht bin ich zu spät gekommen. Ich sah in seinen Augen nichts als den Regen.«

»Die Götter müssen den Tod eines solchen Menschen beweinen. Ich danke Euch, Juanito. Ihr habt gut gesprochen und wart sehr tapfer. Kennt Ihr Sancho, meinen Haushofmeister?«

»Ich habe ihn einmal in Medina del Campo getroffen, Madonna.«

»Geht zu ihm. Er wird Euch Geld geben und Euch ein Quartier suchen. Sobald ich dazu in der Lage bin, werde ich für Euch eine dauerhaftere Lösung finden. Es wäre mir lieb, wenn Ihr in Ferrara bliebet, Juanito, damit wir uns hin und wieder über die alten Zeiten unterhalten können.«

Der Knappe verbeugte sich. »Ich wüsste nicht, wohin ich sonst gehen sollte, Madonna.«

Als ich Juanito hinausgeleitete und ihm beschrieb, wo er den Haushofmeister finden konnte, bat ich ihn, dafür zu sorgen, dass Sancho einen Boten nach Sassuolo zu Angela schickte.

*

Am folgenden Abend traf Angela ein. Sie kam hoch zu Ross und lediglich von einem Stallburschen begleitet. Eine ihrer Hofdamen würde mit dem Gepäck folgen, erklärte sie, um das unbehagliche Schweigen zwischen uns zu überbrücken. Zuletzt hatte ich sie im vergangenen Winter gesehen. Damals hatte Madonna einiges von ihrem Schmuck verpfändet und ein kleines Stück Land in Kalabrien, das sie fast schon vergessen hatte, verkauft, um ihre Cousine mit einer Mitgift auszustatten, die den Ansprüchen von Don Alessandros Mutter genügte. Die gesamte Sippe der Pio war zu einer zweiten öffentlichen Hochzeit, ausgerichtet in den neu gestalteten Räumen des Herzogs im Corte, nach Ferrara gereist.

Wir taten uns gütlich an Unmengen von Austern mit Orangen und Birnen, an Hechten mit kandierten Borretschblüten und Anchovissalat, und kaum einer hätte geglaubt, dass wir uns in der Adventszeit befanden. Zum Nachtisch gab es aus Süßholzteig gebackene Aktfiguren, deren Verzehr von einer Vielzahl hochzeitsgemäßer Witze begleitet wurde, obwohl sie Don Alessandros Mutter offenbar alles andere als amüsant fand. Nach dem Abendessen stellten wir uns hinter den Musikanten, den Akrobaten und dem Feuerschlucker, den La Fertella von irgendwo geholt hatte, zu einem Zug auf und geleiteten Braut und Bräutigam lärmend zu ihrer Unterkunft in der Stadt. Unsere Wangen glühten vom Wein und von der Kälte, der Schein der Fackeln glitzerte auf den Juwelen, er tanzte auf den verschneiten Straßen, warf zuckende Schatten auf die Hauswände und erhellte das Schimmern in den Augen der Menschen, die uns versteckt hinter ihren Fensterläden begafften.

Nur flüchtig spürte ich den dunklen Bann des Torre Leone auf mir lasten, als wir an ihm vorbeikamen. Wie immer hielt ich Ausschau nach den Lebensmittelkörben, die am Dach von einem Flaschenzug herabhingen und entlang der nackten Fassade des Turmes ihre Reise nach unten und wieder nach oben antraten – der einzige Hinweis, dass Ferrante und Giulio noch lebten. Von meinem Platz im Zug konnte ich unmöglich erkennen, ob auch Angela nach ihnen schaute. Doch dann waren meine Gedanken wieder zu dem geeilt, was mich am meisten erfreute.

Don Alberto hatte Girolamo zur Hochzeit nach Ferrara mitgebracht. Giovannis Anhänglichkeit, die mit Cesares Lob über meinen griechischen Witz begonnen hatte, war während unserer Aufenthalte in Nepi und Rom noch stärker geworden. Ich vermute, wir glichen zwei Soldaten, die gemeinsam auf einem Feldzug gewesen waren, zusammengeschweißt durch Erfahrungen, die niemand sonst in unserer Umgebung teilte. Wenn er also mit Girolamo spielte, wollte er mich oft mit einbeziehen. Hochbeglückt und zugleich mit gebrochenem Herzen sah ich zu, wie sie in der Sala Grande Reifen schlugen oder mit ihren Steckenpferden und Besenstielen stürmische Wettkämpfe ausfochten. Ich schlichtete ihre Händel, wenn Giovanni versuchte, seinen Neffen in die Knie zu zwingen und Girolamo, klein und drahtig, zäh und kühn, sich wehrte. Giovanni war zwar nicht mehr so rundlich wie einst, aber nach wie vor ziemlich träge und auch etwas schwer von Begriff. Girolamo hingegen glich dem Jungen, als den ich mir seinen Vater vorstellte, wäre er in jenem Alter nicht so schwächlich gewesen, und zu dem er nach Donna Lucrezias Geburt wurde, als er sich entschieden hatte, zu leben.

Wir hatten kürzlich erfahren, dass Cesare in Freiheit war. Er hatte sich an einem am Fenster befestigten Seil heruntergelassen. Da er jedoch die Höhe falsch eingeschätzt hatte, brach er sich beim abschließenden Sprung das Schlüsselbein, mehrere Rippen und das Fußgelenk, was seine Reise nach Pamplona zur Qual werden ließ. Trotzdem freute er sich auf das Weihnachtsfest bei seinem dortigen Schwager und auf das Jahr des Herrn 1507, in dem sich sein Geschick, wie er hoffte, zum Guten wenden würde.

Und nun war er tot.

Ich empfing Angela in der kühlen Abenddämmerung im Schlosshof. Zwischen unserem Glück in der Vergangenheit und dem Kummer der Gegenwart lagen Welten, und dieser Umstand vertiefte die Kluft, sie sich zwischen uns aufgetan hatte, seit sie eine verheiratete Frau mit einem guten Namen und einem stattlichen Hofstaat war.

»Wie geht es ihr?«, fragte Angela, während wir zu Madonnas Gemächern gingen.

»Das ist schwer zu sagen. Du siehst es ja gleich selbst.«

*

Donna Lucrezia trauerte um ihren Bruder mit der gleichen bis ins Mark reichenden Verzweiflung, die wohl auch sein Sterben begleitet hatte – ohne Würde, ohne Zurückhaltung, ohne Scham und ohne Denken. Nachdem Juanito mit seinem Bericht geendet und uns allein gelassen hatte, brach sie zusammen. Sie raufte sich das Haar, zerrte an ihren Kleidern und zerkratzte sich Gesicht und Arme. Dabei heulte und stöhnte sie wie vom Teufel besessen in unirdisch tiefen Lauten, die mich an kämpfende Katzen erinnerten oder an Bettler, die nicht den Anstand besaßen, still und leise am Straßenrand zu sterben. Dann nahm sie eine Handvoll Asche und beschmierte sich damit Gesicht, Kopf und Brust, und als das Feuer wieder angezündet wurde, schaufelte sie glühende Kohlen auf den Boden und versuchte, darüberzulaufen. Ich musste die Glut mit der erstbesten Flüssigkeit löschen, die ich zur Hand hatte – mit dem Inhalt eines Nachttopfes. Die dalmatinische Sklavin suchte entsetzt das Weite, nicht ohne sich wiederholt mit flatternden, bleichen Händen vor ihrem langen, weißen Hals zu bekreuzigen.

Ich hatte eigentlich gedacht, Angelas Anwesenheit würde Madonna beruhigen, aber sie nahm die Ankunft ihrer Cousine kaum zur Kenntnis. Als ich den Raum verlassen wollte, tauchte sie allerdings kurz aus dem Abgrund auf, in den sie gestürzt war, und verbot es mir. »Ihr und ich, wir sind eins«, sagte sie. »Es gibt keinen Ort, an den Ihr gehen könnt.«

*

»Aber Violante möchte mir doch nur etwas zu essen und zu trinken holen«, wandte Angela ein. »Und einen Besen, um die Asche zusammenzufegen.«

Donna Lucrezia starrte sie an, als wüsste sie nicht, wen sie vor sich hatte oder worüber Angela sprach. Sie schüttelte den Kopf. Eine Haarsträhne hatte sich an ihrer Lippe verfangen. Sie streckte die Zunge heraus, schob sie sich in den Mund und begann, daran zu saugen. Das schien sie vorübergehend abzulenken, daher ließ sie zu, dass wir sie zum Bett zurückführten.

»Meinst du, wir sollten sie festbinden?«, fragte mich Angela. »Zumindest, bis ihr Arzt eingetroffen ist und sie sich ansieht?«

Aber noch ehe ich antworten konnte, war Madonna schon wieder aufgestanden. Sie spie das Haar aus, lief zum Fenster ihres Schlafgemachs und murmelte dabei etwas von Seilen, Sprüngen in die Tiefe und Cesares Fertigkeiten in der Mathematik, die er nicht gepflegt hatte, weil er zu ungeduldig gewesen war. Ich lief an ihr vorbei, schloss rasch die Fensterläden und band sie mit meinem Gürtel fest. Angela rang derweilen mit Madonna, um sie wieder ins Bett zu bringen.

»Ich hole ihren Arzt«, sagte Angela. »Dies ist viel schlimmer, als ich erwartet hatte.«

»Was hattest du denn erwartet?« Angela sah mich mit einem seltsamen, sowohl berechnenden wie auch besorgten Ausdruck an, gab mir aber keine Antwort.

Kurz darauf kehrte sie mit dem Arzt zurück. Als sie hereinkamen, zerschlug Madonna einen Parfümflakon und schrie, sie werde jeden außer Angela mit der Glasscherbe erstechen, der seinen Fuß über diese Schwelle setze. Es war ein blumiges Parfüm mit Anklängen an Jasmin, und sein Duft schwebte gespenstergleich um Bettmöbel und Deckentäfelung, Sesselbeine und das juwelenbesetzte Kruzifix über dem *prie-dieu*, ehe er uns umhüllte.

Donna Lucrezia hatte sich die Hand verletzt, doch als ich sie verbinden wollte, entzog sie sich mir. »Glaubt Ihr, das spielt noch eine Rolle?«, fragte sie voller Verachtung.

Fra Raffaello erfuhr die gleiche Behandlung, ebenso Ippolito und sogar der Herzog, der zu einem Blitzbesuch aus Genua angereist war, wo er dem französischen König bei der Niederschlagung eines Aufstandes half. Zweifellos war er froh, als er wieder zu seinem Aufstand zurückkehren konnte. Zwei Wochen lang ließ Madonna niemanden zu sich außer Angela und mir. Sie tobte und weinte und rief Cesares Namen. Gelegentlich flehte sie ihn in ihrem raschen, unverständlichen Katalanisch an, als könnte sie ihn bewegen, zu ihr zurückzukehren. Weil sie nicht bereit war, sich aus ihren zerfetzten Kleidern helfen zu lassen, versuchten wir, sie in Decken zu hüllen, die sie durch den Raum hinter sich herschleifte, wobei sie Möbelstücke umwarf und Bücher, Becher, Haarbürsten, Schmuck und Puderdosen von den Tischen fegte. Schließlich war der Boden mit einem Brei aus verschüttetem Wein, Schminke und Glasscherben bedeckt, was ihn klebrig und rutschig machte. Sie besudelte auch sich selbst mit Absicht wie ein unerzogenes kleines Kind. Wann immer wir sie überreden konnten, etwas zu essen oder zu trinken, was uns selten gelang, schob sie sich die Speisen mit den Fingern in den Mund und leckte dazu Wasser aus einer Schüssel, wodurch sich auf Lippen und Kinn eine breiige Kruste bildete, die brüchig wurde und die Haut reizte.

Sie schlief nur selten und stets nur kurz. Angela und ich hockten dann gewöhnlich zusammengesunken da und dämmerten schweigend vor uns hin. Zum Sprechen fehlte uns die Kraft und zu einem Versuch, das traurige Wirrwarr um uns herum aufzuräumen, erst recht. Ich wartete und machte mich auf meinen eigenen Kummer gefasst, der, wie ich sicher war, kommen würde, doch er kam nicht, nicht damals. Es war, als hätte Madonnas Trauer mit ihrer ungezügelten Heftigkeit meine eigene so beschämt, dass sie sich nicht hervorwagte. Niemand konnte trauern wie sie; im Vergleich mit ihr erschienen selbst die Frauen von Troja wie fade Heuchlerinnen. Und ich war unendlich müde, so müde, dass mir die Kraft fehlte, angemessen um meine erste und einzige Liebe zu trauern, um den Vater meines Sohnes, den Mann, dessen dunkle Augen und kluges Lächeln für mich einmal die ganze Welt umfasst hatten.

Madonna schlief am liebsten auf dem Boden, zusammengerollt wie ein Kind, die Knie an die Brust gezogen, den Daumen im Mund. Als sie dann am letzten Morgen erwachte und in den breiten Streifen Sonnenlicht blinzelte, das durch eine Ritze in den Fensterläden in den Raum fiel, erblickte sie als Erstes die von der Reise verschmutzte Tasche, die Juanito zurückgelassen und die ich unters Bett geschoben und anschließend vergessen hatte.

»Was ist das?«, fragte sie, nachdem sie den Daumen aus dem Mund genommen und an den Fetzen ihres Mieders abgewischt hatte. »Was ist das?«, wiederholte sie, während Angela und ich, noch schlaftrunken, herauszufinden versuchten, was sie denn meinte. »Unter dem Bett. Das ist zuvor noch nicht da gewesen.«

»Ach so.« Langsam kehrte meine Erinnerung zurück. »Juanito hat sie hiergelassen. Ich weiß nicht, was sie enthält.«

Sie rutschte, noch immer auf der Seite liegend, über den Boden und wand sich wie eine Schlange, bis sie mit der Hand die Ledertasche zu greifen bekam. Als sie daran zog, schlug ihre Lasche auf, und einige Dokumente rutschten heraus. Sie waren zwar ausgeblichen und zerknittert, doch die Handschrift mit ihren Schleifen und Schnörkeln und der Angewohnheit, sich am Ende einer jeden Zeile immer mehr zu neigen, war unverwechselbar. Donna Lucrezia setzte sich auf. Sie strich sich die Haare aus den Augen und betrachtete ihre Hände mit den abgebrochenen Nägeln und den sichelförmigen Schmutzstreifen darunter, als handele es sich um etwas Fremdes und ziemlich Schreckliches.

»Lasst mich allein«, sagte sie.

»Aber …«, setzte Angela an.

»Ihr braucht nichts zu befürchten. Geht!«

*

Ich begab mich in mein Zimmer, um mich schlafen zu legen. Doch obwohl eine bleischwere Erschöpfung auf mir lastete, war mein Geist hellwach, rastlos und voller Erwartung. Da ich nicht zur Ruhe kommen konnte, zog ich meine Reisetruhe unter dem Bett hervor und grub in ihrer Tiefe nach dem Brief, den Cesare mir aus Rom geschrieben hatte, sowie nach der von Ser Leonardo angefertigten Zeichnung. Zunächst musste ich das Haushaltsbuch meiner Mutter und den weit jüngeren Brief von Gideon herausnehmen, den ich zu meiner eigenen Überraschung in dem unbehaglichen

Frieden nach der *coniurga* aufbewahrt hatte. Ich fand ihn eigenartig und dreist, und ohnehin war Gideon inzwischen sicherlich längst abgereist.

Ich breitete alles in einer Reihe auf meinem Bett aus und starrte die Dinge an, als könnten sie mir etwas sagen. Dann nahm ich Cesares Brief und las ihn ein weiteres Mal, doch er war ebenso geschliffen und unverständlich wie jeher. Ich legte ihn beiseite und sah mir die Zeichnung an, betrachtete die verschatteten Augen und den Ausdruck des Mundes, der vom Vollbart halb verdeckt war. So exzellent die Skizze, so echt und lebensnah das Gesicht mit der leichten Unregelmäßigkeit der Nase und den Tränensäcken unter den Augen getroffen war, so hatte ich doch nur ein lebloses Bild, ein Fantasiegebilde aus Holzkohle und Lämmerhaut vor mir, einen Moment, eingefangen und aufgespießt wie ein schöner Falter.

»Es tut mir leid«, sagte ich zu der Zeichnung. Und plötzlich tat es mir wirklich leid, um alles, was wir nicht gemeinsam getan hatten – um das Schlittschuhlaufen im Fackelschein, das ich mir einst ausgemalt hatte, die Sommerspaziergänge in duftenden Gärten, die Lieder, die wir nicht gesungen, die Tänze, die wir nicht getanzt, die Verse, die wir nie ausgetauscht und die süßen Albereien, die wir uns nie zugeflüstert hatten. Stets hatte ich geglaubt, dass es für uns eine Zukunft geben würde, doch jetzt, ganz unvermittelt, war sie mir durch den Schwertstreich eines unbekannten Navarresers genommen worden. Ich presste die Zeichnung an mein Herz, sank zwischen all den anderen kleinen Relikten meiner Zeit auf Erden auf dem Bett zusammen und weinte, bis mir die Augen brannten und die Kehle schmerzte und ich meinte, alle Tränen geweint zu haben, die in mir waren.

Ich hatte nicht bemerkt, dass Angela gekommen war, bis sie sich neben mir aufs Bett warf und mich in die Arme nahm.

»Gut so«, sagte sie, während sie mir über Haar und Rücken strich. Sie zog ein Taschentuch aus dem Ärmel, damit ich mir die Nase putzen konnte. »Es ist wichtig, zu weinen.« Ihre Zuwendung und ihre körperliche Nähe taten mir gut. Ich brachte ein mattes Lächeln zustande, sie aber sah mich mit einem tiefernsten Blick an. »Nach dem Überfall auf Giulio«, sagte sie, »war ich im Innern ganz kalt. Als ob ich zu einer Statue geworden wäre oder zu einer dieser mechanischen Figuren, die man im Karnevalszug auf die Wagen setzt und die sich unentwegt von selbst bewegen.« Plötzlich lachte sie auf. »Und du hast mich dafür verurteilt.«

»Das habe ich nicht.« Mir fiel ein, wie ich ihr nach Giulias Geburt in Medelana Gesellschaft geleistet hatte. War das etwa ein Zeichen der Missbilligung gewesen?

»Oh doch, tief im Herzen schon. Du dachtest, ich hätte trotz allem, was geschehen war, bei ihm bleiben sollen. Vergiss nicht, ich kenne dich, Violante, du brauchtest nichts zu sagen. Und du hattest recht. Aber ich war dazu nicht in der Lage. Ich hatte stets nur die Angst vor Augen, ich könnte ihn abstoßend finden und ihn das spüren lassen. Wäre das nicht viel schlimmer gewesen, als einfach nur das zu tun, was die anderen von uns erwarten?«

»Von uns?«

»Von mir und Donna Lucrezia. Den Borgia. Den Unbarmherzigen. Aber ich habe mich getäuscht. Wenn ich mehr Mut aufgebracht hätte und ehrlicher gewesen wäre, säße Giulio jetzt nicht in diesem Verlies.« Ein Schauder durchfuhr sie. »Ich sage dir, Violante, es vergeht kein Tag, an dem ich nicht daran denke. Was wäre gewesen, wenn. Giulia ähnelt ihm mittlerweile so sehr. Sie hat gar nichts von mir. Als ob Gott mich durch sie prüfen wollte.«

»Ja, ich glaube, Er ist ein Meister der Ironie. Dich prüft er durch die Anwesenheit deiner Tochter und mich durch die Abwesenheit meines Sohnes.« Ich spürte, wie eine neue Woge der Trauer über meinem Herzen zusammenschlug. »Jetzt werde ich ihn nie mehr zurückbekommen, nicht wahr?«

Ihr Schweigen sagte mir alles. Schließlich tätschelte sie mir das Knie. »Cesare ist nicht bei seiner Mutter aufgewachsen«, sagte sie. »Und ich auch nicht. Das Gleiche gilt für die meisten von uns. Es hat uns nicht geschadet.«

»Aber wenigstens dürfen die meisten erfahren, wer ihre Mütter sind.«

»Oh, dazu wird Lucrezia sich erweichen lassen. Nun, wo er sich in Carpi gut eingelebt hat und wo man nicht … man nicht mehr fürchten muss, dass sich seine Umstände noch einmal ändern könnten, geht man damit kein Risiko ein. Das wird lustig werden. Wenn sich mein Gemahl und Don Alberto treffen, können wir alle zusammenkommen. Ich mache dir einen Vorschlag. Wir schieben Albertos Frau eine schlechte Auster unter, und wenn sie stirbt, kannst du ihn heiraten.« Sie strahlte und schaukelte voller Begeisterung über ihren Plan wie ein kleines Kind vor und zurück. Sie war wie Ferrante und Giulio, sie baute sich ein Luftschloss, um sich vorzuspiegeln, sie könne ihr Leben lenken. Die häusliche Version dessen, dachte ich mit matter Belustigung, was ihr toter Cousin versucht hatte und womit er trotz seiner Heere und seiner politischen Winkelzüge gescheitert war.

*

Donna Lucrezia trug Schwarz, hatte ein Aschekreuz auf der Stirn und verschorfte Kratzer auf Gesicht und Händen. Wäre es anders gewesen, hätte ich fast glauben können, alles nur geträumt zu haben – von Fra Raffaellos verlegener Feierlichkeit bis hin zur ungeheuerlichen, bestialischen Wucht von Madonnas Leid. Fast hätte man meinen können, sie habe nach mir geschickt, um mir von Cesares Rückkehr nach Italien im Frühjahr zu berichten. Sie hatte an diesem Morgen einige Zeit mit Angela allein verbracht und anschließend Agapito empfangen, mittlerweile Sekretär des päpstlichen Gesandten in Bologna, mit dem sie viele Erinnerungen an ihren Bruder austauschen konnte. Nur wenige am Hof waren gewillt, über ihn zu sprechen. Der Herzog sah nicht einmal Grund, offizielle Trauer anzuordnen, hatte Ippolito aber gestattet, in der Kathedrale eine Totenmesse zu lesen. Hoffentlich hat man dafür eine neue Musik komponiert, dachte ich bei mir.

»Ich schulde Euch Dank«, sagte Donna Lucrezia zu mir, als ich knickste. Sie lag auf ihrem Bett, denn sie fühlte sich immer noch zu schwach, um aufzustehen. Neben sich hatte sie Juanitos Ledertasche sowie das leere filigrane Schmuckkästchen, das ich, wie sie mir einst aufgetragen hatte, Cesare hätte geben sollen, falls ihr etwas zustoße.

»Ich habe nur meine Pflicht getan, Madonna.«

»Violante, seit ich Euch kenne, habt Ihr stets weit mehr getan als Eure Pflicht. Und jetzt werde ich Euch noch um einen weiteren Gefallen bitten.«

Ich verbeugte mich.

»Ich werde mich später mit Giovanni unterhalten. Er weiß natürlich schon von Cesares Tod, aber bisher habe ich noch nicht selbst mit ihm gesprochen und weiß daher nicht, wie er es aufgenommen hat. Bekanntlich hat er sehr an Cesare gehangen. Und da er auch an Euch hängt, hätte ich gern, dass Ihr mir während dieses Gespräches Gesellschaft leistet. Es gibt einiges, was er noch nicht verstehen kann, und ich fürchte, das könnte seinen Kummer nur noch vergrößern.«

»Gewiss, Madonna. Ich werde mein Bestes tun, um ihn zu trösten.« Dabei fragte ich mich, wer Girolamo trösten würde, wenn er Trost brauchte.

»Aber zunächst gibt es etwas, was Ihr über Giovanni wissen müsst.« Sie schwieg. Ein ungewohnter Ton in ihrer Stimme ließ mich aufhorchen, und ich sah sie an. Die Haut unter ihren Augen war fleckig grau, und ihre Lider waren geschwollen und runzlig wie die einer viel älteren Frau. Der Blick, mit dem sie mich ansah, wirkte unruhig, zugleich schuldbewusst und trotzig. Und wie jemand, der zu einer womöglich verwegenen Entscheidung gekommen war, fuhr sie fort. »Giovanni ist nicht der Sohn meines Vaters, sondern Cesares.«

»Ich verstehe.« Es überraschte mich nicht, stellte ich fest. Mir trat ein Bild aus der Erinnerung vor Augen, wie Cesare sich im Hof von Sant' Angelo über den schlafenden Jungen beugte, um ihm den Kopf zu küssen, ehe ihn der Bursche aus dem Sattel hob. Eine zärtliche Geste, die eines liebevollen Vaters. Madonna hatte wohl deshalb gezögert, weil sie meine Reaktion fürchtete, wenn mir klar würde, dass Girolamo nicht sein Erbe war. Doch ich war nicht wütend, merkte ich. Was gab es für die beiden überhaupt noch zu erben? Vielleicht sollte ich froh sein, dass Girolamo der Obhut Don Albertos anvertraut war, anstatt wie Giovanni in Ferrara sich selbst überlassen zu bleiben.

»Nein, meine Liebe, Ihr versteht nichts. Cesare ist sein Vater, und ich bin seine Mutter.«

Ich hätte damals gehen sollen. Heute sage ich mir, dass ich aus Mitgefühl für Madonna blieb oder weil ich es gewohnt war, zu warten, bis ich entlassen wurde. Doch es war meine eigene lüsterne Neugier, die mich zum Bleiben bewog.

Ihr seid also die Jüdin. Es stimmt, was man berichtet. Seht, Dorotea, ist sie nicht das Ebenbild meiner erlauchten Tochter? »Wie bin ich doch dumm gewesen! Oder etwa nicht?« Donata. Die Geschenkte. Sie hatten eine Chance gesehen und sie ergriffen.

»Nein, Violante, Ihr seid von Menschen getäuscht worden, die sich notgedrungen sehr gut aufs Täuschen verstehen. Ich habe meinen Fehler rasch erkannt, als ich sah, dass Ihr euch aufrichtig zu Cesare hingezogen fühltet. Und ich habe versucht, auf ihn einzuwirken, dass er es bleiben lässt …«

Ach, und das machte die Sache besser? Wog Madonnas Schuld weniger schwer, weil sie sich zumindest bemüht hatte, ihrem Gewissen zu folgen? »Bei Euch klingt es so, als hätten er und ich mehr Unrecht getan als Ihr«, sagte ich mit einer gewissen Verwunderung.

»Ich liebe ihn.« Ihr Stimme steigerte sich zu einem schrillen Kreischen, und kurz fürchtete ich, sie würde erneut in die Trauer verfallen, die sie nach Juanitos Bericht überwältigt hatte. Aber dann fasste sie sich wieder und fuhr fort: »Ebenso wie Ihr. Mehr sogar. Es gab keinen Tag in meinem bewussten Leben, an dem ich nicht von Schuldgefühlen wegen ihm und mir geplagt worden bin. Und jetzt …« – sie wies auf den Raum – »… bin ich hier, mit all meinen Annehmlichkeiten, und er ist, er ist …« Ihr versagte die Stimme, und ein Schauder durchfuhr sie.

»Ihr habt ihm geraten, mir diesen Brief zu schreiben, nicht wahr?«, fragte ich. Weil ich es wissen musste, und weil ich wie sie nicht daran denken mochte, wo Cesare jetzt war. Wider alle Logik hätte ich nun am liebsten gebetet, dass er recht gehabt hatte und die Religion bloß ein nettes Märchen war und er selbst jetzt nichts anderes mehr als ein Stück Fleisch, das lautlos von den Knochen fiel und in die trockene rote Erde Navarras sank.

Sie nickte traurig. »Er sträubte sich aber, endgültig mit Euch zu brechen. Das mag für uns beide schmeichelhaft sein. Cesare hat Ehrlichkeit stets hoch geschätzt. Die meisten Leute finden das seltsam, und viele haben es ihm als Schwäche angerechnet. Gelegentlich vertraute er bei einem Menschen, der als ehrlich galt, mehr auf dessen Ruf als auf seinen Augenschein. Ich glaube, er schätzte die Ehrlichkeit, wie man stets gerade die Dinge schätzt, die man nicht haben kann. Das war es, was er in Euch sah und was ihn anzog. Ich bin zu der Überzeugung gelangt, es wäre in seinem Sinne gewesen, dass ich Euch dies alles erzähle, aber vielleicht tue ich es deshalb, weil ich all meine Erinnerungen, all meine … Liebe allein nicht ertragen kann. Wenn ich weiterleben, für meinen Sohn sorgen und für ihn Pläne machen will, brauche ich die Gewissheit, dass es auf der Welt jemanden gibt, der mir die Last zu tragen hilft. Natürlich kann ich das alles Giovanni nicht anvertrauen. Noch nicht jetzt. Vielleicht sogar nie.«

»Habt Ihr denn nicht schon genug gesagt? Ihr habt mich als Spielzeug für Euren Bruder in Euren Hofstaat aufgenommen. Und mein Sohn ist nicht sein Erbe, für den ich ihn immer gehalten habe. Bin ich die Einzige, die davon nichts gewusst hat? Was ist mit Angela?«

»Angela hat sich meinem Plan von Anfang an strikt widersetzt. Sie hat sich mit Euch angefreundet, um Euch zu beschützen. Ihr habt jedes Recht, wütend zu sein, und es gibt nichts, was ich zu meiner Entschuldigung vorbringen kann. Aber ich bitte Euch, habt Mitleid und hört mich an.«

Es war nicht ihre Falschheit, die mich wütend machte, sondern das Gefühl, dass sie mir nichts gelassen hatte, um das ich trauern konnte. Den Mann, dem mein Kummer galt, hatte es nie gegeben. Da ich nicht recht wusste, was ich auf ihre Bitte antworten sollte, beobachtete ich grimmig schweigend, wie sie Pergamentrollen aus Juanitos Tasche nahm. »Lest dies«, sagte sie, während sie die Schriftstücke vor sich auf dem Bett ausbreitete. Ich schüttelte den Kopf und hob abwehrend die Hände, sie aber schob die Blätter mit Nachdruck zu mir.

Einige waren aus festem, unverschmutztem Pergament und säuberlich beschrieben, andere zeigten nur ein Gekritzel auf eselsohrigen Palimpsesten. Es waren sogar ausgefranste Leinenflicken darunter, die aussahen, als habe man sie aus Betttüchern oder sogar Hemden herausgeschnitten. An manchen Stellen war die Tinte zu einem matten, gelblichen Rostrot verblasst und in dem Dämmerlicht von Madonnas Raum mit den geschlossenen Fensterläden kaum sichtbar und schon gar nicht zu entziffern. Bereits zuvor hatte ich auf all diesen Schriftstücken Cesares Handschrift erkannt. Jetzt sah ich, dass es sich um Briefe handelte, die stets mit der gleichen Anrede begannen.

Lucia mi cor, hatte er jeden der Briefe eröffnet. Lucrezia, Lucia. Es war so naheliegend, dass ich mir nun erst recht dumm vorkam, und es ärgerte mich, nicht schon früher darauf gekommen zu sein. Seine Überzeugung, dass ich ihn heilen könnte, die zerschnittenen Schuhsohlen, die Geschichte von dem Kalb, sein ungestümer Kuss im Fieberwahn voll lüsterner Gier, die ich einst selbst verspürt hatte, wenn ich an ihn dachte – alles deutliche Hinweise direkt vor meiner Nase, und ich war dennoch in die Misere gestolpert, blind wie Cupido.

*

»Den Anfang kennt Ihr bereits.« Ich schob die Briefe auf dem Bett hin und her, so sinnlos, wie ein Kartenspieler mit einem schlechten Blatt auf der Hand, der nach einer gewinnbringenden Kombination sucht. »Ihr habt ihn von meiner Mutter gehört.«

»Eure Mutter sagte, sie halte Euch für einen Wechselbalg, eine Hexe, die Cesare für irgendwelche schändlichen Zwecke am Leben erhielt.«

»Und Ihr neigt zu der gleichen Meinung.« Sie lachte kurz gequält auf. »Meine Mutter kommt nur mit den Dingen gut zurecht, die sie sich erklären kann. Cesare und ich sind … waren … womöglich von der gleichen Art. Wir stellten aber fest, dass wir mit je einem Fuß auf verschiedenen Seiten der Trennlinie zwischen dieser Welt und … etwas anderem stehen. Manchmal habe ich das Gefühl, als sei ich mein Leben lang in einem nicht endenden Spuk gefangen.«

»Und was hat Cesare gedacht?« Ich wollte sie dazu bringen, es mir zu sagen.

»Er konnte sich erinnern, was er empfand, als er mich zum ersten Mal sah. Alles auf der Welt schien ein wenig zur Seite gerückt, um mir Platz zu machen. Und als Juan ihn fortschob, weil er mich anschauen wollte, grollte er ihm nicht, denn für ihn war es nun nicht mehr von Bedeutung.«

»Ihr glaubt doch nicht, Cesare hat Don Juan umgebracht, oder?« Jetzt war es an der Zeit, ohne Umschweife auch auf das Undenkbare zu sprechen zu kommen.

»Ich weiß, dass er es nicht war. Juan wurde im Auftrag der Orsini ermordet. Das Mädchen, das Juan an jenem Abend aufsuchen wollte, der Lockvogel, wenn Ihr so wollt, stammte aus der Sippe der Orsini. Cesare beging nur den Fehler, Papa zu überreden, die Suche nach den Mördern abzublasen und ihn Rache nehmen zu lassen. So kam es, dass man ihn für schuldig hielt.

Und es gibt noch etwas. Bei der Taufe meines Sohnes Rodrigo sollte ihn Don Paolo Orsini von der Basilika zurück nach Santa Maria bringen. Ich sah vom Fenster aus zu, denn da für mich noch kein Dankgottesdienst abgehalten worden war, durfte ich an der Taufzeremonie nicht teilnehmen. Kaum hatte man Rodrigo in Don Paolos Arme gelegt, begann er zu schreien, obwohl er bis dahin stets ruhig wie ein Lämmchen gewesen war. Das war ein sicheres Zeichen für ihre Schuld.

Cesare war durchaus zu einem Mord fähig, wie ich aus eigener bitterer Erfahrung weiß, aber er hatte keinen Grund, Juan zu töten. Im Gegenteil, Juan hielt ihm die Tür zum spanischen Hof offen, solange er sich gut benahm. Bösartig war er nicht, nur jung für sein Alter und recht töricht.«

Mir lief es kalt den Rücken hinunter, als ich mir ihre kühle Beurteilung des Mordes an Don Juan anhörte. Und allmählich begriff ich, was Monna Vannozza in ihrer Tochter sah, das ihr Angst einjagte.

»Aber ich greife den Ereignissen vor. Ihr dürft mir keine Fragen mehr stellen, damit ich die Geschichte der Reihenfolge nach erzählen kann.« Sie schien nicht zu merken, welche Wirkung sie auf mich hatte. »Ich habe praktisch keine Erinnerungen an die Zeit, in der wir gemeinsam im Haus meiner Mutter wohnten. Als ich etwa sechs Jahre alt war, kam ich zu Tante Adriana; Cesare und Juan waren schon lange zuvor ausgezogen. Wir alle trafen uns in Santa Maria, wenn Papa uns besuchte, aber längere Zeit verbrachten wir gemeinsam nur im Sommer, wie Ihr wisst, in Caprarola.« Sie sprach den Namen voller Zärtlichkeit aus, und ihr Gesichtsausdruck wurde sanfter. »In heißen Nächten schliefen wir auf dem Dach, und manchmal, wenn ich Angst bekam oder mich einsam fühlte – die Sterne können einen sich einsam fühlen lassen, nicht wahr, so gleichgültig sie aus weiter Ferne auf uns herabsehen –, schmiegte ich mich unter der Decke an Cesare. Zu Juan schlüpfte ich nie, denn er beschwerte sich gleich, ihm sei zu warm oder ich würde ihm die Decken fortziehen und Ähnliches. Und zu Jofré natürlich auch nicht, denn er war damals noch ein kleines Kind.« Sie hielt inne und wühlte zwischen den auf dem Bett verstreuten Briefen, zog einen heraus und gab ihn mir. »Hier«, sagte sie, »lest selbst. Soll er es Euch in seinen eigenen Worten schildern.«

»Nein, bitte nicht. Außerdem verstehe ich Eure Sprache nicht.«

»Doch, Ihr versteht sie, wenn Ihr nur wollt«, erwiderte sie.

Es war, als würde ich unerlaubt in einen Raum tiefer Geheimnisse eindringen, doch man hatte mich dazu aufgefordert, und ich hatte nicht abgelehnt. So begann ich zu lesen:

In der ersten Nacht, in der ich auf der Fahrt nach Villa Nueva del Grao an Deck gehen durfte, hatten wir Vollmond. Weißt du noch – natürlich weißt du es –, wie wir alle in Caprarola immer auf dem Dach geschlafen haben und du zu mir unter die Decke gekrochen bist und mir all die Fragen gestellt hast, die dir durch den Kopf gingen und dich am Einschlafen hinderten? Wie kommt es, dass Fledermäuse im Dunkeln sehen können? Woher wissen die Planeten, auf wel-

cher Bahn sie ziehen müssen? Was wird mit dem sechsbeinigen Kalb geschehen? Können wir einander heiraten, wenn wir groß sind? Ich glaube, damals war ich elf, und du warst sechs.

In einer Vollmondnacht erklärte ich dir, wie der Mond die Gezeiten lenkt, und du sagtest, ich wäre wie der Mond, und du wärst das Meer und würdest mir auf immer folgen. Ich erwiderte nichts, denn ich wusste, dass es eigentlich umgekehrt war.

Erneut war ich ganz in ihren Bann gezogen. Als ich aufsah, trafen sich unsere Blicke, und sie wusste sofort, was ich dachte. »Sie sind alle so«, sagte sie. »Hier.« Sie gab mir einen anderen Brief.

Als es zwischen uns anfing, waren wir beide, du und ich, so jung, las ich. *Wir waren wie weicher Ton, den es zu formen galt. Unsere Körper sind zu dem geworden, was der andere mit Streichen und Glätten daraus machte, bis wir uns vollkommen ineinanderfügten. Und dann wurden wir im Ofen des Lebens gebrannt, endgültig in Form gebracht, dass wir nur einander ergänzen.*

»Alles begann, sich zu verändern, als Cesare uns verließ, um seine Studien aufzunehmen«, fuhr Madonna fort. »Als er im Sommer das erste Mal aus Perugia nach Caprarola kam, war er nicht mehr der Gleiche. Er war größer und kräftiger geworden, sein Bartwuchs hatte eingesetzt, und er wollte nur noch mit Juan losziehen und die Dinge tun, die er Männerwerk nannte. Wie sonst auch gingen sie jagen und fischen, stritten sich um ihre Hunde und kämpften gegen Jungstiere, aber manchmal saßen sie auch stundenlang in der Ecke und lasen kichernd in einem von Cesare mitgebrachten Buch, bei dem es sich, wie er dem Gemahl meiner Mutter erklärt hatte, um einen platonischen Dialog über das schickliche Verhalten junger Männer handelte. Es war natürlich nichts dergleichen, doch es war in Griechisch abgefasst, und das Griechisch von Ser Giorgio war nicht sonderlich gut.

Wir schliefen nach wie vor auf dem Dach, und ich legte mich immer noch zu ihm, aber manchmal drehte er mir den Rücken zu, weil er mein Geplapper leid war. Und in einer Nacht schließlich strich meine Hand über …«

»Bitte, Madonna, ich bin sicher, dass ich nicht alle Einzelheiten wissen muss.« Aber trotz meines Einwandes fuhr sie fort, sei es, um alles noch einmal zu durchleben, sei es, um Buße zu tun, oder von beidem etwas.

»Ich war entsetzt«, erzählte sie, »aber er griff nach meiner Hand und hielt sie an dieser Stelle fest. Ich wurde neugierig. Ich war immer schon neugierig, auch wenn das keine sehr weibliche Eigenschaft ist. Und dann ließ ich mich darauf ein, weil ich erkannte, dass mir dies Macht über ihn geben würde. Ich fühlte mich nicht mehr ausgeschlossen. Es stellte die Verhältnisse von einst wieder her, mit Cesare und mir als einer Einheit, und Juan und Jofré als Außenstehenden.

Dabei ist es dann geblieben, trotz des Preises, trotz der Opfer, die es gekostet hat. Perotto, Pantasilea, Djem …«

Die ersten beiden Namen sagten mir nichts, klangen wie die Figuren aus einer Komödie, doch von Djem hatte ich schon gehört. Mir fiel ein, wie Cesare Djem imitiert hatte und Madonna ihn anflehte, damit aufzuhören, weil sie mit ihren geschwollenen Brüsten vor lauter Lachen Schmerzen bekam. »Djem?«, fragte ich.

»Habt Ihr gewusst, dass mein Vater Prinz Djem gewissermaßen erbte, als er Papst wurde? Und wir Kinder haben ihn nur allzu gern in seinen Gemächern besucht. Oh Violante, es war, als würden wir eine andere Welt betreten. Das ist vielleicht auch der Grund, weshalb Cesare und ich uns dort so heimisch fühlten, obwohl Djem am liebsten mit Juan zusammen war. Selbst die Luft dort duftete köstlich. Er ließ unentwegt Weihrauch abbrennen, doch der roch nicht so kalt und selbstgerecht wie in der Kirche. Er war würzig und scharf, als würde man in der Sonne über der Wüste atmen, aus der Djem stammte. Und weil es nur auf dem Boden verteilte Kissen gab anstelle von Sesseln, saßen wir alle zusammen, der Bruder des Sultans und wir drei Emporkömmlinge, wir Bastarde, die *marrani,* und aßen Naschwerk. Dort, in Djems ›Zelt‹, fühlten wir uns wie Zigeuner.

Es dauerte nicht lange, und Djem hatte Juan verführt. Er kleidete ihn in türkische Gewänder, einen Turban und … berührte ihn. Und weil wir Unmengen von Wein, versetzt mit Mohn, getrunken hatten, erschien uns das höchst amüsant.«

Hatte Madonna vielleicht deshalb Ferrantes Neigung trotz ihrer Frömmigkeit mit so viel Gleichmut hingenommen, fragte ich mich.

»So amüsant, dass wir es ihnen nachtaten. Cesare übernahm Djems Part und ich Juans. Damals war Cesare etwa achtzehn. Er hatte seine Studien absolviert, und er war ein Mann von Welt, obwohl er gerade in das Priesterkollegium eingetreten war und eine Tonsur tragen musste.« Sie kicherte. »Herr im Himmel, wie er das verabscheute! Immer wieder ließ er sich die Haare wachsen und wurde dafür bestraft. Nun, was mich betraf, sprach man ständig von einer Verlobung, und Tante Adriana hatte mir bereits ihren kleinen Vortrag über die Pflichten einer Ehefrau gehalten. Wobei die Pflichten einer Gemahlin und die Pflichten einer jungen Frau, die in ihren Bruder verliebt ist, wohl nicht viel gemein haben.

Ich kann also kaum behaupten, wir hätten nicht gewusst, was wir taten, oder dass wir nicht so tief in den Sündenpfuhl gesunken waren, wie ein Mensch nur sinken kann. Und dennoch erschien es uns … richtig. Es war das unweigerliche Ziel eines Weges, den wir schon bei unserer Geburt eingeschlagen hatten.«

Djem ließ uns wir selbst sein, hatte er zu mir gesagt.

»Und das ist der Grund, weshalb er Djem umbringen ließ.«

Djems Tod werde ich den Franzosen nie vergeben. »Cesare?«, fragte ich.

»Djem ist nicht am Fieber gestorben, er nicht. Er war nie krank.«

»Aber ich dachte, Cesare hat Djem geliebt.«

»Gewiss, doch nicht so sehr wie mich oder seinen guten Ruf.«

Ich versuchte, mich mit dem Gedanken zu trösten, dass mich wenigstens sein Körper nicht belogen und er mich wirklich und ehrlich begehrt hatte. Dann fiel mir ein, wie rein seine Haut, wie makellos seine geschmeidigen Glieder und Muskeln gewesen waren. Welch wunderschöner Betrug, mit dem sein Körper meinen mit seiner Krankheit angesteckt hatte.

»Er hatte stets alles im Griff«, fuhr Madonna fort, »bis auf seine Eifersucht, die er nicht zügeln konnte.«

Du bist so eifersüchtig auf Sancia gewesen, hatte er in einem anderen Brief geschrieben. *Du hast mir vorgeworfen, sie wäre meine erste große Liebe. Ha! Du bist meine erste und letzte und einzige Liebe, und das weißt du auch. Du wolltest einfach nur ein kleines Spiel mit mir treiben, nicht wahr?*

»Er weigerte sich, zu meiner Vermählung zu kommen, zu meiner ersten, als ich mit Giovanni Sforza verheiratet wurde.«

Ich war damals noch jung und verwechselte, wie die Jugend es gern tut, Lust mit Liebe. Womöglich gab es wirklich einen Tag, an dem ich glaubte, ohne Sancia nicht mehr leben zu können (wahrscheinlich war es jener, an dem sie mir das Gewand aus weißem Samt schenkte. Erinnerst du dich?) – es war ein Tag der Erleichterung, aber auch der Qual. Doch ich wusste immer, dass ich ohne dich nicht leben kann. Das ist so unveränderlich wie der Sonnenaufgang im Osten oder meine fünf Finger an jeder Hand. Das ist Liebe, Lucia, und dazu passen keine dramatischen Ohnmachtsanfälle oder hübsche Phrasen oder verschwenderische Geschenke. Die Liebe ist einfach und tief wie das Meer, wenn niemand es ansieht.

»Er kam an jenem Morgen in mein Gemach in Santa Maria, als die Mädchen mich gerade ankleideten. Ich war grausam und ließ nicht zu, dass er mich umarmte. Von oben bis unten war ich mit Zitronensaft eingerieben, um die Haut zu bleichen, und daher klebte ich am ganzen Körper. Ich saß dort in meinem Unterhemd, das mir eng am Körper saß, und sah zu, wie er litt. Er sagte, er habe mir ein Geschenk mitgebracht.« Sie griff nach dem filigranen Kästchen, so schwerfällig, als hätte es ein enormes Gewicht. »Darin war bloß ein zusammengerolltes Stück Pergament, zusammengehalten von einem Geflecht aus Goldfäden und Kupferdraht. Als ich es herausnahm, sagte er: ›Hier, in diesem Kästchen, liegt mein Herz. Ohne dich ist es leer.‹ Da brach ich in Tränen aus und ließ mein Getue und meine Koketterie bleiben. Ich hatte schreckliche Angst, vor Giovanni Sforza, vor dem Auszug von zu Hause, vor der Gefahr, Cesare zu verlieren. Er hat mich getröstet.« Sie lachte traurig. »Seine Soutane war voller Zitronensaft …«

»Er sagte doch, Ihr beide würdet nicht sein wie das Kalb.

Ihr würdet nicht an der Trennung sterben. Und er hat die Sohlen Eurer Tanzschuhe eingeritzt.«

»Wie habt Ihr das herausgefunden?«

»Er ist einmal ehrlich zu mir gewesen. Damals, als er im Fieber lag.«

»Es tut mir leid.«

»Was stand auf dem Pergament?«

»Ach, nicht viel, nur ein paar Verse des katalanischen Dichters, den wir damals sehr schätzten.«

Sie verstummte.

»Erzählt mir von Giovanni«, bat ich.

Sie blinzelte und sah mich verdutzt an, als würde sie aus tiefem Schlaf erwachen, dann stellte sie das Kästchen beiseite. »Als ich merkte, dass ich schwanger war, ging ich nach San Sisto. Ich wusste, dass mein Kind von Cesare war, und selbst ein Trottel wie Sforza hätte herausfinden können, dass es nicht von ihm stammte, sofern er bis neun zählen konnte. Wir beide kamen in Pesaro recht gut miteinander aus, doch nach unserer Rückkehr nach Rom begannen die Schwierigkeiten. Cesare hatte den besten Vorwand, uns auseinanderzubringen, denn zu dieser Zeit wurde deutlich, dass diese Ehe keinen politischen Nutzen hatte, und Papa wollte unbedingt unsere Scheidung herbeiführen. Ich brauchte Zeit zum Nachdenken, an irgendeinem Ort, wo ich fern der Familie war. Ich nahm nur meine Lieblingsdienerin mit, ein Mädchen namens Pantasilea, und weigerte mich, auf andere Weise mit meinen Angehörigen in Verbindung zu treten als durch Boten. Papa sandte gewöhnlich Perotto Calderon, weil er wusste, dass ich ihn mochte.

Dies brachte Cesare nur noch mehr auf, und schließlich platzte er eines Tages herein. Die Schwestern flatterten umher wie Hühner, in deren Stall ein Fuchs eingedrungen war. Er warf mir vor, ein Verhältnis mit Perotto zu haben. Ich konnte ihn beruhigen, dann ging ich mit ihm in einen abgeschiedenen Winkel des Klostergartens, wo wir, wie ich wusste, von niemandem belauscht werden konnten. Dort sagte ich ihm, dass ich schwanger und er der Vater sei.« Ein sanftes Schimmern zeigte sich in ihren Augen. »Er war ganz aus dem Häuschen und zugleich so lächerlich besorgt um mich. Für einen kurzen Augenblick waren Cesare und ich in diesem vernachlässigten Winkel des Gartens voller Nesseln und weißer Schmetterlinge wie jedes andere Paar, das sich liebt und gerade erfahren hat, dass es sein erstes Kind erwartet. Während der ganzen Schwangerschaft war ich glücklich, wenn ich an diese Frucht unserer Liebe dachte, an das neue Leben, das in diesem zauberhaften Augenblick der Vereinigung entstanden war und nun in mir zu einem neuen Menschen heranwuchs. Meine Zufriedenheit schützte mich wie ein Schild, selbst als Juan starb und Cesare weinte, als er mir von seinem Tod berichtete und aus Wut über sich selbst einen Schemel zerschlug. Ich glaube, er fehlte ihm bis zu seinem Ende, denn er hatte sich stets an ihm gemessen. Selbst als ich vor das Kardinalskollegium treten musste und ihnen Lügen über meine Ehe mit Sforza auftischte, sah ich unentwegt Cesare in die Augen und bildete mir ein, wir seien ganz allein in diesem Raum, und mein geschliffener kleiner Vortrag sei in Wirklichkeit eine Liebeserklärung an meinen schönen Bruder.

Ich war damals etwa im gleichen Alter wie Ihr, als Ihr Girolamo bekommen habt. Als ich Euer Kind in Euch heranwachsen sah und Euch bei seiner Geburt beistand, war es für mich, als würde ich diese Zeit noch einmal erleben. Es war für mich das Maß für alle meine späteren Freuden, und nichts ist dem jemals nahegekommen oder wird es je wieder tun.«

Ich hätte gern etwas über ihre zweite Ehe erfahren, die Ehe mit dem Herzog von Bisceglie, doch ich schwieg still, denn ich wusste, darauf würde sie noch kommen. Das musste sie einfach. Während ich wartete, dass sie weitererzählte, nahm ich einen anderen von Cesares Briefen zur Hand.

Wann gab es einen Augenblick, in dem ich wirklich glücklich war? Eigentlich hatte ich gemeint, ihn in meiner Erinnerung an dich zu finden. Aber ich hatte mich getäuscht. Wir hatten es nie leicht, nicht wahr?

»Öffnet die Fensterläden«, sagte sie, »sonst schadet Ihr noch Euren Augen.«

Ich tat wie geheißen und blickte auf das Geviert des Gartens vor ihrem Fenster, auf die knospenden Rosen, die silbrigen Rosmarinbüsche mit ihren kleinen blauen Blüten und den Laubengang, in dem ich einst gesessen und Cesares einzigen Brief an mich gelesen hatte.

Sie klopfte aufs Bett. »Kommt und setzt Euch wieder zu mir. Ich muss Euch noch einiges erzählen, ehe ich nach Giovanni rufe. Er soll nicht zu spät schlafen gehen.«

Ich räumte mir zwischen den Briefen einen Platz frei und setzte mich wieder neben sie, worauf sie mit ihrer Geschichte fortfuhr.

»Die Wochen vergingen, aber wir hatten noch keine Regelung für die Zeit nach der Geburt des Kindes gefunden. Cesare hing inzwischen wieder der Vorstellung an, ich hätte ein Verhältnis mit Perotto gehabt. Ich müsse Papa ›beichten‹, und Papa würde für die Pflege des Kindes Sorge tragen. Ich widersprach. Zum einen würde Perotto für ein Vergehen bestraft, das er nicht begangen hatte, zum anderen, und das war viel schlimmer, hätte mir Papa bestimmt mein Kind fortgenommen. Zu jener Zeit stand er in intensiven Verhandlungen über meine Vermählung mit Alfonso de Bisceglie, und ich sollte erneut als *virgo intacta* präsentiert werden.« Sie lachte höhnisch auf. »Die Vorstellung, mein Kind zu verlieren, war mir unerträglich, und ich glaube, Cesare empfand tief im Innern das Gleiche. Das erklärt vielleicht, weshalb er den Plan nur zögerlich billigte, obwohl es wahrscheinlich der einzige vernünftige Ausweg war.

Dann griff das Schicksal ein. Am Tag von Giovannis Geburt bekam auch Giulia Farnese einen kleinen Jungen. Das war für uns die Lösung. Giulia ging es nicht sonderlich gut, deshalb wurde das Kind sogleich ihrer Amme übergeben. So brauchten wir nur eine gewisse Summe Geld und die Mithilfe von Perotto und Pantasilea, und schon fand der Tausch statt, ohne dass Giulia etwas davon erfuhr. Das dachte ich zumindest. Cesare aber war der Meinung … dass wir uns besser absichern müssten.

Giovanni wurde wie geplant in die Obhut von Giulias Amme gegeben, Cesare aber fand, Geld allein reiche nicht, um ihr Schweigen zu sichern. Er ließ Pantasilea und Perotto umbringen und sorgte dafür, dass ihre Leichen im Fluss nahe der Brücke von Sant' Angelo gefunden wurden. Unserem Abschnitt des Flusses, wenn man so will. Das war eine Botschaft, die die Amme gewiss verstand.«

»Und das andere Kind?«

Sie zögerte kurz, ehe sie antwortete. »Man hat mir gesagt, es sei gestorben.«

Ich holte vom Kamin einen Span und begann, die Kerzen anzuzünden.

»Jetzt wisst Ihr es, Violante. Wollt Ihr nun Giovanni holen?« Sie sammelte Cesares Briefe ein und schob das Bündel zurück in die Tasche. Einer entglitt ihr und fiel auf den Boden. Ich bückte mich, um ihn aufzuheben.

Du hast mir stets vorgeworfen, ich hätte mich nicht von dir verabschiedet, als ich Nepi verließ, las ich die erste Zeile, ehe ich ihn ihr zurückgab.

»Madonna, ich habe Euch geduldig angehört, obwohl es sehr schmerzlich war. Erlaubt Ihr mir eine Frage?«

Es schien, als wollte sie mir diese Bitte lieber abschlagen, doch wie ihr Bruder hatte sie ein gewisses, wenngleich sonderbares Ehrgefühl. »Natürlich«, erwiderte sie.

»Was ist in Nepi vorgefallen? Warum wart Ihr so aufgebracht, als Ihr von Cesares Überfall auf Urbino erfahren habt?«

»Das sind zwei Fragen, aber Ihr habt recht, sie miteinander zu verknüpfen. Um Euch zu antworten, müssen wir zum Ablassjahr zurückgehen, als Cesare endlich aus Frankreich zurückkehrte. Er war mehr als zwölf Monate fort gewesen. Natürlich hatten wir uns wie immer fast täglich geschrieben, doch in dieser Zeit war vieles geschehen, was uns beide verändert hatte. Ich hatte in mir die Fähigkeit entdeckt, beim Herzog von Bisceglie Liebe und Glück zu empfinden, ohne dafür die Beziehung zu meinem Bruder zu benötigen. Und ich hatte einen weiteren Sohn zur Welt gebracht, der mir über den Schmerz hinweghalf, Giovanni als das Kind einer anderen Frau aufwachsen zu sehen. Cesare hatte gleichfalls eine Gemahlin, an der er Gefallen fand, und außerdem eine Tochter, die er allerdings nie sehen sollte. Darüber hinaus hatte er begonnen, sich seinen eigenen Staat zu erschaffen. Und sich einen Ruf zu erwerben.

Als wir uns wiedersahen, versuchten wir, wie früher zu sein, aber es war nicht möglich. Ich hatte keine Freude an ihm, denn ich empfand Schuldgefühle gegenüber Alfonso, aber auch gegenüber Cesare, weil ich ihn verletzt hatte. Nach seinem Aufenthalt in Frankreich erschienen ihm unsere Sitten albern und provinziell. Er saß mit seiner schwarzen Kleidung zwischen uns wie ein Rabe und langweilte uns bis zum Überdruss mit seinen Plänen für einen Hof in Cesena, der von vorne bis hinten in französischem Stil gestaltet sein sollte. Und je mehr er die Vorzüge Frankreichs pries, desto mehr wuchs in mir die Überzeugung, dass er seine Gemahlin liebte, und desto fester hielt ich zu meinem Gatten. Oder was haltet Ihr davon?« Sie durchwühlte die Tasche und zog einen der Briefe heraus.

Ich ertappe mich dabei, wie ich an Charlotte denke, obwohl ich mich kaum an ihr Aussehen erinnere. Weißt du, womit ich ihr Herz erobert habe? Dass ich die Namen der Wildblumen kannte. Als ich Frankreich verließ, brauchte ich ihr nur die italienischen Bezeichnungen für Huflattich oder Wegmalve ins Ohr zu flüstern, und schon umschlang sie mich wie die Kletterrose rosa gallica. *Dass ich nur deshalb so gut darin bewandert war, weil der Pflanzenwuchs auf dem Boden etwas über das Gelände aussagt, durch das man marschiert, habe ich sie nie wissen lassen. Ein Staatsmann muss im Gesicht eines Mannes lesen können, und ein Soldat muss die Lilien auf dem Feld zu deuten wissen.*

»Das klingt sehr … ehrlich, Madonna.«

»Ja. Es steckt darin etwas, was mich stört. Nun habe ich ja alle Zeit der Welt, darüber nachzudenken, nicht wahr? Wo waren wir stehen geblieben? Ach so.

Ihr wisst, wie sich die Dinge zwischen uns und dem Geschlecht der Aragón zuspitzten. Nicht nur, dass Alfonso und Sancia Cesare zusetzten, darüber hinaus hatte ihre Schwester Carlotta sich geweigert, mit Cesare die Ehe einzugehen, und ihr Vater hatte nichts unternommen, sie umzustimmen. Das konnte Cesares Stolz nicht verkraften, obwohl ihm König Louis Charlotte zur Frau gegeben hatte, die ebenso hochwohlgeborenen und weit hübscher war.

Plötzlich verfiel er auf die Idee, meine Ehe mit Alfonso stehe seinem Bündnis mit Frankreich im Weg, weil beide Anspruch auf Neapel erhoben. So behauptete er es zumindest. Ich aber wusste, dass er eifersüchtig war, nicht nur auf Alfonso, sondern auf uns alle, auf den trauten Familienzusammenhalt, zu dem wir ohne ihn gefunden hatten, wie er meinte. Er glaubte, Sancia habe Papa verführt und versuche nun, seine Stellung gegenüber seinem eigenen Vater zu untergraben.

Und dann stürzte buchstäblich das Dach über uns zusammen.«

Ich wusste, worauf sie anspielte. Während eines besonders heftigen Sommergewitters war auf dem Dach des Vatikans ein Kamin vom Sturm umgerissen worden und durch das Dach gebrochen. Er stürzte in den Raum, in dem sich der Papst befand. Mehrere Stunden hielt man ihn für tot, aber dann gelang es seinen Wachen, ihn aus dem Schutt zu befreien. Er hatte nichts weiter davongetragen als eine Schnittwunde am Kopf.

»Danach«, fuhr Madonna fort, »konnte man Cesare mit Argumenten nicht mehr beikommen. Ihn schien nur noch ein Gedanke anzutreiben, nämlich seine Zukunft zu sichern, solange unser Vater noch am Leben war. Der war damals immerhin schon siebzig, wir mussten also mit allem rechnen.

Cesare besprach seine Pläne nicht mehr mit mir und suchte auch nicht mehr meine Gesellschaft. Ich war nicht überrascht, als er Michelotto beauftragte, Alfonso umzubringen, aber seine Gefühllosigkeit entsetzte mich, und seine Unverfrorenheit ängstigte mich zu Tode.

Es heißt, ich sei nach Nepi gefahren, weil ich um meinen Gemahl trauern wollte. Das stimmt zwar, aber ist nicht die ganze Wahrheit. Ich trauerte um zwei Lieben, um die zu Alfonso wie auch die zu Cesare. Und ich musste nachdenken. Dass ich Cesare nicht mehr vertrauen konnte, wenn es um meine Zukunft ging, stand angesichts seiner Eifersucht außer Frage. Doch meine Zukunft war von lebenswichtiger Bedeutung, nicht nur für ihn, sondern auch für unseren Sohn. Und bei dem Gedanken an Giovanni hatte ich eine Art von Erleuchtung, wenn Ihr so wollt. Ich schrieb zwei Briefe – einen an Cesare, in dem ich ihn aufforderte, zu mir nach Nepi zu kommen und mich um Verzeihung zu bitten, da ich von Trauer so überwältigt sei, dass ich nicht wisse, wie ich noch weiterleben solle. Wie Ihr seht, war er nicht der Einzige, der schöne Lügen erzählen konnte, die glaubwürdig klangen.

Der andere Brief ging an Ercole d'Este. Darin bot ich mich selbst als Braut für Don Alfonso an. Ich weiß, ein tollkühner Akt. Doch ich hatte gehört, dass mein Vater bereits vorsichtige Verhandlungen aufgenommen hatte, und es stand für mich viel auf dem Spiel. Für mich und für Giovanni. Mein Vater war alt und von seinem Unfall geschwächt, und Cesare ließ sich, wenn es um mich ging, wohl ausschließlich von seiner Eifersucht leiten, obwohl seine sonstigen Entscheidungen stets vernünftig waren. Ich konnte mich also nur noch auf mich selbst verlassen. Und eine Heirat in eine so angesehene Familie wie die der Este würde mir Schutz bieten, da sie zur herrschenden Schicht gehörte. Ungeachtet von Cesare war dies der beste Weg, um Giovannis Zukunft zu sichern.«

»Zu gern hätte ich Herzog Ercoles Gesicht gesehen, als er Euren Brief bekam.«

»Er antwortete rasch und höflich. Ich hatte ihm ausführlich mein Verhältnis zur Religion geschildert, mein Interesse an Stigmata erwähnt und darauf hingewiesen, dass ich meine Fähigkeit, einen gesunden Sohn zu gebären, bereits unter Beweis gestellt hatte.« Dabei lachte sie bitter auf. »Dies alles, und dass ich selbstständig meinen Besitz verwaltete. Ach, und ich bin wohl auch auf die Gebietsansprüche und die jüngsten militärischen Erfolge meines Bruders zu sprechen gekommen. Da musste er mich einfach anhören.«

»Und Cesare?«

»Er kam, wie Ihr wisst. Er war auf dem Weg zu seinem Heer, um den Herbstfeldzug zu beginnen, und machte für eine Nacht mit mir in Nepi Station. Ja«, sagte sie, als sie meinen Blick deutete, »eine Nacht. Ist es nicht seltsam, dass verschwiegene Menschen zugleich oft so theatralisch sind? Er betrat die Halle meines Kastells in voller Rüstung, mit unbedecktem Kopf, und glich in jeder Hinsicht einer Gestalt aus einem Ritterepos. Ohne ein Wort zu sagen, fiel er zu meinen Füßen auf die Knie und küsste meinen Rocksaum. Ach, Violante …« – ihre Stimme wurde träumerisch – »… wieder und wieder habe ich mich gefragt, ob es das letzte Geräusch war, das er hörte.«

»Was?«

»Das Klirren seiner Rüstung, als er vom Pferd stürzte. Und ob es ihn daran erinnerte, ob er daran dachte … nun, kümmert Euch nicht, das ist müßige Spekulation. Ich kniete nieder und nahm ihn in die Arme, und für einen Augenblick, der mir jeden Preis wert war, glaubte ich, so könnte es ewig bleiben, wir beide in der alten Festung, abgeschirmt von der Welt und nur unserer Liebe hingegeben.«

Seltsamerweise war ich plötzlich so bewegt, dass ich am liebsten ihre Hände ergriffen hätte, um ihr zu zeigen, dass wir uns nicht nur im Aussehen glichen, sondern auch in unseren Wunschträumen.

»Ich führte ihn in mein Privatgemach und half ihm eigenhändig aus seiner Rüstung, um mit ihm ungestört zu sein. Er dachte … was Männer eben so denken. Ich aber sagte Nein, weil ich wichtige Dinge mit ihm zu besprechen hätte. Er machte Ausflüchte und bestand auf einem Bad. Wir könnten uns unterhalten, während er badete, meinte er. Ich wusch ihm die Haare und sagte ihm all das, was ich ihm sagen wollte und weshalb ich ihn hergerufen hatte. Dass er mit der Ermordung Alfonsos zu weit gegangen sei. Dass wir uns noch so sehr lieben mochten, uns aber trotzdem künftig nicht mehr von unserer Leidenschaft hinreißen lassen dürften. Weil wir an Giovanni denken müssten, nur an Giovanni.

Dann sagte ich ihm, ich wisse von seiner Unterredung mit Papa, in der sie erwogen hätten, mich als Nächstes mit Alfonso d'Este zu vermählen. Daher hätte ich mich selbst mit einem Brief an den alten Herzog gewandt und ihm versichert, ich würde ihm eine brave, fromme und treue Schwiegertochter sein, die seinen und seines Sohnes Interessen stets den Vorrang geben würde gegenüber denen meines Bruders und Vaters. Durch meine Anwesenheit in Ferrara würden alle Begehrlichkeiten, die mein Bruder womöglich gegenüber Ferrara hegte, zunichtegemacht, denn unter den veränderten Umständen würde Ferrara gewiss sein Bundesgenosse werden. Ich erklärte Cesare, er müsse weiter am Aufbau seines

Staates arbeiten; mit mir in Ferrara seien seine nördlichen Grenzen sicher. Außerdem könne ihm Venedig nicht mehr in die Quere kommen, bis er stark genug sei, um es mit der Serenissima aufzunehmen. Eines Tages würde unser Sohn König von Italien sein.

Cesare begann zu frösteln. Ich hielt ihm ein Handtuch auf, als er aus der Wanne stieg, und hüllte ich ihn darin ein wie ein Kind. Dabei sagte ich mir vor, dass mir sein Körper, den ich unter dem Tuch spürte, nichts bedeute. Ich versuchte, mein Herz so hart werden zu lassen wie die alten, uns schützenden Mauern, doch es gelang mir nicht. Obwohl ich mir vorgenommen hatte, ihn gleich nach dem Bad fortzuschicken, konnte ich ihm nicht widerstehen, ihm und seiner geschrubbten, nach Seife duftenden Haut. Und so haben wir … Dann kämmte ich ihm das Haar, während er es am Feuer trocknen ließ und die Nacht anbrach.

Als ich am folgenden Morgen erwachte, war er fort, und ich wusste, dass er verstanden hatte. Dies war unser letztes Zusammensein. Von nun an durften wir nicht mehr an uns selbst denken, sondern nur noch an Giovanni und den Staat, den wir für ihn schaffen würden. Versteht Ihr jetzt, warum sein Handeln in Urbino mich so in Rage brachte? Es war unüberlegt, eine Bedrohung für all das, was wir durch unseren Verzicht gewonnen hatten. Und ein Verrat an unserer Liebe, denn es verhöhnte alle Opfer, die ich für ihn gebracht hatte.«

Ich starrte sie an. Ich wusste nicht mehr, was ich denken sollte. Die Enthüllung, dass der große Valentino, die Geißel der Tyrannen ebenso wie der Frauen Italiens, sein Herz seiner kleinen Schwester geschenkt hatte und ihr hörig gewesen war, erschien mir wie ein gewaltiger Witz. Doch zugleich bewunderte ich sie für die Macht, die sie über ihn gehabt hatte.

Unschlüssig, ob ich mich durch ihr Vertrauen geehrt oder durch ihre völlige Missachtung meiner Gefühle beleidigt zeigen sollte, blätterte ich ziellos in den Briefen herum. Und stieß dabei auf ein grobes Stück Leinen, das offenbar von einem Betttuch stammte. Als ich die hingekritzelten Zeilen voller Tintenkleckse in der Farbe rostroten Ziegelstaubes las, erwuchs in mir eine Entscheidung: *Pio schreibt mir, Girolamo zeige einen wachen Geist und scharfen Verstand. Behalte ihn in deiner Nähe, Lucia, und lass ihn nicht vergessen, dass Giovanni mein Erbe ist.* Mein Sohn war alles, was mir geblieben war – von Cesare und mir und dem, was sich zwischen uns ergeben hatte, ohne von Donna Lucrezia herbeigeführt oder gelenkt worden zu sein. Warum sollte er wie ich in seinem Leben stets nur die Nebenrolle spielen? Ich würde ihn von Don Alberto holen und ihn weit, weit fort bringen, an einen Ort, wo der Name Borgia nichts bedeutete. Angela würde mir helfen, und Donna Lucrezia würde einsehen, dass es so am besten war. Dann brauchte sie nicht mehr zu fürchten, dass jemand Giovanni das Erbe seines Vaters streitig machen wollte.

Ich fand Angela in unserem früheren Zimmer, wo sie mit ihrer Dienerin ihre Sachen für ihre Rückkehr nach Sassuolo packte. Als ich eintrat, hielt sie sich gerade das schwarz-weiß gestreifte Mieder vor die Brust, das ich aus Nepi mitgebracht hatte. Sie wandte sich zu mir um.

»Liebes, darf ich das haben? Es würde so hübsch aussehen, wenn …« Als sie mein Gesicht sah, verstummte sie. Sie schickte die Dienerin hinaus. »Du weißt es, nicht wahr?«, sagte sie. »Sie hat es dir erzählt. Ich hatte mich schon gefragt, ob sie es tun würde, nun, wo … Komm und setz dich. Es muss furchtbar für dich sein.«

Ich wehrte ihre Hand ab, mit der sie mir den Arm tätschelte. »Ich habe keine Zeit. Sie wartet darauf, dass ich Giovanni zu ihr bringe, bevor er zu Bett muss.«

Angela wirkte entsetzt. Scharf zeichnete sich ihr blasses Gesicht im Schein der Kerze ab, die noch leise in dem durch mein Eintreten entstandenen Zugwind zitterte. Ich wandte den Blick ab und betrachtete die verstreut im Raum stehenden offenen Truhen und Kästen und ihre gähnende Leere.

»Sie wird es ihm nicht sagen, oder?«

»Natürlich nicht. Er ist für sie nur ein weiterer Vorwand, endlos über Cesare zu reden.«

»Du bist wütend. Hol erst mal tief Luft. Gewiss kann Giovanni unter diesen Umständen auch einmal später ins Bett gebracht werden.«

»Ach, erspar dir deine Nettigkeiten. Dafür ist es jetzt zu spät. Du hast es gewusst, dass sie … Cesare und …« Ich brachte es nicht über mich, ihre Namen hintereinander auszusprechen. »Die ganze Zeit hast du es gewusst. Warum hast du es mir nicht gesagt? Was für eine Freundin bist du überhaupt?« Das Bild von Giulio mit seinem blonden Haar, das ihm vom Wind vors Gesicht geweht wurde, beantwortete meine Frage.

»Ich habe es versucht«, schrie sie. »Ich habe es bestimmt tausend Mal versucht. Aber du wolltest es nicht hören. Wenn es um Cesare ging, warst du ebenso blind wie sein widerlicher alter Hund!«

»Gut, jetzt höre ich dir zu. Hilf mir, Girolamo zurückzubekommen. Sag mir, wie ich es anstellen kann, und dann werde ich euch allen nie wieder zur Last fallen.«

Ich hätte sie ebenso gut bitten können, Madonnas Schmuck zu stehlen oder Herzog Alfonso zu verführen.

»Eher bringt sie dich um, als dass sie dir Girolamo überlässt. Unmöglich. Glaubst du etwa, nur weil Cesare tot ist, hätte sie alle ehrgeizigen Pläne aufgegeben, die sie für ihn hat? Sie wird die beiden Jungen jetzt noch viel stärker an sich binden als zuvor. Du hast nur eine Hoffnung, Girolamo zu sehen, nämlich indem du weitermachst, als sei nichts geschehen.«

»Nein. Wie sollte mir das gelingen? Ich werde ihn mir holen. Für sie zählt ohnehin nur Giovanni. Da können Girolamo und ich doch ebenso gut … verschwinden.« Ich dachte an Gideons Brief, und plötzlich wusste ich, warum ich ihn trotz seiner Dreistigkeit, trotz seines gefährlichen Inhaltes aufgehoben hatte. »Und ich weiß auch wie. Ich habe einen Plan.«

Mit einer übertriebenen Geste hielt Angela sich die Ohren zu. »Sag nichts. Ich kann mich auf keinen Fall daran beteiligen.«

»Nein, natürlich nicht. Das konntest du noch nie. Ich wünsche dir eine sichere Heimkehr. Wahrscheinlich werde ich heute Nacht in der Kinderstube schlafen, also werde ich dich vor deiner Abreise wohl nicht mehr sehen.«

Folge der Liebe. Selbst wenn dich der Weg auf einen Pfad der flauen Zugeständnisse, Geheimnisse und Lügen führt. Doch wie kann man ihr über den Punkt hinaus folgen, an dem man aufhört, der Mensch zu sein, dem diese Liebe etwas bedeutet? Eins hatte Mariam mit ihrem bescheidenen Leben in dem kleinen Dienstbotenzimmer mit dem Lehmfußboden und der kärglichen Möblierung nicht verstanden: Die Liebe verlangt zuerst, dass man sich selbst treu bleibt.

Epilog

Cachiquin,
am Versöhnungstag des Jahres 5281

Heute Morgen haben meine Bewacher endlich eingesehen, dass sie mich ohne Bedenken losketten können. Seit man mich hier hergebracht hat – vor etwa fünf oder sechs Tagen –, war ich an Händen und Füßen an die Wand gefesselt. Um vor Schmerzen und Bewegungsunfähigkeit nicht verrückt zu werden, habe ich an das Weihnachten in Cesena gedacht, als ich vor Leben nur so strotzte, unerkannt durch die Bergdörfer geritten und in Ringkämpfen angetreten bin, getanzt, zu viel von ihrem grässlichen Schnaps getrunken und es ihren drallen Frauen besorgt habe. Ich war glücklich, Lucia, einfach durch und durch glücklich. Weißt du warum? Weil niemand wusste, wer ich war.

Mehr gibt es über meine Zeit in Diensten von Donna Lucrezia Borgia, Herzogin von Ferrara, nicht zu berichten. Mein Leben seit meiner Abreise aus Italien steht auf einem anderen Blatt. Hier in diesem fernen Land, in dem kaum jemand weiß, wo Italien liegt, bin ich niemandes Mutter oder Tochter, Dienerin, Konkubine oder Ebenbild, sondern nur ich selbst. Es tut in dieser Geschichte der Masken und

Verstellungen nichts zur Sache, daher werde ich hier nicht davon erzählen.

*

An einem Mittwoch im Mai wurde in der Kathedrale von Ferrara für den vortrefflichen und erlauchten Herzog der Romagna und des Valentinois, Seigneur de France, eine Totenmesse gefeiert. Angeführt von ihrem Priester und gefolgt vom ganzen Hofstaat, überquerte die Familie Este den Vorplatz in gleißendem Sonnenlicht, das bereits die Glut des Sommers ahnen ließ. Sämtliche Anwesenden trugen Trauerkleidung, und die Häuser waren schwarz beflaggt. Selbst den alten Borso und den gehörnten Niccoló hatte man in schwarzes Tuch gehüllt. Die Geschäfte waren geschlossen, und von Albertis Campanile ertönte das Totengeläut. Einige wenige Einwohner säumten in schicksalsergebenem, ungläubigem Schweigen den Weg. Wäre nicht die tiefe Trauer seiner Schwester gewesen, die ihr zerkratztes Gesicht und die verschrammten Hände unter Handschuhen und einem dichten Schleier verbarg, hätte sich Cesare angesichts dieser Szene vor Lachen ausgeschüttet.

Donna Lucrezia hatte darauf bestanden, dass seine Kinder an dem Requiem teilnahmen, daher war auch Camilla gekommen, begleitet von zwei Ordensschwestern aus Corpus Domini. Sie blickte ernst drein; den roten Haarschopf über ihrem schmalen, ovalen Gesicht bedeckte der weiße Schleier der Novizinnen. Don Alberto Pio und seine Gemahlin hatten Girolamo nicht seinen Erziehern anvertraut, sondern waren selbst mit ihm angereist. So saß er mit untadelig feierlicher Miene zwischen ihnen auf der Kirchenbank, kitzelte jedoch in einem fort Don Albertos ältere Tochter, die sich neben ihm vor unterdrücktem Lachen wand und krümmte. Ich hatte mir einen Platz ausgesucht, von dem aus ich ihn beobachten und nachdenken konnte – nicht über seinen Vater, der meine Vergangenheit war, sondern über die Zukunft, die beginnen würde, sobald diese Messe zu Ende war und wir wieder hinaus ins Licht traten.

Sofort, nachdem mir Madonna mitgeteilt hatte, dass Girolamo nach Ferrara kommen und am Gottesdienst teilnehmen würde, hatte ich meinen Plan geschmiedet. Von Fidelma brachte ich Gideons Aufenthaltsort in Erfahrung und schickte ihm einen Brief, obwohl ich bezweifelte, dass er ihn erhielte, bevor mein Sohn und ich an den Gestaden Neuspaniens eintreffen würden. Über Mittelsmänner des Handelsunternehmens meiner Brüder besorgte ich mir unter falschem Namen eine Überfahrt von Venedig aus. Das wenige Gepäck, das ich in mein neues Leben mitzunehmen beschloss, hatte ich vorausgeschickt, und für eine schnelle Reise nach Venedig waren Postpferde bestellt. All das hatte ich veranlasst, ohne den geringsten Verdacht zu erregen; nicht umsonst war ich Valentinos Mätresse gewesen. Nun blieb nur noch, die passende Gelegenheit abzuwarten, um mich meines Sohnes zu bemächtigen und ihn aus Ferrara herauszubringen, ehe jemand merkte, dass er verschwunden war.

Genau in dem Moment, als die Kirchengemeinde verstummte, um Ippolitos Totenpredigt zu lauschen, holte Don Albertos Tochter zum Gegenschlag aus und trat Girolamo gegen das Schienbein. Daraufhin heulte er vor Schmerz auf und zog sie an den Haaren. Während Ippolito mit einem verärgerten Räuspern in seinem Manuskript blätterte und die Erwachsenen den beiden Kindern teils amüsierte, teils missbilligende Blicke zuwarfen, beugte sich Don Albertos Frau zu den Streithähnen hinüber und tadelte sie sanft. Sie lächelte ihre Tochter an und strich Girolamo über die Locken. Daraufhin rückte er näher an sie heran und legte seinen Kopf an ihre Seite, die Wange in die Rundung ihrer Taille geschmiegt. So streichelte sie ihm weiterhin den Kopf, und im Nu fielen ihm die Augen zu. Im Schlaf verriet ein leichtes Kräuseln der Lippen seine Zufriedenheit.

Ippolito konnte nun seine Predigt beginnen. Während er seine fein gedrechselten, nichtssagenden Phrasen von sich gab, denen alle andächtig lauschten, ohne wirklich zuzuhören, und jeder sich fragte, wie lange der Sermon wohl noch dauern und was es nach der Messe zu essen geben würde, hörte ich mein Herz knacksen. Es kam mir laut vor, laut wie brechendes Eis oder berstendes Glas, sodass ich es für das Beste hielt, die Kathedrale zu verlassen, bevor es vollständig entzweibrechen und ich die Kirchenversammlung stören würde. Oder mein Kind wecken. Ich nahm mir vor, nicht zu laufen. Natürlich war mein Tun respektlos, aber gewiss weniger respektlos, als in Teile zu zerbersten – hier, vor all diesen hochgestellten Damen und Herren, Gelehrten und Kaufleuten, all den versammelten Mitgliedern der hohen Gesellschaft, der ich nicht angehörte und nie angehört hatte, im Unterschied zu Girolamo. Wofür Donna Lucrezia gesorgt hatte.

*

Ich verließ Venedig mit nichts anderem im Kopf als einem Haufen zerstörter Erinnerungen, die, aus dem sinkenden Schiff meines Herzens geworfen, davontrieben. Mehrere Tage lag ich seekrank darnieder, gefoltert vom Duft von Orangen und dem blinden Blick der Madonna der Fremden, von Käfigen, die sich in Verpflegungskörbe verwandelten, von schwarzem Fleisch und weißem Brot, von weißen Knochen in schwarzem Schlamm, von dunklen Augen, weißen Zähnen und roten Strömen von Haar. Ich denke, damals wollte ich sterben.

Doch der Tod ist ein launischer Geselle; er kommt selten dann, wenn man ihn herbeiwünscht. Ich erholte mich, gewöhnte mich an den Seegang und begann, darüber nachzudenken, wie mein künftiges Leben aussehen würde, als Frau allein in der wilden neuen Welt, so neu, dass alles möglich wäre. Jene Welt, die noch keine Regeln hatte und noch nicht wusste, wo ihre Grenzen waren. Als wir auf den Azoren einliefen, erhielt einer der jüngeren Schiffsoffiziere die Nachricht, dass seine Frau ihr erstes Kind zur Welt gebracht hatte. Er wollte ihr einen Brief schicken, war aber des Schreibens nicht genügend kundig, um sich so auszudrücken, wie er gewollt hätte. Daher fragte er mich, ob ich ihm helfen könne; die einzigen Frauen außer mir an Bord waren die Gattin des Kapitäns, die er aber nicht anzusprechen wagte, und die Frauen, die unter Deck lebten und für die Mannschaft die Wäsche besorgten und andere Dienste verrichteten, aber keineswegs in der Lage waren, Offizieren beim Abfassen von Briefen an ihre Gemahlinnen behilflich zu sein. Und einem anderen Mann, sagte er, wolle er seine zärtlichen Gefühle nicht preisgeben.

Ich half ihm und entdeckte so in mir ein gewisses Talent, die Empfindungen anderer Menschen zu ordnen und zu formulieren. Ohnehin waren mir die Bedeutung von Briefen und die Macht geschriebener Worte bewusst. Als wir in Villa Rica anlegten, hatte ich unter meinen Mitreisenden bereits einen einschlägigen Ruf erlangt. Ich nahm mir ein Zimmer in einem geschäftigen Haus, das teils Taverne und Pension, teils Bordell war. Es lag unmittelbar hinter dem Hauptplatz der Stadt. Mit dem Geld, das mir nach Begleichung des ersten Monatszinses blieb, kaufte ich Schreibfedern und Federmesser, eine Sandbüchse, einen Vorrat an Tinte und sauberes Pergament. Der Bruder meiner Wirtin tischlerte mir aus einem Stück silbrig schimmernden Treibholz ein Schild mit einem farbenprächtigen Federkiel darauf. Dieses hängte er an einen Algarrobabaum, der ein Geviert aus roter staubbedeckter Erde beschattete, das meine Wirtin umzäunt hatte und als ihre Terrasse bezeichnete. Dort saß ich morgens und abends an einem wackligen, mit Steinen abgestützten Tisch und schrieb gegen Geld Briefe für andere Leute. Meine Wirtin erhielt einen Anteil an meinen Einnahmen und blühte in der Aura der Ehrbarkeit, die ich ihrem Haus verlieh, sichtlich ebenso auf wie die seltsamen, prächtigen und drallen Blüten, die im Buschwerk um uns herum gediehen. Als sie das Wenige, was ich von meiner Vergangenheit preiszugeben bereit war, kannte, ließ sie ihren Bruder das Schild mit einem Wappen ergänzen, das entfernt an jenes der Este erinnerte.

Vermutlich hat Gideon mich dadurch ausfindig gemacht. Die Menschen standen schon bald bei mir Schlange. Manchmal warteten bereits Kunden, wenn ich im trügerisch milden Licht des frühen Morgens unter dem dunkelblauen Schatten des Algarrobabaum meine Utensilien bereitlegte. Meist handelten die Briefe von Bitten um Geld oder Nachrichten von zu Hause, von Heiratsanträgen, Berichten über Erfolge oder Niederlagen, von leidenschaftlicher Liebe oder eisiger Zurückweisung. Das Licht fiel auf das Leben meiner Kunden, wie es durch das Palmdach der Taverne fiel, in Flecken und Streifen, umgeben von Schatten. Ich schrieb auch Gebete nieder, auf kleine Stücke Pergament, die eng zusammengerollt in die Spalten heiliger Felsen oder die Ritzen von Kirchenportalen gesteckt werden sollten, die in der heißen, salzigen Luft Risse bekommen hatten. Ich schrieb auf Spanisch und Lateinisch ebenso mühelos wie auf Italienisch und Französisch, als hätte mir die Freiheit der neuen Welt die Zunge gelöst.

Besonders gut war ich allerdings im Verfassen von Liebesbriefen. Ich erwarb mir einen gewissen Ruhm für meine Fähigkeit, aus den sprachlosen Nöten verliebter Menschen elegante, leidenschaftliche Sätze zu formen. Natürlich stammten viele der Wendungen nicht von mir selbst. *Ich habe so viel geweint, dass ich wie ein schneeblinder Mann aussehe. Ich bitte Dich, meine Augen zu küssen, ihren Schmerz ein letztes Mal mit dem Balsam Deiner Lippen zu lindern.* Wäre ein solcher Satz meine eigene Erfindung gewesen, hätte ich ihn wahrscheinlich nicht im Gedächtnis behalten. Nachdem ich den letzten Schnörkel des »n« zu Papier gebracht hatte, sah ich auf und lächelte. Weil ich wusste, dass dem Mann, der in Nepi die ganze Nacht geweint hatte, niemand die Augen küsste, und weil ich hoffte, dass dem jungen Liebenden vor mir, auf dessen geröteten Wangen die Zukunft glühte, ein besseres Schicksal beschieden sei. Mein Kunde beugte sich zu mir herab, und da ragte hinter seiner kurzen, kräftigen Gestalt Gideon auf, gekleidet wie ein Indio in eine weiße Tunika aus Baumwolle mit papageienbuntem Webgürtel. Ich wartete, bis mein Kunde seine Signatur unter den Brief gesetzt und mir meinen Lohn ausgehändigt hatte. Gideon sah zu, wie ich den Anteil für meine Wirtin beiseitelegte und das Übrige in meine Tasche steckte.

»Ich hatte erwartet, von dir zu hören«, sagte er und legte

den Brief, den ich ihm aus Ferrara geschickt hatte, auf meinen Tisch. »Dann erzählte mir jemand, dass es in Villa Rica eine professionelle Briefschreiberin gibt. Das musst du dir mal ansehen, dachte ich. Ist dir schon aufgefallen, dass wir den ganzen langen Weg in diese brandneue Welt gemacht haben, ohne dass sich das immergleiche Muster aus der alten Welt geändert hat? Ich gebe mich der Hoffnung hin, und du zeigst mir die kalte Schulter.«

Ich war enttäuscht. Das klang nicht nach dem Mann, der mir geschrieben hatte, wie wichtig es sei, mit offenem Herzen zu warten. »Meine Pläne haben sich nicht verwirklichen lassen«, sagte ich.

Er zog einen Schemel heran und setzte sich vor mich hin, sodass mir nichts übrig blieb, als ihn anzusehen. Er lächelte zwar, und seine Augen waren warm, doch war es eine matte Wärme, eine alte Flamme. Seine Handrücken waren mit Brandwunden in unterschiedlichen Stadien der Abheilung übersät. »In Ostia habe ich einen Monat auf dich gewartet«, sagte er und stützte die Ellbogen auf den Tisch, »nachdem sich die Nachricht von Valentinos Tod verbreitet hatte. Ich dachte, daraufhin würdest du anders entscheiden.« Eine spanisch gekleidete Indiofrau, das volle Gesicht von einer kunstvoll gearbeiteten Mantilla umhüllt, begann, von einem Bein auf das andere zu treten und über Gideons Schulter hinweg ungeduldig zu seufzen.

»Geschlossen bis zur dreiundzwanzigsten Stunde«, sagte ich, »bis die Sonne dort drüben steht«. Dabei deutete ich auf den Glockenturm der Kirche vom Wahren Kreuz. Während die Frau sich entfernte, murmelte sie etwas in ihrer Sprache, was Gideon zum Lachen brachte.

»Du verstehst also ihre Sprache.«

»Das könntest du auch, wenn du nur wolltest. Sie spricht die Sprache der Totonaken. Sie stammen aus Cachiquin, wo ich inzwischen lebe.«

»Und was hat sie über mich gesagt?«

»Das möchtest du gar nicht wissen.«

Ich zuckte mit den Schultern. Seit Sonnenaufgang hatte ich gearbeitet. Meine Augen schmerzten, und mir taten die Schultern weh von den langen Stunden, die ich über anderer Menschen Wünsche gebeugt gesessen hatte. Ich wollte etwas essen und danach traumlos die Hitze des Nachmittags verschlafen. Für irgendwelche Spiele war ich nicht in der Stimmung.

»Egal, jedenfalls habe ich recht behalten«, sagte Gideon.

»Recht?«

»Valentino ist gestorben, und du bist hierhergekommen. Zu guter Letzt. Ist dein Sohn bei dir?«

Ich schüttelte den Kopf. Ich hatte Angst vor dem traurigen Geschmack von Girolamos Namen in meinem Mund. Gideon griff über den Tisch und legte mir seine verletzte knochige Pranke auf die Hand. »Ich bringe dich in eine Taverne, wo man essen kann.«

»Ich kann hier essen. Hier kostet es mich nichts.«

»Ich habe Geld«, sagte er. »Gar nicht wenig, um genau zu sein.« Als er merkte, dass ich seinen Umhang musterte, seine Indio-Tunika und den lädierten Strohhut, der auf seinem Schoß lag, fügte er hinzu: »Es ist nur wegen der Hitze, dass ich so schlampig herumlaufe. Hätte ich gewusst, dass ich dich heute wiedersehe, hätte ich mich ein bisschen ordentlicher gekleidet.«

Mir fiel auf, dass er nicht mehr den goldenen Anhänger trug, den er mir an dem Tag unseres Angelausfluges gezeigt hatte. »Etwas hat sich verändert, Gideon. Wo ist deine Halskette? Was ist geschehen?«

Er zuckte mit den Schultern. »Ich habe gemerkt, dass sich alte Werte und neue Welten nicht gut miteinander vertragen.«

Er führte mich zu einem Lokal am Hafen, das schlicht und billig, aber für seinen Fischeintopf und den guten Wein berühmt war, den der Wirt aus dem Lagerhaus nebenan bezog. Dieses gehörte einem Genuesen, der mit Vanille ein Vermögen verdient hatte. Gideon erzählte, dass auch er dieses Gewürz anbaue und in bescheidenem Umfang damit handle. Seinen Lebensunterhalt verdiene er aber hauptsächlich mit der Herstellung und Reparatur der Drahtgestelle, auf denen die schlanken schwarzen Schoten zum Trocknen aufgehängt werden.

»Daher also die Brandwunden«, sagte ich.

»Daher die Brandwunden. Bei meiner Ankunft glaubte ich, ich könnte hier problemlos als Goldschmied arbeiten. Schließlich ist dieses Land buchstäblich mit Gold und Silber gepflastert oder zumindest durchzogen. Doch für die Indios ist Gold ein heiliges Metall. Nur ihre Priester dürfen es bearbeiten, oder ihre Goldschmiede sind Priester. Ich habe nie ganz verstanden, wie herum genau. Und mir … gefällt nicht, wie die Spanier sich verhalten haben.« Einen Augenblick lang war seine Miene von düsterem Zorn überschattet. »Ich habe meinen Glücksbringer abgenommen und eingeschmolzen. Und daraus irgendwelchen bedeutungslosen Tand für das Schätzchen eines Seemannes angefertigt. Dass hier um des Goldes willen so unendlich viel Blut vergossen wurde, macht es nicht wertvoller, sondern entehrt es.« Dann aber strahlte er wieder. »Vanille ist viel besser, weil man sie eigentlich nicht kultivieren, sondern nur hoffen kann, dass die Pflanzen sich an den Bäumen hinaufranken, die einem zufällig gehören. Xanat sagt, Gott schenkt die schwarzen Pflanzen nur Menschen, die reinen Herzens sind.«

»Das klingt hübsch. Wer ist Xanat?« Er musste mir nicht antworten. Ich las die Antwort schon aus dem unsteten Blick in seinen Augen, daran, dass er schluckte, als sollte er besser nicht sagen, was er als Antwort vorbereitet hatte.

»Ah«, sagte ich. »Und hat sie denn ein reines Herz?«

»Wir arbeiten daran«, sagte er.

*

Am nächsten Tag kam er wieder und stellte sich ans Ende der Kundenschlange, den alten Hut an die Brust gepresst.

»Heirate mich, Esther«, sagte er, kaum war der letzte Kunde verschwunden. »Letzte Nacht habe ich kein Auge zugetan. Ich habe meine Situation in aller Ausführlichkeit mit den Nachtfaltern, den Mücken und einer ziemlich großen Eidechse besprochen, und sie alle waren der Ansicht, es sei Vorsehung, dass ich dich auf diese Weise wiedergefunden habe. Sie drängten mich, dir einen Antrag zu machen.«

Ich lachte. Meine Gesichtsmuskeln fühlten sich verkrampft an, und ich überlegte, wann ich zuletzt gelacht hatte. »Mach dich nicht über mich lustig«, erwiderte ich, »mit so etwas scherzt man nicht.«

»Ich komme also zu spät?«

»Was ist mit Xanat?«

Er zuckte mit den Schultern. »Sie ist eine Eingeborene. Deren Gebräuche sind ganz anders als unsere.«

In meiner Erinnerung entstand ein Bild, die Szene, in der Judith den Kopf des Holofernes in einem Korb von einem schwarzen Sklaven tragen lässt. »Genau so reden die Leute über die Juden, Gideon, als wären wir nicht auch Menschen mit Gefühlen. Du sagtest doch, du hättest die alten Werte aufgegeben. Xanat ist eine Frau. Es gibt keinen Unterschied zwischen ihr und mir.«

»Warum bist du dann hier, wenn der Grund nicht ist, dass du mich finden wolltest?«

Ich konnte es ihm nicht sagen. Selbst jetzt, da Donna Lucrezia tot ist, kann ich es weder ihm noch sonst jemandem sagen. Ich bete, dass die Briefe vernichtet wurden. »Als ich ein Mädchen war, hatten wir eine Haushälterin namens Mariam. Einmal, als ich in meinem Leben an einer Art Scheideweg stand, gab sie mir den Rat, ich solle der Liebe folgen. Ich war mir damals nicht sicher, ob sie wusste, was sie da sagte, aber später fand ich heraus, dass es der Fall gewesen war. Ich habe versucht, ihren Rat zu beherzigen. Ich habe es versucht, indem ich hierherkam, und ich versuche es jetzt wieder. Es tut mir leid, Gideon, das ist alles, was ich dir als Erklärung geben kann.«

»Also heirate mich. Folge meiner Liebe.«

»So herum geht es nicht. Ich muss meiner eigenen Liebe folgen, und ich glaube nicht, dass du dorthin gehen willst, wohin sie mich führt.« Ich nahm meine Feder, tauchte die Spitze in einen Becher Wasser, um sie zu säubern, und legte sie dann beiseite. »Es gibt noch etwas, das du über Cesare Borgia und mich wissen musst, etwas, das dir Don Giulio nicht verraten konnte. Er gab mir meinen Sohn, aber er gab mir auch die Franzosenkrankheit.« Solange Cesare am Leben war, hatte ich an Ser Torellas Pillen geglaubt, aber sein Tod hatte mir alle Hoffnung geraubt, jenes Gefühl, vor dem er mich immer gewarnt hatte. Er hatte recht, man gab sich einem Irrglauben hin. Vorausgesetzt, ich wurde nicht vorher von einer Schlange gebissen oder erlag einem Fieber, das einem die Haut gelb oder den Urin schwarz färbt, würde ich früher oder später an der Franzosenkrankheit sterben. »Er war sehr eifersüchtig, weißt du. Deshalb drückte er seinen Mätressen gern sein Brandzeichen auf.«

»Du bist es, die ich liebe, Esther. Die Krankheit bist nicht du.«

*

Er hatte recht, doch die Krankheit ist eine Maske, die ich trage, eine bequeme Methode, meine Gefühle zu verbergen. Ich kam nach Cachiquin, als meine Gesundheit sich verschlechterte, aber nicht, um Gideon zu heiraten. Ich habe ein gewisses Maß an Frieden darin gefunden, dabei zuzusehen, wie er und Xanat gemeinsam alt werden, ineinander verschlungen wie der Baum und die Schlingpflanze. Ich sagte ihm, ich würde mit ihm wie eine Schwester zusammenleben, und das tue ich. Ich bin seinen Kindern eine pflichtbewusste Tante, die sie manchmal verhätschelt und manchmal ausschimpft. Ich habe ihnen allen auf die Welt geholfen und zwei von ihnen begraben. Gemeinsam mit Xanat koche ich, mache sauber und repariere Dinge, und gelegentlich schreibe ich noch für andere Leute Briefe. Es gibt niemanden mehr, dem ich selbst einen Brief schreiben könnte, niemand, der weiß, was das Wort »Schwester« für mich bedeutet.

*

Nun bin ich am Ende angelangt. Ich hebe meine müden Augen vom Blatt und sehe zur offenen Tür hinaus, auf unseren Hof aus gestampfter Erde, unsere Hühner und Ziegen und

Gideons Werkstatt, wo er mit Stahldraht aus Toledo die Trockengestelle anfertigt. Schwaden blauen Rauchs trüben meinen Blick auf den Wald und die Bäume, deren untere Zweige entfernt wurden, damit sich die Vanillepflanzen hochranken können, und ihr exotischer Duft vermischt sich mit dem vertrauten Geruch von heißem Stahl. Gideon sagt, Liebe sei eine schwere Bürde. Ich denke an meine Eltern, an Mariam und an Angela und Giulio, an Cesare und seine Lucia und an zwei junge Männer, die in Ferrara aufwachsen und nicht wissen, wer ihre Mütter sind. Und ich begreife, dass ich zufrieden sein sollte, diese Bürde nicht mehr tragen zu müssen.

Mein Blick wandert hinüber zum Orangenbaum mit seinen hoffnungsvollen grünen Früchten und seinen beschwingten glänzenden Blättern, die vor dem finsteren Vanillehain schimmern. Ich frage mich, ob mein Sohn jemals den Orangengarten aufsuchen wird, wenn er nach Ferrara kommt, ob er je in der Loggia sitzen wird, in der er gezeugt wurde. Anfangs glaubte ich, diesen Bericht allein für mich selbst zu schreiben, aber nun begreife ich, dass er von vornherein für ihn gedacht war, für den kleinen Jungen mit den schwarzen Augen, dem klugen Lächeln und dem Strom roter Haare, den Jungen, den ich liebte und zurückgelassen habe.

Finis

Nachwort

Dies ist eine erfundene Geschichte, ein Gewebe aus erdachten Figuren und dem Leben authentischer historischer Personen, ausgestaltet von meiner Fantasie. Mein Roman erhebt keinen Anspruch auf historische Wahrheit.

Unter den Frauen, die Lucrezia Borgia nach Ferrara begleiteten, befand sich allerdings tatsächlich eine konvertierte Jüdin namens La Violante. Und Cesare hatte nachweislich einen Sohn namens Girolamo, wiewohl dessen Mutter unbekannt ist. Als mutmaßlicher Vater von Giovanni Borgia, dem Infans Romanus, galt zunächst Cesare, später Papst Alexander VI. Unbekannt ist ebenfalls, wer Giovannis Mutter war. Dass Lucrezia schwanger gewesen sei, als sie von Giovanni Sforza geschieden wurde, gehört allenfalls ins Reich der Legenden. Und es gibt lediglich Indizien, dass Camillas Mutter Dorotea Caracciola war und Angelas Kind von Giulio d'Este stammte. Andererseits liegen auch keine schlüssigen Beweise für das Gegenteil vor.

Lucrezia war mit Alfonso d'Este siebzehn Jahre verheiratet und hatte mit ihm fünf Kinder. Ihr zweiter Sohn, Kardinal Ippolito d'Este II., ließ die berühmte Villa d'Este in Tivoli erbauen. Nach ihrem Tod im Kindbett im Alter von nur neununddreißig Jahren herrschte große Trauer um Lucrezia, und noch heute gedenkt man ihrer in Ferrara gern, da sie den Hof zu einem Zentrum der Künste und Gelehrsamkeit machte und während des Krieges der Liga von Cambrai mit großem persönlichen Mut die Stadt gegen ein von Papst Julius II. angeführtes Heer zu verteidigen half. Ihren Briefwechsel mit Pietro Bembo führte sie zeitlebens fort, und ihre intime Freundschaft mit Francesco Gonzaga bestand bis zu dessen Tod im März 1519, drei Monate vor ihrem eigenen. Isabella überlebte beide um zwanzig Jahre.

Ferrante d'Este starb 1540 mit dreiundsechzig Jahren im Kerker. Während vierunddreißig Jahren hatte er kein einziges Mal Besuch von einem Familienangehörigen erhalten. Giulio wurde bei der Regierungsübernahme durch Lucrezias Enkel, Alfonso II., amnestiert. Er war zu jener Zeit einundachtzig Jahre alt und hatte dreiundfünfzig davon in Haft verbracht. Es ist nicht überliefert, ob Angela Borgia zu dieser Zeit noch am Leben war. Nach Cesares Tod wird sie ebenso wie La Violante in keinem historischen Dokument mehr erwähnt.

Sowohl Giovanni als auch Girolamo Borgia blieben am Hof von Ferrara. Giovanni scheint sich zu einem Nichtsnutz entwickelt zu haben, was jedoch von Alfonso d'Este aus Zuneigung zu seiner Frau toleriert wurde. Girolamo heiratete eine der Töchter des Alberto Pio und galt als allgemein beliebt, wurde in seinem späteren Leben aber mit mehreren mysteriösen Todesfällen in Verbindung gebracht. Cesares Töchtern war ein freundlicheres Schicksal beschieden. Camilla Borgia wurde Äbtissin des Klosters Corpus Christi und starb dort im Jahre 1573. Sie galt als sehr fromm und scheint das Kloster mit großem Geschick geleitet zu haben. Luisa hingegen begründete durch ihre zweite Heirat mit Philippe de Bourbon die Linie der Grafen von Bussett und

Chalus, die bis zum heutigen Tag besteht. Luisas Mutter, Charlotte d'Albret, ging keine weitere Ehe ein und verbrachte den Rest ihres Lebens in tiefer Trauer um ihren Gemahl.

1517 starb Jofré unerwartet in Neapel; so überlebte Vannozza alle ihre Borgiakinder mit Ausnahme Lucrezias. An Vannozzas Begräbnis nahm der gesamte Hofstaat des damaligen Papstes Leo X. teil, der als Giovanni de' Medici zusammen mit Cesare an der Universität von Pisa studiert hatte.

Von Michelotto da Corella ist bekannt, dass er zuletzt als *condottiere* in Diensten von Florenz stand. Für diese Aufgabe hatte ihn Niccoló Machiavelli empfohlen, der Florentinische Gesandte am Hof Cesare Borgias. Bekanntlich war Cesare Machiavellis Vorbild für dessen berühmtes Werk *Der Fürst.* Insbesondere in Kapitel 7, das den Titel *Von neuen Fürstentümern, die durch fremde Unterstützung und durch Glücksfälle erworben werden* trägt, ist von Cesare die Rede.

Die spezifischen Beschränkungen der Romanform und die spezielle Thematik meines Buches haben mich gezwungen, den politischen und militärischen Hintergrund stark vereinfacht zu schildern, vor allem was Cesares Überfall auf Urbino und den Handstreich von Senigallia betrifft. Die von mir gewählte Erzählperspektive erlaubte auch nicht, näher auf das diplomatische Geschick und den Scharfsinn Papst Alexanders VI. einzugehen, dessen schillernde Vita oft vergessen lässt, wie sehr er bestrebt war, ausländische Invasoren von Italien fernzuhalten, indem er die weltliche Macht des Papsttums festigte. Die beiden Reisen Cesares nach Ferrara während Lucrezias Krankheit im Spätsommer 1502 habe ich miteinander verschmolzen. Allen Lesern, die ihre Kenntnisse dieser historischen Ereignisse weiter vertiefen möchten, seien die beiden exzellenten, von Sarah Bradford verfassten Biografien *Cesare Borgia. Ein Leben in der Renaissance* und *Lucrezia Borgia: Life, Love and Death in Renaissance Italy* wärmstens empfohlen.

Einen ausgezeichneten Überblick über Leben und Wirken der Borgia bieten auch die beiden Werke *Cesare Borgia. Der Fürst und die italienische Renaissance* von Uwe Neumahr sowie *Lucrezia Borgia. Das Leben einer Papsttochter in der Renaissance* von Maike Vogt-Lüerssen (Anmerkung der Übersetzer).

Das Herrschaftsgebiet

der Familie Este